# LES PIERRES DES ELFES
# DE SHANNARA

# TERRY BROOKS

# TERRY BROOKS

# LES PIERRES DES ELFES
# DE SHANNARA

TRADUIT DE L'AMÉRICAIN
PAR BERNADETTE EMERICH

**ÉDITIONS J'AI LU**

*Collection créée et dirigée
par Jacques Sadoul*

*Pour Barbara, avec amour.*

*Titre original :*

**THE ELFSTONES OF SHANNARA**
a Del Rey Book, published by Ballantine Books

# 1

Le ciel nocturne pâlissait à l'orient, comme les Elus s'engageaient dans les Jardins de la Vie. La cité elfique d'Arbolon dormait encore, ses habitants bien au chaud au fond de leur lit. Mais, pour les Elus, la journée commençait à l'aube. Leurs longues robes blanches ondoyant légèrement sous le souffle d'une brise d'été, ils passèrent entre les sentinelles de la Garde Noire qui, depuis des siècles, de génération en génération, gardaient, avec la même allure martiale, ces grilles en fer forgé, ornées de volutes d'argent et de pétales d'ivoire. Les Elus marchaient d'un pas léger, et seuls leurs murmures et le crissement de leurs sandales sur le gravier de l'allée troublaient le silence du jour naissant.

Les Elus étaient les gardiens de l'Ellcrys, l'arbre étrange et merveilleux qui se dressait au centre de ces Jardins ; l'arbre qui, selon la légende, avait protégé les Elfes contre un Mal primordial ayant failli les détruire des millénaires auparavant, un Mal éradiqué de la terre, l'ère lointaine ayant précédé l'aube de la race des Hommes. Depuis, il y avait toujours eu des Elus pour garder l'Ellcrys. C'était là une tradition elfique transmise au fil des générations. Ce service représentait pour les Elfes un honneur convoité aussi bien qu'un devoir solennel.

Pourtant, le cortège qui, ce matin-là, déambulait dans les Jardins ne manifestait guère de solennité. Deux cent trente jours de l'année de leur service s'étaient déjà écoulés, et les Elus avaient du mal à tenir en bride la fougue de leur jeunesse. Le premier sentiment d'effroi ressenti devant la lourde responsabilité qui leur avait été attribuée s'était envolé depuis longtemps. Les Elus des Elfes n'étaient que six jeunes gens qui allaient accomplir leur tâche à présent routinière comme chaque jour depuis leur élection : saluer l'arbre aux premiers rais du levant.

Seul Lauren, le plus jeune d'entre eux, restait silencieux. Il se tenait un peu en retrait, à l'écart des bavardages insouciants. Un pli soucieux barrait son front et il tenait sa tête penchée pour mieux se concentrer. Perdu dans ses pensées, il n'entendit pas le bruit des pas qui venaient vers lui. Une main se posa sur son bras, et il releva brusquement la tête. Jase le regardait.

— Lauren, que se passe-t-il ? demanda ce dernier. Tu es malade ?

Plus âgé de quelques mois que les autres, Jase était naturellement devenu le chef du groupe.

Lauren fit non de la tête, mais l'inquiétude qui se peignait sur son visage ne disparut pas complètement.

— *Quelque chose* te tracasse. Tu broies du noir depuis que tu es levé. Et si j'y repense, tu étais plutôt morose hier soir aussi. Oublie ça. Personne ne t'obligera à effectuer ton service si tu ne te sens pas bien.

Lauren hésita, puis soupira et acquiesça.

— Bien... C'est l'Ellcrys. Hier, au coucher du soleil, juste avant de la laisser, j'ai cru voir quelques taches sur ses feuilles. On aurait dit le mildiou.

— Le mildiou ? Tu en es certain ? Jamais rien de la sorte n'est arrivé à l'Ellcrys... Du moins, c'est ce que nous avons toujours entendu dire.

— Je me suis peut-être trompé, concéda Lauren. La nuit tombait. D'ailleurs, j'ai pensé que ce devait être le jeu des ombres sur les feuilles. Mais plus j'y repense, plus je suis persuadé que c'est le mildiou.

Un murmure déconcerté courut dans le groupe.

— C'est la faute d'Amberle, déclara l'un des Elus. Je l'avais dit, que la présence d'une fille parmi nous entraînerait un malheur.

— Amberle n'est pas la première fille à être élue, protesta Lauren, et aucun malheur n'est survenu à cause de cela.

Il avait toujours apprécié Amberle. Il était facile de parler avec elle, bien qu'elle fût la petite-fille du roi Eventine Elessedil.

— Pas depuis cinq cents ans, Lauren, fit remarquer l'autre.

— Assez, coupa Jase. Nous avions décidé de ne plus parler d'Amberle. Vous le savez. (Il réfléchit un instant à ce qu'avait déclaré Lauren, puis haussa les épaules.) Certes, ce serait malheureux qu'il arrive quelque chose à l'arbre, surtout pendant que nous en sommes chargés. Mais, après tout, rien n'est éternel.

Lauren était choqué.

— Mais, Jase, si l'arbre périclite, l'Interdit sera détruit et les Démons enfermés en son sein seront libérés.

— Tu crois vraiment à ces vieilles histoires, Lauren ? s'enquit Jase d'un ton railleur.

— Comment peux-tu être un Elu et ne pas y croire ?

— Je ne me souviens pas qu'on m'ait interrogé à ce propos, lorsque j'ai été choisi. Et toi ?

Lauren secoua la tête. On ne demandait jamais rien aux candidats à cet honneur. On les amenait tout simplement devant l'arbre, à l'aube de la nouvelle année de service. L'un après l'autre, ils passaient sous ses branches, marquant un temps d'arrêt. Ceux dont l'arbre touchait l'épaule devenaient les nouveaux Elus pour l'année à venir. Lauren se souvenait encore du mélange d'extase et d'orgueil qu'il avait éprouvé au moment où une mince branche s'était ployée pour le désigner et où il avait entendu l'Ellcrys l'appeler par son nom.

Et il se souvenait aussi de l'ébahissement général lorsque Amberle avait été nommée...

— Ce n'est qu'un conte de fées pour effrayer les enfants, poursuivait Jase. La fonction véritable de l'Ellcrys est de rappeler au peuple elfique qu'il a survécu, tout comme elle, en dépit de tous les changements survenus au cours de l'Histoire des Quatre Terres. Elle est le symbole de la force de notre peuple, Lauren... Rien d'autre.

D'un geste, il les invita à se remettre en marche. Lauren replongea dans ses pensées, fortement troublé par l'attitude désinvolte de Jase à l'égard de la légende de l'arbre. Bien sûr, Jase venait de la ville. Or Lauren avait constaté que les habitants d'Arbolon prenaient moins au sérieux les anciennes croyances que ceux du petit village du Nord d'où il était originaire. Toutefois, l'histoire de cet arbre et de l'Interdit n'était pas une fiction, mais l'événement le plus important de l'histoire de leur peuple, le fondement de leur culture.

Cet événement datait des temps reculés, avant la naissance du Nouveau Monde. Une grande guerre avait éclaté entre le Bien et le Mal, une guerre que les Elfes avaient finalement gagnée en créant cet arbre prodigieux et un Interdit qui avait rejeté les Démons dans un néant obscur. Et tant que l'Ellcrys serait bien soignée, le Mal demeurerait enfermé hors de la terre.

Tant que l'Ellcrys serait bien soignée...

Il hocha la tête, dubitatif. Peut-être était-ce un jeu de la lumière ? Et si l'arbre était réellement malade, il suffirait de trouver un remède. Il y avait toujours un remède.

L'Ellcrys était là. Il leva la tête avec hésitation, puis poussa un soupir de soulagement. Elle semblait intacte. Son tronc argent parfaitement formé se dressait vers le ciel, et ses branches couvertes de feuilles larges à cinq pointes, couleur de sang, se déployaient en un réseau symétrique. A son pied, des rubans de mousse verte couraient à travers les fissures et les crevasses de son écorce douce comme la peau, comme autant de ruisseaux émeraude dévalant les flancs d'une montagne. Aucune branche n'était fendue ni cassée. Aucune fissure n'entaillait les lignes régulières du tronc. Qu'elle est belle ! songea Lauren. La regardant de nouveau, il n'aperçut aucun signe de la maladie qu'il avait redoutée.

— Lauren, voudrais-tu saluer l'arbre, ce matin ? proposa Jase.

Lauren, surpris, remercia en bégayant. Jase lui cédait son tour pour exécuter la tâche la plus délicate afin de l'égayer.

Il s'avança donc sous les branches, posa les mains

sur le tronc satiné ; les autres s'assemblèrent un peu en retrait pour réciter la formule de salutation matinale. Nez en l'air, Lauren attendit le premier rai de soleil qui tomberait sur l'arbre.

Il recula brusquement. Les feuilles, droit au-dessus de lui, étaient piquetées de noir. Son cœur se brisa. Il remarqua un peu partout d'autres taches fatidiques. Ce n'était pas un jeu de l'ombre et de la lumière.

Lauren appela frénétiquement Jase de la main et pointa l'index, tandis que les autres s'approchaient. Selon le rituel, ils gardèrent le silence, mais Jase hoqueta lorsqu'il découvrit l'étendue des dégâts. Tous deux firent lentement le tour de l'arbre, découvrant des points noirs sur toutes les branches, certains à peine visibles, d'autres rongeant déjà la feuille entière.

Malgré son scepticisme à l'égard de la légende, Jase fut profondément ébranlé, et, la mine déconfite, il alla conférer à voix basse avec les autres. Lauren voulut les rejoindre, mais Jase secoua la tête tout en désignant la cime de l'arbre qui serait bientôt éclairée.

Les Elus se devaient de saluer l'Ellcrys, comme tous les matins depuis le premier jour de leur Mission.

Il posa légèrement les mains sur l'écorce douce ; les paroles de salutation montaient à ses lèvres quand une branche mince plongea vers lui pour effleurer son épaule.

... *Lauren*...

Le jeune homme sursauta. Mais personne n'avait parlé. Son nom n'avait résonné que dans son esprit, et la voix n'était qu'une image de son propre visage.

C'était l'Ellcrys !

Un grand trouble le saisit. Il retint son souffle. Elle ne lui avait adressé la parole qu'une seule fois, le jour où elle l'avait élu. Elle avait alors prononcé son nom, comme pour chacun d'entre eux. Depuis, elle ne leur avait plus jamais parlé. Jamais... excepté à Amberle, bien sûr, mais Amberle n'était plus une Elue.

Il jeta un rapide regard vers ses compagnons. Tous le fixaient d'un air intrigué, se demandant pourquoi il s'était arrêté. Alors, la branche qui reposait sur son épaule s'enroula autour de lui, et il tressaillit involontairement à ce contact.

... *Lauren. Appelle les Elus auprès de moi...*

Les images se succédèrent rapidement, puis disparurent. D'un geste hésitant, Lauren fit signe à ses compagnons de le rejoindre. Des branches se ployèrent pour tous les enlacer.

... *Ecoutez-moi,* souffla l'Ellcrys. *Souvenez-vous de ce que je vais vous dire. Ne me trahissez pas...*

Un frisson glacial les parcourut. Un silence profond tomba soudain sur les Jardins, comme si les Elfes eussent été les derniers êtres vivants au monde. Un flot d'images emplies d'horreur envahit leurs esprits et défilèrent rapidement. S'ils en avaient été capables, les Elus auraient fui à l'abri jusqu'à ce que ce cauchemar qui s'était emparé d'eux cesse. Mais l'arbre les tenait fermement, et les images continuaient d'affluer, toujours plus horribles. Bientôt, ils sentirent qu'ils ne les supporteraient plus.

Mais, tout à coup, l'Ellcrys redevint silencieuse. Ses membres les relâchèrent et se déployèrent pour capter la chaleur du levant.

Lauren resta figé, les joues ruisselantes de larmes. Sous le choc, les six Elus se firent face. Dans leur esprit, la vérité murmurait sans bruit.

La légende n'était pas une légende. Elle était la vie. Le Mal se tapissait bel et bien au-delà de l'Interdit que l'Ellcrys maintenait. Elle seule préservait la sécurité des Elfes.

Et maintenant, elle se mourait.


2


Loin à l'ouest d'Arbolon, du côté de la Fracture, il y eut un frémissement dans l'air. Une chose plus noire que la pénombre du point du jour apparut en se contorsionnant sous l'impact du coup qui l'avait frappée. Un moment, ce voile noir se dressa, solide. Puis, il se fissura, comme éclaté par la force qu'il recelait en lui-même. Des hurlements et des glapissements de joie extrême jaillirent des ténèbres impénétrables qui s'étendaient au-delà, tandis que des douzaines de serres s'acharnaient sur cette brèche, cherchant la lumière. Puis il y eut une explosion de feu rouge et les mains se rétractèrent, brûlées vives.

Alors, le Dagda Mor surgit du noir en sifflant de rage. Il repoussa les impatients et s'avança, intrépide, à travers la déchirure, le Sceptre du Pouvoir dégageant une vapeur brûlante. Un instant plus tard, les silhouettes noires de la Faucheuse et du Caméléon apparurent à leur tour. D'autres se bousculèrent frénétiquement pour franchir cette brèche, mais les bords de l'entaille se ressoudèrent vite, engloutissant les ténèbres et les créatures qu'elles abritaient. L'étrange trio se retrouva seul.

Le Dagda Mor jeta à la ronde un regard circonspect. Ils se trouvaient dans l'ombre de la Fracture ; l'aube, au-delà de cette monstrueuse muraille de montagnes, étirait un vague filet de lumière dans le ciel oriental.

Les pics immenses tranchaient les cieux, projetant des piliers sombres jusque dans les terres arides des Plaines du Hoare. Au pied de cette chaîne montagneuse, les Plaines elles-mêmes s'allongeaient sans fin vers l'occident. C'était une terre inculte, désolée et dure, où l'espérance de vie se mesurait en minutes ou en heures. Rien ne bougeait à sa surface. Pas le moindre bruit ne venait rompre le silence absolu.

Le Dagda Mor sourit, révélant ses crocs étincelants. Sa venue était passée inaperçue. Enfin, il était libre. Libre, une fois de plus, d'aller et venir parmi ceux qui l'avaient emprisonné.

A cette distance, on aurait pu le confondre avec l'un de ses geôliers. En effet, il avait apparence humaine. C'était un bipède, et ses bras n'étaient qu'un tantinet plus longs que ceux d'un homme. Il marchait le dos courbé, ses mouvements entravés par cette singulière position, mais les robes noires qui l'enveloppaient rendaient difficile d'en déterminer la cause. Ce n'était qu'une fois tout près de lui que l'on distinguait clairement l'énorme bosse qui le voûtait. Ou les touffes de poils verdâtres qui hérissaient son corps entier. Ou les écailles qui couvraient ses avant-bras et la partie inférieure de ses jambes. Ou encore le museau évoquant vaguement celui d'un chat qu'était son visage. Ou, enfin, les yeux noirs et étincelants, trompeusement placides, semblables à deux flaques d'eau jumelles qui dissimulent une chose maléfique, semant la destruction.

Une fois que l'on avait vu tout cela, on ne pouvait plus douter de l'identité du Dagda Mor. On avait devant soi non pas un homme mais un Démon.

Et ce Démon brûlait d'une haine que les siècles d'enfermement dans le trou noir situé derrière le mur de l'Interdit avaient naturellement attisée. A présent, elle confinait à la folie. Elle le consumait. C'était d'elle qu'il tirait son pouvoir, et il allait l'employer pour broyer les créatures qui lui avaient imposé cette vie de misère. Les Elfes ! Tous les Elfes ! Et même cela ne serait pas assez pour venger les siècles d'existence stagnante qu'il avait connus dans ces limbes informes de ténèbres infinies, coupé du monde dont jadis il avait été le maître. Non, il lui fallait détruire aussi les autres pour être lavé de cette infamie. Hommes, Nains, Gnomes. Tous ceux qui composaient cette humanité exécrée, toutes les races de l'humanité ayant vécu sur cette terre en la proclamant leur bien, alors qu'elle lui appartenait.

Le jour de sa vengeance allait venir. Il le sentait. L'Ellcrys se mourait. Ah ! doux mots. Comme il aurait aimé les crier, ces mots-là. Elle se mourait !

Elle se mourait, et elle ne pourrait maintenir plus longtemps l'Interdit.

Le Sceptre du Pouvoir se mit à rougeoyer dans sa main, comme la haine bouillonnait en lui. La terre, sous la pointe du Sceptre, se calcina. Il parvint avec difficulté à se calmer et le Sceptre refroidit de nouveau.

Le Dagda Mor connaissait parfaitement l'histoire de l'Ellcrys. N'avait-il pas été présent lorsqu'elle avait vu le jour, alors qu'elle les avait repoussés, lui et ses frères, de leur univers de lumière et jetés dans une nuit éternelle ? Or, il savait qu'il risquait de perdre cette liberté toute neuve. En effet, si l'un des Elus était autorisé à emporter la semence de l'arbre à la source de son pouvoir, l'Ellcrys pourrait renaître et l'Interdit être restauré. Il savait cela, et voilà pourquoi, à présent, il se trouvait ici. Les Elfes ne mesuraient pas encore l'étendue du danger qu'ils couraient. Ils pensaient qu'aucune créature jetée dans les confins de l'Interdit ne détiendrait un pouvoir suffisant pour le rompre. Ils découvriraient trop tard leur erreur. Car alors, il se serait assuré que l'Ellcrys ne pourrait jamais renaître ni l'Interdit être rétabli.

Voilà pourquoi le Dagda Mor avait amené avec lui deux acolytes.

Il les chercha du regard. Il repéra aussitôt le Caméléon. Il changeait perpétuellement d'aspect et de couleur, s'exerçant à reproduire les formes qu'il trouvait autour de lui : dans le ciel, un faucon en chasse ou un petit corbeau, sur la terre, une marmotte, un serpent, puis un insecte doté de multiples pattes et de pinces. Le Caméléon se modifiait aussi vite que son œil le lui permettait. Emmuré dans les ténèbres avec ses frères pour seuls modèles, il n'avait pu faire pleinement usage de ses pouvoirs. Là-bas, il s'était quasiment révolté. Mais ici, dans ce monde, les possibilités étaient infinies. Même le Dagda Mor ignorait quelle était sa véritable apparence. Cette créature était si encline à adopter d'autres formes qu'elle passait la plupart de son temps à être ce qu'elle n'était pas.

C'était là un don extraordinaire mais détenu par une créature dont la soif de mal était presque aussi grande que celle du Dagda Mor. Le Caméléon était également de l'espèce démoniaque. Egoïste et haineux, il aimait duper et faire mal. Il avait toujours été l'ennemi des Elfes et de leurs alliés, méprisant ce peuple pour son pieux respect des formes inférieures de vie habitant son monde. A ses yeux, les Elfes n'étaient pas supérieurs aux créatures qu'ils cherchaient à protéger. Ces nigauds ne voulaient ou n'étaient pas même capables de tromper, comme lui, autrui. Ils étaient prisonniers de leur enveloppe charnelle, tandis que lui pouvait se métamorphoser à volonté. Le Caméléon méprisait tous les hommes, et n'avait pas d'amis. D'ailleurs, il n'en voulait aucun, hormis le Dagda Mor, car ce dernier possédait la seule chose qu'il respectait : un pouvoir supérieur au sien. C'était pour cette seule et unique raison que le Caméléon s'était mis à son service.

Il fallut plus longtemps au Dagda Mor pour repérer la Faucheuse. Totalement immobile, presque réduite à une ombre dans la pâle lueur du petit jour, enveloppée de la tête aux pieds de robes couleur de cendre humide, elle était presque invisible, le visage soigneusement dissimulé au fond d'un ample capuchon.

Si le Caméléon était dangereux, la Faucheuse était implacable. C'était une tueuse. Semer la mort était l'unique fonction de son existence. Cette créature massive, toute en muscles, mesurait plus de deux mètres lorsqu'elle se redressait de toute sa taille. Malgré son poids et sa stature, elle se déplaçait avec la grâce et l'agilité des meilleurs chasseurs elfiques, rapide, silencieuse, souple. Jamais elle n'abandonnait sa proie. Même le Dagda Mor se méfiait d'elle, car c'était par simple lubie qu'elle avait décidé de le servir et non par crainte ou par respect, comme tous les autres Démons. La Faucheuse en effet ne redoutait rien. Elle tuait par instinct, par nécessité. Dans les ténèbres de l'Interdit, le Dagda Mor avait eu parfois bien du mal à la maîtriser et à l'empêcher de détruire ses frères, n'ayant personne d'autre à mettre sous sa faux. Seule la promesse d'avoir, une fois libérée, un univers grouillant de créatures à chasser avait calmé ses ardeurs.

Le Caméléon et la Faucheuse. Le Dagda Mor avait bien choisi ses aides. L'un serait ses yeux, l'autre ses mains, et l'Ellcrys ne pourrait jamais renaître. Le peuple des Elfes allait être anéanti.

Le Démon jeta un regard perçant vers l'orient. Le disque solaire montait rapidement au-dessus de l'horizon. Il était temps de se mettre en route.

Le Dagda Mor fit halte à quelques centaines de mètres de la Fracture, au cœur d'une nappe d'ombre. A deux mains, il brandit le Sceptre du Pouvoir, une extrémité plantée fermement dans la terre sèche et craquelée. Tête inclinée, il le serra avec force et resta de longues minutes immobile. Derrière lui, les deux autres l'observaient d'un air intrigué, leurs silhouettes noires recroquevillées, leurs prunelles réduites à une fente jaune étincelante.

Soudain, le Sceptre du Pouvoir commença à luire faiblement. Une lumière rougeâtre découpa, dans la nuit, la silhouette massive du Dagda Mor. Puis cette lueur s'intensifia brusquement et se mit à palpiter. Du Sceptre, elle courut le long des bras du Dagda Mor, dont la peau verdâtre devint rouge sang. Le Démon releva la tête, et une boule de feu jaillit du Sceptre vers les cieux en décrivant un arc étincelant qui traversa l'aube comme un oiseau apeuré. Quelques secondes plus tard, ce feu avait disparu. Le Sceptre jeta un dernier éclair et s'éteignit.

. Le Dagda Mor recùla d'un pas, abaissant son Sceptre. La terre, à ses pieds, était noire et calcinée. Les Plaines se figèrent dans un silence de mort. Le Démon s'assit, battant des paupières en signe de satisfaction. Il ne bougea plus ; les deux créatures qui l'accompagnaient s'immobilisèrent aussi. Ensemble, ils attendirent... Une demi-heure, une heure, deux heures. Ils attendaient toujours.

Enfin, de l'immensité désertique du Northland surgit le monstre ailé que le Démon avait appelé afin qu'il les transporte à Arbolon, situé à l'est.

— A présent, nous verrons, murmura le Dagda Mor.


3


Ander Elessedil franchit le seuil de sa petite maison au chant du coq et longea l'allée menant aux grilles qui donnaient sur les jardins du palais. En tant que fils cadet d'Eventine, le roi des Elfes, il aurait pu disposer d'appartements dans la demeure royale, mais, des années auparavant, il s'était installé avec ses livres dans cette modeste résidence, jouissant ainsi d'une intimité que jamais la vie au palais ne lui aurait permis. C'était du moins ce qu'il avait pensé à l'époque. A présent, il en était moins certain. Comme le souverain n'accordait d'attention qu'à son frère aîné, Arion, Ander aurait sans doute pu mener n'importe où l'existence tranquille à laquelle il aspirait.

Il huma l'air pur et déjà chaud du matin, et sourit. La journée serait parfaite pour chevaucher. A quarante ans, Ander n'était plus un jeune homme. Des ridules striaient les coins de ses yeux étroits, ainsi que la racine de ses sourcils s'élançant à la verticale. Mais sa démarche était vive et une expression presque enfantine éclairait son fin visage lorsqu'il souriait, ce qui était rare, ces temps-ci.

Comme Ander s'approchait des grilles, Went, le jardinier, se redressa lentement en portant une main à ses reins.

– Bonjour, prince. Belle journée, n'est-ce pas ?

– Splendide, Went. Ton dos te fait encore souffrir ?

– De temps à autre. (Le vieillard se frotta délicatement les reins.) L'âge me rattrape, je crois. Mais j'abats plus de besogne que les jeunes aides qu'on me donne.

Sachant que ce n'était pas simple fanfaronnade de la part du vieux jardinier, Ander acquiesça. Went aurait dû être depuis des années à la retraite, mais il refusait obstinément d'abandonner ses tâches.

Ander passa entre les sentinelles qui le saluèrent d'un signe de tête familier. Depuis longtemps, il n'y avait plus aucun protocole entre le prince et les gardes. Arion, l'héritier de la couronne, exigeait un traitement plus déférent, mais le rang et les espérances d'Ander étaient plus modestes.

Il suivit la courbe de la route bordée d'arbustes décoratifs menant aux écuries. Un fracas de sabots et un cri rompirent la paix du matin. Ander bondit de côté, comme l'étalon gris de son frère se ruait vers lui.

Le cheval s'arrêta brusquement en projetant des gravillons.

Avant qu'il ne fût complètement immobilisé, Arion sauta à terre et se planta devant son cadet. Autant Ander était court et brun, autant Arion était grand et blond : le portrait tout craché de son père au même âge. Cette ressemblance, alliée au fait qu'il était un superbe athlète, une excellente lame, un cavalier émérite, expliquait qu'il fût l'orgueil et la joie d'Eventine. L'aîné dégageait également un charisme qu'Ander avait toujours senti lui manquer.

— Et où va-t-on, petit frère ? s'enquit Arion du ton un rien moqueur et méprisant qu'il adoptait toujours avec Ander. A ta place, je n'irais pas déranger notre père. Lui et moi avons veillé tard pour résoudre un urgent problème d'Etat. Il dormait encore lorsque j'ai jeté un coup d'œil dans sa chambre.

— Je me rendais aux écuries, répondit posément Ander. Et loin de moi l'intention d'importuner qui que ce soit.

Arion sourit jusqu'aux oreilles, puis repartit vers son cheval. Une main sur le pommeau, il sauta en selle avec légèreté, sans s'aider de l'étrier. Puis il se retourna vers son cadet.

— Je pars pour plusieurs jours à Sarandanon. Les fermiers sont tout en émoi à cause d'une ancienne légende prédisant une malédiction prochaine. Ce ne sont que des bêtises, mais je dois rétablir le calme. Je serai de retour avant que père ne parte pour Kershalt. (Nouveau sourire.) D'ici là, petit frère, veille aux affaires du royaume, veux-tu ?

Il tira sur les rênes et partit comme le vent. Ander jura entre ses dents et rebroussa chemin. Il n'était plus d'humeur à se promener à cheval.

C'était lui qui aurait dû accompagner le roi lors de cette mission à Kershalt. Renforcer les liens entre les Elfes et les Trolls était important pour la paix. Si les premières bases d'une entente avaient déjà été établies, il fallait encore faire preuve de diplomatie et de tact dans la négociation. Or, Arion était trop impatient et impulsif, et guère sensible aux opinions et aux besoins des autres. Si Ander n'était pas capable des mêmes prouesses physiques que son aîné et ne possédait pas son don inné pour le commandement, il avait, en revanche, un talent naturel pour les laborieuses délibérations et la patience requise pour les arguties diplomatiques. Il l'avait montré lors des rares occasions où le souverain avait fait appel à lui.

Il haussa les épaules. A quoi bon s'appesantir sur ce sujet ? Arion serait un jour roi. Ne devait-il pas s'exercer à l'art de gouverner sous les conseils d'Eventine ?

Jadis, Arion et Ander avaient été très proches. Mais leur amitié s'était brisée à la suite de la mort d'Aine, le plus jeune des fils Elessedil, tué lors d'un accident de chasse, onze ans plus tôt. Amberle, la fille d'Aine, avait alors cherché la protection d'Ander. La jalousie d'Arion s'était vite manifestée sous la forme d'un évident mépris. Puis, lorsque Amberle s'était présentée comme candidate devant l'Ellcrys, Arion avait blâmé l'influence de son frère, et son mépris avait dégénéré en une hostilité à peine masquée. A présent, Ander soupçonnait son frère d'instiller cette haine dans le cœur de leur père.

Toujours plongé dans ses réflexions, Ander franchissait les grilles, lorsqu'un cri le ramena sur terre.

– Mon prince, attendez !

Ander regarda d'un air surpris la petite silhouette blanche qui courait vers lui en agitant frénétiquement la main. C'était l'un des Elus, celui aux cheveux rouges – Lauren, n'était-ce pas son nom ? Il était inhabituel de voir l'un d'eux hors des Jardins à cette heure matinale.

– Mon prince, je dois voir le roi tout de suite, hoqueta l'Elu, le visage couvert de sueur. On ne m'autorisera pas à entrer maintenant. Pouvez-vous me conduire auprès de lui ?

– Mais le roi dort encore...

– C'est urgent ! S'il vous plaît ! Cela ne peut attendre.

Son regard et son visage tendus exprimaient le désespoir. Perplexe, Ander chercha la cause de cette urgence.

– Si tu as des ennuis, Lauren, peut-être que...

– Ce n'est pas moi, coupa l'Elu. C'est l'Ellcrys !

L'indécision d'Ander s'évanouit.

– Suis-moi, déclara-t-il en prenant Lauren par le bras.

– Il va vous recevoir, prince Ander, annonça Gael, le jeune Elfe attaché au service personnel d'Eventine. Mais vous seul, pour l'instant.

Lorsque Ander pénétra dans la chambre d'Eventine, ce dernier, encore dans son lit, finissait de boire le petit verre de vin que Gael lui avait servi. Il salua son fils d'un signe de tête, puis quitta avec précaution la chaleur de ses couvertures, frissonnant en raison de la fraîcheur matinale. Gael, qui était également entré, tendit au souverain une robe de chambre qu'il endossa et noua douillettement à la taille.

A l'âge de quatre-vingt-deux ans, Eventine était encore en excellente santé, le corps mince et musclé. Il montait toujours à cheval et restait assez leste pour être dangereux, l'épée au poing. Il avait l'esprit vif et perçant et, lorsque la situation l'imposait, savait prendre sans hésiter la décision qui servirait au mieux les intérêts de son peuple et de la couronne, qualité dont Ander estimait à bon droit avoir hérité.

Le roi s'approcha des tentures tissées à la main, les ouvrit et entrebâilla une porte-fenêtre donnant sur la forêt qui s'étendait au-delà. La douce lumière du matin se déversa dans la chambre, et une agréable odeur de rosée emplit l'air. Eventine hésita devant l'une des fenêtres, contemplant un instant l'image du visage que renvoyait la vitre embuée. Les yeux qui s'y reflétaient étaient d'un bleu étonnamment limpide, durs et pénétrants, les yeux d'un homme ayant vécu trop d'années et connu trop de drames. Il soupira, puis se tourna vers son fils.

– Alors, Ander, de quoi s'agit-il ? Gael m'a appris que tu avais amené un Elu, porteur d'un message.

– C'est exact, mon père. Il prétend que c'est un message urgent de l'Ellcrys.

– Un message de l'Ellcrys ? (Eventine fronça les sourcils.) De quand date donc son dernier message ? De plus de sept cents ans ? Et quel est ce message ?

– L'Elu a refusé de me le dire. Il a insisté pour te le transmettre personnellement.

– En ce cas, il en sera ainsi. Gael, fais-le entrer.

Après une légère révérence, Gael s'empressa de quitter la chambre, laissant la porte entrebâillée. Un instant plus tard, un énorme chien au poil touffu se glissa par l'ouverture et s'approcha sans bruit du roi. C'était Manx, son chien-loup. Il caressa sa tête grisonnante. Pour le souverain, Manx était depuis presque dix ans un compagnon plus proche et plus loyal qu'aucun homme n'avait jamais su l'être.

– Il grisonne... comme moi, murmura songeusement Eventine.

La porte s'ouvrit en grand pour laisser passer Gael, suivi de Lauren. L'Elu s'arrêta sur le seuil, jetant un regard incertain à Gael que le roi renvoya d'un geste de la main. Ander s'apprêtait à quitter aussi la pièce quand un imperceptible signe de son père lui indiqua qu'il devait rester. Gael sortit et ferma la porte. L'Elu s'avança d'un pas.

– Monseigneur, veuillez me pardonner... balbutia-t-il. Ils ont pensé que je... que c'est moi qui devrais...

– Mais il n'y a rien à pardonner. (Avec la grâce qui lui était naturelle, le roi s'avança rapidement vers le jeune Elu et le prit par les épaules.) Je sais que cela doit être très important pour toi, sinon tu n'aurais jamais abandonné ton travail dans les Jardins. Assieds-toi et raconte-moi cela.

Eventine jeta un regard interrogateur à Ander, puis guida l'Elu jusqu'à un petit bureau, l'invita à prendre l'un des fauteuils et s'assit à son tour. Ander les suivit mais resta debout.

– Ton nom est Lauren, n'est-ce pas ? s'enquit Eventine.

– Oui, monseigneur.

– Très bien, Lauren. A présent, explique-moi la raison de ta venue.

Lauren redressa le buste, posa les mains sur la table, et croisa avec force les doigts.

– Monseigneur, l'Ellcrys s'est adressée aux Elus, ce matin, commença-t-il avec un filet de voix. Elle nous a dit... elle nous a dit qu'elle était en train de mourir !

Ander sentit le sang se glacer dans ses veines. Eventine, le buste roide, ne réagit pas, mais fixa son interlocuteur d'un œil aigu.

– Ce doit être une erreur, déclara-t-il enfin.

Lauren secoua la tête d'un air emphatique.

– Ce n'est pas une erreur, monseigneur. Elle est en train de mourir. Et l'Interdit a commencé de s'effondrer.

Le roi se leva lentement, s'approcha de la fenêtre ouverte et contempla la forêt, sans proférer une parole. Le chien rejoignit son maître, et Ander vit son père caresser machinalement les oreilles de Manx.

– Tu en es certain, Lauren ? demanda Eventine. Absolument certain ?

– Oui... oui.

Eventine continuait de contempler sa terre et celle de son peuple.

Pétrifié, sous le choc, Ander regardait son père, l'esprit confus. L'énormité de cette nouvelle s'infiltrait avec lenteur en lui. Le Mal qui avait été éradiqué de leur monde était de nouveau libéré. Chaos, folie, guerre ! Et, au bout du compte, la destruction de toute chose.

Ander avait étudié l'Histoire avec ses précepteurs, puis l'avait approfondie dans les livres de sa bibliothèque personnelle. Une Histoire fortement imprégnée de légendes.

Jadis, à l'ère lointaine ayant précédé les Grandes Guerres, avant l'aube de la civilisation dans l'Ancien Monde, avant même l'émergence de l'ancienne race de l'Homme, une guerre avait éclaté entre les créatures maniant la magie du Bien et du Mal. Les Elfes avaient combattu au cours de cette guerre du côté du Bien. Les forces du Bien avaient fini par remporter la victoire. Cependant, la nature du Mal était si puissante qu'il ne pouvait être totalement détruit, mais seulement banni. En conséquence, les Elfes et leurs alliés avaient uni leurs arts avec la force de vie de la terre afin de créer l'Ellcrys, dont la présence même devait suffire à empêcher le Mal de sévir sur la terre.

En effet, tant que cet arbre s'épanouirait, le Mal resterait enfermé dans un néant semblable à un océan de ténèbres. Derrière cette muraille de l'Interdit, il pourrait toujours gémir d'angoisse, mais la terre resterait hors de sa portée.

Jusqu'à présent ! Mais si l'Ellcrys périssait, l'Interdit prendrait fin. Il était écrit que cela devait se produire un jour, aucun pouvoir n'étant assez fort pour contenir le Mal à jamais. Pourtant, les Elfes avaient fini par croire à l'éternité de l'arbre, car il demeurait, depuis des lustres, un point fixe dans le labyrinthe changeant de la vie.

Le roi pivota brusquement, jeta un rapide coup d'œil à son fils et retourna s'asseoir au petit bureau. Il prit la main de Lauren entre les siennes pour le rassurer.

— Tu dois me répéter tout ce qu'elle t'a dit, Lauren. Le moindre détail. N'omets rien.

L'Elu opina sans desserrer les lèvres. Eventine lâcha sa main et se carra dans son fauteuil. Ander approcha un siège et s'assit à côté d'eux.

— Monseigneur, savez-vous comment elle communique avec nous ? s'enquit-il d'un ton circonspect.

— Lauren, j'ai été jadis un Elu.

Ander regarda son père d'un air fort surpris. Il ignorait cela. Mais la réponse du roi rassura Lauren.

— Sa voix, commença-t-il en se tournant vers Ander, n'a pas le son d'une voix, mais celui des images qui surgissent dans nos esprits. Les mots ne sont qu'une traduction des pensées qu'elle projette en nous, des images brèves et floues, que nous devons interpréter du mieux possible.

Il se tut et se tourna vers Eventine.

— Depuis le jour de notre élection, elle ne s'était jamais adressée à nous. Pour savoir décrypter son message, nous n'avons que les écrits de notre Ordre et l'enseignement des anciens Elus. Malgré cela, le message reste confus.

Eventine lança un signe de tête encourageant.

— Monseigneur, l'Ellcrys nous a longuement parlé ce matin, à tous les six. Elle nous a expliqué son état et ce que nous devions faire. Les images n'étaient pas tout à fait nettes, mais il ne fait aucun doute qu'elle est en train de périr. Son temps est compté. Déjà l'érosion a commencé. Il ne lui reste qu'une seule chance de survie : une renaissance.

Eventine saisit brusquement la main d'Ander. Une renaissance ! Trop bouleversé par l'annonce de la mort de l'Ellcrys, Ander avait oublié qu'il était écrit dans les récits les plus anciens qu'effectivement cet arbre était à même de renaître et de maintenir ainsi l'Interdit.

– Donc, il demeure encore un espoir, murmura-t-il.

Eventine ne quittait pas Lauren des yeux.

– Que doit-on faire pour lui permettre cette renaissance ?

– Monseigneur, elle a remis son destin entre les mains des Elus. Je ne prétends pas comprendre ses raisons, mais à cet égard, les images étaient claires. Elle délivrera sa semence à l'un d'entre nous – lequel ? elle ne l'a point précisé. Aucun visage n'est apparu. Toutefois, elle nous a fait savoir que l'un des sept choisis cette année recevrait sa semence ; celui-là devra porter cette semence à la source de vie de la terre... La fontaine du Feu de Sang. Là, cette semence devra être immergée dans le feu par l'Elu. Une fois rapportée sur le site du vieil arbre, elle prendra racine et un nouvel arbre s'épanouira pour remplacer l'ancien.

– La fontaine du Feu de Sang... Où se trouve-t-elle ? s'enquit Ander d'un ton brusque.

Lauren prit un air misérable.

– Mon prince, un endroit nous est apparu, mais... mais nous n'avons pu le reconnaître. Les images étaient floues, comme si l'Ellcrys elle-même n'était pas en mesure de nous le décrire avec précision.

– Dis-moi ce qu'elle t'a montré, intervint Eventine d'une voix calme. Tout.

– Une terre sauvage encerclée de montagnes et de marais, baignée d'un épais brouillard mouvant. Sur cette terre sauvage se dresse un pic solitaire et au pied de ce pic s'étire un labyrinthe de tunnels s'enfonçant jusqu'au cœur de la terre. Quelque part dans ce labyrinthe se trouve une porte faite de verre...

un verre incassable. Derrière cette porte brûle le Feu de Sang.

– Aucun nom pour l'un des morceaux de ce puzzle ? s'enquit avec patience le roi.

– Un seul, monseigneur. Mais un nom que nous n'avons pu identifier. Le labyrinthe s'appellerait l'Imprenable.

– L'Imprenable ?

Ander eut beau fouiller sa mémoire, ce nom ne lui disait rien.

Eventine regarda Ander et secoua la tête. Puis il se leva, fit quelques pas et s'arrêta brusquement. Enfin, il se tourna vers l'Elu.

– N'y a-t-il rien d'autre qu'elle t'ait dit ? Pas d'indices ? Un détail même dénué de sens a priori ?

– Rien.

Le roi branla lentement du chef.

– Très bien, Lauren. Tu as eu raison d'insister pour que je sois prévenu sur-le-champ. A présent, veux-tu attendre dehors quelques instants ?

Lorsque la porte se referma sur l'Elu, Eventine regagna son fauteuil et s'y laissa choir lourdement. Son visage semblait avoir terriblement vieilli et ses gestes étaient ceux d'un grand vieillard. Manx s'approcha de son maître et leva affectueusement son museau vers lui. Eventine soupira et posa une main lasse sur la tête du chien.

– Ai-je vécu trop longtemps ? murmura-t-il. Si l'Ell-crys expire, comment puis-je protéger mon peuple ? Je suis son roi. Il m'incombe d'assurer sa protection. J'ai toujours accepté cette responsabilité. Pourtant, pour la première fois de ma vie, je souhaite qu'il en soit autrement... (Il laissa à contrecœur sa pensée en suspens, puis se tourna vers Ander.) Eh bien, nous devons faire ce que nous pouvons. Arion est parti à Sarandanon et j'aurai donc besoin de ton aide. (Ander rougit sous cet affront involontaire.) Va avec Lauren et interroge soigneusement les Elus. Vois si tu peux découvrir un détail. N'importe lequel. Quant à moi, je vais aller déterrer les anciennes archives dans les caves et les réétudier de près.

– Tu penses pouvoir y trouver un renseignement...

ou dans les cartes de l'Ancien Monde ? s'enquit Ander d'un ton sceptique.

— Non. Tu le sais bien. Tu les as lues plus récemment que moi. Mais que faire d'autre ? Si nous voulons découvrir le Feu de Sang, les renseignements que nous a révélés Lauren sont insuffisants.

D'un signe de tête, il renvoya Ander. Ce dernier repartit avec Lauren auprès de l'arbre où les autres Elus attendaient. C'était là un effort désespéré. Mais, comme l'avait remarqué son père, que faire d'autre ?

## 4

Cette journée d'été s'acheva dans une apothéose rouge et parme à l'occident. Pendant de longues et belles minutes, le soleil resta comme suspendu à la crête de la Fracture, illuminant le toit de la forêt du Westland et tissant des ombres qui drapèrent la terre boisée de rubans noirs. L'air fraîchit lentement et une brise se mit à soupirer à travers les arbres immenses. Puis le jour céda la place au crépuscule, et la nuit enfin chassa toute couleur du ciel.

Les habitants d'Arbolon regagnaient d'un pas las leurs foyers.

Dans les Jardins de la Vie, Ander tenait les yeux levés vers l'Ellcrys. Auréolé de lumière crépusculaire, l'arbre majestueux avait l'air normal, trompeusement intact. Pourtant, avant le coucher du soleil, les traces de la maladie qui le détruisait avaient été clairement visibles.

Cette maladie se propageait vite. Sur plusieurs petites branches, la pourriture attaquait l'écorce argent. D'importants bouquets de feuilles noircissaient et se repliaient aux extrémités. Les Elus avaient enduit l'écorce d'une décoction de simples et arraché les feuilles abîmées, espérant contre toute raison que la maladie y fût contenue, tout en sachant que c'était impossible. Ander avait vu la fatale vérité se refléter dans leurs prunelles. Ils ne sauraient guérir l'Ellcrys.

Personne. Elle se mourait, et il n'existait aucun remède.

Il soupira, puis s'éloigna en se demandant pourquoi sa dernière visite de la journée avait été les Jardins. Les Elus avaient regagné leur enceinte une heure auparavant, las et découragés, rendus muets par leur sentiment d'inutilité. Néanmoins, il était venu là, comme poussé par l'espoir irraisonné de trouver d'une façon ou d'une autre les réponses dont il avait si désespérément besoin. Bien sûr, il n'avait pas trouvé ces réponses et il était absurde de s'attarder encore ici.

Lorsqu'il sortit des Jardins, il sentit le regard des sentinelles de la Garde Noire se porter sur lui. Certes, elles ignoraient tout mais sentaient sans doute qu'il se passait une chose grave en raison de l'inhabituelle activité des Elus. La rumeur se répandrait vite. Le peuple devrait bientôt être mis au courant.

Il poussa de nouveau un soupir, souhaitant pouvoir aider son père. Eventine avait toujours affiché une assurance suprême ; pourtant, lors des deux visites qu'Ander lui avait rendues pour l'informer de la situation tragique, Eventine avait semblé perdu en lui-même. Il avait bien tenté, sans conviction, de le lui masquer, mais à l'évidence il attendait, désespéré, la fin de tout ce pour quoi il avait combattu sa vie durant. Il était finalement confronté à un problème qui dépassait ses pouvoirs. Sans lui accorder la moindre attention, il l'avait envoyé aider les Elus du mieux qu'il pouvait. Cela s'était avéré une tâche futile. Il les avait tous interrogés mais sans rien apprendre de nouveau.

L'examen des archives de leur Ordre, soigneusement préservées, fut également infructueux. Il avait lu et relu en vain les histoires datant des siècles passés. Les références au Feu de Sang sacré, la source de toute vie dans leur monde, étaient certes nombreuses. Mais nulle part il n'était fait mention de ce lieu mystérieux dit l'Imprenable.

Quant à l'Ellcrys, elle avait gardé le silence total, malgré les efforts et les supplications réitérés des Elus pour la faire parler.

Comme Ander s'approchait de l'enceinte des Elus, il constata que toutes les lumières étaient éteintes. La routine avait apparemment repris le dessus et peu après avoir terminé leur souper, les Elus avaient regagné leurs chambres. Il espéra qu'ils parviendraient à trouver quelque soulagement dans le sommeil. Le désespoir et le découragement absolu étaient parfois plus épuisants qu'un dur labeur physique.

Ander s'engagea dans l'allée menant au palais pour porter à son père un ultime rapport quand une ombre noire surgit d'un arbre aux branches basses qui bordait l'allée.

– Mon prince ?

– Lauren ? (Comme la silhouette s'approchait, Ander reconnut effectivement cet Elu.) Pourquoi ne dors-tu pas ?

– J'ai essayé, mais sans succès. Je vous ai vu retourner dans les Jardins et j'espérais que vous passeriez par ici. Prince Ander, puis-je vous parler ?

– Mais tu es en train de me parler. (Cette tentative d'humour ne parvint pas à éclairer le visage grave de l'Elu.) Te souviens-tu de quelque chose d'autre ?

– Peut-être... Puis-je vous accompagner un bout de chemin ?

Ander opina et ils se mirent en marche.

– J'ai le sentiment qu'il me revient de résoudre cette énigme, commença Lauren, après un temps de silence. Peut-être est-ce parce que l'Ellcrys s'est d'abord adressée à moi. Trouver l'Imprenable me semble presque une obligation personnelle. Je sais que je m'accorde probablement trop d'importance... néanmoins, tel est mon sentiment. En tout cas, je ne veux surtout rien négliger. (Il jeta un regard en coin au prince.) Comprenez-vous ce que j'essaie de vous dire ?

– Oui, je crois. Avons-nous négligé quelque chose ?

– Eh bien ! voilà... J'ai eu une idée. Et j'ai pensé que je devais en faire part à quelqu'un.

Ander fit halte et regarda le jeune Elfe.

– Je ne voulais rien en dire au roi. (L'embarras de Lauren augmentait.) Ni aux autres. J'ignore ce qu'ils savent à ce sujet... et nous ne parlons jamais d'elle.

Il se tut et Ander attendit avec impatience.

– Il s'agit d'Amberle. Monseigneur, une fois Elue, elle a parlé avec l'Ellcrys de nombreuses fois... De longues conversations. (Lauren hésita.) Avec elle, ce n'était pas comme avec nous. J'ignore si elle s'en était rendu compte. Nous n'avons jamais vraiment discuté de cela...

Ander s'était brusquement raidi. Lauren remarqua cette réaction et s'empressa d'ajouter :

– Peut-être l'Ellcrys lui parlerait-elle encore une fois ? Ou peut-être qu'Amberle la comprendrait mieux que nous ? Peut-être apprendrait-elle quelque chose que nous ne pouvons pas saisir ?

Ils restèrent un long moment silencieux, face à face. Puis Ander secoua lentement la tête.

– Je verrai ce que je peux faire, promit-il.

Eventine Elessedil leva les yeux lorsque son fils entra dans son bureau. Il sonda un instant son visage, et lut l'échec inscrit sur ses traits. Puis il repoussa son fauteuil de la table de lecture devant laquelle il s'était installé et se frotta les yeux d'un geste las. Enfin il se leva, s'étira, gagna à pas lents les fenêtres et scruta l'obscurité à travers les plis des tentures. Sur la table jonchée de livres, un plateau chargé de nourriture avait été repoussé, les mets à peine entamés. Des chandelles brûlaient, la cire coulant lentement sur les supports en métal. La petite pièce était tranquille et plongée dans la pénombre. Les rayonnages en bois de chêne et les tapisseries tendues aux murs ne formaient qu'une sombre mosaïque de couleurs fanées et d'ombres.

– Rien ? s'enquit le roi en se retournant vers son fils.

Ander secoua la tête. Eventine grimaça de dépit.

– Moi non plus... (Il haussa les épaules en désignant l'unique livre ouvert sur la table.) Le dernier espoir. Il contient une seule référence au Feu de Sang et à la semence de l'Ellcrys. Lis-la toi-même.

Ce volume faisait partie de la grande centaine de livres d'Histoire gardés par les rois des Elfes et leurs scribes depuis l'époque très lointaine et désormais mythique ayant précédé les Grandes Guerres. Ces ouvrages aux reliures de cuir et de cuivre, scellés dans des coffrets les protégeant des ravages du temps, étaient d'une valeur inestimable. Ils avaient en effet survécu aux Grandes Guerres et à la destruction de l'ancienne race de l'Homme, ainsi qu'à la première et à la Deuxième Guerre des Races. Ils relataient la chronique de millénaires de vie et de mort. Ils contenaient tout ce qui était connu de l'Histoire des Elfes.

Ander se pencha sur les pages ouvertes. Avec le temps, l'encre était devenue terne ; l'écriture était d'un style ancien. Mais les mots demeuraient assez nets pour être lisibles.

« Alors, au Porteur qui est l'Elu, la Semence sera remise. Et la Semence sera apportée par l'Elu dans les Salles du Feu de Sang. Là, elle sera immergée dans le Feu afin qu'elle retourne à la terre. Ainsi, l'Arbre renaîtra et le Grand Interdit à jamais perdurera. Ainsi parle le Sage Suprême à ses Elfes afin que même après son trépas, cette Connaissance reste gravée dans la mémoire de son Peuple. »

Eventine branla du chef, comme Ander relevait les yeux.

— J'ai parcouru chacun de ces livres, ai étudié tous les passages susceptibles de nous renseigner. Aucun n'est plus explicite que celui-ci.

Le roi s'approcha de la table et tambourina sur les pages enluminées d'un liseré d'or.

— C'est l'ouvrage le plus ancien. Une grande partie de son contenu n'est peut-être qu'un mythe. On y trouve l'histoire de cette Grande Guerre entre la magie du Bien et du Mal, les noms des héros, tout ce qui conduit à l'Interdit. Mais aucune mention de l'Imprenable ni de l'emplacement du Feu de Sang. Et rien, non plus, sur la nature de la sorcellerie qui a donné vie à l'Ellcrys et au pouvoir de l'Interdit.

Voilà qui n'est guère surprenant, songea Ander. En effet, ses ancêtres avaient rarement couché par écrit les secrets de leurs magies. Ils se les transmettaient de bouche à oreille, afin qu'ils ne tombent pas entre les mains de l'ennemi.

Le roi étudia encore un instant l'ouvrage, puis le referma.

— Nous devrons nous fier aux rares éléments

révélés par l'Ellcrys, déclara-t-il posément. Nous devrons les utiliser afin de déterminer tous les emplacements possibles du Feu de Sang, puis aller vérifier sur place chacun d'eux.

Ander opina sans prononcer un mot. Cela paraissait sans espoir.

– J'aurais voulu qu'Arion fût ici, murmura soudain Eventine.

Ander garda le silence. Cette fois, son père avait une bonne raison de regretter l'absence de l'aîné, reconnut-il à part soi. Arion avait en effet l'autorité nécessaire pour mener ces recherches. En la matière, le choix de son père était correct. Ce n'était pas le moment d'envier cette préférence.

– Père, je crois que tu devrais dormir, suggéra Ander après un temps de silence.

Le roi se leva de nouveau et souffla les bougies posées sur la table.

– Tu as raison, Ander, dit-il en faisant un effort pour sourire. Envoie-moi Gael. Mais toi aussi, tu as eu une longue journée. Va te coucher et dors dans la mesure du possible.

Ander regagna sa modeste demeure. A sa grande surprise, il sombra aussitôt dans un lourd sommeil, interrompu une seule fois par un atroce cauchemar.

C'était déjà l'aurore lorsqu'il se réveilla. Vite, il se glissa hors du lit pour se vêtir. Tandis qu'il absorbait un frugal petit déjeuner, un regain de détermination lui redonna courage. Il existait une réponse, un moyen de découvrir l'Imprenable. Peut-être grâce à l'Ellcrys ? Peut-être grâce aux Elus ? Mais il y avait une réponse... Il le fallait.

Comme il longeait l'allée gravillonnée, il aperçut les premières lueurs du levant se faufilant à travers l'écran de verdure des forêts environnantes. Il allait d'abord rendre visite aux Elus dans l'espoir de grappiller quelque détail passé inaperçu jusqu'ici. Le jour était déjà levé, ces derniers devaient se trouver dans les Jardins.

Toutefois, Ander passa auparavant au palais, où Gael était déjà à son poste. Le jeune Elfe porta un doigt à ses lèvres, indiquant en silence que le souverain dormait encore et qu'il ne fallait pas le déranger. Ander opina, et repartit, soulagé que son père pût se reposer.

Les pelouses scintillaient encore de rosée lorsqu'il s'avança vers les grilles. Il fut surpris de découvrir les outils du vieux jardinier abandonnés en vrac, à côté d'un massif de rosiers, de la terre fraîche accrochée au métal. Il n'était pourtant pas du genre à laisser un travail en cours. Etait-ce à cause de son dos ? Il allait devoir s'en assurer, mais plus tard. Un problème plus urgent l'attendait.

Peu après, le prince avançait derrière les murs couverts de lierre des Jardins de la Vie. Du sommet du Carolan – l'impressionnante muraille rocheuse s'élevant abruptement de la rive orientale de la Rill Song qui permettait à la cité de dominer les terres alentour –, il apercevait la vaste étendue du Westland : à l'est et au nord, les tours et les trois artères de la cité elfique, emmitouflées dans le lacis touffu des forêts ; au sud, les lointains flancs escarpés des Eperons et du Pykon, entrelacés de rubans bleus correspondant aux méandres que traçait le Mermidon à travers ces montagnes en direction de Callahorn, vers l'est. Enfin, à l'ouest et au pied du Carolan, la grande vallée du Sarandanon, le berceau de la nation elfique.

La terre des Elfes, songea Ander avec orgueil. Lui, les Elus et son père devaient à tout prix trouver le moyen de la sauver.

Bientôt, Ander se tint devant l'arbre. Pas l'ombre d'un Elu. L'Ellcrys était seule.

Interloqué, Ander regarda autour de lui. Il était impossible que les six Elus aient trop dormi, même si la funeste révélation de l'Ellcrys avait bouleversé leur routine. Depuis des siècles, jamais les Elus n'avaient manqué de la saluer aux premières lueurs du jour.

Ander ressortit vite des Jardins et courait presque lorsqu'il arriva en vue de l'enceinte des Elus. Des arbres à feuilles persistantes l'entouraient, des massifs de fleurs bordaient ses allées de pierre et de brique, et au fond, des légumes poussaient en lignes régulières, la terre noire hérissée de tiges vertes. Un mur bas en pierre usée fermait la cour, percé de part et d'autre de palissades en bois.

La maison elle-même était tranquille et plongée dans l'ombre.

Ander ralentit le pas. Les Elus devaient sûrement être réveillés à l'heure qu'il était. Pourtant, il n'aperçut aucun signe de vie. Quelque chose de froid oppressait Ander. Il s'avança, cherchant à percer la pénombre s'étendant au-delà des portes ouvertes, puis s'arrêta enfin sur le seuil.

– Lauren ? lança-t-il d'un ton calme.

Pas de réponse. Il pénétra dans le vestibule obscur. Du coin de l'œil, il capta un mouvement rapide comme l'éclair dans les arbres verts. Une soudaine appréhension lui glaça le sang.

Trop tard, il songea aux armes qu'il avait laissées chez lui. Sur le qui-vive, il attendit sans bouger. Mais il ne perçut ni mouvement, ni bruit trahissant la présence d'une créature vivante. Alors il s'avança résolument.

– Lauren... ?

Sa vision s'ajustant à la pénombre, sa gorge se noua soudain.

Le sol de la salle commune était jonché de corps, jetés pêle-mêle comme des sacs ; déchiquetés, disloqués, Lauren, Jase... Tous les Elus, morts et dépecés comme par des animaux enragés. Un immense désespoir accabla le prince. Aucun Elu ne pourrait désormais porter la semence de l'Ellcrys jusqu'au Feu de Sang. L'arbre ne renaîtrait pas et le peuple des Elfes était condamné. Saisi d'horreur et de répulsion, il resta cloué sur place, un seul mot vrillant son esprit : les Démons !

Peu après, il ressortit à l'air libre en chancelant et se retint au mur, vomissant tripes et boyaux, cherchant à contrôler ses tremblements. Quand il parvint à se maîtriser, il courut donner l'alarme à la Garde Noire, puis se précipita au palais. Son père devait être mis au courant et il valait mieux que ce fût par son fils.

L'identité de l'assaillant était par trop certaine. L'Éllcrys périssait, l'Interdit avait commencé à s'effriter. Les Démons les plus puissants avaient recouvré leur liberté. En un seul massacre, ils s'étaient assurés de ne plus jamais être emprisonnés. Ils avaient éliminé tous ceux qui étaient susceptibles d'aider à la renaissance de l'arbre et à la restauration de l'Interdit.

Ander refranchit les grilles. Went, de nouveau là, bêchait et arrachait les mauvaises herbes. Il leva un instant son visage boucané au passage du prince. Ander le remarqua à peine.

Satisfait, Went baissa les yeux à terre. Bêchant vaguement la terre noire, le Caméléon poursuivit sa besogne.

5

La nuit tombait quand Ander Elessedil referma la porte de la maison des Elus dont on avait emporté les corps. Il traversa la courette et gagna l'allée menant aux Jardins de la Vie. A travers le Carolan, des torches scintillaient dans les ténèbres croissantes. Il y avait des soldats partout. La Garde Noire encerclait les Jardins, et les Soldats du roi – le corps personnel de Chasseurs elfiques du souverain – patrouillaient les rues et les trois artères de la cité. Les Elfes étaient, cela se comprend, terrorisés par ce massacre. La nouvelle s'étant vite répandue, Eventine s'était empressé de rassurer son peuple. En vérité, il pensait qu'il ne courait pas un danger immédiat. La créature qui avait assassiné les Elus ne s'était attaquée à personne d'autre. Toutefois, un minimum de précautions ne pouvait nuire. Ces mesures serviraient autant à museler la panique que le roi sentait monter parmi son peuple qu'à protéger la cité.

Bien sûr, le pire était en route. L'arbre dépérissait. Une fois l'Ellcrys morte, l'Interdit s'écroulerait totalement, et le Mal qu'il enfermait serait libéré. Il détruirait alors jusqu'au dernier des Elfes. Sans l'Ell-crys, quel miracle la magie elfique pourrait-elle trouver pour empêcher cette extermination ?

Ander s'arrêta devant les murs des Jardins. Il expira lentement pour se calmer, chassant le senti-ment d'impuissance qui l'envahissait comme une maladie insidieuse. Que pouvaient-ils raisonnable-ment faire ? Même avec les Elus vivants, ils igno-raient totalement où chercher le Feu de Sang. Avec l'Interdit qui commençait de s'effondrer, jamais ils n'auraient disposé d'assez de temps pour mener à bien cette recherche. Et à présent que les Elus étaient morts...

Amberle...

Son nom fut chuchoté dans son esprit. Amberle. C'est d'elle que Lauren avait parlé avant de mourir. A ce moment-là, cette idée lui avait paru impossible. Toutefois, à présent, la suggestion la plus irréaliste lui paraissait meilleure que l'impasse dans laquelle ils se trouvaient. Il prit vite sa décision. Mais comment convaincre son père, ne serait-ce que d'accepter d'entendre parler de cette proscrite ?

– Prince des Elfes ?

Cet appel jaillissant de nulle part surprit tellement Ander qu'il fit un grand bond de côté en poussant un hoquet. Une ombre se faufila hors du couvert des pins qui poussaient contre les murs des Jardins de la Vie. Une ombre plus noire que la nuit. Paralysé par la surprise, Ander ne respira plus pendant un instant. Puis, comme il portait vite une main à la courte épée glissée sous son ceinturon, l'ombre se planta devant lui, et une poigne d'acier arrêta son bras.

– Paix, Ander Elessedil. (La voix était douce mais impérieuse.) Je ne suis pas un de tes ennemis.

La forme de cette ombre était celle d'un homme, Ander pouvait le voir à présent. Un géant mesurant bien deux mètres cinquante. De longues robes noires enveloppaient étroitement son corps maigre et sa cape en laine dissimulait son visage, hormis les deux fentes de ses prunelles qui étincelaient comme celles d'un chat.

– Qui es-tu ? parvint enfin à demander le prince des Elfes.

L'inconnu releva son capuchon. Une barbe noire encadrait son visage anguleux, couvert de rides ; le pli de sa bouche était grave. Ses cheveux longs, qui tombaient jusqu'aux épaules, ombrageaient sa figure. Des yeux félins, perçants et noirs, le fixaient de sous d'épais sourcils qui s'emmêlaient férocement au-dessus de son nez long et fin. Ander se rendit compte que ces yeux le tenaient captif.

– Ton père m'aurait reconnu, murmura le géant. Je suis Allanon.

Incrédule, Ander se raidit.

– Allanon ? (Il secoua la tête avec lenteur.) Mais... Mais Allanon est mort !

Les prunelles noires lancèrent un éclair.

– Prince des Elfes, aurais-je à tes yeux l'air d'un mort ? fut la réponse un brin railleuse.

– Non... Certes, je vois bien que... balbutia Ander. Mais cela fait plus de cinquante ans...

Ander se tut. Les souvenirs des récits de son père lui revinrent en mémoire : la quête du Glaive de Shannara ; le sauvetage d'Eventine prisonnier dans le camp des armées ennemies ; la bataille de Tyrsis ; la défaite du Maître Sorcier aux prises avec Shea Ohmsford, le petit homme du Val. Allanon avait toujours été présent, mettant sa force et sa sagesse au service des peuples assiégés des Quatre Terres. Une fois la paix rétablie et le Maître Sorcier détruit, Allanon avait disparu. On prétendait que Shea Ohmsford avait été le dernier à l'avoir vu. De temps à autre, la rumeur de sa réapparition en d'autres lieux avait circulé. Mais jamais il n'était revenu dans le West-land. Et aucun Elfe ne s'attendait à le revoir. Pourtant, son père lui avait souvent répété qu'avec cet homme extraordinaire on pouvait s'attendre à tout. Homme errant, historien, philosophe et magicien, gardien des races, dernier des anciens Druides, le sage du Nouveau Monde, on affirmait qu'Allanon avait été tout cela à la fois.

Mais est-ce vraiment Allanon ? s'interrogeait Ander.

– Regarde-moi attentivement, prince des Elfes, ordonna-t-il de sa voix profonde de stentor. Tu verras que je ne t'abuse point.

Ander sonda le visage sombre, fouilla les yeux noirs et étincelants, puis tout d'un coup ses doutes s'envolèrent. L'homme qui se tenait devant lui était bel et bien Allanon.

– Je veux que tu me conduises auprès de ton père, précisa ce dernier d'un ton bas et retenu. Choisis un chemin peu fréquenté. Je souhaite garder ma venue secrète. Partons, maintenant, avant l'arrivée des sentinelles.

Ander s'éloigna d'un pas vif vers la cité. Le Druide le suivit comme son ombre.

Quelques minutes plus tard, ils se faufilaient au milieu d'arbres toujours verts, au fond des jardins du palais où se dressait une petite grille fermée par des chaînes et une serrure. Ander sortit de sa poche un trousseau de clés et en glissa une dans la serrure. Celle-ci s'ouvrit dans un grincement aigu.

En temps ordinaire, les Jardins étaient surveillés uniquement par les sentinelles de la Garde Noire. Mais plus tôt au cours de la journée, le corps de Went, le jardinier, avait été découvert sous un arbuste, à la frange septentrionale des Jardins, la nuque brisée. Sa mort était totalement différente de celle des Elus, si bien qu'aucune raison ne permettait a priori d'établir un lien entre ces crimes. Toutefois, le meurtre de Went avait été perpétré trop près d'Eventine au goût des Soldats du roi. On avait donc renforcé les patrouilles, et Dardan et Rhoe, les gardes personnels du roi, faisaient le guet devant les portes du palais.

Le Druide, presque une ombre, glissait sans bruit, veillant à ce qu'Ander reste à son côté. Ils parvinrent sans être arrêtés devant les portes-fenêtres du cabinet de travail situé au rez-de-chaussée. Allanon tendit l'oreille vers une fenêtre aux rideaux tirés. Puis il tourna le loquet en fer, et lui et le prince pénétrèrent dans la pièce.

Eventine se leva de la table de lecture jonchée de

livres et regarda d'un air interdit d'abord son fils, puis l'homme qui l'avait suivi.

– Allanon ! souffla-t-il.

Le Druide referma la porte-fenêtre, remit soigneusement les tentures en place, puis s'avança dans la lumière des chandelles.

– Après toutes ces années...

Eventine hochait la tête en signe d'incrédulité. Il s'avança vers le Druide et lorsqu'il vit clairement le visage du géant, ses doutes se muèrent en ébahissement.

– Allanon ! Mais tu n'as pas vieilli ! Tu... n'as pas changé depuis... Comment... ?

– Je suis celui que j'ai toujours été, coupa le Druide. Il te suffit de savoir cela, roi des Elfes.

Eventine acquiesça sans mot dire, toujours aussi interloqué par cette apparition inattendue. Il regagna lentement sa table de lecture, et les deux hommes prirent place l'un en face de l'autre.

– Assieds-toi avec nous, prince des Elfes, précisa Allanon en désignant un siège.

Reconnaissant d'être invité à assister à l'entretien, et souhaitant vivement en entendre les propos, Ander s'empressa d'obtempérer.

– Tu es au courant de ce qui s'est passé ? s'enquit d'emblée le roi.

Allanon opina.

– C'est pour cette raison que je suis venu. J'ai senti une brèche dans l'Interdit. Quelque chose emprisonné là a franchi le seuil de notre monde, une chose dont le pouvoir est immense, cela est clair. Ce fut l'apparition de cette créature...

On entendit un faible bruit de pas dans le corridor et le Druide se leva aussitôt. Puis il se détendit et reporta son regard sur le roi.

– Personne ne doit savoir que je me trouve ici.

Eventine n'émit pas d'objections. Il se contenta d'acquiescer, se leva et alla rapidement ouvrir la porte. Manx était assis sur son arrière-train, le museau levé vers son maître, la queue remuant lentement. Eventine sortit dans le corridor et aperçut

Gael qui s'avançait avec un plateau de thé. Le roi sourit et le lui prit des mains.

— Je veux que tu rentres chez toi et que tu dormes un peu, ordonna le roi. (Comme Gael allait protester, il secoua vivement la tête.) Pas de discussion. Nous avons beaucoup à faire demain matin. Rentre chez toi. Tout va bien. Demande à Dardan et à Rhoe de monter la garde jusqu'à ce que je me retire. Je ne souhaite voir personne.

Là-dessus, le roi tourna brusquement les talons et referma derrière lui la porte de son cabinet de travail. Manx qui, entre-temps, s'était faufilé à l'intérieur, alla flairer l'étranger installé à la table de lecture, puis, apparemment satisfait de son examen, s'allongea devant la cheminée en pierre, appuya le museau sur ses pattes et ferma ses yeux bruns, soupirant d'aise. Eventine retourna s'asseoir.

— Est-ce cette créature qui a tué les Elus ? s'enquit-il en reprenant le fil de la conversation.

— Je le crois, oui. J'ai senti le grave péril que couraient les Elus et je suis venu le plus vite possible. Mais hélas ! pas assez vite pour les sauver.

Eventine esquissa un sourire triste.

— Je suis responsable de ce désastre, malheureusement. Je les ai laissés sans protection, alors même qu'on m'avait prévenu que l'Interdit commençait à s'écrouler. Mais peut-être cela ne changerait-il rien. En effet, même vivants, je ne suis pas certain que les Elus auraient été capables de sauver l'Ellcrys. Ce qu'elle leur a dévoilé au sujet de l'emplacement du Feu de Sang est incompréhensible. Même le nom qu'elle leur a transmis... L'Imprenable. Connais-tu ce nom ?

Allanon secoua la tête.

— Nos archives ne nous ont rien appris à ce sujet, ni celles de mes prédécesseurs, ni celles des Elus, poursuivit le roi. Je suis confronté à une situation inextricable. L'Ellcrys se meurt. Pour la sauver, l'un des Elus à son service doit à présent porter sa semence au Feu de Sang, l'immerger dans ses flammes, puis la retourner à la terre, afin qu'une renaissance soit possible.

– Je sais tout cela, coupa le Druide.

Les joues du roi s'empourprèrent. Il contenait difficilement sa colère et son dépit.

– Alors, réfléchis à ceci. Nous ignorons l'emplacement du Feu de Sang. Aucun texte ne mentionne l'Imprenable. Et à présent, les Elus sont tous morts. Nous n'avons personne pour porter cette semence. L'issue semble inévitable. L'Ellcrys mourra, l'Interdit s'écroulera, le Mal qu'il renferme envahira une fois de plus notre monde. Les Elfes, ainsi que probablement toutes les races occupant les Quatre Terres, devront affronter une guerre conduisant à une extermination totale.

Eventine se pencha brusquement en avant.

– Je suis un roi. Cela et rien d'autre. Toi, tu es un Druide, un magicien. Si tu souhaites nous proposer ton aide, fais-le. Je ne vois rien d'autre qui soit en mon pouvoir.

Le Druide pencha un peu la tête de côté, comme s'il réfléchissait au problème.

– Avant de venir te voir, Eventine, je suis allé dans les Jardins de la Vie et me suis entretenu avec l'Ellcrys.

Le roi regarda le Druide d'un air incrédule.

– Tu t'es entretenu avec... ?

– Peut-être serait-ce plus exact de dire qu'elle s'est adressée à moi. Si elle n'avait pas voulu qu'il en soit ainsi, il n'y aurait eu aucune communication entre nous, naturellement.

– Mais elle ne parle qu'aux Elus, intervint Ander.

Au froncement de sourcils agacé de son père, Ander s'arrêta court.

– Allanon, mon fils a raison. L'Ellcrys ne parle qu'aux Elus... et encore, rarement.

– Elle parle à ceux qui la servent, rétorqua Allanon. Parmi les Elfes, il n'y a que les Elus. Néanmoins, les Druides ont également servi l'arbre, quoique de manière différente. Bref, je me suis simplement présenté à elle, et elle a décidé de m'adresser la parole. Ce qu'elle m'a dit me laisse à penser que tu te trompes au moins sur un point.

Eventine attendit un moment que le Druide poursuive, mais ce dernier se contenta de fixer le roi d'un air interrogateur.

– Soit, c'est moi qui poserai les questions. (Le roi se força à garder son calme.) Alors, quel est ce point ?

– Avant de te l'expliquer, répondit Allanon en se penchant vers le roi, je tiens à ce que tu comprennes une chose. Je suis venu ici pour fournir l'aide qui est en mon pouvoir, car l'Interdit menace toute vie dans les Quatre Terres. Et cette aide-là, je l'offre de mon plein gré. Avec, toutefois, une condition. Je dois être libre d'agir comme cela me convient. Même si tu le désapprouves, Eventine Elessedil. Même en ce cas. Comprends-tu ?

Le roi hésita. Ses yeux bleu vif sondèrent le visage sombre du magicien, cherchant des réponses qui, bien sûr, ne s'y trouvaient point. Enfin, il acquiesça.

– Je comprends. Tu peux agir comme tu le souhaites.

Le Druide se carra dans son fauteuil, et masquant toute émotion, fit face au souverain et à son fils.

– Tout d'abord, je crois que je puis vous aider à découvrir l'emplacement de l'Imprenable. Ce que m'a montré l'Ellcrys ne m'était guère familier. Et ce, pour la bonne raison qu'elle a puisé dans sa mémoire du monde au temps de sa création. Or, les Grandes Guerres ont si radicalement modifié la topographie de l'Ancien Monde que sa perception en est complètement erronée. Pourtant, nous disposons du nom. L'Imprenable. Tu m'as précisé qu'aucune archive ne le mentionne. Néanmoins, il est un autre endroit où nous pouvons le rechercher. A Paranor, le Donjon des Druides recèle des ouvrages entièrement consacrés aux sciences et aux phénomènes magiques de l'Ancien Monde. Et il se peut que nous trouvions, dans ces ouvrages, quelque allusion à la création de l'Ellcrys et à l'emplacement du Feu de Sang. Cela est même fort probable, étant donné que ces récits furent récoltés à l'époque du Premier Consul des Druides, de la bouche même de chacun de ses membres. Souviens-toi également que le guide de ce Conseil était Galaphile. Or, Galaphile était un Elfe. Il a dû veiller à ce que figure quelque part un détail sur la création de l'Ellcrys et sur l'emplacement de la fontaine du Feu de Sang.

Allanon marqua un temps de silence.

– Cette nuit, lorsque nous en aurons fini ici, je partirai pour Paranor. Ces récits sont cachés et seul un Druide peut y accéder. Voilà pourquoi il est nécessaire que je m'y rende en personne. Mais j'ai bon espoir de trouver, dans ces ouvrages, une allusion à l'Imprenable. Nous pourrions alors découvrir l'emplacement du Feu de Sang.

Le Druide posa les mains sur le rebord de la table et regarda le roi droit dans les yeux.

– Maintenant, au sujet des Elus, Eventine, tu te trompes complètement. Ils ne sont pas tous morts.

Un silence glacial tomba dans la pièce.

Amberle ! Il parle d'Amberle, se dit Ander, ébahi.

– Tous les six ont été tués... commença Eventine.

Il se tut abruptement.

– Il y avait sept Elus, rappela doucement le Druide. Sept.

Le roi se raidit, ses mains se cramponnèrent si fortement au rebord de la table qu'elles en perdirent leur couleur. Ses prunelles lancèrent des éclairs de colère et d'incompréhension.

– Amberle ! souffla-t-il, comme une malédiction.

Le Druide opina.

– Elle est l'une des Elus.

– Non ! hurla le roi en se levant d'un bond. Non, Druide !

Un bruit de pas précipités se fit entendre dans le corridor, puis on martela la porte du cabinet d'étude. Ander comprit que les cris d'Eventine avaient attiré Dardan et Rhoe. Vite, il alla ouvrir la porte et fut surpris d'apercevoir, non seulement ces deux gardes, mais Gael. Tous pointèrent la tête, intrigués, mais le prince prit soin de leur masquer la vue. Puis son père le rejoignit.

– Je t'avais dit de rentrer chez toi, Gael, le tança vertement Eventine. Maintenant, obéis-moi.

Gael s'inclina machinalement, mortifié par cette réprimande, et repartit sans prononcer un mot. Le roi lança aux deux Chasseurs un signe de tête leur assurant qu'il allait bien, et ils rejoignirent leur poste.

— Mais, comment as-tu appris qu'Amberle était une Elue ?

— L'Ellcrys m'a précisé qu'il y avait eu sept Elus dont une jeune fille nommée Amberle Elessedil.

Le Druide se tut et observa attentivement le visage du roi des Elfes que creusaient des plis d'amertume. Il était devenu blême.

— Il est inhabituel qu'une jeune fille soit choisie, enchaîna Allanon d'un ton calme. Quatre ou cinq le furent, je crois, et aucune depuis cinq cents ans.

Le roi hocha la tête avec colère.

— L'élection d'Amberle était un honneur qui ne signifiait rien à ses yeux. Elle l'a méprisé. Elle a couvert d'infamie son peuple et sa famille. Elle n'est plus une Elue. Elle n'est même plus une citoyenne de cette terre. Elle est devenue une proscrite, et ce, de son propre chef.

Le visage soudain dur, Allanon se leva vivement.

— Elle est ta petite-fille, et tu parles comme un sot.

Eventine se raidit sous l'affront, mais se tint coi. Le Druide se campa devant lui.

— Ecoute-moi. Amberle est une Elue. Il est vrai qu'elle n'a pas servi l'Ellcrys, comme son devoir le lui imposait. Il est vrai aussi qu'elle a quitté Arbolon et le Westland, sa patrie, pour une raison connue d'elle seule, malgré les responsabilités qui étaient les siennes, et qu'elle a déshonoré sa famille et, plus particulièrement, toi, en tant que roi, aux yeux de son peuple. Il est vrai encore qu'elle a choisi de devenir une proscrite. Et il est vrai enfin qu'elle n'estime plus être une Elue.

» Néanmoins, sache ceci. Ni toi ni ton peuple n'avez le droit de retirer ce que l'Ellcrys a donné. Elle seule possède ce droit. Et tant que l'Ellcrys n'agit pas dans ce sens, Amberle reste une Elue à son service, une Elue susceptible de porter sa semence lors de la quête du Feu de Sang, afin de la faire renaître.

Allanon marqua un temps d'arrêt.

— Un roi a beau être un roi, il ne peut tout comprendre, Eventine Elessedil. Il est certaines choses que tu dois simplement accepter.

Toute colère éteinte dans ses prunelles, Eventine regarda le Druide en silence, l'air à la fois mortifié et troublé.

– J'ai été très proche d'elle dans le temps, déclarat-il finalement. Après la mort de son père, mon fils Aine, je suis devenu comme son père. Elle n'était encore qu'une enfant, cinq ans seulement. Le soir, nous jouions ensemble... (Saisi d'émotion, Eventine dut se taire. Il inspira profondément pour se ressaisir.) Elle possédait une qualité que je n'ai retrouvée depuis chez personne : une douceur, une innocence, une tendresse... Je ne suis qu'un vieillard qui parle de sa petite-fille, mais point en aveugle. Je la connaissais.

Allanon garda le silence. Le roi regagna son fauteuil et s'y assit lentement.

– Les archives historiques ne mentionnent aucune femme au service de l'Ellcrys depuis l'époque de Jerle Shannara. Amberle a été la première... depuis plus de cinq cents ans. C'était un honneur pour lequel les autres jeunes Elfes auraient tout donné. (Il hocha la tête en signe d'incrédulité.) Et pourtant, Amberle l'a fui. Elle n'a pas donné d'explications, ni à moi, ni à sa mère. A personne. Pas un mot. Elle est partie.

Le roi se tut, désespéré. Allanon s'installa de nouveau en face de lui, ses prunelles noires brillant d'un éclat intense.

– On doit la ramener ici. Elle est le seul espoir qui reste au peuple des Elfes.

– Père ! s'écria impulsivement Ander en s'agenouillant à son côté. Père, la nuit précédant son assassinat, Lauren m'a confié une chose. Il m'a dit que l'Ellcrys avait parlé de nombreuses fois avec Amberle après son élection. Cela n'était jamais arrivé. Peutêtre Amberle est-elle en effet notre meilleur espoir.

Le roi le regarda d'un œil vide, comme si tous ces mots étaient dénués de sens. Puis, il posa ses mains à plat sur l'antique table de lecture et opina une seule fois.

– Ander, je trouve cet espoir bien mince. Notre

peuple accepterait peut-être de la revoir parmi nous, mais à l'unique condition qu'elle nous soit utile. Et encore, j'en doute. Qu'elle ait abandonné son devoir est à ses yeux impardonnable. D'un autre côté, il se peut que l'Ellcrys l'accepte à la fois comme Elue et porteuse de sa semence. Je ne prétends point posséder les réponses à ces questions. Et en l'occurrence, mes sentiments personnels n'importent guère. (Il se tourna de nouveau vers le Druide.) Mais c'est Amberle elle-même qui nous fera obstacle, Druide. Lorsqu'elle a quitté cette terre, c'était pour toujours. Elle était convaincue qu'il devait en être ainsi. Quelque chose le lui a fait croire. Tu ne la connais pas aussi bien que moi. Jamais elle ne reviendra ici.

L'expression d'Allanon ne changea pas.

– Cela reste à voir. Nous devons au moins lui parler.

– J'ignore où elle demeure. (La voix du roi prit soudain une inflexion amère.) Personne, sans doute, ne le sait.

Le Druide versa de la tisane dans une tasse et la tendit au roi.

– Si... moi.

Eventine le fixa sans desserrer les lèvres. Des émotions contradictoires passèrent sur son visage, et ses yeux s'emplirent soudain de larmes qui séchèrent aussitôt.

– J'aurais dû le deviner, observa-t-il enfin.

Il se leva, s'éloigna de quelques pas, le visage tourné vers la pénombre.

– Allanon, tu es libre d'agir comme tu l'entends. Cela, tu le sais déjà.

Au cœur des forêts obscures du Westland qui s'étendaient au nord du Carolan, le Dagda Mor était assis tranquillement, les yeux clos. Le Caméléon l'avait bien servi. Il se leva et le Sceptre du Pouvoir s'enflamma brusquement quand ses doigts se refermèrent autour du bois précieux.

– Druide, siffla-t-il doucement, je te connais.

Il lança un signe à l'adresse de l'ombre imprécise qu'était la Faucheuse, et le monstre surgit de la nuit.

Le Dagda Mor regardait en direction de l'orient. Il attendait le Druide à Paranor. Mais pas tout seul. En effet, il sentait le pouvoir de cet homme, et il s'en méfiait. La Faucheuse était assez puissante pour vaincre ce pouvoir, mais il la réservait pour un meilleur usage. Non, une autre aide serait requise. Il allait faire sortir quelques frères à travers le mur en voie d'érosion de l'Interdit.

Un nombre suffisant pour prendre le Druide au piège. Pour le tuer.

# 6

Allanon attendait Ander, lorsque celui-ci ressortit du cabinet de travail du roi. Ensemble, ils retraversèrent les jardins du palais et franchirent la petite grille dérobée. Puis Allanon demanda à être conduit aux écuries. Ander renvoya d'un mot rassurant le vieux gardien, et ils pénétrèrent à l'intérieur.

Des lampes à huile éclairaient une double rangée de stalles, et seul le souffle des chevaux troublait le silence. Allanon longea la première rangée en promenant son regard sur chacune des bêtes, puis remonta la deuxième. Ander le suivit en l'observant.

Finalement, le Druide s'arrêta et se retourna vers le prince.

– Celui-ci, fit-il en pointant le doigt. Il me le faudrait.

Ander jeta un regard embarrassé au cheval désigné par Allanon. C'était Artaq, un impressionnant étalon, noir comme le charbon, très haut sur pattes, assez grand et vigoureux pour porter un géant comme Allanon. C'était un cheval bâti pour l'endurance plus que pour la vitesse. Toutefois, Ander le savait capable de filer comme le vent sur de courtes distances. Sa tête fine et assez petite contrastait étrangement avec son énorme corps et ses flancs larges. Ses yeux bien écartés et couleur d'azur surprenaient. Des yeux pleins d'intelligence. Artaq n'était pas un étalon qui se laissait maîtriser par le premier cavalier venu.

Et c'était là tout le problème. Ce cheval était doté d'une volonté farouche et absolument imprévisible. Il adorait jouer des tours à ses cavaliers qui finissaient, le plus souvent, à terre. Et plus d'un avait été blessé. Si l'homme qui montait Artaq n'était ni assez doué ni assez vif, le cheval trouvait un moyen de le désarçonner au bout de quelques secondes. Aussi peu d'hommes se donnaient-ils la peine de tenter cet exploit. Le roi lui-même ne le montait presque plus, bien qu'il ait été jadis son favori.

– Il y en a d'autres... suggéra Ander avec hésitation.

Mais Allanon faisait déjà non de la tête.

– Celui-là conviendra. Quel est son nom ?

– Artaq.

Pendant un certain temps, Allanon examina attentivement l'étalon, puis souleva le loquet de la stalle, dans laquelle il pénétra. Ander s'approcha pour observer la scène. Le Druide se tint calmement devant le grand cheval, puis leva une main en signe d'invitation. A la grande surprise d'Ander, Artaq s'approcha. Allanon caressa avec lenteur et douceur la crinière satinée, puis se pencha en avant pour murmurer quelques paroles dans le creux de son oreille. Enfin, il lui passa une longe et entraîna le cheval jusqu'au fond de la rangée où se trouvaient les harnais. Hochant la tête, Ander les suivit. Le Druide choisit un harnais de tête et le plaça rapidement après avoir retiré la longe. Une dernière parole d'encouragement, et il sauta en selle.

Ander retint son souffle. Lentement, Allanon fit parcourir au cheval une rangée, puis l'autre. Artaq se montra docile et souple. Il ne ruserait pas avec cet homme. Allanon ramena l'étalon à l'endroit où Ander les attendait et remit pied à terre.

– Pendant mon absence, prince des Elfes, déclarat-il, ses prunelles noires dardées sur le fils cadet du roi, je te charge de veiller sur ton père. Assure-toi qu'il ne lui arrive rien. (Temps de silence.) A cet égard, je m'en remets à toi.

46

Ander opina, heureux qu'Allanon lui accordât cette confiance. Ce dernier l'observa encore un instant, puis tourna les talons. Il entraîna Artaq jusqu'au fond de l'écurie et poussa les portes à deux battants.

– Adieu, Ander Elessedil.

Là-dessus, le géant remonta en selle, fit franchir à l'étalon noir les portes ouvertes et s'éloigna vite dans la nuit.

Ander les suivit du regard jusqu'à les perdre de vue.

Jusqu'à l'aube et pendant les trois jours suivants, Allanon chevaucha vers l'est, en direction de Paranor. Il traversa les profondes forêts du Westland jusqu'à l'entrée de la vallée historique de Rhenn, puis s'engagea dans l'immensité tentaculaire des plaines de Streleheim. Il progressait à une cadence régulière, ne faisant halte que pour se reposer, se restaurer, laisser boire et paître sa monture, évitant dans la mesure du possible les terrains découverts et s'écartant des pistes de caravanes et des voies fréquentées. Pour l'heure, personne, hormis le roi des Elfes et son fils Ander, ne le savait revenu dans les Quatre Terres. Si le Mal qui avait franchi l'Interdit apprenait l'existence de la septième Elue ou des archives gardées à Paranor, sa quête serait gravement mise en péril. Le secret était donc son meilleur allié, et il avait l'intention de le préserver.

Au troisième coucher du soleil, il parvint à Paranor. Il était certain de ne pas avoir été suivi. Allanon laissa Artaq à bonne distance de l'ancienne forteresse, dans un bosquet d'épineux au sol herbeux et pourvu d'eau, puis parcourut à pied le restant du chemin. Les lieux avaient changé depuis l'époque du Maître Sorcier. Les meutes de loups qui rôdaient dans les forêts environnantes avaient disparu. La barrière d'arbrisseaux aux épines vénéneuses rendant difficile l'accès à ce donjon n'existait plus non plus. Dans les bois paisibles résonnaient les chants des oiseaux annonçant la tombée de la nuit.

Allanon marqua un temps d'arrêt. L'histoire de

Paranor se confondait avec celle des Druides, ses ancêtres. Elle avait débuté un millier d'années après que les Grandes Guerres avaient annihilé la race de l'Homme et changé à jamais la face de l'Ancien Monde. Elle avait débuté après les années de sauvagerie et de désolation au cours desquelles les survivants de cet holocauste luttèrent pour résister à cet univers létal dans lequel l'Homme n'était plus l'espèce dominante. Elle avait débuté après que cette race eut essaimé de nouveau en donnant naissance à quatre branches : Hommes, Nains, Gnomes et Trolls, ainsi qu'après la réapparition des Elfes. Elle avait débuté enfin à Paranor où les Druides avaient formé le Premier Conseil dans le but désespéré de ne pas laisser le Nouveau Monde sombrer dans l'anarchie totale qui le menaçait. Galaphile avait pris cette initiative. Galaphile, le plus grand des Druides. Ici, à Paranor, l'histoire de l'Ancien Monde avait été réunie dans des archives afin d'être préservée pour les générations futures. Ici, les mystères des sciences anciennes avaient été explorés et quelques-uns percés à jour. Pendant des siècles, les Druides, ces sages du Nouveau Monde, avaient vécu à Paranor, s'échinant à retrouver et à rebâtir ce qui avait été perdu à cause des Grandes Guerres.

Toutefois, leurs efforts acharnés furent vains. L'un d'entre eux, dévoré par une ambition démesurée, avait fini par acquérir un pouvoir immense qu'il utilisa dans un but maléfique. Brona, tel était son nom. Pendant la Première Guerre des Races, voulant dominer les Quatre Terres, il avait lancé une armée d'Hommes à l'assaut des autres races. Les Druides avaient écrasé cette insurrection et avaient obligé Brona à vivre en reclus. Ils avaient fini par le croire mort. Mais cinq cents ans plus tard, Brona était réapparu sous la forme du Maître Sorcier. Alors, il avait pris au piège les Druides, qui ne soupçonnaient rien, dans la forteresse de Paranor et les avait assassinés. Tous, sauf un. Bremen, le père d'Allanon. Ce dernier avait forgé un glaive enchanté et en avait fait présent au roi des Elfes, Jerle Shannara. Ce fer était un talisman contre lequel le Maître Sorcier ne pouvait se dresser. Grâce à ce Glaive, les Elfes et leurs alliés étaient sortis vainqueurs de la Deuxième Guerre des Races et avaient rejeté de nouveau le Maître Sorcier hors de la terre.

Lorsque Bremen avait rendu l'âme, il n'était plus resté qu'un seul Druide : Allanon. Celui-ci scella à jamais l'entrée de Paranor, qui devint alors pour les races un monument d'un autre âge, un âge où les Hommes étaient grands et accomplissaient des prodiges encore plus grands.

Le Druide secoua la tête. Tout cela n'était plus que du passé. Et il devait s'occuper uniquement du présent.

Il contourna le haut soubassement rocheux du Donjon, scrutant les crevasses profondes et les saillies déchiquetées. Enfin, il s'arrêta et posa la main à plat sur la roche. Une portion tourna vers l'intérieur, révélant un souterrain intelligemment dissimulé. Le Druide se faufila vite à travers l'ouverture, et la roche se referma d'elle-même derrière lui.

Il régnait là une obscurité totale. Allanon chercha à tâtons les torches fixées au mur. Il en décrocha une et frotta le silex qu'il gardait toujours dans une bourse accrochée à la taille. Une étincelle jaillit et enflamma la poix dont la tête de la torche était enduite. La brandissant devant lui, il attendit que sa vision accommode. Le souterrain s'allongeait en ligne droite. Au loin, des marches grossièrement taillées se profilaient vaguement pour s'enfoncer ensuite dans les ténèbres. Une horrible odeur de poussière et de moisi monta à ses narines et il fronça le nez de dégoût. Un froid intense régnait dans cette caverne. Le Druide resserra sa lourde cape autour de son maigre corps. Plusieurs centaines de mètres plus loin, le tunnel zigzaguait encore dans le noir.

Il aboutissait à une massive porte en bois bardée de fer. Allanon se pencha pour mieux l'examiner, appuya sur plusieurs clous en métal à grosse tête, et la porte tourna sur ses gonds.

Il se retrouva dans la gigantesque chaudière, à présent éteinte, du Donjon. Une vaste caverne en forme de rotonde au milieu de laquelle une étroite passerelle circulaire ceinturait un impressionnant puits noir. Une rambarde métallique protégeait d'une chute dans cet abîme. Une série de portes en bois cerclées de fer étaient ménagées dans la paroi rocheuse, toutes closes et barricadées.

Le Druide s'approcha de la rambarde et, brandissant sa torche, regarda dans le puits. Le pâle reflet des flammes dansa sur des murs noirs de cendres et attaqués par la rouille. L'énorme fourneau était froid à présent, la machinerie qui avait pompé sa chaleur pour la répandre jusque dans la haute tour de la forteresse était verrouillée et silencieuse. Mais très loin, tout au fond, brûlaient encore les entrailles agitées de la terre.

Des souvenirs d'une autre époque se bousculèrent dans l'esprit du Druide. Plus de cinquante ans auparavant, il était venu ici avec sa petite troupe d'amis partis du village des Nains de Culhaven : Shea et Flick, les frères Ohmsford, Balinor Buckhannah, le prince de Callahorn, Menion, le prince de Leah, Durin et Dayel Elessedil, les neveux d'Eventine. Ils étaient venus à Paranor dans l'espoir de retrouver le légendaire Glaive de Shannara, car le Maître Sorcier, à la tête d'une immense armée, se préparait à envahir les Quatre Terres, et seul le pouvoir surnaturel de ce Glaive pouvait le vaincre. Allanon était donc entré avec sa petite troupe dans le Donjon et avait presque failli y trouver la mort. Dans cette même rotonde, il avait mené un combat d'une férocité inouïe contre l'un des Porteurs du Crâne, les monstres à la solde du Maître Sorcier. Ce dernier, au courant de sa venue, lui avait tendu un piège.

Le Druide leva brusquement les yeux et écouta le profond silence. Un piège... Ce mot le troubla et réveilla en lui une sorte de sixième sens instinctif l'enjoignant à la prudence. Quelque chose n'était pas normal. Quelque chose...

Indécis, il attendit encore, puis hocha la tête. Pure sottise ! Ce n'étaient que ses souvenirs, rien d'autre.

Portant le flambeau à bout de bras, il gagna l'étroit escalier en colimaçon menant aux étages supérieurs. Sans un regard en arrière vers le puits sans fond, il gravit rapidement les marches et pénétra dans les corridors du Donjon.

Tout était comme cinquante ans auparavant. La lumière des astres se faufilait par les hautes croisées en fins rubans argentés qui effleuraient les boiseries précieuses des murs. Peintures et tapisseries ornaient ces corridors dont les riches coloris étaient adoucis par la nuit en des bleus et des gris voilés. Des statues de pierre et de métal montaient une garde silencieuse devant les portes en bois massif, aux poignées de cuivre. La poussière couvrait toute chose, et des toiles d'araignée tombaient en écharpes du plafond jusqu'au sol en marbre.

Allanon progressait à pas lents, les flammes de sa torche perçant le voile trouble de l'air rance qui planait, immobile, à travers le Donjon. De petits nuages de poussière s'élevaient dans son sillage et l'écho de ses pas sur le marbre semblait irréel. Parvenu à un croisement, il tourna à droite dans un nouveau corridor, puis s'arrêta devant une petite porte en bois de chêne blanc que fermait un imposant verrou. Il sortit une grande clé de la bourse fixée à sa ceinture et la fit tourner deux fois dans la serrure. Le verrou se rebiffa en grinçant mais finit par céder. Allanon franchit le seuil et referma la porte derrière lui.

La pièce, un ancien cabinet de travail, était sans fenêtres et de taille modeste. Ses quatre murs disparaissaient sous des rayonnages contenant quantité d'ouvrages reliés de tissu à présent effiloché et dont les pages tombaient presque en poussière.

Le Druide promena un rapide regard sur les murs et s'approcha de celui de gauche. Passant une main derrière les livres posés sur la troisième étagère à partir du bas, il chercha deux clous à grosse tête et appuya dessus. Une section de la bibliothèque pivota en silence ; il passa par l'ouverture ainsi dégagée puis remit le meuble en place.

Allanon se retrouva dans une sorte de chambre secrète, enchâssée entre des blocs de granit taillés de façon à s'emboîter à la perfection les uns dans les autres, et soigneusement scellés avec du mortier. Il n'y avait ni fenêtres ni portes, rien que le passage dérobé. L'air était rance mais néanmoins respirable. Et pas la moindre trace de poussière, en raison de l'absence totale d'interstice dans les murs.

A l'aide de sa torche, il alluma celles qui étaient fixées aux murs, ainsi que les deux chandelles posées sur une petite table de lecture. Cela fait, il gagna le mur à droite de la porte secrète et laissa courir une main légère sur la pierre lisse. Puis, les doigts écartés en éventail, il plaça sa main à plat et baissa la tête pour se concentrer. Au début, rien ne se produisit. Mais tout à coup, une lueur bleu vif jaillit de chacun de ses doigts et traça sur le granit des sillons semblables aux veines d'un corps humain. Le mur s'enflamma d'un feu bleu et silencieux. Un instant plus tard, le mur et le feu avaient disparu.

Allanon recula. A la place du mur de granit s'alignaient des rangées d'énormes ouvrages reliés de cuir et gravés d'arabesques d'or. Là étaient réunis tout le passé des Druides, tout le savoir de l'Ancien et du Nouveau Monde sauvé de l'holocauste des Grandes Guerres, soigneusement couché par écrit depuis l'ère lointaine du Premier Consul jusqu'aux temps présents.

Il saisit avec précaution l'un de ces lourds volumes. Il était bien préservé, le cuir encore souple et doux, le bord des pages net, la reliure solide. Cinq siècles auparavant, après la mort de Bremen, son père, Allanon, constatant qu'il était le dernier des Druides, avait fait bâtir cette chambre secrète pour les générations futures qui auraient besoin du savoir contenu dans ces ouvrages. De temps à autre, il revenait dans le Donjon pour y noter consciencieusement toutes les informations glanées au cours de ses voyages à travers les Quatre Terres. Dans la majorité des pages de cet ouvrage étaient notés les secrets d'une sorcellerie si puissante que personne, Druide ou homme du commun, ne pouvait espérer la saisir entièrement... et encore moins la mettre en pratique. Les Druides avaient préféré ne point divulguer ces secrets aux Hommes, susceptibles de les employer à tort et à travers. Seulement, les Druides avaient disparu de la terre, il ne restait plus que lui, et un jour, il serait aussi appelé à disparaître. Qui hériterait alors de ces terribles secrets ? Allanon n'avait encore trouvé aucune solution satisfaisante à ce grave dilemme.

Il feuilleta rapidement le volume, le remit en place et en saisit un autre. Après y avoir jeté un coup d'œil, il alla s'installer à la petite table. Lentement, il en commença la lecture. A la fin de la première heure, il découvrit l'emplacement de l'Imprenable. Toutefois, il poursuivit sa lecture car il cherchait encore quelque chose d'autre.

Enfin, trois heures plus tard, il se renversa contre son dossier. Pendant un temps, il resta immobile, l'œil fixé sur les rayonnages. Il avait trouvé tout ce qu'il était venu chercher et le regrettait amèrement.

Il resongea alors à son entretien avec le roi Eventine. Il ne lui avait pas fait part de tous les éléments que l'Ellcrys lui avait révélés. En partie parce qu'ils étaient trop confus, les souvenirs de l'arbre correspondant à une ère trop reculée pour être reconnaissables. Mais il était une chose qu'elle lui avait montrée et qu'il avait malheureusement trop bien identifiée. Elle lui avait néanmoins paru trop incroyable pour qu'il puisse l'admettre sans vérifier d'abord son exactitude dans les archives des Druides. A présent, il savait que l'arbre avait bel et bien dit la vérité et que cette vérité-là ne devait être divulguée à personne, pas même à Eventine. Allanon céda au désespoir. Tout recommençait comme cinquante ans auparavant avec le jeune Shea Ohmsford. La vérité là aussi avait alors dû être uniquement dévoilée par l'enchaînement inévitable des événements. Il ne lui appartenait pas de décider l'heure et le lieu de cette révélation. Il n'avait pas à infléchir le destin.

Il doutait pourtant du bien-fondé de sa décision. Oui, seul avec les spectres de ses ancêtres, le dernier représentant des Sages doutait de lui. Lors de la périlleuse quête du Glaive de Shannara, il avait décidé de cacher la vérité à Shea Ohmsford ainsi qu'à tous les membres de sa petite troupe. Mais surtout à Shea. Et finalement, il en était venu à croire qu'il avait commis une erreur. Répétait-il encore aujourd'hui la même bévue ?

Toujours perdu dans ses pensées, Allanon referma l'ouvrage posé devant lui et alla le remettre à sa place. Il décrivit un rapide geste circulaire devant les rayonnages et le mur réapparut. Il le regarda d'un air absent quelques instants, puis tourna les talons. Reprenant sa torche, il souffla toutes les autres lumières de la chambre secrète et enclencha la mécanique fermant la porte dérobée.

Dans le cabinet de travail des Druides, il refit pivoter l'étagère afin d'effacer tout signe de son passage. Il promena un regard presque mélancolique sur la petite pièce. Le Donjon des Druides s'était transformé en caveau. Il y régnait jusqu'à l'odeur de la mort. Et ces murs ne laissaient plus la moindre place aux vivants.

Son humeur s'était assombrie depuis qu'il s'était replongé dans la lecture de l'Histoire des Druides. Cet endroit était dorénavant maudit, et il lui tardait d'en repartir, lui qui devait annoncer cette malédiction aux Quatre Terres.

Sans bruit, il regagna la porte et s'avança dans le corridor.

Moins de vingt pas plus loin se dressait l'énorme silhouette voûtée du Dagda Mor.

Allanon se pétrifia. Son regard dur fixé sur lui, le Sceptre du Pouvoir niché dans ses bras, le Démon était seul. Son souffle rauque déchirait le silence profond, mais il ne prononça pas un mot. Immobile, il se contentait d'examiner attentivement l'homme qu'il était venu assassiner.

Allanon gagna prudemment le milieu du corridor, sondant les troubles ténèbres qui l'entouraient. Presque aussitôt, il remarqua la présence d'autres créatures. Floues, spectrales, elles émergeaient lentement des ombres, sur quatre pattes, une fente où brûlait un feu vert en guise d'yeux. Elles étaient nombreuses et l'encerclèrent en poussant d'horribles glapissements de chat, comme si elles jouissaient à l'idée du meurtre qu'elles allaient commettre. Quelques-unes se glissèrent sous les pâles rayons de son flambeau. C'étaient des créatures grotesques, au corps semblable à une masse sinueuse et hérissée de poils gris, aux membres courbés et vaguement humains, aux doigts innombrables, prolongés de griffes acérées. Leurs faces se levèrent vers le Druide ; il sentit son sang se glacer dans ses veines à la vue de ces visages de femmes aux traits déformés par la cruauté. Leurs bouches évoquaient un monstrueux museau de félin.

Le Druide les reconnut alors, bien qu'aucune n'eût foulé la terre depuis des millénaires. Confinées derrière le mur de l'Interdit depuis l'aube de l'Homme, leur soif de sang les poussait au bord de la démence.

Les Furies.

Allanon les observa qui tournaient en rond comme des fauves en cage à la frange de la lumière projetée par sa torche, savourant sa mort prochaine. Elles étaient trop nombreuses. Son pouvoir serait impuissant à les repousser toutes. Elles fondraient sur lui, comme un seul corps, de tous les côtés en même temps, l'étriperaient et le déchiquetteraient jusqu'à ne rien laisser de sa personne.

Le Druide jeta un rapide regard au Dagda Mor : il se tenait en retrait du cercle de ses laquais, ses prunelles noires toujours rivées sur lui. A l'évidence, le Démon n'userait pas de ses pouvoirs personnels. Les Furies suffiraient amplement. Le Druide était pris au piège. Bien sûr, il allait lutter, mais il finirait quand même par mourir.

Le miaulement devint subitement suraigu. L'écho répercuté par les murs en pierre résonna en cascade dans le Donjon entier. Leurs griffes raclèrent le sol en marbre, et la forteresse parut se figer d'horreur.

Puis, soudain, Allanon disparut.

Cela se produisit si brusquement que les Furies s'immobilisèrent et contemplèrent, incrédules, l'endroit où, un instant auparavant, se tenait le Druide. Leurs cris s'éteignirent. La torche restait suspendue dans l'obscurité trouble. Cette balise de feu les retenait figées sur place, à la manière d'un sortilège. Puis, elle chut sur le sol dans une pluie d'étincelles et le corridor se retrouva plongé dans une nuit de poix.

Cette illusion n'avait duré que quelques secondes mais ce fut assez long pour permettre à Allanon d'échapper au cercle létal tissé autour de lui. Il se rua vers la porte en bois de chêne massif à double battant qui se dressait à l'extrémité la plus proche du corridor. Le Dagda Mor glapit de colère et leva le Sceptre du Pouvoir. Un feu rouge fusa le long du corridor vers le Druide en fuite. Mais celui-ci fut plus rapide. D'un ample mouvement, il souleva sa cape, déviant ainsi la trajectoire de la boule de feu. Celle-ci frappa les battants qui volèrent en éclats, arrachant les barres de fer qui les cerclaient. Le Druide bondit dans la salle au-delà et disparut dans les ténèbres.

Déjà, les Furies l'avaient pris en chasse, galopant comme des animaux et hurlant à la mort. Allanon se retourna pour les affronter, son grand corps ramassé en position de défense. Deux lui sautèrent à la gorge mais il les empoigna et les projeta avec violence dans la meute en retrait. Il leva les mains. Des éclairs bleus jaillirent de ses doigts, transformant le sol qui le séparait des Démons en une nappe de flammes. Pourtant, les Furies ne cédèrent point. Les plus acharnées bondirent, intrépides, dans le feu et périrent. Lorsque les flammes s'éteignirent un instant plus tard, les fenêtres étaient grandes ouvertes et le Druide s'était envolé.

A trente mètres au-dessus du dais tissé par les forêts environnantes, le dos pressé contre le mur du Donjon, Allanon avançait avec une prudence extrême le long du mince rebord de pierre surplombant un précipice obscur. A chaque pas, le vent menaçait de lui faire perdre l'équilibre. Enfin, il gagna une étroite passerelle en pierre menant à la tour adjacente. Dessous, il n'y avait que le vide. Le Druide n'hésita pas. C'était son unique chance d'en réchapper vivant. Il s'engagea donc sur la passerelle.

Il entendait derrière lui les grondements de rage et de dépit des Furies. Elles s'élancèrent à sa poursuite ; leurs griffes acérées leur assuraient une meilleure prise sur la pierre lisse. Devant la fenêtre ouverte, le Dagda Mor brandit une fois encore son Sceptre, et le feu meurtrier fusa en ligne droite vers le Druide. Mais celui-ci avait calculé que jamais il n'aurait le temps de franchir la passerelle avant que les Furies ne soient sur lui. Tombant sur un genou, il leva les mains en décrivant un large cercle, et un bouclier de feu bleu se matérialisa devant lui. La flamme rouge du Sceptre vint s'y briser sans l'endommager. Mais la violence de l'assaut fit basculer le Druide ; il s'écroula sur l'étroite passerelle. Aussitôt, ses premières assaillantes fondirent sur lui.

Cette fois, le réflexe d'Allanon manqua de rapidité. Les griffes déchirèrent sa cape et ouvrirent dans sa chair de longs sillons. Une douleur fulgurante traversa ses épaules et sa poitrine. Déployant un effort surhumain, il repoussa les Furies, qui tombèrent en hurlant dans le précipice. Allanon se redressa péniblement et repartit d'un pas dangereusement titubant. Mais une nouvelle vague de Furies l'assaillaient déjà, tombant pêle-mêle les unes sur les autres, tellement elles brûlaient d'atteindre leur proie. De nouveau, le Druide les repoussa. Sa chair fut encore arrachée par pans et sa cape se couvrit de sang.

Enfin, il atteignit l'extrémité de la passerelle et se plaqua contre le mur de la tour. Il leva encore une fois les mains. Un feu bleu retomba en pluie sur la passerelle qui se brisa en miettes, puis céda entièrement dans une violente secousse. Glapissant d'effroi, les Furies furent happées par le vide et les ténèbres.

Malgré le feu du Sceptre qui crépitait tout autour de lui, le Druide parvint à s'échapper. Le Dagda Mor le perdit de vue. Allanon contourna rapidement la tour et trouva une petite porte en fer verrouillée. D'une seule poussée de l'épaule, il fit sortir le battant de ses gonds et disparut.

## 7

Au milieu de la matinée, dans le village des Guérisseurs, la minuscule communauté gnome de Storlock, l'orage s'éloigna. Un orage spectaculaire. Des masses houleuses de nuées noires et zébrées d'éclairs avaient déferlé dans des roulements de tonnerre fracassants, des pluies torrentielles martelé les forêts comme une grêle hivernale. Le vent déracina des arbres entiers et arracha les toitures des chaumières de pierre et de plâtre. Cette tempête était venue, à l'aube, des plaines du Rabb et à présent, elle s'éloignait vers l'orient, en direction des contreforts obscurs du Wolfsktaag, laissant derrière elle la terre forestière gorgée d'eau et boueuse.

Wil Ohmsford se tenait seul sous le porche du Centre de Repos des Stors, le principal établissement médical de cette communauté. Il observait d'un air absent la pluie devenue une maigre bruine. Une fine brume montait de la terre et les nuages occultaient encore la lumière du soleil. Les morceaux de bois jonchant la terre dressaient de piètres barrages contre les eaux qui se déversaient à travers les rues en terre battue du village.

L'homme du Val bâilla et s'étira d'un air las. Il avait passé la nuit au chevet de plusieurs enfants souffrant d'une forte fièvre qui avait provoqué une déshydratation grave. Certes, il aurait pu demander à être relevé de ses fonctions plus tôt, mais sa conscience ne l'aurait pas laissé en paix. Il était encore étudiant chez les Stors et n'oubliait pas qu'il devait faire ses preuves s'il voulait obtenir un jour le titre de Guérisseur Aussi avait-il veillé toute la nuit, jusqu'à ce que la fièvre tombe enfin.

A présent, il était trop fatigué pour dormir, trop surmené par cette nuit blanche pour se détendre. En outre, il devait passer quelque temps avec Flick. Il sourit malgré son épuisement. Son vieil oncle irait jusqu'à le sortir de force du lit, s'il omettait de lui rendre une visite, ne serait-ce que de cinq minutes.

Il s'engagea, tête baissée, sur la terre boueuse qui

aspirait ses bottes comme des ventouses. Wil avait hérité les traits elfiques de son grand-père, Shea Ohmsford : nez et mâchoires fins, oreilles légèrement pointues masquées par des cheveux presque blonds, sourcils s'élevant à la verticale au-dessus de l'arête du nez.

Pauvre oncle Flick ! songea-t-il. Il ne serait jamais venu ici, si Shea n'était pas tombé malade. En effet, Flick n'aimait pas l'Eastland, et encore moins les Gnomes, bien que les Stors fussent d'une correction irréprochable. Trop de Gnomes avaient en effet tenté de les éliminer lors de leur quête du Glaive de Shannara. C'était là un souvenir qu'il gardait toujours à l'esprit lorsqu'il avait affaire à eux. En tout cas, il ne serait jamais venu dans cette contrée étrangère si Shea, ayant promis à Wil de lui rendre visite, n'était pas tombé malade. Flick avait dû, tout naturellement, le remplacer.

La petite chaumière où logeait ce dernier apparut bientôt et Wil s'engagea à contrecœur dans cette direction. Il était exténué et n'était pas d'humeur à affronter l'inévitable querelle qui l'attendait. Il n'avait guère consacré de temps à son oncle depuis son arrivée et ne l'avait pas vu depuis trente-six heures. Il songeait encore à cela lorsque son grand-oncle apparut sur le seuil de la chaumière. Son visage à la barbe grise affichait une réprobation de marbre. Résigné à l'inévitable, Wil gravit les marches du porche et secoua sa cape pour en retirer l'eau.

— Tu m'as l'air éreinté, déclara Flick, après avoir examiné son jeune neveu pendant quelques instants. Pourquoi n'es-tu pas allé dormir ?

Wil soutint le regard sévère de son oncle.

— J'ai pensé qu'il valait mieux que je vienne te rendre visite. Après tout, je t'ai un peu négligé.

— Exact, grommela Flick avec un rien de satisfaction. Pourtant, tu choisis un drôle de moment pour te faire pardonner ton impolitesse. Je sais que tu n'as pas fermé l'œil de la nuit. Tu vas bien, au moins ?

— Mais oui, je vais bien, fit Wil en esquissant un vague sourire.

— Ça n'a pas l'air. Il n'a pas cessé de pleuvoir

depuis mon arrivée. Le mauvais temps ne fatigue pas seulement les vieillards comme moi, mais aussi les futurs Guérisseurs.

Wil opina d'un air indifférent.

Cela faisait presque deux ans à présent qu'il avait quitté son village de Shady Vale, dans le Southland, pour apprendre l'art des Guérisseurs et pouvoir ensuite soulager les maux des siens. Lorsque la fièvre avait emporté les parents de Wil, il avait décidé, malgré son très jeune âge, de devenir Guérisseur. Avec une détermination tout enfantine, il en avait fait part à son grand-père et à Flick. Ces derniers l'avaient alors approuvé, pensant qu'il ne s'agissait là que d'un caprice de petit garçon. Mais lorsque, une fois adulte, il leur avait annoncé son intention d'être initié à cet art par les meilleurs Guérisseurs des Quatre Terres, autrement dit les Stors, leur attitude avait radicalement changé. Même Shea s'était insurgé contre cette décision. Jamais un homme du Sud n'avait étudié chez les Stors, des Gnomes de l'Est. Comment pouvait-il espérer être accepté parmi eux, alors qu'il ne parlait pas un traître mot de leur langue ?

En dépit de leur opposition, Wil s'était présenté devant le Conseil des Stors pour s'entendre dire poliment mais fermement qu'aucun étranger à leur communauté n'avait jamais été autorisé à étudier leur science. Il pouvait rester parmi eux aussi longtemps qu'il le souhaitait, mais il était exclu qu'il devînt un jour l'un d'eux. Wil n'avait pas baissé les bras. Il avait décidé d'apprendre d'abord leur langue, puis s'était de nouveau présenté devant le Conseil, sans plus de succès. Pendant un mois, il avait encore plaidé sa cause toutes les semaines. Un de ses arguments dut faire mouche, car un beau jour, sans un mot d'explication, on l'autorisa enfin à suivre l'enseignement des Guérisseurs en lui précisant que s'il s'avérait apte et diligent, il obtiendrait ce titre.

Wil sourit à ces souvenirs. Flick avait été secrètement fier de son neveu, bien que jamais il ne l'admît ouvertement. La véritable raison de sa désapprobation était en fait la distance qui le séparait désormais de Wil. Ses journées passées avec son neveu à la chasse, à la pêche ou à explorer les forêts lui manquaient cruellement. La femme de Flick était décédée depuis longtemps et ne lui avait pas donné d'enfant. Il avait toujours considéré Wil comme un fils, persuadé qu'une fois adulte il resterait avec lui et Shea pour les aider à tenir l'auberge héritée de leur père.

— M'écoutes-tu ? demanda Flick tout à trac, le front soucieux.

— Mais oui, répondit gentiment Wil en posant une main sur l'épaule de son oncle. Sois patient. Je reviendrai un jour. Mais j'ai tant à apprendre encore.

— Mais il s'agit de toi et non pas de moi, rétorqua Flick en redressant son large buste. Ton grand-père et moi, nous nous débrouillons fort bien sans toi, mais je ne suis pas certain que toi, tu te débrouilles aussi bien sans nous. Regarde-toi donc ! Tu tires trop sur la corde. Ton obstination te rend aveugle, Wil. Tu oublies que tu ne peux pas faire tout ce que tu veux. Tu es un être humain comme les autres, avec ses limites. Que dois-je faire pour que tu l'admettes ?

Wil fit visiblement un effort sur lui-même pour ne pas rétorquer.

— Ce n'est pas le moment de discuter de cela, ajouta Flick en poussant un soupir. Pourquoi ne vas-tu pas dormir ? Nous parlerons quand tu...

Il s'arrêta court et porta ses yeux gris derrière son neveu. Celui-ci suivit son regard. Un mouvement se dessinait dans le brouillard... Une ombre noire et solitaire. Etonnés, ils la virent se matérialiser lentement. C'était un cavalier. Homme et bête aussi noirs l'un que l'autre. Le cavalier était couché sur l'encolure, comme harassé, sa cape trempée d'eau plaquée sur son grand corps maigre.

Une soudaine appréhension étreignit Wil. Ce n'était pas un Stor. Et jamais il n'avait vu un homme pareil.

— Impossible... entendit-il murmurer son oncle.

Ce dernier se précipita au bout du porche et se retint à la rambarde rendue glissante par la pluie, le bras raide. Wil le rejoignit. L'insolite cavalier se dirigeait droit vers eux. Le sombre pressentiment qu'éveillait la venue de cet inquiétant étranger fut si intense que Wil eut envie de prendre la fuite. Mais où fuir ? Le yeux rivés sur cette silhouette qui avait tout d'un véritable spectre, il attendit.

Le cavalier arrêta son cheval noir devant les deux hommes du Val. Son visage était dissimulé au fond de son large capuchon noir.

– Bonjour, Flick !

La voix, presque un murmure, était grave. Wil vit son oncle sursauter.

– Allanon !

Le géant glissa mollement de la selle et se raccrocha à la crinière de son cheval, apparemment incapable de se tenir debout sans appui. Wil fit un pas en avant et s'arrêta net. Quelque chose clochait.

Le regard d'Allanon se porta lentement sur lui.

– Wil Ohmsford ?

Interdit, ce dernier opina.

– Cours demander aux Stors de venir... balbutia Allanon.

Là-dessus, ses jambes cédèrent et il se retint de justesse au cheval. Wil descendit vite les marches pour venir à son aide, mais l'autre l'arrêta d'un geste de la main.

– Fais ce que je t'ai dit, homme du Val... Va !

Alors, Wil découvrit ce que le fin rideau de pluie l'avait empêché jusqu'à présent de remarquer. Les vêtements d'Allanon étaient trempés de sang. Sans un mot, Wil regagna la route menant au Centre, son malaise et sa lassitude s'envolant comme un rêve dont on perd le souvenir au réveil.

8

Les Stors transportèrent Allanon au Centre de Repos, puis renvoyèrent Wil et Flick avec gentillesse mais fermeté. Enigmatiques et silencieux, les Stors et le Druide blessé disparurent dans les corridors du Centre, et les deux Southlanders restèrent plantés devant la porte, sous la pluie. Puisqu'il était évident qu'il n'apprendrait rien sur la raison de l'arrivée du Druide dans le village des Gnomes, Wil prit congé de son oncle et rentra chez lui pour dormir enfin.

Le même jour, en début de soirée, Allanon fit dire aux deux hommes du Val qu'il souhaitait les voir. Wil accueillit cette nouvelle avec des sentiments mitigés. D'un côté, il était curieux d'apprendre ce qui était arrivé au Druide. Son grand-père et Flick lui ayant narré mille fois le prodigieux passé d'Allanon, ce dernier lui était un personnage familier. Pourtant, jamais, au cours de leurs aventures, le Sage n'avait été gravement blessé. Pas même par le redoutable Porteur du Crâne qui l'avait attaqué dans la fournaise du Donjon de Paranor. Wil voulait donc savoir quelle était cette créature plus dangereuse encore que les monstres ailés du Maître Sorcier. D'un autre côté, la présence du Druide à Storlock le troublait profondément. Qu'il fût apparu pendant le séjour de Flick était-il une pure coïncidence ? Etait-ce le hasard qui l'avait d'abord conduit auprès d'eux ? Wil n'y crut pas un seul instant. L'historien des races les avait délibérément rejoints. Et pourquoi cela ? Et pourquoi aussi les appelait-il tous les deux ? Wil pouvait comprendre que le Druide eût envie de s'entretenir avec son oncle. Après tout, n'avaient-ils pas affronté ensemble une foule de périls ? Mais pourquoi lui ? Il ne le connaissait même pas. En quoi pouvait l'intéresser la rencontre avec le cadet des Ohmsford ?

Il abandonna néanmoins sa chaumière et traversa la place du village à la nuit tombante pour gagner le gîte de Flick qui, sûrement, l'attendait déjà. Il avait beau appréhender cette entrevue, sa conscience lui dictait de s'y rendre. Il n'était pas du genre à fuir les problèmes. En outre, il pouvait se tromper. Qui sait ? Le Druide souhaitait peut-être tout simplement le remercier pour son aide.

Il retrouva son oncle sous le porche de la chaumière réservée aux invités. Emmitouflé dans son épaisse cape de laine, il maugréait entre ses dents contre le mauvais temps. Ensemble, ils gagnèrent le Centre de Repos.

– Oncle Flick, d'après toi, que veut Allanon ? s'enquit Wil au bout d'un moment en resserrant sa cape autour de son corps pour se protéger du froid du soir.

– Difficile à deviner, grommela Flick. Mais je vais te dire une chose. Chaque fois que cet homme-là apparaît, surviennent des kyrielles de problèmes.

– Il est venu à Storlock parce que nous y sommes, n'est-ce pas ?

Wil guetta du coin de l'œil la réaction de son oncle. Celui-ci hocha la tête, dubitatif.

– Il est presque certain qu'il est venu ici pour une raison précise. Et s'il veut nous voir, ce n'est pas simplement pour nous dire bonjour et faire un brin de causette. Et ce qu'il va nous révéler ne nous plaira pas, tu peux le parier. Il en a toujours été ainsi, et il n'y a aucune raison pour qu'il en soit autrement aujourd'hui. (S'arrêtant brusquement, il fit face à son neveu.) Tiens-toi sur tes gardes, Wil. Il est impossible de faire confiance à cet homme-là.

– Je serai prudent, oncle Flick, mais à mon avis, on ne risque pas grand-chose. Tu le connais bien, et moi aussi à travers tes récits et ceux de grand-père. Et puis, tu seras là pour ouvrir l'œil.

– Pour sûr ! (Ils se remirent en marche.) Mais surtout, n'oublie pas mes conseils !

Quelques instants plus tard, ils gravissaient les marches du perron du Centre et pénétraient à l'intérieur. C'était un édifice tout en longueur, aux murs de pierre et au toit de tuiles. De part et d'autre d'un vaste vestibule confortablement meublé partaient des corridors qui se perdaient dans les ailes du bâtiment où de multiples chambres accueillaient malades et blessés. A peine furent-ils arrivés qu'un Stor en blanc les reçut. Il les salua sans prononcer un mot, puis les conduisit le long d'un corridor désert et interminable. A son extrémité se dressait une seule porte, close. Le Stor frappa une fois, tourna les talons et repartit sans avoir desserré les lèvres. Wil jeta un coup d'œil inquiet à son oncle, mais celui-ci regardait fixement la porte close.

Ils attendirent. Enfin, la porte s'ouvrit en grand et

Allanon apparut devant eux. Personne n'aurait pu croire qu'il avait été gravement blessé. Le vêtement noir qui enveloppait son corps filiforme était propre. Sur son visage, certes un peu tiré, ne se lisait pas le moindre signe de souffrance. Son regard perçant s'attarda sur les deux hommes du Val, puis, d'un geste, il les invita à entrer.

— Pourquoi ne pas nous asseoir pour parler ? lança-t-il d'un ton quasiment impérieux.

La chambre était sans fenêtres et garnie seulement d'un grand lit et d'une table entourée de quatre chaises. Wil promena un rapide regard à la ronde, puis examina le Druide. Il ressemblait en tout point au portrait que lui avaient maintes fois brossé Shea et Flick. Mais comment ciel était-ce possible, car ces souvenirs dataient de plus de cinquante ans ?

— Eh bien, nous voilà, déclara finalement Flick quand il comprit que personne ne prendrait la parole.

Le géant esquissa un pâle sourire.

— On dirait, oui.

— Tu as l'air en pleine forme pour un homme qui était à moitié mort il y a quelques heures à peine.

— Les Stors sont très doués dans leur art, tu es bien placé pour le savoir, répondit Allanon d'un ton presque enjoué. Mais j'ai peur d'être moitié moins solide qu'il ne le faudrait. Et toi, Flick, comment vas-tu ?

— Plus âgé et plus sage, j'espère, répondit l'homme du Val d'un ton lourd de sous-entendus.

Allanon n'y prêta pas garde. Son regard se porta brusquement sur Wil. Silencieux, le visage impénétrable, il le sonda longuement. Wil garda son calme et soutint ce regard scrutateur malgré le malaise qu'éveillaient en lui ces yeux à la surprenante intensité. Puis Allanon se pencha lentement en avant et croisa les mains sur la table.

— Wil Ohmsford, j'ai besoin de ton aide, annonça-t-il d'emblée d'un ton posé. (Les deux Southlanders ouvrirent des yeux ronds.) J'ai besoin que tu viennes avec moi dans le Westland.

— Je le savais ! marmonna Flick en secouant la tête.

Allanon eut un sourire lugubre.

— Il est rassurant, Flick, de savoir que dans cette vie, il est des choses qui ne changent jamais. Tu en as certainement des preuves. Mais cela compterait-il si je te disais que ce n'est pas pour moi que l'aide de Wil est nécessaire, mais pour le peuple des Elfes, et plus particulièrement pour une jeune Elfe ?

— Non, répliqua Flick sans la moindre hésitation. Il n'ira pas, un point, c'est tout.

— Attends un instant, oncle Flick, s'empressa d'intervenir l'intéressé. Il se peut que je refuse. Toutefois, j'aimerais être celui qui en prend la décision. D'abord, nous pourrions peut-être en apprendre un peu plus sur les raisons de cette demande.

Flick ignora la réprimande.

— Crois-moi, il n'est nul besoin d'entendre un mot de plus. C'est ainsi que les ennuis commencent. Et c'est exactement ainsi que les ennuis ont commencé pour ton grand-père il y a cinquante ans. (Il jeta un rapide regard au Druide.) N'est-ce pas la vérité ? N'est-ce pas ainsi que les choses ont commencé lorsque tu es venu à Shady Vale pour nous parler du Glaive ?

— Si.

— Là... Tu vois ! déclara Flick, triomphant. Exactement la même chose. Et je gagerais que ce petit voyage que tu as prévu de faire faire à mon neveu est également périlleux, hein ?

Le Druide opina.

— Parfait. (Flick se carra contre le dossier, l'air satisfait.) A mon avis, l'affaire est close. Tu demandes trop. Il n'ira pas.

Les prunelles noires du géant jetèrent des éclairs.

— Il doit venir.

— Il doit ? s'emporta Flick.

Le Druide opina de nouveau.

— Flick, tu comprendras pourquoi une fois que je t'aurai expliqué ce qui s'est passé dans les Quatre Terres au cours de ces quelques derniers jours. Hommes du Val, écoutez-moi attentivement... Il y a longtemps, très, très longtemps, avant les Grandes Guerres et l'apparition des nouvelles races, avant même le développement de l'Homme en tant qu'espèce civilisée, un terrible conflit a éclaté entre des créatures qui, presque toutes, n'existent plus de nos jours. Certaines étaient bonnes et altruistes. Elles révéraient la terre et cherchaient à la protéger du gaspillage et de son mauvais usage. Elles considéraient comme sacrées toutes les formes de vie. Mais d'autres, mauvaises et égoïstes, vivaient sur un mode destructeur et nocif. Elles puisaient dans la terre et toutes les ressources de la vie à tort et à travers, sans discernement aucun. Autant de créatures qui, dans l'ensemble, différaient de nous par leurs caractéristiques physiques et leurs capacités. J'entends par là que leur aspect était différent du nôtre et qu'elles recelaient des comportements qui ne sont plus innés chez les Hommes du Nouveau Monde. Elles possédaient, en particulier, à des degrés divers les pouvoirs de la magie. Du moins, c'est le terme que nous donnerions à ces pouvoirs, ou encore sorcellerie ou occultisme. Et comme l'humanité n'en était encore qu'à ses balbutiements dans un espace géographique très limité, le monde appartenait entièrement à ces espèces. Toutefois, ces créatures du Bien et du Mal n'ont jamais vécu en harmonie. Elles étaient en conflit perpétuel, œuvrant dans des directions antagonistes. Préserver, détruire. Le plateau de la balance penchait tantôt du côté du Bien, tantôt du Mal. Au fil des siècles, la lutte s'intensifia sans provoquer de victoire décisive, si bien qu'un beau jour les chefs de chaque camp réunirent tous ceux à même de les soutenir, et la guerre commença. Mais cette bataille ne ressembla pas aux Grandes Guerres au cours desquelles les Hommes, usant d'un pouvoir effroyable, perdirent complètement le contrôle et furent engloutis dans le cataclysme qu'ils avaient eux-mêmes déclenché. Non, ce fut un conflit semblable aux deux Guerres des Races où pouvoir et force se trouvèrent habilement employés à chaque stade. Le Bien et le Mal constituèrent, dès le début, deux pôles antagoniques bien délimités. Nul ne pouvait se tenir à l'écart sous prétexte de neutralité. L'issue de cette guerre devait déterminer à jamais la nature de la vie et son mode d'évolution sur la terre. Le globe serait-il pour toujours préservé ou au contraire définitivement détruit ? Tel était le formidable enjeu de ce conflit. Chaque camp menait donc une lutte à mort ; la défaite imposerait aux créatures du Mal l'exil éternel et aux créatures du Bien, l'anéantissement total. Il vous suffit de savoir en ce qui nous concerne aujourd'hui que les créatures du Mal furent vaincues, et leurs pouvoirs brisés. Les vainqueurs usèrent de leurs forces pour bâtir un Interdit, un mur derrière lequel le Mal serait confiné. Cette prison n'est ni de ce monde ni d'un autre, mais un trou noir où règne le vide. Le Mal fut donc banni, retenu à jamais derrière l'Interdit, dans ce néant obscur.

» La force ayant présidé à l'érection de cette muraille fut un arbre prodigieux nommé l'Ellcrys, créé par les forces du Bien à partir de la source de vie baptisée le Feu de Sang. Grâce à la présence de cet arbre sur la terre, l'Interdit allait pouvoir persister même après la disparition de ses créatures et l'évolution radicale du monde. L'espérance de vie de l'Ellcrys dépasse tout critère de mesure. Mais tant que l'Ellcrys vivrait, l'Interdit persisterait et le Mal resterait prisonnier des ténèbres.

Le Druide se carra dans son fauteuil pour soulager ses crampes musculaires et laissa choir les mains sur ses genoux. Il ne quittait pas des yeux les deux hommes du Val.

— Par la suite, la croyance en l'éternité de l'Ellcrys se répandit, non parmi les forces l'ayant créée, celles-ci sachant pertinemment que toute chose est vouée à périr, mais parmi ceux qui, durant des siècles innombrables, nourrirent, protégèrent et honorèrent cet arbre merveilleux qui leur assurait la sécurité. A leurs yeux, l'Ellcrys devint un symbole de l'immuabilité. En effet, elle survécut à la destruction de l'Ancien Monde provoquée par l'holocauste des Grandes Guerres ; elle survécut aussi aux deux Guerres des Races et au colossal pouvoir du Maître Sorcier, et cela, en restant toujours identique à elle-même, alors que tout autour d'elle changeait de visage.

Le Druide marqua un temps de silence.

— Ainsi, la croyance en l'éternité de l'arbre s'est-elle ancrée dans les esprits. Cette croyance n'a jamais été remise en cause... Jusqu'à nos jours. A présent, elle vole en éclats. L'Ellcrys, en effet, se meurt. L'Interdit commence à s'effriter. Les créatures du Mal emprisonnées dans le néant obscur ont commencé de recouvrer leur liberté et réintègrent notre monde qui, jadis, leur appartenait.

— Et ce sont ces créatures-là qui t'ont blessé ? s'enquit Wil.

Allanon acquiesça.

— Plusieurs cheminent déjà en toute liberté à travers les Quatre Terres. J'ai tout fait pour dissimuler ma présence, mais elles m'ont tout de même repéré. Elles m'ont retrouvé à Paranor, dans le Donjon des Druides, et ont failli m'exterminer.

— Te recherchent-elles encore ? s'enquit Flick, l'air soudain fort alarmé.

— Oui, mais j'ai de bonnes raisons de croire que cette fois, elles ne me retrouveront pas aussi facilement.

— Cela ne me rassure guère, grommela l'homme du Val en jetant un regard inquiet vers la porte.

Allanon ne s'arrêta pas à cette remarque.

— Flick, tu te souviens peut-être que naguère, je t'ai narré, ainsi qu'à Shea, l'histoire des Races. Je vous avais expliqué alors comment, à partir de l'ancienne race de l'Homme, il s'était produit une division en plusieurs branches : Hommes, Gnomes, Nains et Trolls. Mais je vous avais précisé aussi qu'une autre espèce avait toujours existé : les Elfes. T'en souviens-tu ?

— Je m'en souviens, mais c'est là encore un de ces mystères que tu gardes pour toi.

— J'avais dit effectivement que je réservais l'histoire des Elfes pour un autre jour. Ce jour est arrivé ; il est à présent certains détails à leur sujet que tu dois connaître. Nous n'avons parlé jusqu'à maintenant qu'en termes abstraits des créatures qui ont mené cette guerre du Bien et du Mal. A présent, nous devons leur donner un visage. A vrai dire, vous le connaissez déjà, puisque toutes ces créatures ont fini par être les personnages des contes inventés par les Hommes, lorsque ces derniers ont émergé des temps obscurs de la barbarie et ont commencé à essaimer sur la terre. Fées, Esprits, Gobelins, Sorcières, Goules, et j'en passe. Tels sont leurs noms. Et les nouvelles races, bien que descendant toutes de l'Homme de l'Ancien Monde, furent identifiées à partir de quatre des espèces alors les plus nombreuses. Nains, Gnomes, Trolls et Elfes. Seulement, les Elfes tiennent une place à part. Les Elfes sont en réalité les descendants des créatures chimériques qui, jadis, ont bel et bien existé dans l'Ancien Monde.

— Minute ! coupa vivement Flick. Tu veux dire que le peuple des Elfes qui existe de nos jours est le même que celui dont parlent toutes les légendes ? Qu'il existait réellement des Elfes dans l'Ancien Monde ?

— Mais bien sûr qu'il existait des Elfes dans l'Ancien Monde, de même que des Trolls, des Nains, ainsi que toutes les autres créatures qui peuplent les légendes. La seule différence est que toutes ont été rayées de la terre, tandis que les Elfes ont survécu. Certes, ils ont radicalement changé. Ils ont subi une formidable évolution. Ils ont été forcés de s'adapter.

Flick regarda le Druide, comme s'il n'avait pas saisi un traître mot de cet étrange discours.

— Il y avait des Elfes dans l'Ancien Monde ? répéta-t-il d'un ton incrédule. C'est tout simplement impossible.

— Mais non, répliqua le Druide sans se départir de son calme.

— Mais alors, comment ont-ils fait pour survivre aux Grandes Guerres ?

— Et comment l'Homme a-t-il fait, lui, pour survivre à ces Guerres ?

— Les anciennes histoires nous parlent de l'Homme. Elles ne mentionnent jamais les Elfes ! rétorqua Flick d'un ton sec. Les Elfes dont tu parles ne sont que des créatures de contes de fées. S'ils existaient dans l'Ancien Monde, où demeuraient-ils, dis-moi un peu ?

— Là où ils ont toujours vécu... L'Homme était tout bonnement incapable de les voir.

– Et voilà qu'à présent tu me soutiens que les Elfes sont invisibles ! (Flick leva les mains.) Je ne crois pas un seul mot de tout cela.

– Si ma mémoire est bonne, tu n'as pas cru non plus un seul mot de ce que je t'avais dit, ainsi qu'à Shea, au sujet du Glaive de Shannara, avança Allanon, une ombre de sourire aux lèvres.

– Je ne vois pas, en tout cas, pourquoi les Elfes auraient besoin de mon aide, intervint Wil pour éviter un nouvel éclat de son oncle.

Le Druide opina de la tête.

– Si Flick veut bien faire preuve d'un peu de patience à mon égard, je vais tenter de te l'expliquer. L'histoire des Elfes nous importe pour une seule raison. Ce sont eux qui ont conçu l'idée de l'Ellcrys et qui lui ont donné la vie. Et ce sont eux également qui ont pris soin d'elle à travers les âges. Sa protection est un devoir qui incombe à un ordre de jeunes Elfes appelés les Elus. Pendant un an, les Elus sont au service de cet arbre. A la fin de chaque année, ils sont remplacés, et ce depuis la création de l'Ellcrys. Les Elus sont révérés et honorés parmi le peuple des Elfes. Le petit nombre sélectionné tous les ans est assuré d'une haute estime sa vie durant parmi leur peuple.

» Tout cela nous ramène au présent. Comme je vous l'ai déjà appris, l'Ellcrys se meurt. Elle l'a fait savoir aux Elus il y a quelques jours. Etant un être sentant et capable de communiquer, elle leur a révélé que sa mort était inévitable et prochaine. Elle leur a révélé également ce que les légendes elfiques avaient prédit, ce que les premiers Elfes savaient mais que les générations suivantes ont fini par oublier : si, à l'instar de toute créature vivante, l'arbre est destiné à mourir un jour, contrairement à toutes les autres créatures, il est susceptible de renaître de ses cendres. Toutefois, cette renaissance dépend totalement des Elus. L'un d'eux doit porter sa semence jusqu'au Feu de Sang, la source de vie de la terre. Seul l'un des Elus à son service pendant l'année en cours peut effectuer cette tâche. Elle leur a révélé où l'on pouvait trouver le

Feu de Sang et les a suppliés de se mettre en route sans tarder.

Allanon marqua un temps de silence.

— Malheureusement, plusieurs des Malins emprisonnés dans l'Interdit se sont échappés, profitant de l'affaiblissement de ce mur consécutif à celui de l'arbre. L'un d'eux s'est faufilé dans la cité elfique d'Arbolon où se trouve l'Ellcrys, a tué tous les Elus qui vivaient là. Je suis arrivé trop tard pour empêcher ce massacre. Néanmoins, je me suis adressé à l'Ellcrys et j'ai appris ainsi qu'il restait encore un Elu en vie : une jeune fille nommée Amberle qui n'était pas dans la cité lorsque la créature du Mal a commis son horrible forfait. Je suis parti d'Arbolon pour la retrouver. (Il se pencha de nouveau.) Mais les Démons connaissent également l'existence d'Amberle et ils la recherchent. Seulement, ils ignorent tout à la fois où elle se trouve et où je suis. Si je fais preuve d'assez de rapidité, peut-être parviendrai-je cette fois à ramener Amberle à Arbolon avant que l'irréparable ne se produise.

— Dans ce cas, j'estime que tu perds un temps considérable à converser avec nous, fit remarquer Flick d'un ton ferme. Tu devrais déjà être en route.

Malgré la colère qui assombrit légèrement ses traits, le Druide ignora la pique.

— Même si je ramène Amberle à Arbolon, tout ne sera pas résolu pour autant. Etant la dernière des Elus, il lui incombe d'apporter la semence au Feu de Sang. Or, personne, y compris moi-même, ne sait où se trouve ce Feu. L'Ellcrys le savait jadis. Mais le monde dont elle se souvient n'existe plus depuis des lustres. Elle a donné aux Elfes un nom : l'Imprenable. Un nom de l'Ancien Monde qui n'évoque rien pour les Elfes. Je me suis rendu à Paranor pour consulter les archives des Druides. J'ai ainsi découvert la contrée où se trouve l'Imprenable, mais l'emplacement exact du Feu de Sang doit être découvert par ceux qui le cherchent.

Tout en se refusant à le croire, Wil comprit soudain ce qu'Allanon attendait de lui.

— Amberle ne peut entreprendre seule cette

recherche, enchaîna le Druide. La contrée dans laquelle elle doit se rendre est très dangereuse... Beaucoup trop dangereuse pour une jeune fille voyageant seule. Ce périple sera plein d'embûches. Ceux qui ont franchi l'Interdit la traqueront. S'ils la retrouvent, elle est perdue. Or, elle ne doit surtout pas mourir. Elle représente l'ultime espoir de son peuple. Si l'Ellcrys ne peut renaître, l'Interdit finira par s'effondrer, le Mal envahira une fois de plus la terre. Il éclatera une guerre que les Elfes n'ont aucune chance de gagner. Cet échec signifiera l'accroissement et le renforcement du Mal dans les Quatre Terres, et au bout du compte, toutes les races seront écrasées.

— Mais tu seras là pour aider Amberle, balbutia Wil qui cherchait désespérément une issue afin d'échapper au piège qu'il sentait se refermer sur lui.

— Je ne pourrai pas rester à son côté pour l'aider, s'empressa de préciser Allanon.

Un long silence s'ensuivit. Le Druide posa ses mains en éventail sur la table.

— Wil Ohmsford, il y a pour cela une raison. Je t'ai déjà expliqué que le Mal a commencé de se faufiler à travers l'Interdit. L'Ellcrys va aller s'affaiblissant. Et les créatures qu'elle maintient prisonnières n'en seront que plus intrépides. Elles finiront par démolir le mur. Alors, elles déferleront sur la nation des Elfes pour l'anéantir. Cela risque de se produire longtemps avant qu'on ait retrouvé le Feu de Sang. Il est également possible qu'on ne le retrouve jamais. Toujours est-il que les Elfes doivent se préparer au combat. Hélas ! certaines des créatures confinées dans l'Interdit sont extrêmement puissantes. Elles savent utiliser une magie aussi grande que la mienne. Les Elfes, eux, ne détiennent aucun bouclier contre ces pouvoirs. Leur propre magie est perdue. Les Druides qui, jadis, les aidaient sont tous décédés. Il ne reste que moi. Si je les laisse pour aider Amberle, ils seront sans défense aucune. Je ne puis agir ainsi. Je me dois de leur fournir toute l'aide que je peux.

» Néanmoins, quelqu'un doit accompagner la jeune Elfe... Une personne assez puissante pour résister au

Mal qui la traquera, une personne de confiance qui fera tout ce qui est humainement possible pour la protéger. Et cette personne-là, c'est toi, Wil.

— Mais de quoi parles-tu ? s'exclama Flick, exaspéré. Que peut faire Wil contre des créatures... comme celles qui ont failli te tuer ? Tu ne voudrais quand même pas qu'il utilise le Glaive de Shannara ?

Allanon fit non de la tête.

— Le pouvoir du Glaive n'est efficace que contre l'illusion. Le Mal auquel nous sommes confrontés est tout ce qu'il y a de plus réel et tangible. Le Glaive n'aurait aucun pouvoir face à cette entité.

Flick faillit se lever d'un bond.

— Quoi, alors ?

Les yeux du Druide brillaient d'un sombre éclat, né d'une souveraine intuition. Wil sentit la terre se dérober sous ses pieds.

— Les Pierres des Elfes.

Flick en resta médusé.

— Les Pierres des Elfes ! Mais c'est Shea qui les a.

Wil posa vivement une main sur le bras de son oncle.

— Non, c'est moi. (Il sortit de sous sa tunique une petite bourse en cuir.) Grand-père me les a données lorsque je suis parti de Shady Vale pour venir à Storlock. Il m'a dit qu'il n'en avait plus besoin et qu'il estimait qu'elles devaient m'appartenir. (Sa voix tremblait.) C'est étrange. Je les ai acceptées uniquement pour lui faire plaisir et non parce que je pensais les employer un jour. Je n'ai même jamais essayé de les utiliser.

— Cela ne t'apporterait rien de bon, Wil. (Flick se tourna brusquement vers Allanon.) Il le sait. Personne, hormis Shea, ne peut les employer. Ces Pierres sont inutiles entre les mains d'un autre.

Le visage du Druide resta de marbre.

— Ce n'est pas entièrement vrai, Flick. Elles ne peuvent être utilisées que par celui à qui elles ont été librement données. Je les ai confiées à Shea lorsque je lui ai conseillé de fuir le Val pour Culhaven. Elles lui ont appartenu jusqu'à ce qu'il les offre à Wil. Désormais, elles appartiennent à ton neveu. Lui seul détient le pouvoir de les invoquer, comme Shea naguère.

Flick avait l'air désespéré.

– Tu peux les lui rendre, insista-t-il en se tournant de nouveau vers son neveu, ou les donner à un autre. Tu n'es pas obligé de les garder. Tu n'as pas à être mêlé à cette entreprise insensée !

Allanon secoua la tête.

– Mais, Flick, il y est déjà mêlé !

– Et mes projets d'avenir ? intervint Wil tout à trac. Et le temps et l'énergie que j'ai déjà consacrés à mes études ? Devenir Guérisseur a toujours été l'unique but de ma vie, et je suis sur le point d'y parvenir. Attends-tu de moi que j'abandonne ce qui me tient le plus à cœur, si près du but ?

– Si tu te dérobes, comment pourras-tu dans ce cas devenir Guérisseur ? répliqua Allanon. (Et, d'un ton dur, il enchaîna :) Un Guérisseur doit toujours apporter son aide chaque fois qu'on la réclame, comme il le peut. Si tu refuses et que tout ce que j'ai prévu se produise – ce dont je ne doute pas une seconde –, comment pourras-tu vivre en paix avec toi-même, sachant que tu n'as rien fait pour prévenir cette catastrophe ?

Wil rougit violemment.

– Mais quand reviendrai-je ?

– Je l'ignore. Dans longtemps, sans doute.

– Et à supposer que je vienne avec toi, es-tu en mesure d'affirmer que le pouvoir des Pierres des Elfes est assez fort pour protéger cette jeune fille ?

Allanon se replia en lui-même et son visage prit une expression ténébreuse, mystérieuse.

– Je ne le puis. Les Pierres des Elfes tirent leur force de celui qui les détient. Shea n'a jamais éprouvé leurs limites. Il se peut que toi, tu y sois contraint.

– Donc, tu ne peux me donner aucune assurance ? insista l'homme du Val d'une voix soudain sans timbre.

– Aucune. (Le Druide ne le quittait pas des yeux.) Et pourtant, tu dois venir.

Accablé, Wil s'effondra dans son fauteuil.

– Tout porte à croire que je n'ai pas le choix.

– Bien sûr que tu as le choix ! rétorqua Flick d'un ton sec. Vas-tu tout abandonner pour la simple raison qu'Allanon t'affirme que tu dois le faire ? Vas-tu l'accompagner uniquement pour cela ?

Wil leva les yeux.

– N'est-ce pas ce que vous avez fait, grand-père et toi, pour aller chercher le Glaive de Shannara ?

Flanchant soudain, Flick hésita. Puis il saisit les mains de son neveu entre les siennes et les serra avec force.

– Wil, tu vas trop vite. Je t'ai prévenu au sujet d'Allanon. A présent, écoute-moi. Je vois plus clair en cette affaire que toi. Les paroles du Druide cachent quelque chose. Je le sens. (Sa voix se durcit et les rides de son visage se creusèrent.) J'ai peur pour toi. Et c'est pour cela que je te parle ainsi. Tu es comme mon propre fils et je ne veux pas te perdre.

– Je sais, murmura Wil, je sais.

Flick redressa le buste.

– Alors, n'y va pas. Qu'Allanon trouve quelqu'un d'autre.

Ce dernier secoua la tête.

– Impossible, Flick. Personne ne peut le remplacer. Il est le seul. (Il chercha de nouveau le regard de Wil.) Tu dois venir.

– Laisse-moi venir à sa place, proposa brusquement Flick d'un ton où perçait une pointe de désespoir. Wil peut me donner les Pierres des Elfes, et je prendrai soin de cette jeune fille. Allanon, nous avons déjà voyagé ensemble...

Mais le Druide refusait déjà de la tête.

– Flick, tu ne peux venir, répondit-il gentiment. Ton cœur est plus grand que tes forces. Ce voyage sera long et périlleux. Il doit être effectué par un être jeune. (Et après un temps de silence :) Nous ne voyagerons plus ensemble, Flick. Cela est terminé.

Il y eut un long silence. Puis, de nouveau, le Druide se tourna vers Wil, attendant sa réponse. L'oncle et le neveu se consultèrent du regard. Dans les prunelles de l'un flottait l'indécision, dans celles du second brillait la fermeté. Flick comprit que son neveu avait pris sa décision. Il opina d'un signe de tête presque imperceptible.

— Tu dois faire, murmura-t-il à contrecœur, ce que ta conscience te dicte.

Wil se tourna vers Allanon.

— Je viendrai avec toi.

<br>

## 9

A la pointe de l'aube, le lendemain, Allanon se rendit chez Wil Ohmsford et lui annonça d'un ton sombre qu'ils quittaient Storlock sur-le-champ. Wil chercha un prétexte pour retarder ce départ trop précipité à son goût, mais quelque chose dans l'expression et dans la voix du géant l'en empêcha. La veille au soir, le Druide n'avait manifesté aucune hâte. Ce qui avait provoqué ce revirement devait donc être grave. Sans prononcer un mot, le Southlander empaqueta ses maigres effets et referma la porte derrière lui.

Il pleuvait de nouveau : un autre orage s'annonçait au nord-ouest et le ciel chargé était gris comme cendre. Enveloppé dans ses robes noires, sa tête encapuchonnée baissée pour lutter contre le vent de plus en plus violent, le Druide ouvrait la marche le long du chemin boueux. Quelques Stors tout de blanc vêtus les attendaient sur les marches du perron du Centre de Repos pour remettre à Wil une trousse de premiers soins et des provisions pour la route. Artaq était sellé et secouait sa crinière d'impatience. Allanon sauta aussitôt sur sa monture avec une raideur révélant que ses blessures n'étaient pas totalement guéries. Un cheval hongre, gris et nerveux, fut donné à Wil. Il avait déjà le pied à l'étrier lorsque Flick surgit en courant, sa barbe grise ruisselante de pluie et le visage rouge. Il entraîna aussitôt son neveu à l'abri sous le porche du Centre.

— On vient juste de me prévenir, dit-il, le souffle court, tout en essuyant l'eau coulant dans ses yeux.

Je suis même surpris qu'on se soit donné cette peine. (Il lança un regard furibond à Allanon.) Est-ce nécessaire que vous partiez si vite ?

Wil fit lentement oui de la tête.

— Je crois qu'un événement imprévu a précipité notre départ.

Dépit et inquiétude glissèrent dans le regard de son vieil oncle.

— Il n'est pas trop tard pour revenir sur ta décision, murmura-t-il durement.

Mais Wil s'empressa de secouer la tête.

— Soit... J'avertirai ton grand-père, mais je suis certain qu'il ne t'approuvera pas plus que moi. Wil, sois prudent. Souviens-toi que nous avons tous nos limites.

Wil acquiesça, puis ils se firent rapidement leurs adieux, l'air gêné et crispé, comme s'ils eussent craint d'exprimer leurs sentiments véritables. Allanon et Wil s'éloignèrent ensuite au petit trot. Flick, les Stors et leur village ne furent bientôt plus que des ombres dans le brouillard et la grisaille des forêts de l'Eastland, puis disparurent.

Ils chevauchèrent cap sur l'est, jusqu'à la frange des Plaines du Rabb, et bifurquèrent vers le sud. Allanon expliqua à Wil que la première étape de leur voyage serait le petit hameau d'Havenstead où demeurait Amberle. Le Druide ne fournit pas de plus amples explications et Wil évita de poser des questions. Des trombes d'eau leur fouettaient le visage et l'orage gonflait au fil des secondes. Murés dans le silence, ils chevauchaient, tête penchée, à la lisière des forêts.

Les pensées de Wil dérivèrent bientôt sur la soirée de la veille. Pourquoi avait-il donc pris cette décision ? Il n'aurait su le dire, et cela le troublait fortement. Ni la logique ni l'intuition ne parvinrent à éclairer sa lanterne. Il ne réussissait pas à démêler l'écheveau de ses émotions. D'un côté, il voulait croire qu'il avait décidé d'accompagner le Druide parce que ce dernier avait effectivement besoin de lui. Si tout ce que lui avait révélé Allanon était vrai — et il sentait que c'était vrai en dépit des doutes manifestes de son oncle –, il serait d'un grand secours pour le peuple des Elfes et surtout pour cette jeune Amberle. Mais qui abusait-il ? Il ignorait totalement s'il était capable d'utiliser les Pierres des Elfes que son grand-père lui avait confiées. Et si Allanon se trompait en affirmant que ces Pierres pouvaient être remises entre ses mains ? Et si... Sa décision avait été trop impulsive. D'un autre côté, qu'elle fût impulsive n'en diminuait pas pour autant la justesse, ni le mérite. Il se devait tout au moins de tenter d'aider ce peuple. En outre, s'il avait été à sa place, son grand-père aurait suivi le Druide. Bien sûr, Shea l'aurait accompagné si ce dernier le lui avait demandé, tout comme il l'avait fait lors de la quête du prodigieux Glaive de Shannara. Il ne pouvait donc pas faire moins.

Wil inspira profondément. Oui, il avait bel et bien pris la bonne décision, et pour une cause juste. Mais ses pensées n'en restèrent pas moins tout aussi embrouillées. Bientôt, il comprit que ce qui le tracassait le plus, c'était Allanon. Il avait beau se répéter qu'il avait décidé de partir de son propre chef, il savait tout au fond de lui que son choix avait été en fait dicté par le Druide. Certes, il avait répondu comme si ses paroles avaient été les siennes. Seulement, Allanon avait su quels arguments avancer pour qu'il prononce ces paroles-là, et il avait orienté la conversation dans ce but. Il avait su prévoir leurs réactions, celles de Flick comme les siennes. Shea lui avait expliqué qu'Allanon savait lire dans l'esprit d'autrui et décryptait ainsi les pensées les plus secrètes. Wil comprenait à présent ce que son grand-père avait voulu dire par là.

Désormais, aucun retour en arrière n'était possible. Il décida de se tenir dorénavant sur ses gardes pour ne plus être le jouet de pareilles manipulations. Wil Ohmsford n'avait jamais été le jouet d'un autre. Jusqu'à présent, il avait mené sa vie comme il l'entendait et tenait à ce qu'il en soit encore ainsi à l'avenir. Il devait donc faire preuve de vigilance avec Allanon. Certes, il lui ferait confiance, mais pas aveuglément.

Relevant la tête, il scruta à travers les rideaux de

pluie la silhouette noire qui le précédait. Allanon, le dernier des Druides, un être venu d'un autre âge et dont les pouvoirs amoindrissaient tout ce qui était connu dans le monde actuel. Voilà qu'il devait à la fois se fier à cet homme hors du commun, et se méfier de lui. Un désespoir subit accabla Wil. Dans quoi s'était-il donc lancé ? Après tout, Flick avait peut-être raison. Il aurait dû peser davantage le pour et le contre d'une décision modifiant aussi radicalement le cours de son existence. Malheureusement, il était trop tard. Il secoua la tête. S'appesantir sur ce sujet était une pure perte de temps, et il valait mieux songer à autre chose. Wil passa le restant de la journée à tenter en vain d'occuper autrement son esprit.

Au fil des heures, la pluie s'amenuisa, puis cessa complètement en fin de journée. Des nuées menaçantes ensevelissaient pourtant encore le ciel lorsque la grisaille céda la place aux ténèbres de la nuit. Un épais brouillard errait à l'orée de la forêt, comme un enfant perdu. Allanon s'engagea alors à travers bois, et ils dressèrent un camp dans une petite clairière située à quelques centaines de mètres de la frange du Rabb. Derrière eux, la muraille du Wolfsktaag s'élançait au-dessus de la cime des arbres, s'estompant en une ombre un peu plus noire que la nuit. En dépit de l'humidité, ils parvinrent à allumer un feu de bois dont la maigre chaleur leur permit de mieux supporter le froid glacial. Ils étendirent leurs capes de voyage pour les faire sécher, puis absorbèrent un frugal repas composé de bœuf froid, de fruits et de noix, n'échangeant, pour la forme, que quelques mots. L'air préoccupé, le Druide resta muré dans un silence sinistre. Toutefois, Wil brûlait d'en apprendre plus au sujet de ce périple, et il n'avait pas l'intention de ronger son frein plus longtemps. Une fois qu'ils eurent terminé leur repas, il s'approcha encore un peu des flammes de façon à éveiller l'attention du Druide.

— Pourrions-nous parler un peu ? s'enquit-il d'un ton circonspect, étant au fait du tempérament imprévisible de cet homme.

Le Druide le lorgna un instant d'un œil éteint, puis opina.

— J'aimerais en savoir plus au sujet de l'histoire du peuple des Elfes.

Allanon eut un pâle sourire.

— Soit... Alors, jeune Wil Ohmsford, qu'aimerais-tu savoir ?

Ce dernier hésita.

— Hier soir, tu nous as dit que même les histoires concernant l'Ancien Monde ne mentionnaient ce peuple que dans les contes. Néanmoins, il a bel et bien existé en ces temps très lointains, tout comme les Hommes. Tu as dit aussi qu'aucun humain ne pouvait les voir. Je ne comprends pas cela.

— Tu ne comprends pas ? (Le géant semblait amusé.) Dans ce cas, je vais t'expliquer. Pour simplifier, disons que les Elfes ont toujours été des créatures de la forêt... mais surtout avant les Grandes Guerres. En cette ère lointaine, comme je te l'ai déjà précisé, c'étaient des magiciens. Ils détenaient le pouvoir de se fondre à leur environnement, de se faire plante ou buisson, de sorte que l'on pouvait passer devant eux un millier de fois sans jamais les remarquer. Les Hommes ne les voyaient pas, car ils ignoraient comment les regarder.

— Mais n'étaient-ils pas invisibles ?

— Pas vraiment.

— Juste difficiles à voir.

— Oui, oui, répondit le Druide, un rien agacé.

— Mais pourquoi, aujourd'hui, n'avons-nous plus aucune difficulté pour les voir ?

Allanon redressa le buste.

— Tu ne m'écoutes point. Dans l'Ancien Monde, les Elfes étaient des magiciens. Mais à présent, ce sont des Hommes, tout comme toi. Ils ont perdu leur art.

— Et pourquoi ?

Wil appuya les coudes sur ses genoux et posa la tête dans le creux de ses mains, comme un enfant curieux.

— Ce n'est pas facile à expliquer, avertit le Druide. Mais je vois que tu ne seras pas satisfait tant que je n'aurai pas tenté de le faire.

Le géant se pencha en avant.

– Après la création de l'Ellcrys, après le bannissement de la terre des magiciens du Mal, les Elfes et les autres créatures dites féeriques se séparèrent. Il était assez naturel que cela se produise, puisqu'ils s'étaient unifiés dans le seul but de vaincre leur ennemi à tous. Cette tâche accomplie, il ne leur restait que trop peu de points communs pour continuer de vivre ensemble. En effet, hormis leur désir de préserver la terre, rien ne les rapprochait. Chaque espèce avait son mode de vie, ses coutumes et ses intérêts. Elfes, Nains, Esprits, Gnomes, Trolls, Sorcières différaient autant les uns des autres que les bêtes fauves vivant dans la forêt des poissons occupant les mers.

» En ce temps-là, l'humanité n'avait pas encore dépassé le stade de l'existence primitive, ce qui ne surviendrait que des siècles plus tard. Ces créatures fabuleuses n'accordaient nulle attention aux humains et, d'ailleurs, n'avaient guère de raisons de s'intéresser à cette espèce guère plus évoluée que les animaux. Si leur intelligence innée dépassait celle du genre animal, leurs instincts étaient atrophiés. Les Elfes et les autres ne prévoyèrent pas l'influence que les humains finiraient par exercer un jour sur l'évolution de la terre.

Le Druide marqua un temps d'arrêt.

– Toutefois, pour le prévoir, il aurait suffi qu'ils accordent un peu plus d'attention à ce qui les différenciait de l'espèce humaine. Et surtout, à deux traits. Les Elfes et les espèces analogues ne procréaient pas rapidement. Les Hommes, si. Un grand nombre d'espèces féeriques ne se reproduisait qu'une fois tous les sept cents ans. Aussi, même si au début les créatures de magie dépassaient en nombre considérablement les Hommes, au bout d'un millénaire, cette situation s'inversa dramatiquement. Mais je reviendrai là-dessus dans un moment.

» Le deuxième trait qui les différenciait était leur faculté d'adaptation. Créatures de la forêt, les Elfes quittaient très rarement le couvert des bois. De même, les autres espèces résidaient chacune dans un territoire bien délimité. Leurs modes de vie correspondaient à leur environnement, qu'il s'agisse de la forêt, des rivières et des mers, des montagnes ou des plaines. Elles ne pouvaient vivre ailleurs. Les humains, en revanche, possédaient des capacités d'adaptation beaucoup plus développées. Ils vivaient partout et proclamaient que la terre entière leur appartenait. Aussi s'étendirent-ils au fur et à mesure qu'ils croissaient en nombre. Ils s'adaptèrent à toutes les évolutions de la nature alors que les Elfes et les autres espèces féeriques résistaient, imperturbables, à tout changement.

Allanon eut une ombre de sourire.

— Il y eut un temps, Wil Ohmsford, où la vie dans l'Ancien Monde ressemblait fort à celle d'aujourd'hui. Les Hommes vivaient, travaillaient et se distrayaient, comme les races en ce monde. Cela te surprend-t-il ?

— Un peu... je crois.

Le Druide secoua la tête.

— Ce temps-là a pourtant existé. Les Elfes auraient dû alors se montrer au grand jour et rejoindre les humains afin de modeler ensemble l'univers. Mais ils ne le firent pas. Ils décidèrent de rester cachés au fond de leurs forêts, en simples observateurs, convaincus qu'ils étaient que leur propre existence ne serait en rien affectée par l'essor de l'humanité. Ils ne surent point voir le danger. Il faut dire que les hommes ignoraient tout de la magie et que leurs visées n'étaient pas destructrices... Pas encore. Aussi les Elfes persistèrent-ils dans leur isolement, pensant à tort qu'il en serait toujours ainsi. L'attitude des humains ne les concernait pas. Leur unique souci était la préservation et la protection de la terre.

» Mais cet état de choses commença de se modifier. Les Hommes peuplaient la terre avec une rapidité croissante. Bientôt, ils bâtirent citadelles et forteresses. Bientôt, ils naviguèrent sur les mers en quête de nouvelles terres et repoussèrent toujours plus loin les limites des contrées sauvages. Pour la première fois, ils commençaient à modifier radicalement le visage du monde, bouleversant la nature de régions entières pour satisfaire leurs propres besoins. Les

Elfes furent contraints de s'enfoncer chaque fois davantage au cœur des forêts. Les créatures chimériques virent leurs territoires rognés par cette expansion et certaines se retrouvèrent finalement sans terre aucune.

— Mais n'ont-elles donc pas résisté à cette intrusion ? coupa soudainement Wil.

— Il était bien trop tard, répliqua Allanon avec un sourire amer. De nombreuses espèces s'étaient déjà éteintes en raison de leur faible reproduction ou de leur incapacité totale d'adaptation. Les autres ne surent pas s'unir, comme jadis. La guerre contre les créatures du Mal s'était déroulée des centaines de siècles auparavant et depuis, elles avaient perdu tout contact entre elles. Pis, elles avaient oublié leurs pouvoirs magiques. Au début, elles luttèrent, certes, contre l'invasion des Hommes, mais ces derniers étaient beaucoup trop nombreux. Elles ne remportèrent que de maigres victoires sans lendemain, gagnèrent de brefs répits, rien de plus. Elles furent chassées toujours plus loin et périrent, étant sans défense contre la science et les technologies de l'espèce humaine.

— Et les Elfes... ?

— Ce peuple, lui, apprit à survivre. Certes, sa population diminua mais ne connut pas une extinction totale, comme les autres espèces. Les Elfes restèrent dans les forêts, se cachant totalement des Hommes qui avaient fini par occuper tout l'espace du globe. Ils assistèrent avec effroi à la destruction de ce monde, au pillage des ressources de la terre, en témoins impuissants de l'irréversible rupture de l'équilibre écologique. Enfin, ils observèrent les conflits incessants qui éclataient entre les humains, chaque fois qu'un de leurs gouvernements tentait d'imposer sa domination sur tous les autres. Ils attendaient et se préparaient aussi, prévoyant une issue fatale.

— Les Grandes Guerres...

— Oui, les Grandes Guerres, fit Allanon en branlant du chef. Les Elfes avaient prévu cette apocalypse. Ils utilisèrent les dernières bribes de leurs arts magiques pour se préserver, ainsi que quelques rares trésors, soigneusement triés, de leur passé, et parmi ceux-ci, l'Ellcrys. Ce fut là un effort remarquable qui leur permit de survivre à cet holocauste. La grande majorité des autres créatures féeriques périt totalement. Et seul un tout petit nombre d'humains survécut, presque par accident. Mais leur civilisation tentaculaire fut anéantie. L'Ancien Monde ne fut plus qu'une immense étendue désolée, stérile et sauvage.

» Au cours des siècles qui suivirent ce cataclysme, l'existence se résuma à une lutte acharnée et barbare pour survivre. Les rares créatures qui ne furent point éliminées se retrouvèrent contraintes de s'adapter à un nouvel environnement, primitif, à une nature méconnaissable. L'humanité connut une mutation définitive. De l'ancienne et unique race des Hommes émergèrent quatre espèces nouvelles : Hommes, Nains, Gnomes et Trolls. On croyait alors à tort, et on croit encore de nos jours, que les Elfes formaient une cinquième race, née aussi de cet holocauste. En effet, l'histoire de l'Ancien Monde était tombée dans les oubliettes de la mémoire, et il n'en restait plus aucune trace.

» Cependant, les Elfes, eux, gardèrent la mémoire de leur histoire et de leurs traditions. Seule leur magie se perdit dans la nuit des temps. Leur adaptation forcée les rapprocha progressivement des nouvelles races, tant sur le plan culturel que physique. Les nouveaux humains et les survivants des Elfes finirent peu à peu par se ressembler jusqu'à ne plus former qu'une seule espèce.

» Lorsque, à l'issue du millénaire qui suivit les Grandes Guerres, les nouvelles races commencèrent à émerger de la vie primitive au cours de laquelle ils avaient lutté avec acharnement pour survivre aux effets secondaires de l'holocauste, les Elfes étaient là, parmi elles. Ils ne se cachaient plus au cœur des forêts comme observateurs du développement de l'univers. Cette fois, ils œuvraient au grand jour, afin de s'assurer que les Hommes ne s'engageraient pas encore une fois sur une route menant à la destruction quasi totale de la vie. Voilà pourquoi les Elfes, par l'intermédiaire du Druide Galaphile, réunirent leur Premier Conseil, à Paranor. Voilà aussi pourquoi les Elfes cherchèrent à détourner les races de la quête malavisée des anciennes sciences de la puissance et de l'énergie, leur conseillant une approche plus prudente des mystères de la vie. Ils tentèrent de retrouver leurs arts magiques, pensant qu'ils les aideraient à préserver ce nouvel univers.

— Pourtant, les Elfes n'avaient plus de connaissances magiques, rappela Wil à l'historien. Seuls les Druides détenaient encore quelques connaissances occultes.

— Les Druides, ainsi qu'une poignée d'autres éparpillés à travers le globe, rectifia Allanon. (Il se perdit dans ses réflexions personnelles. Et quand il reprit la parole, ce fut d'une voix lointaine :) Les Druides apprirent très vite quels étaient les dangers inhérents à cette recherche des arts perdus. Un Druide nommé Brona les leur révéla. L'exploration qu'il fit des limites de la magie finit par l'anéantir et une créature que nous connaissons sous le nom de Maître Sorcier s'empara de son enveloppe charnelle. Lorsque les Druides comprirent ce que sa faim insatiable de pouvoir avait opéré en lui, ils interdirent toute nouvelle tentative. La magie découverte par les Druides n'était ni tout à fait bonne, ni tout à fait mauvaise, mais simplement puissante... Trop puissante pour être maîtrisée par les mortels. Brona parvint cependant à tuer tous les Druides à Paranor, déclenchant ainsi la Deuxième Guerre des Races, et il ne resta plus que Bremen pour enseigner la magie. Ce dernier disparut, et il n'y eut plus alors que moi...

Le Druide garda le silence, fixant le feu de ses prunelles noires. Puis il releva brusquement les yeux sur Wil.

— Homme du Val, que souhaites-tu apprendre encore ?

La voix dure, presque furieuse, du Druide surprit Wil, mais il se força à soutenir son regard sans sourciller.

— Qu'aurais-tu d'autre à m'apprendre ?

Allanon ne répondit pas. Les deux hommes

s'affrontèrent du regard pendant un long et pesant silence. Finalement, l'homme du Val détourna les yeux et, d'un air absent, se mit à remuer les braises du feu avec la pointe de sa botte.

— Les créatures cloîtrées dans ce lieu situé derrière l'Interdit... Quelles sont-elles ? s'enquit-il enfin. Comment ont-elles pu survivre à tant d'années, de siècles de réclusion ? Pourquoi n'ont-elles pas péri ?

Allanon garda son air sombre.

— Appelle-les Démons, car c'est ce qu'elles sont devenues. Elles ont été chassées dans un néant, un vide obscur qui se trouve au-delà de tout univers vivant. Dans ces ténèbres absolues, le temps ne s'écoule pas et n'entraîne ni vieillesse ni trépas. Les Elfes n'ont pas su le comprendre, je présume, à moins qu'ils n'aient estimé que cela n'importait guère, leur seule préoccupation étant d'éradiquer le Mal de leur propre monde. En tout cas, ces Démons ne sont point morts. Tout au contraire, ils se sont considérablement multipliés. Le Mal qui vit en eux se nourrit de lui-même et ne cesse de croître en force. Il a donné naissance à une nouvelle vie. Car le Mal livré à lui-même, homme du Val, ne s'éteint pas. Il prospère, il fleurit, s'accroît dans sa prison, enfle et se déchaîne jusqu'à briser ses chaînes... Et alors, il court en toute liberté et se répand comme un feu de brousse.

— Et son pouvoir occulte ? demanda vivement Wil. Sa magie aussi se développe-t-elle ?

Le visage d'Allanon s'adoucit un peu et il opina.

— Nourrie de la même façon et appliquée aussi, car les Démons luttent les uns contre les autres dans leur geôle ; la rage qui les embrase pour avoir été vaincus les pousse au bord de la démence et cherche une issue par où se répandre.

A présent, ce fut au tour de Wil de garder le silence. Il replia ses jambes et enlaça ses genoux comme pour se protéger. A l'orient, grondait un faible et lointain roulement de tonnerre, alors que l'orage s'éloignait dans les pics déchiquetés du Wolfsktaag. Une sorte d'impatience traversa le visage du Druide, comme il observait le jeune homme. Il se pencha une fois de plus en avant.

– Wil Ohmsford, as-tu eu toutes les réponses que tu désirais ?

– Non. (Il releva brusquement la tête.) Non, j'ai encore une question à poser.

Allanon fronça les sourcils.

– Je t'écoute.

Manifestement, le Druide était mécontent. Wil hésita, se demandant s'il était sage de poursuivre. Il décida qu'il le fallait, mais choisit soigneusement ses termes.

– Tout ce que je viens d'entendre me laisse à penser que ces Démons ne constituent pas un danger uniquement pour les Elfes. On dirait qu'ils en sont un également pour toi. (La colère brilla dans les yeux noirs d'Allanon mais Wil s'empressa d'aller au bout de sa pensée.) Si j'accompagne Amberle, cette fille des Elfes, dans la quête du Feu de Sang, comme tu me l'as demandé, ils seront certainement à nos trousses. Suppose qu'ils retrouvent notre piste. Quelles chances ai-je contre eux, Allanon ? Même avec les Pierres des Elfes, quelles chances aurai-je ? Tu n'as pas voulu me répondre avant mon départ. A présent, fais-le.

– Bien... (Le visage soudain impassible, Allanon redressa le buste.) Je pensais bien que cette avalanche de questions menait quelque part.

– S'il te plaît, insista calmement Wil, réponds à ma question.

Allanon pencha la tête de côté, l'air songeur.

– Je ne connais pas la réponse.

– Tu ne connais pas la réponse ? s'exclama Wil d'un air interdit.

Le Druide plissa les yeux.

– Tout d'abord, j'espère que je les empêcherai de te trouver. En ce cas, ils ne te feront aucun mal. Pour l'heure, ils ignorent tout de toi. Et j'ai l'intention qu'il en soit également ainsi demain.

– Mais s'ils me trouvent... Alors quoi ?

– Alors, tu as les Pierres des Elfes. (Après un instant d'hésitation, il reprit :) Comprends une chose, Wil. Ces Pierres sont une magie qui date de l'Ancien Monde. Une magie que les Elfes connaissaient lorsqu'ils ont claquemuré ces créatures. Or, le pouvoir des Pierres est proportionnel à la force de l'homme ou de la femme qui les détient. Elles sont au nombre de trois : une pour le cœur, une pour l'esprit et une pour le corps de son utilisateur. Toutes trois doivent s'unir pour n'en former qu'une. Lorsque cela s'effectue correctement, la puissance déclenchée peut être formidable.

Allanon lança un regard aigu à l'homme du Val.

— Comprends-tu maintenant pourquoi je ne puis répondre à ta question ? C'est toi qui détermineras la force de ta défense contre tes ennemis. Je n'ai pas la possibilité de mesurer cela en toi. Je puis seulement te dire que je te juge aussi bon que ton grand-père... et je n'ai pas rencontré de meilleure âme que lui, Wil Ohmsford.

Sans prononcer un mot, celui-ci fixa le Druide, puis baissa de nouveau les yeux vers le feu.

— Moi non plus, murmura-t-il.

Allanon esquissa un sourire.

— Lorsque ton grand-père a entrepris la quête du Glaive de Shannara, ses chances étaient très faibles. Il le reconnaîtrait lui-même. Le Maître Sorcier connaissait son existence dès le début. En fait, les Porteurs du Crâne l'ont traqué jusque dans votre hameau isolé. Puis, ils ont été à ses trousses en permanence. Pourtant, il a survécu... Et ce, en dépit des doutes considérables qui le tenaillaient.

Le Druide, dont les yeux noirs et caverneux étincelaient dans la lumière du feu, posa une main sur l'épaule de Wil.

— Tes chances sont meilleures. Et je crois en toi. A présent, il te faut commencer à croire en toi.

Là-dessus, le Druide se leva.

— Nous avons assez parlé pour ce soir. Tu dois dormir. Une longue route nous attend demain...

## 10

Allanon et Wil repartirent aux aurores, sous un ciel limpide et bleu. Ils chevauchèrent à travers les grasses prairies du Rabb, puis traversèrent en fin de journée la légendaire Rivière d'Argent. Peu avant le crépuscule, ils parvinrent au sommet d'une petite colline.

Devant eux s'ouvrait une large vallée en forme de fer à cheval dont le sol et les flancs étaient très boisés. Elle débouchait à l'ouest sur une terre fertile plantée de céréales. Un village était niché au point de jonction de la forêt et des champs. Un petit cours d'eau dévalait le flanc de la vallée pour traverser le village et aller irriguer les cultures grâce à des douzaines de canaux bien entretenus. Hommes et femmes s'affairaient dans la vallée, minuscules silhouettes aux yeux des deux voyageurs juchés sur la crête. Loin au sud, une terre plane jonchée de rochers succédait aux prairies et s'étendait jusqu'à l'horizon.

— Havenstead, annonça Allanon en pointant le doigt vers la vallée. Et plus loin, là-bas, le Battle Mound.

— Et que faisons-nous maintenant ? s'enquit Wil.

Le Druide mit pied à terre, attacha Artaq à un arbre et alla s'asseoir.

— Nous attendons la nuit. Moins il y aura de gens qui nous verront, mieux ce sera. Ces villageois sont bavards. Le secret est notre plus sûr allié et je n'ai pas l'intention de l'éventer inutilement. Nous gagnerons ce village dans la plus grande discrétion et en repartirons de même. (Il jeta un coup d'œil au soleil qui déclinait rapidement à l'horizon.) Nous n'avons qu'une heure à attendre.

Lorsque la nuit commença d'ensevelir la vallée sous son voile gris, Allanon se remit en selle. Wil l'imita. Ils partirent d'abord vers l'est, contournant le rebord de la vallée jusqu'à un endroit où la forêt, plus dense, masquait une passe étroite. Alors, ils entamèrent la descente, laissant leurs montures se frayer un passage à travers les broussailles. Wil perdit vite tout sens de l'orientation, mais le Druide, qui semblait savoir où il allait, ne ralentit pas le train d'Artaq malgré l'obscurité croissante. Enfin, ils parvinrent au pied du versant et progressèrent plus aisément. Les rayons de la lune filtraient à travers les brèches du feuillage touffu et, à leur passage, les oiseaux nocturnes lançaient leurs cris perçants. L'air était doux et chargé des senteurs des bois. Wil finit par somnoler sur sa selle.

Finalement, des points épars de lumière jaune scintillèrent à travers l'écran de verdure et de faibles bruits de voix troublèrent le silence. Allanon descendit de sa monture, invitant d'un geste Wil à en faire autant. Puis, ils continuèrent à pied en tenant leur cheval par la bride. La forêt se clairsema et bientôt, ils avisèrent devant eux un haut mur en pierre percé d'une grille en bois. Ils attachèrent les chevaux à un poteau en fer près du mur. Allanon porta un doigt à ses lèvres et, en silence, ils franchirent la petite grille.

Wil eut le souffle coupé d'admiration. Un vaste jardin en forme de demi-cercle descendait en terrasses. Des massifs de fleurs multicolores étincelaient sous la lumière pourtant pâle de la lune. Une allée de pierre, poudrée de points brillant comme des étoiles, serpentait à travers ce jardin jusqu'à un cercle de bancs en bois et, de là, à une petite maison de pierre et de bois avec un porche traditionnel et une soupente. Des buissons drus et bas poussaient au pied des murs et des fleurs ornaient les croisées à losanges. Des ifs pourpres et des pins bleus montaient la garde devant la maisonnette. Une deuxième allée s'élançait du porche sous une arche de bouleaux d'une blancheur magnifique, puis disparaissait derrière une haie taillée à la perfection. Au loin, d'autres points brillaient dans la nuit comme une nuée de lucioles.

Wil observa ce jardin avec ravissement. On eût dit le pays des Merveilles.

Il jeta au Druide un regard interrogateur. Un bref sourire goguenard éclaira le visage de ce dernier, qui lui fit signe de le suivre. Ils s'engagèrent dans l'allée menant à la maisonnette. Des lumières brillaient à travers l'étoffe des rideaux et des bruits de voix filtraient jusqu'à eux. Des voix d'enfants ! Wil fut si surpris qu'il faillit écraser le gros chat tigré qui dormait, étiré de tout son long, sur la première marche du perron. Le matou releva la tête et le regarda d'un air insolent. Un autre, noir, s'esquiva sans bruit dans les buissons proches. Le Druide et l'homme du Val s'avancèrent vers la porte. Les voix enfantines éclatèrent soudain en un rire cristallin.

Allanon frappa. A ce coup autoritaire, le silence se fit. Les bruits de pas cessèrent de l'autre côté de la porte.

— Qui est-ce ? s'enquit une voix douce.

— Je suis Allanon.

Il y eut un long silence. Enfin on tira le loquet, la porte s'ouvrit et une jeune Elfe s'avança sur le seuil. Elle était petite, même pour une Elfe, menue, et son teint était hâlé par le soleil. Une magnifique chevelure châtaine tombait en cascade jusqu'à ses reins et jetait une ombre sur sa frimousse enfantine, à la fois innocente et avertie. Ses prunelles vertes et vives jetèrent un rapide regard à Wil, puis s'arrêtèrent de nouveau sur le Druide.

— Allanon a quitté les Quatre Terres depuis plus de cinquante ans. (Sa voix était ferme mais dans ses yeux verts brillait la peur.) Qui es-tu ?

— Je suis Allanon. (Il laissa filer quelques secondes de silence.) Qui d'autre aurait pu te trouver ici, Amberle ? Qui d'autre pourrait savoir que tu es une des Elus ?

L'Elfe écarquilla les yeux, soudain sans voix. Elle croisa les mains avec force et fit un effort visible pour se ressaisir.

— Les enfants vont avoir peur si je les laisse seuls. Je dois les mettre au lit. Attendez ici, s'il vous plaît.

Déjà, on entendait des trottinements et des chuchotis animés. Amberle disparut dans la maisonnette. Ils l'entendirent calmer les enfants de sa voix douce et les entraîner dans l'escalier en bois menant à la soupente.

Mon Dieu, ce n'est qu'une enfant, elle aussi ! songea Wil.

Un instant plus tard, Amberle réapparaissait. Elle referma sans bruit la porte derrière elle et jeta un coup d'œil à Wil qui répondit par un sourire timide.

— Ce jeune homme est Wil Ohmsford, annonça Allanon de sa voix grave qui monta dans la nuit. Il étudie avec les Stors l'art des Guérisseurs.

— Bonjour... commença Wil.

Mais Amberle l'avait déjà dépassé pour rejoindre le géant qui était allé s'asseoir sur l'un des bancs.

— Pourquoi es-tu venu ici, Druide... Si tu es bien un Druide ? s'enquit-elle d'une voix à la fois furieuse et incertaine. Est-ce mon grand-père qui t'envoie ?

— Peut-on aller dans le jardin pour parler ?

La jeune fille hésita, puis acquiesça. Elle les conduisit le long de l'allée jusqu'aux bancs disposés en cercle. Elle s'assit sur l'un d'eux. Allanon s'installa en face d'elle et Wil un peu à l'écart, car il estimait que son rôle devait être celui d'un spectateur.

— Pourquoi es-tu venu ici ? répéta-t-elle d'un ton un peu plus ferme.

Allanon replia ses robes autour de lui.

— Tout d'abord, je tiens à te préciser que personne ne m'a envoyé. Je suis venu de mon propre chef, et cela pour te demander de revenir avec moi à Arbolon... Je serai bref. L'Ellcrys se meurt, Amberle. L'Interdit a commencé de s'écrouler, libérant le Mal... Les Démons. Bientôt, ils déferleront sur le Westland. Il n'y a que toi qui puisses les stopper. Tu es la dernière des Elus.

— La dernière... balbutia-t-elle d'une voix étranglée.

— Oui, les autres sont tous morts. Tués par les Démons. Et ces Démons te recherchent, à présent.

L'horreur pétrifia les traits d'Amberle.

— Non ! Quelle est cette ruse, Druide ? Quelle ruse...

De nouveau, elle ne put achever sa phrase. Des larmes jaillirent de ses yeux et ruisselèrent sur ses joues. Elle les essuya d'un geste rageur.

– Ils sont vraiment tous morts ? Tous ?

Allanon opina.

– Tu dois venir avec moi à Arbolon.

Elle fit vite non de la tête.

– Non... Je ne suis plus une Elue. Et tu le sais.

– Ce que je sais, c'est que tu souhaiterais qu'il en soit ainsi.

Les yeux verts étincelèrent de colère.

– Ce que je souhaite n'a aucune importance en la matière. Je ne sers plus l'Ellcrys depuis longtemps. Tout cela est du passé.

– L'Ellcrys t'a choisie pour que tu la serves cette année, rappela Allanon. C'est à elle de décider si tu es encore une Elue ou non et si tu porteras sa semence lors de la quête du Feu de Sang, afin qu'elle puisse renaître et l'Interdit être restauré. C'est à elle seule de décider, et non à toi.

– Je ne retournerai pas avec toi, annonça posément Amberle.

– Tu le dois.

– Non. Jamais ! Mon foyer est désormais ici, ainsi que mon peuple. Telle a été ma décision.

– Ton foyer et ton peuple sont effectivement ceux que tu choisis. Mais tes responsabilités ne dépendent pas toutes de ta volonté. Fille des Elfes, tu es la dernière des Elus. Tu ne peux fuir ton devoir. Tu es l'ultime espoir des Elfes, et tu n'y peux rien changer.

Amberle se leva brusquement, s'éloigna d'un pas, puis se retourna.

– Tu ne comprends pas.

Allanon l'observait.

– Je comprends mieux que tu le penses.

– En ce cas, tu ne me demanderais pas de revenir. Aux yeux de ma mère, de mon grand-père et de mon peuple, je suis une proscrite. Mon départ est définitif. J'ai fait une chose qui ne me sera jamais pardonnée. Le peuple des Elfes possède, profondément enracinés en lui, le respect de la tradition et le sens de l'honneur. Ils n'accepteront jamais mon retour parmi eux, même s'ils savent que sans moi, ils périront. Je suis une hors-la-loi à leurs yeux, et cela ne changera jamais.

Le Druide se leva et domina la jeune Elfe de toute sa taille, la fixant d'un œil effrayant.

— Tu parles comme une sotte, fille des Elfes. Tes arguments sont creux et tu manques de conviction. Cela ne te ressemble pas. Je sais que tu es plus forte que tu ne viens de le montrer.

Piquée au vif, Amberle se raidit.

— Druide, que sais-tu de moi ? Rien ! (Elle se campa devant le géant, ses yeux verts lançant des éclairs.) J'enseigne les enfants. Tu en as vu quelques-uns. Ce sont leurs parents qui me les confient, et je leur transmets ma connaissance des êtres vivants. Je leur enseigne l'amour et le respect du monde dans lequel ils sont nés : la terre, les mers, le ciel et tout ce qui y vit. Je leur apprends à comprendre ce monde, à en prendre soin et à développer la vie qu'ils ont reçue. Il y a de l'amour dans ce que je fais. Je suis une personne simple, possédant un don simple que je fais partager aux autres. Un Elu ne partage jamais rien avec les autres. Je n'ai jamais été une Elue... Jamais ! C'est là une tâche que l'on m'a imposée et pour laquelle je ne suis pas faite. Tout cela, je l'ai laissé derrière moi. Ce village et son peuple sont désormais toute ma vie, et je leur appartiens.

— Peut-être. (La voix calme et ferme du Druide apaisa la colère d'Amberle.) Et pourtant, tu abandonnerais les Elfes pour une aussi piètre raison que celle-ci ? Sans toi, ils sont tous voués à une mort certaine. Certes, ils lutteront, comme jadis dans l'Ancien Monde. Mais cette fois, sans la magie où puiser leur force. Ils seront anéantis.

— Ces enfants ont été remis à mes soins, s'empressa de répliquer la jeune fille.

Mais Allanon leva vivement la main.

— Et d'après toi, que va-t-il se passer une fois que les Elfes seront éliminés ? Crois-tu que les Malins se contenteront de demeurer dans les limites du Westland ? Fille des Elfes, quel sera alors le sort de tes enfants ?

Amberle regarda le Druide sans pouvoir articuler un mot, puis se laissa choir lentement sur le banc.

Des larmes lui montèrent de nouveau aux yeux et elle les ferma avec force.

— Pourquoi donc ai-je été choisie ? demanda-t-elle d'une voix réduite à un murmure. Je n'ai pas recherché cet honneur, alors que tant d'autres rêvent de l'obtenir. (Elle serra les poings sur ses genoux.) C'était une blague, une mauvaise plaisanterie. Comprends-tu cela, Druide ? Aucune femme n'a été choisie depuis plus de cinq cents ans. Cela a été une erreur. Une cruelle erreur.

Le visage de nouveau impénétrable, le Druide contempla le jardin.

— Il n'y a pas eu d'erreur, répondit-il d'un ton lointain, comme s'il s'adressait à lui-même. Qu'est-ce qui t'effraie donc, Amberle ? s'enquit-il subitement en se retournant vers la jeune Elfe. Car tu as peur, n'est-ce pas ?

Elle ne leva pas la tête, ne rouvrit pas les yeux, mais opina.

Allanon se rassit et reprit la parole, d'une voix douce, cette fois.

— La peur fait partie de la vie, mais on doit l'affronter, et non l'esquiver. Qu'est-ce qui t'effraie donc ?

Il y eut un long silence.

— Elle, répondit enfin Amberle avec un filet de voix.

Le Druide fronça les sourcils.

— L'Ellcrys ?

Mais cette fois, Amberle ne répondit point. Elle essuya les larmes qui coulaient sur ses joues et se leva.

— Même si j'accepte de retourner à Arbolon avec toi, d'affronter le courroux de mon grand-père et de mon peuple, de me présenter une dernière fois devant l'Ellcrys, si je fais tout ce que tu me demandes, que se passera-t-il au cas où elle refuserait de me donner sa semence ?

— En ce cas, tu seras libre de retourner à Havenstead et je ne t'importunerai plus.

— Je vais réfléchir.

– Le temps presse. Tu dois te décider ce soir. Les Démons te recherchent.

– Je dois réfléchir, insista Amberle. (Ses yeux se portèrent sur Wil.) Et toi, Guérisseur, quel est ton rôle dans tout cela ?

Wil voulut répondre, mais le furtif sourire d'Amberle l'en empêcha.

– Peu importe. Je sens qu'en ce domaine nous sommes logés à la même enseigne. Tu n'en sais pas plus que moi.

Moins, voulut préciser Wil, mais la jeune Elfe s'éloignait déjà.

– Amberle ! cria Allanon.

– Demain ! lança-t-elle sans ralentir le pas.


## 11


Un cauchemar agita le sommeil de Wil. Une immonde créature le traquait et il n'avait aucune issue par où fuir. Réveillé en sursaut, il se redressa d'un bond, le cœur battant la chamade. Accroupi à son côté, Allanon le tenait par les épaules.

– Vite, homme du Val, ils nous ont trouvés.

Sans poser de questions, Wil courut derrière le Druide qui déjà se dirigeait vers la maisonnette d'Amberle. Comme mue par une intuition, celle-ci apparut sur le pas de la porte. Sa chemise de nuit soulevée par la brise lui donnait l'air d'un spectre.

– Je t'avais dit de t'habiller, murmura Allanon d'un ton furieux.

– Druide, tu ne chercherais pas à me tromper ? s'enquit-elle d'un ton sceptique. Ne serait-ce pas une ruse de ton cru pour me décider à retourner à Arbolon ?

Le visage d'Allanon devint noir de colère.

– Lambine encore un peu et tu auras la réponse ! Maintenant, habille-toi !

Amberle ne céda pas un pouce de terrain.

– Très bien. Mais je ne peux abandonner les enfants. Je dois les emmener dans un lieu sûr.

– On n'a plus le temps. En outre, ils seront plus en sécurité ici qu'en train d'errer dans le noir.

– Ils ne comprendront pas pourquoi je les abandonne comme cela.

– Reste, et ils partageront le même sort que toi ! (Allanon avait perdu toute patience.) Réveille l'aîné. Dis-lui que tu dois t'absenter pour un temps, que tu n'as pas le choix. Dis-lui qu'au petit jour il emmène tous les enfants chez une voisine. A présent, obéis. Et vite !

Cette fois, Amberle rentra dans la maisonnette sans discuter. Le Druide alla chercher les chevaux et presque aussitôt, Amberle réapparut, chaussée de bottes souples et vêtue d'une tunique retenue par une ceinture, d'un pantalon et d'une longue cape bleue.

Allanon entraîna Amberle et Wil devant Artaq. Parlant d'une voix douce à l'étalon noir et caressant sa crinière, il tendit les rênes à Wil.

– Monte !

Wil se hissa tant bien que mal sur le grand cheval. Artaq secoua sa crinière et hennit. Allanon continua de lui parler à voix basse, puis, prenant Amberle par la taille, il la souleva comme si elle ne pesait pas plus qu'une plume et l'installa derrière Wil. Puis il enfourcha Spitter, le hongre gris.

– Plus un mot ! lança-t-il.

Ils traversèrent le village endormi en direction de l'est, le bruit des sabots assourdi par la terre battue du chemin, et gagnèrent vite la lisière de la forêt. Devant eux s'étendaient les champs irrigués où mûrissait le blé.

Allanon mit pied à terre et, figé, tendit l'oreille, le visage sombre et anxieux.

– Ils nous encerclent, souffla-t-il.

Un froid soudain envahit Wil. Le Druide le scruta comme pour jauger sa valeur.

– As-tu déjà participé à une chasse à cheval ? s'enquit-il.

Wil fit oui de la tête.

– Bien. Nous allons gagner les prairies au nord.

Une fois là, nous franchirons leur cercle. Ne vous arrêtez sous aucun prétexte. Si jamais nous sommes séparés, galopez jusqu'à la Rivière d'Argent. Si je ne vous rejoins pas aussitôt, traversez-la et filez à l'ouest jusqu'à Arbolon.

— Que vas-tu... commença Wil.

— Ne t'occupe pas de moi, coupa sèchement le Druide. Fais ce que je t'ai dit, c'est tout.

Wil opina à contrecœur. Tout cela ne lui plaisait guère. Lorsque le Druide rejoignit son cheval, il jeta un coup d'œil à Amberle.

— Cramponne-toi bien, murmura-t-il avec un rapide sourire.

Amberle ne répondit pas à son sourire. La peur brillait franchement dans ses yeux. Lentement, ils repartirent le long de la frange des bois, contournant le village par l'ouest. Un silence sinistre planait sur la vallée. Comme des ombres, ils se faufilèrent à travers les arbres, à l'affût du moindre mouvement. Devant eux, le versant nord de la vallée se profilait à travers les échappées de la forêt.

Soudain, Allanon s'arrêta net, leur intimant d'un geste de l'imiter. Sans un mot, il désigna les champs sur leur gauche. Bientôt, ils distinguèrent une créature qui se déplaçait rapidement. Semblable à un animal, elle rampa depuis une rigole d'irrigation jusque dans les blés, où elle disparut. Figés, ils attendirent encore un instant, puis repartirent. Ils n'avaient franchi qu'une petite distance lorsqu'un hurlement perçant creva le silence, juste derrière eux. Amberle s'agrippa de toutes ses forces à la taille de Wil et posa la tête contre son dos.

— Les Démons-loups, annonça le Druide d'une voix calme. Ils ont trouvé notre piste.

Piquant des éperons, il lança Spitter au petit trot. Artaq poussa un hennissement anxieux et lui emboîta le pas. D'autres hurlements se joignirent au premier, et il y eut un soudain bruit de course dans les arbres.

— Fonce ! hurla Allanon.

Lancés au grand galop, ils suivirent la lisière des champs le long d'un canal d'irrigation vers la passe ouvrant sur les prairies. Féroces et affamés, les hurlements montaient tout autour d'eux. Dans les ténèbres, sur leur gauche, des ombres immenses bondissaient par-dessus les épis de blé, filant sauvagement dans leur direction. Wil se pencha sur l'encolure d'Artaq et l'éperonna pour qu'il gagne en vitesse. Tout à coup, une demi-douzaine de bêtes noires au poil hérissé jaillirent des bois devant eux. Semblables à des loups, mais de taille beaucoup plus grande et à la face grotesquement humaine, gueules levées vers la lune, elles faisaient claquer leurs longs crocs. Allanon fit tourner Spitter droit vers elles ; des flammes bleues jaillirent des cinq doigts de la main qu'il brandissait. Une seconde plus tard, ce feu brûla la meute qui s'éparpilla brutalement. Spitter bondit au milieu des bêtes en poussant un hennissement de terreur.

Filant comme le vent vers les prairies, Artaq avait déjà dépassé le Druide et la meute. Plusieurs Démons-loups bondirent sur lui, refermant d'un coup sec leurs crocs sur ses jarrets. Mais l'étalon ne ralentit pas pour autant. Soudain, un fauve immense, souple et silencieux, galopa vers eux à travers les herbes hautes à une vitesse surprenante. Il allait les rattraper. Un étau glacial étreignit les poumons de Wil. Jamais ils ne pourraient le semer. Wil ferma les yeux de toutes ses forces et hurla. Artaq hennit en réponse. Se ramassant pour sauter, l'étalon franchit d'un bond le cours d'eau qui lui barrait la route, puis fonça à bride abattue à travers la plaine qui débutait au-delà. Wil gardait toujours les yeux fermés tellement il était terrorisé. Il s'accrocha à l'encolure d'Artaq, sentant la formidable énergie de l'étalon les emporter dans la nuit. Quand, enfin, il releva la tête et risqua un œil par-dessus le corps recroquevillé d'Amberle, il découvrit qu'ils étaient seuls. De la vallée obscure s'élevaient un feu et de la fumée, l'air vibrait de glapissements frénétiques. Mais aucun Démon-loup ne les suivait plus. Seulement, Allanon avait disparu.

Presque sans réfléchir, Wil tira sur les rênes et fit pivoter brusquement sa monture. Mais se rappelant les conseils du Druide, il repartit cap sur le nord, après un bref instant d'hésitation. Cette fois, ce fut lui qui imposa la cadence au cheval ; sa résistance n'était pas illimitée et ils risquaient d'être traqués pendant longtemps. Une lieue plus loin, Spitter les rejoignit, les naseaux palpitants et la robe couverte d'écume et de poussière. Il s'épuisait. Wil jeta un coup d'œil inquiet à Allanon, mais le Druide gardait les yeux fixés sur les plaines vallonnées, sans prononcer un mot, encourageant sa monture du plat de la main.

Les Démons les talonnaient. Leurs hurlements effrayants se transformaient en halètements précipités, entrecoupés de grognements de frustration. Les cavaliers, eux, n'entendaient plus que le sifflement sourd du vent et le martèlement régulier des sabots. Prédateurs et proies filaient à travers les vallées qui entaillaient les douces collines. Ils escaladèrent de vastes hauteurs désertes, dépassèrent des bosquets d'arbres fruitiers, des peupliers solitaires piquetant çà et là le terrain, franchirent d'étroits ruisseaux au cours sinueux, le tout dans le silence et l'obscurité. Ils avaient déjà parcouru douze lieues et la distance les séparant des monstres ne s'était pas creusée. Enfin, un large ruban éclairé par la lune miroita dans la nuit, à travers les brèches dans les collines basses qui bordaient la rive la plus proche. Wil fut le premier à apercevoir la Rivière d'Argent et poussa un cri de soulagement. Artaq partit au grand galop, laissant Spitter en arrière. Cette fois, Wil ne put le freiner. Il tentait encore de reprendre le contrôle de l'étalon lorsqu'il vit surgir brusquement devant lui des formes noires et ramassées, au corps tordu et hérissé de poils gris. Les Démons ! L'estomac de Wil se noua. Ils étaient tombés dans un piège ! Ces bêtes aux allures de chat, celles-là les attendaient sur la rive au cas où ils seraient parvenus à s'échapper d'Havenstead.

Les apercevant, Artaq pivota de son propre chef sur la gauche, vers une petite butte. Spitter le suivit, cinquante mètres en arrière. Hurlant de nouveau, les Démons se rapprochaient dangereusement. Artaq franchit la butte, lancé à plein galop. Vite, les Démons s'avancèrent pour lui barrer le passage, leurs museaux levés afin de mieux montrer leurs crocs acérés.

A la dernière seconde, Artaq fit demi-tour et

repartit vers la butte. Les Démons poussèrent des cris grinçants de dépit. Au même moment, Spitter apparut au sommet de la butte, tangua sur ses pattes, puis s'effondra. Allanon tomba en s'emmêlant dans ses robes, décrivit plusieurs tonneaux et se releva d'un bond. Les Démons l'attaquèrent de tous côtés, mais le feu bleu jaillit de ses doigts, repoussant ses assaillants comme des feuilles balayées par un vent fort. Artaq se retourna encore une fois d'un bloc, Wil et Amberle s'accrochant désespérément à son échine pour ne pas être désarçonnés. Et, rapide comme l'éclair, hennissant de haine, il galopa vers les monstres, suivant une ligne parallèle à la rive. Plusieurs se ruèrent sur lui, le déchirant de leurs griffes, mais d'un bond puissant, il se libéra et fila dans la nuit. Derrière lui, un arc de feu réduisit en cendres le plus proche de ses ennemis. Jetant un regard en arrière, Wil aperçut le Druide, toujours sur la crête de la butte, encerclé par les Démons-loups et les chats monstrueux. Trop nombreux ! Le feu crépita, et Allanon disparut dans un nuage trouble de fumée et de bêtes bondissantes.

Alors, un sixième sens avertit Wil d'un nouveau danger. Du néant, droit devant lui, surgirent une demi-douzaine de loups monstrueux galopant par bonds immenses et silencieux vers Artaq. Wil céda un bref instant à la panique. Ils étaient pris au piège entre les fauves et la rivière. Devant eux, un bois touffu leur bloquait le passage. Derrière eux, les Démons les traquaient. Ils n'avaient aucune issue par où fuir. Artaq n'hésita pas. Il s'engagea vers la rivière. Wil crut leur dernière heure venue. Allanon n'était plus là pour les aider. Ils étaient seuls. La rivière était proche mais aucun gué ne permettait de la franchir. Son lit était trop large, trop profond, et le courant trop rapide les emporterait. Pourtant, Artaq ne ralentit point. Il avait fait son choix. Il pénétrerait dans ces eaux tumultueuses.

Les Démons-loups le comprirent. Ils se ruèrent, mus par un même élan, avec une détermination farouche. Amberle poussa un hurlement d'avertissement. Wil chercha avec des mains tremblantes sous sa tunique la bourse en cuir contenant les Pierres des Elfes. Il ignorait comment les utiliser mais il devait à tout prix tenter quelque chose. Trop tard. Ils atteignirent la rive à l'instant où il refermait les doigts sur la bourse. Artaq se ramassa pour sauter, Wil et Amberle se cramponnant à lui de toutes leurs forces. A la même seconde, une lumière d'une blancheur aveuglante éclata autour d'eux, les pétrifiant dans leur course, comme croqués en plein vol par un peintre sur une toile. Les loups disparurent. La Rivière d'Argent s'évanouit. Il ne resta plus rien. Ils étaient seuls, s'élevant en un long et régulier mouvement vers cette clarté surnaturelle.

## 12

Avant que le temps ne se grave dans les mémoires, il était là. Avant la guerre entre le Bien et le Mal qui divisa les êtres chimériques, avant l'aube de l'humanité, il était là. En l'ère première où la terre était un Eden sacré et où toutes les créatures vivantes coexistaient dans l'harmonie, il était là. Jeune alors et lui-même créature féerique, il habitait les jardins qu'il avait été chargé de préserver. Il n'avait pas de nom mais était celui qui est.

Il ignorait en ce temps-là ce qu'il allait devenir, son avenir se réduisait à une vague et lointaine promesse chuchotée dans les corridors de ses rêves. Jamais il n'aurait pu prévoir que sa vie n'aurait pas de terme, contrairement à celle de tous les êtres vivants, mais qu'elle se prolongerait à travers les millénaires tombant dans l'oubli de la mort jusqu'à ce que lui-même porte la carapace de l'immortalité. Jamais il n'aurait pu prévoir que tous ceux nés en même temps que lui dans ce monde, ainsi que les multiples générations de chimères ou d'humains à venir tomberaient dans l'oubli, tandis que lui seul survivrait encore. S'il avait su cela, il aurait souhaité périr et ne former qu'un avec la terre qui l'avait engendré.

Toutefois, sa disparition aurait constitué une perte irréparable, car il allait devenir l'ultime représentant de ce temps fabuleux qu'était l'univers à son commencement, l'ultime représentant de la paix, de l'harmonie, de la beauté et de la lumière sans pareilles qu'était l'Eden de la vie. Il allait devenir, pour un monde tombé en disgrâce, le vague souvenir et le symbole de ce qui avait été irrémédiablement perdu.

Au début, il ne saisit pas son rôle, écrasé par le choc et le découragement devant le monde qui changeait, la beauté qui se fanait et la lumière qui déclinait. Bientôt, ses jardins furent tout ce qui lui resta. Ses compagnons n'étaient plus. Il était seul. Il se désespéra longtemps, consumé par le chagrin et l'apitoiement sur lui-même. Puis, ces changements vinrent rogner ses jardins, menaçant de les faire disparaître. Alors, il se souvint de ses responsabilités et se lança dans un long et ardu combat pour préserver ces jardins qui étaient son foyer, déterminé à ce que cet ultime vestige du monde originel subsiste, même si tout le reste se perdait. Les années s'écoulaient et il menait toujours son combat. Il découvrit qu'il vieillissait à peine, et il découvrit aussi en lui un pouvoir qu'il avait jusque-là ignoré détenir. Bientôt, il comprit la raison d'être de son existence solitaire. Une nouvelle tâche lui avait été attribuée et il devait se montrer à la hauteur de cette confiance.

Comprendre lui permit d'accepter, et accepter lui permit d'ouvrir les portes de l'Inconnu.

Pendant des siècles, il œuvra dans l'anonymat. Son existence relevait du mythe parmi les nations qui se bâtissaient autour de lui, d'un conte de fées narré avec force sourires narquois et mines condescendantes. Ce ne fut qu'après le cataclysme nommé les Grandes Guerres que ce mythe commença d'être considéré comme une réalité. Car ce fut alors qu'il décida pour la première fois de se montrer au grand jour dans les terres s'étendant au-delà de ses jardins. La magie réapparaissait dans le monde. Or, la sienne était la plus haute et la plus belle : la magie de la vie. Il vit dans cette renaissance une possibilité de recouvrer tout ce qu'il avait connu dans sa jeunesse et perdu depuis lors. Au cœur de son petit sanctuaire nichait la semence de ce que le monde avait désespérément besoin de retrouver : la confiance qui lui avait été accordée. Il fallait désormais la rendre visible et accessible.

Voilà pourquoi il sortit de ses jardins, mais sans jamais trop s'en éloigner, car ils restaient son souci premier. Le pays qu'il découvrit alentour lui plut. Tendres prairies et douces collines, bosquets ombragés et étangs paisibles, encerclés par une rivière qui en était le flux de vie. Il planta la semence du monde originel dans le cœur de cette contrée, lui apportant ainsi un rayonnement exemplaire, imprimant sa marque, donnant à ses habitants et aux voyageurs qui la traversaient sa bénédiction, les protégeant aussi contre tout danger. Il vint un temps où les nouvelles races finirent par comprendre son œuvre. Elles parlèrent de lui et de sa terre avec respect et terreur à la fois. Son histoire se répandit à travers les Quatre Terres. Elle ne cessa de s'amplifier à chaque narration jusqu'à finalement faire de lui une légende vivante.

On le baptisa d'après le pays qu'il avait fait sien. Et c'est ainsi qu'il acquit le titre de roi de la Rivière d'Argent.

Il s'approcha de Wil et d'Amberle sous le déguisement d'un vieillard. Desséché et courbé par les ans, il surgit de la lumière. Sa robe tombait sur sa maigre ossature, comme s'il avait été bâti de morceaux friables. Sa face sans âge était tannée par le soleil et sillonnée de rides profondes. Il avait des yeux bleu outremer au regard intense. Il sourit pour les saluer. Tous deux répondirent à son sourire, sentant que cet homme n'était pas dangereux. Ils se cramponnaient toujours à Artaq, figé en plein galop par la clarté paralysante. Ni l'homme du Val ni la fille des Elfes ne comprenaient ce qui leur était arrivé. Pourtant, aucune peur ne les agitait. Une langueur apaisante les immobilisait avec la force de chaînes en acier.

Le vieillard s'arrêta devant eux, telle une ombre trouble dans le voile de la lumière. Il caressa la tête satinée d'Artaq, qui répondit par un hennissement affectueux. Puis, le vieillard regarda Amberle, et les larmes lui montèrent aux yeux.

– Enfant qui étais mienne, murmura-t-il. (Il saisit sa main entre les siennes.) Aucun mal ne te sera fait sur cette terre. Sois en paix. Nous sommes réunis pour un but commun et ferons un avec la terre.

Wil fit en vain un effort pour parler. Le vieillard recula et leva la main en guise d'adieu.

– A présent, reposez-vous. Dormez. (Il commença de se fondre dans la clarté étincelante.) Dormez, enfants de la vie.

Les yeux de Wil s'alourdirent. C'était là une sensation agréable, bienvenue, contre laquelle il ne lutta point. Il sentait le corps menu d'Amberle blotti lourdement contre son dos, ses bras qui enlaçaient avec légèreté sa taille. La lumière recula devant les ténèbres. Ses paupières se fermèrent et il sombra dans un profond sommeil.

Bientôt, il se mit à rêver. Il se trouvait au centre d'un jardin où régnaient une beauté et une sérénité indicibles, aux coloris et aux senteurs éblouissants. Tout ce qu'il avait connu jusqu'alors devint du même coup pâle et morne. De sources cachées dans la terre jaillissaient des ruisseaux aux eaux d'argent miroitantes qui allaient s'évasant en étangs calmes. Des herbes douces tapissaient les allées d'une soie émeraude. Le soleil filtrait par touches d'or à travers le dais de verdure que tissaient les arbres. Une nuée d'oiseaux, d'animaux et de poissons habitaient ces jardins. L'homme du Val fut empli d'un profond sentiment de tranquillité, de plénitude. Son bonheur fut si intense qu'il en versa des pleurs.

Mais lorsqu'il se retourna vers Amberle pour partager avec elle ces sentiments extraordinaires, il s'aperçut qu'elle avait disparu.

## 13

Wil Ohmsford se réveilla aux aurores, allongé sur l'herbe grasse d'une vallée ; deux érables lui servaient de toit. Les aiguilles d'or que projetait le levant à travers les feuilles vertes lui firent cligner des yeux.

Amberle dormait à son côté. Il hésita avant de la secouer doucement par l'épaule. Elle s'étira et souleva les paupières, le regardant d'un air étonné.

– Comment vas-tu ? s'enquit-il.

– Bien. (Elle se frotta les yeux pour chasser les dernières brumes du sommeil.) Où sommes-nous ?

– Je l'ignore.

La jeune Elfe se redressa lentement et promena son regard autour de la petite vallée.

– Et Allanon ?

– Je l'ignore aussi. (Wil étira prudemment ses membres et fut surpris de ne sentir aucune crampe ni aucun lien le retenant.) Ils sont tous partis... Allanon, ces monstres. (Il se tut, venant d'entendre un bruissement dans les buissons à l'extrémité de la vallée. Une face noire et familière pointa à travers les feuilles.) Ma foi, il nous reste Artaq.

L'étalon noir trottina vers Wil et nicha son museau dans le creux de son épaule. Wil caressa sa tête, puis taquina ses oreilles.

– As-tu vu ce vieillard étrange, toi aussi ? s'enquit-il.

Elle opina solennellement.

– Ce vieillard est le roi de la Rivière d'Argent.

– C'est bien ce que j'avais pensé. Mon grand-père l'a vu une fois, il y a des années. N'empêche que jusqu'à maintenant, je me demandais s'il existait vraiment. C'est drôle. (Artaq s'éloigna pour aller paître. Wil hocha la tête.) Il nous a sauvés. Les Démons-loups ont failli nous... (Notant la lueur d'angoisse qui passa dans les yeux verts d'Amberle, il se tut.) En tout cas, nous sommes désormais en sécurité, je crois.

– C'était comme un rêve, n'est-ce pas ? murmura-t-elle. Nous flottions dans la lumière, chevauchant Artaq. En dessous de nous, il n'y avait rien, hormis cette lumière. Puis, il a surgi du néant, nous a dit quelque chose... (Elle s'arrêta court, comme troublée par ses souvenirs.) As-tu vu cela, toi aussi ?

L'homme du Val opina.

— Puis il a disparu, enchaîna-t-elle presque pour elle-même. La lumière aussi et... et...

Elle le regarda d'un air incertain.

— Les jardins ? suggéra-t-il. As-tu vu les jardins ?

— Non... (Elle hésita.) Non, il n'y avait pas de jardins, rien que les ténèbres et... une sensation... que je suis incapable de décrire. Je... Une sorte d'accomplissement. (Elle quêta son aide du regard, mais il se contenta de la fixer, en proie à la confusion.) Tu étais là avec moi. Je t'ai appelé, mais tu n'avais pas l'air de m'entendre. C'était très étrange.

Wil se pencha en avant.

— Je me souviens nettement de ce vieillard et de la lumière, tout comme tu les as décrits. Ça, oui. Quand ils ont disparu, je me suis endormi. Du moins, je l'ai cru. Mais tu étais avec moi, sur Artaq, me tenant fort par la taille. Ensuite, je me suis retrouvé dans ces jardins. Des jardins extraordinaires. Magnifiques, si paisibles, si sereins. Seulement, quand j'ai regardé autour de moi, tu n'étais plus là. Tu avais disparu.

Ils se regardèrent un long moment sans prononcer un mot.

— A mon avis, déclara enfin Wil en se levant, nous ferions bien de chercher à nous repérer.

Après un instant d'hésitation, il se dirigea vers le bruit de clapotis qui montait de derrière les buissons. Peu après, ils parvinrent sur la rive d'un lac si vaste qu'il allait se perdre jusqu'aux quatre points cardinaux. Des vagues soudaines agitaient par intervalles ses eaux allant du bleu clair au bleu marine, l'écume lançant des éclairs argentés sous le soleil matinal. Dans la voûte d'azur du ciel, un arc multicolore et chatoyant s'élançait d'un bout à l'autre de l'horizon.

Wil observa la position du soleil, puis se tourna vers Amberle, hochant la tête en signe d'incertitude.

— Sais-tu où nous sommes ? Quelque part sur la rive septentrionale du lac Arc-en-Ciel. Le roi nous a transportés de la Rivière d'Argent jusque-là. Nous sommes à des lieues de notre point de départ.

L'air absent, Amberle se laissa choir sur le tapis d'herbe qui bordait la berge.

– La légende prétend que lorsque c'est nécessaire, il aide les voyageurs qui traversent sa terre et les protège de tout danger. (Elle se tut, l'esprit manifestement ailleurs.) Il m'a dit quelque chose... Comme j'aimerais pouvoir m'en souvenir...

Wil n'écoutait pas.

– On devrait se mettre en route. Arbolon est encore très loin. Mais si nous progressons vers le nord-ouest, nous trouverons sans doute le Mermidon et nous n'aurons qu'à suivre son cours jusqu'au Westland. Il y a beaucoup de terrain découvert mais notre piste est à présent difficile à retrouver. Nous n'avons laissé aucune trace.

L'esprit tout entier accaparé par le périple qui les attendait, il ne remarqua pas l'expression d'agacement qui traversa le visage de la fille des Elfes.

– Cela ne nous prendra que quatre jours environ... Cinq, au maximum. Nous n'avons qu'un cheval pour deux. Mais avec un peu de chance, nous en trouverons un autre en cours de route, quoique ce soit peut-être trop demander. Si nous avions une arme de chasse, cela nous faciliterait aussi la vie. Je n'ai même pas un arc. Il faudra donc nous contenter de fruits et de pousses...

Il s'arrêta court, remarquant tout à coup qu'Amberle hochait la tête avec vigueur pour marquer sa désapprobation.

– Qu'y a-t-il ? demanda-t-il en se laissant choir à son côté.

– Tu m'as tout l'air d'avoir décidé d'avance ce qui va se passer à partir d'aujourd'hui. Ne penses-tu pas que tu devrais entendre mon opinion à ce sujet ?

Quelque peu décontenancé, Wil ouvrit des yeux ronds.

– Ma foi... Si, bien sûr, je...

– Je n'ai pas remarqué que tu aies demandé à l'entendre, poursuivit-elle en l'ignorant. Ne penses-tu pas qu'il soit nécessaire de me consulter ?

L'homme du Val piqua un fard.

– Je suis navré. J'étais juste...

– Tu étais juste en train de prendre des décisions que tu n'as pas le droit de prendre, voilà tout. (Elle se tut et le fixa d'un air froid.) Je ne sais même pas ce que tu fabriques ici. Si je t'ai suivi aussi loin, c'est uniquement parce que je n'avais pas le choix. Il est temps de tirer quelques points au clair. Tout d'abord, pourquoi Allanon t'a-t-il amené, Wil Ohmsford ? Et qui es-tu ?

Sentant que s'il ne se montrait pas totalement honnête, cette jeune rebelle ne voudrait plus rien avoir à faire avec lui, Wil lui narra tout ce qu'il savait, depuis la quête du Glaive de Shannara menée par Shea, son grand-père, jusqu'à l'arrivée d'Allanon dans le village des Stors. Lorsqu'il eut terminé, la jeune Elfe le regarda sans mot dire, puis hocha lentement la tête.

– Je ne sais si je dois te croire ou non. Sans doute que oui, je présume, car je n'ai aucune raison de ne pas te croire. Seulement, il s'est passé tellement de choses que je ne sais plus à qui me fier. (Elle hésita.) J'ai entendu parler des Pierres des Elfes. C'est une ancienne magie. On prétend qu'elles ont toutes été perdues bien avant les Grandes Guerres. Et pourtant, toi, tu affirmes qu'Allanon en a fait présent à ton grand-père qui, à son tour, te les a confiées. Si cela au moins est vrai dans tout ce que tu m'as raconté... (elle laissa sa phrase en suspens, son regard rivé sur celui de Wil) voudrais-tu me les montrer ?

L'homme du Val hésita, puis glissa la main sous sa tunique. Elle me teste, constata-t-il brusquement, mais après tout, elle n'a que ma parole pour me croire et on l'a obligée à remettre sa vie entre mes mains.

Il sortit la bourse au cuir usé, dénoua les cordonnets et fit tomber les pierres dans sa main. D'un bleu profond et brillant, taillées à la perfection, elles jetaient de vifs éclairs dans le soleil.

Amberle se pencha et les observa d'un air grave. Puis, elle releva les yeux sur Wil.

– Et qu'est-ce qui te prouve que ce sont les Pierres des Elfes ?

– J'ai la parole de mon grand-père. Et celle d'Allanon.

Elle ne parut pas le moins du monde impressionnée.

– Sais-tu comment les utiliser ?

Il fit non de la tête.

– Je n'ai jamais essayé.

– Donc, tu ignores complètement si elles seront bonnes avec toi ou non. (Elle eut un petit rire.) Tu ne le sauras que le jour où tu auras besoin d'elles. Ce n'est guère rassurant, tu ne trouves pas ?

– En effet, guère, concéda-t-il.

– Et pourtant, tu es ici.

– A mon avis, je dois attendre de voir les effets qu'elles produisent pour savoir si je me trompe ou non.

Sans mot dire, la fille des Elfes regarda l'homme du Val pendant un moment. Il attendit.

– Wil Ohmsford, nous avons beaucoup de points communs, déclara-t-elle finalement. (Elle releva les genoux et croisa les bras autour.) Ma foi, comme tu m'as expliqué qui tu es... je pense que je dois te rendre la même politesse. Mon nom de famille est Elessedil. Eventine Elessedil est mon grand-père et nous nous retrouvons tous les deux entraînés dans cette entreprise à cause de nos aïeux.

– C'est exact, acquiesça Wil.

Le vent plaqua la chevelure châtaine d'Amberle sur son visage. Elle la releva et se perdit dans la contemplation du lac.

– Tu sais que je ne veux pas retourner à Arbolon, reprit-elle au bout d'un long moment.

– Je sais.

– Mais tu penses que je dois y aller, n'est-ce pas ?

Wil se redressa sur un coude pour admirer l'arc-en-ciel.

– Oui. Il est évident que tu ne peux pas retourner à Havenstead. Les Démons te cherchent là-bas. Et bientôt, ils te traqueront ici également. Tu dois te mettre en route. Si Allanon parvient à leur échapper... (Il se tut, réfléchissant aux conséquences de cette hypothèse.) S'il parvient à leur échapper, il pensera nous retrouver là-bas. (Il lui jeta un coup d'œil.) Si tu as une meilleure idée, je t'écoute.

Pendant un long moment, elle observa le clapotis gracieux des eaux du lac, laissant le vent lui caresser le visage.

– J'ai peur, déclara-t-elle dans un souffle.

Elle le regarda droit dans les yeux, parut vouloir ajouter quelque chose, puis se ravisa et sourit. C'était la première fois qu'il la voyait sourire franchement.

– Ah ! la paire de sots que nous formons ! Toi avec tes pierres qui ne sont peut-être pas les Pierres des Elfes et moi qui vais faire la seule chose que je me suis juré de ne jamais faire... (Elle se leva, fit quelques pas et se retourna, comme il se levait à son tour.) Je veux que tu saches une chose. Je crois qu'aller à Arbolon n'a aucun sens. Je crois qu'Allanon se trompe à mon sujet. Ni l'Ellcrys ni mon peuple n'accepteront mon retour, parce que, en dépit de ce que le Druide peut penser, je ne suis plus une Elue. (Elle marqua une pause.) Pourtant, ne pas aller à Arbolon n'aurait aucun sens non plus, n'est-ce pas ?

– Pas pour moi, en effet.

– Dans ce cas, l'affaire est réglée. J'espère que ce ne sera pas une erreur...

Ils chevauchèrent jusqu'au lendemain soir à travers les prairies de Callahorn, vers le nord-ouest. Le temps était chaud, sec et agréable, et plus aucun Démon n'apparut. Ne disposant, pour toute arme, que du petit couteau de chasse de Wil qu'il gardait glissé dans son ceinturon, ils furent contraints de se nourrir de fruits et de légumes sauvages. La fille des Elfes montrait un rare talent pour dénicher des plantes comestibles là où jamais il n'aurait su les voir. Elle les identifiait aussitôt et en expliquait avec force détails les vertus. Découvrant que c'était l'unique sujet de conversation qu'elle semblait disposée à poursuivre, il l'interrogeait de temps à autre. Aussi devisèrent-ils de plantes et de racines. Le reste du temps, ils progressaient en silence, soit à cheval, soit à pied pour reposer Artaq.

Le deuxième soir, ils s'arrêtèrent pour la nuit le

long du Mermidon, au sud-ouest de la cité de Tyrsis, dans un bosquet de pins blancs et de saules pleureurs. A l'aide d'une branche de saule et d'un crochet arraché à sa tunique, Wil se confectionna une canne à pêche rudimentaire. Il nettoyait un poisson sur la rive du fleuve lorsqu'une caravane de roulottes surgit au sud et bifurqua vers la rive opposée. Les maisonnettes aux couleurs gaies montées sur roues, aux toits pointus faits de planchettes en bois de cèdre et aux portes en bois sculpté que tiraient des chevaux impeccables, rutilaient dans le couchant. Malgré lui, Wil s'arrêta de nettoyer son poisson pour suivre du regard cet insolite cortège. Grincements des essieux, craquements du cuir des harnais, voix s'interpellant et sifflements d'encouragement montaient dans la paix du soir. Presque en face de lui, cette caravane décrivit un vague cercle, puis s'arrêta en tanguant. Hommes, femmes et enfants descendirent aussitôt des roulottes pour dresser un camp.

Amberle surgit des arbres derrière Wil et vint le rejoindre.

– Des Bohémiens, annonça-t-il d'un ton songeur.

– J'en ai déjà croisé. Les Elfes n'ont guère de rapports avec ces gens.

– Personne n'en a. (Il se remit à vider son poisson.) Ils chapardent tout ce qui leur tombe sous la main ou t'embobinent tant et si bien qu'ils te soutirent ce qu'ils veulent. Ils ont leurs propres lois et ignorent celles des autres.

Amberle lui toucha le bras. Levant les yeux, il aperçut un homme de taille imposante, tout de noir vêtu, hormis une cape et une large écharpe vert sapin, accompagné de deux femmes plus âgées arborant des jupes longues aux coloris vifs et des blouses de soie. Elles portaient des baquets pour chercher de l'eau. L'homme souleva son chapeau à large bord et s'inclina avec panache pour saluer Wil et Amberle, un large sourire illuminant sa face tannée par le soleil et en partie masquée par une barbe noire.

– Cela me réjouit de les savoir sur l'autre rive, murmura Wil, comme ils regagnaient leur propre camp.

Après un savoureux souper composé de poissons, de légumes et de fruits, nos deux jeunes voyageurs contemplèrent, chacun perdu dans ses pensées, le scintillement du feu de camp des Bohémiens. Enfin, Wil leva les yeux sur la fille des Elfes.

– Comment se fait-il que tu en saches tellement au sujet de tout ce qui pousse ? Quelqu'un t'a-t-il enseigné cela ?

Une expression de surprise traversa le visage d'Amberle.

– Bien que tu sois en partie Elfe, tu ne connais certainement pas grand-chose à notre sujet ?

– Pas grand-chose, en effet, répondit Wil en haussant les épaules. Je suis à moitié Elfe par mon père. Or, il est décédé quand j'étais très jeune. Et je ne crois pas que mon grand-père soit allé dans le Westland. En tout cas, je n'ai guère songé à cet aspect de mon hérédité.

– Tu aurais dû. (Ses prunelles vertes captèrent le regard de Wil.) On doit d'abord comprendre ce qu'on a été avant de comprendre ce que l'on est.

La jeune Elfe avait énoncé cette sentence sans aucune pointe de critique mais presque comme un reproche lancé à elle-même. Wil se surprit soudain à vouloir mieux connaître celle dont il avait la charge. Ah ! si seulement elle s'ouvrait un peu à lui au lieu de tout garder enfoui au fond d'elle-même !

– Peut-être pourrais-tu m'aider à acquérir au moins une bribe de cette connaissance-là ? proposa-t-il, après un temps de réflexion.

Il aperçut une lueur de suspicion dans les yeux d'Amberle, comme si elle croyait qu'il lui tendait un piège.

– Peut-être, répondit-elle après un long moment d'hésitation. (Elle s'installa en face de lui, de l'autre côté de leur feu de bois.) Il te faut tout d'abord comprendre que pour les Elfes la préservation de la terre et de tout ce qui y vit et y pousse, végétal ou animal, est une responsabilité morale. C'est pourquoi on attend de chaque Elfe qu'il consacre une partie de sa vie à rendre à la terre ce qu'il lui a pris.

– Etait-ce une partie de ton travail à Havenstead ?

– En un sens, oui. Les Elus sont exemptés de cette tâche, mais comme j'ai refusé de servir l'Ellcrys et que je n'étais plus la bienvenue parmi les miens, j'ai décidé de me consacrer à la terre. Si la majorité des Elfes se chargent de préserver le Westland, leur patrie, mon peuple estime que cette responsabilité incombe aussi à tous les hommes. Dans une certaine mesure, les Nains partagent notre souci, mais les autres races ne sont guère convaincues de l'importance de cette tâche. C'est pourquoi quelques Elfes quittent le Westland pour essayer d'apprendre aux autres communautés à prendre soin de la terre. C'est ce que j'essayais de faire à Havenstead.

– Avec les enfants du village, avança Wil.

– Surtout avec les enfants, car ce sont les plus réceptifs et ils ont le temps d'apprendre. Les villageois m'ont manifesté beaucoup de gentillesse et Havenstead est ainsi devenu mon foyer. Je ne souhaitais plus en repartir.

Tout à coup, Amberle reporta son regard sur le feu. Wil ajouta un peu de bois en silence. Enfin, elle releva les yeux sur lui.

– A présent, tu connais un peu mieux le sentiment qu'éprouvent les Elfes pour la terre. Il fait partie de ton héritage et tu devrais essayer de le comprendre.

– Je crois que je le comprends, répondit l'homme du Val d'un ton réfléchi. Du moins, en partie. Je n'ai pas été éduqué selon la tradition elfique, mais les Stors m'ont enseigné l'art des Guérisseurs. Le souci de la vie humaine ressemble beaucoup à celui des Elfes pour la terre. Un Guérisseur se doit de faire tout ce qui est en son pouvoir pour préserver la santé des humains, enfants, femmes ou hommes, qu'il soigne. Tel est l'engagement que j'ai pris en décidant de suivre leur enseignement.

La jeune Elfe lui jeta un regard perplexe.

– Maintenant que je sais cela, je trouve encore plus étrange qu'Allanon soit parvenu à te convaincre de veiller sur moi. Tu es un Guérisseur, tu te consacres donc à la préservation de la vie. Alors, que feras-tu si tu es placé dans une situation telle que pour me protéger tu doives blesser un autre, voire aller jusqu'à le tuer ?

Wil resta coi. Jamais il n'avait envisagé cette éventualité-là.

— J'ignore ce que je ferai, admit-il, mal à l'aise.

Le silence s'installa entre eux, l'un et l'autre étant incapables de briser la gêne suscitée par cette remarque. Puis Amberle se leva brusquement, alla s'asseoir à côté de l'homme du Val et saisit sa main entre les siennes.

— Wil Ohmsford, il était injuste de ma part de te poser cette question. Je le regrette. Tu as accepté de m'accompagner, car tu crois pouvoir m'aider. J'ai eu tort de mettre en doute le bien-fondé de ta décision. Tu aurais pu me demander tout aussi bien quelle sera ma décision si l'Ellcrys m'annonce que je suis encore une Elue.

Wil eut un pâle sourire.

— Sois prudente. Je suis justement fort tenté de te le demander.

— Ne le fais pas, rétorqua-t-elle en se levant d'un bond. Tu n'aimerais pas ma réponse. (Elle secoua la tête tristement.) Tu t'imagines que mon choix est simple et facile à faire. Tu te trompes.

Là-dessus, la fille des Elfes alla chercher sa cape, la secoua et se prépara à s'enrouler dedans pour dormir. Une dernière fois, elle se tourna vers Wil.

— Crois-moi, Southlander, si un jour la situation nous impose de prendre une décision, la tienne sera, des deux, la plus facile à prendre.

Elle enfouit la tête sous sa cape et s'endormit presque sur-le-champ. Songeur, Wil contempla le feu et découvrit, sans pouvoir se l'expliquer, qu'il la croyait.

## 14

Lorsqu'ils se réveillèrent le lendemain matin, ils s'aperçurent qu'Artaq avait disparu. Wil courut observer le terrain où il l'avait laissé paître et découvrit des traces. Une désagréable suspicion naquit en lui. Les yeux à terre, il suivit ces traces et atteignit ainsi la rive du Mermidon. A quelques centaines de mètres de leur camp, des bas-fonds permettaient de le traverser sans difficulté.

— Les Bohémiens ! s'exclama-t-il, comme il eût recraché une pilule amère. Ils ont traversé le Mermidon pendant la nuit et nous ont volé Artaq.

— En es-tu certain ? demanda Amberle d'un air surpris.

— J'en suis certain. J'ai repéré leurs empreintes. En outre, qui d'autre aurait pu amadouer Artaq ? Il aurait henni et se serait rebellé si le voleur n'avait pas été un expert en chevaux. Or, les Bohémiens sont les meilleurs. Et ils sont déjà repartis.

Wil désigna l'emplacement à présent vide où ils avaient dressé leur camp.

— Qu'allons-nous faire, maintenant ? s'enquit la jeune Elfe.

La colère folle qui emportait Wil l'empêcha d'abord de répondre.

— Primo, nous empaquetons nos effets et allons jeter un coup d'œil au camp de ces gredins.

Quelques instants plus tard, Wil arpentait rapidement le camp des Bohémiens en examinant les traces. Puis il rejoignit Amberle.

— Mon oncle Flick m'a enseigné à décrypter les marques lorsque nous chassions ensemble dans les bois, à Shady Vale, expliqua-t-il d'un ton désinvolte, sa bonne humeur revenue. Pendant des semaines, nous pêchions et tendions des pièges dans les forêts de Duln. J'ai toujours pensé que ce que j'avais ainsi appris me servirait un jour.

Amberle opina d'un air impatient.

— Et qu'as-tu trouvé ?

– Ils sont partis vers l'ouest, sans doute juste avant le point du jour.

– C'est tout ? Tu n'as vu aucune trace susceptible de nous apprendre si Artaq est avec eux ou non ?

– Oh ! bien sûr qu'il est avec eux. Il y a les empreintes d'un cheval accompagné de plusieurs hommes, près de notre camp. Pas de doute, ils l'ont volé. Mais nous allons le leur reprendre.

– Tu vas les poursuivre ? s'étonna-t-elle, l'air dubitatif.

– Bien sûr ! rétorqua Wil en se dressant sur ses ergots. Avec toi.

– Rien que toi et moi, homme du Val ? (Elle secoua la tête.) Et à pied, qui plus est ?

– Nous les rattraperons à la tombée de la nuit. Ces roulottes avancent lentement.

– A condition qu'on retrouve leur piste.

– Une fois, j'ai pisté un cerf à travers une terre sauvage où il n'était pas tombé une goutte de pluie depuis des semaines. Alors, je crois que suivre une caravane entière de roulottes à travers des prairies ne me posera pas de problème.

– Ecoute, c'est une troupe d'hommes armés que tu envisages de prendre en chasse. Ce vol me déplaît tout autant qu'à toi, mais ce n'est pas une raison pour oublier tout bon sens.

Wil fit un effort sur lui-même pour maîtriser sa colère.

– Je ne vais pas perdre ce cheval. Sans lui, nous serions morts. En outre, à pied, il nous faudra plus d'une semaine pour gagner Arbolon, et en terrain presque toujours découvert. Cela multipliera nos chances d'être rattrapés par les créatures dangereuses qui nous traquent. Nous avons donc besoin d'Artaq.

– On dirait que tu as déjà pris ta décision, observa-t-elle d'un ton neutre.

– Oui... Et n'oublie pas que ces Bohémiens vont vers le Westland. Au moins, nous avancerons ainsi dans la bonne direction.

– D'accord, nous les poursuivrons. Moi aussi, je veux retrouver Artaq. Mais en cours de route, il nous faudra réfléchir un peu pour avoir une sorte de plan une fois que nous les aurons rattrapés.

Wil eut un sourire désarmant.

– Nous en trouverons un.

Ils cheminèrent toute la journée à travers les prairies, sous un soleil écrasant. Leurs réserves d'eau s'épuisaient et ils ne croisèrent pas le moindre ruisseau pour les reconstituer. En fin de soirée, la soif et la poussière leur asséchaient la gorge. Leurs jambes étaient douloureuses et leurs pieds couverts d'ampoules. Pour conserver leurs dernières forces, ils n'échangeaient plus que de rares paroles, se concentrant uniquement sur le fait de mettre un pied devant l'autre. Peu à peu, le disque solaire disparut à l'horizon, ne laissant qu'une lueur orange foncé embraser la terre.

Puis le crépuscule céda la place à la nuit. Ils cheminaient toujours, ne se fiant plus qu'à leur intuition pour avancer droit vers l'ouest. La jeune Elfe n'émettait pas une seule plainte et allait d'un pas encore déterminé, ce qui surprit Wil et força son admiration.

Tout à coup, dans le lointain, ils entrevirent un feu brûlant dans les ténèbres comme une balise. Ils comprirent aussitôt qu'ils avaient retrouvé les Bohémiens. Les toits pointus des roulottes se découpèrent peu à peu dans la nuit et enfin la caravane entière apparut, disposée en un vague cercle, comme sur la rive du Mermidon. Ils s'approchèrent en silence jusqu'à portée de voix du camp.

Wil saisit le bras d'Amberle et la fit gentiment s'accroupir.

– Nous allons entrer dans leur camp, murmura-t-il sans le quitter des yeux.

– C'est cela ton plan ? s'exclama-t-elle en le regardant d'un air interloqué.

– Je connais un peu ces gens. Contente-toi de faire ce que je te dis et tout ira bien.

Sans attendre la réponse d'Amberle, il se releva et repartit vers la caravane. Elle le suivit du regard, puis se leva à son tour et courut pour le rejoindre. Comme ils approchaient, ils entendirent distinctement des bribes de conversation et des rires. Les

Bohémiens venaient de terminer leur souper et se rendaient visite d'une roulotte à l'autre. Le doux chant d'un instrument à cordes monta dans la nuit.

A vingt mètres du cercle des roulottes, Wil lança un appel. Amberle, surprise, fit un bond. Le silence tomba aussitôt sur le camp et toutes les têtes se tournèrent dans leur direction. Puis quelques hommes émergèrent entre deux roulottes et s'avancèrent vers eux, ombres sans visage dans la nuit. Wil s'approcha, suivi d'Amberle en retrait d'un pas ou deux.

— Bonsoir, lança joyeusement Wil, une fois arrivé devant le groupe qui leur barrait l'entrée du camp.

Les Bohémiens ne répondirent pas. Dans le scintillement du feu de bois, Wil entrevit des éclairs de métal.

— Nous avons aperçu votre feu, poursuivit Wil, et avons pensé que vous nous donneriez peut-être quelque chose à boire. Nous marchons depuis l'aube, sans eau, et sommes éreintés.

Un homme de grande taille, arborant une cape vert sapin et coiffé d'un chapeau à large bord, se détacha du groupe silencieux. Celui-là même qu'ils avaient déjà vu près du Mermidon.

— Ah ! mais ce sont nos jeunes voyageurs d'hier soir, annonça-t-il sans les saluer.

— Bonsoir, répondit Wil d'un ton aimable. Nous avons subi un mauvais coup du sort. Nous avons perdu notre cheval cette nuit pendant que nous dormions. Nous avons marché tout le jour sans eau, et boire quelque chose de frais nous ferait du bien.

Le Bohémien eut un sourire dénué de chaleur. Il était vraiment grand, presque deux mètres, filiforme. Son visage très mat était ombragé par une barbe et une moustache noires qui rendaient son sourire presque carnassier. Ses prunelles plus sombres que la nuit les lorgnaient sous des sourcils allongés et blancs que prolongeait un nez à l'arête bosselée. Il leva une main chargée d'anneaux à chaque doigt vers les hommes, toujours amassés derrière lui.

— Apportez de l'eau, ordonna-t-il, sans quitter Wil des yeux. Qui es-tu, jeune ami, et quelle est ta destination ?

– Je m'appelle Wil Ohmsford. Et voici ma sœur, Amberle. Nous nous rendons à Arbolon.

– Arbolon, répéta le Bohémien d'un ton songeur. Ah ! vous êtes des Elfes. Du moins, en partie. Le premier sot venu le remarquerait. Mais tu m'as dit que tu avais perdu ton cheval. N'aurait-il pas été plus sage de suivre le cours du Mermidon plutôt que de voyager droit vers l'ouest, comme vous l'avez fait ?

Wil sourit une fois de plus.

– Oh ! bien sûr, nous y avons songé. Mais il est important que nous arrivions le plus vite possible à Arbolon. A pied, la route est longue. Or, naturellement, nous avons vu votre camp la nuit dernière et avons pensé que si nous parvenions à vous rattraper, nous pourrions échanger une chose de valeur contre l'un de vos chevaux.

– Une chose de valeur ? (Le Bohémien haussa les épaules.) Pourquoi pas ? Mais encore faut-il savoir ce que tu nous proposes.

– Certes.

Une vieille femme apparut avec une cruche d'eau et un seul bol en bois. Elle les tendit à Wil qui les accepta sans un mot. Sous le regard attentif de tous les Bohémiens, il remplit le bol mais ne le proposa pas à Amberle qui le regardait d'un air surpris. L'ignorant, il but d'une traite, se servit une deuxième fois, but de nouveau et tendit enfin le bol vide et la cruche à Amberle sans lui adresser la parole.

– Tu connais un peu la Coutume, observa l'homme de grande taille, une lueur d'intérêt brillant dans ses yeux noirs. Donc, tu sais également que nous sommes des Bohémiens.

– J'ai déjà eu affaire à des Bohémiens. Je suis un Guérisseur.

Un rapide murmure courut à travers le groupe qui avait considérablement grossi depuis le début de la conversation. En fait, presque tous les Bohémiens, une trentaine d'hommes, de femmes et d'enfants, tous vêtus de soies bariolées et vives, d'écharpes et de rubans tissés, étaient venus voir ces étrangers.

– Un Guérisseur ? Voilà qui est inattendu. (Le Bohémien s'avança d'un pas, retira son chapeau avec superbe et s'inclina presque à terre. Se redressant, il tendit sa main à Wil.) Mon nom est Céphelo. Je suis le chef de cette Famille.

Wil donna une poignée de main ferme à Céphelo. Ce dernier sourit.

— Ma foi, tu ne devrais pas t'attarder ici, alors que la nuit devient de plus en plus froide. Viens donc avec moi. Ta sœur également est la bienvenue. Il semble qu'un bain et un repas ne vous feraient pas de mal.

Il les conduisit jusqu'au centre du camp où brûlait un grand feu de bois au-dessus duquel était suspendue une marmite en fer. Les parois des roulottes aux gais coloris chatoyaient à la lueur vive du feu. Des bancs au bois poli et sculpté étaient disposés au pied des voitures, leurs larges dossiers matelassés de coussins de plume. Les fenêtres des roulottes aux poignées de cuivre étaient ouvertes sur la nuit, les carreaux protégés de rideaux de perles. Sur une longue table posée dans un coin était soigneusement rangé tout un arsenal d'épées, de lances et de couteaux à l'air meurtrier. Deux gamins enduisaient avec zèle les lames d'huile.

Céphelo se retourna brusquement vers Wil.

— Eh bien, par quoi commence-t-on ? Un bain ou un repas ?

— Un bain, je crois, répondit Wil. (Et sans accorder le moindre regard à Amberle :) Ma sœur aussi, si vous disposez d'assez de réserves d'eau.

— Nous avons assez de réserves. (Céphelo se retourna.) Eretria !

Il y eut un bruissement de soie et Wil se retrouva devant la plus stupéfiante des jeunes filles qu'il eût jamais vue. Petite et délicate, comme Amberle, mais sans cette innocence enfantine qui distinguait la fille des Elfes. Une somptueuse chevelure noire qui tombait par lourdes grappes sur ses épaules encadrait des yeux noirs de jais un tantinet sournois. Elle arborait de hautes bottes en cuir, un pantalon et une tunique en soie violette qui ne dissimulaient en rien la femme qu'ils couvraient. A ses poignets et à son cou, étincelaient de nombreux bracelets et colliers en argent.

Médusé, il ne put détacher son regard de la belle Bohémienne.

— Ma fille, annonça Céphelo, comme s'il avait bâillé d'ennui. (Il désigna Amberle.) Emmène l'Elfe, et qu'elle prenne un bain elle-même.

Eretria eut un sourire pervers.

— Ce serait plus intéressant de le baigner, lui, dit-elle en désignant Wil de la tête.

— Obéis, lança Céphelo d'un ton cassant.

Eretria garda les yeux rivés sur l'homme du Val.

— Viens, la fille, lança-t-elle enfin en tournant les talons.

Amberle la suivit, la mine déconfite.

Céphelo conduisit Wil à l'extrémité du camp où des couvertures suspendues ménageaient un espace privé. Ce dernier se glissa dans le baquet rempli d'eau dissimulé derrière.

— Ce n'est pas souvent que nous rencontrons un Guérisseur, dit Céphelo pendant que Wil se lavait. D'ordinaire, nous nous soignons nous-mêmes.

— Les Stors m'ont enseigné leur art, expliqua Wil.

— Les Stors ? s'exclama le Bohémien, fort surpris. Mais les Stors sont tous des Gnomes.

— Je suis une exception.

— Tu m'as l'air d'être plein d'exceptions.

Le chef alla s'asseoir sur un banc proche et observa Wil pendant qu'il se séchait avec une serviette, puis commençait à rincer ses vêtements.

— Nous avons du travail pour toi. Cela te permettra de payer les frais de ton gîte et de ton couvert, Guérisseur. Plusieurs d'entre nous ont besoin de tes soins.

— Je serai heureux de faire pour eux tout ce qui est en mon pouvoir.

— Bien... (Céphelo opina d'un air satisfait.) Je vais aller te chercher quelques vêtements secs.

Comme il s'éloignait, Wil glissa aussitôt la bourse contenant les Pierres des Elfes dans sa botte, puis vite se remit à laver son linge. Céphelo revint presque sur-le-champ avec des soieries pour Wil. Il passa les vêtements, puis enfila ses bottes comme si de rien n'était. Céphelo appela la vieille femme qui leur avait apporté de l'eau, puis lui ordonna d'aller suspendre les vêtements trempés de Wil. Enfin, ils regagnèrent le feu. Amberle les rejoignit peu après, elle aussi vêtue de soie. Ils absorbèrent un copieux repas sous l'œil attentif du Bohémien assis en tailleur en face d'eux, sur un moelleux et grand coussin orné de glands d'or. Eretria avait disparu.

Lorsqu'ils eurent terminé leur repas, le chef des Bohémiens rassembla les membres de sa Famille en mal de soins. En silence, Wil traita les infections, les irritations cutanées et quelques fièvres banales. Cela fait, Céphelo s'approcha de lui.

— Guérisseur, tu as bien accompli ta besogne. (Il eut un sourire un rien trop aimable.) A présent, nous allons voir ce que nous pouvons faire pour toi en échange. Marche avec moi... par là.

Il prit Wil par les épaules et le guida vers un côté du camp, laissant Amberle toute seule.

— Tu m'as dit que tu avais perdu ton cheval hier soir, près du Mermidon, commença Céphelo d'un ton songeur. A quoi ressemble cet animal ?

Le visage de Wil resta impassible. Il connaissait ce jeu-là.

— Un étalon entièrement noir.

— Eh bien, reprit Céphelo d'un air encore plus songeur, nous avons trouvé un cheval correspondant à ce que tu me décris, une très belle bête, mais ce matin, aux aurores. Il errait dans notre camp, alors que nous nous préparions au départ. Peut-être était-ce ton cheval, Guérisseur ?

— Peut-être.

— Bien sûr, nous ignorions à qui appartenait ce cheval. (Céphelo sourit.) Aussi l'avons-nous emmené avec les nôtres. Pourquoi n'irions-nous pas y jeter un coup d'œil ?

Ils franchirent le cercle des roulottes. A une vingtaine de mètres, les chevaux des Bohémiens étaient attachés en ligne. Deux formes noires surgirent de la nuit, armées de lances et d'arcs. Un mot de Céphelo les rejeta dans l'ombre. Le chef gagna l'extrémité de la ligne. Artaq était là.

— C'est le cheval, déclara Wil en branlant du chef.

— Guérisseur, porte-t-il ta marque ? s'enquit le chef, d'un ton presque embarrassé.

Wil fit non de la tête.

— Ah ! voilà qui est fort regrettable, car maintenant, comment savoir que ce cheval t'appartient ? Après tout, on trouve bon nombre d'étalons noirs dans les Quatre Terres, et comment les distinguer si leurs propriétaires ne les marquent pas ? Guérisseur, cela pose un problème. Je souhaite te donner ce cheval, mais si je te le donne, je prends un grand risque. Suppose qu'un autre homme vienne me dire aussi qu'il a perdu un étalon noir et que nous découvrions que je me suis trompé en te donnant ce cheval ? Dans ce cas, je serais redevable envers cet homme.

— Oui, c'est vrai, je présume, approuva Wil avec juste la pointe de scepticisme nécessaire.

— Mais bien sûr, je te fais confiance, reprit Céphelo, soudain solennel. Si on doit faire confiance à quelqu'un en ce monde, c'est bien à un Guérisseur. (Il sourit de son propre humour.) Cependant, si je décide de te remettre cet animal, je cours quand même un risque. Mais étant un homme pratique engagé dans un commerce souvent dur, je dois l'accepter. Seulement, il y a la nourriture et les soins que nous avons donnés à cet animal. Tu me comprendras si je te dis qu'une récompense nous est due pour le mal que nous nous sommes donné.

— En effet, approuva Wil.

— Parfait, parfait. (Céphelo se frotta les mains en signe de satisfaction.) Nous sommes donc d'accord. Il ne nous reste plus qu'à fixer le prix. Tu m'as parlé un peu plus tôt d'échanger une chose de valeur contre un cheval. A présent, peut-être pourrions-nous procéder à un échange loyal... N'importe quel objet que tu possèdes remboursera la dette que tu as envers nous. Et si jamais quelqu'un vient me réclamer un étalon noir, je resterai bouche cousue.

Il cligna de l'œil d'un air complice. Wil s'approcha d'Artaq et lui caressa la tête, le laissant blottir son museau contre sa poitrine.

— Je crains de ne posséder après tout aucun objet

de valeur, déclara-t-il finalement. Je n'ai rien sur moi qui puisse te dédommager pour les soins donnés à mon cheval.

La mâchoire de Céphelo tomba.

– Rien ?

– Rien.

– Mais tu m'avais dit que tu avais quelque chose de...

– Oh ! oui. (Wil opina vivement.) J'avais entendu par là mes services en tant que Guérisseur. Je pensais qu'ils avaient une certaine valeur.

– Mais tu les as donnés en échange de vêtements, d'un couvert et d'un abri pour la nuit, pour toi et ta sœur.

– C'est vrai. (La mine de Wil s'allongea et il inspira profondément.) Peut-être pourrais-je suggérer une chose ? (Le Bohémien parut de nouveau intéressé.) Il semble que nous nous rendons tous les deux dans le Westland. Si tu acceptais que nous vous accompagnions, peut-être trouverions-nous une occasion de te dédommager... Ta Famille aura peut-être encore besoin de mes talents en cours de route, on ne sait jamais.

– Cela me paraît improbable. (Après mûre réflexion, Céphelo hocha la tête.) Tu n'as vraiment rien de valeur à me donner... Rien du tout ?

– Non... Rien du tout.

– Quelle piètre façon de voyager ! marmotta le Bohémien en caressant sa barbe. (Wil attendit sans rien dire.) Ma foi, je suppose que toi et ta sœur pouvez voyager avec nous jusqu'aux terres forestières sans que cela crée d'ennuis à ma Famille. Ce ne sont que quelques journées de voyage, et si, d'ici là, tu n'as rien fait pour nous, je garderai le cheval pour notre peine. Tu comprends cela ?

Wil opina sans mot dire.

– Encore une chose. (Céphelo s'approcha, le visage soudain menaçant.) Guérisseur, j'espère que tu ne seras pas assez sot pour tenter de nous voler ce cheval. Tu nous connais suffisamment pour savoir ce qu'une telle tentative entraînerait.

Wil inspira de nouveau à fond et opina. Il le savait.

– Bien. (Le chef recula.) Tâche de ne pas l'oublier.

Manifestement, la tournure de l'entretien ne le satisfaisait pas, mais il haussa les épaules en signe d'indifférence.

– Suffit pour les affaires, ajouta-t-il. Viens chez moi et buvons ensemble.

Céphelo regagna sa roulotte, installa Wil sur un banc matelassé à côté de lui et tapa des mains en appelant tous les siens, afin qu'ils viennent avec du vin et des instruments de musique pour célébrer la bonne fortune du jour et remercier le jeune Guérisseur qui avait été si gentil avec eux. Les Bohémiens accoururent tous. Céphelo porta un toast à la santé de sa Famille. Les coupes furent vidées et remplies aussitôt. Puis, après un deuxième toast, vidées encore. Aussitôt éclata le rythme à la fois endiablé et lancinant des cymbales et de divers instruments à corde. Le vin coulait à profusion. Il était fort, surtout lorsqu'on n'y était pas habitué. Wil sentait dans le talon de sa botte le contact rassurant de la bourse aux Pierres. Les musiciens jouèrent encore plus vite, et certains Bohémiens à présent dansaient, bras entrecroisés, en formant un cercle autour du feu. Les autres tapaient des mains en mesure, tout en riant aux éclats. Puis un chant nostalgique vint se fondre comme dans un rêve à la musique.

Soudain, Eretria surgit devant Wil, sombre et belle, son corps de liane paré de soie écarlate. Le saisissant par les mains, elle l'entraîna au milieu des danseurs. Dans un tourbillon de rubans, cheveux volants, elle s'éloignait pour le reprendre l'instant d'après dans les bras. Le parfum de sa chevelure et de son corps, mêlé à la chaleur du vin coulant dans ses veines, le grisa. Son corps se collait contre celui de la belle, doux et léger comme une plume. Elle lui susurra dans le creux de l'oreille des mots tendres qu'il eut du mal à saisir. Tout autour de lui se perdit dans un kaléidoscope multicolore. Musique, applaudissements, rires et cris s'amplifièrent. Il commença à décoller de terre, tenant toujours Eretria serrée contre lui.

Puis, la belle disparut et il coula à pic.

## 15

Wil se réveilla souffrant du plus atroce mal de tête de sa vie, avec la sensation d'être secoué comme une branche par un vent violent. Il lui fallut plusieurs minutes pour se rendre compte qu'il était étendu sur une paillasse posée contre une paroi, dans une des roulottes. Un assortiment insolite de tapisseries, de soies et de dentelles ainsi que d'outils en bois et en métal oscillait au rythme de la roulotte qui cahotait sur l'herbe grasse. Un rai de lumière filtrant par la fissure d'un volet lui apprit qu'il avait dormi toute la nuit.

Amberle apparut à son côté, une lueur de reproche dans ses yeux verts comme l'océan.

— Inutile de te demander comment tu vas ce matin, déclara-t-elle d'une voix dominant à peine le fracas des roues. J'espère que cela en valait la peine.

— Non. (Il se redressa péniblement, la tête en feu.) Où sommes-nous ?

— Dans la roulotte de Céphelo. Je leur ai dit que tu te remettais d'une fièvre et que ce n'était pas seulement le vin qui t'avait rendu malade. Aussi m'ont-ils installée ici pour que je veille sur toi jusqu'à ton rétablissement. Bois ça !

Elle lui tendit un bol rempli d'un liquide noirâtre que Wil regarda d'un air suspicieux.

— Bois ça ! répéta-t-elle fermement. C'est une décoction d'herbes qui soigne les excès de boisson. Pas besoin d'être Guérisseur pour savoir certaines choses.

Il obtempéra sans discuter. Ce fut alors qu'il remarqua que ses bottes avaient disparu.

— Mes bottes ! Qu'est-ce qui est arrivé à...

— Du calme ! intima-t-elle en désignant la petite porte en bois qui était close.

Puis, sans un mot, elle se pencha sous le lit et produisit les objets en question et, enfin, détacha de l'écharpe lui ceinturant la taille la bourse en cuir.

— Ta petite nature n'a pas supporté cette fête, poursuivit-elle, un rien sarcastique. Céphelo voulait appeler la vieille femme pour te dévêtir, mais je l'ai convaincu que si ta fièvre était revenue, elle était contagieuse et que de toute façon, tu serais offensé si on te retirait tes vêtements sans ta permission. Une fois seule, je t'ai fouillé et j'ai trouvé les Pierres des Elfes.

— Au moins, toi, tu as gardé la tête froide.

— Heureusement que l'un de nous deux l'a gardée. (Elle haussa les sourcils pour repousser le compliment.) Mais dis-moi pourquoi nous sommes encore avec ces Bohémiens, hormis le fait que tu as bu trop de vin hier soir.

Wil tendit une main et Amberle lui redonna la bourse qu'il s'empressa de faire disparaître dans sa botte droite, puis il se chaussa. Enfin, d'un geste, il l'invita à s'approcher.

— Parce que nous devons trouver un moyen de reprendre Artaq à ces gens, souffla-t-il, juste assez fort pour se faire entendre malgré le grincement des roues. Et pour cela, il faut rester avec eux. Et il y a une autre raison. Les Démons qui nous ont traqués à la sortie d'Havenstead vont chercher deux personnes et non pas une caravane entière. En outre, les Bohémiens se dirigent vers l'ouest, ce qui est notre route, et nous irons plus vite qu'à pied.

— Bravo ! Mais c'est quand même dangereux. Et qu'as-tu l'intention de faire une fois que nous serons arrivés dans les forêts du Westland, si Céphélo continue de refuser de te rendre Artaq ?

— Je m'en soucierai à ce moment-là.

— J'ai déjà entendu ce refrain-là. (Elle eut un hochement de tête écœuré.) Au moins, tu pourrais me faire part de tes projets. Ce n'est pas très rassurant de dépendre entièrement de toi et de ne pas avoir la moindre idée de tes intentions.

— Tu as raison, concéda-t-il. Je regrette ce qui s'est passé hier soir, mais pour être franc, je n'avais pas la moindre idée de ce que j'allais faire. J'ai improvisé.

— Ça, je te crois, dit-elle, l'air ombrageux.

— Écoute, je vais essayer de t'expliquer plusieurs choses... Les Bohémiens voyagent par Familles, cela, tu le sais déjà. Le terme Famille est un peu trompeur, car leurs membres ne sont pas toujours liés par le sang. Il arrive souvent qu'ils échangent ou même vendent femmes et enfants à d'autres groupes. Ils font partie du bien commun, en quelque sorte. Chaque Famille a un chef, une figure paternelle qui prend toutes les décisions. Les femmes sont considérées comme des subordonnées de l'homme. C'est ce qu'ils appellent la Coutume. Les Bohémiens sont fermement convaincus que les femmes doivent se borner à obéir aux hommes qui les nourrissent et à les servir. Voilà pourquoi j'ai bu l'eau en premier sans t'en offrir. Voilà pourquoi je ne t'ai accordé aucune attention. Je voulais leur montrer que je comprenais et honorais leurs traditions. Ainsi, nous avions une petite chance de récupérer Artaq.

— Apparemment, cela n'a pas marché, fit remarquer Amberle.

— Non, pas encore... Mais ils ont accepté que nous voyagions avec eux. D'ordinaire, ils n'y auraient même pas songé une seconde. Les Bohémiens ne traitent pas avec les étrangers.

— Ils nous laissent voyager avec eux parce que Céphelo veut en apprendre plus à ton sujet. (Puis, après un silence :) Et Eretria n'éprouve pas qu'un simple intérêt passager pour toi. Elle l'a clairement montré.

Wil sourit malgré lui.

— Et tu crois que tout ce vin et cette danse m'ont enchanté ?

— Si tu veux vraiment le savoir... Eh bien, oui, c'est ce que je crois.

Elle avait répondu sans la moindre trace de sourire. Wil se rassit. Ce mouvement déclencha de douloureuses palpitations sous son crâne.

— D'accord, j'admets que j'ai dépassé la mesure. Mais non sans raison. Il ne fallait pas qu'ils pensent que j'étais plus malin qu'eux, sinon, à l'heure qu'il est, nous serions morts, tous les deux. Aussi me suis-je laissé mener par le bout du nez, comme n'importe quel étranger... (Il haussa les épaules.)

Quant à Eretria, je ne peux pas l'empêcher de penser ce qu'elle veut à mon sujet.

– Je me fiche de ce qu'Eretria pense de toi ! s'exclama la fille des Elfes, soudain enflammée par la colère. Je veille seulement à ce que tes bêtises ne nous trahissent pas.

Remarquant la lueur de surprise qui se glissait dans les yeux de Wil, Amberle rougit violemment.

– Sois prudent, c'est tout, tu veux bien ? s'empressa-t-elle d'ajouter.

Sur ce, elle pivota et gagna sans un mot le fond de la roulotte.

Une chose est sûre, songea Wil, de mauvaise humeur : elle n'a pas à craindre que je boive encore une goutte de ce maudit vin.

Un peu plus d'une heure avant le coucher du soleil, la caravane pénétra dans le Tirfing, une contrée de petits lacs et de bois qui succédaient aux prairies. Loin à l'occident se profilait la masse noire des forêts du Westland. Ils progressaient le long d'une piste pleine d'ornières et à la terre écorchée par le passage d'innombrables voyageurs. La touffeur des prairies se dissipa dès qu'ils entrèrent sous le couvert des bois. Avec la venue du crépuscule, des ombres s'allongèrent sur la piste poussiéreuse. Par les trouées entre les arbres, on entrevoyait les lacs qui criblaient le paysage.

Il faisait nuit lorsque Céphelo décida de dresser le camp dans une clairière nichée au milieu de chênes et qui surplombait un petit lac au nord. Les roulottes poudreuses se disposèrent selon le cercle habituel et firent halte avec des grincements et des craquements las. Wil avait le corps si roide qu'il ne pouvait plus bouger. Tandis que les hommes détachaient les chevaux et que les femmes commençaient à préparer le repas du soir, Wil descendit avec précaution de son banc à dossier dur et alla marcher un peu pour dégourdir ses membres ankylosés. Amberle partit dans une autre direction et il ne se donna pas la peine de la suivre. Il gagna la lisière des bois et s'arrêta pour s'étirer, afin de rétablir la circulation du sang.

Il entendit alors des bruits de pas et se retourna. Eretria, comme une ombre dans la nuit, s'approcha de lui. Les lourdes grappes de ses cheveux frisés dansaient au vent. Elle était vêtue d'une tenue de cheval en cuir, une écharpe de soie rouge nouée à la taille et une autre autour du cou.

— Wil Ohmsford, ne t'éloigne pas trop, conseilla-t-elle, l'œil espiègle. Un diable risque de te trouver et que feras-tu alors ?

— Qu'il m'attrape !

Wil se frotta le dos en grimaçant et s'assit dans l'herbe haute, contre un chêne. Eretria l'observa en silence pendant un moment, puis s'installa à son côté.

— Où étais-tu donc toute la journée ? s'enquit Wil d'un ton léger.

— Je t'ai surveillé. (L'air interloqué de Wil lui arracha un sourire malicieux.) Tu ne m'as pas vue, bien sûr. Il ne le fallait pas.

Il hésita, soudain mal à l'aise.

— Et pourquoi me surveillais-tu ?

— Céphelo veut qu'on te surveille. (Elle haussa les sourcils.) Il ne te fait pas confiance... Ni à la fille Elfe dont tu prétends qu'elle est ta sœur.

Elle le fixait d'un air intrépide, comme si elle l'eût défié de la contredire. Wil céda un instant à la panique.

— Amberle est ma sœur, réaffirma-t-il d'un ton aussi ferme que possible.

— Elle n'est pas plus ta sœur, rétorqua Eretria en hochant la tête, que moi, je suis la fille de Céphelo. Elle ne te ressemble pas. Et ses yeux disent autre chose. Mais cela m'est égal. Si tu désires qu'elle soit ta sœur, elle le sera. Mais ne laisse pas Céphelo deviner ton petit jeu.

Ce fut à Wil de la fixer.

— Attends un instant. Céphalo n'a-t-il pas dit que tu étais sa fille ?

— Ce que dit Céphelo et la vérité ne sont pas nécessairement la même chose. En fait, rarement. (Elle se pencha vers lui.) Céphelo n'a pas d'enfants. Il m'a achetée à mon père quand j'avais cinq ans. Mon père était pauvre et ne pouvait me nourrir. Comme il avait d'autres filles, une de moins ne lui manquait pas. A présent, j'appartiens à Céphelo, mais je ne suis pas sa fille.

Elle avait expliqué cela d'un ton si neutre que Wil resta sans voix. Remarquant sa confusion, elle éclata d'un rire joyeux.

— Nous sommes des Bohémiens, que veux-tu, et tu connais nos coutumes. En outre, mon sort aurait pu être pire. Céphelo est un chef respecté. Etant sa fille, on me respecte aussi et je dispose de plus de liberté que la majorité des femmes. Et j'ai beaucoup appris, Guérisseur.

— Mais pourquoi me racontes-tu cela ?

Elle eut une moue coquine.

— Parce que tu me plais... Pourquoi, sinon ?

— C'est ce que je me demandais, fit-il, ignorant ses mines séductrices.

Elle se redressa brusquement, soudain irritée.

— Es-tu marié avec cette fille Elfe ? T'est-elle promise ?

— Non, répondit-il, visiblement surpris.

— Tant mieux. C'est ce que je pensais. (De nouveau, mutine :) Céphelo n'a pas l'intention de te rendre ton cheval.

Wil réfléchit intensément.

— Tu le sais ?

— Je sais comment il est. Il ne te rendra pas ton cheval. Il te laissera en paix si tu ne lui causes pas d'ennuis ou ne cherches pas à le lui reprendre, mais jamais il ne te le rendra de son plein gré.

L'homme du Val resta impassible.

— Je le lui redemanderai... Mais pourquoi me dis-tu cela ?

— Parce que je veux t'aider.

— Et pourquoi m'aiderais-tu ?

— Parce que toi, en échange, tu pourras m'aider.

Wil fronça les sourcils.

— Comment ?

Eretria croisa les jambes, posa les mains sur ses

genoux et renversa le buste. Ses yeux noirs pétillaient.

— A mon avis, Wil Ohmsford, tu es beaucoup plus
que tu l'as prétendu. Tu n'es pas qu'un simple Guérisseur qui traverse les prairies de Callahorn avec sa
sœur. Mon petit doigt me dit que tu dois veiller sur
cette fille et que tu l'accompagnes, comme escorte,
voire comme protecteur. (Elle leva vite une main
brune.) Ne le nie pas, Guérisseur. Un mensonge sur
tes lèvres serait peine perdue avec moi, car je suis la
fille du plus fieffé menteur de la terre, et je connais
cet art beaucoup mieux que toi. (Souriante, elle posa
une main sur son bras.) Je veux que tu récupères ton
cheval. Il est évident qu'il est précieux pour toi, sinon
tu ne nous aurais pas suivis. Seul, tu ne réussiras
jamais, mais je peux t'aider.

Wil eut l'air sceptique.

— Et pourquoi ferais-tu cela ?

— Si je t'aide à reprendre ton cheval, je veux que tu
m'emmènes avec toi.

— Quoi ?

— Emmène-moi avec toi, répéta-t-elle, inébranlable.

— Je ne le peux pas !

— Tu le pourras si tu veux récupérer ton cheval.

— Et pourquoi veux-tu partir ? Tu viens de m'expliquer que...

— Tout cela est du passé, coupa-t-elle vivement.
Céphelo a décidé qu'il était temps de me marier.
Selon notre tradition, c'est lui qui choisira mon mari
et, pour un certain prix, me cédera à cet homme. Ma
vie a été agréable, mais je ne veux pas être vendue
une deuxième fois.

— Et pourquoi ne pars-tu pas seule ? Tu en sembles
capable.

— Je suis capable de beaucoup plus encore. J'y ai
songé, figure-toi. Si je n'ai pas d'autre choix, je le
ferai. Mais où irai-je ? Une Bohémienne n'est bienvenue nulle part, et que cela te plaise ou non, Bohémienne je suis, et Bohémienne je resterai. Seule, je
mènerai une existence de proscrite. Mais avec toi, je
serai acceptée, tu es un Guérisseur et on te respecte.

Je pourrai même voyager avec toi, t'aider à soigner les malades. Tu découvriras que je...

— Eretria, coupa gentiment Wil, il est inutile de discuter de cela. Je ne peux pas t'emmener avec moi.

Le visage d'Eretria devint noir de colère.

— La fille des Elfes voyage bien avec toi, elle.

— Amberle voyage avec moi parce qu'elle le doit.

— Des mots ! Je n'en crois rien. Tu m'emmèneras avec toi, Wil Ohmsford. Tu m'emmèneras avec toi parce que tu le dois.

— Impossible.

Elle se leva brusquement, son beau visage résolu et orageux.

— Guérisseur, tu changeras d'avis. Le jour viendra où tu n'auras pas le choix.

Là-dessus, elle pivota et s'éloigna. Puis, quelques mètres plus loin, ses yeux noirs se posèrent de nouveau sur Wil, et un sourire éblouissant éclaira son visage plongé dans l'ombre.

— Je suis pour toi, Wil Ohmsford.

Elle repartit, laissant l'homme du Val pour le moins interloqué.

16

Peu après le souper, un coup de gong claqua dans la nuit. Le silence figea aussitôt les bois. Interdits, sur le qui-vive, tous les Bohémiens tournèrent la tête comme un seul homme vers l'extrémité sud du lac d'où provenait ce vacarme insolite. Quelques instants plus tard, le fracas se répéta, crevant les ténèbres comme un mugissement de taureau à l'attaque. Les hommes coururent chercher leurs armes et gagnèrent le périmètre du camp, sondant du regard les alentours. Comme ce bruit mourut et ne se reproduisit pas, ils retournèrent près du feu et le vin circula de nouveau.

Une demi-heure plus tard, le coup de gong éclata encore, plus près cette fois. Les Bohémiens se levèrent d'un bond. Saisissant leurs armes, ils se ruèrent aux abords du camp. Tout était silencieux. Ils ne virent rien de suspect. Mais, par mesure de prudence, on ramena les chevaux près du camp. Des sentinelles furent postées tout autour des roulottes ; hommes, femmes et enfants se regroupèrent près du feu. Le vin circula encore, mais plus personne n'était d'humeur à plaisanter. Les conversations reprirent mais sans entrain. « Le Diable », chuchotait-on.

La tête basse, Wil entraîna Amberle un peu à l'écart de l'assemblée anxieuse.

– Je veux que tu restes à mes côtés, dit-il d'une voix calme. Ne t'éloigne de moi sous aucun prétexte.

– D'accord, promit-elle.

Ses yeux brillèrent d'un soudain éclat lorsqu'ils croisèrent les siens, puis elle détourna vite son regard.

– Crois-tu... ?

Réclamant soudain de la musique et tapant des mains, Céphelo l'arrêta court.

Wil jeta des regards circonspects à la ronde.

– Si le camp est attaqué, toi et moi nous filons. Nous essaierons de récupérer Artaq en profitant de la mêlée. Es-tu prête à prendre ce risque ?

– Tout à fait, acquiesça-t-elle.

Les cymbales lancèrent leur cri argenté, puis les instruments à cordes jouèrent leur mélopée mélancolique. On battit des mains en cadence.

Alors, le mugissement résonna avec une soudaineté effrayante, lourd et terrible. Presque au-dessus d'eux. Les sentinelles poussèrent des cris d'effroi. « Diable, diable ! » Femmes et enfants s'enfuirent, les hommes se précipitèrent sur leurs armes. Un hurlement s'éleva au-dessus de la clameur, bref et strident. Au-delà du cercle des roulottes, une ombre immense et noire se déplaçait dans la nuit.

– Un Démon ! murmura Wil, presque sans réfléchir.

Une seconde plus tard, un monstre se faufilait dans le passage entre deux roulottes, les renversant comme si elles avaient été en papier. C'était bel et bien un Démon, mais beaucoup plus grand encore que ceux qui les avaient pris en chasse à Havenstead. Il avançait sur deux pattes ; de son corps massif et voûté pendaient par plis épais des pans de chair marbrée de gris et de brun. Son échine était hérissée d'écailles formant une crête qui se prolongeait jusqu'au bas des jambes. Sa face ravagée était comme brûlée et vide. De multiples crocs pointaient de ses mâchoires grandes ouvertes d'où sortait un mugissement assourdissant. Dans ses énormes pognes prolongées de serres acérées oscillait le corps disloqué d'une sentinelle.

Le Démon jeta brutalement le mort sur le côté et s'avança. Céphelo et une douzaine d'hommes l'affrontèrent avec des piques et des épées. Le mastodonte était lent et balourd mais d'une force exceptionnelle. Céphelo se rua en avant pour enfoncer son glaive dans la gueule grande ouverte, mais le monstre referma ses mâchoires, brisant la lame en mille morceaux. Céphelo parvint à s'esquiver, mais un autre Bohémien, dans sa fuite, trébucha, et le monstre l'écrasa sous son pied. Un bras massif envoya dinguer Céphelo les quatre fers en l'air. Wil, qui s'éloignait avec Amberle, s'arrêta soudain, hésitant. Il vit des hommes bondir à la rescousse de leur chef, deux autres tirèrent à l'abri le corps du Bohémien écrasé, tandis que d'autres encore détournaient l'attention du monstre en le harcelant avec leurs piques. Malgré ces coups qui le taillaient en pièces, il pivota en tanguant et s'approcha de la roulotte la plus proche. Il la saisit et, d'un seul élan, la jeta au loin, où elle se brisa en morceaux. De nombreuses parures de métal et de soie roulèrent dans le feu. Les Bohémiens hurlèrent de rage et repartirent à l'assaut.

Avec insistance, Amberle tirait Wil par le bras, mais ce dernier hésitait encore. Il n'arrivait pas à croire qu'une créature aussi énorme et aussi lente fût parvenue à remonter leur piste depuis Havenstead. Non, elle avait dû s'échapper à travers le mur de l'Interdit et était tombée par hasard sur cette caravane. Aveugle et obtuse, elle était venue seule. Mais elle était mue par une telle rage de destruction qu'elle allait anéantir toutes les roulottes. Les Bohémiens, si valeureux fussent-ils, n'étaient pas de taille à résister. Pourtant, ils ne fuiraient pas. Ces roulottes étaient leur foyer, tout ce qu'ils possédaient sur cette terre. Non, ils se battraient, et périraient tous. Ce Démon était un être d'un autre âge, dont la force surpassait celle de toute créature de chair et de sang. Seul un pouvoir égal au sien pourrait l'arrêter. Or lui, Wil, détenait ce pouvoir. Toutefois, ce combat n'était pas le sien. Ces gens l'avaient dépouillé. Il ne leur devait rien. Il n'était responsable que d'Amberle. Il leur fallait fuir. Oui, mais ces femmes et ces enfants, eux, ne leur avaient fait aucun mal. Sans son aide, ils n'avaient aucune chance contre ce colosse. Mais, s'il utilisait les Pierres, n'allait-il pas attirer sur lui les foudres de la bête ?

Il jeta un rapide regard à Amberle. Ce qu'elle lut dans ses yeux lui fit aussitôt comprendre ses intentions. Sans prononcer un mot, elle relâcha son bras. Vite, il retira sa botte.

Il ouvrit la bourse, fit glisser les trois pierres bleues dans le creux de sa main, puis ferma le poing avec force.

— Reste ici, lança-t-il à la fille des Elfes.

— Non, attends...

Mais Wil avait déjà filé. Le Démon repoussait les Bohémiens, tout en progressant vers le centre de leur campement. Céphelo hurlait des encouragements en se retenant au flanc d'une roulotte, les jambes flageolantes. Wil approcha à une vingtaine de mètres des Bohémiens. Brandissant le poing au-dessus de sa tête, il fit appel au pouvoir des Pierres des Elfes.

Rien ne se produisit.

Il eut l'impression que la terre se dérobait sous ses pieds. La chose qu'il redoutait le plus venait de se produire. Il ne savait pas contrôler le pouvoir des Pierres. Allanon s'était trompé. Seul son grand-père était en droit de l'invoquer. Elles ne lui obéiraient point.

Pourtant, il le fallait ! Il se concentra sur le contact des pierres dans son poing, appelant la magie qui gisait quelque part en elles. Cette fois, il sentit une chose qui lui avait échappé jusqu'alors : une barrière, érigée en lui, bloquait ses efforts.

Les cris des Bohémiens interrompirent ses pensées et il vit le Démon foncer droit sur lui. Les défenseurs se trouvaient à présent derrière le colosse, le pilonnant de coups de pique dans les jambes et les flancs. D'un geste ample de son énorme bras, il envoya dinguer deux Bohémiens de tout leur long et éparpilla les autres. Un mugissement fracassant montait de sa gorge. Ses vêtements noirs en loques et couverts de sang et de poussière, Céphelo s'avança en boitant, appuyé sur un morceau de pique brisée. Wil les vit tous comme figés dans un temps suspendu. Il ne songea pas à fuir. Il resta planté au milieu du camp, figure isolée brandissant le poing vers le ciel nocturne.

Soudain, Eretria surgit de nulle part, ombre rapide comme l'éclair, et s'interposa entre Wil et le Démon dans la gueule duquel elle balança une torche enflammée. Le Démon la brisa par réflexe mais lentement, comme gêné par le feu et la fumée. Profitant de cet instant de répit, Eretria tira Wil en arrière jusqu'à ce que, trébuchant, ils tombent sur le sol.

Aussitôt, les Bohémiens se regroupèrent et, arrachant du feu des bûches enflammées, les jetèrent sur le Démon dans l'espoir de le freiner. Mais celui-ci continuait d'avancer. Wil se releva vite, entraînant Eretria. Au même instant, Amberle les rejoignait, une pique serrée dans ses deux petits poings, prête à les défendre. Sans un mot, Wil repoussa les deux femmes derrière lui et fit face au monstre.

Juste avant qu'il ne bondisse, Wil brandit le poing tenant les trois Pierres. Plus aucune hésitation ni confusion n'amenuisait sa volonté. Poussé par une détermination farouche qu'alimentaient le désespoir et l'urgence, il renversa la barrière dressée entre lui et le pouvoir des Pierres. Il sentit alors une chose changer en lui, qu'il ne comprenait pas et qui ne lui sembla pas entièrement bonne. Mais il n'avait pas le temps d'y réfléchir. Atteignant le cœur des Pierres, il leur donna enfin vie. Une éblouissante lumière bleue s'enflamma dans son poing serré, se resserra en faisceau, puis fusa droit sur le Démon. Transpercé par ce feu, le colosse poussa un atroce mugissement. Pourtant, il ne ralentit pas. Wil ne céda pas un pouce de terrain. Sa volonté s'immisça plus avant dans les Pierres, il les sentit croître en puissance. Tout, autour de lui, se voila dans la lumière brasillante, et de nouveau, les Pierres attaquèrent le Démon. Cette fois, son corps massif s'embrasa. Un instant, un incendie d'un bleu sombre brûla dans la nuit, suivi d'une explosion de cendres, et il ne resta plus rien du monstre.

Wil Ohmsford abaissa lentement son poing. A la place de la créature surgie de la nuit des temps il ne restait qu'un petit filet de fumée noire montant dans le firmament et un tas de terre calcinée. Un silence de mort écrasait les bois environnants, seulement troublé par le crépitement du feu de camp. Plus aucun Bohémien ne bougeait. Les hommes s'étaient figés en position de combat, les femmes et les enfants pelotonnés les uns contre les autres. Tous avaient l'air à la fois médusé et effrayé. Wil éprouva un instant de panique. Allaient-ils se retourner contre lui, maintenant qu'ils savaient qu'il les avait trompés sur son compte ? Il jeta un rapide regard en coin à Amberle, mais elle aussi était pétrifiée. Toutefois, dans ses yeux vert émeraude brillait l'émerveillement.

Enfin, Céphelo, jetant la pique cassée, clopina vers lui, son visage et sa barbe noire couverts de sang et de suie.

— Qui es-tu ? demanda-t-il d'une voix douce. Dis-moi qui tu es !

L'homme du Val hésita.

— Je suis ce que je t'ai dit.

— Non. (Céphelo secoua la tête avec vigueur.) Non, tu n'es certainement pas un simple Guérisseur. (D'une voix soudain dure et impérieuse :) N'ai-je pas raison ?

Wil ne savait que répondre.

— Dis-moi qui tu es, insista le chef d'un ton sourd et menaçant.

— Je te l'ai déjà expliqué.

— Tu ne m'as rien expliqué du tout, rétorqua

Céphelo, le visage rouge de colère. Je crois, moi, que tu connaissais ce Diable. Je crois aussi qu'il est venu ici à cause de toi ! Tout cela, tu l'as provoqué !

Wil nia de la tête.

— Cette créature vous a trouvés par hasard. Et ce fut une chance pour vous que je sois là à ce moment-là.

— Guérisseur, tu mens !

Wil sentit qu'il perdait patience.

— Céphelo, qui a menti à qui ? Le jeu qui a été joué était le tien... C'est toi qui en as établi les règles !

Le Bohémien, bouillant de rage, fit un pas en avant.

— Il y a encore des règles que tu devrais apprendre.

— Je ne le pense pas, répondit Wil d'un ton calme.

Il leva légèrement le poing tenant les Pierres des Elfes. Naturellement, Céphelo remarqua ce geste. Il recula, un sourire contraint aux lèvres.

— Guérisseur, tu as prétendu ne transporter aucun objet de valeur. Tu as oublié ceci.

— Ces Pierres n'ont de valeur que pour moi. Entre tes mains, elles ne serviraient à rien.

— Tu m'étonnes, répondit le Bohémien sans masquer son mépris. Es-tu donc un sorcier ? Un Diable, toi aussi ? Pourquoi ne pas me dire qui tu es ?

Wil hésita. Il n'obtiendrait rien de cette façon. Il devait mettre un terme à cette conversation. Amberle s'approcha de lui et posa sa petite main sur son bras. Comme c'était rassurant de la sentir à son côté !

— Céphelo, tu dois me rendre mon cheval, annonça-t-il sans aucun frémissement dans la voix. (Le visage de Céphelo devint noir.) Amberle et moi devons partir tout de suite. Il y a d'autres Diables... Cela, je te le dis. Ils nous traquent, moi et la fille des Elfes. Et comme j'ai utilisé ces Pierres, ils sauront où nous trouver. Nous devons partir... Et toi aussi, tu ferais mieux de quitter cet endroit.

Céphelo le regarda sans articuler un mot pendant de longues secondes, essayant manifestement de déterminer s'il disait vrai. Finalement, la prudence l'emporta sur la méfiance, et il acquiesça d'un bref signe de tête.

– Prends ton cheval et va-t'en. Je ne veux plus avoir affaire à toi ni à elle.

Là-dessus, il tourna brusquement les talons et s'éloigna en intimant à voix forte l'ordre de lever le camp. Wil l'observa un moment, puis glissa les Pierres dans leur bourse, et celle-ci dans sa tunique. Il prit Amberle par le bras et repartit vers les chevaux. Puis, se souvenant tout à coup d'Eretria, il la chercha du regard et la découvrit, nichée dans l'ombre des roulottes, ses yeux de braise fixés sur lui.

– Au revoir, Wil Ohmsford, dit-elle tranquillement.

Il esquissa un vague sourire. Elle savait qu'elle avait perdu sa chance de partir avec lui. Il hésita pourtant un instant. Elle lui avait sauvé la vie. Il lui devait quelque chose en échange. Serait-ce si dangereux pour lui de l'aider maintenant ? Oui, mais son unique souci devait être Amberle. Il ne pouvait oublier son devoir, même pour une femme aussi ensorceleuse qu'Eretria. Il paierait sa dette plus tard.

– Au revoir, Eretria.

Une ombre de son sourire éblouissant apparut sur ses lèvres.

– Nous nous reverrons, cria-t-elle.

Puis elle disparut dans un tourbillon de soie.

Cinq minutes plus tard, Wil et Amberle chevauchaient dans la nuit. Vers le nord.


17


Le lendemain, à minuit, le hurlement des Démons-loups monta à nouveau dans le silence des prairies, strident, affamé et chargé de haine. Wil et Amberle n'avaient pris que quelques heures de sommeil le matin, après avoir chevauché toute la nuit afin de mettre un maximum de distance entre eux et le Tir-fing. Ils avaient progressé vers le nord, puis franchi le Mermidon presque à la lisière des forêts du West-land et avaient enfin suivi la frange de ces forêts dans l'espoir de gagner la vallée de Rhenn. A la nuit tombée, ils avaient dressé un petit camp sous le couvert des bois.

Ils se réveillèrent en sursaut, la peur au ventre. Ils se redressèrent et ne bougèrent point, se cherchant du regard dans les ténèbres. Le hurlement mourut et on n'entendit plus que son écho résonner longtemps dans le silence qui suivit. Puis, il recommença, aussi perçant et vorace. Cette fois, Wil et Amberle n'hésitèrent pas. Sans un mot, ils se levèrent d'un bond, passèrent leurs bottes, glissèrent leurs capes de laine sur leurs épaules. Peu après, ils chevauchaient Artaq, repartant une fois de plus cap sur le nord.

Derrière eux, les hurlements se succédaient, mais loin encore. Les Démons-loups les cherchaient, les Pierres des Elfes ayant certainement révélé leur présence dans le Tirfing.

Ils chevauchaient depuis au moins une heure, et la vallée de Rhenn n'était toujours pas en vue. Bientôt, aux hurlements répondirent des cris s'élevant des prairies au sud de la Dent du Dragon et des plaines plus au nord. Wil sentit son cœur cesser de battre. Les loups les encerclaient. Seul le Westland leur restait ouvert. Il se demanda soudain si le passage ne leur serait pas barré par là aussi. Il se souvint de l'épisode près de la Rivière d'Argent. La vallée de Rhenn pouvait être une souricière. Les Démons-loups les poussaient peut-être à dessein dans cette direction, avec l'intention de les éliminer là. Pourtant, il ne leur restait pas d'autre chemin.

Peu après, les hurlements devinrent frénétiques. Leurs ennemis avaient sans doute trouvé leur camp.

Wil lança Artaq à plein galop. Certains à présent que leurs proies étaient proches, les Démons allaient foncer. Des cris se répondirent de l'est au nord, rageurs et stridents. Encolure allongée, oreilles plaquées en arrière, Artaq filait, la robe couverte de sueur. L'herbe se clairsema en broussailles maigrelettes. Ils avaient pénétré dans le Streleheim ; la vallée était donc proche.

Au bout de la troisième heure de poursuite, alors que la terre martelée par les sabots d'Artaq était dure et craquelée, que le vent et la poussière les aveuglaient, que la peur les faisait ruisseler de sueur, ils aperçurent enfin les arêtes déchiquetées marquant l'entrée de la vallée de Rhenn. Elles jaillissaient des plaines au pied des forêts elfiques, masse noire se découpant sur le ciel nocturne. Sans ralentir, ils tournèrent vers cette passe. Les flancs d'Artaq se soulevaient avec violence, ses naseaux fumaient. Couvert d'écume, il galopait sans ralentir dans les ténèbres, emportant les deux cavaliers désespérément cramponnés à son échine.

Quelques secondes plus tard, toujours lancé à fond de train, l'étalon s'engagea dans la gueule étroite de la vallée dont le sol trembla sous le fracas des sabots. Les yeux brûlés de larmes et le visage cinglé par le vent, Wil chercha les Démons, redoutant un piège. A sa grande surprise, il n'en vit aucun. Ils étaient seuls dans cette gorge étroite. Une ivresse l'emporta. Ils allaient échapper à ces monstres ! Ils atteindraient sains et saufs les forêts du Westland, le pays des Elfes. Et là, on viendrait à leur secours...

Un froid soudain envahit Wil. Que pensait-il là ? Personne ne viendrait à leur secours. Personne ne savait même qu'ils arrivaient, hormis Allanon, qui avait disparu. Déjà, les Démons étaient entrés au cœur de la cité d'Arbolon pour tuer les Elus. Qu'est-ce qui empêcherait ces monstres de traquer un nigaud comme lui et une jeune Elfe sans armes dans une forêt située à des lieues de toute habitation ? Il n'avait réussi qu'une chose en gagnant cette vallée : faire sortir Artaq des prairies où il pouvait galoper ventre à terre pour l'entraîner dans une forêt où il serait freiné par les arbres. Obnubilé par le danger, il en avait oublié ce vers quoi il fuyait. Quel sot !

Ce fut alors qu'Amberle hurla. Suivant du regard son bras rigide qui désignait le ciel, Wil sursauta.

Poussant un cri aigu, un monstre noir aux ailes semblables à du cuir, au long cou bosselé et tordu, s'engagea dans le pli de la vallée et piqua sur eux. Wil n'avait jamais vu d'oiseau aussi immense. Il éperonna Artaq comme un fou, mais l'étalon n'avait pas besoin d'ordres. Il fonçait, poussé par sa propre fougue. A quelques centaines de mètres se profilait l'échancrure marquant la sortie de la gorge. Au-delà s'étendait la forêt touffue dans laquelle cet être cauchemardesque ne saurait pénétrer en raison de sa taille. Il leur fallait tenir encore quelques secondes.

Telle une météorite déboulant de la nuit, la bête piqua droit sur eux. Wil entrevit alors celui qu'elle transportait : une chose vaguement humaine, mais bossue et difforme ; des yeux rouges saillant dans une face noire. Des yeux qui le transpercèrent. Le courage de Wil fondit.

Il crut leur dernière heure venue. Mais dans un ultime bond, Artaq plongea sous le couvert obscur des arbres.

Ralentissant à peine, l'étalon suivit une étroite piste en terre battue, se faufilant dans l'enchevêtrement des troncs et des buissons épais. Fouettés par les branches, menacés d'être désarçonnés à chaque virage, Wil et Amberle s'accrochaient au cheval. Wil tenta de le freiner, mais l'étalon avait pris le mors aux dents. Wil avait totalement perdu le contrôle de sa monture.

Bientôt, troublés par le manteau de la forêt qui s'était replié sur eux et la piste qui ne cessait de tourner, les deux cavaliers perdirent tout sens de l'orientation. Les hurlements des Démons et les cris perçants du monstre ailé étaient à présent imperceptibles, mais Wil était quand même terrifié à l'idée de tomber sur eux par inadvertance, si jamais ils rebroussaient chemin. Il tira avec colère sur les rênes dans l'espoir de libérer le mors, mais, en dépit de ses efforts, Artaq garda sa cadence infernale.

Wil venait juste d'abandonner tout espoir d'arrêter l'étalon quand celui-ci ralentit brusquement et s'immobilisa. Planté au milieu de la piste, naseaux palpitants, flancs haletants, il baissa sa tête fine et hennit doucement. Wil et Amberle échangèrent un regard interrogateur.

Alors, une grande et noire silhouette surgit droit devant eux, glissant dans la nuit sans un bruit. Ce fut si soudain que Wil n'eut même pas le temps de songer à prendre les Pierres des Elfes. L'inconnu vint caresser doucement l'encolure satinée d'Artaq. Enfin, il leva son visage perdu au fond d'un capuchon vers la clarté des étoiles.

C'était Allanon.

— Est-ce que vous allez bien ? demanda-t-il doucement en s'approchant d'Amberle pour la faire descendre de selle.

La fille des Elfes opina en silence, ses yeux vert océan écarquillés par l'ébahissement et la colère aussi. Le visage du Druide se referma, puis il voulut aider Wil, mais ce dernier glissait déjà à terre.

— On te croyait mort ! s'exclama-t-il, l'air médusé.

— On dirait qu'il y a toujours quelqu'un pour me déclarer mort avant mon heure, grommela le Druide, quelque peu irrité. Comme vous pouvez le constater, je suis parfaitement...

— Allanon, nous devons sortir tout de suite de cette forêt. (Wil jetait des regards apeurés par-dessus son épaule. Et dans sa hâte, il se mit à bégayer :) Les Démons-loups... nous... nous traquent de... depuis le Mermidon...

— Wil, écoute !

— Et il y a une créature ailée qui... qui a presque failli nous tuer, plus grande que...

— Wil !

Ce dernier se tut. Allanon hocha la tête en signe de réprobation.

— Voudrais-tu me laisser le temps de dire un mot ?

Wil rougit et opina.

— Merci... D'abord, vous êtes tout à fait en sécurité ici. Les Démons ne nous poursuivent plus. Celui qui les guide sent ma présence. Or, il se méfie de moi et a rebroussé chemin.

— En es-tu sûr ? s'enquit l'homme du Val, pour le moins sceptique.

— Tout à fait. Aucun Démon ne vous traque plus. A présent, venez vous asseoir là, tous les deux.

Il les conduisit jusqu'à une souche d'arbre en bordure du chemin. Wil et Amberle s'y assirent, épuisés. Allanon resta debout.

— Nous devons repartir pour Arbolon cette nuit

même, annonça le Druide. Mais nous pouvons quand même prendre quelques instants de repos avant de nous remettre en route.

— Comment es-tu arrivé ici ? demanda Wil.

— Je pourrais te poser la même question. (Le géant se mit sur un genou, repliant ses robes noires sur son corps maigre.) As-tu compris ce qui t'est arrivé près de la rivière ?

— Je crois, oui.

— C'était le roi de la Rivière d'Argent, intervint Amberle. Nous l'avons vu. Il nous a parlé.

— C'était à moi qu'il s'adressait, rectifia Wil. Mais que t'est-il arrivé, à toi ? T'a-t-il aidé aussi ?

Allanon fit non de la tête.

— Malheureusement, je ne l'ai pas vu. Je n'ai aperçu que cette lumière qui vous a enveloppés et emportés. C'est un être mystérieux et solitaire qui se montre rarement. S'il a décidé de se montrer à vous, c'est qu'il avait ses raisons, je présume. En tout cas, son apparition a jeté un grand trouble parmi les Démons, et j'en ai profité pour m'enfuir. (Après un silence, il enchaîna :) Amberle, tu m'as dit qu'il s'était adressé à vous ? Te souviens-tu de ses paroles ?

La jeune fille parut mal à l'aise.

— Non, pas vraiment. C'était comme un rêve. Il a dit quelque chose à propos de... d'une union.

Une fugace lueur de compréhension brilla dans les prunelles du Druide, mais ni Amberle ni Wil ne la remarquèrent.

— Peu importe, fit Allanon avec désinvolture. Il vous a aidés quand vous en aviez besoin. Et de cela, nous lui sommes redevables.

— A lui, certainement, mais pas à toi. (Amberle ne faisait aucun effort pour dissimuler son courroux.) Où étais-tu passé, Druide ?

Celui-ci parut surpris.

— Je vous cherchais. Malheureusement, en vous aidant, le roi de la Rivière d'Argent nous a séparés. Je savais que vous étiez sains et saufs, mais j'ignorais où il vous avait emmenés et comment vous retrouver. J'aurais pu faire appel à la magie, mais c'était prendre trop de risques inutiles. Celui qui dirige les

Démons ayant franchi l'Interdit détient un pouvoir aussi grand que le mien, plus grand peut-être. Aussi suis-je reparti en direction d'Arbolon, espérant que tu suivrais mes instructions, mais à pied, ton cheval gris, Wil, s'étant perdu dans la bataille. Et allant à pied, j'ai été tout le temps persuadé que vous me devanciez. Ce n'est que lorsque tu as utilisé les Pierres des Elfes que j'ai compris que je me trompais.

Il haussa les épaules, puis reprit :

— J'étais déjà presque arrivé à Arbolon et ai sur-le-champ rebroussé chemin par les forêts, pensant que vous chercheriez refuge dans les bois au sud du Mermidon. Ce fut ma deuxième erreur. Lorsque j'ai entendu le hurlement des Démons-loups, j'ai compris que vous tentiez d'atteindre la vallée de Rhenn. Voilà pourquoi je suis ici.

— Ainsi, tu t'es trompé la plupart du temps, observa Amberle d'un ton cassant.

La regardant droit dans les yeux, le Druide garda le silence.

— Je crois que ta première erreur a été de venir me chercher, continua-t-elle d'un ton à présent accusateur.

— C'était nécessaire.

— Cela reste à prouver. Ce qui me préoccupe, c'est que depuis le début, les Démons-loups te précèdent d'un pas. Combien de fois ont-ils déjà failli me tuer ?

Allanon se releva.

— Trop de fois. Cela ne se reproduira plus.

— Je ne me sens plus guère rassurée par tes affirmations, rétorqua Amberle en se levant, le visage cramoisi. Je ne veux pas continuer ce voyage. Je veux rentrer chez moi, à Havenstead, et non pas à Arbolon.

Le visage du Druide resta imperturbable.

— Comprends une chose... Je fais ce que je peux pour toi.

— Peut-être. Mais peut-être aussi fais-tu ce qui te convient.

Allanon se raidit sous l'affront.

— Fille des Elfes, tu es injuste. Tu en sais moins dans cette affaire que tu ne l'imagines.

— En tout cas, je sais une chose. Ni toi ni le protecteur de ton choix ne se sont révélés très efficaces. Je serais beaucoup plus heureuse si je ne vous avais jamais connus tous les deux.

Elle était tellement en colère que ses yeux se remplirent de larmes. Elle les fixait d'un œil noir, les mettant au défi de la contredire. Comme ils gardaient le silence, elle s'éloigna d'un pas rageur sur le chemin plongé dans l'obscurité.

— Druide, cria-t-elle, tu as dit que nous devions atteindre Arbolon cette nuit. Je veux en finir.

## 18

Le lendemain soir. Les ombres s'allongeaient dans la cité forestière d'Arbolon et le crépuscule sombrait dans la nuit. Eventine Elessedil, le roi des Elfes, réfugié dans la solitude de son cabinet de travail, étudiait la liste dressée par Gael des affaires qui l'accapareraient au matin. La fatigue creusait son visage, et ses yeux las se plissaient à la lueur de l'unique lampe à huile posée sur son bureau en bois.

Il jeta un rapide coup d'œil à Manx qui, étendu au pied de sa bibliothèque, dormait en poussant un drôle de sifflement nasillard. Bon vieux chien, songea le roi, comme tu dors bien, d'un sommeil profond et sans rêves.

Eventine aurait donné beaucoup pour jouir d'une nuit de sommeil paisible. En effet, des cauchemars, images déformées des réalités angoissantes de son temps de veille, peuplaient ses nuits. Ils revenaient sans cesse le tourmenter, le réveillant en sursaut jusqu'à ce que, enfin, l'aube mette un terme à cette lutte.

Eventine se frotta les yeux. Quand il écarta ses mains, il découvrit Allanon planté devant lui. Un instant, il crut être le jouet de son imagination exacerbée par la lassitude. Il cligna des yeux ; l'image persista et il se leva d'un bond.

— Allanon ! Je croyais avoir des visions.

Le Druide s'avança et ils se serrèrent les mains

avec force. Un imperceptible éclair d'incertitude passa dans le regard du roi des Elfes.

– L'as-tu retrouvée ?

Allanon fit oui de la tête.

– Elle est ici.

Eventine ne sut que répondre. Les deux hommes se regardèrent longuement sans parler. Manx leva la tête et bâilla.

– Je ne pensais pas qu'elle accepterait de revenir, déclara enfin le roi. Où l'as-tu emmenée ?

– Là où elle est en sécurité. (Le Druide relâcha les mains d'Eventine.) Le temps presse. Je veux que tu réunisses tes fils et tes conseillers les plus loyaux. Sois sûr de ton choix. Qu'ils soient tous dans une heure dans la salle du Haut Conseil. Dis-leur que je m'adresserai à eux. N'en parle à personne d'autre. Dans une heure.

Là-dessus, le Druide tourna les talons et regagna la porte-fenêtre par où il était entré.

– Amberle... ? lança le roi dans son dos.

– Dans une heure, répéta le Druide qui disparut.

La salle du Conseil était une pièce caverneuse, hexagonale, toute en bois de chêne et en pierre, avec un haut plafond ogival, fait de poutres massives s'assemblant à sa pointe. Des lampes à huile suspendues bas à de longues chaînes en métal noir éclairaient cette vaste salle. Contre le mur faisant face à la majestueuse porte à deux battants se dressait un immense trône en bois de chêne sculpté sous un dais, auquel on accédait par quelques marches. De chaque côté du trône, pendaient les bannières des maisons des rois elfiques. Le long des deux autres murs courait une galerie où s'alignaient une douzaine de rangées de sièges, surplombant un sol en pierre polie qu'entourait comme une arène une petite rambarde en fer. Au centre même de la salle était disposée une table ovale, avec les vingt et un sièges destinés aux membres du Haut Conseil.

Mais cette nuit-là, seuls six fauteuils étaient occupés, dont un par Ander Elessedil, le fils cadet du roi. Son regard se portant sans cesse sur la porte, il n'échangeait avec les cinq autres personnes présentes que de rares paroles. Bien que son père n'eût pas parlé d'Amberle, il était certain qu'Allanon était revenu avec elle. Sinon, pourquoi avoir réuni le Conseil avec une telle hâte ? Il était certain également qu'Allanon avait l'intention d'amener la jeune fille devant le Conseil afin de lui demander de lui confier la tâche de retrouver le Feu de Sang. Quelle serait la réponse ? Et quelle sera la mienne ? se demanda-t-il soudain. Comment rester objectif quand il s'agissait d'Amberle ? D'intenses émotions contradictoires vinrent embraser ses réflexions. Peut-être vaudrait-il mieux, tout compte fait, ne pas se prononcer et s'en remettre simplement au jugement des autres conseillers...

Le regard d'Ander se posa un instant sur leurs visages. Bien sûr, d'autres auraient pu être ici, mais le choix de son père s'était arrêté sur ces hommes-là.

Un choix équilibré, conclut-il, après avoir analysé le caractère de chacun.

Arion Elessedil était assis à la droite de leur père, la place réservée au prince héritier de la couronne. C'était lui qu'Eventine consulterait en premier, comme toujours. Arion était la force de ce vieillard qui l'aimait avec passion. Sa seule présence donnait au roi un sentiment d'assurance que lui-même, quels que fussent ses efforts, ne parvenait pas à lui insuffler. Mais Arion manquait de compassion et son obstination étouffait parfois son bon sens. Il était impossible de prévoir sa réaction au sujet d'Amberle. Jadis, il avait porté une grande affection à la fille unique de leur frère Aine, qu'il avait tant chéri. Mais tout cela était du passé. Avec la mort d'Aine, ses sentiments avaient changé et la désertion d'Amberle avait fait naître en lui une grande amertume, alimentée par le chagrin d'Eventine, et impossible à mesurer.

Elle est profonde, cela est certain, se dit Ander, troublé à l'idée des conséquences éventuelles.

Le Premier ministre du roi, Emer Chios, occupait le fauteuil à côté d'Arion. Un homme persuasif et habile à manier le verbe. Bien qu'Eventine et son Premier ministre fussent parfois en désaccord au sujet des affaires portées devant le Conseil, ils se manifestaient un grand respect pour leurs opinions, et Eventine écouterait attentivement les propos de Chios.

Kael Pindanon, commandant en chef de l'armée des Elfes, était le plus ancien et le plus proche ami du roi. Bien que de dix ans plus jeune que lui, il en paraissait au moins dix de plus. Sa face était couturée comme du bois sec et une vie passée au combat avait rendu son corps noueux et dur comme cuir. Son abondante chevelure blanche tombait sur ses épaules, et une impressionnante moustache en croc encadrait les lèvres fines comme un trait. Un homme aux nerfs d'acier, inébranlable, mais le plus prévisible d'entre tous en raison de sa totale dévotion au roi.

Le dernier installé à la table n'était pas un membre du Haut Conseil, mais un Elfe, svelte, plus jeune qu'Ander et aux cheveux noirs. Il avait l'air vif mais ses yeux marron trahissaient de l'anxiété. Assis à côté de Pindanon, son fauteuil un peu écarté de la table ovale, il se contentait d'observer les autres en silence. Il portait deux fines dagues glissées sous son ceinturon, et un glaive dans son fourreau pendait à son dossier. Il n'arborait d'autre insigne de son rang qu'un petit médaillon portant l'écusson des Elessedils suspendu à son cou par une chaîne d'argent. Crispin. Le capitaine de la Garde Royale, le corps d'élite des Chasseurs Elfes, dont l'unique fonction était d'assurer la protection du roi. Sa présence à ce Conseil était quelque peu mystérieuse. Ander ne s'attendait pas qu'Eventine cherche conseil auprès de cet homme-là, mais il est vrai que son père le surprenait parfois.

Ces hommes, différents par leur personnalité et leurs antécédents, partageaient tous la même absolue loyauté envers le vieux roi. Peut-être était-ce pour cette raison qu'Eventine estimait pouvoir se fier à leur décision concernant sa petite-fille, si difficile serait-elle à prendre. Peut-être aussi parce que ce serait eux qu'il consulterait lorsque l'heure de défendre la terre des Elfes sonnerait.

Or, cette heure approchait. L'Ellcrys s'affaiblissait

chaque jour davantage, et il ne se passait pas un jour sans que parviennent des nouvelles relatives à d'étranges et effrayantes créatures, êtres cauchemardesques, images des songes les plus noirs, qui rôdaient aux frontières du Westland. Malgré les patrouilles de soldats postées de la vallée de Rhenn jusqu'au Sarandanon, des Barbelés jusqu'au Kershalt, leur nombre ne cessait de croître. Un terrible combat entre les Démons et les Elfes paraissait inévitable.

Les deux battants de la porte massive s'ouvrirent en grand, et six têtes se tournèrent d'un seul mouvement. Immense et menaçant dans le tourbillonnement de ses robes noires, Allanon s'avança d'un pas martial. Avec lui apparurent deux personnages plus petits, dissimulés par leurs capes et leurs capuchons.

Amberle ! songea aussitôt Ander. Mais qui est le deuxième ?

Tous trois s'approchèrent du bout vacant de la table ovale. Allanon y fit asseoir ses deux compagnons, puis leva son visage sombre vers le souverain.

— Votre Seigneurie, déclara-t-il en s'inclinant légèrement.

— Allanon, répondit le roi, tu es le bienvenu et nous t'écoutons.

Le Druide avança de quelques pas afin de se placer entre les conseillers et les deux personnages encapuchonnés.

— J'irai droit au fait et je ne me répéterai pas. Aussi vous demanderai-je de faire preuve d'une grande attention. La nation des Elfes court un grave péril. L'Ellcrys se meurt. Elle dépérit au fil des jours, provoquant ainsi l'émiettement de l'Interdit. Déjà, les Démons emprisonnés par vos ancêtres se libèrent et sévissent une fois de plus dans notre monde. Bientôt, ils seront tous libres et chercheront à nous détruire.

Le Druide fit encore un pas en avant.

— Seigneurs des Elfes, ne sous-estimez pas ce péril. Vous ne mesurez pas encore comme moi la force de la haine qui les pousse. Une haine effroyable, qui leur donne un pouvoir... un pouvoir supérieur à celui qu'ils détenaient à l'époque lointaine où ils furent évincés. Je ne pense pas que vous soyez capables de leur résister.

— Tu ne connais pas l'armée des Elfes ! s'écria Pindanon, le visage noir de colère.

— Commandant, intervint doucement Eventine, laisse-nous l'écouter jusqu'au bout.

Les dents serrées de dépit, Pindanon se rassit.

— L'Ellcrys est la clé de notre survie, enchaîna Allanon en ignorant l'interruption intempestive du vieux guerrier. Une fois l'Ellcrys morte, l'Interdit disparaîtra. Le prodige qui a créé cet arbre sera perdu. Une chose, et une seule, peut éviter cette catastrophe. Selon la légende elfique et les lois de la magie qui a donné naissance à cet arbre, l'Ellcrys est en mesure de renaître. Or, cette renaissance ne peut s'accomplir que d'une seule façon. Vous le savez aussi bien que moi. Un Elu de l'année en cours doit porter sa semence au Feu de Sang, la source de vie de la terre. Alors, l'arbre renaîtra, l'Interdit sera restauré, et les Démons de nouveau enfermés en son sein.

» Elfes d'Arbolon, il y a deux semaines, je suis venu proposer mon aide à Eventine. Mais malheureusement, il était déjà trop tard. Les Démons avaient assassiné les Elus pendant leur sommeil. Néanmoins, j'ai fait part à votre roi de mon intention de l'aider par deux moyens. L'un, me rendre au Donjon des Druides, à Paranor, dans l'espoir de percer le secret du nom "Imprenable". Ce que j'ai fait. J'ai ainsi découvert la contrée où se trouve le Feu de Sang.

Il marqua un temps de silence pour sonder les visages de l'assemblée.

— L'autre, chercher la personne à même de porter la semence de l'Ellcrys lors de la quête du Feu de Sang. Cette personne-là, je l'ai amenée avec moi à Arbolon.

Ander se tendit ; un murmure de surprise courut autour de la table. Allanon se tourna et invita d'un geste le plus petit des deux personnages à s'approcher. Celui-ci se leva avec hésitation et vint rejoindre le Druide.

— Retire ton capuchon !

Nouvelle hésitation. Tous les conseillers se penchèrent vivement, tous excepté Eventine qui, le buste roide, gardait les mains crispées sur les bras sculptés de son fauteuil.

— Retire ton capuchon ! répéta doucement Allanon.

Cette fois, il fut obéi. De petites mains sortirent des plis de la cape et relevèrent le capuchon. Les yeux vert océan d'Amberle, agrandis par l'incertitude, rencontrèrent ceux de son grand-père. Un silence interdit régna dans la salle.

Arion, blême de rage, se leva d'un bond.

— Non ! Non, Druide ! Emmène-la hors d'ici ! Renvoie-la où tu l'as trouvée.

Eventine retint par le bras Ander qui s'était à moitié levé. De vifs et furieux commentaires furent échangés, qui se perdirent dans le brouhaha. Le roi leva brusquement la main, et le silence revint.

— Nous écouterons Allanon jusqu'au bout.

Arion se laissa choir lourdement dans son fauteuil.

— Je vous demanderai à tous, reprit Allanon, de vous souvenir d'une chose. Seule une Elue en service a le droit de porter la semence de l'Ellcrys. Quand l'année a commencé, il y avait sept Elus. Six ont été assassinés. Amberle Elessedil est votre ultime espoir.

Arion jaillit de nouveau de son fauteuil.

— Elle ne représente aucun espoir, s'écria-t-il d'une voix dure et chargée d'amertume. Elle n'est plus une Elue !

Kael Pindanon approuvait avec force hochements de tête, son visage couturé affichant un profond dégoût. Allanon s'avança d'un pas.

— Tu doutes qu'elle soit encore une Elue ? (Un petit sourire railleur flotta un instant sur les lèvres du Druide.) Sache alors qu'elle aussi en doute. Mais je lui ai rappelé, ainsi qu'à son grand-père, et maintenant je te rappelle à toi, qu'aucun sentiment n'entre en ligne de compte pour déterminer la vérité en la matière. Petite-fille de roi ou proscrite... Quelle importance, prince des Elfes ? Ton unique souci devrait être la survie de ton peuple... De ton peuple et de ceux des Quatre Terres, qui seront aussi menacés. On doit tirer un trait sur le passé, car Amberle peut tous nous sauver.

Arion ne céda pas.

– Je n'oublierai pas. Jamais !

– Mais que nous demandes-tu là ? intervint vivement Chios, le Premier ministre.

Arion s'assit de nouveau. Allanon se tourna vers Chios.

– Simplement ceci : ni vous ni moi ni Amberle n'avons le droit de déterminer si elle est encore une Elue ou non. L'Ellcrys seule détient ce droit puisque c'est elle qui les nomme. Par conséquent, nous devons connaître les sentiments de l'arbre. Acceptez-vous qu'Amberle se présente devant elle ? Si l'Ellcrys considère qu'elle est encore à son service, elle lui fera présent de sa semence.

– Et si elle est rejetée ?

– Dans ce cas, nous n'aurons plus qu'à espérer que la confiance du commandant Pindanon en l'armée des Elfes est justifiée.

– Druide, tu demandes trop, rétorqua Arion, malgré le regard d'avertissement de son père. Tu nous demandes de placer notre confiance en une personne qui a déjà amplement montré qu'on ne pouvait se fier à elle.

– Je demande, rétorqua le Druide d'une voix ferme, que vous placiez votre confiance en l'Ellcrys, comme les Elfes l'ont fait depuis des siècles innombrables. Que cette décision lui appartienne !

– Cette jeune fille est la honte de notre famille et de notre peuple, explosa Arion. Amberle, pourquoi nous as-tu tous déshonorés ? Aucun Elu n'a jamais rejeté l'honneur de servir l'Ellcrys. Aucun ! Mais toi, tu l'as repoussé comme s'il ne représentait rien. Pourquoi ?

Amberle était pétrifiée.

– Arion, je ne voulais pas être une Elue. Ce fut une regrettable erreur. J'ai essayé de la servir comme les autres, mais je n'y parvenais pas. Je savais ce qu'on attendait de moi... Mais je... j'étais incapable d'effectuer cette tâche.

— Ah ! tu étais incapable de l'effectuer ! s'exclama Arion en s'avançant vers elle, menaçant. Pourquoi ? Je veux le savoir. Tu as maintenant une chance de t'expliquer... Alors, fais-le !

— Je ne peux pas ! murmura-t-elle d'une voix blanche. Impossible. Je ne parviendrais pas à me faire comprendre, même si je le voulais, même si... (Elle jeta un regard implorant à Allanon.) Druide, pourquoi m'as-tu ramenée ici ? C'est absurde. Ils ne veulent pas de moi et je ne veux pas être ici. J'ai très peur, comprends-tu ? Laisse-moi rentrer chez moi.

— Mais chez toi, c'est ici, répondit le Druide d'une voix chargée d'une tristesse soudaine. (Puis, regardant Arion :) Ta demande, prince des Elfes, n'a pas de sens. Réfléchis à la raison de ta question. Songe à sa source. La blessure ouvre la porte à l'amertume, et l'amertume à la colère. Voyage trop loin sur cette route, et tu perds ton chemin.

Ses prunelles noires et étincelantes fixées sur les membres du Haut Conseil, il garda un instant le silence.

— Je ne prétends point comprendre les raisons qui ont poussé Amberle à abandonner son peuple, ni celles qui l'ont incitée à choisir une vie différente de celle qui lui était offerte à Arbolon. Mon rôle n'est point de la juger, et ce n'est pas le vôtre non plus. Ce qui est fait est fait. Toutefois, en revenant ici, elle a montré un grand courage et une forte détermination. Les Démons ont appris son existence. Ils l'ont impitoyablement traquée. Ils la traquent encore. Son voyage a été périlleux, elle a frôlé la mort. Faudrait-il que ce soit pour rien ?

Une vive inquiétude s'alluma dans le regard du roi. Bien qu'elle n'ait duré que le temps d'un éclair, Ander la remarqua.

— Tu aurais pu emmener cette fille devant l'Ellcrys sans nous consulter, fit remarquer Emer Chios. Pourquoi nous consulter auparavant ?

— Amberle ne voulait pas revenir. Elle est ici parce que je l'ai persuadée que c'était nécessaire, qu'il fallait à tout prix qu'elle aide son peuple. Mais il était impossible qu'elle revienne sous le couvert du secret, à la dérobée. Si elle doit se présenter à l'Ellcrys, ce ne peut être qu'avec votre accord.

Il passa un bras autour des épaules frêles de la jeune Elfe. Elle leva vers lui son visage d'enfant. Il exprimait une vive surprise.

– A présent, vous devez prendre votre décision. (Le Druide affichait un air impassible.) Seigneurs des Elfes, lesquels d'entre vous se rangent du côté d'Amberle ?

Le silence régna dans la salle. Le Druide soutint le regard des conseillers. Le deuxième personnage encapuchonné, oublié de tous, s'agitait nerveusement dans son fauteuil. Les secondes s'égrenaient. Personne ne se leva.

Soudain, Ander Elessedil remarqua que le Druide gardait les yeux fixés sur lui. Un courant muet passa entre eux. A cet instant, Ander sut ce qu'il devait faire.

Lentement, il se leva de son fauteuil.

– Ander ! entendit-il son frère protester.

Le cadet jeta un rapide regard au visage orageux d'Arion, lut sa réprobation dans ses yeux durs, puis, sans un mot, contourna la table et se posta devant Amberle. Elle le regardait, effarouchée comme un petit animal sauvage prêt à fuir. Gentiment, il la prit par les épaules et posa un baiser sur son front. Elle répondit à son étreinte, les yeux pleins de larmes.

Emer Chios se leva à son tour.

– Messeigneurs, je ne vois pas en quoi il est difficile de prendre une décision. Il suffit de tirer profit des rares possibilités qui nous sont offertes.

Il alla rejoindre Ander.

Crispin regarda le roi du coin de l'œil. Lorsque leurs regards se croisèrent, Eventine, le port toujours rigide, garda un visage dénué de toute expression. Le capitaine se leva et alla aussi rejoindre Ander.

Le plateau de la balance ne penchait d'aucun côté. Trois soutenaient Amberle. Trois autres restaient autour de la table. Eventine regardait Arion. Le prince héritier soutint avec fermeté le regard de son père, puis posa des yeux amers sur Ander.

— Je ne suis pas le sot qu'est mon frère. Je dis non.

Le roi regarda alors Pindanon. Le visage du vieux soldat était dur.

— Ma confiance va à l'armée des Elfes, et non pas à cette enfant. (Puis il eut comme une hésitation :) Mais elle est votre chair et votre sang. Mon choix sera le vôtre, mon roi. Faites le bon.

A présent, tous les yeux étaient rivés sur Eventine. On eût dit qu'il n'avait pas écouté. Triste et résigné, il contemplait la table devant lui. Ses mains glissèrent avec lenteur sur le bois précieux, puis se croisèrent avec force.

Il se leva.

— La décision est prise. Amberle se présentera devant l'Ellcrys. Ce conseil est terminé.

Arion Elessedil se leva, foudroya son frère du regard et, drapé dans son mépris, sortit de la salle du Conseil au pas de charge.

Dissimulé sous son capuchon, Wil Ohmsford vit le chagrin et l'incrédulité d'Ander se refléter dans ses yeux. Le fossé qui venait de s'ouvrir entre les deux frères ne se refermerait pas de sitôt. Comme le regard du prince des Elfes glissait sur lui, il détourna le sien, soudain gêné.

La salle se vida. Puis, après un signe de tête réticent, le roi partit à son tour. Wil et Amberle restèrent seuls avec le Druide.

— Suivez-moi, déclara celui-ci.

Vite, il les conduisit jusque sur le seuil du palais, plongé dans la nuit froide. Là, il s'arrêta, tendit l'oreille, puis se tourna vers eux.

— Amberle ! (Il attendit que ses yeux verts se posent sur lui.) Je veux que tu te rendes immédiatement devant l'Ellcrys.

Surprise et confusion se peignirent sur le minois de la jeune Elfe.

— Mais pourquoi ? s'écria-t-elle d'un ton interloqué. (Vite, elle secoua la tête.) Non, non, c'est trop de hâte. Je veux avoir le temps de me préparer.

– Le temps presse, Amberle. Et de quelle préparation as-tu besoin ? Ce n'est pas une épreuve d'habileté ou d'endurance. Aucune préparation ne t'aidera. Soit tu es encore une Elue, soit tu n'en es plus une.

– Druide, je suis lasse ! rétorqua-t-elle, soudain en colère. Je suis lasse et j'ai besoin de dormir ! Je ne puis aller voir l'Ellcrys maintenant.

– Il le faut... Je sais que tu es fatiguée et que tu as besoin de dormir. Mais tu dois d'abord aller devant l'Ellcrys.

Elle se raidit à ces mots, le regard brusquement affolé, comme prise au piège. Puis elle éclata en sanglots, comme si tout ce qui était survenu depuis l'arrivée du Druide à Havenstead tombait tout à coup sur ses épaules et l'écrasait. Ses défenses avaient cédé. Petite, vulnérable, elle sanglotait, bégayant sans pouvoir articuler un mot. Wil la regardait, totalement impuissant.

Enfin, ses pleurs se calmèrent ; elle leva lentement son visage ruisselant vers eux.

– Allanon, est-ce vraiment nécessaire que j'y aille cette nuit même ?

– Oui, fille des Elfes.

Un long silence suivit.

– Alors, j'irai, déclara-t-elle enfin, de nouveau maîtresse d'elle-même.

19

Allanon, Wil Ohmsford et Amberle, postés au pied de l'éminence au sommet de laquelle était plantée l'Ellcrys, gardaient la tête levée vers l'arbre prodigieux, sans prononcer un mot.

L'arbre se découpait, noir et squelettique, ses feuilles racornies, comme un vieil épouvantail à moineaux, contre l'horizon illuminé par le clair de lune. Les feuilles mortes déjà tombées craquaient dans la brise légère. L'écorce, jadis argent, noire et pourrie à présent, s'écaillait et pendait par lambeaux, comme dépecée. Un long moment, ils le contemplèrent, figés et muets de stupeur. Lorsque, enfin, Amberle prit la parole, son murmure emplit le silence de la nuit d'une angoisse poignante.

— Oh ! Allanon, l'Ellcrys a l'air si triste !

Le visage dissimulé dans l'ombre de son capuchon, le Druide ne répondit point. Un souffle d'air leur apporta la senteur fugace des lilas. Amberle jeta un regard furtif au géant.

— Souffre-t-elle ?

Le signe de tête d'assentiment du Druide fut à peine perceptible.

— Un peu.

— Est-elle mourante ?

— Sa vie arrive à son terme.

Il y eut un long silence.

— Tu ne peux rien pour elle ?

— C'est toi, et toi seule, qui peux faire quelque chose pour elle, expliqua Allanon dans un murmure.

Amberle poussa un profond soupir et un frisson de résignation secoua son corps menu. Les secondes filaient. Attendant que la fille des Elfes fît la paix en elle, Wil se dandinait sur ses pieds d'un air las. Combien c'était difficile pour Amberle ! Elle avait espéré, comme lui-même, pouvoir enfin prendre un long repos après la fin du Conseil. Ils n'avaient pas fermé l'œil depuis leur fuite éperdue dans la vallée de Rhenn et la réapparition inattendue du Druide. Ils étaient à bout de forces.

— Elle dort, murmura soudain Amberle.

— Elle s'éveillera pour toi, répondit le Druide.

Tout son être se rebelle contre cette rencontre, songea Wil. Elle ne l'a jamais voulue et en plus, elle est effrayée. Elle l'a déjà dit à Havenstead. Pourtant, elle n'a jamais, non plus, expliqué pourquoi.

Wil leva la tête vers le sommet de l'éminence.

Qu'est-ce qui, dans l'Ellcrys, lui fait donc si peur ?

— Je suis prête, annonça-t-elle simplement, d'une voix calme.

Allanon garda le silence, puis opina, faisant tomber son capuchon plus avant par ce geste.

— Alors, va... Nous t'attendrons ici.

La fille des Elfes ne s'éloigna pas tout de suite ; elle paraissait attendre quelque chose de la part du Druide. Mais il n'avait aucun conseil à lui offrir. Resserrant sa cape autour d'elle, elle escalada la pente douce, le visage levé vers l'arbre paisible et piteux qui attendait au sommet.

Elle ne jeta pas un seul regard en arrière.

Amberle se tenait seule devant l'Ellcrys. Juste hors de sa portée, bras croisés autour de son buste, comme pour se protéger. A ses pieds, le Westland se déroulait d'un bout à l'autre de l'horizon, et la fille des Elfes se sentit minuscule et vulnérable devant cette immensité. La brise nocturne lui apportait les parfums du jardin, et elle inspira profondément pour se donner du courage.

Cela me prendra un instant, se dit-elle. Rien qu'un instant.

Mais elle avait si peur !

Une peur irraisonnée, aveugle, absurde, la tenaillait. Persistante, tapie dans un recoin de son esprit comme une bête de proie, émergeant de sa cachette chaque fois qu'elle accordait une pensée à l'Ellcrys. Elle avait beau lutter farouchement contre elle, la peur l'envahissait, ténébreuse et indomptable. Elle avait pu la museler à Havenstead, car alors l'Ellcrys était loin et appartenait au passé. Mais à présent, de retour à Arbolon, à moins de trois mètres de l'arbre, se souvenant avec acuité de son contact...

La fille des Elfes frissonna avec violence à ce souvenir. C'était ce contact qu'elle redoutait. Pourquoi ? Il ne provoquait pourtant ni souffrance, ni douleur d'aucune sorte. Son unique fonction était de permettre à l'Ellcrys de communiquer au moyen d'images. Toutefois, il se produisait en plus un petit quelque chose d'indéfinissable qui la terrorisait.

Ses pensées furent interrompues par le doux ululement d'une chouette. Songeant soudain que les deux hommes attendaient en bas depuis plusieurs minutes, la surveillant, elle contourna vite l'arbre.

Le Druide et l'homme du Val la virent disparaître derrière l'arbre sacré. Ils restèrent encore debout un moment, mais comme elle ne reparaissait pas, Allanon s'assit sur l'herbe sans rien dire. Wil l'imita.

— Que feras-tu si l'Ellcrys décide qu'elle n'est plus une Elue ? demanda ce dernier, après un long silence.

Le Druide garda les yeux fixés droit devant lui.

— Cela ne se produira pas, répondit-il.

L'homme du Val hésita avant de reprendre la parole.

— Tu sais une chose au sujet d'Amberle que tu n'as révélée à aucun d'entre nous, n'est-ce pas ?

— Non. Pas au sens où tu l'entends, répondit le Druide, d'une voix soudain glaciale.

— Mais dans un certain sens.

— Homme du Val, ce dont tu dois te soucier, c'est de veiller à ce qu'il ne lui arrive rien lorsque vous quitterez Arbolon.

Wil comprit, au ton incisif du Druide, que le sujet était définitivement clos. Il se trémoussa, mal à l'aise.

— Dans ce cas, peux-tu me dire autre chose ? reprit-il, quelques instants plus tard. Peux-tu me dire pourquoi elle a tellement peur de l'Ellcrys ?

— Non.

Wil rougit violemment sous son capuchon.

— Pourquoi ?

— Pour la bonne raison que je ne suis pas certain de le comprendre moi-même. Je crois qu'elle non plus, d'ailleurs, ne comprend pas sa peur. Mais le jour où elle le pourra, elle te l'expliquera elle-même.

— J'en doute. (Wil passa les bras autour de ses genoux et se recroquevilla.) Elle ne semble pas faire grand cas de ma personne.

Allanon ne fit aucun commentaire. Toujours silencieux, ils jetaient régulièrement un regard vers l'arbre solitaire. Amberle restait invisible. Wil lança au Druide un regard en coin.

— Est-elle en sécurité au moins, là-haut, toute seule ?

Le mage fit oui de la tête. Wil attendit une explication, mais n'en reçut aucune.

Avec tous ses pouvoirs magiques, il doit bien

détenir un moyen quelconque de savoir si elle est protégée, décida Wil. C'est du moins ce qu'il espérait.

Amberle resta un long moment paralysée par la peur. Elle s'attardait, pétrifiée, à moins d'un mètre des branches les plus proches, contemplant l'arbre d'un œil hypnotisé. Dans ses veines, la peur coulait comme un liquide glacé, engourdissant son cerveau. Elle perdit tout sens du temps, de l'espace, oublia tout, hormis son incapacité à franchir les derniers pas.

Quand enfin elle y parvint, elle eut l'impression que c'était une autre qui faisait ces pas pour elle. Soudain, elle se retrouva sous le dais de l'arbre, perdue dans son ombre. La brise mourut, l'air devint statique, et le froid qui l'étreignait se mua en chaleur.

Sans prononcer un mot, elle tomba à genoux sur le tapis de feuilles mortes et de brindilles cassées, mains croisées avec force. Elle attendit.

Bientôt, une branche nue plongea vers elle et la prit gentiment par les épaules.

... *Amberle*...

La fille des Elfes se mit à pleurer.

*
**

Quelques minutes plus tard, Amberle resurgit de sous l'ombre de l'arbre. Elle hésita un instant, puis redescendit lentement vers Allanon et Wil d'un pas mal assuré, mains croisées sur ses seins. Sa longue chevelure châtaine flottait au vent dans son dos, son capuchon étant baissé. Lorsqu'elle fut arrivée presque à leur hauteur, ils se rendirent compte qu'elle était bouleversée. Son visage était pâle, ruisselant de larmes, et la peur brillait visiblement dans ses yeux verts.

Elle s'arrêta devant eux. Son corps frêle tremblait.

– Allanon... ? balbutia-t-elle entre deux sanglots.

Le Druide s'aperçut qu'elle était sur le point de s'effondrer. Il la prit dans ses bras et la tint contre son cœur. Pour une fois, elle s'abandonna, pleurant sans bruit. Il la tint serrée contre lui un long moment sans rien dire. Gêné et désarmé, Wil les observait.

Enfin, les pleurs cessèrent. Allanon relâcha la fille des Elfes et recula. Elle garda d'abord les yeux à terre, puis les leva sur lui.

— Tu avais raison, murmura-t-elle.

Elle sortit ses mains des plis de sa robe et les ouvrit lentement. Nichée dans le creux des paumes, telle une pierre d'un blanc argent parfaitement taillée, reposait la semence de l'Ellcrys.

## 20

Allanon les conduisit hors des jardins. Le capuchon baissé sur le visage et la cape étroitement serrée autour du corps, ils se faufilèrent entre les grilles, passèrent devant les sentinelles de la Garde Noire et regagnèrent la cité. Le Druide ne leur expliqua pas où il les emmenait et ils évitèrent de le lui demander. Wil et Amberle, harassés, suivaient le géant en silence. L'homme du Val jetait de fréquents et rapides regards à la fille des Elfes, s'inquiétant à son sujet plus qu'il n'osait se l'avouer, mais elle ne dévoilait rien de ses sentiments, et il n'entrevoyait que vaguement son visage. Une fois, il s'enhardit à lui demander si elle allait bien. Elle lui répondit par un simple signe de tête.

Ils se retrouvèrent bientôt aux abords du palais des Elessedils. Allanon les conduisit à travers une rangée de pins bordant l'allée septentrionale, puis ils longèrent les arbres toujours verts et enfin approchèrent de deux portes-fenêtres plongées dans une ombre profonde. Allanon cogna doucement à un carreau. Après un bref instant d'attente, les lourdes tentures s'écartèrent un peu ; il y eut un bruit de loquet, et la porte s'ouvrit. Allanon poussa Wil et Amberle à l'intérieur, puis, après un rapide regard à la ronde, il entra et referma la porte derrière lui.

Ils restèrent quelques secondes dans le noir, sans

bouger. Des bruits de pas résonnèrent faiblement et enfin, on alluma une chandelle. Wil découvrit qu'ils se trouvaient dans un petit cabinet de travail ; la bibliothèque en chêne, les lambris, les tapisseries et les ouvrages reliés de cuir luisaient d'une teinte chaude dans la pâle lueur de la chandelle. Au fond de cette petite pièce, un vieux chien-loup leva sa tête grisonnante d'une carpette couleur de terre sur laquelle il était allongé et remua la queue en signe de bienvenue.

Eventine Elessedil posa la chandelle sur un bureau et se tourna vers eux.

La voix grave du Druide brisa soudain le silence.

— Tout est-il prêt ?

Le vieux roi opina.

— Et vos serviteurs ?

Le Druide gagnait déjà l'unique porte donnant sur l'intérieur du palais. Il l'entrouvrit, risqua un œil dans le corridor et la referma.

— Tout le monde dort, répondit le roi, hormis Dardan et Rhoe qui montent la garde devant ma chambre, persuadés que je m'y repose. Il n'y a personne ici, à part ce bon vieux Manx.

A la mention de son nom, le chien ouvrit un œil, levant la tête, puis la reposa sur ses pattes et s'endormit de nouveau.

— Alors, nous pouvons commencer.

Allanon fit signe à Wil et à Amberle de s'installer autour du bureau et apporta un siège pour lui-même. Wil s'assit lourdement. Amberle commença par s'avancer, puis s'arrêta, les yeux posés sur son grand-père. Ce dernier, après un léger moment d'hésitation, s'approcha d'elle et la prit dans ses bras. La fille des Elfes resta un instant rigide, puis répondit à son étreinte.

— Je t'aime, grand-père, chuchota-t-elle. Tu m'as manqué.

Le vieux roi se contenta d'opiner, la tête enfouie dans le creux de son cou. Il lui caressa les cheveux, prit doucement le visage de sa petite-fille entre ses mains et le leva vers lui.

— Amberle, ce qui s'est passé est derrière nous.

Oublié. Il n'y aura plus de mots durs entre nous. Tu es ici chez toi. Je veux que tu restes avec moi, avec ta famille.

La jeune fille secoua tristement la tête.

– Grand-père, j'ai parlé avec l'Ellcrys. Elle m'a dit que j'étais encore son Elue. Elle m'a donné sa semence.

Le roi blêmit brusquement ; ses yeux se fermèrent.

– Amberle, je suis navré. Je sais que tu souhaitais qu'il en fût autrement. Crois-moi, je le souhaitais également.

– Je le sais.

Un profond désespoir assombrissait les yeux verts de la fille des Elfes.

Elle gagna le bureau. Le roi resta encore debout, contemplant sa petite-fille. Il eut l'air soudain perdu et effrayé, comme un enfant égaré. Lentement, il se ressaisit, puis alla s'asseoir à son tour.

Allanon se pencha alors en avant et croisa les mains sur la table.

– Eventine et moi-même nous sommes mis d'accord pour nous rencontrer dans le secret, cette nuit même. Ce qui sera dit ici restera entre nous quatre seulement. Le temps nous glisse entre les doigts et nous devons agir très vite si nous voulons sauver le peuple des Elfes. Eventine et moi-même resterons à Arbolon pour affronter les Démons qui s'échapperont de l'Interdit. Mais toi, Amberle, et toi aussi, Wil, devez partir à la quête du Feu de Sang.

Il se tourna vers la jeune Elfe.

– Si je le pouvais, je serais allé avec toi. Malheureusement, c'est impossible. L'un des Démons qui ont déjà franchi l'Interdit, ainsi que d'autres, encore prisonniers, détiennent des pouvoirs contre lesquels ton grand-père et les Elfes ne sont pas en mesure de lutter sans mon aide. Ma tâche consistera donc à protéger les Elfes. Sorcellerie contre sorcellerie. Il doit en être ainsi.

» Mais, à ma place, je délègue Wil Ohmsford, et ce n'est pas un choix que j'ai pris à la légère. Son grand-père a mené la quête du Glaive de Shannara, l'a retrouvé et a affronté et détruit seul le Maître

Sorcier. Flick, le grand-oncle de Wil, a sauvé jadis la vie de son grand-père. Wil a hérité la force de caractère exceptionnelle de ces deux hommes, ainsi que leur sens de l'honneur. Tu as vu, Amberle, qu'il détient les Pierres des Elfes que j'ai offertes naguère à son grand-père. Il te protégera comme je l'aurais fait si je t'avais accompagnée. Il sera toujours à ton côté... Il ne t'abandonnera pas.

Il y eut un long silence. Tant de compliments embarrassaient l'homme du Val. En outre, il n'était pas si sûr que cela de lui-même. Jetant un coup d'œil à Amberle, il s'aperçut qu'elle le regardait.

– Tu es une Elue au service de l'Ellcrys, enchaîna le Druide en attirant sur lui le regard de la jeune fille. La dernière des Elus et donc l'ultime espoir du peuple des Elfes. Tu détiens une responsabilité énorme, terrible, Amberle, mais c'est la tienne. Si tu échoues, Démons et Elfes se battront jusqu'au dernier. L'Ellcrys t'a fait présent de sa semence, tu dois donc la porter au Feu de Sang. La tâche n'est point aisée. Le Feu de Sang se trouve dans une contrée qu'on appelle l'Imprenable, et l'Imprenable fait partie de l'Ancien Monde. Un monde à jamais disparu. Au fil des âges, cet endroit est tombé dans l'oubli. Même l'Ellcrys ne connaît plus le chemin qui y mène. Toutefois, j'ai découvert dans les archives des Druides où se trouve l'Imprenable.

Il marqua une pause.

– Dans la Barbarie.

Personne ne prononça un mot. C'était inutile. Même Wil, qui pourtant n'avait jamais mis le pied auparavant dans le Westland, avait entendu parler de la Barbarie. Enfouie au cœur des forêts qui s'étendaient au sud du pays des Elfes, c'était une étendue sauvage, traîtresse et sinistre, encerclée de montagnes et de marais presque infranchissables. Il s'y trouvait moins de douze hameaux, et tous habités par des voleurs, des coupe-jarrets et des hors-la-loi de tout acabit. Ces brigands eux-mêmes ne s'aventuraient jamais loin de leurs hameaux ni des quelques rares chemins fréquentés qui traversaient cette région, car les bois alentour étaient peuplés de créatures redoutables.

Wil inspira profondément.

— Les récits des Druides se réfèrent en partie à la géographie de l'Ancien Monde, et les repères qui existaient alors ne sont plus. Tu devras t'aider des Pierres des Elfes pour t'orienter, mais n'oublie pas que chaque fois que tu les utiliseras, tu signaleras du même coup ta présence aux Démons.

— C'est bien ce que j'avais pensé.

Wil s'effondra contre son dossier.

— Tu devras faire preuve d'une très grande discrétion et d'une extrême prudence, Wil... Je vais te révéler ce que l'Ellcrys m'a dit et avait dit aux Elus avant leur assassinat : le Feu de Sang se trouve, selon elle, dans une contrée sauvage entourée de montagnes et de marais, qui ne peut être que la Barbarie. Mais voici ce qu'elle m'a appris d'autre. Il y a un épais brouillard qui va et qui vient. Dans cette terre désolée se dresse un pic solitaire. Au pied de ce pic, un labyrinthe de tunnels s'enfonce au cœur de la terre. Quelque part dans ce labyrinthe, se trouve une porte faite d'un verre incassable, et derrière cette porte, le Feu de Sang.

Le Druide pencha la tête d'un air pensif.

— Comme tu peux le constater, la description générale de la Barbarie demeure étonnamment précise, malgré le passage des siècles et les cataclysmes provoqués par les Grandes Guerres qui ont modifié le visage de la terre. Peut-être le Feu de Sang se trouve-t-il, en effet, sous un pic solitaire, au cœur de tunnels. (Il haussa les épaules.) Je te fournirais de plus amples précisions si je le pouvais. Mais tu dois te débrouiller avec ces maigres indications.

Wil parvint à esquisser un pauvre sourire un peu forcé. Il n'osait pas regarder Amberle.

— Et comment atteindrons-nous la Barbarie? demanda-t-il.

Le Druide jeta un regard interrogateur à Eventine mais celui-ci, l'air préoccupé, avait l'esprit ailleurs. Enfin, le silence l'arracha à ses pensées; il regarda Allanon et opina d'un air absent.

– Tout est arrangé, fit le souverain.

Le Druide hésita, puis se tourna vers Amberle.

– Ton grand-père a choisi, pour te guider et te protéger, le capitaine Crispin qui commande la Garde Royale. C'est un soldat valeureux et plein de ressources. Il te servira bien. Il a reçu l'ordre de constituer une escorte composée de six Chasseurs elfiques. Une troupe peu nombreuse attirera moins l'attention et vous permettra d'être plus rapides. Crispin et ses hommes vous accompagneront aussi longtemps que vous aurez besoin d'eux. Crispin connaît la nature de ta mission.

– Allanon, intervint soudain Eventine, l'air soucieux.

Ses yeux bleus pénétrants s'attachèrent à ceux du Druide.

– Il y a une chose que je ne t'ai pas dite à la clôture du Conseil. Mais je crois qu'à présent je dois la révéler.

Le roi se pencha en avant et croisa les bras sur la table. Son visage soudain éclairé directement par la chandelle paraissait avoir encore vieilli.

– Tu sais comment les Elus sont morts... Mais peut-être Amberle et Wil l'ignorent-ils, eux... Ils ont été déchiquetés, mutilés au point d'être méconnaissables.

Remarquant l'horreur qui se peignait sur le visage des deux jeunes gens, le roi posa une main sur l'épaule de sa petite-fille.

– Je ne dis pas cela pour vous effrayer davantage, mais pour la raison suivante. (Il regarda de nouveau le Druide :) Depuis ton départ d'Arbolon, il s'est commis d'autres crimes similaires. En grand nombre. Les meurtriers rôdent dans les environs et massacrent systématiquement tout ce qu'ils rencontrent : homme, bête, jeune ou vieux. Plus de cinquante Elfes ont été tués, tous déchiquetés de la même manière. Trois nuits auparavant, une patrouille entière avait été décimée. Six hommes armés. Et la semaine précédente, une caserne à la frange nord de la cité avait été attaquée. Vingt hommes tués pendant leur sommeil. Cette créature sait ce qu'elle fait. Elle tue systématiquement. Nous avons tenté sans succès de la traquer. Nous ne sommes pas même parvenus à la voir. Mais elle est là, dehors... et elle nous chasse. (Après un silence, le roi reprit :) Elle a été envoyée ici pour détruire les Elus. Elle les a tous tués, sauf une. Il se peut qu'on l'envoie de nouveau.

Amberle était devenue blanche. Allanon se caressait la barbe d'un air pensif.

— Il existait effectivement un Démon de cette sorte dans les temps anciens, observa-t-il. Un Démon qui tuait par besoin instinctif. On l'appelait la Faucheuse.

— Le nom qu'on lui a donné m'est égal, intervint vivement Wil. Ce que je veux savoir, c'est comment l'éviter.

— Le secret, avança Allanon. Si rusé et retors soit-il, ce Démon n'aura pas plus de raisons que ses homologues de soupçonner que vous avez quitté Arbolon. Si la Faucheuse et tous les Démons croient que vous êtes encore ici, ils ne vous chercheront pas ailleurs. Peut-être pourrons-nous les en convaincre.

Le Druide se tourna vers Eventine.

— Dans fort peu de temps, l'Ellcrys ne sera plus capable de maintenir l'Interdit avec une force suffisante pour contenir les autres Démons. Alors, ils se concentreront sur le point le plus faible du mur pour se libérer. Nous ne pouvons attendre que cela se produise. Nous devons trouver l'endroit par où ils tenteront de le traverser et faire tout notre possible pour les en empêcher. Même si nous échouons, nous pourrons toujours dresser un barrage qui ralentira leur progression sur Arbolon, car ils marcheront sur Arbolon pour détruire l'Ellcrys. Ils ne peuvent souffrir son existence. Forte, elle était pour eux un anathème. Faible, elle n'est plus rien. Une fois libérés, ils s'empresseront de venir l'achever. Nous devons tout faire pour les en empêcher afin de permettre à Amberle d'atteindre le Feu de Sang et de revenir.

» Donc... (Il laissa ce "donc" en suspens dans le silence.) Nous tromperons les Démons déjà en liberté en faisant comme si les préparatifs pour la quête du Feu de Sang n'étaient pas encore terminés. Nous ferons comme si vous n'étiez pas encore partis. Les Démons savent que c'est moi qui ai amené Amberle ici. Ils penseront que je repars avec elle. Nous n'avons qu'à attirer leur attention sur ma personne. Lorsqu'ils comprendront que vous n'êtes plus ici, vous serez déjà loin.

— Tout ceci me semble convaincant, observa Wil, mais ne nous dit pas l'heure de notre départ.

Le Druide se renversa contre son dossier.

— Vous partirez à l'aube.

— A l'aube ? s'écria Wil, stupéfait. Demain ?

— Impossible ! rétorqua Amberle en se levant d'un bond. Impossible, Druide. Nous sommes épuisés. Nous avons à peine dormi depuis deux jours. Il nous faut plus que quelques heures de repos avant de nous remettre en route.

Allanon leva les mains.

— Paix, jeune Elfe. Je comprends parfaitement. Mais réfléchis. Jamais les Démons ne penseront que vous repartirez aussi vite. Et Arbolon sera moins surveillé maintenant que dans un ou deux jours. Ils vont penser que tu te reposeras d'abord. Les surprendre est le meilleur moyen d'échapper à leurs griffes.

» Mais ensuite, vous aurez largement le temps de vous reposer, promit Allanon. En deux jours, vous atteindrez l'avant-poste elfique de Drey Wood. Là, vous rattraperez votre retard de sommeil. Mais s'attarder à Arbolon est trop périlleux. Plus vite vous partirez, meilleures seront vos chances.

Wil avait beau se rebeller contre cette décision, il était obligé d'admettre la logique des arguments du Druide. Il jeta un rapide coup d'œil à Amberle. Frustrée et en colère, elle le regarda, puis se tourna vers Allanon.

— Je veux voir ma mère avant de partir.

— Amberle, ce n'est pas là une bonne idée.

— Druide, tu sembles penser, rétorqua-t-elle, dents serrées, que c'est toujours à toi de me dicter ma conduite. Mais non. Je veux voir ma mère.

— Les Démons savent qui tu es. Ils t'attendront chez elle, car ils penseront que tu veux la voir. C'est trop dangereux.

– Le simple fait d'être ici est dangereux. Tu trouveras sûrement un moyen pour que je passe cinq minutes avec elle. (Amberle baissa les yeux.) N'aie pas l'outrecuidance de me proposer de la voir à mon retour.

Un silence désagréable tomba dans la pièce. Le visage sombre d'Allanon devint totalement inexpressif, comme s'il avait craint soudain de révéler une chose qu'il souhaitait garder secrète. Ce changement surprit Wil.

– Comme tu veux, concéda le Druide. (Il se leva.) Maintenant, vous devez aller vous reposer.

Eventine se leva avec lui, puis, se tournant vers sa petite-fille :

– Je suis navré qu'Arion ait parlé si durement au Conseil, s'excusa-t-il. (Le roi parut vouloir ajouter quelque chose, mais il hocha la tête.) Je crois qu'un jour il finira par comprendre, comme moi...

Il se tut, gêné, prit Amberle par les épaules et posa un baiser sur ses deux joues.

– Si je n'étais pas si âgé... balbutia-t-il d'une voix étranglée par l'émotion.

– Tu n'es pas âgé au point de ne pas voir que ta présence est plus nécessaire à Arbolon qu'à mon côté.

Elle sourit et, les yeux noyés de larmes, l'embrassa.

Se sentant de trop, Wil s'approcha de Manx endormi. Le vieux chien-loup l'entendit et ouvrit un œil interrogateur. Wil se pencha pour le caresser, mais le chien poussa un grognement hostile.

Sale bête, songea l'homme du Val à part soi.

Il retourna auprès des autres, et après avoir dit adieu au roi, sortit dans la nuit avec Allanon et la fille des Elfes.

21

Le Druide les conduisit dans une petite maison nichée au milieu d'autres sur un versant boisé, à la pointe nord de la cité, et que rien ne distinguait.

Allanon entra comme s'il était chez lui et, se déplaçant dans le noir, alluma plusieurs lampes à huile dans la salle commune, puis tira soigneusement tous les rideaux. Bien qu'inoccupée, la maison était meublée et avait été récemment habitée. Wil et Amberle s'assirent à une petite table ornée d'un bouquet de fleurs fraîchement coupées et de napperons brodés. Après avoir inspecté les autres pièces, Allanon revint avec du pain, du fromage, des fruits et une cruche d'eau. Ils mangèrent en silence, Wil avec appétit, Amberle du bout des lèvres. Puis Allanon conduisit Amberle dans une petite chambre située au fond de la maisonnette. Après avoir constaté que les persiennes de l'unique fenêtre étaient hermétiquement closes, il désigna le lit de plume où Amberle alla s'allonger sans prononcer un mot. Trop lasse pour se dévêtir, elle se contenta de retirer ses bottes et sombra presque sur-le-champ dans le sommeil. Allanon prit le temps d'étendre une légère couverture sur la jeune fille épuisée, repartit et ferma la porte sans bruit derrière lui.

Seul dans la salle, Wil contemplait, à travers les rideaux, les lumières de la cité qui scintillaient comme des lucioles. A l'arrivée d'Allanon, il jeta des coups d'œil anxieux à la ronde.

— Allanon, nous devons parler.

Le géant ne parut pas le moins du monde surpris.

— Encore des questions, jeune homme ?

— Pas exactement, répondit Wil, mal à l'aise.

— Je vois. Eh bien, pourquoi ne pas nous asseoir ?

Ils s'installèrent l'un en face de l'autre à la petite table où ils avaient précédemment dîné. Wil ne paraissait guère savoir comment commencer. Le Druide attendit, impassible.

— Quelque chose m'est arrivé, lança enfin Wil en évitant les prunelles noires du Druide, lorsque j'ai voulu utiliser les Pierres des Elfes pour tuer ce Démon, dans le Tirfing. Une chose que je ne comprends pas. La seule raison qui me pousse à t'en parler est mon inquiétude croissante au sujet de la sécurité d'Amberle. Etant son protecteur, je ne puis me permettre de ruser avec mon orgueil.

– Mais dis-moi donc ce qui s'est passé !

Wil eut l'air encore plus gêné.

– Je vais te l'expliquer du mieux possible... Face au Démon, une chose en moi a résisté, une sorte de blocage, un mur dressé entre moi et les Pierres. J'ai eu beau essayer de pénétrer en leur cœur, d'appeler leur pouvoir, rien ne s'est produit au début. J'ai cru que j'allais mourir et que tu t'étais trompé quand tu m'estimais capable de les utiliser. Puis, tout à coup, juste avant que le Démon ne m'attaque, ce mur a cédé et le feu jailli des Pierres a détruit ce monstre.

Après un temps de silence, il reprit :

– J'ai beaucoup réfléchi à cela, depuis. J'ai commencé par penser que cette résistance était due à mon inexpérience ou à mon trouble. Mais j'ai changé d'avis. Ce mur était en moi.

Le Druide regarda longuement l'homme du Val en tortillant sa courte barbe noire et enfin prit la parole :

– Tu te rappelles sûrement que je t'ai dit que le pouvoir magique des Pierres des Elfes date de l'ère lointaine où les créatures féeriques régnaient sur la terre. Il existait alors de nombreuses Pierres de diverses couleurs, chacune d'entre elles correspondant à un usage différent. Les bleues, comme celles que tu détiens, sont les Pierres de la Recherche. Elles permettent de trouver ce qui est caché ; par exemple, pour toi, le Feu de Sang. Mais toutes possèdent une caractéristique commune : protéger leur détenteur des autres formes de magie et des créatures nées de la sorcellerie... Ces Pierres vont toujours par trois, chacune représentant un élément de celui qui les détient : une pour le cœur, une pour le corps et une pour l'esprit. Pour donner vie à leur magie, ces trois forces doivent agir comme une. Plus leur détenteur est capable d'unir ces trois forces en lui, plus leur pouvoir s'accroît.

Le Druide étendit les mains à plat sur la table.

– Les Pierres des Elfes ont une autre caractéristique, Wil, et qui est fondamentale pour leur usage. Elles ont été créées par les magiciens elfiques, uniquement pour les Elfes. Elles sont transmises de génération en génération, de famille en famille, de main en main, mais toujours d'Elfe à Elfe. Personne d'autre ne peut les utiliser.

Le visage de Wil exprima une vive incrédulité.

— Es-tu en train d'essayer de m'expliquer que je ne peux les utiliser, n'étant pas moi-même un Elfe ?

— Ce n'est pas aussi simple que cela, répondit le Druide en hochant la tête. Tu es en partie Elfe. Ton grand-père, Shea, né d'une Elfe et d'un Homme, est à moitié Elfe. Toi, tu es encore autre chose. Ni ta mère ni ta grand-mère n'étaient Elfes. Ton héritage elfique vient donc uniquement de ton père et de ton grand-père.

— Mais je ne comprends pas ce que cela change. Pourquoi aurais-je des difficultés à les utiliser si mon grand-père, lui, n'en avait pas ? Il coule au moins un peu de son sang elfique dans mes veines.

— Ce n'est pas ton sang elfique qui te cause des difficultés, s'empressa de répondre le Druide. C'est ton sang d'Homme. Les traits physiques elfiques que tu as hérités de ton grand-père ne sont qu'une infime partie de toi. Tu es beaucoup plus Homme qu'Elfe.

» Vois-tu, lorsque tu essaies d'utiliser les Pierres, seule la petite parcelle qui en toi est elfique est à même de se lier à leur pouvoir. Tout le reste résiste à l'intrusion de la magie elfique et tes trois forces s'en trouvent diminuées. C'est peut-être ce que tu as vécu : un rejet par cette importante partie de ton être qui est Homme.

— Mais mon grand-père ? avança Wil. Il n'a pas connu ce rejet.

— Non... Mais ton grand-père était à moitié Elfe. Et cette moitié-là dominait en lui et le rendait maître des Pierres. Ton lien avec leur pouvoir est plus ténu.

— Allanon, tu savais cela quand tu es venu me chercher à Storlock, dit Wil en le regardant droit dans les yeux. Tu devais le savoir. Pourtant, tu ne m'en as pas parlé. Pas un mot.

Le Druide resta impassible.

— Et qu'aurais-je pu te dire, homme du Val ? Je ne pouvais déterminer l'étendue des difficultés que tu rencontrerais en utilisant les Pierres des Elfes. Tout dépend du caractère de celui qui les détient. Je t'estimais assez fort pour surmonter tes résistances intérieures. Et je le crois encore. Te prévenir aurait semé un grand doute en toi, un doute qui aurait pu entraîner ta mort dans le Tirfing.

Wil se leva, abasourdi.

– Cela pourra se reproduire, n'est-ce pas ? demanda-t-il d'un ton calme. Chaque fois que je voudrai les utiliser ?

Le Druide opina. Wil sonda son visage sombre en silence, les conséquences de ce fait tourbillonnant dans son cerveau comme des feuilles balayées par le vent.

– Chaque fois, répéta Wil. (Les feuilles se figèrent.) Et il se peut qu'un jour ma résistance soit trop grande. Il se peut qu'un jour je fasse appel au pouvoir des Pierres et qu'elles ne m'obéissent pas.

Allanon prit un long moment avant de répondre :

– C'est possible.

L'ébahissement cédant la place à la terreur, Wil se rassit.

– Et comment, sachant cela, oses-tu me charger de la protection d'Amberle ?

Le Druide abattit son poing sur la table comme un marteau.

– Parce qu'il n'y a personne d'autre. (La colère enflamma son visage mais sa voix resta calme.) Je t'ai déjà vivement conseillé de commencer à croire en toi-même. Je le répète. Nous ne sommes pas toujours équipés pour faire face aux embûches que la vie dresse sur notre route. J'aimerais te donner plus pour te défendre, ainsi qu'Amberle. J'aimerais que mon pouvoir fût tel que ton aide ne soit pas indispensable. Je souhaite beaucoup de choses impossibles. Je t'ai amené à Arbolon parce que je savais que, seul, je n'aurais jamais été en mesure de sauver les Elfes. Les Druides sont tous partis. Les pouvoirs magiques détenus dans l'Ancien Monde par les Elfes sont perdus. Il ne reste que toi et moi, les Pierres des Elfes que tu possèdes et la magie que je manie. C'est tout, et il faudra s'en contenter.

Wil soutint le regard d'Allanon.

– Ce n'est pas pour moi que j'ai peur mais pour Amberle. Si j'échoue... Si je ne me montre pas à la hauteur ?

– Pas à la hauteur ? fit le Druide d'un ton sarcastique. Ton grand-père aussi doutait de lui. Il ne comprenait pas que je puisse le croire capable d'anéantir tout seul le Maître Sorcier. Somme toute, il n'était qu'un simple villageois de Shady Vale, un hameau perdu du Southland.

Au cours du long silence qui suivit, ils se défièrent du regard, la flamme de la lampe à huile scintillant sur leurs visages.

– Crois en toi ! Tu as déjà surmonté une fois cette résistance et tu as su invoquer le pouvoir des Pierres des Elfes. Tu sauras le refaire. Et tu le referas. Tu es un fils de la Maison de Shannara. Ce legs de courage et de force transcende le doute et la peur qui te poussent à remettre en question ton sang elfique.

Le Druide se pencha en avant.

– Donne-moi ta main.

L'homme du Val obtempéra ; Allanon la serra très fort entre les siennes.

– Voici ma main et donc ma caution. Voici le vœu que je fais pour toi. Tu réussiras cette quête, Wil Ohmsford. Tu trouveras le Feu de Sang et ramèneras saine et sauve la dernière des Elus, celle qui guérira l'Ellcrys. (D'une voix sourde et impérieuse :) Je le crois, et tu dois, toi aussi, le croire.

Les prunelles noires et dures transpercèrent celles de Wil qui se sentit mis à nu, incapable de se détacher de l'étau de ce regard.

– J'essaierai, murmura-t-il dans un souffle.

Le Druide, assez sage pour en rester là, opina.


Eventine s'attarda, seul, dans son cabinet de travail. Effondré dans son fauteuil favori dont le cuir usé par les ans avait fini par épouser sa forme, il regardait sans les voir les livres, peintures et tapisseries ornant le mur face à lui. Il songeait à ce qui avait été et était encore à venir.

Minuit vint, puis passa. Demain, Amberle partirait.

Désormais, il devrait oublier sa petite-fille pour se consacrer entièrement à son peuple.

Le vieux roi éteignit les lampes, puis longea le corridor obscur, ayant hâte à présent de prendre un peu de repos.

Le Caméléon ne l'avait pas un instant quitté des yeux.

Dans le recoin le plus obscur de la forêt, au sud d'Arbolon, le Dagda Mor se leva de la pierre sur laquelle il s'était installé. Les cruels yeux rouges du Démon exprimaient la jubilation. Cette fois, il n'y aurait plus d'erreur. Cette fois, ils seraient tous détruits. Mais d'abord, il s'occuperait de la fille des Elfes.

Une de ses mains griffues lança un signe, et la Faucheuse s'avança hors de l'ombre.


22


Une aube brumeuse et gris acier se leva sur Arbolon ; des masses nuageuses et noires naviguaient dans le ciel. Au loin, le tonnerre grondait en longs échos sonores qui ébranlaient la forêt. Les premières grosses gouttes de pluie se transformèrent vite en averse.

— On ne vous remarquera pas facilement dans cette tourmente, observa Allanon d'un ton satisfait, en sortant avec Amberle et Wil.

Enveloppés dans de longues capes à capuchon couvrant leurs tuniques de laine et leurs braies, chaussés de hautes bottes, ils suivirent le Druide le long du sentier boisé qui contournait l'extrême frange occidentale de la cité par la lisière du Carolan. Ils avançaient tête baissée pour se protéger du vent glacial qui leur cinglait le visage. Des images fragmentées de fermes, de haies et de jardins surgissaient fugacement, comme un mirage, derrière les rideaux de pluie.

A la sortie de la cité, Allanon, quittant brusque-

ment le sentier, les guida vers une étable solitaire
accrochée au flanc d'une colline, sur leur gauche. Ils
se faufilèrent entre les deux battants légèrement
entrouverts de la porte en bois. La lumière grise du
petit jour filtrait par les fissures des volets fermés et
des murs délabrés. A l'intérieur régnait un air âcre et
vicié. Ils s'arrêtèrent le temps de secouer leurs capes
ruisselantes, puis se dirigèrent vers l'unique porte
ménagée au fond de l'écurie. Presque aussitôt, deux
Chasseurs elfiques, armés jusqu'aux dents, surgirent
sans bruit à leurs côtés, mais Allanon gagna la porte
sans leur prêter attention. Il frappa doucement et
posa la main sur la poignée en fer rouillé tout en
regardant Amberle.

— Cinq minutes. On ne peut disposer de plus.

Il ouvrit la porte, révélant une petite remise.
Crispin attendait là, et avec lui, une Elfe. Celle-ci
baissa son capuchon. Wil découvrit avec surprise que,
bien qu'elle fût plus âgée, son visage ressemblait
à celui d'Amberle. Allanon avait donc tenu sa promesse. Il avait conduit Amberle auprès de sa mère. La
jeune fille se précipita vers elle pour l'embrasser.
Crispin sortit de la remise et referma la porte derrière
lui.

— Vous n'avez pas été suivis, s'enquit Allanon sur
le ton d'une simple constatation.

Le capitaine de la Garde Royale fit non de la tête.
Comme les autres soldats, il arborait une tenue ample
et confortable, gris et marron, aux teintes de la forêt.
Sous la cape jetée sur ses épaules, on apercevait une
paire de longs couteaux fixés au ceinturon. Et sur son
dos, un arc en bois de frêne et un court glaive. Ses
cheveux plaqués par la pluie lui donnaient presque
l'air d'un adolescent, mais ses yeux marron au regard
dur signalaient l'homme aguerri. Il salua Wil d'un
bref signe de tête et alla s'entretenir avec les deux
Chasseurs. A pas de loup, souples et silencieux, l'un
disparut dans la pluie, l'autre dans la soupente.

Wil resta à côté d'Allanon et écouta le martèlement
de la pluie sur le toit. Enfin, le Druide alla de nouveau frapper doucement à la porte. Un instant plus
tard, Amberle et sa mère réapparurent. Elles avaient

toutes deux pleuré. Allanon prit la main de la jeune Elfe et la tint un moment dans la sienne.

– Il est temps de partir, à présent. Crispin te conduira hors d'Arbolon en sécurité. Ta mère restera ici avec moi jusqu'à ce que vous vous soyez éloignés. Aie confiance en toi, Amberle. Sois vaillante.

Amberle opina en silence, puis étreignit sa mère. Pendant ces adieux, Allanon entraîna Wil un peu à l'écart.

– Wil Ohmsford, je te souhaite bonne chance, fit-il d'une voix à peine audible. N'oublie pas que je compte avant tout sur toi.

Sentant une main sur son épaule, Wil se retourna. Crispin.

Amberle et l'homme du Val le suivirent en silence. Une fois parvenu sur le seuil, Crispin poussa un bref sifflement auquel on répondit presque aussitôt. Alors, ils s'engagèrent vite sur le sentier par lequel ils étaient venus et, après quelques mètres, obliquèrent sur un autre qui partait vers le Carolan. Quelques secondes plus tard, telles des ombres, trois Chasseurs elfiques surgirent hors des bois. Wil jeta un regard en arrière vers l'étable, mais déjà elle se perdait dans la brume.

La piste se rétrécit brusquement et les bois se refermèrent sur eux. Se glissant entre les fûts noirs et luisants et les branches ployant sous l'averse, la petite troupe entama la descente de la falaise sur le sentier criblé d'ornières. Loin en contrebas, et à peine visible à travers les écharpes de brume, se déroulait le ruban gris de la Rill Song. A l'est, prairies et forêts alternaient comme un damier, à perte de vue.

Le sentier se terminait par une volée d'une centaine de marches en bois, toutes de guingois, étroites et rendues glissantes par la pluie. Après cette descente périlleuse, ils se retrouvèrent dans une petite anse bordée d'immenses saules pleureurs, et qui débouchait sur le bras principal de la rivière. A l'abri dans cette anse boisée, une barge solitaire, le pont chargé de caisses protégées par des bâches, était amarrée à un embarcadère aux planches de bois vermoulues.

Crispin fit arrêter sa troupe. Les Chasseurs fermant la marche se perdirent dans les arbres comme des fantômes. Le capitaine jeta un regard à la ronde, puis poussa un sifflement aigu. Deux autres furent lancés en réponse, l'un à l'entrée de l'anse, l'autre de la barge. Alors, ils gagnèrent l'appontement, leurs bottes chuintant sur le bois détrempé, et montèrent à bord. Un autre Chasseur apparut sous une bâche et, l'écartant vite, révéla une ouverture entre les piles de caisses. Crispin fit signe à Wil et à Amberle de descendre. Ils obéirent, et la toile retomba sans bruit sur eux.

L'obscurité soudaine les troubla, et ils restèrent figés, hésitant, sentant sous leurs pieds le léger tangage du bateau. Un faible rai de lumière filtrait par-dessous la toile et peu à peu, leur vision s'ajusta. Un espace avait été aménagé au milieu des caisses pour former une petite cabine abritée et sèche. Des vivres et des couvertures étaient proprement empilés contre le mur du fond, et dans un angle, des armes étaient rangées dans leur fourreau de cuir. Ils retirèrent leurs capes trempées, les étendirent pour les faire sécher, puis s'assirent.

Peu après, ils sentirent une secousse. La barge s'était écartée du pont et filait avec le courant. Leur voyage pour la Barbarie avait commencé.

Wil et Amberle passèrent toute la journée et celle du lendemain cachés dans leur petite cabine, Crispin leur ayant formellement interdit de monter sur le pont, ne serait-ce que quelques instants. La pluie continuait de tomber en une fine bruine obstinée ; la terre et le ciel restaient gris. Dans cette semi-pénombre miroitante, le paysage entrevu, lorsqu'ils risquaient un œil à travers les pans de la bâche, prenait les couleurs d'un rêve dont on ne garde qu'un souvenir flou. La rivière, grossie par les pluies, charriant force débris et souches d'arbres, malmenait et secouait la barge.

Le temps s'étirait sans fin et il leur fut impossible de dormir. Ils somnolaient par à-coups, s'éveillant toujours aussi las.

Au fil des heures, ils en vinrent à connaître les noms des Elfes, grâce aux conversations de ces derniers sur le pont ou lors des brèves visites qu'on leur rendait. Ils purent mettre un nom sur certains visages : Dilph, le petit Elfe à la peau très sombre, au regard affectueux et à la poigne d'acier, ou Katsin, le grand et efflanqué qui ne desserrait jamais les lèvres. Kian, Rin, Cormac et Ped ne restèrent que des voix, mais ils finirent par reconnaître le sifflotement joyeux de Ped et les jurons vifs et sonores que lançait l'irritable Kian. Ils virent Crispin plus souvent que les autres, le capitaine leur rendant régulièrement visite pour s'enquérir de leurs besoins et les informer de leur progression. Mais jamais il ne s'attardait avec eux.

Finalement, ils discutèrent pour rendre plus supportable la solitude, le confinement et la monotonie de ce périple. La jeune Elfe, jusque-là renfermée dans sa coquille, se montra empressée de converser avec Wil et, l'assaillant de questions, lui fit raconter sa vie à Shady Vale, puis chez les Stors. D'abord gênés et sur la réserve, ils finirent par se raconter leur enfance, se dévoilèrent leurs idéaux et découvrirent ainsi qu'ils partageaient les mêmes valeurs et le souci de préserver l'entente entre les races, ainsi que la terre qui les nourrissait.

Progressivement, ils se rapprochèrent l'un de l'autre. Toutefois, ils évitaient d'un accord tacite de parler du présent.

Enfermés dans le noir, ballottés par le roulis incessant de la barge, ils auraient pu céder au doute et à la peur. Mais se confier ainsi les réconfortait et leur donnait du courage. Peu importait ce qu'ils allaient affronter dans les jours à venir, ils seraient deux à faire front. Au cours de ces heures interminables, grises et pluvieuses, une étrange chose arriva à Wil Ohmsford. Pour la première fois depuis qu'il avait accepté de quitter Storlock pour suivre le Druide, il découvrit en lui une profonde et intense sollicitude pour la jeune Elfe et ce qui risquait de lui arriver.

Au soir du deuxième jour de traversée, ils parvinrent à Drey Wood. Avec la venue de la nuit, la température chuta brusquement. Un crépuscule morne ensevelissait déjà la forêt. De l'ouest, un nouvel agrégat de nuées menaçantes s'était mis en marche vers eux. Mais pour l'heure, il ne tombait qu'une petite bruine. Drey Wood était une forêt dense couvrant une terre vallonnée s'allongeant vers l'est, de la rive gauche de la Rill Song jusqu'à de hauts contreforts déchiquetés. Ormes, chênes noirs et peupliers à l'écorce marron foncé s'élançaient haut dans le ciel, au-dessus de broussailles et de bois mort formant un lacis inextricable. Une forte odeur de pourriture montait de la terre. A quelques douzaines de mètres de la rive, on ne distinguait plus rien, excepté de profondes et impénétrables ténèbres. Seul le crachotement régulier de la pluie tombant sur les feuilles brisait le silence épais de ces lieux obscurs.

Les Chasseurs engagèrent la barge peu maniable dans une crique où une cale de chargement s'avançait au milieu des flots ; les vagues venant se briser contre ses piliers éclaboussaient les planches en bois. Sur la rive, juste à l'orée des bois, se dressait une cabane délabrée dont la porte et les volets étaient clos. Amenant la barge contre les piliers, les Elfes l'amarrèrent et mirent pied à terre.

Crispin fit enfin sortir Amberle et Wil de leur antre noir. S'étirant avec plaisir, ils le rejoignirent sur l'embarcadère. La Rill Song projeta sur eux de l'écume et ils gagnèrent vite la berge. Etonné de trouver la cahute déserte, le capitaine jeta un regard soucieux à la ronde. L'avant-poste elfique étant juché en hauteur non loin de la rivière, on aurait dû remarquer leur arrivée et venir à leur rencontre, mais peut-être le mauvais temps avait-il empêché les soldats stationnés là de les voir. Toutefois, par mesure de prudence, Crispin décida d'envoyer Rilph, Rin et Kian en éclaireurs.

— Si tout va bien, revenez nous chercher, déclara à voix basse Crispin.

S'étant approché pour entendre leur conciliabule, Wil prit vite une décision.

— Je viens aussi, déclara-t-il.

Crispin fronça les sourcils.

– Je n'en vois pas la raison.

Wil ne céda pas.

– Protéger Amberle relève autant de ma responsabilité que de la vôtre. C'est pour cela qu'Allanon m'a demandé de l'accompagner. L'exercice de cette responsabilité est une question de jugement, capitaine, et, en l'occurrence, j'estime que je dois aussi partir en éclaireur avec Dilph.

Crispin réfléchit, puis acquiesça.

– A condition que tu suives les instructions que te donnera Dilph.

Alors Wil se tourna vers Amberle.

– Est-ce que cela ira ?

Celle-ci opina, puis le regarda en silence partir avec les Chasseurs dans la forêt et disparaître hors de vue.

Les quatre personnages se faufilèrent sans bruit, comme des spectres, à travers le rideau détrempé des bois. Le brouillard s'enroulait autour d'eux en serpentins chargés d'humidité. Des rangées d'arbres noirs et des masses de broussailles et de fourrés défilaient, la forêt épousait chaque repli du terrain accidenté. Au fil des minutes, Wil se sentait de plus en plus inquiet.

Tout à coup, Kian et Rin disparurent de chaque côté, dans les arbres, et Wil se retrouva tout seul avec Dilph. Dans la pénombre, une clairière se profila devant eux. Dilph s'accroupit et d'un geste intima à Wil d'en faire autant. L'Elfe pointa le doigt vers des arbres.

– Là ! murmura-t-il.

L'avant-poste des Elfes était juché dans les branches entrelacées de deux immenses chênes. La pluie et la brume masquaient en partie les cahutes et les passerelles les reliant les unes aux autres. Ni lampes à huile, ni flambeaux ne brûlaient à l'intérieur. Pas un bruit ni un mouvement. On eût dit que l'avant-poste avait été déserté.

Voilà qui était anormal.

Dilph s'avança un peu, sondant la pénombre jusqu'à ce qu'il ait repéré Rin sur sa gauche, puis Kian à sa droite. Tous deux étaient accroupis sous le couvert des bois, de part et d'autre du poste silencieux qu'ils observaient à une trentaine de mètres de distance. Dilph siffla doucement pour attirer leur attention. Alors, d'un geste, il intima à Kian de s'approcher et envoya Rin contrôler le pourtour de la clairière.

Wil observa Kian qui courut jusqu'au pied des chênes, trouva les prises dissimulées dans l'un des énormes troncs et entama l'escalade. Puis Wil suivit Dilph qui, par la droite, contourna la clairière. Ils fouillèrent la forêt du regard en quête du moindre signe des Elfes disparus. Seulement, dans ces semi-ténèbres et à travers l'entrelacs des broussailles, on ne voyait pas grand-chose.

Wil jeta un regard en arrière vers le poste. Kian avait presque atteint la première cahute, située juste en dessous des quartiers d'habitation. Rin était toujours invisible. Il le cherchait encore quand, avançant d'un pas, il trébucha et s'affala de tout son long sur le cadavre disloqué d'un Chasseur elfique. Il se releva en reculant, horrifié, et promena vite son regard alentour. Sur sa gauche gisaient deux autres corps, les membres tordus, les os broyés.

— Dilph ! murmura-t-il d'une voix âpre.

Aussitôt, l'Elfe fut à son côté. Ne s'arrêtant qu'une seconde pour observer cette scène macabre, il gagna la lisière de la clairière et poussa un bref sifflement. Rin surgit de la forêt, l'air étonné. Kian se pencha par-dessus la rambarde entourant la cahute qui servait de poste de commandement. Dilph les appela avec des gestes frénétiques.

Mais presque au même moment, Kian disparut, comme happé à une vitesse surprenante par quelque chose. Wil en fut si interloqué qu'il eut l'impression qu'il s'était tout bonnement évaporé. Puis, Kian poussa un hurlement, bref et étranglé. Et telle une branche arrachée par le vent, son corps tomba inanimé sur le sol, au pied de l'arbre.

— Cours ! hurla Dilph à Wil en déguerpissant lui-même dans la forêt.

L'espace d'une seconde, ce dernier resta pétrifié. Il était presque certain que tous les Elfes de cet avant-poste avaient été tués. Dans son cerveau volant en éclats, il garda une seule idée claire : s'il ne revenait pas à temps auprès d'Amberle, elle aussi allait mourir. Tel un cerf aux abois, il détala dans la forêt, bondissant par-dessus les ronces, zigzaguant autour des fourrés.

Quelque part, loin sur sa droite, il entendait Dilph et Rin qui fuyaient à toutes jambes. D'instinct, il sut qu'on les poursuivait. S'il ne voyait ni n'entendait rien, il sentait que c'était une créature terrible, noire et impitoyable. La pluie coulant dans ses yeux le gênait pour distinguer les souches d'arbres et les buissons épineux qu'il cherchait à éviter. Une fois, il tomba mais se releva aussitôt, courant éperdument pour accroître la distance qui le séparait de la créature silencieuse et invisible lancée à ses trousses. Il avait rarement eu peur dans sa vie, mais cette fois, il était carrément terrorisé.

Le hurlement de Rin déchira le silence. La créature l'avait eu. Wil grinça des dents de rage. Mais peut-être les Elfes restés près de la barge seraient-ils à présent sur leurs gardes ? Peut-être fuiraient-ils avec Amberle pour la sauver... ?

Branches et ronces le griffaient, comme des serres voulant l'arrêter. Il chercha Dilph du regard, mais celui-ci avait disparu. Et seul, il continua de courir désespérément.

Le crépuscule survint rapidement, plongeant Drey Wood dans la nuit. La bruine qui était tombée à une cadence régulière presque toute la journée se mua tout à coup en une lourde averse ; le vent soufflant par violentes bourrasques charriait de nouvelles nuées noires dans les cieux. Attendant sur la rive de la Rill Song, les Chasseurs elfiques et Amberle resserrèrent autour de leurs corps glacés leurs capes détrempées.

Le hurlement retentit alors, bref et perçant dans les bois, presque étouffé toutefois par le rugissement du vent. Tous se figèrent, muets et l'œil fixé sur le mur obscur des arbres. Crispin lança des ordres, renvoyant Amberle dans la barge et appelant Ped et Cormac à son côté. L'arme au poing, les trois Elfes regagnèrent l'appontement tout en scrutant les alentours. Katsin détacha les amarres et se tint prêt à faire partir l'embarcation.

Amberle resta un moment pelotonnée dans la cabine obscure, puis repoussa la bâche et ressortit dans la tourmente. Il lui était impossible de se tenir cachée en ignorant ce qui se passait dehors. Katsin avait entouré les cordes retenant la barge autour d'un pilier, tenant le bout libre dans sa main. Il lui lança un regard dur mais elle l'ignora. A quelques mètres de l'appontement, les autres soldats faisaient face à la forêt, leurs lames luisant d'un éclat sombre dans la pluie.

Brusquement, une silhouette échevelée surgit des arbres, à moins de vingt mètres en aval sur la rive, trébucha, puis tomba tête la première. Lorsqu'elle se releva tant bien que mal, ils reconnurent Dilph.

– Partez ! cria-t-il d'une voix défaite. Partez, vite !

Il s'avança vers eux, trébucha encore et s'écroula de nouveau.

Crispin prit la situation en main. Il renvoya Ped et Cormac sur la barge et se précipita auprès de Dilph. Ralentissant à peine, il le souleva sur son épaule et détala vers l'embarcation.

Yeux plissés, Amberle essayait de percer la brume et la pluie. Où était donc Wil ?

– Détache les cordes ! hurla Crispin.

Katsin obtempéra, puis poussa Amberle à bord. Une seconde plus tard, Crispin les rejoignit avec Dilph, et la lourde embarcation commença à dériver au fil du courant.

Wil jaillit soudain des bois et fonça vers la rive. L'ayant vu, Amberle poussa un cri qui cessa net. Dans l'ombre des arbres, derrière l'homme du Val, une créature immense courait à sa poursuite.

– Regardez ! hurla-t-elle.

Aiguillonné par ce cri, Wil gagna d'un bond l'embarcadère, le parcourut sans ralentir et sauta pour atteindre la barge qui s'éloignait. Sans les Elfes qui l'attrapèrent presque au vol et le tirèrent sain et sauf sur le pont, il serait tombé à l'eau.

Les Elfes engagèrent la barge dans le bras principal de la rivière et leur embarcation prit de la vitesse. Comme Wil s'effondrait, à bout de forces, contre les caisses, Amberle retira prestement sa cape et l'enveloppa dedans. Crispin se pencha vers Dilph allongé près d'eux, mais le mugissement du vent emporta la moitié de ses paroles.

– ... Morts, tous... Cassés comme des brindilles, broyés... comme la patrouille d'Arbolon... les Elus. (Il reprit son souffle dans un hoquet.) Kian aussi... Et Rin... morts... Démon les a tués. Il nous attendait.

Amberle n'entendit pas la suite. Elle gardait les yeux fixés sur Wil. Tous deux comprirent la vérité. Une certitude atroce les saisit.

Le Démon les avait attendus.

Allanon lui avait donné un nom. La Faucheuse.


## 23


A minuit, Crispin lança l'ordre d'amarrer la barge près de la rive. Juste en aval de Drey Wood, la Rill Song décrivait un coude vers l'ouest pour poursuivre sa route sinueuse jusque dans le lac de l'Innisbore. Lorsque, enfin, les Elfes engagèrent l'embarcation dans un bras étroit et très boisé filant droit vers le sud, ils se retrouvèrent à la pointe septentrionale des Barbelés, à des lieues de l'endroit où ils avaient eu l'intention d'abandonner la rivière. L'averse s'était muée en fin crachin. D'épaisses nuées masquaient la lune et les astres, et la nuit était si noire que les Elfes, malgré leurs yeux perçants, ne distinguaient rien à plus d'une douzaine de pas. Le vent était tombé, et une chape de brume pesait sur la terre.

Les Chasseurs elfiques arrêtèrent la barge près d'une plage de sable, la halèrent hors de l'eau et l'amarrèrent solidement. D'un pas vif et léger, ils firent le tour des environs sur plusieurs centaines de mètres, déterminés à ce que rien ne les attaque par surprise. Le capitaine décida qu'il était inutile de tenter d'aller plus loin avant le matin. Il renvoya Amberle et Wil dans la cabine. Enveloppés dans de chaudes couvertures, libérés pour la première fois depuis deux jours du roulis et des brusques embardées de la barge, ils s'endormirent aussitôt. Les Elfes s'installèrent autour de la barge, montant la garde à tour de rôle. Crispin se posta près de l'entrée de la cabine.

A l'aube, la petite troupe se chargea d'autant de provisions et d'armes qu'elle en pouvait porter, puis détacha l'embarcation et laissa le courant l'emporter. Dès qu'elle eut disparu hors de vue, ils partirent droit à travers les Barbelés.

Les Barbelés étaient une basse terre envahie de broussailles et d'épineux, criblée de lacs aux eaux stagnantes, de ronceraies et de gouffres naturels qui coupaient en deux les immenses forêts du Westland des rives de la Rill Song jusqu'à la muraille des Eperons Rocheux. Mais rares étaient les voyageurs assez hardis pour traverser cette étendue rébarbative et sauvage. Ceux qui s'y aventuraient risquaient à tout instant de se perdre dans le chaos inextricable de fourrés et de marais plongés en permanence dans la brume et une lumière crépusculaire. Pis, ils risquaient une rencontre périlleuse avec l'un des multiples habitants des Barbelés, créatures aussi retorses que rusées, traquant sans discrimination n'importe quelle proie. Dans ce monde, on était prédateur ou gibier, et seuls les premiers survivaient.

— Si tout s'était passé comme prévu, nous n'aurions pas traversé cette contrée, expliqua Crispin à Wil. Nous aurions pris des chevaux à l'avant-poste, gagné le Mermidon au sud en longeant la lisière occidentale des Barbelés, puis, de là, chevauché vers l'ouest, à travers les Eperons Rocheux. Mais à présent, il va falloir nous méfier autant de ce qu'il y a derrière nous que devant nous. Le seul avantage de ces basses terres est qu'elles dissimuleront toutes les traces de notre passage.

Wil eut un hochement de tête sceptique.

– Une créature comme la Faucheuse n'abandonnera pas facilement.

– En effet, elle continuera de nous traquer, approuva l'Elfe. Mais elle ne nous surprendra pas une deuxième fois. Elle nous attendait à Drey Wood, parce qu'elle savait que nous passerions par là. (Il jeta un regard en coin à l'homme du Val, mais ce dernier ne dit rien.) Maintenant, il faut qu'elle retrouve notre piste, et pour cela, elle doit commencer par repérer où nous avons abandonné la rivière. Rien que cela lui prendra peut-être quelques jours. Ensuite, il faudra qu'elle nous suive dans les Barbelés. Or, ils vous avalent sans laisser la moindre trace. Sur cette terre spongieuse, les empreintes disparaissent au bout de dix secondes. Et nous sommes aidés par Katsin, qui est né dans cette contrée et l'a déjà traversée. Le Démon, si puissant soit-il, se trouvera, lui, en terre étrangère. Il devra nous traquer en suivant son seul instinct. Cela nous donne un grand avantage.

Wil n'abonda pas en ce sens. Allanon n'avait-il pas cru que les Démons ne le poursuivraient pas lorsqu'il se rendait à Paranor ? Or, ils l'avaient suivi. Et lui-même n'avait-il pas été persuadé que les Démons ne retrouveraient pas leur piste, après que le roi de la Rivière d'Argent les eut transportés sur la rive la plus lointaine du lac Arc-en-Ciel ? Mais de nouveau, ils les avaient retrouvés. Pourquoi cela serait-il différent maintenant ? Ces Démons étaient des créatures d'un autre âge, possédant des pouvoirs d'un autre âge aussi, Allanon l'avait précisé. Et il avait signalé également que celui qui les guidait était un sorcier. Serait-ce si difficile que cela pour eux de traquer une poignée de Chasseurs elfiques, une jeune fille et un simple habitant du Val ?

De toute façon, ils n'avaient pas le choix. Si jamais la Faucheuse les retrouvait dans cette contrée hostile, c'est qu'elle les aurait retrouvés n'importe où. Crispin avait donc pris la bonne décision. Et puis, ces Elfes avaient plus d'une corde à leur arc.

A vrai dire, une autre hypothèse inquiétait énormément Wil. Depuis l'attaque de la Faucheuse à Drey Wood, il n'avait guère pu penser à autre chose. Ce Démon avait su qu'ils passeraient à cet avant-poste, car il avait assassiné pour les cueillir à leur arrivée. L'un des Démons se serait-il faufilé dans le palais à Arbolon? Et si jamais leurs ennemis savaient qu'ils prendraient cette route, que savaient-ils d'autre encore au sujet de leur itinéraire? Tout, peut-être...

Cette idée lui glaçait le sang. Il n'aimait pas l'envisager, mais plus il y réfléchissait, plus elle lui paraissait plausible.

Toute la journée, alors qu'ils s'enfonçaient toujours plus loin dans le lacis marécageux, elle plana à l'arrière-plan de son esprit.

A chaque pas, épineux et ronces les griffaient, le brouillard rendit vite leurs vêtements humides et froids; la vase et l'eau putride transperçaient leurs bottes. Ils progressaient en parlant à peine, toujours sur le qui-vive, sondant en permanence du regard la pluie et les tourbillons de brume, comme la même soupe grisâtre se refermait sur eux. A la tombée de la nuit, ils étaient éreintés. Ils dressèrent leur camp dans un petit affleurement de broussailles qui émergeaient à la faveur d'une légère colline. Il était beaucoup trop risqué de faire un feu, et ils se contentèrent donc d'un repas froid. C'est dans des couvertures humides qu'ils s'endormirent, montant la garde à tour de rôle.

Pendant deux jours encore, la petite troupe se traîna péniblement dans cette contrée désolée, toujours plongée dans la semi-pénombre. Il plut presque tout le temps; une bruine obstinée, entrecoupée de violentes averses, gorgeait la terre déjà détrempée et décourageait les voyageurs grelottant de froid. Bientôt, ils ressemblèrent à de pauvres hères. Une nappe de brume planait au-dessus d'eux et d'épais tourbillons s'enroulaient autour du moindre point de repère dans cette étendue immobile et marécageuse.

En file indienne, ils se taillaient lentement un chemin à coups de glaive dans les fourrés inextricables, évitant les fondrières où clapotait une eau glauque engloutissant tout ce qui passait à sa portée. Ils étaient obligés de contourner des mares où flottait une mousse verdâtre et nauséabonde. Du bois mort jonchait le sol, s'emmêlant aux racines tourmentées et à la vase. La teinte grisâtre de la végétation donnait à toute cette terre une allure maladive et hivernale. Si, par intermittence, ils percevaient de légers bruissements et les frôlements des ombres qui se glissaient comme des spectres dans la pluie et la pénombre, les habitants des Barbelés restèrent invisibles.

Peu avant midi, le troisième jour, ils parvinrent aux abords d'un lac plus important, aux eaux immobiles et fangeuses envahies par des racines et des branches mortes pointant comme des os brisés parmi les feuilles de nénuphar. Un mur de ronces et d'arbustes épineux se dressait le long de la rive, aussi loin que portait le regard. D'épaisses écharpes de brume allaient et venaient à la surface des eaux, et la rive opposée était noyée dans le brouillard.

Il apparut sur-le-champ que contourner ce lac prendrait des heures. Dilph choisit une autre solution. Comme presque toujours au cours de ces journées de marche, Katsin partit en tête. Venaient ensuite Amberle et Wil, suivis et précédés de deux Elfes. Taillant à coups de glaive ronces et broussailles, ils gagnèrent une étroite digue de terre et de racines qui, à partir de la berge, se perdait dans la brume. S'ils avaient de la chance, cette digue les mènerait sur l'autre rive.

Ils avançaient à pas prudents sur ce sol raboteux, le plus à l'écart possible des eaux boueuses qui s'étendaient de part et d'autre. La brume se referma sur eux et la terre disparut dans leur dos. La pluie, poussée par une soudaine rafale, leur cingla le visage. Tout à coup, le brouillard s'éclaircit et ils virent alors que cette digue s'arrêtait, en fait, à moins d'une douzaine de mètres au milieu des eaux. Un peu plus loin s'allongeait un grand monticule de terre, incrusté de rochers et de buissons ras. La rive opposée était toujours invisible. Ils étaient parvenus dans une impasse.

Crispin s'avança pour tenter de distinguer ce qui se trouvait de l'autre côté du monticule, mais Katsin leva brusquement la main en signe d'avertissement. Portant un doigt à ses lèvres, il jeta un rapide regard à ceux qui se trouvaient derrière lui. Puis son doigt suivit la ligne d'une longue crête s'incurvant jusque dans le lac. A son extrémité, de la vapeur jaillissait à petits jets de deux trous dont les rebords déchiquetés émergeaient à peine de la surface des eaux.

Des narines !

D'un geste, Crispin leur intima l'ordre de reculer. Il n'avait pas l'intention de troubler ce qui sommeillait là. Mais trop tard. La créature les avait repérés. Son corps massif émergea soudain du lac en les éclaboussant. Elle souffla avec bruit et deux yeux jaunes s'ouvrirent brusquement sous le tapis des nénuphars et des herbes aquatiques. Des antennes frémissantes se dressèrent sur son corps couvert de boue, et elle tourna vers eux un large et plat museau, mâchoires grandes ouvertes et affamées. Le monstre nagea un instant à la surface du lac, puis s'enfonça de nouveau tranquillement dans l'eau et disparut.

Wil n'entrevit l'animal qu'une fraction de seconde. Tirant Amberle par la main, attentif à ne pas trébucher sur la digue inégale, il courut dans la brume. Mais il se retourna un bref instant pour voir si la créature les suivait. Il heurta alors une racine et tomba, entraînant la jeune Elfe avec lui.

Cette chute leur sauva la vie à tous les deux. Le monstre surgit à nouveau de la brume. Ses immenses mâchoires se refermèrent d'un coup sec, juste devant eux, comme un filet lancé par un pêcheur. Ped et Cormac poussèrent des cris de terreur. Les tenant dans sa gueule, la bête les emporta dans le lac, puis disparut.

Les prunelles agrandies par l'effroi, Wil, paralysé, fixait la brume à l'endroit où le monstre s'était évaporé. Crispin les rattrapa et, jetant Amberle sur ses épaules comme un baluchon, se précipita jusque sur la rive. Katsin empoigna Wil qui n'avait toujours pas retrouvé ses réflexes et suivit Crispin. Dilph fonçait derrière eux, sa courte épée au poing. En quelques secondes, ils retraversèrent le mur de ronces et de broussailles. Loin du rivage, ils s'effondrèrent à bout de souffle sur la terre boueuse, l'oreille aux aguets. Ils ne percevaient aucun bruit de poursuite. Le monstre était reparti. Ils n'étaient plus que cinq à présent.

24

Comme la nuit tombait, une gaze grise s'étira lentement sur le Westland, et le froid du soir s'installa dans les forêts. Les nuages qui masquaient le ciel d'été depuis bientôt une semaine se déchirèrent et de fines traînées bleues miroitèrent autour du couchant. A l'occident, l'horizon s'enflamma, projetant sur les bois inondés par les pluies une lueur parme et orangé.

Les cinq survivants de la petite troupe partie d'Arbolon émergèrent comme des âmes en peine du sinistre linceul de brume qui enveloppait les Barbelés. Hagards, les mains et le visage couverts de meurtrissures et d'égratignures, leurs vêtements sales et en loques pendant en lambeaux sur leurs corps, ils avaient tout l'air de mendiants. Seules leurs armes laissaient à penser qu'ils n'étaient pas des gueux. Ils se traînèrent péniblement au travers d'un dernier fourré, puis d'une dernière ronceraie, et escaladèrent une petite butte criblée de roches erratiques où poussait une maigre broussaille. Enfin, ils s'arrêtèrent sur leurs jambes flageolantes face aux hautes tours jumelles du Pykon.

Devant eux se déroulait un spectacle à la fois grandiose et effrayant. A cheval sur le large lit du Mermidon qui serpentait vers l'orient à travers les prairies de Callahorn, le Pykon constituait la porte naturelle de la longue chaîne montagneuse que les Elfes avaient nommée les Eperons Rocheux. Hautains et solitaires, les deux piliers s'élançaient dans les nues, comme deux gigantesques sentinelles gardant la terre qui s'étendait en contrebas. Crevasses et fissures profondes en sillonnaient la surface en un inextricable réseau, évoquant le visage couturé d'un vieux guerrier. Une forêt de pins poussait au pied de la face nord du Pykon, de plus en plus clairsemée au fur et à mesure que la pente devenait abrupte. Elle finissait par n'être plus qu'une broussaille maigrelette parsemée de fleurs sauvages qui émaillaient la roche noire de leurs vives couleurs. Plus haut encore, étincelaient des plaques de neige et de glace d'une blancheur éblouissante.

Le capitaine des Elfes fit rapidement le point. Leur errance à travers les Barbelés les avait fait dériver trop à l'est. Il paraissait a priori logique qu'ils contournent le Pykon, puis remontent le Mermidon jusqu'à l'endroit où il croisait les Eperons Rocheux. Mais cela représentait encore au moins deux jours de marche, et surtout, ils risquaient de laisser des traces facilement repérables. Le capitaine avança une meilleure idée. Nichée au cœur du Pykon, il existait une forteresse elfique abandonnée depuis la Deuxième Guerre des Races. Crispin y avait été des années auparavant et s'il parvenait à la retrouver, il connaissait un souterrain menant de cette place forte à travers la montagne jusqu'au Mermidon, là où il coulait entre les deux piliers. A cet endroit, il y avait un embarcadère ; peut-être trouveraient-ils une barque. Sinon, il y aurait toujours assez de bois pour en construire une. Le Mermidon filait ensuite vers l'est sur plusieurs milles, puis redécrivait une boucle sur lui-même là où les Eperons bordaient le marais impénétrable du Pas-du-Glas. Naviguer serait plus rapide et présenterait le considérable avantage de ne laisser aucune trace.

Ce dernier argument remporta l'adhésion de tous. Et sans perdre davantage de temps, ils entamèrent l'ascension du Pykon. Lorsque le soleil plongea derrière la cime des arbres et que la nuit tomba, ils avaient déjà traversé la forêt de pins couvrant la base du pilier le plus proche. Un croissant de lune se mit à briller à l'est et les myriades d'étoiles qui clignotaient dans le firmament de nouveau indigo leur éclairèrent le chemin. C'était une nuit paisible, et une douce brise leur apportait les agréables senteurs de la forêt. Ils trouvèrent une large sente bien tracée qui serpentait régulièrement vers les hauteurs à travers de gros blocs de rocher et le long de ravins pierreux. Derrière eux, la forêt commença à reculer et peu à peu se dégagea le passage noir des Barbelés s'étendant au nord vers le mince ruban de la Rill Song.

Il était presque minuit lorsque la forteresse apparut enfin, accrochée au flanc d'une profonde ravine. Chemins de ronde tortueux, remparts et tours se découpaient en masses sombres contre la roche éclairée par la lune. Un long escalier zigzaguait le long du versant jusqu'à une trouée noire dans le mur d'enceinte. Les massives portes en bois cerclées de fer, à présent vermoulues et délabrées, et aux gonds rouillés, étaient grandes ouvertes. Au sommet des énormes murs en pierre, saillaient des échauguettes, telles des bêtes de proie prêtes à bondir, leurs étroites meurtrières noires et vides. Les parapets étaient hérissés de piques de fer. Entre les tourelles aux toits pointus, des chaînes qui, jadis, avaient porté les bannières des rois des Elfes claquaient dans un bruit métallique contre des mâts en fer. Quelque part au-dessus de la forteresse, au fond d'un escarpement, un oiseau de nuit lançait son cri perçant. Montant encore dans les aigus, ce cri finit par se confondre avec le sifflement lugubre du vent en une note continue et stridente qui, ensuite, se perdit en longs échos.

Les cinq membres de la petite troupe escaladèrent l'escalier creusé dans la roche et franchirent prudemment les portes. Un étroit passage couvert conduisait à un deuxième mur. Mauvaises herbes et broussailles avaient percé entre les blocs de pierre. Le bruit mat de leurs bottes troubla le silence irréel qui régnait dans ces lieux abandonnés. Des chauves-souris s'enfuirent des fissures des murs dans un battement d'ailes affolé. De petits rongeurs détalèrent en un éclair. Les toiles d'araignées qui pendaient comme des draps de lin tombant en poussière s'accrochèrent en longues banderoles à leurs vêtements.

Cette gorge débouchait sur une immense cour jonchée de débris et résonnant des gémissements du vent. De part et d'autre d'un rempart ceinturant cette cour, un escalier menait à une galerie faisant face au donjon de la forteresse dont les murs cyclopéens adossés contre la falaise s'élançaient à l'assaut du ciel. Depuis les meurtrières percées à chaque étage du donjon, on dominait les ténèbres impénétrables des Barbelés. Au centre de la galerie, une niche profonde abritait une seule porte en bois. A son pied, une deuxième porte donnait directement de cette cour dans la tour maîtresse.

Wil jetait des regards anxieux à ces murs et aux remparts impressionnants qui se profilaient au-dessus de lui, noirs et sinistres, et dont la pierre était effritée par le passage des siècles. Le vent hurlait à ses oreilles et charriait de la poussière qui l'aveuglait. Il n'aimait pas du tout cet endroit. Un véritable refuge pour fantômes où tout vivant était un intrus. Il regarda Amberle et lut sur son visage la même angoisse que la sienne.

Dilph, que Crispin avait envoyé explorer la galerie, ressortit de la niche. Malgré les hurlements du vent qui couvraient ses paroles, ils comprirent qu'il avait pu ouvrir la porte.

Après avoir ramassé plusieurs morceaux de bois afin de faire des torches, il conduisit sa troupe en haut de l'escalier, puis dans l'encoignure de la niche. La porte était en effet ouverte. Le capitaine s'avança à l'intérieur et utilisa son silex pour enflammer l'un des morceaux de bois, puis un deuxième qu'il tendit à Dilph, et d'un geste, leur intima l'ordre d'entrer, refermant la porte contre le vent.

Ils se retrouvèrent dans un hall d'où partaient plusieurs corridors obscurs. Un escalier percé dans le mur du fond se perdait dans les ténèbres. Une épaisse poussière frémissait dans l'air, et la paroi de la tour dégageait une forte odeur de moisi et d'humidité. Brandissant sa torche, Crispin traversa le hall, éprouva ensuite la solidité du lourd loquet en fer qui fermait la porte de l'intérieur, puis annonça qu'ils allaient se reposer ici jusqu'à l'aube. Katsin et Dilph monteraient la garde dans la cour, tandis qu'Amberle et Wil dormiraient dans le hall. Quant à lui, il irait à la recherche du souterrain qui menait à travers la montagne jusqu'au Mermidon.

Dilph tendit sa torche à Wil, puis ressortit dans la nuit avec Katsin. Crispin reverrouilla la porte derrière eux et après avoir vivement conseillé à Wil et à Amberle de ne pas toucher au loquet, il disparut dans l'un des corridors. Ils le suivirent du regard jusqu'à ce que la lumière de sa torche fût engloutie par les ténèbres. Alors, Wil fixa la sienne au mur et s'installa le dos contre la porte. Amberle vint s'allonger à côté de lui, enroulée dans une couverture. Le vent qui sifflait dans les jours de la porte comme une plainte d'outre-tombe résonnait en échos lugubres dans les corridors semblables à des boyaux. Ils mirent longtemps à trouver le sommeil.

Wil eût été incapable de dire avec certitude s'il dormait ou non. Ballotté entre l'état de veille et le sommeil, il se reposa vaguement, oscillant entre la somnolence et l'inconscience. Presque aussitôt, il se mit à rêver, se débattant dans ce semi-sommeil effiloché et opaque comme un brouillard. Il errait, perdu, dans une forêt de visions insolites. Pourtant, il sentait qu'il s'était déjà trouvé dans ces lieux. Il connaissait cette obscurité, cette brume qui flottait sur ce défilé incessant de paysages chaotiques. Il avait déjà fait ce rêve... Mais était-ce un rêve ?

Puis il sentit la présence d'une terrible créature qui rampait non loin dans les ténèbres, et soudain, il se souvint. Havenstead... Il avait déjà fait ce rêve à Havenstead. La créature avait retrouvé sa piste. Il tentait de fuir, mais en vain, car il n'y avait pas d'issue, hormis le réveil. Mais à présent, pourrait-il seulement se réveiller ? Une panique folle le saisit. Elle était là... une bête, un monstre. Mais impossible de courir, impossible de fuir. Aucune issue n'existait dans ces ténèbres et ce brouillard.

Quand le monstre bondit sur lui, il entendit son propre hurlement.

Il s'éveilla à l'instant même. Dans la poche de sa tunique, les Pierres des Elfes brûlaient comme du feu contre sa poitrine. Ecartant brusquement sa couverture, il se redressa et essaya de voir à la faible lumière de sa torche qui fumait et dont les murs en pierre reflétaient le rougeoiement. Wil toucha d'une main hésitante le renflement des trois Pierres. Amberle était assise à son côté, les yeux pleins de sommeil, le visage pâle et effrayé. Etait-ce son cri à lui qui les avait réveillés ? Pourtant, la jeune Elfe ne le regardait pas. Elle fixait la porte.

— Là derrière, murmura-t-elle.

Wil se leva d'un bond, entraînant Amberle avec lui. Il plaqua l'oreille contre le battant mais n'entendit rien.

— C'était peut-être le vent, parvint-il à dire d'une voix faible et mal assurée... Il vaut mieux que j'aille jeter un coup d'œil dehors. Referme la porte derrière moi. N'ouvre que si tu reconnais ma voix.

Wil repoussa le lourd loquet et se faufila dans la nuit noire. Le vent poussa un sifflement aigu dans l'entrebâillement. Amberle remit le loquet en place et attendit.

Pendant quelques instants, Wil resta accroupi dans l'ombre de la niche, sondant du regard les alentours. La lune éclairait la galerie sur toute sa longueur, ainsi que les créneaux. Prudemment, il s'avança jusqu'au parapet et se pencha pour regarder la cour en contrebas. Elle était déserte. Aucune trace de Katsin et de Dilph. Que faire maintenant ? Il gagna l'escalier. Parvenu à sa hauteur, il s'arrêta de nouveau pour scruter la cour. Toujours rien. Il entreprit de descendre.

Des touffes d'herbe sèche et des boules de poussière tournaient au gré du vent dans la cour encombrée de débris qui s'entrechoquaient bruyamment à chaque nouvelle rafale. Il était parvenu au pied des degrés quand il aperçut enfin Katsin. Ou plutôt ce qu'il en restait. Son corps tordu gisait contre le mur, juste en dessous de la galerie. A quelques mètres, Dilph gisait sous le lourd portail du donjon qui avait été fracassé.

Un froid glacial envahit Wil. La Faucheuse ! Elle les avait retrouvés. Elle était dans la forteresse. Sans perdre une seconde, il remonta jusqu'à la galerie en priant pour qu'il ne fût pas trop tard.

Seule dans le hall, Amberle crut entendre, dans la cage d'escalier, un bruit qui montait des profondeurs de ce dédale. Inquiète, elle promena son regard autour d'elle, l'oreille tendue. Un martèlement contre la porte la fit sursauter de frayeur et pousser un cri.

— Amberle ! ouvre ! vite !

C'était la voix de Wil, bien qu'à peine identifiable à cause du vent. Elle tira en toute hâte le loquet. Wil se rua dans le hall et claqua la porte derrière lui. Il était blanc de terreur.

— Ils sont morts... tous les deux ! hoqueta-t-il en s'efforçant de ne pas hausser la voix. La Faucheuse les a tués. Elle est ici.

Amberle voulut parler mais il plaqua la main sur sa bouche. Un bruit... Il avait entendu un bruit... Là-bas, dans l'escalier. La Faucheuse allait les trouver, les tuer. L'homme du Val était submergé par la panique. Comment était-ce possible ? Comment avait-elle fait pour remonter si vite leur piste ? Que faire, que faire ?

Tenant sa torche devant lui à la manière d'un bouclier, il s'écarta de la porte, s'éloigna de l'escalier. Amberle, comme soudée à lui, reculait machinalement du même pas en titubant. Il fallait fuir. Wil jeta un regard aux corridors qui partaient en étoile. Lequel Crispin avait-il donc emprunté ? Il choisit, tremblant d'incertitude, celui dans lequel il lui semblait se souvenir que le capitaine des Elfes s'était engagé. Il s'y jeta et courut dans les ténèbres, entraînant Amberle, toujours pressée contre lui.

Trois embranchements s'ouvrirent devant eux. De nouveau, Wil céda à la panique. Lequel prendre ? Il baissa sa torche vers le sol. Les empreintes d'une seule paire de bottes avaient laissé une trace nette dans la poussière. Mais la Faucheuse aussi allait remarquer ces empreintes et les leurs. Faisant taire ses craintes, il se rua en avant.

L'homme du Val et la fille des Elfes continuèrent à fuir le long des corridors de l'immense forteresse. Ils traversèrent maints vestibules envahis de toiles d'araignées et de moisissures, des salles remplies de tapisseries tombant en poussière et de meubles délabrés. Ils parcoururent des galeries et des remparts surplombant des abîmes plongés dans une nuit de poix. Un silence absolu régnait au cœur de l'antique forteresse. On n'entendait même plus le vent. Le martèlement de leurs bottes troublait seul ces lieux figés. Deux fois, ils se perdirent, manquant un tournant dans leur hâte. Plusieurs fois, ils durent rebrousser chemin, suivant la trace de Crispin et ses retours en arrière. Et à chaque fois, ils perdaient ainsi de précieuses secondes. Et toujours, les harcela le sentiment que la Faucheuse risquait de surgir d'un instant à l'autre des ténèbres qui se refermaient derrière eux.

Soudain, le scintillement d'une torche creva l'obscurité. Ils repartirent dans cette direction. Bientôt, ils aperçurent la silhouette de Crispin dans l'ombre. Un immense soulagement les envahit. Le capitaine se précipita vers eux, la lame de son glaive luisant d'un sombre éclat dans la flamme de sa torche.

– Que s'est-il passé ? s'enquit-il, ayant aussitôt remarqué la peur qui brillait dans les yeux des deux jeunes gens.

Wil le lui expliqua en deux mots ; le visage de Crispin devint gris comme cendre.

– Dilph et Katsin, également ! Que faut-il donc pour arrêter cette créature ? (Baissant les yeux sur le glaive qu'il tenait à la main, il hésita, puis d'un geste, les invita à le suivre.) Par ici... Nous aurons peut-être une chance.

Prenant leurs jambes à leur cou, tous trois s'engagèrent dans le corridor par lequel était arrivé Crispin, puis dans un autre sur la gauche ; ils traversèrent une imposante pièce ayant servi de salle d'armes, déboulèrent d'une volée de marches dans une rotonde vide et, enfin, s'engagèrent dans un autre tunnel. Une massive porte en acier, plaquée à même la paroi rocheuse, bloquait cet ultime passage. De nombreuses barres la traversaient de part en part. Crispin les souleva et poussa le battant. Le vent s'engouffrant par l'ouverture les cingla avec une violence telle qu'il les fit reculer. Leur faisant signe de le suivre, Crispin abandonna sa torche et, tête baissée, s'avança résolument dans les ténèbres qui s'étendaient au-delà.

Ils se retrouvèrent face à un précipice vertigineux qui tranchait la montagne de haut en bas. Une étroite et mince passerelle reliait le petit renfoncement sur lequel ils se tenaient à une tour solitaire accrochée à la falaise opposée. Le vent hurlait au-dessus de ce gouffre, s'acharnant avec rage sur la passerelle ballottée avec violence. Un mince rayon de lune traversait l'obscurité totale du gouffre et marquait d'une tache argentée un segment de la passerelle, presque à l'autre bout.

Crispin fit approcher Amberle et Wil.

— Nous devons traverser ! hurla-t-il pour dominer le rugissement du vent. Accrochez-vous à la rampe, et surtout, ne regardez pas en bas.

— Je ne suis pas certaine de pouvoir le faire ! cria la jeune Elfe en jetant des regards anxieux à la passerelle.

Wil sentit sa petite main se cramponner à son bras.

— Il le faut ! rétorqua Crispin d'un ton sans réplique. C'est la seule issue.

Le vent mugit encore. Amberle lança un rapide regard à la porte derrière elle, puis regarda de nouveau le capitaine. Sans prononcer un mot, elle acquiesça.

— Restez serrés l'un derrière l'autre ! conseilla Crispin.

Ils s'engagèrent alors sur ce frêle pont, le capitaine en tête, Amberle ensuite et Wil fermant la marche. La tête enfoncée dans leurs épaules, s'agrippant de chaque côté à la rambarde, ils avançaient à pas très lents. Le vent les cinglait par féroces bourrasques, soulevant leurs vêtements et secouant la passerelle. Comme ils s'éloignaient de l'abri relatif de la falaise, l'air glacial tombant de la cime de la montagne les assaillit. Très vite, leurs doigts s'engourdirent et le fer de la rambarde brûla leurs mains comme de la glace. Pas à pas, ils gagnèrent le mince faisceau de lune éclairant l'extrémité, terrorisés à l'idée que d'un instant à l'autre le vent décroche la passerelle. Ils atteignirent enfin la plate-forme qui donnait accès à la tour isolée. Les parois de cet édifice étaient munies de meurtrières, et une sorte de mousse gelée recouvrait la pierre. Une seule porte, à présent fermée, permettait d'entrer dans ce donjon.

Le capitaine plaça Amberle à côté de la porte, puis plongea une main dans une boîte en bois fixée au mur et en sortit deux lourds maillets. Il en tendit un à Wil et désigna la passerelle.

– Six chevilles la maintiennent, trois de chaque côté. Arrache-les et elle s'effondrera. Elle a été bâtie de cette façon afin de couper la route aux ennemis en cas d'agression. Occupe-toi des trois de droite.

Wil s'avança sur le bord de la plate-forme. Les chevilles, emboîtées horizontalement dans des anneaux de chaque côté de la passerelle, la maintenaient à la roche.

Tenant fermement le maillet, Wil commença à marteler la première. La rouille et la poussière la coinçaient, et elle se délogea avec une lenteur exaspérante. Enfin, elle tomba sans bruit dans le précipice. Les mains engourdies par le froid, il s'attaqua à la deuxième qui, elle aussi, tomba.

Quelque chose de lourd ébranla la passerelle. Wil et Crispin relevèrent la tête. A l'autre bout, quelque chose se déplaçait dans l'ombre.

– Vite ! hurla Crispin.

Wil cogna avec frénésie sur la tête ronde de la dernière cheville, cherchant coûte que coûte à l'arracher. Il frappait à deux mains, et enfin elle glissa vaguement.

Sur le pont, juste au-delà de la bande de lumière projetée par la lune, une ombre plus noire que la nuit apparut. Crispin se leva d'un bond. Il avait retiré deux chevilles et la troisième à moitié.

Trop tard. La Faucheuse s'avança dans la lumière, immense et sans visage. Crispin banda son arc et tira flèche sur flèche à une telle vitesse que Wil ne pouvait suivre les mouvements de l'archer. Tous les traits furent repoussés sans le moindre effort. Wil sentit son estomac se retourner. Il cogna de nouveau désespérément sur la cheville, la déplaçant de quelques millimètres, puis, tout à coup, elle refusa définitivement de bouger.

Ce ne fut qu'à ce moment-là qu'il se souvint des Pierres des Elfes. Mais oui, pardi, les Pierres ! Il devait les utiliser tout de suite. Une détermination farouche l'anima. Il se releva, sortit la bourse en cuir. Une seconde plus tard, il serrait les trois Pierres dans son poing, si fort qu'elles l'entaillèrent. La Faucheuse, ramassée comme une bête à l'attaque, avançait toujours. Elle était à moins de trois mètres, à présent. Wil leva le poing, et faisant appel à toute sa volonté, invoqua le feu qui détruirait ce monstre.

Les Pierres s'enflammèrent brusquement. Le feu bleu jaillit, mais au même moment, quelque chose se bloqua en Wil, et à la seconde suivante, le feu s'éteignait.

Une terreur folle envahit Wil. Il appela désespérément le pouvoir des Pierres. Rien ne se produisit. Amberle se précipita à son côté, mais ses paroles furent emportées par le sifflement rageur du vent. Effondré, il recula en chancelant. Il avait lamentablement échoué ! Ces Pierres ne réagissaient plus à ses ordres.

Alors Crispin s'avança sur le pont. Sans la moindre hésitation, il jeta son arc, saisit son glaive et défia le Démon. Celui-ci parut vaciller très légèrement. Il ne s'était pas attendu à une confrontation directe. Une bourrasque fit tanguer la passerelle ; les supports métalliques poussèrent des grincements de protestation, comme toute la structure oscillait dangereusement.

– La cheville ! cria Crispin à pleine voix.

Wil reglissa vite les Pierres sous sa tunique, reprit le maillet et cogna de nouveau comme un fou. C'était peine perdue. La cheville restait bloquée. Amberle se rua de l'autre côté de la passerelle et saisissant le maillet abandonné par Crispin, elle aussi cogna de toutes ses forces.

Sur l'étroit pont, Crispin affrontait la Faucheuse. L'esquivant et l'attaquant à coups de glaive, le capitaine de la Garde Royale cherchait à lui faire perdre l'équilibre, espérant ainsi la faire basculer dans l'abîme. Mais elle restait accroupie, immobile, écartant le glaive de son bras puissant, attendant patiemment sa chance. Crispin avait beau être une fine lame, il n'arrivait pas à pénétrer la défense de cette maudite créature. La Faucheuse avançait inexorablement et l'Elfe fut contraint de céder du terrain.

Rage et dépit submergèrent Wil. Saisissant son maillet à deux mains, puisant dans ses dernières forces, il s'acharna sur la cheville rouillée, et celle-ci vola enfin dans le précipice. Mais lorsqu'elle se détacha, le pont vacilla et Crispin perdit l'équilibre. Comme il trébuchait, la Faucheuse bondit sur lui et planta ses serres dans sa tunique. Horrifiés, Amberle et Wil virent le Démon soulever l'Elfe du sol. Celui-ci parvint quand même à enfoncer son glaive dans la gorge du monstre, mais la pointe se brisa. Indifférente à ce coup, la Faucheuse souleva Crispin au-dessus de sa tête et le balança dans le vide. L'Elfe tomba sans bruit et disparut.

La Faucheuse se remit aussitôt en marche.

Une autre rafale de vent secoua avec violence la passerelle déjà affaiblie, arrachant la dernière cheville. Le pont se détacha de la roche et disparut à son tour dans le précipice, entraînant la Faucheuse. Dans un grincement d'acier, l'extrémité détachée alla rebondir sur l'autre versant du gouffre au milieu d'une pluie de morceaux de métal tordus. Toutefois, l'autre extrémité ne se détacha pas entièrement. La passerelle continua à osciller au-dessus du précipice au gré des rafales de vent, suspendue précairement dans le vide. La Faucheuse était invisible.

Une plainte s'éleva au-dessus du vent : Amberle appelait Wil d'une voix effrayée. Gelé jusqu'aux os, battu par les bourrasques, à moitié assourdi par ce rugissement incessant, il ne saisit pas ce qu'elle disait. Mais quelle importance ? Crispin et tous les

Chasseurs avaient été tués. Le pouvoir des Pierres était perdu. Amberle et lui se retrouvaient seuls.

L'implorant de partir, Amberle pleurait sur son épaule. Se ressaisissant, Wil l'attira contre lui. Un instant, il crut entendre la voix du Druide lui expliquant que c'était sur lui qu'il comptait le plus. L'œil rivé sur les ténèbres absolues qui s'ouvraient à leurs pieds, il resta un long moment sans bouger. Enfin, il tourna les talons. Amberle toujours pelotonnée contre son flanc, il s'engagea dans le donjon.

25

Il leur fallut toute la nuit pour se retrouver à l'air libre. Ils s'éclairèrent à l'aide du flambeau que Crispin avait accroché à l'entrée de la tour. Ils suivirent d'interminables corridors qui succédaient à d'interminables escaliers s'enfonçant sans fin dans les entrailles de la montagne. Epuisés par les multiples péripéties des jours précédents, ils titubaient, presque inconscients, le long des tunnels, les yeux perdus dans le noir qui s'allongeait devant eux, se tenant fort par la main pour se rassurer. Ils ne prononcèrent pas un seul mot, ils n'avaient plus rien à se dire. Hébétés par la terreur et le choc, ils n'étaient plus tenaillés que par un unique désir : sortir de la montagne.

Leur flambeau se réduisait à un petit bout de braise lorsque enfin leur errance cessa. Ils furent arrêtés par un portail de fer massif, équipé de deux verrous et de barres de traverse. Wil allait tirer les verrous, lorsque Amberle saisit son bras et lui dit d'une voix rendue rauque par l'épuisement :

— Wil ! Et si là, derrière, des Démons nous attendaient ? Si la Faucheuse n'était pas seule ?

L'homme du Val la dévisagea en silence. Il n'y avait pas pensé, refoulant cette idée. Soudain, tous les périls affrontés depuis Drey Wood redéfilèrent à toute allure dans son esprit, ainsi que le meurtre de leur escorte entière. A chaque fois, les Démons les avaient retrouvés. Il y avait là comme une fatalité. Même si la Faucheuse avait été éliminée, il existait une foule d'autres Démons. Un espion à Arbolon avait dû tout entendre ; à présent, il en était certain.

– Wil ?

Sa figure anxieuse levée vers lui, Amberle attendait une réponse. Il prit sa décision :

– Il faut tenter le coup. Nous n'avons pas d'autres endroits où aller.

Doucement, il détacha la main agrippée à son bras et écarta la fille des Elfes. Puis, lentement, il tira les verrous, souleva la barre et fit tourner le portail sur ses gonds. Le jour naissant pénétra par l'ouverture. Au-delà, les eaux troubles du Mermidon clapotaient légèrement le long des parois d'une caverne profonde qui abritait l'embarcadère secret des Elfes. Rien ne bougeait. Wil et Amberle échangèrent un rapide regard, puis, sans un mot, Wil jeta les restes du flambeau sur le sol du tunnel.

Les embarcations amarrées au quai étaient pourries et inutilisables. Ils suivirent un étroit passage contournant la caverne qui les mena jusqu'au bord de la rivière, sous les bois. Ils se trouvaient au pied du Pykon. Il n'y avait pas âme qui vive. Ils étaient seuls.

L'aube avait recouvert la végétation d'un blanc manteau de givre. La brume émergeait du Pykon dont les deux hauts pics projetaient une ombre sur le paysage.

Hésitant, Wil observa les alentours. Les bateaux des Elfes étaient délabrés. Ils ne pourraient rien en tirer. En revanche, un frêle esquif, halé sur la grève à une dizaine de mètres et caché par des broussailles, attira son attention. Prenant Amberle par la main, il longea le rivage à la végétation touffue jusqu'à ce canot. En bon état, il avait été laissé là par quelque pêcheur venant à cet endroit de temps à autre pour profiter des eaux certainement poissonneuses aux abords de la caverne. Wil défit les amarres, fit monter Amberle dans le canot qu'il poussa dans le courant. Ils avaient davantage besoin de la barque que son propriétaire.

Le courant de la rivière les entraîna vers l'est, tandis que le jour se levait et que l'air se réchauffait peu à peu. Emmitouflée dans sa cape, Amberle s'endormit aussitôt. Wil aurait volontiers dormi, lui aussi, mais l'énorme fatigue qu'il avait accumulée le tenait éveillé, son esprit envahi en permanence par les souvenirs des derniers jours. Avisant un aviron, il se dirigea vers l'arrière et le cala dans les tolets à fourche de manière à pouvoir manœuvrer dans le courant. L'esprit vide, il guida l'embarcation, tandis que le soleil s'élevait derrière les montagnes. Le givre qui recouvrait la forêt fondait goutte à goutte. Il perdit bientôt de vue les piliers du Pykon. Le ciel se découvrait de nouveau, et l'azur remplaçait les nuages sombres. Seuls, de légers filets blancs voguaient dans le soleil du matin.

Plus loin, le Mermidon s'incurvait en un lent mouvement, s'enroulant sur lui-même pour repartir dans la direction opposée, vers l'ouest, où se dressaient les arêtes sombres des Eperons Rocheux. Il faisait chaud, et l'humidité qui avait imprégné leurs vêtements et leurs corps sécha enfin. Des nuées d'oiseaux multicolores survolaient le lit du Mermidon. Les fleurs sauvages embaumaient l'air.

Amberle se réveilla en s'étirant. Elle posa un regard encore endormi sur Wil.

— As-tu dormi, toi ? demanda-t-elle d'une voix alanguie.

Il secoua la tête.

— Impossible.

— Dans ce cas, dors maintenant, dit-elle en se redressant. Je tiendrai la barre pendant ce temps. Tu dois te reposer.

— Non, ça va. Je ne suis pas fatigué.

— Wil, tu es épuisé, insista-t-elle, l'air soucieux. Il faut à tout prix que tu dormes.

L'œil hagard, il la contempla sans rien dire.

— Tu sais ce qui m'est arrivé là-bas ? demanda-t-il enfin.

Elle fit lentement non de la tête.

— Et toi non plus, je crois.

— Si, justement, je le sais. Je sais exactement ce qui

m'est arrivé. J'ai essayé d'utiliser les Pierres des Elfes et j'ai échoué. Je ne contrôle plus leur pouvoir.

— Tu n'en sais rien. Déjà dans le Tirfing, tu as rencontré quelques difficultés quand tu as voulu les employer. Peut-être, cette fois-ci, as-tu fait trop d'efforts. Peut-être ne t'es-tu pas donné toutes les chances.

— Mais si ! J'ai utilisé toutes mes ressources pour appeler le pouvoir de ces Pierres. Mais il ne s'est rien passé. Rien ! Allanon m'avait prévenu que cela risquait de se produire. A cause de mon sang d'Homme. Pour dominer les Pierres des Elfes, il faut être un Elfe et mon sang de ce côté est apparemment trop pauvre. Un blocage s'est produit en moi. Je l'ai surmonté une fois, mais je n'y parviens plus.

Elle s'approcha de lui et posa doucement la main sur son bras.

— On se débrouillera sans les Pierres, voilà tout.

Il sourit faiblement à cette idée.

— Mais ces Pierres sont notre seule arme. Si les Démons nous attaquent, nous sommes fichus. Nous n'aurons rien pour nous protéger.

— Alors, les Démons ne doivent pas nous attaquer.

— Mais à chaque fois, ils nous ont retrouvés, Amberle, malgré nos précautions. Partout, ils nous ont retrouvés. Et à présent aussi, ils nous retrouveront. Tu le sais.

— Ce que je sais, c'est que c'est toi qui as insisté pour ne pas faire demi-tour, lorsque les Démons nous ont poursuivis près d'Havenstead, répondit-elle. Je sais que tu n'as jamais suggéré d'abandonner ce voyage. Je sais aussi que c'est toi qu'Allanon a choisi pour me protéger. Souhaites-tu m'abandonner maintenant ?

Wil rougit.

— Non... Jamais !

— Moi non plus, je n'abandonnerai pas. Nous avons commencé ce voyage ensemble, et ensemble nous irons jusqu'au bout. Nous allons devoir compter l'un sur l'autre. Nous allons veiller l'un sur l'autre. (Elle se tut, un petit sourire aux lèvres.) Tu te rends compte, bien sûr, que c'est toi qui devrais être en train de me tenir ce langage, et pas moi. Qui n'avait pas la foi ? Qui ne croyait pas les paroles du Druide ? Moi. Toi, tu l'as toujours cru.

– Si les Pierres ne m'avaient pas trahi... commença Wil d'un ton sombre.

Amberle posa un doigt sur ses lèvres pour le faire taire.

– Ne sois pas si sûr que ce soient elles qui t'aient trahi. Réfléchis un instant à ce que tu voulais en faire. Tu as essayé de t'en servir comme d'un moyen de destruction. Est-ce vraiment dans tes attributions, Wil ? Souviens-toi, tu es un Guérisseur. Ta vocation dans la vie est de soigner, et non de détruire. Or, les pouvoirs magiques des Elfes ne servent qu'à amplifier les dons de celui qui les utilise. Peut-être ne devais-tu pas chercher à te servir des Pierres des Elfes comme tu comptais le faire en affrontant la Faucheuse.

L'homme du Val réfléchit profondément. Allanon lui avait expliqué que les trois Pierres agissaient à condition que le cœur, l'esprit et le corps de leur détenteur s'unissent pour leur donner vie. Si l'un des éléments manquait...

– Non. (Il secoua énergiquement la tête.) Ce n'est pas si simple. Mon grand-père croyait autant que moi en la préservation de la vie, et cela ne l'empêcha pas d'utiliser les Pierres pour détruire. Et il le fit sans rencontrer les mêmes difficultés que moi.

– Dans ce cas, il existe encore une autre possibilité, continua-t-elle. Allanon t'a mis en garde contre la résistance provoquée par le mélange des sangs elfe et humain. Comme tu as déjà éprouvé cette résistance, peut-être te persuades-tu inconsciemment que tu as perdu le contrôle des Pierres, même si c'est faux, ce qui expliquerait ton blocage.

Wil la regardait en silence. Avait-elle raison ?

– Je ne sais pas, répondit-il en hochant la tête. Je ne suis sûr de rien. C'est arrivé si vite.

– Alors, écoute-moi. (Amberle se rapprocha encore de Wil, si bien que son visage frôlait presque le sien.) Ne t'empresse pas de transformer en certitude ce qui n'est qu'une supposition. Tu t'es servi des Pierres des Elfes dans le Tirfing, tu as appelé leur pouvoir et elles t'ont obéi. Je ne crois pas que cette faculté puisse se perdre si facilement. Peut-être, après tout, n'était-ce pas le bon endroit dans cette forteresse. Prends ton temps avant de conclure que ce pouvoir t'a échappé.

Il la considéra d'un air surpris.

— Tu as davantage confiance en moi que moi-même ! Cela m'étonne beaucoup. Toi qui me considérais comme inutile lorsque nous fuyions Havenstead. Tu te rappelles ?

Elle recula un peu.

— Je m'étais trompée. J'ai dit alors des choses que je n'aurais pas dû dire. J'avais peur de...

Le temps d'un éclair, elle sembla pouvoir expliquer enfin cette peur insolite, mais comme chaque fois, elle éluda la question. Wil eut la sagesse de ne pas insister.

— En tout cas, tu as raison à propos d'une chose, dit-il d'un ton faussement décontracté. C'est moi qui devrais te tenir ce genre de discours, et pas toi.

Un regret sembla traverser les yeux verts de la jeune Elfe.

— Alors, quand tu verras que j'ai besoin d'être encouragée, n'oublie pas de le faire. Maintenant, veux-tu dormir ?

Il opina.

— Je vais essayer.

Wil se poussa pour laisser la jeune Elfe passer son bras autour du petit gouvernail. Il fit un oreiller de sa cape, s'allongea au fond de l'embarcation et ferma les yeux, enterrant dans le noir ses inquiétudes au sujet des Pierres des Elfes. Crois en toi ! lui avait conseillé Allanon. Croyait-il en lui ? Cela serait-il suffisant ?

Ses pensées se dispersèrent à la dérive. Il dormait.

Wil se réveilla au milieu de l'après-midi. Courbatu, il se mit debout sur le fond dur de la barque et s'avança vers Amberle pour reprendre le gouvernail. Il avait faim et soif, mais ils n'avaient ni à manger ni à boire. Ils avaient tout abandonné lors de leur course éperdue dans les entrailles du Pykon.

Bientôt, le lit de la rivière s'étrécit et les branches

des arbres s'entrelacèrent au-dessus d'eux comme un dais. Les ombres s'allongeaient à la surface de l'eau. A l'occident, le soleil s'abaissait vers la cime des Eperons Rocheux, sa lumière dorée virant au rouge à l'approche du crépuscule. Soudain, des remous secouèrent rudement l'esquif, mais Wil réussit à éviter les rapides et à maîtriser leur trajectoire jusqu'à ce qu'ils fussent de nouveau en eau libre. Lorsque la rivière reprit la direction du sud dans son long parcours vers les prairies de Callahorn, l'homme du Val fit accoster le canot, et ils débarquèrent.

Ils passèrent la nuit à plusieurs centaines de mètres de la berge, au pied d'un vieux saule énorme. Après avoir dissimulé la barque sous des branchages, ils cueillirent des fruits et des pousses sauvages. Ils cherchèrent en vain de l'eau potable et durent se contenter d'aliments solides. Après avoir échangé quelques propos anodins, ils sombrèrent dans le sommeil.

Le jour se leva, doux et radieux. L'homme du Val et la fille des Elfes reprirent leur marche vers l'ouest et les Eperons Rocheux. Ils avançaient d'un pas léger, savourant la tiédeur du petit matin, croquant, tout en marchant, les fruits qui leur restaient de la veille. Les heures passaient vite et la raideur qu'ils avaient éprouvée en se réveillant avait depuis longtemps disparu. Vers le milieu de la matinée, ils aperçurent un ruisseau tombant en cascade dans une piscine naturelle dont l'eau était cristalline. Ils burent tout leur soûl, mais faute de récipients, ils ne purent se constituer une réserve d'eau.

Au fur et à mesure que le jour avançait, les montagnes des Eperons se profilaient toujours plus nettes derrière la frondaison dans une succession de croupes bossues et massives. Vers le sud, là où s'étendait le vaste et impénétrable bourbier du Pas-du-Glas, l'horizon était noyé dans une brume épaisse et grise qui montait, telle une fumée, des marais. Pour la première fois depuis qu'ils avaient échappé à la Faucheuse dans le Pykon, Wil se demanda s'ils avaient pris la bonne route. Leur décision de se laisser porter par le Mermidon jusqu'aux forêts en bordure de la chaîne montagneuse lui avait semblé évidente. Mais à présent qu'ils se trouvaient à son pied, il devait admettre que l'un comme l'autre ignoraient tout de ces montagnes. Ils ne savaient même pas s'il existait des cols la traversant. Comment feraient-ils pour franchir ces sommets monstrueux ? Sans les Chasseurs elfiques pour les guider, comment pourraient-ils éviter de se perdre ?

Au coucher du soleil, parvenus au pied même des Eperons, ils tenaient les yeux levés sur un dédale de cimes qui surgissaient à des milliers de mètres d'altitude et qui n'offraient pas le moindre passage, ni l'ombre d'une faille. Ils émergèrent de la forêt juste au pied de la montagne la plus proche. Là, se déroulaient de vastes pâturages émaillés de crocus bleus et de centaurées écarlates. Le soleil était presque couché et ils cherchèrent un bivouac. Très vite, ils trouvèrent une source qui, jaillissant des rochers, coulait dans un petit bassin niché au milieu des pins. Ils s'installèrent là pour la nuit. Ils firent de nouveau un repas de fruits et de pousses sauvages, mais Wil mangea sans appétit, car il rêvait de viande et de pain. Un fin croissant de lune apparut dans le firmament, au milieu d'une myriade d'étoiles. Après s'être souhaité une bonne nuit, ils s'enroulèrent dans leurs capes et fermèrent les yeux. Wil était encore en train de se demander comment traverser ces montagnes quand il s'endormit.

A son réveil, un garçonnet, assis à côté de lui, l'observait de ses yeux étonnés. C'était l'aube et le soleil émergeait au-dessus de la forêt lointaine dans un halo de lumière dorée et tamisée qui réduisait la nuit à des lambeaux de grisaille. Sur les vastes pentes dégagées de la montagne, les fleurs sauvages commençaient d'éclore et l'herbe brillait de rosée.

Wil battit des paupières. Il crut d'abord à une vision et il s'attendit que ce petit garçon disparût dans les limbes de son imagination. Mais, assis dans l'herbe, jambes croisées, celui-ci l'observait toujours, en silence. Ce n'était pas un mirage, et l'homme du Val se redressa sur un coude.

— Bonjour, dit-il.

— Bonjour, répondit le garçonnet, très digne.

Wil se frotta les yeux et prit son temps pour étudier le gamin : un Elfe, plutôt petit, dont les cheveux ébouriffés couleur du sable entouraient un visage assez banal couvert de taches de son. Culotte et tunique de cuir ajustées sur sa frêle carcasse, il était équipé d'une quantité incroyable de bourses et de sacoches qui pendaient à son cou et autour de sa ceinture. Il était très jeune ; c'était encore un enfant.

— Je ne voulais pas vous réveiller, annonça-t-il.

Wil opina.

— Tu ne faisais aucun bruit.

— Je sais, je suis capable de traverser une étendue de pins morts sans faire craquer une seule aiguille.

— Vraiment ?

— Oui. Et je sais piéger un renard dans sa propre tanière sans qu'il bouge. Je l'ai fait un jour.

— C'est très bien, ça.

Le gamin l'observait d'un air curieux.

— Qu'est-ce que vous faites par ici ?

Wil sourit malgré lui.

— Figure-toi que j'étais justement en train de me poser cette question à ton sujet. Tu habites dans le coin ?

Le gamin secoua la tête.

— Non, dans le sud, vers les Irrybis. Dans le Repli-de-l'Aile.

Wil n'avait pas la moindre idée de ce que pouvait être le « Repli-de-l'Aile ». Il entendit Amberle qui bougeait en se réveillant.

— Elle est plutôt mignonne, constata le petit Elfe, impassible. Vous êtes mariés ?

— Euh !... Non, on voyage ensemble, répondit l'homme du Val, pris de court. Mais dis-moi, comment es-tu parvenu jusqu'ici ?

— En volant. Je suis un Cavalier du Ciel.

Wil le contempla, bouche bée. Le gamin, sans lui

prêter attention, suivait des yeux Amberle qui s'asseyait, enveloppée dans sa cape.

– Bonjour, madame !

– Bonjour, répondit Amberle, une lueur à la fois étonnée et amusée pétillant dans ses yeux verts. Comment t'appelles-tu ?

– Perk.

– Moi, c'est Amberle. Et voici Wil.

Le garçonnet se mit debout et, s'approchant de Wil, lui serra la main. Ce dernier fut étonné que sa main fût si calleuse. Perk parut s'en rendre compte et la retira vite. Il ne la tendit pas à Amberle mais se contenta de s'incliner.

– Aimeriez-vous partager mon petit déjeuner ? proposa-t-il.

Wil haussa les épaules.

– Et qu'as-tu à nous offrir, Perk ?

– Du lait, des noix, du fromage et du pain. Je n'ai rien d'autre avec moi.

– Cela suffira amplement, répondit Wil en souriant.

Il jeta un regard en coin à Amberle. Il n'avait pas la moindre idée de ce que Perk fabriquait ici, mais cette nourriture lui paraissait une excellente idée.

– Nous serons heureux de partager ton petit déjeuner.

Ils s'assirent en rond. De l'une de ses sacoches, le jeune Elfe sortit les noix, le fromage et le pain promis, ainsi que trois petits gobelets qu'il remplit de lait. Wil et Amberle dévorèrent ce repas.

– Où as-tu trouvé ce lait ? demanda Amberle au bout de quelques instants.

– Des chèvres, répondit le gamin, la bouche pleine. Un troupeau de chèvres dans une prairie à quelques miles, vers le nord. J'en ai trait une, tôt ce matin.

Amberle jeta un regard interrogateur à Wil qui haussa les épaules.

– Il dit qu'il est un Cavalier du Ciel. Il vole...

– Je ne suis pas vraiment un Cavalier du Ciel, interrompit Perk. Pas encore tout à fait. Je suis trop jeune, mais je le serai un jour.

Il y eut un silence embarrassé au cours duquel tous trois se dévisagèrent.

– Vous ne m'avez toujours pas expliqué ce que vous faites ici, dit enfin Perk. Vous fuyez quelque chose ?

– Pourquoi demandes-tu cela, Perk ? s'enquit Amberle d'un ton vif.

– Parce que vous avez tout l'air de fuir. Vos vêtements sont déchirés et sales, vous êtes désarmés, vous n'avez ni vivres ni couvertures. Et on dirait que vous avez eu très peur de quelque chose.

– Perk, tu es un garçon intelligent, déclara rapidement Wil, tout en décidant sur-le-champ qu'il devait mettre les choses au point. Promets-tu de garder le secret si je te raconte une chose ?

Le gamin opina. Son visage brillait d'excitation.

– Je le promets.

– Bien... (Wil se pencha, l'air mystérieux.) Cette dame – Amberle – n'est pas n'importe quelle dame. C'est une princesse, la petite-fille du roi Eventine Elessedil, le roi des Elfes.

– Le roi des Elfes terriens, corrigea Perk.

Wil hésita, désarçonné par cette remarque.

Le gamin se pencha vers lui, impatient :

– Vous êtes à la recherche d'un trésor ? La dame est victime d'un charme ? Elle est ensorcelée ?

– Oui. Non. (Wil se tut. Dans quel guêpier s'était-il fourré ?) Nous... On est à la recherche d'un talisman, Perk. La dame, seule, a le droit de s'en servir. Un grand danger menace le peuple des Elfes. Ce talisman est la seule chance d'échapper au Mal et nous devons le trouver très vite. Es-tu prêt à nous aider ?

Les yeux de Perk étaient écarquillés.

– Une aventure... Une vraie aventure ?

– Wil... Franchement, je ne sais pas si... intervint Amberle en fronçant les sourcils.

– Fais-moi confiance, s'il te plaît. (Wil étendit les mains en signe d'apaisement. Il se tourna vers Perk.) C'est une affaire très risquée, tu sais. La créature qui nous pourchasse a déjà assassiné de nombreux Elfes. Ce n'est pas un jeu. Tu devras agir exactement selon mes indications et quand je te dirai que c'est terminé, tu devras nous quitter immédiatement. Es-tu d'accord ?

Le garçon opina rapidement.

— Mais, qu'est-ce que je dois faire ?

Wil désigna les Eperons Rocheux.

— Je voudrais que tu m'indiques un passage à travers ces montagnes. En connais-tu un ?

— Bien sûr. (Perk avait l'air très vexé.) Pour aller où ?

Wil hésita.

— Est-ce si important ?

— Bien sûr que c'est important ! Comment voulez-vous que je vous indique le chemin si je ne sais pas où vous souhaitez aller ?

— Voilà qui est très malin, intervint Amberle en jetant un regard à Wil lui signifiant qu'il aurait pu prévoir cette réponse. Il vaudrait peut-être mieux que tu lui précises notre destination.

L'homme du Val acquiesça.

— Eh bien, voilà... Nous allons en Barbarie.

— En Barbarie ? (Perk, l'air soudain grave, secoua la tête d'un air solennel.) Je n'ai pas le droit d'y aller. C'est très dangereux.

— Nous le savons, approuva Amberle, mais nous n'avons pas le choix. C'est là que nous devons aller. Peux-tu nous aider ?

— Je veux vous aider, déclara Perk avec force. Mais franchir ces montagnes vous prendra des jours.

— Existe-t-il un autre chemin ? demanda Wil.

Perk sourit.

— Bien sûr, par les airs.

Wil implora du regard l'aide d'Amberle.

— Perk, nous ne pouvons... pas... voler, dit cette dernière gentiment.

— Si, c'est possible. Je vous l'ai déjà dit. Je suis un Cavalier du Ciel... Presque, du moins.

— Ecoute, Perk, pour voler, il faut des ailes et nous n'en avons pas, constata Wil.

— Des ailes ? (Le garçonnet parut embarrassé. Puis il sourit.) Ah ! vous avez pensé... Ah ! je comprends. Non, non, pas vous. Nous avons Genewen. Par ici, suivez-moi !

Il se leva vite et sortit du couvert des arbres. Intrigués, Wil et Amberle lui emboîtèrent le pas, échangeant des regards un peu gênés. Une fois qu'ils eurent atteint le versant dégagé, Perk sortit d'une bourse suspendue à son cou un petit sifflet en argent. Il le porta à ses lèvres et souffla dedans. Aucun son n'en sortit. Wil regarda Amberle et secoua la tête d'un air perplexe. Perk remit le sifflet dans la bourse et scruta l'horizon. Machinalement, ils firent comme lui.

Tout à coup, un gigantesque oiseau auréolé d'or apparut au-dessus des cimes des Eperons. Il plongea à travers la montagne et s'approcha d'eux, étincelant dans le levant. Wil et Amberle ouvrirent des yeux stupéfaits. Jamais ils n'avaient vu d'oiseau de cette taille. Il était énorme, d'une dizaine de mètres au moins de longueur, avec une tête fine ornée d'une crête couleur de feu tachetée de noir, un grand bec crochu et de puissantes pattes qu'il tendit en avant lorsqu'il piqua vers eux. L'espace d'un instant, ils crurent voir le monstre ailé qui avait failli les rattraper quand ils fuyaient dans la vallée de Rhenn. L'étrange oiseau se posa sur le pré à moins de cinq mètres et replia ses ailes contre son corps aux plumes d'or. Puis levant haut la tête, il poussa son chant. Un cri perçant qui troubla la tranquillité du matin. Enfin, il inclina profondément la tête devant Perk. Celui-ci émit un appel bref et étrange et se tourna vers ses compagnons interloqués :

— Voici Genewen, annonça-t-il fièrement, un grand sourire aux lèvres. Vous voyez ? Quand je vous affirmais que nous pouvions voler...

Et Perk entreprit aussitôt de leur raconter une histoire que l'apparition de Genewen les incita à croire.

— Avant le règne de Jerle Shannara et le début de la Deuxième Guerre des Races, une petite communauté d'Elfes émigra au sud de leurs terres – on a depuis longtemps oublié la cause de ce départ – pour coloniser, au-delà des Irrybis, une bande de forêts montagneuses situées le long d'une vaste étendue d'eau connue des races sous le nom de la Limite

Bleue. Ces Elfes étaient mes ancêtres. Au fil des années, ils devinrent des chasseurs et des pêcheurs habiles, construisirent des petits villages le long du rivage, ainsi que sur les sommets surplombant la Limite Bleue, à l'ouest de Myrian. Les Elfes s'aperçurent vite qu'ils partageaient ces falaises avec un peuple d'énormes rapaces qui nichaient dans des cavernes donnant sur les eaux de la Limite. Ils baptisèrent ces rapaces « Roc », du nom d'un oiseau légendaire de l'Ancien Monde. Au début, les Elfes et les Rocs se tinrent à distance, mais avec le temps, les Elfes commencèrent à penser que ces gigantesques oiseaux pourraient leur servir de moyen de transport, si jamais ils parvenaient à les dresser. Ces Elfes étaient pleins de ressources et débordaient d'énergie. Ils se fixèrent comme but la réussite de cette entreprise. Après de nombreux échecs, ils parvinrent à apprendre le langage de ces oiseaux et à trouver un terrain d'entente. Puis ils réussirent à apprivoiser plusieurs jeunes Rocs et finirent par tenir toute la troupe sous leur coupe. Les Elfes purent ainsi étendre considérablement leur territoire de chasse et de pêche. Ces oiseaux devinrent alors leurs protecteurs. On les exerçait à se battre contre les ennemis de la communauté. En échange, les Elfes protégeaient ces rapaces des créatures qui cherchaient à leur faire du tort ou à empiéter sur leur terrain de chasse. Les années passant, les liens entre ces deux espèces devinrent de plus en plus étroits. Ils nommèrent leur territoire « le Repli-de-l'Aile ». Un endroit isolé dans une contrée sauvage et délaissée par les humains.

» Depuis fort longtemps, les Elfes du Repli-de-l'Aile et ceux résidant dans les territoires plus au nord avaient perdu tout contact. Ceux du Repli-de-l'Aile avaient fini par former leur propre gouvernement et s'ils reconnaissaient aux rois d'Arbolon la souveraineté sur le Westland, ils se considéraient eux-mêmes comme un peuple indépendant. C'est pourquoi ils s'attribuèrent le nom d'Elfes du Ciel pour se distinguer des Elfes de la Terre occupant le Westland.

» Je suis fils et petit-fils de Cavaliers du Ciel, ceux qui dressent et montent les Rocs. Ce sont eux aussi qui assurent la défense du Repli-de-l'Aile et son approvisionnement. Il existe d'autres distinctions dans notre communauté, mais le titre de Cavalier du Ciel est le plus envié et le plus respecté. Seul un Cavalier du Ciel a autorité sur le Roc. Lui seul a le pouvoir de chevaucher les espaces aériens d'un bout à l'autre du pays. Comme il doit consacrer sa vie au service des siens, il est honoré, et symbolise le mode de vie des Elfes du Ciel.

Perk était, en fait, en deuxième année d'apprentissage pour devenir Cavalier du Ciel. Choisi à un âge précoce, il était soumis à un entraînement qui se poursuivait jusqu'à l'âge adulte. Genewen avait déjà appartenu au grand-père de Perk qui, trop âgé à présent pour effectuer un service régulier, veillait à la formation du garçon. Quand Perk atteindrait l'âge adulte, Genewen serait à lui. La longévité des Rocs couvrait la vie de quatre ou cinq générations d'Elfes. Un Roc, au cours de son existence, servait donc plusieurs maîtres. Si la santé de Genewen restait bonne, elle appartiendrait un jour au fils de Perk, et même à son petit-fils.

Pour l'heure, c'était Perk qui la montait sous l'œil de son grand-père, son instructeur. Et c'était un exercice d'entraînement qui avait amené le jeune Elfe jusqu'aux Eperons Rocheux.

L'entraînement de Cavalier du Ciel exigeait des vols dans des expéditions de plus en plus éloignées du Repli-de-l'Aile. Chaque vol correspondait à certains devoirs à exécuter et certaines règles à suivre. Pour cette sortie, on avait exigé de Perk qu'il restât éloigné du Repli pendant une période de sept jours, avec, pour toutes provisions, une petite ration de pain et de fromage, et une gourde d'eau. Il devait donc trouver au cours de ce vol de quoi se nourrir et se rafraîchir. Il devait aussi explorer les régions survolées et en faire la description détaillée, surtout des régions montagneuses qui encerclaient la Barbarie. La Barbarie elle-même lui était interdite, ainsi qu'à tous ceux encore en formation. Il avait le droit de se poser sur les territoires frontaliers mais pas sur cette terre proprement dite. Et il devait éviter tout contact avec ses habitants.

Les instructions de Perk étaient donc précises. Mais voilà que le matin de son deuxième jour de sortie, Wil et Amberle avaient attiré son attention. Deux formes recroquevillées dormant dans une pinède, loin en bas. Laissant planer son Roc pour mieux voir, il fut confronté à un dilemme. Qui étaient ces voyageurs ? Des Elfes ; une très jeune fille et un jeune homme, étrangers à l'évidence. Que faisaient-ils donc dans cette contrée inhospitalière, sans équipement ? Après une seconde d'hésitation Perk avait pris sa décision. Les consignes qu'il avait reçues lui interdisaient tout contact avec les habitants de la Barbarie, mais elles ne précisaient rien au sujet d'autres éventuelles rencontres. Peut-être était-ce un oubli de la part de son grand-père ? Si la rudesse de son entraînement lui conférait une maturité et une prudence étonnantes pour son âge, il était encore un jeune garçon, attiré comme tous les autres par l'aventure. Son grand-père avait laissé la porte entrouverte et il était tout naturel qu'il eût envie de l'ouvrir entièrement. Somme toute, bien que docile, il était aussi curieux. En certaines occasions, l'un n'empêche pas l'autre. Il se trouvait que l'occasion se présentait, et ce fut là une chance pour Wil et Amberle.

Après avoir achevé son récit, Perk répondit gentiment à leurs questions. Mais il bouillait d'impatience en son for intérieur. Son regard trahissait sa jubilation et il finit par demander à ses nouveaux amis s'ils étaient prêts. Genewen qui, d'ordinaire, ne portait pas plus d'un Cavalier, était assez grande pour supporter plusieurs passagers. Elle leur ferait franchir les montagnes des Eperons Rocheux en un rien de temps.

Amberle et Wil contemplèrent l'énorme oiseau d'un air dubitatif. S'ils avaient eu une autre possibilité, ils se seraient volontiers passés de cet étrange moyen de transport. A la seule idée de monter dans les cieux sur son dos, leur estomac se nouait. Mais ils n'avaient pas le choix ; le gamin attendait, poings aux hanches, impatient. Haussant les épaules à l'adresse d'Amberle, Wil déclara qu'ils étaient prêts. Après tout, si cet enfant était capable de se tenir sur Genewen, eux devaient l'être aussi.

Ils suivirent donc Perk qui se dirigeait vers Genewen. L'oiseau géant était pourvu d'un harnais de cuir qui enserrait étroitement son corps massif. Perk leur désigna la petite échelle qui permettait de se hisser jusqu'à une selle fixée au milieu du dos couvert de plumes. Pendant ce temps, il tint fermement Genewen, puis plaça leurs bottes dans des étriers, leurs mains sur des pommeaux tressés, et, précaution supplémentaire, les attacha au harnais à l'aide de cordes de sécurité. De cette façon, même en cas de violentes bourrasques de vent, ils ne tomberaient pas. Ces mesures de sécurité n'étaient pas faites pour rassurer l'homme du Val et la fille des Elfes, déjà passablement effrayés. Pour finir, Perk donna à chacun un petit morceau de racine qu'il leur conseilla de mastiquer avant de l'avaler. Ils s'empressèrent d'obtempérer.

Quand ils furent installés, le jeune Perk produisit de sous la selle un long fouet en cuir tressé et le fit claquer avec vigueur sur Genewen.

Avec un cri perçant, le Roc déploya ses grandes ailes et s'éleva dans les airs. Pétrifiés, Amberle et Wil virent le sol disparaître sous eux. Les arbres de la pinède diminuèrent de taille à vue d'œil, tandis que Genewen s'élevait en tournoyant au-dessus de l'alpage, s'aidant des courants ascendants, puis incurvant sa trajectoire droit vers l'ouest, en direction des cimes majestueuses. Wil et Amberle éprouvaient une sensation indescriptible. Ils oscillèrent d'abord entre le malaise et l'euphorie, et ce n'est que grâce au jus de la racine que leur estomac ne se vida point. Peu à peu, le malaise diminua, et l'euphorie les emporta, tandis qu'ils voyaient l'horizon s'élargir en un stupéfiant panorama de forêts, de marécages, de montagnes et de cours d'eau. Quelle vision ineffable ! Devant eux, les noirs sommets des Éperons Rocheux jaillissaient de la terre, formidables, et le Mermidon, simple fil bleu, se faufilait entre les versants. Plus au nord, la sombre éclaboussure des Barbelés, nichée dans la conque verdoyante des forêts du Westland ; et vers l'est, les tours jumelles et à présent minuscules du Pykon. Au sud enfin, la brume légère stagnant sur le Pas-du-Glas, aux confins des Irrybis. Tout était là, la contrée entière, étalée à leurs pieds, comme s'ils avaient plongé leurs regards dans une vallée profonde du haut d'une crête, le relief accentué par le soleil oblique du matin qui rougeoyait dans un ciel de saphir sans nuages.

Genewen s'éleva à une altitude de plusieurs centaines de mètres, battant régulièrement des ailes. Tantôt elle planait au-dessus du dédale des Eperons, tantôt glissait avec adresse le long de gorges et de crevasses, ou encore plongeait dans une vallée pour remonter à l'assaut d'une nouvelle arête. La course se faisait en douceur, l'énorme oiseau obéissant au moindre mouvement du petit garçon qui la guidait par de légers coups de genoux et des caresses des mains. Le vent les fouettait en courtes rafales, mais soufflant du sud, il était tiède en cette matinée d'été. Perk jeta un coup d'œil par-dessus son épaule ; un sourire triomphant illuminait son minois piqueté de taches de rousseur. Les sourires qu'il reçut en retour n'étaient pas aussi enthousiastes.

Ils volèrent pendant presque une heure, s'enfonçant toujours plus profondément au cœur du massif montagneux, et ils perdirent entièrement de vue les régions boisées. De temps à autre, ils apercevaient encore les contours du Pas-du-Glas qui se profilaient entre deux sommets, dans une grisaille peu engageante. Enfin, cela même disparut. Les montagnes se refermèrent autour d'eux en de colossales tours de roche qui montaient à l'assaut du soleil et les plongeaient dans l'ombre. Wil se mit à penser fugitivement aux multiples difficultés qu'ils auraient rencontrées s'ils avaient essayé de franchir à pied cette barrière montagneuse. Ils n'auraient vraisemblablement pas réussi. Puis il se demanda si les Démons les pourchassaient encore. Sans aucun doute, dut-il admettre, mais il puisa un peu de consolation dans l'idée que même la Faucheuse, à supposer qu'elle eût survécu à sa chute dans l'abîme du Pykon, aurait eu bien du mal à repérer, cette fois-ci, leurs traces.

Peu après, Perk fit descendre Genewen sur un escarpement couvert d'une herbe haute et de fleurs sauvages.

Assis à califourchon sur le dos de Genewen, ils distinguaient nettement la vallée entière de la Barbarie, une forêt inextricable, étroitement enclose par les chaînes des Eperons Rocheux et des Irrybis, ainsi que par le vaste éventail brumeux du Pas-du-Glas. C'était une bande infranchissable, très boisée, à la brande touffue ; un chaos de cuvettes et d'arêtes, entrecoupées de marécages et hérissées de pics solitaires qui émergeaient d'entre les arbres à la manière de bras menaçants. Il n'y avait pas le moindre signe d'habitation. Ni villages, ni hameaux, ni champs cultivés, ni bétail. La vallée entière, sombre et hostile, n'était que désolation.

Wil et Amberle en scrutaient les profondeurs avec une grande appréhension.

Quelques instants plus tard, Perk dirigea de nouveau son oiseau dans l'ombre des montagnes et la Barbarie redisparut derrière les pics. Ils continuèrent de voler sans s'arrêter jusqu'à peu après midi, puis Perk fit de nouveau tourner sa monture cap au sud. Lentement, traçant une courbe majestueuse, le Roc glissa dans une étroite faille entre deux sommets. Une fois encore, la Barbarie s'étendait devant eux. Ils piquèrent vers elle en rasant une pente inégale qui débouchait à son extrémité dans le creux de la vallée. Arrivée au pied de cette pente, Genewen obliqua à droite, et d'un coup d'aile, les mena sur un large terrain à la base de la montagne qui dominait la Barbarie. Le terrain était semé de souches d'arbres et Perk guida Genewen sous le couvert d'un sapin.

Wil et Amberle descendirent avec soulagement du dos du Roc. Après cette longue chevauchée, ils massèrent leurs muscles engourdis et endoloris. Perk lança un ordre bref à Genewen et mit à son tour pied à terre, son visage enflammé par l'excitation.

— Vous avez vu ? On a réussi.

Il avait un sourire radieux.

– Sûr, on a réussi.

Wil, qui se frottait toujours le dos, eut un sourire lugubre.

– Qu'est-ce qu'on fait maintenant ? voulut tout de suite savoir le jeune Elfe.

Wil se redressa en grimaçant.

– Toi, Perk, tu ne fais plus rien. Tu ne vas pas plus loin.

– Mais c'est pour vous aider ! insista-t-il.

Amberle entoura le gamin de son bras.

– Perk, tu nous as aidés. Sans toi, jamais on ne serait arrivés jusqu'ici.

– Mais je voudrais aller...

– Non, Perk, interrompit-elle vivement. Ce que nous avons à faire maintenant est beaucoup trop dangereux pour que tu t'en mêles. Wil et moi devons nous rendre dans la Barbarie. Tu as dit toi-même que cette contrée t'était interdite. Tu dois nous quitter, à présent. Souviens-toi, tu as promis à Wil de le faire quand il te le demanderait.

Le garçonnet opina, maussade.

– Je n'ai pas peur, bougonna-t-il.

– Je sais, dit la fille des Elfes en souriant. Je ne crois pas que tu aies peur de grand-chose.

Ce compliment rasséréna Perk. Un sourire éclaira son visage.

– Mais il y a encore une chose que tu peux faire pour nous, intervint Wil en posant une main sur son épaule. Nous ne savons presque rien au sujet de la Barbarie. Peux-tu nous expliquer un peu ce qui nous attend là-bas ?

– Des monstres, répondit Perk sans hésiter.

– Des monstres ?

– Toutes sortes de monstres. Des sorcières aussi, d'après grand-père.

Fallait-il le croire ? Après tout, le grand-père essayait de tenir Perk hors de la Barbarie, et ce genre d'avertissement n'était donc pas inattendu de sa part.

– As-tu jamais entendu parler d'un endroit appelé l'Imprenable ?

Perk fit non de la tête.

– C'est bien ce que je pensais, soupira Wil. Des monstres et des sorcières, hein ? Il y a des routes ?

Le garçon fit oui de la tête.

– Je vais vous montrer.

Il les conduisit hors du bosquet vers un petit promontoire d'où le regard plongeait dans la vallée.

– Vous voyez cela ? demanda-t-il en leur indiquant un amoncellement d'arbres abattus au pied du versant.

Wil et Amberle finirent par distinguer tout en bas ce qu'il leur montrait.

– Derrière ces tas d'arbres, une route mène au village de Grimpenward, comme toutes les routes de la Barbarie. D'ici, on ne voit rien, mais c'est de ce côté, là-bas, à plusieurs lieues, en pleine forêt. Mon grand-père affirme que l'endroit est très malfamé. Ce n'est qu'un repaire de voleurs, de brigands et de coupe-jarrets. Pourtant, vous y trouverez peut-être quelqu'un pour vous servir de guide...

– Peut-être bien, remercia Wil en souriant.

Après tout des voleurs et des coupe-jarrets valent toujours mieux que des monstres et des sorcières, pensa-t-il à part lui.

Pourtant, la prudence était nécessaire. Même si tous les voleurs, les coupe-jarrets, les monstres et les sorcières étaient pure invention, les Démons qui les cherchaient, qui les attendaient même peut-être, eux, étaient bien réels.

Perk était plongé dans ses réflexions. Au bout d'un moment, il leva la tête et demanda tout à trac :

– Et que ferez-vous une fois que vous aurez trouvé le talisman ?

Wil hésita.

– Eh bien, Perk, nous pourrons alors retourner à Arbolon.

Le visage du jeune Elfe s'éclaira :

– Dans ce cas, je peux faire encore une chose pour vous, annonça-t-il, plein d'entrain.

Il prit le sifflet en argent qu'il gardait dans le petit étui pendu à son cou et le tendit à Wil.

– Perk, qu'est-ce que... commença ce dernier, le sifflet dans le creux de sa main.

— Il me reste cinq jours avant mon retour dans le Repli-de-l'Aile, coupa le garçon. Tous les jours, à midi, je survolerai la Barbarie. Si vous avez besoin de moi, appelez-moi avec le sifflet et je viendrai. Le son ne peut être perçu par les oreilles humaines ; les Rocs, seuls, l'entendent. Si vous trouvez ce talisman au cours des cinq prochains jours, Genewen et moi vous reconduirons dans votre pays.

— Perk, je ne crois pas que... commença Amberle en secouant lentement la tête.

— Attends une minute, interrompit Wil. Si Genewen peut nous conduire au nord, nous gagnerons plusieurs jours. Cela nous évitera toutes les contrées que nous avons dû traverser pour parvenir jusqu'ici. Amberle, nous devons rentrer le plus vite possible... Tu le sais.

Il se tourna vite vers Perk.

— Genewen est-elle capable d'endurer un si long voyage ? Et toi ?

Le garçonnet, sûr de lui, l'affirma.

— Mais il a déjà dit que la Barbarie lui était interdite, fit remarquer Amberle. Comment, dans ce cas, pourra-t-il s'y poser ?

Perk rétorqua pensivement :

— Eh bien, si je n'y fais poser Genewen que juste le temps nécessaire pour vous cueillir, cela ne durera qu'un instant.

— Cette idée ne me plaît pas du tout, déclara Amberle en fronçant les sourcils à l'adresse de Wil. C'est beaucoup trop dangereux pour Perk... Et c'est abuser de la confiance qu'on a mise en lui.

— Je veux être utile, insista le petit Cavalier du Ciel, et d'ailleurs, vous m'avez dit que ce talisman était essentiel pour sauver les Elfes.

Son ton était si décidé que pendant un moment, Amberle resta à court d'arguments. Wil en profita pour intervenir de nouveau :

— Ecoutez, faisons un compromis... Je promets que s'il y a un risque pour Perk, je ne l'appellerai en aucun cas. Cela va comme ça ?

— Mais, Wil... commença le gamin.

— Et Perk doit de son côté promettre qu'au bout de

cinq jours, que je l'aie appelé ou non, il retournera dans le Repli-de-l'Aile, comme convenu avec son grand-père, ajouta l'homme du Val, balayant toutes les objections.

Amberle pesa encore le pour et le contre et finalement, opina à contrecœur.

— D'accord, mais Wil, je t'obligerai à tenir ta promesse.

Les yeux de l'homme du Val croisèrent les siens.

— Dans ce cas, tout est conclu... En route, maintenant, Perk ! Nous te sommes reconnaissants pour ton aide.

Il prit la main calleuse du jeune Elfe et la serra fermement dans la sienne.

— Au revoir, fit Amberle en se baissant pour déposer un léger baiser sur sa joue.

Cramoisi, Perk baissa les yeux.

— Au revoir, Amberle... Bonne chance !

Après un dernier signe d'adieu, l'homme du Val et la fille des Elfes tournèrent les talons et s'engagèrent dans la longue descente vers la forêt sauvage. Perk les suivit du regard jusqu'à ce qu'ils aient disparu.


26


Deux jours après le départ de Wil et d'Amberle escortés des Chasseurs Elfes, Eventine Elessedil étudiait encore au soir tombé les cartes et les plans étalés sur le bureau de son cabinet de travail. Dehors, la pluie ruisselait toujours, inondant les forêts du Westland. Les ombres noires du crépuscule qui se faufilaient entre les tentures fermant les portes-fenêtres s'allongeaient jusqu'à l'autre bout de la petite pièce.

Manx dormait, roulé en boule, aux pieds de son maître, sa tête grisonnante appuyée sur ses pattes, le souffle régulier.

Le vieux roi releva la tête et frotta ses yeux rougis par la fatigue. Il promena un regard absent autour de lui, puis recula son fauteuil de son bureau. Allanon était parti depuis le matin, et cette fois sans préciser sa destination ; il aurait déjà dû être de retour. Eventine fut saisi d'inquiétude. Il restait encore beaucoup à faire, et il avait besoin du Druide.

Le roi contempla la pluie. Depuis trois jours, il préparait avec le Druide et les membres du Conseil l'indispensable défense de la patrie des Elfes. Le temps s'écoulait trop vite. L'Ellcrys allait périssant, l'Interdit s'affaiblissait. Le roi s'attendait qu'on lui annonce d'un jour à l'autre l'invasion de sa terre par les hordes des Démons libérés. Toute l'armée des Elfes était sur le pied de guerre : archers, lanciers, fantassins, cavaliers, piquiers et épéistes. La Garde Royale comme la Garde Noire. Troupes régulières et de réserve. Tous les hommes valides affluaient à Arbolon pour être armés. Le roi savait pourtant pertinemment que la volonté d'airain de son armée ne suffirait pas pour repousser un assaut de la horde des Démons. Il le savait parce que Allanon l'avait averti, et il accordait une confiance absolue au Sage, surtout lorsque sa prédiction avait un caractère aussi tragique que celle-ci. Les Démons possédaient une force physique supérieure à celle des Elfes, et ils étaient considérablement plus nombreux. Une haine attisée par des millénaires de confinement animait jusqu'à la folie ces créatures sauvages. Le roi ne se berçait pas d'illusions. Si les Elfes ne recevaient aucune aide extérieure, ils seraient taillés en pièces.

Il était trop périlleux de compter uniquement sur Amberle et la semence de l'Ellcrys. Eventine devait se résigner à l'idée de ne peut-être jamais revoir sa petite-fille, si douloureuse que fût cette perspective. Voilà pourquoi, avant même son retour à Arbolon, il s'était empressé de dépêcher des messagers aux autres races, pour réclamer leur soutien dans la lutte contre le Mal qui les menaçait. Ces messagers étaient partis depuis plus d'une semaine. Aucun n'était encore revenu. Certes, il était bien trop tôt pour espérer une réponse des autres races, même de Callahorn qui n'était qu'à quelques jours de chevauchée.

De toute façon, il était peu probable que beaucoup viennent les soutenir.

Les Nains répondraient certainement à son appel, comme toujours par le passé. En effet, Nains et Elfes avaient toujours affronté ensemble les ennemis des peuples libres des Quatre Terres depuis l'époque reculée du Premier Conseil des Druides. Seulement, il leur faudrait traverser les forêts entières de l'Anar. Et à pied, qui plus est, car ils n'étaient pas cavaliers. Eventine hocha la tête. Arriveraient-ils à temps ?

Bien sûr, il y avait aussi le royaume de Callahorn dans le Southland, mais hélas ! pas celui de Balinor. Si ce dernier, ou un Buckhannah, régnait encore, toute la Légion Frontalière aurait accouru comme un seul homme. Malheureusement, Balinor était mort, et la lignée des Buckhannah s'était éteinte avec lui. Un lointain cousin lui avait succédé, presque par le simple fruit du hasard ; un homme indécis et tatillon, d'une prudence excessive, qui jugerait sans doute préférable d'oublier que les Elfes étaient venus à l'aide de sa cité, lorsqu'elle lui avait lancé un appel au secours. En tout cas, il restait les Conseils associés de Tyrsis, de Varfleet et de Kern, les trois autres cités principales de Callahorn, qui comptaient une force militaire supérieure à celle du roi. Mais ils seraient lents à réagir. Il leur manquait un chef énergique et ces Conseils allaient se perdre en délibérations interminables pendant lesquelles la Légion Frontalière continuerait de se croiser les bras.

Ainsi donc la méfiance des Southlanders, et plus particulièrement de leur Fédération, risquait de retarder la décision de Callahorn. Ironie de l'histoire ! En effet, après la défaite du Maître Sorcier, mesurant un peu tard le danger encouru, les cités isolées du Southland avaient formé, poussées par une hâte née de la peur, une alliance, floue au départ, mais qui avait vite donné naissance à une Fédération hautement structurée. C'était la première forme de gouvernement d'union que la race de l'Homme eût connue depuis plus de mille ans. Son but professé était d'unifier toutes les cités du Southland sous une loi unique. Or, parmi les principales cités du Sud, seule celle de

Callahorn avait résisté à cette idée, ce qui constituait une source de friction permanente avec la Fédération.

Eventine croisa les bras et le pli soucieux qui lui barrait le front s'accentua. Cette Fédération ne se sentait pas du tout concernée par les affaires des autres races, et il était improbable qu'elle s'inquiète de l'invasion du Westland par les Démons. Pis, elle risquait de la croire impossible. En effet, les hommes du Southland profond, repliés sur eux-mêmes, ignoraient tout de la sorcellerie qui avait menacé les autres terres depuis le Premier Conseil des Druides. Et malgré leur récente expansion, ils ne s'étaient pas encore heurtés aux désagréables réalités se situant hors du champ de leurs expériences limitées. Non, les cités de la Fédération ne viendraient pas à leur aide. Tout comme lors de l'invasion du Maître Sorcier, elles resteraient sourdes et aveugles.

Quant aux Gnomes, race tribale repliée sur elle-même depuis leur amère défaite à Tyrsis, ils ne se mêlaient aux affaires d'aucune race depuis cinquante ans. Eventine avait d'ailleurs jugé inutile de leur envoyer un messager.

Il restait les Trolls. Une race tribale également, résidant dans l'immense Northland, et dont les communautés les plus importantes tendaient aussi à s'unifier ; tout particulièrement celle du Territoire du Kersahlt, qui partageait une frontière avec les Elfes, au nord de leurs terres. Trolls et Elfes avaient été des ennemis séculaires, mais à la chute du Maître Sorcier, cette hostilité s'était atténuée et depuis cinquante ans, ils vivaient une coexistence relativement pacifique. Les relations entre Arbolon et Kershalt étaient même excellentes. Le commerce s'était ouvert ; on projetait d'échanger des délégations. Peut-être pouvait-on espérer obtenir des renforts de ce côté ?

Le vieux roi esquissa un pâle sourire. Un espoir bien mince, mais il ne pouvait se permettre de négliger aucune chance.

Laissant de nouveau son regard errer sur les cartes étalées devant lui, le roi se demanda d'où viendrait l'invasion. Où l'Interdit s'effondrerait-il d'abord ? La réponse à cette effroyable question était vitale pour organiser leur défense. Allanon avait promis de la fournir et l'armée des Elfes l'attendait encore...

Eventine poussa un soupir et gagna les portes-fenêtres donnant sur les jardins de son palais. Il entrevit Ander qui, tête baissée, les bras chargés des registres des troupes et des listes de matériel qu'il lui avait demandé de réunir, remontait l'allée sous la pluie. Le visage du roi s'adoucit. Ander avait fait preuve d'une présence inestimable ces jours derniers. C'était au cadet qu'était échue cette tâche fastidieuse mais indispensable de récolter les renseignements sur l'armée. Arion aurait certainement dédaigné ce travail. Il était chargé de lever les troupes. Etrangement, le roi s'était senti à plusieurs reprises, ces derniers jours, plus proche du cadet que de l'aîné, pourtant prince héritier.

La fatigue creusait le visage d'Ander Elessedil. La journée avait été fort éprouvante. Au lieu de l'aider, Arion avait carrément refusé de le voir, alors qu'il aurait pu lui épargner de pénibles heures de travail, puisqu'il s'occupait des troupes. Le fossé qui le séparait de son frère s'était encore creusé.

Arrivé devant la porte du cabinet de travail, il la poussa du bout de sa botte. Il parvint à lancer un sourire encourageant à son père qui venait à sa rencontre pour le décharger des registres.

— Tout est là, dit-il en s'effondrant dans un fauteuil. Inventorié, répertorié et classé.

Eventine posa les documents à côté des cartes encombrant son bureau.

— Tu as l'air las...

Une bourrasque de vent et de pluie ouvrit brusquement les portes-fenêtres. Père et fils se retournèrent d'un bond, comme les cartes volaient à terre et que les flammes des lampes à huile vacillaient. La haute silhouette d'Allanon se découpa dans l'embrasure, ses robes luisantes de pluie ; une petite mare se formait déjà à ses pieds. Son visage anguleux était tiré, sa bouche mince serrée en un pli dur. A deux mains, il tenait un rameau dont l'écorce avait la couleur de l'argent.

Un instant, le regard du prince croisa celui du Druide, et le sang du premier se figea dans ses veines. Il y avait en effet quelque chose de terrible dans l'attitude du Druide, la taille redressée, gigantesque. Détermination farouche, puissance et mort se disputaient sur ses traits.

Le Druide pivota sur ses talons, referma la porte-fenêtre. Quand il se retourna de nouveau, Ander vit clairement le rameau. Une pâleur mortelle envahit son visage.

— Allanon, qu'as-tu fait ? s'exclama-t-il impulsivement.

— L'Ellcrys ! murmura le roi d'un ton horrifié. Druide, tu as coupé une branche de l'arbre vivant !

— Non, Eventine, répliqua doucement le Druide. Je ne l'ai pas coupée. Cela, jamais ! Elle qui est la vie de cette terre n'a pas été blessée.

— Mais ce rameau... bégaya le roi, tendant la main avec hésitation, comme s'il eût redouté de se brûler.

— Il n'est pas coupé... Regarde mieux.

Il fit lentement tourner le rameau dans ses mains. Ander et son père se penchèrent vers lui. Chaque extrémité était arrondie et lisse. Il ne portait aucune marque d'entaille, ni aucun signe de maladie.

— Mais comment... commença Eventine, abasourdi.

— Roi des Elfes, ce rameau m'a été donné. C'est elle qui m'en a fait présent, elle, pour que je le brandisse devant les ennemis qui menacent son peuple et leur terre. (La voix du Druide se fit si glaciale que l'air même parut se figer.) Là réside la magie qui conférera de la force à l'armée des Elfes et lui donnera le pouvoir de repousser le Mal qui habite la horde des Démons. Ce rameau sera notre talisman... La main droite de l'Ellcrys qui nous protégera lorsque les armées se heurteront à eux.

Le géant fit un pas en avant, les deux mains toujours serrées sur le rameau haut levé. Dans l'ombre de ses épais sourcils, ses prunelles noires étincelaient d'un dur éclat.

— Tôt ce matin, je suis allé à elle, seul, cherchant

une arme grâce à laquelle résister à notre ennemi. Elle m'a accordé une audience, s'exprimant avec les images qui sont son langage. Elle m'a demandé pourquoi j'étais venu la voir. Je lui ai dit que les Elfes ne pouvaient plus utiliser aucune magie, hormis la sienne, pour lutter contre les Démons. Je lui ai avoué aussi que je craignais que cela ne suffise pas. Je lui ai appris enfin que je cherchais une chose qui vînt d'elle pour nous battre contre les Démons, puisqu'elle était pour eux un anathème.

» Elle s'est repliée alors sur elle-même et a arraché ce rameau que je tiens, un membre de son corps. Bien qu'affaiblie, sachant qu'elle se meurt, elle est parvenue à me donner cette partie d'elle-même pour nous aider. Je ne l'ai point touchée mais suis resté saisi d'effroi devant la force de sa volonté. Sens ce bois, roi des Elfes... Touche-le !

Le Druide jeta le rameau dans les mains du roi. Ses yeux s'arrondirent sous le choc. Le Druide reprit le rameau et le tendit sans mot dire à Ander. Celui-ci sursauta. Le bois était chaud, comme si le sang de la vie eût coulé en lui.

— Ce rameau vit ! murmura Allanon dans un souffle révérencieux. Coupé d'elle, il continue d'être rempli de sa vie. Voici l'arme que je cherchais, le talisman qui nous protégera de la magie noire des Démons.

Il retira le rameau des mains d'Ander et leurs regards se croisèrent à nouveau. Le prince sentit un courant muet passer entre eux, une chose qu'il ne comprenait pas vraiment, comme lors de la nuit où s'était réuni le Haut Conseil et où, le premier, il avait décidé de soutenir Amberle.

Les prunelles du Druide glissèrent sur Eventine.

— La pluie cessera cette nuit, anonça-t-il d'une voix basse et rapide. Ton armée est-elle prête ?

Le roi opina.

— Alors, nous nous mettrons en marche à l'aube. Nous devons agir très vite, maintenant.

— Mais nous nous mettrons en marche pour aller où ? s'enquit vivement le roi. As-tu découvert où cédera l'Interdit ?

Les yeux noirs d'Allanon étincelèrent.

– Oui. L'Ellcrys me l'a révélé. Elle sent que les Démons s'amassent à un seul point de l'Interdit et qu'elle s'affaiblit à cet endroit-là. Elle sait donc que c'est là que le mur commencera de s'écrouler. Une déchirure a déjà été opérée par ceux qui l'ont franchi pour assassiner les Elus. Cette entaille s'est refermée mais n'est point guérie pour autant. Déjà, à cet endroit, le mur menace de tomber. Sous les ordres de celui qui les commande et qui détient un pouvoir similaire au mien, les Démons se réunissent au niveau de cette cicatrice. Ce chef se nomme le Dagda Mor. Avec son aide, cette brèche se rouvrira sans, cette fois, se refermer.

» Nous les attendrons de pied ferme ! tonna le Druide, sa main blanchissant sur le rameau, tellement il le serrait avec force. Nous leur barrerons la route menant à Arbolon aussi longtemps que nous en serons capables. Nous donnerons ainsi à Amberle le temps dont elle a besoin pour trouver le Feu de Sang et revenir.

D'un geste impérieux, il invita le père et le fils à avancer. Puis, il ramassa sur le sol une des cartes tombées et la déploya bien à plat sur le bureau.

– La brèche s'ouvrira ici, annonça-t-il doucement.

Son index était posé sur l'immensité des Plaines du Hoare.

27

Le même jour, lorsque la nuit eut plongé presque toutes choses dans le noir et que la pluie fut devenue un crachin, le régiment des Libres de la Légion Frontalière fit son entrée à cheval dans la cité d'Arbolon. Les habitants interrompirent leurs activités pour les regarder défiler et échangèrent à voix basse des commentaires apeurés. Des trois artères de la cité jusqu'aux routes forestières en contrebas, un seul murmure courut : les Libres arrivaient à Arbolon.

Ander Elessedil était encore dans le cabinet de

travail de son père, qui peaufinait avec Allanon les plans de défense, lorsque Gael vint annoncer la nouvelle.

— La Légion ! (Un grand sourire illumina le visage du vieux roi.) Je n'osais l'espérer. Quel commandant ? Combien sont-ils ?

— Aucune idée, monseigneur. Le messager ne m'a rien précisé.

— Peu importe ! (Eventine gagnait déjà la porte.) Toute aide est la bienvenue...

— Roi des Elfes, tonna la voix grave du Druide, nous avons une tâche importante à terminer ! Ton fils pourrait peut-être te remplacer pour accueillir ces Frontaliers.

Ander regarda Allanon d'un air surpris puis, brûlant d'impatience, se tourna vers son père. Le roi hésita et, remarquant l'expression de son fils, opina.

— Très bien, Ander... Souhaite la bienvenue en mon nom au commandant de la Légion et informe-le que je le rencontrerai plus tard, au cours de la soirée. Veille à ce qu'on fournisse des quartiers à ses troupes.

Heureux qu'on lui confie enfin une tâche importante, Ander sortit en toute hâte du palais, escorté de Chasseurs Elfes. En cours de route, il se demanda pourquoi diantre Allanon avait fait appel à lui. Ce n'était pas la première fois. Et à deux reprises, il avait senti cette alliance tacite scellée entre eux. Aujourd'hui encore, c'était son frère qui aurait dû assister à cette réunion. Pourquoi Arion n'était-il jamais présent, lorsque le Druide s'entretenait avec Eventine ?

Tout en réfléchissant à cela, il franchit les grilles du palais. Les premiers rangs de la cavalerie de la Légion noircissaient la route qui desservait la demeure royale. Ander ralentit le pas, fronçant les sourcils. Il venait de reconnaître ces cavaliers. De longues capes grises bordées de pourpre se soulevaient sur leurs épaules et un chapeau à très large bord rehaussé d'une seule plume pourpre était jeté de guingois sur leur tête. De longs arcs et glaives étaient glissés à leur selle et, en travers de leur dos, était fixée une courte épée. Chaque soldat tenait une lance arborant un pennon gris et pourpre ; une légère cuirasse de cuir protégeait les chevaux. Escortés par une patrouille de Chasseurs Elfes, ils s'avançaient, le port hautain, dans les rues détrempées, en rangs serrés et impeccables, ignorant la foule qui se pressait à leur passage.

– Le régiment des Libres, murmura Ander pour lui-même. Ils nous ont envoyé le régiment des Libres !

Rares étaient ceux qui n'avaient pas entendu parler de ces soldats, le plus illustre et le plus controversé corps d'armée rattaché à la Légion Frontalière de Callahorn. Ils s'appelaient les Libres à cause de l'assurance donnée à ceux qui rejoignaient ses rangs de laisser leur passé dans l'ombre. La plupart avaient beaucoup à oublier. Originaires de diverses terres, ayant mené diverses existences, ils s'enrôlaient tous pour la même raison. La troupe comprenait maints brigands, tueurs et pilleurs, des hommes de haute comme de basse extraction, des hommes d'honneur et d'autres sans foi ni loi, qui cherchant, qui dérivant, qui fuyant, mais tous souhaitant oublier ce qu'ils étaient et ce qu'ils avaient été, désireux de repartir d'un bon pied. Le régiment des Libres leur accordait cette chance-là. On tirait un trait sur le passé, et la vie commençait le jour de l'engagement dans ce régiment. Le présent seul comptait, et ce que chacun en faisait le temps de son service.

Ce temps était en général bref. En effet, les Libres constituaient l'unité de choc de la Légion. Toujours les premiers envoyés au combat et toujours les premiers à mourir. Somme toute, il y a un prix à toutes choses, et ce prix-là ne leur semblait pas exorbitant. C'était une source d'orgueil pour ceux qui le payaient. Il leur donnait un sentiment d'importance et les distinguait de tous les autres combattants des Quatre Terres. La mort était pour ces hommes le sel de leur existence, une compagne de tous les jours. Mourir ne leur importait pas. Seul comptait de mourir en soldat.

Ils avaient maintes fois prouvé leur bravoure. Ander le savait. Et voilà qu'on les envoyait à Arbolon pour démontrer une fois de plus leur courage.

Le commandant fit arrêter ses troupes devant les majestueuses grilles en fer et ce cavalier d'une stature impressionnante mit pied à terre. Remarquant le prince des Elfes, il donna ses rênes à son second et s'avança à grandes enjambées. Il retira son large couvre-chef et inclina légèrement la tête devant Ander et son escorte.

– Je suis Stee Jans, commandant du régiment des Libres de la Légion Frontalière.

Ander garda tout d'abord le silence, impressionné par l'allure de ce guerrier. Il se sentait écrasé par sa haute taille. Sa face, bien qu'encore jeune, était lardée de cicatrices dont certaines traçaient des sillons blancs dans sa barbe rousse. Sa chevelure couleur de rouille tombait en tresses retenues par un nœud dans son dos. Une de ses oreilles avait été à moitié arrachée et à l'autre était fixé un anneau en or. Ses yeux marron clair étaient rivés sur ceux du prince. Des yeux durs, comme ciselés dans la pierre.

Ander s'aperçut qu'il examinait depuis longtemps le guerrier, en silence, et se ressaisit.

– Je suis Ander Elessedil... Le fils du roi Eventine.

Il tendit la main. La poigne de Stee Jans était d'acier, sa main calleuse et noueuse. Ander retira vite la sienne et parcourut du regard les longues rangées de cavaliers, cherchant en vain les autres unités de la Légion.

– Le roi m'a demandé de vous souhaiter la bienvenue et de veiller à fournir un logement à vos troupes. Dans combien de temps pouvons-nous espérer l'arrivée des autres régiments ?

Un vague sourire traversa le visage couturé du commandant.

– Mon prince, il n'y aura pas d'autres régiments. Seulement, celui des Libres.

– Seulement ?... balbutia Ander, atterré. Combien d'hommes avec vous ?

– Six cents.

– Six cents ! (Ander ne parvint pas à masquer sa consternation.) Mais la Légion Frontalière ? Quand arrivera-t-elle ?

Stee Jans laissa filer quelques secondes de silence avant de répondre.

— Monseigneur, je n'irai pas par quatre chemins avec vous. La Légion risque de ne jamais arriver. Le Conseil des Cités n'a pas encore pris de décision. Comme la plupart des Conseils, ses membres trouvent plus facile d'ergoter au sujet de la décision à prendre que de la prendre. Votre ambassadeur a bien parlé, m'a-t-on dit, mais de nombreuses voix de la prudence se sont élevées, et certaines ont carrément mis leur veto. Le roi de Callahorn s'en réfère au Conseil et le Conseil garde les yeux tournés vers le Sud. La Fédération est une menace que ce Conseil est capable de voir. Quant à vos Démons, ils ne sont guère pour lui qu'un mythe du Westland.

— Un mythe ! s'écria Ander, interloqué.

— Estimez-vous heureux de nous avoir à votre disposition, poursuivit le grand guerrier. Le Conseil nous a envoyés ici uniquement pour faire taire sa mauvaise conscience. Le régiment des Libres représente un choix logique... Comme toujours, lorsqu'il y a un sacrifice à faire, on nous envoie.

C'était là une simple constatation prononcée sans rancœur ni amertume. Le regard du commandant restait impassible. Ander rougit avec violence.

— Je n'aurais jamais cru, observa-t-il d'un ton cassant, une bouffée de colère l'emportant, que les hommes de Callahorn fussent si bornés !

Stee Jans considéra un moment le prince, comme s'il l'avait soupesé.

— Je sais que lorsque Callahorn a été attaquée par la formidable armée du Maître Sorcier, les Frontaliers ont lancé un appel au secours aux Elfes. Mais souvenez-vous qu'Eventine était alors prisonnier du Maître Sorcier, et qu'en son absence le Haut Conseil de votre peuple s'est révélé incapable d'agir. (Temps de silence.) Eh bien, il se passe à peu près la même chose avec le Conseil de Callahorn aujourd'hui. Les Frontaliers n'ont plus de véritable chef, et ce depuis la mort de Balinor.

La colère d'Ander s'apaisa brusquement et il adressa un regard plein d'estime au Southlander.

– Commandant, vous ne mâchez pas vos mots.

– Monseigneur, je suis un homme honnête. Cela m'aide à voir plus clairement les situations.

– Ce que vous venez de dire provoquerait sans doute des grincements de dents chez quelques conseillers de Callahorn.

– C'est peut-être pour cette raison que je suis ici, répondit Stee Jans en haussant les épaules.

Un sourire s'épanouit lentement sur le visage d'Ander. Cet homme-là lui plaisait. Pourtant, il ne savait quasiment rien à son sujet.

– Commandant, je regrette de m'être emporté. Ma colère n'a rien à voir avec vous, personnellement. Comprenez cela, je vous prie. Les Libres sont les bienvenus à Arbolon. A présent, permettez-moi de vous montrer vos quartiers.

– Inutile... Je dors avec mes soldats. Et l'armée des Elfes se met en marche demain matin, m'a-t-on dit. (Ander opina.) Dans ce cas, nous partirons aussi demain. Il nous suffit de nous reposer cette nuit. Veuillez prévenir le roi.

– Je le préviendrai.

Le commandant des Libres claqua des talons, puis rejoignit son cheval. La longue colonne grise repartit le long de la route boueuse.

Ander le suivit du regard, à la fois admiratif et accablé. Six cents hommes ! Pensant aux milliers de Démons qui allaient déferler sur le Westland, il se demanda malgré lui à quoi serviraient six cents Southlanders de plus.


28


Aux aurores, l'armée des Elfes s'ébranla au son aigre des fifres, accompagné du roulement sourd des tambours et des chants virils. Les bannières aux couleurs vives claquaient sous un ciel couvert et triste. Eventine chevauchait à leur tête, sa longue chevelure grise cascadant sur son haubert forgé dans un acier bleu. Il tenait fermement dans sa main droite le rameau argent de l'Ellcrys. Terrible, grand et noir sur un Artaq encore plus grand et plus noir, Allanon chevauchait à son côté. On eût dit la Mort en personne, remontée des abîmes de la terre pour soutenir les Elfes. Derrière venaient les fils du roi : Arion dans sa cape blanche, l'étendard de guerre des Elfes dans une main, un aigle aux ailes déployées sur un fond cramoisi. Ander, vêtu de vert, portait la bannière des Elessedils, une couronne de lauriers tressés au-dessus d'un chêne centenaire. Dardan, Rhoe et une trentaine de Chasseurs endurcis constituant la garde du roi venaient ensuite, suivis du régiment gris et pourpre des Libres, fort de six cents hommes. Pindanon chevauchait seul devant ses troupes, figure voûtée et hantée, sur un magnifique destrier. Sa vieille armure malmenée par les combats soutenait sa maigre carcasse. Venait enfin l'armée proprement dite, énorme, impressionnante. Des milliers de soldats en rang sur six colonnes. Trois compagnies de cavalerie, avec lances et armures, quatre compagnies de fantassins, armées de piques et protégées de boucliers en cuir, deux compagnies d'archers munis des longs arcs des Elfes. Tous vêtus de la tenue traditionnelle des Elfes : haubert court et cotte de mailles légère assurant liberté et rapidité de mouvement.

C'était là un cortège effrayant. Armes et harnais grinçaient et cliquetaient dans l'aube paisible traversée de scintillements et d'éclairs de métal. Les pieds bottés et les sabots ferrés projetaient de la boue dans des bruits de succion. Les colonnes obliquèrent du parvis nord de la cité vers la falaise du Carolan pour s'engager sur l'Elfitch, l'immense rampe qui menait du plateau à la forêt en contrebas. Le peuple était venu nombreux assister au départ. Amassés au sommet du Carolan, sur les murs et la moindre barrière, ainsi que dans les champs et les jardins bordant le parcours, tous faisaient leurs adieux à la colossale armée. Les cris d'encouragement et d'espoir étaient entrecoupés de silences nés d'émotions ineffables. Devant les grilles des Jardins de la Vie, la Garde Noire était là, présente comme un seul homme, lances levées en guise de salut. A la lisière de la falaise, les attendaient les Chasseurs de la Garde Royale, ainsi que celui qui les commanderait en l'absence du roi, Emer Chios, Premier ministre du Haut Conseil, et désormais chargé de la défense de la cité.

Une fois au pied du plateau, l'armée s'engagea vers les prairies méridionales. Un seul pont enjambait la Rill Song, unique voie d'accès à Arbolon par l'ouest. Ses eaux gonflées par les pluies recouvraient presque entièrement les piliers de métal. Comme un serpent caparaçonné de métal, l'armée traversa le pont. Armes et cottes de mailles jetèrent d'ultimes éclairs dans les bois obscurs. Les bannières furent bientôt happées par les arbres ; le martèlement des tambours, le chant funèbre des fifres s'affaiblirent en échos sourds, jusqu'à céder la place au silence. L'armée des Elfes était partie.

Pendant cinq jours, l'armée serpenta vers l'ouest d'Arbolon, à travers les profondes forêts de la terre des Elfes, afin de gagner la vallée du Sarandanon. Plus ils s'approchaient des provinces extérieures et plus nombreux étaient les Elfes qu'ils croisaient, fuyant leurs villages ravagés par des créatures terrifiantes et brutales, tuant sans raison et redisparaissant aussi vite qu'elles étaient venues. Enfin, les troupes émergèrent des forêts et s'engagèrent dans la vaste vallée du Sarandanon, coincée entre les forêts au sud et à l'est, les Monts Kensrowe au nord, et à l'ouest, les grandes plaines fertiles du lac Innisbore, le grenier à blé de la nation des Elfes. Lorsqu'ils atteignirent l'extrémité occidentale de cette vallée, le soleil frôlait déjà la crête des montagnes, un flot étincelant de lumière d'or cascadant sur la roche.

Tout au loin, les cimes arrondies de la Fracture se dressaient contre l'horizon, s'abaissant progressivement au nord des Monts Kensrowe jusque dans la terre aride et désolée du Territoire de Kershalt.

L'armée mit alors le cap sur le nord. Entre le lac d'Innisbore et les Monts Kensrowe, les gorges de Baen conduisaient aux terres vallonnées et accidentées s'étendant au pied de la Fracture. L'armée dressa son camp pour la nuit à l'entrée de cette gorge.

Lorsque l'obscurité eut recouvert toutes choses, Allanon redescendit des Monts Kensrowe. Silencieux telle une ombre, il traversa le camp en se faufilant entre le dédale des feux de bois allumés dans la prairie. Indifférent aux soldats qui le regardaient passer, il se rendit directement à la tente du roi. Les Chasseurs Elfes, qui montaient la garde devant cette tente, le laissèrent entrer sans l'interpeller.

Il trouva le roi installé à une petite table de fortune faite de planches posées sur des bûches. Il finissait de dîner. Dardan et Rhoe se tenaient, silencieux, au fond de la tente. A un regard du Druide, le roi les renvoya. Allanon s'approcha alors de la table et s'installa face à Eventine.

– Tout est-il prêt ?

Le souverain opina.

– Et le plan de défense ?

A la lumière des lampes à huile, le roi aperçut le visage sombre du Druide, couvert de sueur. Il le regarda d'un air incertain, puis il repoussa son assiette afin d'étaler sur la table une carte de la terre des Elfes.

– A l'aube, nous marcherons jusqu'à la Fracture, annonça-t-il en traçant la route du doigt. Nous bloquerons les passes d'Halys et du Worl et les tiendrons aussi longtemps que nous le pourrons. Si les Démons pénètrent de force dans ces deux défilés, nous reculerons vers la vallée du Sarandanon. Les gorges de Baen constitueront notre deuxième ligne de défense. Si les Démons franchissent la Fracture, trois voies s'ouvriront à eux : contourner les défilés par le sud, mais dans ce cas, ils devront faire le tour de l'Innisbore à travers les forêts, puis remonter de nouveau vers le nord. S'ils se dirigent d'abord vers le nord, ils devront traverser la terre accidentée au-dessus des Monts Kensrowe pour aller vers le sud. L'une et l'autre route retardera d'au moins plusieurs jours leur progression vers Arbolon. La troisième solution est pour eux de traverser les gorges de Baen... et les rangs de l'armée des Elfes.

Les prunelles noires du Druide fixèrent le roi.

– En principe, on devrait pouvoir tenir plusieurs jours, poursuivit le roi. Plus, peut-être, si l'ennemi ne pense pas à nous prendre en tenaille.

– Deux jours, pas plus, observa le Druide d'un ton neutre et dénué de toute émotion.

Eventine se raidit.

– Soit, deux jours. Mais si le Baen tombe, le Sarandanon sera perdu, et dans ce cas, Arbolon restera notre ultime défense.

– Certes. (Allanon se pencha en avant et croisa les mains.) A présent, nous devons parler d'une autre chose, d'une chose que je ne t'ai pas révélée. (Il enchaîna dans un murmure :) Les Démons qui ont déjà franchi le mur de l'Interdit ne rôdent plus autour de nous. Le Dagda Mor et sa clique ne nous surveillent plus, ne nous traquent plus. Sinon, je les aurais sentis. Or, depuis que nous avons quitté Arbolon, je n'ai plus senti du tout leur présence.

A cette nouvelle, le roi des Elfes resta coi.

– J'ai trouvé fort étrange qu'ils s'intéressent si peu à nous. (Le Sage esquissa un pâle sourire.) Je suis donc parti dans les Monts Kensrowe afin d'être seul et de découvrir où ils étaient partis. Je peux en effet détecter ceux qui sont cachés à mes yeux. Mais c'est un pouvoir que j'utilise rarement, car, dans le même temps, il révèle à ceux qui – comme le Dagda Mor – détiennent un pouvoir similaire au mien, à la fois ma présence et celle de ceux que je recherche. Je ne me suis donc pas risqué à l'employer pour savoir où se trouvent Wil Ohmsford et ta petite-fille, afin de ne pas renseigner les Démons sur leur situation. J'ai néanmoins estimé que je devais prendre le risque de retrouver la trace du Dagda Mor.

» J'ai sondé toutes les terres alentour pour savoir où il se cache. En fait, il ne se dissimule pas du tout. Je l'ai détecté de l'autre côté de la muraille de la Fracture, dans les Plaines du Hoare, en compagnie de ses laquais. Malheureusement, je n'ai rien appris au sujet de ce qu'ils trament. Leurs pensées me sont restées inaccessibles. Je ne suis parvenu qu'à sentir leur présence. Le Mal qui les habite est si puissant que le simple fait de l'approcher m'a causé une terrible douleur et m'a contraint à me rétracter aussitôt.

Le Druide redressa le buste.

— En tout cas, il est certain que les Démons s'assemblent bien dans les Plaines dans l'attente de l'effondrement de l'Interdit. Ils œuvrent sans aucun doute à accélérer cet effondrement. Ils agissent au grand jour, se moquant éperdument des intentions des Elfes. Cela me laisse à penser qu'ils connaissent déjà nos plans.

Eventine pâlit.

— Mon palais abrite un espion, déclara-t-il. Il a averti les Démons, j'en suis certain. Ne t'attendaient-ils pas à Paranor ?

— Cela expliquerait, en effet, pourquoi les Démons montrent si peu d'intérêt pour nos mouvements, approuva Allanon. S'ils savent déjà que nous avons l'intention de les arrêter au pied de la Fracture, pourquoi nous suivraient-ils pour savoir où nous allons ? Ils n'ont qu'à attendre notre arrivée.

— La Fracture, reprit le roi, risque d'être un piège pour nous.

Le Druide acquiesça.

— Il nous faut à présent découvrir la nature de ce piège. Ils ne sont pas encore assez nombreux pour repousser une armée de la taille de la nôtre. Ils ont besoin de ceux qui sont encore emprisonnés dans l'Interdit. Mais s'ils sont assez rapides...

Il n'acheva pas sa phrase et se leva.

— Ah ! une chose encore, Eventine. Cet espion se trouve certainement toujours parmi nous, dans notre camp peut-être. Parmi ceux en qui tu as toute confiance. Si l'opportunité se présente, il pourrait même te tuer.

Là-dessus, le Druide tourna les talons pour quitter la tente. Son ombre s'allongea démesurément sur les parois en toile sur lesquelles se reflétait le scintillement des flammes des lampes à huile. Le roi le regarda sans mot dire, puis se leva brusquement.

— Allanon !

Ce dernier jeta un regard en arrière.

– Si les Démons savent que nous faisons marche sur la Fracture... s'ils savent cela, alors ils savent sans doute également qu'Amberle porte la semence en Barbarie.

Un lourd silence emplit la tente. Les deux hommes se firent face. Puis, sans un mot, Allanon redisparut dans la nuit.

Au même moment, Ander se frayait un chemin à travers le camp pour retrouver les Libres et Stee Jans. Sa mission était de s'enquérir des besoins des soldats de la Légion, mais en fait, il voulait surtout en apprendre plus au sujet de leur énigmatique commandant. N'ayant rien à faire de plus urgent dans l'immédiat, il désirait profiter de ce loisir pour discuter avec le Southlander.

Il trouva le régiment à la lisière sud des Monts Kensrowe ; leurs chevaux avaient déjà été étrillés et nourris, et les tours de garde mis en place. Personne ne l'interpella, tandis qu'il errait au milieu de leur camp. Comme il ne repéra pas d'emblée les quartiers de Jans, il interrogea plusieurs soldats qui l'envoyèrent finalement auprès d'un capitaine.

– Lui ? (Le capitaine était un solide gaillard, à la barbe fournie et au rire caverneux.) Qui sait ? Il n'est pas dans sa tente. Ça, je peux vous le dire. Il est parti dès que nous avons dressé le camp. Dans les montagnes.

– En reconnaissance ? s'étonna Ander.

Le capitaine haussa les épaules.

– Il est comme ça. Il veut toujours tout connaître de la région où il risque de mourir. (Il éclata d'un rire gras.) Il ne laisse jamais cette tâche à un autre. Faut qu'il y aille en personne.

Ander opina, soudain mal à l'aise.

– Je présume que c'est grâce à cette précaution qu'il est encore vivant.

– Encore vivant ? Ma foi, celui-là ne mourra jamais. Vous savez comment on l'appelle ? L'Homme d'Acier. L'Homme d'Acier, c'est lui, notre commandant.

– Il a l'air assez dur, en effet, acquiesça Ander, sa curiosité de nouveau avivée.

Le capitaine lui fit signe de s'approcher et, un instant, il parut oublier à qui il s'adressait.

– Vous avez entendu parler de Rybeck ?

Ander fit non de la tête, et une étincelle de satisfaction jaillit dans les yeux durs du soldat.

– Alors, écoutez... Il y a dix ans, une bande de pilleurs gnomes brûlaient et massacraient les habitants de la lisière orientale de la Frontière. De vicieux petits rats, et toute une troupe avec ça. La Légion a tout tenté pour les prendre au piège, mais en vain. Finalement, le roi envoya le régiment des Libres... Avec l'ordre de les traquer et de tous les éliminer, même s'il fallait le restant de l'année pour y parvenir. Je me souviens bien de cette chasse aux Gnomes. J'appartenais déjà aux Libres.

Le capitaine s'accroupit à côté d'un feu de camp, Ander fit de même. D'autres soldats vinrent aussi écouter ce fameux récit.

– Au bout de cinq semaines, les Libres traquaient encore les Gnomes vers l'est, dans le Haut-Anar. Puis, un beau jour, une de nos patrouilles, composée de vingt-trois hommes seulement, tomba sur une arrière-garde de plusieurs centaines de pilleurs. Cette patrouille aurait pu rebrousser chemin, mine de rien. Mais non !

» C'étaient des Libres, et ils choisirent de se battre. Un seul soldat repartit pour chercher des renforts et les vingt-deux autres investirent le petit village appelé Rybeck... Rien que quelques cahutes minables. Pendant trois heures d'affilée, nos soldats repoussèrent tous les assauts lancés par ces rats. Un lieutenant, trois sous-officiers et dix-huit non-gradés. L'un de ces sous-officiers n'était qu'un gosse. Engagé depuis sept mois seulement dans les Libres... Mais déjà caporal ! Personne ne savait grand-chose à son sujet. Comme presque tous les Libres, il ne parlait guère de son passé.

Le capitaine se pencha en avant.

– Après deux heures de combat, ce gosse était le dernier officier encore en vie. Il rallia la demi-douzaine de soldats encore debout dans une fermette en pierre. Il refusa de se rendre, et pas de quartier. Quand les renforts arrivèrent enfin, des cadavres de Gnomes jonchaient tout le village. (Le capitaine serra le poing sous le nez du prince.) Plus d'une centaine. Tous les nôtres étaient tués, tous, sauf deux, mais l'un poussa son dernier soupir un peu plus tard, le même jour. Si bien qu'il n'en restait plus qu'un : ce gosse caporal.

Le soldat poussa un petit rire.

— Eh bien, ce gosse, c'était Stee Jans. Voilà pourquoi on l'appelle l'Homme d'Acier. Rybeck ? (Hochement de tête solennel.) Voilà comment un soldat des Libres doit se battre et mourir.

L'assemblée émit des murmures d'assentiment. Ander attendit encore quelques secondes, puis se releva. Le capitaine l'imita et redressa le buste, semblant se rappeler tout à coup le titre de celui à qui il avait fait ce récit.

— En tout cas, monseigneur, le commandant n'est pas ici pour l'instant... Puis-je faire quelque chose pour vous ?

— Je suis juste venu pour savoir si vous aviez besoin de quoi que ce soit.

— A boire ! cria un soldat.

Mais le capitaine fit taire le plaisantin d'un vif juron.

— Tout va bien, monseigneur, répondit le capitaine. On a tout ce qu'il faut.

Ander hocha la tête. Des hommes endurcis, ces soldats des Libres. Une longue marche jusqu'à Arbolon, à peine une nuit de repos, puis de nouveau une marche forcée de cinq jours. Il doutait qu'ils aient ce qu'il leur fallait.

— Dans ce cas, bonne nuit, capitaine.

La tête résonnant des exploits de l'Homme d'Acier, Ander repartit à travers le camp.

## 29

Le lendemain matin, les longues colonnes de soldats quittèrent la vallée du Sarandanon par le nord. L'aube n'était encore qu'un mince filet de lumière argentée s'étirant au-dessus de la cime des forêts. Elles serpentèrent au gré des lacets de la gorge de Baen, puis débouchèrent dans les collines s'étendant au-delà. Bottes et sabots martelaient le sol à une rude cadence dans un bruit de ferraille et de grincements de cuir. Hommes et chevaux soufflaient de petits nuages de vapeur dans la gelée du jour naissant. Ni chant ni sifflotement ne montait des rangs. La lassitude et un sombre pressentiment incitaient au silence. Ce matin-là, les Elfes comme les Frontaliers savaient qu'ils allaient au combat.

Ils s'engagèrent à travers les premières montagnes arides au sol accidenté, où ne poussait qu'une maigre végétation et aux tranchants érodés par le vent et la pluie. Devant eux, encore loin, se profilait la masse sombre de la Fracture contre le ciel pâlissant. L'air se réchauffa lentement, les heures s'écoulèrent, et l'armée, bifurquant vers l'ouest, continua de se frayer un chemin à travers les ravines, escaladant maintes croupes.

Loin au sud, les eaux bleues de l'Innisbore miroitaient au soleil et des nuées de mouettes blanches, aux ailes tachetées de noir, poussaient leurs cris stridents et lancinants au-dessus du lac ridé par la brise.

Lorsque le soleil fut à son zénith, ils étaient parvenus au pied de la Fracture et Eventine, d'un geste, fit arrêter ses troupes. Grandiose et noire, cette muraille de roche s'élevait à des milliers de mètres vers les cieux. Comme si quelque géant eût pressé la pierre dans ses mains jusqu'à ce qu'elle éclate et se fende, les pics déchiquetés des aiguilles se plissaient en accordéon. Figées et silencieuses, nues et froides, ces montagnes n'étaient que ténèbres, désolation et mort.

Deux défilés tranchaient cette monumentale masse

rocheuse, étroits couloirs rattachant la terre des Elfes aux Plaines du Hoare. Au sud, l'Halys, au nord, le Worl. Si les Démons traversaient l'Interdit à hauteur des Plaines du Hoare, ils seraient contraints, pour gagner Arbolon, d'emprunter l'un ou l'autre de ces deux passages. Et c'était là que l'armée des Elfes tenterait de les arrêter.

— Nous nous séparons ici, annonça Eventine aux commandants qu'il avait réunis autour de lui.

Ander avança sa monture pour entendre.

— Une moitié de l'armée marchera au nord, conduite par le prince Arion et le commandant Pindanon pour défendre le Worl. L'autre moitié au sud, sous mon commandement, pour défendre l'Halys. Commandant Jans ? (Le visage couleur de bronze du chef des Libres apparut.) J'aimerais que la Légion fasse route vers le sud. Pindanon, lancez vos ordres.

Le petit cercle de cavaliers se sépara. Ander jeta un rapide regard à Arion qui le toisa d'un air froid, puis s'éloigna.

— Ander, je veux que tu viennes avec moi, cria leur père.

Kael Pindanon revint au galop auprès du roi. Tout était prêt. Les deux vieux compagnons se dirent adieu, mains soudées. Ander regarda une dernière fois son frère qui avançait déjà en tête de sa colonne. Tout à coup, Allanon surgit, le visage de marbre.

— Sa colère est déplacée, observa-t-il.

Et d'un léger coup d'étrier, il fit repartir Artaq.

La voix sonore de Pindanon retentit. Bannières et lances se levèrent en guise de salut, et l'armée des Elfes se sépara. Cris et exclamations fusèrent, renvoyés en longs échos par les plis de la roche. L'air frémit d'agitation, d'impatience et d'ardeur. Puis les troupes de Pindanon obliquèrent vers le nord, serpentant à travers les collines dans un énorme nuage de poussière, et disparurent enfin hors de vue.

Les soldats restés avec le roi se mirent en marche vers le sud. Pendant plusieurs heures, ils progressèrent à la frange de la Fracture, montant et descendant au gré des montagnes. Le soleil poursuivait sa course vers l'occident, et bientôt, des ombres s'étirèrent en longs sillons noirs. L'air statique et suffocant de l'après-midi se rafraîchit soudain avec la brise venue des lointaines forêts. Progressivement, les montagnes s'adoucirent en prairies. A leur lisière se dressaient les pics effilés et les arêtes brisées au sein desquels s'ouvrait la gueule sombre de l'Halys.

Eventine fit arrêter ses troupes pour faire le point avec ses officiers. Au sud de l'entrée orientale de ce défilé, des plaines ouvertes s'étendaient sur plusieurs lieues jusqu'aux forêts. Si jamais les Démons trouvaient le moyen de traverser la Fracture au sud de l'Halys, ils pourraient ensuite remonter au nord à travers ces forêts et les prendre au piège dans le défilé. Une arrière-garde était donc nécessaire pour parer à cette éventualité. La cavalerie, de préférence, qui, de toute façon, serait encombrante dans cette gorge étroite.

Ander vit les yeux de son père se poser très brièvement sur Stee Jans.

— Les unités de cavalerie des Elfes formeront cette arrière-garde, annonça-t-il aussitôt.

L'ordre fut lancé. Les cavaliers elfes se détachèrent du corps de l'armée et commencèrent à se déployer à travers les prairies. Au signal d'Eventine, le reste des troupes s'engagea dans le défilé. Presque aussitôt, le sol commença de monter. L'air fraîchissait, et les parois rocheuses répercutaient en échos irréels le fracas des bottes et des sabots des chevaux des Libres. Comme la pente s'accentuait, ils progressèrent d'un pas moins assuré. Des éboulis jonchaient le sol ; des crevasses le hachuraient. Hommes et bêtes trébuchaient et glissaient souvent, et leur train ralentit considérablement.

Puis, tout à coup, ils stoppèrent. Devant eux s'ouvrait un immense abîme : une fissure massive scindait le défilé sur plusieurs centaines de mètres. Sur la gauche, un sentier serpentait à flanc de montagne, large et au sol égal. Sur la droite, une corniche contournait également cet abîme. Mais à moitié effondrée, trop étroite, elle ne laisserait passer aucun cavalier. Autour d'eux, les parois se rejoignaient presque, au point de ne laisser voir du ciel qu'une fine zébrure.

Se tenant le plus à l'écart possible du gouffre noir, l'armée s'engagea sur la large sente. Elle déboucha bientôt dans un canyon inondé de soleil et au sol couvert d'un tapis vert de broussailles et d'herbe rase. Un ruisseau tombait en cascade jusqu'au pied du canyon pour s'élargir en un petit bassin. Des lapins de garenne détalèrent dans les buissons à l'approche de l'armée et une nuée d'oiseaux venus s'y rafraîchir prirent leur envol.

Ce canyon s'élargissait de nouveau en une vaste gorge sinueuse. Après une longue montée menant au col, il s'ouvrait au loin sur la plane immensité du Hoare. De part et d'autre, les parois tourmentées formaient un chaos inextricable de fissures, de niches et de crevasses. Eventine leva brusquement la main. L'armée s'arrêta. C'est ici qu'ils attendraient les Démons.

La lumière grise du crépuscule perça à travers la Fracture vers le couchant qui enflamma les Plaines du Hoare d'une lumière d'or et pourpre. Un croissant argenté de lune s'éleva au-dessus des forêts, et l'une après l'autre, les étoiles s'allumèrent dans le firmament. Dans l'Halys, le silence s'intensifia.

Ander Elessedil était juché, seul, sur un petit talus à mi-hauteur de la gorge, le rameau blanc argent de l'Ellcrys niché dans le creux de ses bras. Pour la vingtième fois en une demi-heure, il repassait dans son esprit la stratégie élaborée par son père pour défendre le défilé. Une large plate-forme rocheuse l'enjambait à quelques centaines de mètres de son entrée, surplombant la pente abrupte jonchée d'éboulis et d'épineux. Les Elfes attendraient là. Les archers d'abord, qui tireraient sur les Démons dès qu'ils s'engageraient sur cette montée. Une phalange de lanciers et de piquiers ensuite qui prendrait la relève, s'ils s'approchaient trop pour que le tir des archers fût encore efficace. Une deuxième phalange de réserve. Les Elfes tiendraient cette montée aussi longtemps que possible, puis ils reculeraient de plusieurs centaines de mètres à hauteur d'une position similaire, et ainsi de suite. La stratégie était bonne. L'ennemi les trouverait fin prêts au combat.

Ander contempla l'étendue du Hoare. Rien ne bougeait. La plaine était nue et silencieuse, sans nulle trace de Démons.

Pourtant, ils allaient venir. Il caressa lentement le bois doux du rameau de l'Ellcrys, suivant les grains de son écorce. Son père le lui avait confié le temps d'inspecter ses troupes. Ander inspira à pleins poumons l'air de la nuit. Ce rameau protégerait-il vraiment les Elfes ? Son pouvoir magique viendrait-il les soutenir, eux désormais simples hommes, et non plus les créatures féeriques qu'avaient été leurs lointains aïeux ? Il resserra la main autour du rameau, cherchant un regain de courage dans la solidité du bois. Malgré les affirmations du Druide, le doute obscurcissait son esprit. Ces Démons représentaient un Mal incompréhensible, né d'un monde depuis longtemps disparu et que personne n'avait jamais vu ni su imaginer, ne serait-ce que vaguement.

Il se reprit. Personne, hormis Allanon, rectifia-t-il, qui lui-même faisait peut-être partie de ce monde obscur et oublié.

Surgissant de l'ombre, son père apparut devant lui. Sans un mot, il lui tendit le rameau. Lassitude et inquiétude creusaient ses traits et se reflétaient dans ses yeux. Ander se força à détourner le regard.

— Tout va bien ? s'enquit-il au bout d'un moment.

Le roi répondit par un signe de tête hésitant.

Le silence retomba entre eux. Ander chercha autre chose à dire. L'angoisse qui ne cessait de le tenailler le poussait à vouloir se rapprocher de son père. Il aurait aimé le lui faire comprendre. Mais il lui était difficile de se confier. Ni l'un ni l'autre n'avaient jamais été très doués pour exprimer leurs sentiments.

Son humeur s'assombrit encore. C'était également le même silence avec Arion, qui ne décolérait pas depuis que le Haut Conseil avait confié à Amberle la tâche de porter la semence de l'Ellcrys. Il comprenait pourtant son immense amertume. Lui aussi l'avait ressentie, lorsque Amberle avait fui leur terre. Toutefois, la revoir lui avait permis de ranimer son ancienne affection. Il aurait aimé expliquer cela à son frère. Il en éprouvait le besoin. Mais il n'y parvenait pas.

Se rendant compte soudain qu'Allanon était là, à côté de lui, il sursauta avec violence. Le Druide avait surgi du néant sans produire le moindre froissement de robes. Après l'avoir étudié un instant, ce dernier se tourna vers le roi.

— Tu ne dors pas.

Eventine paraissait avoir l'esprit ailleurs.

— Non. Pas encore.

— Roi des Elfes, tu dois te reposer.

— Bientôt... Allanon, crois-tu qu'Amberle est encore en vie ?

Ander retint son souffle et jeta un furtif regard au Druide. Ce dernier garda le silence un moment avant de répondre :

— Elle est vivante.

Comme il n'ajoutait rien, le roi leva les yeux sur lui.

— Et comment le sais-tu ?

— Je ne le sais pas. C'est ce que je pense.

Tête légèrement levée, les yeux caverneux du Sage scrutèrent les cieux.

— Parce que Wil Ohmsford n'a pas encore employé les Pierres des Elfes. Si la vie d'Amberle avait été menacée, il l'aurait fait.

Ander fronça les sourcils. Les Pierres des Elfes ? Wil Ohmsford ? Qu'était-ce cela ? Soudain, il se souvint du deuxième personnage mystérieux qui était entré avec Allanon dans la salle du Conseil et qui n'avait pas montré son visage. Ce devait être ce Wil Ohmsford. Des questions se bousculaient sur ses lèvres ; il se tourna vers le Druide, mais ne dit rien. Si Allanon avait voulu lui en apprendre davantage, il l'aurait fait. Mais pourquoi ces mystères ?

Troublé, il contempla les Plaines qui disparaissaient dans la nuit.

Le roi annonça qu'il allait poursuivre l'inspection

de son armée et redescendit dans la gorge. Telles des statues, les deux hommes restèrent figés, suivant du regard la silhouette du vieux roi qui se faufilait à travers les éboulis. Les minutes filèrent. Ander crut que le Druide l'avait oublié, lorsque sa voix grave brisa soudain le silence.

— Tu aimerais savoir qui est Wil Ohmsford, n'est-ce pas, prince des Elfes ?

Ander eut l'air éberlué, puis opina brusquement.

— Dans ce cas, écoute, fit le Druide, les yeux fixés droit devant lui.

Il expliqua succinctement la mission de Wil et son héritage. Peu à peu, les souvenirs des récits que lui faisait son père de la quête du légendaire Glaive de Shannara menée par Shea Ohmsford revinrent à la mémoire d'Ander. Une fois qu'Allanon eut terminé, il garda le silence, contemplant les ombres qui avaient happé son père.

— Pourquoi m'as-tu expliqué cela, Allanon ? s'enquit-il enfin.

— Il fallait que tu le saches.

Ander secoua lentement la tête.

— Pourquoi moi ?

— Pour de nombreuses raisons, souffla le Druide en tournant sa face d'aigle vers lui. Peut-être parce que personne d'autre que toi, Ander, ne se serait avancé pour défendre Amberle, cette nuit-là, dans la salle du Haut Conseil. Peut-être à cause de cela.

Les prunelles noires restèrent encore rivées sur le prince, puis se portèrent sur le lointain.

— Tu devrais te reposer, à présent. Tu devrais dormir.

Ander opina, l'esprit ailleurs. Le Druide avait-il vraiment répondu à sa question ?

## 30

L'aube se leva, et un brouillard gris et épais recouvrit complètement les Plaines du Hoare. Impénétrable, immobile, il stagna sur la terre, l'enveloppant comme un linceul. La lumière pâle et nacrée du levant commença à abolir la nuit. Alors, ce brouillard s'anima. Il se mit à tourner contre la muraille des montagnes en de lentes et léthargiques ondulations, comme une soupe infâme remuée dans une marmite. Il tourbillonna de plus en plus vite, se cognant contre les falaises, comme si celles-ci devaient l'avaler.

Flanqué de son père et d'Allanon, entouré par la Garde Royale, Ander observait les Plaines du Hoare, juché sur l'une des falaises de la gorge. A leurs pieds, l'armée des Elfes se préparait à soutenir l'assaut des hordes de Démons, les yeux rivés sur les remous de brume devant l'entrée du défilé. De ce brouillard aurait dû surgir l'ennemi. Mais les minutes s'écoulaient et il ne se passait rien. Les soldats devinrent nerveux. Ander sentit monter leur inquiétude, comme la sienne se muait en peur franche.

Soudain, la voix sonore du Druide éclata :

— Tenez bon ! N'ayez pas peur ! (Tous les yeux se tournèrent vers la grande silhouette noire.) Ce n'est que du brouillard, bien que forgé par les Démons ! Courage, à présent. Du nerf ! l'Interdit s'écroule. Les Démons sont sur le point de le traverser.

A l'entrée de l'Halys, les houles de brume se fracassaient sur quelque invisible barrière, comme un océan déchaîné, l'empêchant de s'engouffrer dans le défilé. Un silence profond pesait sur la terre. Crispées sur la hampe dont la bannière des Elessedils pendait comme en berne, les mains d'Ander tremblaient, et il luttait pour garder son sang-froid.

Tout à coup, les cris retentirent, lointains et lancinants, comme montés des entrailles de la terre. Dans le brouillard, des éclairs de feu rouge fusèrent vers le ciel encore sombre de l'aube, et la brume fut comme soulevée par une vague de fond. Vite, les cris s'amplifièrent, se firent soudain hurlements sauvages, vibrant de démence. Ils s'enflèrent jusqu'à former un glapissement continu qui fila des Plaines du Hoare dans le défilé étroit de l'Halys.

– Ils arrivent, murmura Allanon d'un ton âpre.

Le vacarme se fracassant sur eux, les soldats de l'armée des Elfes tombèrent sur leurs genoux. On banda les arcs. On assura lances et piques sur le sol. A l'entrée du défilé, le brouillard explosa en un brasier écarlate qui couvrit et la terre et les cieux de reflets pourpre et violacé. La stridence des hurlements devint assourdissante, et brusquement, l'air lui-même parut exploser en un colossal fracas de tonnerre qui heurta la muraille de la Fracture et ébranla la roche jusqu'en son cœur. Ander poussa un cri d'épouvante et tous furent projetés sur le sol par la force de cette implosion. Rapides, l'œil aux aguets, ils se relevèrent tant bien que mal. Le silence était retombé. Et la brume grise stagnait de nouveau.

– Allanon ? murmura Ander.

– C'est fini... L'Interdit est brisé, répondit le Druide dans un souffle.

L'instant d'après, les hurlements reprirent de plus belle. Un rugissement d'exultation délirante. Et les hordes de Démons enfin libérées se ruèrent par l'entrée de l'Halys. Une vague de corps noirs déferla dans la gorge. Ces Démons étaient de toutes formes et de toutes tailles, le corps tordu. Ils n'étaient que crocs, griffes et serres tranchantes comme des lames de rasoir. Couverts d'écailles, ou les poils hérissés. Les uns rampaient, d'autres volaient, d'autres encore bondissaient en se contorsionnant. Pas un qui ne fût une créature cauchemardesque, surgie des rêves les plus sombres. Mi-humaines, mi-animales, ombres grises et fugaces que l'œil avait du mal à suivre. Ogres massifs au pas traînant et aux traits hideux. Gremlins qui voletaient, comme soufflés par le vent. Lutins et Gobelins, noirs de vase et de fange. Serpents sifflant leur venin et se tortillant rageusement. Furies et Démons-loups. Goules et autres créatures avides de chair et de sang humains. Harpies et chauves-souris monstrueuses noircissant le ciel de leur vol. Tous surgissant de la brume, ces monstres s'étripaient les uns les autres dans leur hâte fiévreuse à se libérer.

Les arcs sifflèrent. Une pluie de flèches noires décima les premières vagues. Les autres ralentirent à peine, piétinant les corps tombés. Les archers tiraient à une cadence folle, mais cette pluie n'arrêta pas les Démons qui continuaient d'avancer, hurlant leur dépit et leur rage.

Moins de cinquante mètres à présent séparaient les adversaires. Les archers reculèrent et s'écartèrent pour laisser la phalange des lanciers et des piquiers gagner le sommet de la pente. Les Démons se ruèrent en masse sur eux. Cette marée se fracassa sur la phalange dans un craquement sinistre. Les premiers rangs des Elfes vacillèrent légèrement mais tinrent bon. Les Démons s'empalèrent sur les lances. Dans un formidable élan, les Elfes les repoussèrent contre la vague suivante qui engloutit leurs corps transpercés. Derechef, l'ennemi repartit à l'assaut, ouvrant cette fois plusieurs brèches dans les rangs des Elfes, qui parvinrent à les refermer aussitôt. Mais beaucoup périrent aussi, ensevelis et broyés sous la masse noire de leurs assaillants. Et le flot déferlant ne s'amenuisait pas. Les Démons se répandaient par milliers sur les parois et le fond de la gorge. Les flèches des Elfes continuaient à faire des ravages. Pourtant, là où un ennemi tombait, trois autres le remplaçaient sur-le-champ. Les flancs de l'armée elfique commençaient à fléchir sous cet incessant assaut, et toute la ligne de défense était déjà sur le point de céder.

Eventine lança l'ordre de reculer. Vite, les soldats se replièrent à hauteur de la deuxième ligne de défense, un rempart de roches brisées qui se trouvait juste avant le passage ramenant dans le canyon. De nouveau, une grêle de flèches s'abattit sur la masse grouillante en contrebas. Lanciers et piquiers resserrèrent leurs rangs, s'apprêtant à encaisser le choc. Le raz de marée les heurta aussitôt de plein fouet. Des centaines de Démons périrent au cours de cette mêlée, transpercés par les traits des Elfes ou piétinés par leurs propres frères. Mais ils continuaient à déferler, toujours plus avant dans la gorge. Les Elfes reculèrent une fois, deux fois, puis trois. Le sol de l'Halys se noircit de cadavres écrasés et sanguinolents, bramant de douleur et de haine.

Posté à l'entrée du canyon, Ander observait en silence le flux et le reflux de la bataille. Les Elfes perdaient inexorablement du terrain. Le rameau de l'Ellcrys tenait bel et bien les Démons en échec, comme l'avait promis Allanon. Ils périssaient sous le fer des Elfes, mais cela ne suffisait pas à arrêter ces hordes sans cesse plus nombreuses, malgré l'intelligente stratégie du roi et la vaillance de ses hommes. Il y avait tout simplement trop de Démons et pas assez d'Elfes.

Le prince jeta un rapide regard à son père. Ce dernier, ses mains noueuses crispées sur le rameau, concentrait son attention sur les combats. Toute la ligne de défense commençait de s'émietter dangereusement. Utilisant les armes arrachées aux Elfes tombés, des pierres et des massues de fortune, les Démons à la force bestiale s'acharnaient sur la phalange de plus en plus clairsemée qui leur barrait le passage. Lançant son cri de guerre, le régiment des Libres, gardé en réserve jusqu'alors, se lança au centre de cette ligne défensive. Mais les Démons affluaient toujours.

— Nous ne pourrons jamais tenir, murmura Eventine.

Au même instant, l'ennemi rompit le flanc gauche et se rua sur le groupe de soldats posté à l'entrée du canyon. La Garde Royale se précipita devant le roi et Ander pour les protéger. Ander planta aussitôt la bannière des Elessedils dans la terre rocailleuse et dégaina son glaive. La sueur ruisselait sous sa cotte de mailles et la peur desséchait sa gorge.

Soudain, Allanon s'avance, bras levés, dans un déploiement de robes. Le feu bleu qui jaillit de la pointe de ses doigts transperce la semi-pénombre et la terre explose autour des assaillants. Des tourbillons de fumée montent de la roche et se dispersent au-dessus d'un amas de corps noirs et inanimés. Mais tous ne sont pas tombés.

Un instant, les survivants hésitent. Derrière eux, la

brèche s'est refermée. Aucune retraite n'est possible. Hurlant de fureur, ils étripent la Garde Royale. Le combat est sans merci. Maints Démons expirent sous les lames sifflantes des Elfes, mais une poignée se fraie un passage et s'élance sur le roi. Un frêle Gobelin saute à la gorge d'Ander et y enfonce ses serres. Le prince se défend désespérément à coups de taille. De nouveau, le Gobelin s'approche. Un soldat de la Garde Royale s'interpose entre eux et d'une estocade épingle le Gobelin sur la terre.

Horrifié, Ander recule en chancelant, l'œil fixé sur la mêlée qui s'avance. Le flanc gauche a encore cédé et Allanon se dresse de nouveau devant les cohortes de Démons. Le feu bleu crépite, des hurlements déchirent l'air. Une nuée de Démons vient de rompre le flanc droit à son tour et charge avec fureur pour aider ceux qui sont pris au piège derrière la ligne de défense des Elfes. Ander est pétrifié. Jamais la Garde Royale ne sera assez nombreuse pour les arrêter.

Alors, l'irréparable se produit. Eventine tombe, assommé par une massue jetée à toute volée. Le vieux roi reçoit le coup à la tempe. Il s'effondre, le rameau de l'Ellcrys lui échappe des mains. Un rugissement monte de la gorge des Démons ; ils s'élancent, dans un regain de fureur, et encerclent le roi tombé pour l'achever.

Mais Ander, ayant oublié toutes ses peurs, a déjà bondi au côté de son père. Le visage tordu par la rage, il charge les premiers en poussant un glapissement : des Gobelins noirs. Deux gisent à terre avant que les autres n'aient compris ce qui se passait. Comme si la folie décuplait ses forces, Ander réduit les derniers en pièces.

Pendant quelques instants, c'est le chaos total. Les Elfes sont contraints de reculer presque jusqu'à l'entrée du canyon. Poussant des hurlements de vainqueurs à la vue du roi tombé, les Démons, par myriades, harcèlent les Elfes qui leur barrent le passage. Ander lutte encore pour les tenir à l'écart de son père. Dans sa fureur, il trébuche sur un de ceux qu'il a tués et tombe tête la première. Aussitôt, ils sont sur lui. Des serres déchirent sa cotte de mailles.

L'espace d'une atroce seconde, il se voit mort. Mais Dardan et Rhoe, venus à la rescousse, dispersent ses assaillants et le tirent à l'abri. Malgré son éblouissement, il retourne s'agenouiller auprès de son vieux père, le visage bouleversé par le choc et l'incrédulité. Il cherche le pouls. Il le sent, mais lent et très faible. Le roi vit donc encore, mais ne peut plus les sauver de ce pandémonium infernal...

Soudain, Allanon surgit à son côté. Ramassant vivement le rameau de l'Ellcrys, il remet brusquement Ander sur ses pieds et place le talisman dans ses mains.

— Prince des Elfes, tu pleureras plus tard. (Il colle son visage presque contre celui d'Ander.) Car à présent, c'est toi qui prends le commandement. Vite. Lance l'ordre de battre en retraite dans le canyon.

Ander commence par objecter, puis se tait. Ce qu'il lit dans les prunelles noires du Druide le convainc que ce n'est ni l'heure ni l'endroit de tergiverser.

Alors, sans un mot, il obéit. Il intime l'ordre de transporter son père hors du champ de bataille. Puis, réunissant autour de lui la Garde Royale à l'entrée du canyon, il envoie des messagers transmettre l'ordre de reculer. Enfin, Allanon à ses côtés, il se poste à l'entrée du couloir, bien en vue de ses troupes, et observe les combats qui refluent vers lui.

Lanciers et piquiers elfes, suivis des soldats en gris des Libres, reculent en masse, bloquant l'accès du canyon. Stee Jans apparaît soudain, sa tignasse rouge soulevée par le vent, un immense glaive au poing. Allanon lève ses longs bras loin au-dessus de sa tête, sa robe noire se déploie en éventail, et le feu bleu fuse de la pointe de ses dix doigts.

— Maintenant ! lance Ander d'une voix impérieuse. Repliez-vous dans le canyon.

Ander brandit le rameau de l'Ellcrys, encourage les troupes de la voix. Les derniers des Elfes et des Libres se bousculent dans le couloir reliant la gorge et le canyon. Des glapissements de rage s'élèvent dans les hordes ennemies qui se ruent à leur poursuite.

Allanon reste seul à l'entrée de ce couloir. Une vague déferlante s'avance vers lui. Le Druide réunit ses forces, son corps filiforme se redresse dans l'ombre des parois rocheuses. Il lève les mains une fois encore et le feu jaillit. Une muraille bleue se dresse devant les Démons qui, fous de rage, poussant leurs cris stridents, reculent.

Allanon se tourne vers Ander.

— Ce brasier ne durera que quelques instants. (Sa face est striée de sueur et de sillons terreux.) Ensuite, ils nous attaqueront de nouveau.

— Allanon, on ne peut résister à ces milliers...

— Non, pas ici, pas maintenant. (Le Druide lui saisit le bras.) Les défilés de la Fracture sont perdus. Il faut fuir, vite.

Ander lance déjà les ordres. Les colonnes s'engagent dans le canyon. La cavalerie de réserve en tête, avec les blessés à même de se tenir encore en selle. Piquiers, lanciers et archers ensuite, portant les plus mal en point. Allanon et Ander ferment la marche. Ils viennent de dépasser le petit bassin, quand le rideau de feu barrant l'entrée du couloir s'éteint.

Un instant, il reste vide, puis les Démons s'y pressent en foule. Dans une bousculade enfiévrée, ils poursuivent les Elfes. Mais le gros des troupes contourne déjà le gouffre qui s'ouvre plus loin.

Cavalant comme des rats affamés, les Démons grouillent sur les parois et le sol du canyon. La terre devient noire de corps qui rampent, bondissent, se tortillent ou volettent. Le Druide et les Elfes contemplent médusés ce spectacle sinistre. Leur nombre serait-il infini ?

Tout à coup, cette houle se scinde en deux à l'entrée du canyon, et un être monstrueux, couvert d'écailles, s'avance en tanguant sous sa masse. D'un vert glauque, presque noir, la taille énorme de ce mastodonte réduit les autres Démons au rang de nains. Telle une brute, il s'avance dans le canyon, écrasant les Démons qui lui barrent le passage comme autant de brindilles. Les Elfes poussent un cri d'horreur. Un Dragon ! Son corps reptilien est gluant de ses propres excrétions. Six puissantes pattes noueuses, hérissées de touffes de poils noirs et prolongées de griffes redoutables, propulsent sa masse. Il lève sa tête difforme, cornue et dure comme cuir, où brûle un seul œil vert sans paupière, comme pour flairer l'air. Lorsque le parfum du sang des Elfes vient chatouiller ses narines, il ouvre une gueule formidablement armée, et sa queue cingle l'air avec violence, faisant voler des corps comme des mouches autour de lui. Les Démons s'écartent vite, et le mastodonte continue de s'avancer en chancelant sur ses six pattes. La roche tremble sous son poids.

– Recule au-delà du gouffre, lance Allanon à Ander. Vite.

Ander pâlit.

– Mais le Dragon...

– Je m'en charge, coupe Allanon d'une voix froide. Fais ce que je te dis.

Ander obtempère. L'armée continue de reculer jusque de l'autre côté du précipice. Jans à son côté, Ander se retourne pour observer Allanon. Planté sur le flanc de la falaise, il garde les yeux baissés sur le fond de la gorge. Le Dragon, qui a atteint le centre du canyon, s'engage sur la montée menant vers le précipice. Déjà, il a repéré cette solitaire silhouette noire, la seule à ne pas fuir. Il s'engage vers elle, poussé par une haine aveugle. Ses six pattes s'animent comme des pistons, arrachant la terre et des éclats de roche.

Allanon attend ce colosse d'un pied ferme. Lorsque ce dernier se trouve à moins de cent mètres, ses robes se déploient, il lève ses bras maigres et brandit les doigts en éventail droit sur le Dragon. Le feu bleu atteint la bête à la tête et à la gorge, et une odeur de chair calcinée monte dans l'air. Mais le monstre ne ralentit pas pour autant, à peine importuné par ces vrilles brûlantes. Il se précipite en avant. De nouveau, les faisceaux de feu le frappent, aux jambes et en pleine poitrine, creusant des sillons d'où monte de la fumée.

Allanon recule vite vers le précipice, puis se retourne. Le Dragon est là, crachant du feu par à-coups précipités. Frustré de ne pouvoir atteindre cette créature alléchante, le Dragon pousse un sifflement venimeux et ses crocs acérés happent le vide.

Derrière lui, retentit toujours la stridente clameur des Démons.

Lentement, Allanon continue de reculer vers le précipice. Fumée et poussière obscurcissent la gorge, et la brute disparaît dans ces nuages. Mais voilà qu'elle resurgit, sa gueule claquant avec voracité. Les deux mains croisées devant lui, Allanon envoie une boule de feu dans l'œil du monstre. Une couronne de flammes enveloppe sa tête. Cette fois, le Dragon hurle, un cri terrible, vibrant de douleur et de rage. Son corps, projeté en hauteur, vient se fracasser contre une paroi et rebondit sur l'autre. Les falaises tremblent sous l'impact. Des blocs de rocher déboulent sur le Dragon qui se tortille et se démène sous l'effet de la douleur.

Un instant plus tard, une large fissure se déchire dans le mur septentrional, et toute la falaise commence de s'effondrer lentement dans le défilé. Sentant le danger, le monstre se propulse en avant. Des tonnes de roche dévalent derrière lui, ensevelissant les Démons qui tentaient de le suivre. Le feu bleu le frappe, mais cette fois, le Dragon sur ses gardes l'évite d'un bond. Sifflant, il s'avance en tanguant vers le Druide, le menaçant de ses crocs. Allanon pivote d'un bloc, prend ses jambes à son cou, s'engage sur l'étroite corniche qui contourne le précipice. Aveuglé par la haine, le Dragon s'engage aussi à toute allure sur la corniche dans un fracas de tonnerre, se dévissant presque le cou à force de le tendre vers cette proie qu'il brûle de dévorer.

Mais soudain, le vide s'ouvre sous ses pieds. L'étroite corniche s'est effondrée sous la masse de la bête. Dans un effort désespéré, le Dragon bondit vers le Druide. Ce dernier évite de justesse les mâchoires qui claquent d'un coup sec à une dizaine de centimètres à peine de sa tête. Puis, dans un atroce et ultime sifflement, le Dragon glisse de la corniche, tombe dans l'abîme et disparaît au milieu d'une avalanche de pierres et de terre.

Ander Elessedil, posté à l'autre extrémité du précipice, surveillait la périlleuse progression d'Allanon le long de ce qui restait de l'étroite corniche à moitié effondrée. Puis, il reporta son regard vers le défilé que des tonnes de roche encombraient. Un sourire lent et amer s'étira sur son visage ensanglanté. Les Démons ne les poursuivraient plus. Les Elfes avaient gagné un bref répit, une chance de se regrouper pour organiser leur défense ailleurs.

Les Démons qui, par légions, avaient franchi l'Interdit, étaient en nombre stupéfiant. Ils n'avaient pu les arrêter dans ce défilé. Comment le pourraient-ils dans le Sarandanon ?

Accablé, il détourna les yeux. Il n'avait pas de réponse et doutait que quelqu'un en eût une.

## 31

Ce fut une armée abattue et découragée qui ressortit du défilé de l'Halys, accablée par la défaite qu'elle venait de subir et traumatisée par le nombre de ses blessés et de ses morts. Les corps de ces derniers, abandonnés lors de la fuite, ne pourraient être ramenés dans la terre qui les avait nourris. Quant aux blessés, rien ne viendrait les soulager des douleurs cuisantes provoquées par les crocs et les griffes des Démons et par leur venin. Cris, plaintes et râles d'agonie s'élevaient, insupportables, dans la tranquillité de la mi-journée. Comme le soleil dardait sur eux ses rayons brûlants, les soldats commencèrent à souffrir de la soif, et des pensées sombres et amères défilaient, incessantes, dans leur esprit.

Ander Elessedil avait pris le commandement, mais il ne se sentait pas pour autant l'âme d'un chef. Il broyait du noir. Tenant dans sa main le rameau de l'Ellcrys, il se trouvait bien sot, chevauchant ainsi à la tête de cette armée éprouvée. Pourtant, il savait qu'il devait assumer ce rôle tombé sur ses épaules en raison des cruels caprices des circonstances. Il lui fallait commander au moins jusqu'à ce qu'ils aient atteint le Baen. Grâce au ciel, il passerait alors les rênes à Arion.

Ses yeux se tournèrent vers Allanon. Muré dans le silence, enfoui dans les replis de ses robes, le Druide chevauchait à ses côtés, ténébreux et énigmatique. Une fois seulement au cours de cette retraite, il lui avait adressé la parole.

— Je comprends maintenant pourquoi ils nous ont laissés nous engager si loin, avait-il observé d'une voix à la fois brusque et posée. Ils voulaient que nous nous enfoncions dans ces montagnes.

— Ils voulaient cela ? s'était étonné Ander.

— Oui, prince des Elfes ! avait répliqué froidement le Druide. Etant donné leur nombre, ils savaient que nous ne pourrions rien faire pour les arrêter. Ils nous ont laissés nous jeter droit dans la gueule du loup.

A ce moment-là, un cavalier solitaire surgit à l'horizon, lancé à plein galop. Poussant sa monture couverte d'écume, au bord de l'épuisement, il traversa les prairies à leur rencontre. Levant le rameau, Ander fit arrêter l'armée. Avec Allanon, il chevaucha vers le cavalier. Echevelé, couvert de poussière, celui-ci s'arrêta brusquement devant eux. Ander connaissait cet homme. C'était un messager des troupes conduites par son frère.

— Flyn, dit-il en guise de salutation.

Le cavalier hésita, jetant un regard furtif aux colonnes s'étirant derrière eux.

— J'ai un message pour le roi...

— Donne ton message au prince, lança Allanon d'un ton cassant.

— Monseigneur, commença Flyn, livide. (Des larmes lui montèrent aux yeux.) Monseigneur, recommença-t-il.

Mais sa voix se brisa et il ne put continuer.

Ander mit pied à terre et, prenant le messager bouleversé par les épaules, l'entraîna à l'écart, afin qu'ils puissent parler en tête à tête. Alors, il se planta devant lui.

— Doucement, maintenant. Donne-moi ton message.

– Monseigneur, reprit Flyn en se ressaisissant, j'ai reçu instruction d'annoncer au roi que le prince Arion était tombé. Monseigneur... Arion est mort.

Ander secoua lentement la tête.

– Mort ? répéta-t-il, comme si un autre eût parlé à sa place. Comment est-ce possible ? Ce n'est pas vrai ! Il ne peut être mort.

– Nous avons été attaqués à l'aube, mon prince. (A présent, Flyn pleurait ouvertement.) Les Démons... Un nombre effroyable. Ils nous ont repoussés hors du Worl. Nous avons été débordés. L'étendard de guerre est tombé... Et lorsque votre frère a voulu le ramasser, les Démons se sont rués sur lui.

Ander leva vite la main. Il ne voulait pas en entendre davantage. C'était un cauchemar, un atroce cauchemar. Il jeta un bref regard au Druide. Ce dernier le regardait. Il avait compris.

– Avons-nous le corps de mon frère ? s'enquit Ander en faisant un grand effort sur lui-même pour poser cette question.

– Oui, mon prince.

– Je veux qu'on me l'amène.

Flyn opina en silence.

– Mon prince, il y a autre chose encore. (Ander leva les sourcils.) Nous... nous avons perdu le défilé du Worl, mais le commandant Pindanon pense qu'on peut le reprendre. Il demande des escadrons de cavalerie supplémentaires qui se déploieraient dans les prairies bordant ce défilé afin de...

– Non ! coupa Ander d'une voix pressante. Non, Flyn, répéta-t-il en se maîtrisant. Dis au commandant Pindanon que j'exige qu'il se replie immédiatement. Il doit reculer jusque dans le Sarandanon.

Le messager eut du mal à déglutir et jeta un rapide coup d'œil à Allanon.

– Pardonnez-moi, monseigneur, mais j'ai reçu l'ordre de transmettre cela au roi. Le commandant demandera...

– Préviens le commandant que mon père a été grièvement blessé. (Flyn, déjà blanc, pâlit encore. Ander prit une profonde inspiration.) Annonce à Kael Pindanon que je commande désormais l'armée des

Elfes et qu'il doit reculer. Prends une monture fraîche, Flyn, et retourne au plus vite. Messager, arrive sain et sauf !

Flyn claqua des talons et s'éloigna rapidement. Resté seul, Ander se perdit dans la contemplation des prairies désertes ; une étrange hébétude l'envahit quand il saisit qu'il ne lui restait plus aucune chance de jeter un pont sur l'abîme qui l'avait séparé d'Arion. Il avait perdu son frère à jamais.

Tournant le dos à Allanon, il se laissa aller à son chagrin et se mit à pleurer.

Le crépuscule se glissa sans bruit dans la vallée du Sarandanon, étirant son ombre jusque dans le défilé de Baen. Dans sa tente, Eventine Elessedil était toujours plongé dans le coma. Son souffle restait creux et irrégulier. Ander, seul à son chevet, le veillait, souhaitant vivement qu'il reprît connaissance. Jusqu'au réveil du roi, il serait impossible de juger de la gravité de sa blessure. Ander avait très peur de le perdre ; c'était un vieil homme.

Impulsivement, il prit sa main entre les siennes. Elle était molle, et son père ne frémit même pas. Ander tint cette main pendant un long moment, puis la relâcha enfin, et se cala contre son dossier en un mouvement las.

— Père, murmura-t-il pour lui-même.

Pourquoi toutes ces tragédies ? Son père grièvement blessé, son frère tué. Et lui, désormais seul, chargé du sort de son peuple. Comment était-ce possible ? C'était là une folie qu'il ne se résignait pas à admettre. Certes, qu'il se retrouve sur le trône était une possibilité, mais jamais personne n'aurait cru que ce jour arriverait, et lui moins que quiconque. Il était mal préparé à cette tâche écrasante. Jusqu'à présent, il n'avait été qu'une paire de mains agissant dans le sillage de son père et de son frère. C'était leur destinée de régner, le désir et l'attente d'Arion et non pas les siens. Pourtant...

Il hocha la tête, épuisé. A présent, il devait régner, du moins pour un temps. Et il devait prendre la tête de cette armée, défendre le Sarandanon, trouver le moyen d'endiguer ces hordes de Démons effroyables. La défaite dans le défilé de l'Halys avait appris aux soldats combien cette tâche serait ardue et coûteuse. Ces derniers savaient aussi bien que lui que, sans l'avalanche provoquée par le combat d'Allanon avec le Dragon, ils auraient été anéantis. Il fallait donc tout d'abord qu'il donne aux Elfes une raison de croire que cela ne se reproduirait pas dans le Baen. Bref, il devait insuffler à ses soldats de l'espoir.

Kael Pindanon pouvait l'aider. C'était un vétéran de nombreuses guerres, un soldat expérimenté. Mais le voudrait-il ? Il savait, en effet, que Pindanon était en colère contre lui en raison de sa décision d'abandonner la Fracture. Resté en retrait avec une arrière-garde de cavaliers, il n'était pas encore revenu. Mais des rumeurs de son mécontentement étaient parvenues jusqu'à ses oreilles. Un affrontement entre eux était inévitable. Il savait déjà que Pindanon demanderait que lui soit confié le commandement de l'armée. Ander hocha encore une fois la tête. Bien sûr, il serait plus facile de laisser ce guerrier chevronné prendre la situation en main. Peut-être était-ce même ce qu'il devrait faire. Mais quelque chose en lui se rebellait contre cette solution. Et la voix de la prudence lui dictait de ne point abandonner aussi rapidement le devoir qui lui incombait clairement.

– Et toi, que ferais-tu ? demanda-t-il à son père.

Le temps filait et le crépuscule sombrait dans la nuit.

Finalement, Dardan apparut entre les rabats de la tente.

– Le commandant Pindanon est de retour, annonça-t-il. Il souhaite s'entretenir avec vous.

Ander opina tout en se demandant où avait disparu Allanon. Il ne l'avait pas vu depuis leur retour dans la vallée. De toute façon, cette rencontre ne concernait que lui. Il se leva, puis, se souvenant soudain du rameau de l'Ellcrys abandonné sur le sol, à côté du lit de son père, il le souleva à deux mains, hésita un bref instant, regardant le vieux roi aux yeux clos.

— Repose-toi bien, murmura-t-il.

Et il sortit dans la nuit.

Ander trouva Pindanon dans la tente adjacente. Le commandant l'attendait de pied ferme. Il s'avança vers le prince des Elfes, son armure maculée de sang et de poussière, le visage rouge de colère.

— Ander, pourquoi avez-vous donné l'ordre de nous retirer ? fulmina-t-il.

Ander ne sourcilla point.

— Commandant, baissez la voix. Le roi est à côté.

Il y eut un moment de silence au cours duquel le vieux guerrier foudroya le jeune prince du regard. Puis, plus doucement cette fois, il s'enquit de la santé du roi.

— Il dort, répondit froidement Ander. Maintenant, votre question ?

Pindanon redressa le buste.

— Pourquoi ai-je reçu l'ordre de reculer ? J'aurais pu reprendre le défilé du Worl. Nous aurions tenu la Fracture, comme votre père en avait l'intention.

— Mon père avait l'intention de tenir la Fracture aussi longtemps que possible, répondit Ander, les yeux fichés dans ceux du soldat. Avec mon frère mort, le roi blessé, et l'Halys perdu, ce n'était plus possible. Nous avons donc quitté l'Halys, comme vous le Worl. (Le commandant se hérissa, mais le prince, l'ignorant, enchaîna :) Pour reprendre le Worl, j'aurais dû effectuer une marche forcée avec des hommes qui venaient de subir une cruelle défaite et les lancer immédiatement dans une bataille acharnée. Et si jamais nous avions été vaincus, cela aurait impliqué une nouvelle marche harassante pour retourner dans le Sarandanon, sans aucune possibilité de nous reposer avant d'établir une nouvelle défense. Pis, on aurait dû lutter sans l'aide de la cavalerie, inutilisable dans ces défilés. Or, pour stopper les Démons, nous avons besoin de toutes nos forces. Voilà pourquoi, commandant, vous avez reçu cet ordre.

Celui-ci branla lentement du chef.

— Mon prince, vous n'êtes pas un homme rompu à l'exercice de la guerre. Vous n'aviez donc pas le droit de prendre une décision aussi cruciale sans consulter au préalable le commandant en chef de votre armée. Si je n'étais pas totalement fidèle au roi...

Ander releva brusquement la tête.

— Commandant, n'achevez pas votre phrase !

A cet instant, les rabats de la tente s'ouvrirent pour laisser passer Allanon et Stee Jans. L'apparition du premier n'était pas inattendue, mais Ander fut quelque peu surpris que le chef des Libres l'accompagne. Ce dernier salua poliment mais garda le silence.

Ander se retourna vers Pindanon.

— En tout cas, le sujet est clos. Nous ferions mieux de nous occuper de ce que l'avenir nous réserve. De combien de temps disposons-nous avant que les Démons nous rattrapent ?

— Un jour, deux peut-être, avança brusquement Pindanon. Ils doivent se reposer, se regrouper.

— Demain, à l'aube, annonça Allanon.

Quelques secondes de silence interloqué filèrent.

— Tu en es certain ? demanda Ander d'une voix calme.

— Leur surexcitation est telle qu'ils n'auront pas besoin de dormir. Demain, à l'aube.

Pindanon cracha sur le sol en terre.

— Dans ce cas, nous devons préparer notre défense, annonça Ander en laissant courir une main sur le rameau de l'Ellcrys.

— C'est assez simple, intervint Pindanon d'un ton impatient. Défendre le col du Baen. L'isoler par un cordon d'hommes. Les arrêter aux passages les plus encaissés avant qu'ils n'atteignent la vallée.

Ander prit une profonde inspiration.

— Cette tactique a déjà été tentée dans le défilé de l'Halys. Et elle a échoué uniquement à cause de la supériorité en nombre de notre ennemi. Il n'y a aucune raison de penser que cela sera différent demain.

— Au contraire, persista Pindanon, il y a toutes les raisons de le penser. Nos forces ne seront pas scindées. Les Démons ne seront ni frais ni dispos. La cavalerie pourra nous soutenir cette fois. Oh ! cela change beaucoup de choses, je vous assure ! Et le résultat ne sera pas le même.

Ander lança un rapide regard à Allanon, mais ce dernier n'émit pas d'avis. Le commandant avança d'un pas.

— Ander, laissez-moi prendre la place de votre père. Laissez-moi organiser notre défense comme je sais que votre père l'aurait fait. Les Elfes peuvent tenir le Baen, quel que soit le nombre de ces créatures. Votre père et moi...

— Commandant, coupa le prince des Elfes d'une voix calme mais ferme. J'ai vu dans l'Halys ce dont les Démons sont capables. Je les ai vus démolir une ligne de défense que mon père jugeait inexpugnable. Nous affronterons un ennemi d'une nature particulière. Il voue aux Elfes une haine qui dépasse l'entendement. Cette haine galvanise les Démons au point que la mort ne signifie rien pour eux. Pouvons-nous en dire autant, nous pour qui la vie est le bien le plus précieux ? Je ne le pense pas. Si nous voulons survivre à cet affrontement, les stratégies habituelles ne suffiront pas.

Du coin de l'œil, Ander remarqua le bref signe d'approbation du Druide.

Pindanon se dressa sur ses ergots.

— Mon prince, vous manquez de confiance ! Votre père ne serait pas aussi prompt à...

— Mon père n'est pas ici, coupa vivement Ander. Mais s'il était présent, il vous parlerait comme je viens de le faire. Commandant, j'attends des suggestions et non pas une querelle.

Le sang monta au visage de Pindanon, puis il se tourna soudain vers Allanon.

— Et celui-là, qu'a-t-il à dire ? N'a-t-il pas d'idées sur la manière de vaincre ces Démons ?

Le visage sombre du Druide resta impavide.

— Vous ne pouvez les vaincre, commandant. Vous ne pouvez que les ralentir de sorte à donner à celle qui porte la semence de l'Ellcrys le temps de retrouver le Feu de Sang et de revenir.

— Encore cette rengaine ! éructa Pindanon d'un ton méprisant. Ainsi, notre destinée reposerait entre les mains de cette fille ! Druide, je ne crois pas un mot des légendes de l'Ancien Monde. Si le Westland doit être sauvé, il le sera grâce au courage de ses hommes d'armes, grâce à l'adresse et à l'expérience de ses soldats. Ces Démons peuvent mourir, comme toutes les créatures de chair et de sang.

— Les Elfes aussi, rétorqua le Druide d'un ton funèbre.

Un lourd silence suivit cette remarque. Pindanon tourna les talons et croisa les mains dans son dos en un geste colérique. Au bout d'un moment, il pivota brusquement vers ses interlocuteurs.

— Prince Ander, défendons-nous le Baen, oui ou non ? Je n'ai aucune autre suggestion, hormis la mienne.

Ander, qui souhaitait qu'Allanon donne son avis, hésita. Mais ce fut Stee Jans qui s'avança. Sa voix rude brisa le silence.

— Monseigneur, puis-je parler ?

Ander avait presque oublié la présence du chef des Libres. Il jeta un coup d'œil au guerrier qui le dominait de sa haute taille et opina.

— Monseigneur, les Libres ont été confrontés plus d'une fois à des situations aussi inégales le long des frontières. C'est pour nous un grand orgueil d'avoir survécu quand nos ennemis étaient plus forts que nous. Seulement, nous avons pris ainsi quelques dures leçons. Je vous propose de vous en expliquer une. La voici : ne jamais établir une ligne de défense fixe quand l'ennemi vous submergera par sa supériorité en nombre. Nous avons appris que dans ce cas, il fallait diviser notre ligne de défense en une myriade de fronts mobiles qui se déplacent selon le flux des combats. Ces fronts attaquent et reculent aussitôt, attirant l'ennemi par ici, par là, le frappant toujours aux flancs et se retirant hors de portée dès qu'ils ont attaqué.

Pindanon eut un reniflement de mépris.

— Dans ce cas, commandant, jamais vous ne gagnez ou ne tenez le terrain.

Stee Jans se tourna vers le vieux soldat.

— Lorsque l'ennemi a été attiré assez loin, lorsque

ses lignes sont clairsemées et émiettées, alors vous refermez vos rangs de part et d'autre et tombez sur lui, comme ça !

Stee Jans plaça ses mains en V et les ferma d'un coup sec. Il y eut un silence surpris.

— Je ne sais pas, murmura Pindanon d'un ton sceptique.

— Et comment, Jans, défendriez-vous le Baen ? s'empressa de s'enquérir Ander.

— J'utiliserais une variante de la tactique que je viens de décrire. Les longs arcs sur les versants des Kensrowe, juste en surplomb de l'entrée de la gorge, pour ne laisser à l'ennemi aucun répit. Les fantassins en tête afin de laisser croire que vous voulez bloquer le passage comme dans l'Halys. Et lorsque les Démons attaqueront, répliquer, puis se retirer. Les laisser s'engager plus avant. Leur donner un lapin en pâture, un régiment de cavalerie, par exemple, pour les attirer. Et une fois leurs lignes étirées, leurs flancs exposés, se refermer sur eux en tenaille, vite, avant que les renforts n'arrivent ou qu'ils ne battent en retraite. Employer les lances pour les tenir à distance. Ces Démons n'ont pas les mêmes armes que nous. Loin, ils ne peuvent nous blesser. Une fois leurs premiers rangs anéantis, laisser le lapin les attirer d'un autre côté, les déséquilibrer. Mais toujours se concentrer sur leurs flancs.

Le guerrier à la tignasse rouge se tut. Ander et Allanon le regardaient, admiratifs. Pindanon fronçait les sourcils.

— Et qui serait le lapin dans cette affaire ?

Stee Jans eut un sourire matois.

— Qui, sinon le commandant ?

Pindanon haussa les épaules. Ander le regarda d'un air interrogateur.

— Cette tactique pourrait peut-être marcher, admit le vieux soldat du bout des lèvres. Si le lapin est suffisamment doué, et c'est là que le bât blesse.

— Le lapin connaît quelques ruses, répliqua Stee Jans. C'est pourquoi il est encore en vie, après avoir été si souvent pris en chasse.

Ander lança un rapide regard à Allanon. Ce dernier opina.

— Donc, nous avons notre plan de défense du Sarandanon, annonça le prince des Elfes. (Il serra la main de Pindanon, puis celle de l'Homme d'Acier.) A présent, faisons tout pour réussir.

Plus tard, au cours de la nuit, alors que tout était prêt pour la bataille, Ander songeait à quel point il avait eu de la chance que ce flamboyant guerrier assiste à la réunion avec le commandant Pindanon.

Mais non, voyons ! se dit-il après réflexion. Sa présence n'avait pas été le fruit d'un heureux hasard mais de la singulière prévoyance de cet énigmatique homme errant qui se faisait appeler Allanon.

## 32

On enterra Arion Elessedil aux premières lueurs de l'aube. Son frère, Kael Pindanon et quatre douzaines de soldats de la Garde Royale assistèrent à la mise en terre qui, selon le rite des Elfes, eut lieu à la naissance du nouveau jour, à l'heure du commencement. Ils le portèrent en silence jusqu'à une falaise ombragée par des chênes, qui dominait, à l'ouest, l'étendue bleue de l'Innisbore et à l'est, la verte vallée du Sarandanon. Là, le fils aîné d'Eventine Elessedil fut installé pour son dernier repos, son corps rendu à la terre qui lui avait donné vie, son esprit rendu à la liberté.

Aucune stèle ne signalait sa présence, selon le conseil d'Allanon. Certains, parmi les Démons, étaient avides de cadavres. Il n'y eut ni chants ni éloges funèbres, ni fleurs ni couronnes. Rien qui ne révélait qu'Arion Elessedil eût jamais vécu. Du premier fils du roi des Elfes, il ne restait rien, seulement des souvenirs. Remarquant les yeux noyés de larmes des hommes réunis autour de lui, Ander sentit que cela suffirait.

Moins d'une heure plus tard, les Démons attaquaient les Elfes dans le col de Baen. Ils dévalèrent des basses montagnes septentrionales, leurs glapissements stridents crevant le silence de l'aube. Ce furent les mêmes flots noirs et déchaînés que dans l'Halys.

A l'extrémité la plus basse du Baen, une phalange les attendait, lanciers et piquiers épaule contre épaule, amassés sur plusieurs rangs, armes obliques. Comme les premiers Démons s'avançaient vers eux, les longs traits sifflèrent des versants du Kensrowe et une grêle de flèches tomba dans la gorge. Les Démons s'effondrèrent, saisis de convulsions, aussitôt piétinés par les hordes suivantes. Des centaines périrent au cours de cet assaut.

Mais finalement, une vague déferla sur la phalange. Lances et piques les empalèrent, et les Démons durent reculer. Derechef, une deuxième vague de corps difformes, toutes griffes sorties, se rua en avant. De nouveau, elle fut repoussée. Devant le mur hérissé de lances, le sol se joncha de morts et de blessés, tombés pêle-mêle. Pourtant, la horde des Démons s'écoulait toujours, illimitée. Bientôt, la ligne des Elfes vacilla et se brisa en son milieu. L'ennemi s'engouffra par cette brèche, bondissant, galopant et se bousculant en foule hors du défilé.

Immédiatement, ils furent attaqués par des cavaliers à la cape grise bordée de pourpre, conduits par un homme immense au visage couturé, qui chevauchait un rouan bleu et géant. Ces cavaliers se déployèrent devant la masse des Démons ; leurs lances fauchèrent tous ceux qui se trouvaient à leur portée. Puis, ils redisparurent en un éclair, leurs capes gonflées par le vent, galopant ventre à terre, couchés sur l'encolure. Les Démons les prirent en chasse. Un instant plus tard, les cavaliers tournaient bride, chargeant, lances obliques. Ils firent des ravages parmi les Démons et reculèrent aussitôt. Hurlant de dépit, l'ennemi repartit à leur poursuite.

Soudain, les cavaliers pivotèrent selon une ligne solide qui barra la route aux Démons. Le guerrier au visage couturé leva le bras. Les Démons, qui s'étaient engouffrés par la brèche ouverte dans la ligne des Elfes, à présent éparpillés sur plusieurs centaines de mètres à travers les prairies au-delà de l'entrée du Baen, jetèrent autour d'eux des regards affolés, découvrant le piège qui leur avait été tendu. De gauche et de droite, des cavaliers elfes surgissaient, lancés à plein galop, les cernant comme du bétail. Derrière eux, la brèche avait été refermée par un géant vêtu de noir. Le feu crépitant de ses mains tendues dispersait les Démons qui se replièrent, hésitants, dans le défilé. Ceux qui étaient coincés dans l'étau formé par les cavaliers cherchèrent à se frayer coûte que coûte une issue. Mais les Elfes resserrèrent vite leurs rangs, épées et lances tranchant dans la masse noire. En l'espace d'un éclair, l'avancée des Démons fut stoppée. Les falaises du Baen renvoyèrent en écho le vibrant cri de victoire des Elfes.

Toutefois, la victoire ne fut pas décisive. La bataille continua de faire rage le restant de la matinée et tout l'après-midi. Régulièrement, des essaims de Démons se projetaient sur la phalange leur barrant le passage dans le Baen. Régulièrement, ils rompaient ses rangs pour se heurter aussitôt aux cavaliers gris. Les Démons se laissèrent attirer ainsi, tantôt vers la rive de l'Innisbore, tantôt vers les versants des Kensrowe, ou encore à l'intérieur du Sarandanon. Lorsqu'ils pensaient tenir enfin dans leurs griffes ces cavaliers insaisissables, ils se retrouvaient encerclés par la cavalerie elfique, leurs propres rangs clairsemés et sans protection, coupés de ceux qui se battaient dans le Baen. Fous de rage, ils se ruaient sur leurs ennemis mais ne trouvaient pas d'issue. Les Elfes se redéployaient en arrière et leurs lignes fermaient de nouveau l'entrée du Baen.

Pendant un certain temps, les Démons s'escrimèrent à gagner les versants des Kensrowe pour faire taire ces longues flèches qu'ils exécraient. Mais les archers, bien abrités dans des renfoncements rocheux, réduisirent en pièces tous ceux qui tentèrent de s'approcher. Au milieu d'eux se tenait le géant en noir, son feu magique jaillissant de ses mains, qui protégeait les Elfes luttant en contrebas. Toutes sortes de Démons partirent à cet assaut. Tous échouèrent. Tous périrent.

Une fois, la phalange fut à deux doigts d'être submergée par un nouveau raz de marée, alors qu'elle luttait près du lac, le dos tourné au défilé. Mais avec une vaillance extraordinaire, la cavalerie convergea à l'est de cette nouvelle avancée et chargea au triple galop, repoussant les Démons dans les eaux de l'Innisbore. Les êtres du Mal, incapables de se regrouper, durent s'égrener le long de la tête de pont de leur ennemi, le dos au lac. Leur assaut se brisa sur les lances des Elfes. Et la brèche se ressouda une nouvelle fois.

Au milieu de l'après-midi, les Démons lancèrent leur ultime assaut. Massés dans le Baen, ils se jetèrent contre la phalange, la forçant à reculer sous l'effet du nombre. La phalange se déchira, et les Démons se précipitèrent en foule par cette fente. Elfes et Libres durent reculer. Le temps n'était plus aux tactiques élaborées ni à la finesse au combat. Epées et lances sifflaient dans l'amas de corps noirs, taillant en aveugle. Chevaux et cavaliers tombaient en hurlant. Les combattants effectuaient un incessant et désespéré mouvement de pendule, mais finalement, les Démons cédèrent. Happant avec leurs crocs et leurs serres tout ce qui tombait à leur portée, ils prirent la fuite dans le Baen en poussant une clameur hideuse. Cette fois, ils ne revinrent pas. Piétinant leurs morts et leurs agonisants, qui rampant, qui clopinant, qui bondissant, ils disparurent dans les montagnes en une bousculade effrénée, et le Baen fut bientôt désert.

Hébétés par l'épuisement et l'incrédulité, les Elfes regardèrent cette débandade jusqu'à ce qu'ils aient perdu de vue le dernier des Démons derrière la courbe des basses montagnes ; le vacarme de cette fuite éperdue se réduisit progressivement, et le silence revint. Alors, les Elfes promenèrent leurs regards autour d'eux et découvrirent l'atrocité du combat. Des milliers de corps noirs disloqués, enchevêtrés et entassés les uns sur les autres, couvraient les prairies du Sarandanon, de l'entrée de la gorge dans les Kensrowe jusqu'au lac de l'Innisbore. Le défilé lui-même en était rempli. Les Elfes étaient accablés. La vie ne signifiait donc vraiment rien aux yeux de ces créatures ?

On commença à chercher du regard les visages des amis et des compagnons. Les mains se trouvèrent et se serrèrent longuement, et une vague de soulagement emporta les Elfes à la pensée d'avoir survécu, ils ne savaient comment, à un carnage aussi terrible.

Ander Elessedil retrouva Kael Pindanon à l'entrée du Baen et, spontanément, l'étreignit. Des cris de joie extrême montèrent bientôt de toutes les gorges quand les soldats comprirent que ce jour-là était celui de leur victoire. Chevauchant à la tête des Libres, Stee Jans rejoignit les Elfes qui levèrent leurs lances pour l'acclamer. D'un bout à l'autre du Sarandanon, un cri de victoire retentit, répercuté par mille échos.

Seul Allanon ne participa pas à cette liesse. Juché sur un bas versant des Kensrowe, son visage sombre tourné vers le nord, en direction des sommets vers lesquels s'étaient si brusquement enfuis les Démons, il se surprit à se demander pourquoi ces êtres étaient prêts à faire si bon marché de leur vie. Plus important encore, il se demanda pourquoi, au cours de ce massacre, celui qu'ils appelaient le Dagda Mor n'avait donné aucun signe de vie.

Le crépuscule tomba, puis céda le pas à la nuit. Regroupée devant l'entrée du Baen, l'armée du Westland attendait l'attaque des Démons. Mais les Démons ne revinrent pas. La nuit s'écoula lentement et à l'aube, ils n'étaient toujours pas là. La matinée passa, et une inquiétude croissante envahit les rangs des Elfes.

A midi, Ander partit à la recherche d'Allanon, dans l'espoir que celui-ci fût à même de lui fournir une explication. Il escalada la falaise où Allanon avait monté une garde solitaire, à l'abri d'une saillie rocheuse, le regard fixé sans cesse sur le Sarandanon. Le prince des Elfes ne s'était plus entretenu avec lui depuis qu'il avait pris son poste en haut de ce versant. Personne. Emporté par les débordements de joie de son armée, il l'avait même quasiment oublié. Du reste, Allanon allait et venait, sans guère donner d'explications. Toutefois, comme il s'approchait du Druide, il se demanda pourquoi, en cette heure de victoire, Allanon avait décidé de rester seul.

Il reçut la réponse à l'instant où ce dernier se tourna vers lui. Son visage était de cendre. Ses rides, déjà profondes, s'étaient encore creusées. Un masque de lassitude, dénué de toute énergie, était plaqué sur ses traits. Et au fond de ses prunelles noires brillait une lueur sinistre. Ander s'arrêta brusquement, l'œil rivé sur le Druide.

Ce regard insistant arracha un faible sourire à Allanon.

— Prince des Elfes, quelque chose te troublerait-il ?

Ander sursauta.

— Non, je... C'est juste que... Allanon, tu as l'air...

Ce dernier haussa les épaules.

— Il y a un prix pour la façon dont nous faisons usage de nous-mêmes. C'est là une des lois de la nature, même si nous préférons la plupart du temps l'ignorer. Même un Druide est soumis à ses diktats... Comprends-tu ce que je viens de te dire ?

Ander avait l'air incertain.

— Est-ce la magie qui provoque cela en toi ?

Allanon opina.

— La magie prend la vie de celui qui l'utilise... Elle lui retire son énergie et son souffle vitaux. Une partie de ce qui est perdu ainsi peut être récupérée, mais lentement. Et il y a cette douleur...

Il laissa sa phrase en suspens. Un froid soudain saisit Ander.

— Allanon, aurais-tu perdu tes pouvoirs magiques ?

— Impossible tant que je serai en vie. Mais il est des limites qui ne peuvent être dépassées, et ces limites se réduisent au fil des ans. Prince des Elfes, nous vieillissons tous.

— Même toi ? s'enquit Ander calmement.

Les yeux noirs se voilèrent. Allanon changea abruptement de sujet.

— Qu'est-ce qui t'amène ici ?

Il fallut un certain moment à Ander pour se ressaisir.

– Je suis venu te demander pourquoi les Démons n'attaquent pas.

– Parce qu'ils ne sont pas encore prêts... (Il reporta son regard sur le prince.) Ne te méprends point. Ils reviendront. Ils diffèrent le moment de l'assaut, mais il y a une raison à ce délai. Celui qui les dirige, le Dagda Mor, ne fait jamais rien sans raison. (Il se pencha un peu en avant :) Le Dagda Mor n'était pas parmi ceux qui nous ont attaqués hier.

Un pli soucieux barra le front d'Ander.

– Alors, où était-il ?

– La question qu'il faudrait poser est : « Où est-il, à présent ? »

Le Druide observa Ander un instant, puis replia ses robes noires autour de son corps osseux.

– J'étais en train de penser qu'il serait peut-être sage d'envoyer des éclaireurs au nord des Monts Kensrowe et au sud de l'Innisbore, afin de nous assurer que les Démons n'ont pas l'intention de nous prendre de flanc.

Allanon poussa un petit rire aigre.

– Assez avec les Démons. (Il se détourna.) Laisse-moi seul, maintenant, prince des Elfes.

L'attaque survint enfin, aux environs de minuit. Soudaine, si soudaine que les sentinelles montant la garde eurent à peine le temps de donner l'alerte, avant que les premières hordes n'arrivent sur eux. Les Démons surgirent en masse du Baen, dévalant la montagne et éteignant les feux de garde l'un après l'autre. Une fois tous ces feux éteints, et le ciel s'étant couvert de nuées, tout le défilé du Baen se trouva plongé dans les ténèbres. Pour les Démons accoutumés à une obscurité totale au cours de leurs siècles de confinement dans l'Interdit, elles seraient une alliée. En effet, si les Elfes et les Southlanders ne voyaient guère dans la nuit, les Démons, eux, voyaient comme par la journée la plus lumineuse. Ils chargèrent en hurlant à leur victoire prochaine.

Réunie autour d'Ander Elessedil qui brandissait le rameau blanc de l'Ellcrys à la tête du défilé, une phalange encaissa ce choc. Le heurt fut tel qu'elle dut reculer, mais ses rangs ne fléchirent point. Des centaines de corps noirs s'écrasèrent contre les Elfes, crocs et serres effectuant leurs ravages. Ces derniers ripostèrent avec détermination, fauchant les hordes avec leurs lances et leurs épées. Des hurlements de douleur montèrent dans la nuit. Pendant plusieurs minutes, les soldats continrent la houle qui se fracassait sur eux. Malheureusement, l'obscurité les gênait et les ralentissait. Et finalement, ils furent submergés. La phalange commença de craquer et reflua chaotiquement. Les Démons s'engouffrèrent par les brèches.

Sans Allanon, cela aurait été la fin. Il avait rejoint les archers qui menaient un combat d'aveugles dans le noir. Il saisit une poignée de poussière dans une petite bourse attachée à sa taille et jeta cette poignée dans l'air. Aussitôt, celle-ci voltigea par-dessus les archers et, s'enflammant d'une lumière blanche et crue, illumina la terre en contrebas, comme lors de la pleine lune.

La nuit fut abolie. Les Démons ne pouvaient plus se dissimuler. De l'arrière de la phalange émiettée retentit un cri de ralliement. Par la brèche principale où déferlait la plus grande masse de Démons s'avança Stee Jans, suivi des Libres. A la manière d'un éperon d'acier, ils tranchèrent le front de cet assaut. Moins de quatre cents à présent, ces Frontaliers harcelèrent la horde, la contraignant à reculer vers l'entrée du Baen. Des cavaliers elfiques arrivèrent au galop pour les soutenir, conduits par Kael Pindanon, tête nue, sa chevelure blanche ondulant dans le vent. Tout le long de la ligne défensive pourtant disloquée, les lances des cavaliers transpercèrent l'ennemi qui fut obligé de céder du terrain.

Malheureusement, il avait franchi sur les versants le barrage des archers et s'écoulait jusque dans la vallée en contrebas. Allanon était désormais quasiment le seul sur leur chemin, les faisceaux bleus fusant sans relâche de ses doigts. Les Démons l'encerclèrent, jaillissant de partout en même temps. Le Druide ne céda pas. Puis, lorsqu'ils furent trop nombreux, il transforma les prairies sur des dizaines de mètres, dans toutes les directions, en un champ de flammes. Ce mur de feu détruisit tous ceux qui tentaient de passer au travers.

A une centaine de mètres en retrait de l'entrée du Baen, Elfes et Libres continuaient de se battre avec acharnement pour empêcher le corps principal des Démons de se répandre dans le Sarandanon. Ce fut une lutte terrible, sans merci, et la puanteur de la mort envahit la nuit d'été. Au moment culminant de la bataille, le destrier de Kael Pindanon s'effondra, entraînant le vieux guerrier dans sa chute. Ce dernier, secoué, parvint difficilement à se remettre debout et chercha à tâtons son grand glaive. Les Démons se jetèrent derechef sur lui en rugissant. Des Chasseurs Elfes tentèrent en vain de secourir leur commandant encerclé en se frayant un passage dans la masse de l'ennemi à coups de lame. Mais des serres étripèrent ces Elfes, et le vieux guerrier fut emporté dans la mort.

Au même moment, une poignée de Démons rompit l'étau qui s'était refermé autour d'eux et s'élança vers Ander Elessedil. Ils bondirent comme des félins sur les soldats de la Garde Royale qui l'entouraient et ouvrirent une brèche. En désespoir de cause, le prince brandit le rameau de l'Ellcrys comme un bouclier, et ses assaillants, grognant de rage, se rétractèrent. Mais le prince était à présent isolé, encerclé de monstres difformes qui l'entaillaient et le mordaient, attendant la première occasion d'esquiver le talisman et de l'achever. Les Chasseurs se démenaient pour rejoindre Ander. Mais les Démons continuaient à leur barrer le passage, éventrant ceux qui s'approchaient trop et échappant d'un bond à leurs lames et à leurs lances. S'avisant qu'ils tenaient presque le porteur du talisman exécré, d'autres vinrent en renfort.

Tout à coup, un géant, couvert de sang et de poussière, traversa cette mêlée frénétique. Cisaillant la nuée de corps noirs à grands moulinets de son glaive, il parvint à rejoindre Ander. Des glapissements de fureur éclatèrent, et les Démons se jetèrent sur lui. Mais tel un roc inamovible, Stee Jans ne vacilla point. Il tint en échec ceux qui les menaçaient, lui et Ander, et appela ses soldats. Instantanément, ses cavaliers se déployèrent autour d'eux en un cercle d'airain. Stee Jans enfourcha aussitôt son rouan qu'on lui avait amené et, brandissant son glaive, il chargea avec ses cavaliers qui lancèrent leur cri de guerre.

Pendant un instant, Ander ne comprit plus ce qui se passait. Puis, dans la lueur trouble du faux clair de lune, il aperçut les Libres, Stee Jans à leur tête, sa tignasse rouge en éventail, une main fermée sur son grand glaive, l'autre sur la bannière de son régiment. Les Frontaliers attaquaient. Une poignée contre des centaines. Aussitôt, le prince saisit les rênes d'une monture sans cavalier, bondit en selle et, appelant en renfort ses hommes, éperonna rudement son cheval et galopa ventre à terre droit sur les cohortes de Démons pour gagner le flanc du régiment des Libres. Ensemble, Elfes et Southlanders déferlèrent dans le Baen, repoussant les Démons devant eux. Avec une fougue décuplée par la fureur, ils luttèrent comme des forcenés, poussant leurs cris de guerre comme un seul homme.

Pendant un instant, le plateau de la balance ne pencha d'aucun côté. Glapissant de rage et de haine, les Démons éventraient ces hommes fous qui se jetaient avec une témérité stupéfiante au milieu d'eux. L'immense guerrier à la tignasse rouge avait ranimé le courage des Elfes. Ils affrontèrent la mort sans peur, oublièrent tout, excepté leur farouche détermination à anéantir la fourmilière noire qui grouillait devant eux. Les Démons fléchirent, puis reculèrent, lentement au début, à toute allure ensuite. La fureur de leur ennemi dépassait à présent la leur. Ce fut une véritable débandade. Ils s'enfuirent encore une fois dans les basses montagnes du Nord, se faufilèrent par les moindres fissures et allèrent se perdre dans les ombres de la nuit.

Quelques instants plus tard, le défilé du Baen était désert, et la vallée du Sarandanon de nouveau aux mains des Elfes.

Nu jusqu'à la taille, le prince Ander Elessedil était assis dans sa tente. Des Chasseurs Elfes pansaient les multiples blessures que lui avaient infligées les Démons au cours de ce combat impitoyable. Le corps perclus de fatigue et de douleur, il ne desserrait pas les lèvres. Des messagers allaient et venaient, lui faisant leurs rapports sur les mouvements de son armée qui s'apprêtait de nouveau à se retrancher devant l'entrée du Baen. La Garde Royale encerclait la tente, le fer de leurs armes scintillant sous les flammes des feux de garde.

Le prince des Elfes endossait son armure lorsque les rabats de sa tente s'écartèrent soudain. Stee Jans surgit de la nuit, impressionnant, couvert de sang et de poussière. Le silence tomba aussitôt. D'un mot, Ander pria ses soldats de sortir. Une fois seul, il se leva et alla se camper devant le Frontalier. Il serra chaleureusement sa grande pogne entre ses mains.

— Commandant, cette nuit, vous nous avez sauvés, déclara-t-il simplement. C'est là une dette qu'il nous sera difficile de vous rembourser.

Stee Jans sonda du regard le prince, puis hocha la tête.

— Monseigneur, vous ne m'êtes en rien redevable. Je suis un soldat. Et cette nuit, je n'ai accompli que mon devoir de soldat.

Ander eut un sourire las.

— Jamais vous ne parviendrez à m'en convaincre. Néanmoins, je vous respecte et vous admire trop pour débattre de cette question. Je tiens simplement à vous remercier. (Il relâcha la main du guerrier et recula d'un pas.) Kael Pindanon est mort au champ de bataille et je dois trouver un nouveau chef d'état-major. Je veux que ce soit vous.

Stee Jans garda le silence un instant.

— Monseigneur, je ne suis ni un Elfe ni même du Westland.

— Je n'ai à ma disposition ni un Elfe ni un compatriote davantage capable de commander mon armée que vous, répliqua vivement Ander. Et c'est votre stratégie qui nous a permis de garder le Baen.

Stee Jans ne baissa pas les yeux.

– Quelques-uns contesteront cette décision.

– Il y aura toujours des voix pour contester n'importe quelle décision. (Ander secoua la tête.) Je ne suis ni mon père ni mon frère. Je ne suis pas non plus le chef que mon peuple pense voir en moi. Mais cela dit, il m'incombe de prendre cette décision et je l'ai prise. Je souhaite que vous soyez le commandant en chef de mon armée. Acceptez-vous ?

Le Frontalier réfléchit un long moment avant de répondre :

– Oui.

Ander sentit le poids de sa fatigue diminuer soudain.

– Dans ce cas, commençons...

Un soudain mouvement dans l'ombre, à l'entrée de la tente, les fit sursauter. Allanon. Son visage était lugubre.

– Les éclaireurs envoyés au nord et au sud de la vallée viennent d'arriver, annonça-t-il dans une espèce de chuintement. Ceux partis au sud de l'Innisbore n'ont rien constaté. En revanche, ceux partis au nord ont découvert une armée de Démons si colossale que celle que nous venons d'affronter paraît bien minuscule en comparaison. Elle descend vers le sud en rasant la muraille orientale des Kensrowe. A l'heure qu'il est, elle doit être déjà parvenue dans le Sarandanon.

L'espoir s'éteignit dans les prunelles d'Ander Elessedil. Il fixa le géant en silence.

– Prince des Elfes, c'est là leur plan depuis le début des affrontements... Engager le combat ici, dans le Baen, avec leurs forces les moins importantes, tandis que le gros de leurs troupes contournait les Monts Kensrowe par le nord, afin de vous prendre au piège entre leurs deux armées. Si vous n'aviez pas envoyé d'éclaireurs...

Le Druide s'arrêta court, gardant un silence lourd de sous-entendus. Ander voulut parler, mais butant sur les mots, se tut. Soudain, des larmes lui montèrent aux yeux, des larmes de dépit et de rage.

– Tous ces hommes qui ont trouvé la mort dans le Baen... ici et dans le défilé de l'Halys... Mon frère,

Pindanon, tous ces morts pour garder le Sarandanon... N'y a-t-il rien que nous puissions faire ?

– L'armée qui marche sur nous compte des Démons dont les pouvoirs excèdent de loin tout ce à quoi vous avez été confrontés. (Le Sage hocha lentement la tête.) C'est là un trop grand pouvoir, je le crains, pour que vous parveniez à lui résister. Beaucoup trop grand. Si vous tentez de tenir plus longtemps le Sarandanon, de rester ici, ou même de reculer pour dresser une ligne de défense plus avant dans la vallée, vous serez presque à coup sûr anéantis.

Ander était livide.

– Alors, le Sarandanon est perdu ?

Allanon acquiesça. Le prince des Elfes hésita, puis se tourna vers le compartiment au fond de la tente où reposait le roi, toujours inconscient, ignorant tout, enfermé dans un sommeil sans rêves, loin des souffrances et de la dure réalité auxquelles était confronté son fils angoissé. Perdu ! la Fracture, le Sarandanon, sa famille, son armée ! Tout ! Une faille s'ouvrit en lui. Allanon posa une main ferme sur son épaule. Sans se retourner, le prince opina.

– Nous partons sur-le-champ.

Tête basse, il sortit de sa tente pour intimer l'ordre de la retraite.

33

La Barbarie parut à Wil Ohmsford aussi sinistre et rébarbative que les historiens l'avaient annoncé. Il avait quitté avec Amberle les Eperons Rocheux par une après-midi radieuse et un soleil étincelant, mais la Barbarie, elle, n'était qu'un fouillis inextricable d'ombres et de ténèbres coupé du monde extérieur par un écheveau d'arbres et de broussailles si enchevêtré qu'on ne devinait ni le début ni la fin de ce dédale. Les fûts couverts d'une mousse épaisse et de lichen étaient noueux et tordus ; leurs branches se déroulaient comme des pattes d'araignée, étouffées par le lierre et autres plantes grimpantes, et ployaient sous le poids de leurs feuilles hérissées d'épines qui scintillaient en longues traînées d'un blanc incandescent. Le bois mort et les ronces pourrissaient lentement sur le sol noir de cette vallée, le rendant désagréablement mou et spongieux. Une humidité fétide régnait dans ces lieux cauchemardesques. On eût dit que la nature avait voulu délibérément rabougrir cette terre et toute vie qui y poussait, l'avait forcée à se replier sur elle-même, de sorte qu'elle respire et absorbe la puanteur qui émanait de sa mort lente.

L'homme du Val progressait le long de la raboteuse route forestière, la fille des Elfes pressée contre lui. Il scrutait, inquiet, les ténèbres qui l'encerclaient. Cette route formait un véritable tunnel creusé dans la muraille de la forêt. Seuls de vagues filets de lumière descendaient jusqu'à la terre humide à travers le lacis végétal qui occultait le ciel. Nul oiseau ne chantait dans cette jungle. Wil l'avait remarqué tout de suite. Les petits animaux familiers des forêts étaient également absents. Aucun insecte ni papillon aux couleurs gaies. La vie se limitait ici à des créatures dont il valait mieux pour l'homme qu'elles restent calfeutrées dans l'ombre, l'obscurité et le noir de la nuit : chauves-souris, dures comme cuir et exhalant l'odeur de la maladie, serpents et autres bestioles écailleuses et sournoises qui se nourrissaient de la vermine grouillant dans les mares croupissantes et les marais nauséabonds. Espèces de chats sauvages, au corps lisse, qui se faufilaient avec rapidité sur leurs pattes de velours. A plusieurs reprises, leurs ombres traversèrent la route, et, chaque fois, les deux voyageurs s'arrêtèrent, méfiants. Pourtant, ils redisparaissaient dans les ténèbres aussi vite qu'ils étaient venus.

Ils ne croisèrent en cours de chemin que quelques rares voyageurs, tous à pied, sauf un, effondré sur un canasson si maigre et si fourbu qu'on eût dit un spectre errant. Perdus au fond de leurs capes et capuchons, ces voyageurs qui cheminaient seuls ou par deux ne daignèrent point les saluer. Pourtant, ils tournèrent la tête vers eux, les examinant de leurs yeux froids de chat, les jaugeant comme pour découvrir leurs intentions. Glacés par ces regards inquisiteurs, le Southlander et la jeune Elfe se surprirent à jeter par-dessus leur épaule des coups d'œil effarouchés longtemps après que ces sinistres personnages eurent disparu de leur vue.

Peu avant le coucher du soleil, ils émergèrent enfin de cette forêt sauvage et obscure et arrivèrent dans le village de Grimpen Ward. Il eût été difficile d'imaginer une communauté moins avenante. Niché dans une cuvette, l'habitat se constituait d'un pauvre ramassis de masures délabrées faites de planches de bois. Quelques échoppes, tavernes et auberges offraient un spectacle bien piteux. Leurs peintures jadis bariolées étaient déteintes et s'écaillaient par plaques. Bon nombre étaient closes, les portes barricadées et cadenassées. Des enseignes aux lettres tracées d'une main maladroite pendaient à des poteaux chancelants, ainsi qu'au-dessus des portes, offrant prix et merveilles hétéroclites. Dans les entrées et derrière les fenêtres de celles qui étaient ouvertes brûlaient des lampes à huile et des flambeaux qui projetaient leurs lueurs d'un jaune cru dans les ruelles, comme le crépuscule se refermait sur cette cuvette.

A cette heure-là, les habitants de Grimpen Ward avaient pour habitude de s'entasser dans ces tavernes et auberges minables autour de tables en bois brut ou le long de bars, simples planches posées précairement sur des tonneaux, pour siroter maints verres de vin ou chopes de bière. On parlait fort. Les voix étaient rudes et les rires, vulgaires. Ils erraient d'un établissement à l'autre, ces hommes et ces femmes au regard dur et de toutes les races, certains gaiement vêtus, d'autres en haillons, qui s'avançant avec arrogance dans la lueur des lampes, qui s'esquivant furtivement dans les recoins d'ombre ; beaucoup tanguaient, chancelaient, puant l'alcool. Des pièces de monnaie tintaient et changeaient vite de mains, tantôt à la dérobée, tantôt arrachées avec violence. Ici, un amas flasque, effondré sous un porche, dormait du sommeil de plomb de l'ivrogne, les vêtements arrachés et la bourse envolée. Et là, dans une ruelle obscure, un loqueteux immobile, dont le sang s'écoulait en abondance d'une entaille à la gorge. Et partout, des chiens errants, faméliques et galeux, qui se faufilaient à travers les ombres comme des spectres.

Brigands et coupe-jarrets, prostituées et escrocs, marchands de faux plaisirs, trafiquants de vie et de mort. Wil sentit ses cheveux se dresser sur sa tête. Le grand-père de Perk ne s'était pas trompé au sujet de Grimpen Ward.

Agrippant Amberle par la main, il suivit la piste raboteuse qui serpentait à travers ces baraques bâties à la diable. Qu'allaient-ils donc faire, à présent ? Retourner dans la forêt ? Impossible, pas de nuit ! Rester parmi ces gens sans foi ni loi ? Cela ne l'enchantait guère, mais après tout, avaient-ils le choix ? Ils étaient tous deux harassés et affamés. Et depuis des jours, ils n'avaient pas dormi dans un lit ni absorbé un repas chaud. D'un autre côté, ils n'avaient guère de chances d'obtenir l'un ou l'autre dans ce repaire de brigands. Ils ne possédaient pas la moindre pièce de monnaie ni le moindre objet de valeur à troquer contre le gîte et le couvert. Ils avaient tout perdu en s'enfuyant du Pykon. L'homme du Val pensait pouvoir trouver ici un quelconque travail en échange d'un lit et d'un repas, mais ce qu'il voyait à présent lui démontrait l'inanité de cette idée.

Un Gnome fin soûl le heurta et se mit à fouiller dans sa cape. Wil le repoussa vite. Le Gnome s'écroula, les quatre fers en l'air, et rit bêtement au ciel. L'homme du Val l'observa un moment, puis, prenant Amberle par le bras, l'entraîna vivement.

Que de problèmes à résoudre ! songea Wil. Une fois qu'ils auraient quitté cet affreux village, comment trouveraient-ils leur chemin ? Comment feraient-ils pour ne pas se perdre dans le dédale inextricable de cette forêt qui s'étendait au-delà ? Ils avaient à tout prix besoin d'un guide, mais à qui pourraient-ils se fier à Grimpen Ward ? S'ils étaient contraints de poursuivre leur périple à l'aveuglette, il allait devoir utiliser les Pierres des Elfes, ou du moins tenter de les utiliser, avant d'avoir trouvé l'Imprenable et le Feu de Sang, et même de quitter cette contrée maudite. Or, à l'instant où il déclencherait leur pouvoir, il attirerait les Démons droit sur eux. Pourtant, sans l'aide de ces trois Pierres ou d'un guide, jamais ils n'atteindraient l'Imprenable, même s'ils disposaient d'une année entière, et non pas de quelques jours.

Abattu, Wil s'arrêta et se perdit dans la contemplation des fenêtres éclairées des bâtisses, des silhouettes sombres qui fourmillaient à l'intérieur, puis de la voûte du firmament et de la jungle noire servant de toile de fond. Quel dilemme ! Et pas la moindre idée sur la façon de le dénouer.

– Wil ! (Amberle le tiraillait anxieusement par le bras.) Sortons de cette rue !

Ce dernier lui jeta un rapide coup d'œil et opina. Il fallait parer au plus pressé : trouver un endroit où passer la nuit et quelque chose à se mettre sous la dent. Le reste attendrait.

Tenant toujours Amberle par la main, il remonta la grand-rue en terre battue dans l'autre sens, observant avec attention les tavernes louches qui la flanquaient. Ils avaient franchi une quinzaine de mètres lorsqu'il entr'aperçut une maisonnette à un étage, en retrait des autres et nichée au milieu de pins malingres. Des lumières brûlaient aux fenêtres du rez-de-chaussée, alors que le premier était plongé dans l'obscurité. Voix criardes et rires grossiers ne s'en échappaient pas, ou du moins, atténués, et les clients étaient peu nombreux.

Wil traversa la courette desservant cette auberge et lorgna à travers la vitre sale d'une fenêtre donnant dans la salle commune. Tout semblait tranquille. Il leva les yeux. L'enseigne suspendue au linteau de la porte annonçait *Auberge de la Chandelle qui brûle*. Il hésita encore un moment, puis décida de se jeter à l'eau. Il retourna donc auprès d'Amberle. D'un signe de tête rassurant, il l'entraîna vers la grille et ils gagnèrent les portes de l'auberge grandes ouvertes sur la nuit.

– Remonte bien ton capuchon autour de ton visage, chuchota-t-il soudain.

Comme elle le regardait d'un œil vide, il le fit pour elle. Il lui lança un sourire destiné à masquer ses propres craintes, puis la prit fermement par la main et franchit le seuil.

La salle était exiguë et envahie par la fumée des lampes à huile et des pipes. Devant le petit comptoir dressé à l'entrée se pressaient plusieurs hommes et femmes à l'air rustre. Ils discutaient en buvant de la bière.

Plusieurs tables entourées de chaises et de tabourets s'entassaient dans le fond. Quelques-unes étaient occupées par des individus encapuchonnés qui, penchés au-dessus de leurs verres, s'entretenaient à voix basse. Plusieurs portes donnaient dans d'autres parties de l'auberge et un escalier percé dans le mur de gauche allait se perdre dans le noir. Le plancher était fissuré et abîmé. Des toiles d'araignées pendaient aux quatre coins du plafond. Près de l'entrée, un chien de meute rongeait un os avec entrain.

Wil guida Amberle au fond de la salle où une petite table était vide, hormis une grosse chandelle brûlant lentement. Ils s'assirent. Quelques clients se tournèrent à leur passage, leur jetant un regard fugace.

– Qu'allons-nous faire ici ? s'enquit Amberle d'une voix anxieuse.

– Etre patients, simplement.

Quelques instants plus tard, une femme massive, d'un âge indéterminé et au visage usé, s'avança vers eux en se déhanchant, une serviette jetée avec négligence sur le bras. Wil s'aperçut qu'elle boitait méchamment. Il crut reconnaître la cause de cette claudication, et une idée commença à germer dans son esprit.

– A boire ? voulut-elle savoir.

Wil sourit aimablement.

– Deux chopes de bière.

La femme s'éloigna, le visage toujours aussi fermé. Wil la suivit du regard.

– Mais je n'aime pas la bière ! protesta Amberle. Et qu'est-ce que tu fabriques ?

– Je me montre sociable. As-tu remarqué que cette femme boitait ?

La fille des Elfes ouvrit des yeux ronds.

– Et qu'est-ce que cela a à voir avec le reste ?

Wil sourit.

– Tout ! Regarde bien.

Ils gardèrent le silence, puis la tenancière revint avec leurs deux chopes. Elle les posa sur la table et se redressa en passant deux doigts boudinés à travers une mèche de sa tignasse emmêlée et grisonnante.

– C'est tout ?

– Avez-vous de quoi manger ? s'enquit Wil.

Il trempa les lèvres dans sa bière ; Amberle n'y toucha pas.

– Ragoût, pain, fromage, quelques biscuits... Frais du jour.

– Hum ! Mais dites-moi, c'était une journée bien chaude pour cuisiner.

– Très chaude. Et peine perdue, aussi. Personne ne mange.

Wil eut un hochement de tête compatissant.

– La plupart des clients préfèrent boire, expliqua la grosse femme en reniflant. Moi aussi, je suppose, si j'en avais le temps.

– Je comprends ça, observa Wil en souriant. Tenez-vous cette auberge toute seule ?

– Avec mes fils. (Croisant les bras sur son opulente poitrine, elle s'adoucit soudain un peu.) Le mari, pfiiit ! Mes fils me donnent un coup de main quand ils ne boivent pas ou ne jouent pas... Ce qui est rare. Je m'en sortirais toute seule, notez bien, si je n'avais pas cette maudite jambe. Des crampes sans arrêt. Un mal de chien.

– Avez-vous essayé les compresses chaudes ?

– Sûr ! Ça soulage un peu.

– Des tisanes ?

– Inutile, cracha-t-elle.

– C'est ennuyeux. Et depuis combien de temps c'est comme ça ?

– Bof ! Des années, je crois. J'en ai oublié le compte. Y penser, ça ne fait aucun bien.

– Ma foi... (Wil prit un air songeur.) Le repas m'a l'air bon. Deux assiettes.

La propriétaire de l'*Auberge de la Chandelle qui brûle* opina, puis repartit. Amberle se pencha aussitôt en avant.

– Et comment as-tu l'intention de régler tout cela ? Nous n'avons pas un liard !

– Je le sais ! répliqua l'homme du Val en lançant des regards à la ronde. Mais je crois qu'on n'en aura pas besoin.

Amberle le toisa, comme si elle eût été à deux doigts de le gifler.

– Tu m'avais promis de ne plus jamais faire le cachottier. Tu m'avais promis de m'expliquer d'abord ton plan avant de l'appliquer... Tu t'en souviens ? La dernière fois que tu as fait des mystères, c'était avec les Bohémiens et cela a failli nous coûter la vie ! Et ces gens-là ont l'air beaucoup plus dangereux que les Bohémiens.

– Je sais, je sais, mais je viens juste d'avoir une idée. Il nous faut à tout prix un repas et un lit, et on dirait qu'on a trouvé ici le meilleur moyen de les obtenir.

Le visage d'Amberle se crispa au fond du capuchon.

– Wil Ohmsford, je n'aime pas cet endroit... Cette auberge, ce village, ces gens, rien ! On pourrait fort bien se passer de manger et de dormir dans un lit.

– On pourrait, mais non. Chut !... La revoilà !

La tenancière posa deux assiettes fumantes devant eux, et comme elle allait repartir, Wil prit la parole.

– Restez un instant, proposa-t-il. J'ai réfléchi au problème de votre jambe. Peut-être que je peux vous aider.

Elle le fixa d'un air suspicieux.

– Comment ça ?

Il haussa les épaules.

– Eh bien, je peux faire cesser cette douleur.

Son regard devint encore plus soupçonneux.

– Et en quel honneur ? rétorqua-t-elle, méprisante.

Wil sourit.

– Les affaires... L'argent.

– L'argent, j'en manque.

– Et un échange ? Pour le prix de la bière, de ce souper et d'un nuit dans votre auberge, je fais disparaître la douleur. C'est équitable, non ?

– C'est équitable. (Elle se laissa choir avec lourdeur sur la chaise à côté de celle de Wil.) Mais vous êtes vraiment capable de faire ça ?

– Apportez une tasse de thé chaud et une serviette propre, et vous verrez !

La tenancière se leva aussitôt et s'éloigna en boitant dans sa cuisine. Wil l'observa, un petit sourire aux lèvres. Amberle hochait la tête.

– J'espère que tu sais ce que tu fais, avança-t-elle d'un ton sec.

– Moi aussi... En attendant, mange si jamais je ne le savais pas.

Lorsque la grosse femme revint avec le thé et la serviette, ils avaient presque terminé leur souper. Wil jeta un coup d'œil aux clients agglutinés devant le bar. Quelques têtes commençaient à se tourner vers eux. Wil ne voulait pas attirer outre mesure l'attention sur lui, quel que fût le résultat. Il regarda la femme et sourit encore.

– Il serait préférable d'effectuer cela en privé. N'avez-vous pas un endroit où nous pourrions aller ?

La patronne haussa les épaules et les conduisit jusqu'à l'une des portes closes. Ils se retrouvèrent dans une petite pièce meublée d'une table avec une chandelle et six tabourets. Elle alluma la chandelle, puis referma la porte. Tous trois s'assirent.

– Et maintenant, qu'est-ce qui se passe ? s'enquit-elle.

L'homme du Val sortit une feuille séchée d'une bourse suspendue à son ceinturon, la réduisit en poussière et jeta celle-ci dans le thé. Il remua vite le mélange, puis tendit la tasse à la tenancière.

– Buvez ça ! Cela vous rendra un peu somnolente, rien de plus.

L'intéressée examina un instant Wil, puis obtempéra. Une fois la tasse vide, il la lui reprit des mains, laissa tomber une autre feuille, ajouta une petite mesure de bière de son verre qu'il avait pris soin d'emporter. Cette fois, il remua lentement la potion, observant la feuille qui se dissolvait peu à peu. En face de lui, de l'autre côté de la table, Amberle branlait du chef.

— Posez votre jambe sur ce tabouret, ordonna-t-il tout en approchant un siège devant la femme.

Celle-ci s'exécuta docilement.

— A présent, relevez votre jupe.

La tenancière lui lança un regard, comme si elle s'était interrogée sur ses véritables intentions, puis, d'un geste décidé, elle releva sa jupe sur sa cuisse. Sa jambe était violacée et marbrée de noir, sillonnée de veines gonflées. Wil plongea un bout de la serviette dans la tasse et frotta la jambe avec.

— Ça pique un peu, gloussa-t-elle.

Wil lui lança un sourire encourageant. Lorsque toute la décoction fut ainsi répandue sur la jambe, il fouilla de nouveau dans sa bourse et en sortit une longue aiguille en argent à tête ronde. La femme se pencha brusquement en avant.

— Vous n'allez pas me planter ce truc dans la peau, hein ?

Wil opina avec calme.

— Vous ne sentirez rien. Juste un effleurement. (Il fit tourner lentement l'aiguille dans la flamme de la bougie.) Maintenant, restez très calme.

Avec lenteur et précaution, il enfonça l'aiguille dans la jambe, juste au-dessus de la jointure du genou, jusqu'à ce que n'apparût plus que la tête ronde. Il laissa un moment l'aiguille et la retira. La femme fit une petite grimace, ferma les yeux, puis les rouvrit.

— C'est fini, annonça Wil en espérant que cela l'était effectivement. Levez-vous et marchez.

La patiente, perplexe, le fixa un moment du regard, puis rabaissa sa jupe d'un geste indigné et se mit debout. Elle s'éloigna très prudemment de la table, éprouvant sa jambe malade. Puis, tout à coup, elle pivota, un grand sourire illuminant son visage rude.

— C'est parti ! la douleur est partie ! Pour la première fois depuis des mois. (Elle en riait de joie.) Je n'arrive pas à le croire. Mais comment avez-vous fait cela ?

— La magie, répondit Wil avec un sourire satisfait.

Il regretta aussitôt sa réponse. Amberle lui décocha un regard furibond.

— La magie ? (La femme fit encore quelques pas en hochant la tête.) Ma foi, puisque vous le dites. Pour sûr que ça ressemble à de la magie. Je ne ressens plus aucune douleur.

— Heu !... Ce n'était pas vraiment de la magie... se reprit Wil.

Mais la tenancière regagnait déjà la porte.

— Je me sens rajeunie. C'est formidable. Je vais offrir une tournée gratuite à tous mes clients. (Elle ouvrit la porte et en franchit le seuil.) Je suis trop impatiente de voir leurs tronches quand ils vont apprendre ça.

— Non ! Attendez...

Mais elle avait refermé la porte.

— Et zut ! marmonna Wil.

Il regrettait un peu tard de ne pas lui avoir fait promettre de garder le silence au sujet de sa guérison. Amberle croisa lentement les bras et le regarda droit dans les yeux.

— Comment as-tu *fait* ça ?

Il haussa les épaules.

— Je suis un Guérisseur. L'aurais-tu oublié ? Les Stors m'ont enseigné quelques remèdes pour soulager les douleurs. (Il se pencha d'un air de conspirateur.) Le problème, c'est que ce traitement ne dure pas.

— Il ne dure pas ? s'exclama Amberle, horrifiée.

Wil posa un doigt sur ses lèvres.

— Le traitement n'est que temporaire. Dès demain, la douleur reviendra et il vaudra mieux que nous soyons déjà loin.

— Wil, tu as menti à cette femme ! s'emporta Amberle. Tu lui as affirmé que tu savais la guérir.

— Non, ce n'est pas ce que je lui ai dit. J'ai seulement dit que je pourrais faire cesser la douleur. Je n'ai pas précisé pour combien de temps. Une nuit de soulagement pour elle, une nuit de sommeil et un repas pour nous. Un troc équitable.

Amberle lui jeta un regard accusateur et ne rétorqua pas.

Wil poussa un soupir.

– Si cela peut te consoler, la douleur sera moins pénible qu'avant. Mais aucun Guérisseur ne peut rien faire pour sa jambe. Son état est le résultat de la vie qu'elle mène... Son âge, son poids. Et beaucoup d'autres éléments qui échappent à mon contrôle. J'ai fait tout ce que j'étais en mesure de faire pour elle. Voudras-tu, à présent, s'il te plaît, te montrer raisonnable ?

– Mais tu ne pourrais pas lui donner quelque chose pour quand la douleur renaîtra ?

Wil lui saisit les mains.

– Toi, tu es une personne vraiment gentille, le sais-tu ? Oui, c'est possible. Mais nous la laisserons le découvrir seule, après notre départ, si cela ne te dérange pas.

Une soudaine clameur montant de l'autre salle le fit se lever et il alla entrouvrir la porte, juste assez pour risquer un œil. L'auberge quasiment déserte débordait à présent de gens attirés par la promesse d'un verre gratuit et par les cabrioles de la patronne qui faisait joyeusement la démonstration de sa guérison.

– Il est temps de s'éclipser, marmotta Wil en entraînant Amberle hors de la petite pièce.

Ils n'avaient pas fait douze pas que la femme les rappela de sa voix stridente et se précipita vers eux pour les arrêter. Maints doigts se pointèrent vers Wil. Beaucoup trop, à son goût.

– Un verre de bière, vous deux ? proposa la grosse patronne.

Elle donna une claque sur l'épaule de Wil, qui faillit le faire tomber. Il parvint à esquisser un faible sourire.

– Je crois que nous devrions aller dormir. Nous avons une longue route et sommes très fatigués.

La tenancière renifla.

– Restez donc ici et faites la fête. Vous n'avez pas besoin de payer. Buvez tout ce que vous voulez.

Wil secoua la tête.

– Nous ferions mieux de dormir.

– Dormir ? avec tout ce vacarme ? (Elle haussa les épaules.) Dans ce cas, prenez la chambre dix, au premier et au fond du corridor. Peut-être que ce sera un peu moins bruyant. (Après un temps de silence, elle ajouta :) On est quittes, d'accord ? Je ne vous dois plus rien.

– Plus rien, confirma Wil, impatient de partir.

Un sourire illumina le visage usé de la tenancière.

– Eh bien, vous n'êtes pas cher, vous savez ça ? Moi, je vous aurais payé dix fois plus... Bah ! quelques heures sans souffrir valent bien la bière et le repas, plus la chambre ! Mais faut être malin quand on veut arriver à destination dans ce pays. N'oubliez pas ce conseil, petit Elfe.

Elle poussa un rire gras et retourna derrière son comptoir. Les boissons gratuites étaient terminées pour ce soir. Avec une foule pareille, la recette serait belle. La patronne ramassa prestement les pièces de monnaie en courant presque le long du bar.

Wil prit Amberle par le bras et l'entraîna en haut de l'escalier. Les clients les suivirent du regard.

– Et tu te faisais du soucí pour elle ! grommela l'homme du Val en s'engageant dans le corridor.

Amberle sourit mais ne dit rien.


34


Wil et Amberle n'avaient dormi que quelques heures lorsque des bruits suspects s'élevèrent derrière la porte de leur chambre. Wil, le premier réveillé, se redressa en sursaut et scruta l'obscurité. Il entendit des piétinements, des chuchotements, des souffles lourds. Pas les Démons, conclut-il vite. Toutefois, la peur qui l'étreignait ne diminua point pour autant. Le loquet de la porte tressautait.

Amberle, réveillée à son tour, était assise à son côté, le visage blanc dans l'ombre de sa longue chevelure châtaine. Wil porta un doigt à ses lèvres.

– Attends ici !

Il se glissa sans bruit hors du lit et s'approcha de la porte. Le loquet continuait à gigoter, mais Wil avait tiré le verrou intérieur et la porte restait close. Il colla l'oreille contre le battant. Les voix étaient bassées et étouffées.

– ... Doucement, triple idiot... Soulève-le donc...

– Mais je le soulève ! Ote-toi de la lumière !

– ... Perte de temps. Forcez la porte... On est assez nombreux...

– Non, si c'est un magicien.

– L'or vaut bien ce risque... Force-la, j'te dis !

Des voix empâtées par l'alcool continuaient à se chamailler en sourdine avec force grognements et halètements. Wil compta pour le moins une demi-douzaine d'hommes. Des voleurs et des assassins, certainement, attirés par le récit enjolivé de la guérison miraculeuse de la tenancière de l'auberge. Il recula vite, cherchant à tâtons le lit. Amberle l'agrippa par le bras.

– Il faut qu'on parte d'ici, murmura-t-il.

Sans un mot, elle descendit du lit. Comme ils avaient dormi tout habillés, passer leurs capes et leurs bottes ne leur prit qu'un instant. Wil se précipita à la fenêtre située au fond de la chambre et l'ouvrit. Juste en dessous, le toit d'une véranda s'avançait en pente douce, à quatre mètres environ du sol. Wil amena Amberle devant la fenêtre.

– Toi, va dehors, murmura-t-il.

Au même moment, un juron sonore retentit dans le corridor et un corps lourd s'écrasa contre la porte. Il y eut une petite pluie d'éclats de bois. Les apprentis brigands avaient perdu patience. Wil poussa la fille des Elfes par la fenêtre, jetant vite un regard en arrière pour savoir si les intrus avaient brisé la porte. Non. Celle-ci tenait encore bon. Mais il y eut un deuxième fracas. Cette fois, le verrou céda et plusieurs silhouettes encapuchonnées se ruèrent dans la chambre en se bousculant, sacrant et tempêtant.

Wil ne s'attarda pas pour voir la suite. Enjambant

l'embrasure de la fenêtre, il gagna à son tour le toit de la véranda.

— Saute ! cria-t-il à Amberle.

La fille des Elfes se glissa jusqu'au bord du toit et sauta. Aussitôt, Wil la rejoignit. Au premier, on poussa des cris de colère. Wil tira Amberle dans l'ombre de la maison, puis jeta vite un regard autour de lui.

— Par où ? demanda-t-il, soudainement dérouté.

Sans un mot, Amberle le prit par la main, gagna l'extrémité du mur et courut à toutes jambes jusqu'à la bâtisse la plus proche de l'auberge. Les cris âpres de leurs pousuivants retentissaient dans leur dos, suivis des claquements des bottes sur le toit. Les deux fugitifs traversèrent sans bruit ruelles et passages jusqu'à ce qu'ils eussent regagné la grand-route.

Des cris retentissaient toujours. Grimpen Ward se réveilla tout à coup. Des lumières jaillirent dans les bicoques alentour, des exclamations furieuses fusèrent. Amberle s'engagea sur la route, mais Wil la tira brusquement en arrière. A moins de quarante mètres, plusieurs silhouettes noires s'y déployaient en éventail, fouillant avec soin le moindre recoin d'ombre.

— Nous devons rebrousser chemin, murmura Wil.

Ils longèrent le mur d'une bâtisse et, une fois arrivés au bout, ils aperçurent des remises et des écuries qui se pressaient en enfilade les unes contre les autres, arc-boutées à la forêt obscure. Wil hésita. S'ils tentaient de fuir par la forêt, ils allaient irrémédiablement se perdre. Il leur fallait à tout prix rejoindre la route forestière à l'endroit où, décrivant un méandre vers le sud, elle ressortait de Grimpen Ward. Une fois hors du village, on ne les poursuivrait sans doute plus.

Ils longèrent prudemment l'arrière d'une bâtisse entourée de murets et de barrières. Des tonneaux débordant de détritus encombraient le chemin s'ouvrant devant eux. Mais le silence était revenu et les baraques qui se profilaient plus loin étaient, elles, plongées dans le noir. Encore quelques minutes, et ils seraient sauvés.

Ils obliquèrent dans une allée étroite qui traversait une rangée d'écuries sises derrière une épicerie. Les chevaux hennirent doucement à leur odeur et piaffèrent d'impatience dans leurs stalles. Au-delà s'étendait un petit enclos.

Wil et Amberle longèrent la barrière de l'enclos. Ils n'avaient pas fait douze pas quand ils entendirent un cri perçant derrière eux. De l'ombre de l'épicerie surgit une forme noire qui, tout en agitant les bras, se mit à hurler frénétiquement. D'autres cris retentirent en réponse, des bâtisses au-delà. Dans leur affolement et leur hâte, Wil et Amberle se heurtèrent avec violence, perdirent l'équilibre et tombèrent.

Aussitôt, on leur sauta dessus. Une volée de coups de poing sauvages s'abattit sur eux. Wil empoigna leur agresseur, un grand échalas puant la bière, tandis qu'Amberle roulait à l'écart. Il saisit l'inconnu par sa cape, et d'une poussée brusque, le jeta sur la barrière de l'enclos. Un craquement sinistre se fit entendre et leur assaillant s'effondra en tas.

Wil se redressa tant bien que mal. Des lumières apparurent dans les pièces au-dessus de l'épicerie et dans les bâtisses proches. Derrière eux, des torches scintillèrent dans la nuit. Des cris de poursuite s'élevèrent de tous côtés. Wil saisit Amberle par la main et ils contournèrent à toute allure l'enclos jusqu'aux remises. Là, ils suivirent une allée étroite s'allongeant entre deux bâtiments clos. Ce passage était très obscur et ils durent courir à l'aveuglette, Wil en tête. Devant eux se profilait la bande de terre de la route.

– Wil ! cria Amberle pour l'avertir.

Trop tard. Les yeux de l'homme du Val étaient moins perçants que ceux de la jeune Elfe et il heurta tête la première une pile de planches jetées au travers du passage. Une douleur vive explosa sous son crâne, et, un instant, il perdit connaissance. Mais il parvint à se relever et avança en titubant, des étoiles clignotant dans ses yeux. La voix d'Amberle lui parvenait dans un bourdonnement assourdi. Il porta une main à son front. Elle se mouilla de sang.

Soudain, la fille des Elfes l'enlaça par la taille pour le soutenir. Ils progressèrent en chancelant vers les lumières de la route. Enfin, ils s'arrêtèrent dans l'ombre d'un porche. Le sang qui coulait dans les yeux de Wil lui brouillait la vue et il se maudit pour sa stupidité.

Soudain, il entendit Amberle pousser un hoquet de surprise. A travers ses yeux troubles, il vit plusieurs ombres chuchotantes surgir de la nuit. Puis Amberle disparut, et on le souleva. Des mains fortes le portaient dans le noir. Il vit un tourbillon de couleurs dans l'éclair d'une torche. On le poussa derrière des rabats en toile. Une lampe à huile scintillait près de lui. Il perçut des chuchotis affairés et il sentit qu'un chiffon humide essuyait le sang qui avait coulé sur son visage. On plaça un oreiller sous sa tête et on l'emmitoufla dans une couverture.

Il ouvrit lentement les yeux. Il était étendu dans une roulotte aux couleurs gaies et aux murs ornés de tapisseries, de perles et de soies brillantes. Il sursauta. Il connaissait cette roulotte.

Un visage se pencha alors vers lui, très brun et sensuel, encadré d'une épaisse toison noire tombant en grappes. Le sourire qui l'accueillit était éblouissant.

— Wil Ohmsford, je t'avais dit que nous nous reverrions.

C'était Eretria.

## 35

L'armée des Elfes et les Libres de la Légion Frontalière mirent cinq jours pour se replier à travers le Westland jusqu'à Arbolon, sous le harcèlement incessant des Démons. Ils marchèrent de jour et de nuit, sans prendre le moindre repos et se sustentant à peine, car leurs poursuivants, eux, ne dormaient et ne mangeaient pas. Aiguillonnés par leur démence haineuse, non entravés par les limites propres aux humains, ils les traquaient sans relâche. Tels des chiens de meute, ils rognaient et mordaient leurs flancs, lançant de temps à autre un véritable assaut qui forçait l'armée à se détourner de sa route. Les Elfes et leurs alliés durent sans cesse se battre et, déjà fourbus par leur siège dans le Baen, furent vite harassés. De leur épuisement naquit le désespoir, et du désespoir, la peur.

Ce fut finalement Stee Jans qui les sauva tous. Au plus profond du désespoir, à deux doigts de la défaite, ce géant guerrier déploya l'endurance, la ténacité et la bravoure qui avaient créé la légende de l'Homme d'Acier. Réunissant une arrière-garde d'Elfes et de Libres, il organisa la défense des colonnes principales de l'armée qui cheminait vers l'est en portant ses mourants et ses blessés dans la nuit. À l'aide de feintes et d'attaques en chaîne, il frappa l'ennemi, l'attirant à lui, tantôt dans un sens, tantôt dans l'autre, appliquant les mêmes tactiques que celles employées avec succès dans le Baen.

À chaque fois, les Démons se ruaient sur eux, cherchant à refermer une trappe sur les rapides cavaliers à la cape grise et les vifs chevaux des Elfes, mais toujours un instant trop tard, déferlant dans une prairie déserte, une gorge se terminant en cul-de-sac ou une cuvette noyée d'ombre, ou encore sur une piste broussailleuse repartant en sens inverse. Avec une habileté qui déroutait les Démons et les rendait fous, Stee Jans et ses cavaliers jouèrent ainsi au chat et à la souris. On eût dit qu'ils étaient partout en même temps, mais toujours loin du gros des troupes qui reculait vers Arbolon.

La rage et la frustration des Démons ne cessaient de croître. La nuit céda le pas au jour puis revint encore, et leurs assauts devinrent frénétiques. Ces Démons-là étaient différents de la fourmilière de créatures noires et assez fluettes qui avaient déboulé des versants des Kensrowe pour s'emparer du Sarandanon. Ils étaient plus dangereux encore, dotés de pouvoirs auxquels aucun simple humain ne saurait faire front. Certains, de taille monstrueuse, n'étaient qu'une masse de muscles couverte d'écailles formant une armure, véritables machines de guerre aveugles. D'autres, petits, fluides, rapides comme du vif-argent, tuaient d'un simple contact. Les uns dotés de multiples pattes, d'autres sans pattes aucune. Quelques-uns crachant le feu comme les Dragons de l'Ancien Monde, et ceux-là, amateurs de chair fraîche. Après leur passage, la terre était crevassée, ravagée, carbonisée, et plus aucune vie ne pouvait s'y épanouir.

La chasse continuait. Elfes et Libres se battaient côte à côte dans un effort désespéré pour ralentir la monstrueuse progression, observant avec consternation leur propre nombre diminuer inexorablement. Sans Stee Jans pour les guider, ils auraient été anéantis. Même avec lui, ils laissèrent dans leur sillage des centaines de blessés et de morts. Durant toute la retraite, la stratégie du commandant resta identique. La force des Démons rendait impératif d'éviter à tout prix un affrontement général sur le flanc ouest d'Arbolon. Aussi, l'arrière-garde continuait-elle de frapper vite pour disparaître aussitôt. Mais à chaque assaut, des cavaliers tombaient.

Enfin, l'après-midi du cinquième jour, l'armée, à bout de forces et en loques, parvint sur les rivages de la Rill Song qu'elle traversa pour entrer dans la cité. On fit alors les comptes. Le prix qu'ils avaient dû payer était effroyable. Un tiers des Elfes étaient morts au combat. Des centaines d'autres, gravement blessés. Des six cents hommes des Libres, moins d'un sur trois restait en vie.

Et les Démons continuaient d'avancer.


Le crépuscule tomba sur la cité d'Arbolon. La température fraîchit soudain, et des nuées orageuses venant des plaines orientales occultèrent les étoiles et la lune ; la senteur de la pluie imminente s'accentuait. Les lampes s'allumèrent une à une dans les maisons ; on se réunissait pour le repas du soir. Dans les rues et les allées forestières, les unités de la Garde Royale commencèrent leur patrouille de nuit dans un silence anxieux. Au sommet du Carolan, sur l'Elfitch et le long de la rive orientale de la Rill Song, les soldats de l'armée des Elfes étaient sur le pied de guerre. Rien ne bougeait.

Dans la salle du Haut Conseil, Ander Elessedil s'apprêtait à affronter pour la première fois depuis son retour du Sarandanon les ministres du roi, les commandants de l'armée et les quelques représentants d'autres races arrivés pour soutenir les Elfes dans leur lutte contre les Démons. Il franchit les massives portes en bois de la salle, le rameau argent de l'Ellcrys dans sa main droite, le corps encore couvert de sang, de sueur et de poussière. Il n'avait pas pris le temps de changer de tenue, préférant se présenter aussi vite que possible devant le Conseil. A son côté s'avançaient Allanon, immense, noir et inquiétant, ainsi que Stee Jans, encore armé, ses yeux marron clair brillant de l'éclat dur et froid de la mort.

Tous ceux qui étaient installés autour de la table ovale, dans les galeries et sur les marches au pied du trône, se levèrent à leur arrivée. Une vague de murmures et de chuchotis emplit la grande salle. Bientôt, ce fut le vacarme. Chacun voulait se faire entendre. A la tête de la table, Emer Chios fit claquer ses mains à plat sur le bois, et le silence retomba.

— Asseyez-vous, intima le Premier ministre.

Chacun oébit en grommelant. Ander attendit un instant, puis fit un pas en avant. Il connaissait les règles du Haut Conseil. En l'absence du roi, le Premier ministre en assumait la présidence. Emer Chios était un homme puissant et respecté, parfaitement taillé pour cette situation tragique. Ander s'était de son propre chef présenté devant le Conseil dans un but précis et il avait besoin du soutien de Chios pour l'atteindre.

— Votre Seigneurie, déclara-t-il, je souhaiterais m'adresser au Conseil.

Emer Chios opina.

— Faites donc, mon prince.

A mots hachés, en hésitant, car il n'était pas l'orateur qu'avaient été son père ou son frère, Ander Elessedil narra les atroces batailles et les défaites de l'armée des Elfes, souligna l'héroïsme des Libres. Puis il annonça l'arrivée imminente des hordes de Démons à Arbolon et leur détermination à les anéantir jusqu'au dernier. Ils allaient devoir se battre sans merci. Tout en parlant, il sondait les visages de ses auditeurs, cherchant à deviner dans leurs regards et leurs expressions le jugement qu'ils portaient sur sa conduite depuis que leur roi avait été blessé et son frère tué. Le Haut Conseil et le peuple des Elfes allaient devoir accepter comme lui-même ces deux tragédies. L'éventualité d'accéder un jour au trône lui ayant toujours paru lointaine et improbable, il avait eu beaucoup de mal à se résigner à cette réalité. Tout le long de la route du retour, il avait espéré que son père reprît conscience, mais à présent, il semblait que jamais il n'émergerait de son coma. Comprenant cela, Ander avait désormais les yeux tournés vers ce qui devait advenir.

— Seigneurs Elfes, finit-il d'une voix éteinte et brisée, je suis le fils de mon père et je sais ce qu'on attend d'un prince des Elfes. Notre armée doit maintenant défendre Arbolon qui va être assiégé. J'ai l'intention de prendre le commandement de cette défense. Je ne le ferais point si tout ce qui s'était passé ces dernières semaines pouvait être simplement effacé. Mais c'est une utopie. Si mon père était ici, vous vous rallieriez à lui comme un seul homme. Je le sais. Je tiens dorénavant la place de mon père et vous demande de vous rallier à moi, car je suis le dernier de son sang. Ces hommes qui m'accompagnent m'ont accordé leur entier soutien. Je vous demande le vôtre. Seigneurs Elfes, accordez-moi votre soutien !

Le prince attendit en silence. Il savait qu'au fond il n'aurait pas eu besoin de présenter cette requête. Les Elessedils régnaient sur les Elfes et il tenait, de droit, les rênes du pouvoir. Seulement, il voulait l'appui de tous, non pas du fait de la loi, mais pour la force de caractère dont il avait fait preuve en prenant le commandement de l'armée, dès lors que son père était tombé.

Emer Chios se leva. Ses yeux noirs firent rapidement le tour des visages, puis il se tourna vers Ander.

– Mon prince (sa voix roula comme le tonnerre), tous ceux réunis ici savent que je ne suis aucun homme aveuglément. J'ai souvent répété, et publiquement, que je me fie davantage au jugement de mon peuple qu'à celui d'un seul homme, fût-il le roi de tout l'univers connu. (Il promena lentement son regard sur l'assemblée.) Pourtant, je suis le loyal ministre d'Eventine Elessedil, ainsi que son grand admirateur. J'aurais souhaité que notre roi fût avec nous pour nous guider en cette heure périlleuse entre toutes. Malheureusement, il n'est pas ici. Son fils se propose de le remplacer. Je connais Ander Elessedil. Je l'ai écouté, l'ai jugé selon ses paroles et ses actes et surtout, selon ce qu'il s'est révélé être. J'affirme maintenant qu'en l'absence du roi il n'est aucun autre homme à qui je remettrais plus volontiers la charge de défendre ma terre et ma vie que le prince.

Là-dessus, il se tut et posa solennellement sa main droite sur son cœur, le serment elfique de fidélité. Alors, d'autres conseillers autour de la table se levèrent, peu d'abord, tous ensuite, et ils prêtèrent serment eux aussi, tournés vers leur prince. Bientôt, toute la salle les imita, faisant face à son prince, mains levées en guise d'acclamation.

Une figure noire, au côté d'Ander, se pencha vers lui.

– A présent, ils te suivent, prince des Elfes, observa doucement Allanon.

Ander opina. Il regrettait presque qu'il en fût ainsi.

On discuta ensuite de la défense d'Arbolon.

Sous la conduite d'Emer Chios et des commandants restés dans la cité, les préparatifs avaient commencé presque aussitôt après le départ de l'armée des Elfes deux semaines auparavant. Le Premier ministre réétudia ces mesures avec Ander.

On ne pouvait gagner la cité que par deux côtés : à l'est, par les pistes qui traversaient la vallée de Rhenn et les forêts au-delà, et par l'ouest, à la sortie du Sarandanon. Au nord et au sud se dressaient des montagnes n'offrant aucun passage ; ces hauts pics tissaient autour du Carolan une muraille inexpugnable. Allanon ayant prévenu que l'Interdit s'écroulerait dans les Plaines du Hoare, les Démons devaient donc venir par le Sarandanon. A moins qu'ils ne contournent la barrière montagneuse par le nord ou le sud, ce qui représenterait un retard de plusieurs jours, l'assaut partirait donc de l'ouest.

Pourtant, c'était à l'occident que les défenses des Elfes étaient les plus solides. Deux barrières naturelles bloqueraient la route aux Démons. D'abord, la Rill Song, certes plus étroite là où son lit décrivait un long méandre vers l'est, au pied du Carolan, mais cette rivière était très profonde et fort difficile à naviguer, même par beau temps. Ensuite, la falaise même du Carolan, une paroi verticale de plus de cent cinquante mètres de hauteur, envahie par les ronces et les broussailles et trouée de profondes crevasses dissimulées. Un seul pont enjambait la Rill Song à l'endroit où la rivière se resserrait. Il n'y avait aucune anse sur des lieues aussi bien en amont qu'en aval. L'Elfitch offrait la principale voie d'accès au Carolan, une série de petits escaliers serpentant à travers les parties boisées de la falaise, plus au sud.

La défense d'Arbolon dépendait donc à l'ouest de la rivière et de la falaise. Il avait été décidé que le pont serait immédiatement démoli après le retour de l'armée des Elfes. Ce qui avait été fait, comme prévu, expliqua Emer Chios. Le dernier lien entre le Sarandanon et la cité était ainsi coupé. Sur la rive est, les Elfes avaient planté des centaines de pieux enduits de poix qui, enflammés, éclaireraient le terrain au cas où l'ennemi tenterait de traverser la rivière de nuit, et ils avaient construit un fortin de pierre et de terre de plusieurs centaines de mètres presque au bord de la Rill Song. Il longeait la rive puis se repliait jusqu'à la falaise de part et d'autre de l'Elfitch. Le terrain qui s'étendait au pied de la falaise jusqu'à la rive orientale était boisé et envahi de broussailles épaisses. Les Elfes y avaient creusé des centaines de trappes et de trous profonds pour prendre au piège les Démons qui auraient contourné le fortin.

Toutefois, le pivot de la défense d'Arbolon, c'était

l'Elfitch. Tous les petits escaliers menant au vaste plateau avaient été détruits. Seul restait en place l'Elfitch, sept rampes faites de blocs de pierre, qui montaient du pied de la falaise jusqu'à son sommet, chacune fermée par une énorme grille en fer et chacune bâtie légèrement plus en hauteur que la précédente. Des remparts entouraient chacune des grilles afin d'en interdire l'accès, ainsi que celui de la rampe suivante. L'Elfitch s'élevait en spirale, chaque coude ayant été soigneusement conçu afin de pouvoir protéger à l'aide d'un tir nourri de flèches et de javelots la grille et la rampe inférieures. En temps de paix, ces grilles étaient laissées grandes ouvertes et les remparts gardés par un petit nombre de sentinelles. L'ancienne pierre était couverte de plantes grimpantes florissantes. Mais à présent, ces remparts étaient hérissés de piques et de lances, et les grilles verrouillées et renforcées de barres de fer. Aucune défense n'avait été érigée au sommet du Carolan. Ce plateau s'étendait en une vaste plaine ondulante, piquetée de halliers, de fermes isolées, puis venaient l'enceinte solitaire des Jardins de la Vie et enfin la forêt profonde. A l'est, à la frange de cette forêt se dressait Arbolon. Si les Démons envahissaient le Carolan, les Elfes n'auraient plus d'autre moyen de défense que d'investir la plaine et de faire basculer l'ennemi par-dessus la falaise. S'ils échouaient, ils devraient se replier jusque dans la vallée de Rhenn pour mener un ultime combat ou abandonner le Westland.

Chios avait terminé son rapport. Ander jeta un coup d'œil interrogateur à Stee Jans qui se contenta de hausser les épaules.

— Premier ministre, d'autres nouvelles ? s'enquit le prince.

— Des bonnes et des mauvaises, malheureusement, quant au soutien des autres Terres. Callahorn nous a encore envoyé cent cinquante cavaliers : la Vieille Garde qui appartient à l'armée régulière de la Légion Frontalière. Cette cité nous a donné la vague promesse d'envoyer des renforts, mais sans préciser la date de leur arrivée. Selon nos messagers, le Conseil des Cités n'a pas encore été à même de résoudre ses différends concernant l'étendue de l'engagement de Callahorn dans « cette guerre des Elfes », et le roi a décidé de ne pas intervenir. Les débats se poursuivent, mais nous ne savons rien de plus.

Comme l'avait prévu Stee Jans, songea sombrement Ander.

— La Fédération nous a aussi fait parvenir un message, enchaîna Chios avec un sourire amer. Bref et définitif, si je puis dire. La Fédération n'interviendra que si cette affaire menace la souveraineté de ses propres Etats. Donc, pour l'heure, elle ne nous enverra aucune aide. (Il haussa les épaules.) Cela n'a rien de surprenant.

— Et le Kershalt ? s'enquit vivement Ander. Les Trolls ?

— Rien. J'ai pris la liberté d'envoyer un autre messager.

Ander approuva d'un signe de tête.

— Et les Nains ?

— Nous sommes ici, répondit une voix bourrue. Du moins, quelques-uns d'entre nous.

Un Nain corpulent et barbu s'avança. Dans son visage buriné par le soleil et les ans brillaient des yeux bleus mobiles. Ses mains noueuses se cramponnaient au rebord de la table ovale.

— Druide ! (Le Nain salua vite Allanon, puis se tourna vers Ander.) Mon nom est Browork, doyen et citoyen de Culhaven. J'ai amené avec moi une centaine de Sapeurs. Vous pouvez remercier le Druide. Il nous a croisés, alors que nous réparions un pont de la Rivière d'Argent. Allanon est très connu parmi les Nains. Il nous a mis au courant de la situation. Sans poser aucune question, nous avons envoyé à Culhaven un message et sommes accourus aussitôt. Dix jours de marche, et durs avec ça, mais nous voici.

Il tendit sa main et Ander la serra avec chaleur.

— Et les autres, Browork ? demanda Allanon.

Le Nain agita la tête avec impatience.

— En route, je présume. D'ici la fin de la semaine, vous aurez une armée de plusieurs milliers des nôtres.

(Le Nain eut un froncement de sourcils réprobateur.) Mais d'ici là, Druide, vous nous avez et estimez-vous heureux. Personne, hormis les Sapeurs, n'aurait pu trafiquer cette rampe.

— L'Elfitch, s'empressa d'expliquer Chios à Ander qui ouvrait des yeux ronds. Browork et ses Sapeurs nous ont aidés aux préparatifs de notre défense. En étudiant les rampes, ils ont découvert qu'il était possible de fausser la cinquième, afin qu'elle puisse s'effondrer.

— Un jeu d'enfant. (D'un geste de la main, Browork réduisit la difficulté de la tâche.) Nous avons entaillé la pierre, retiré les supports secondaires, puis glissé des coins fixés à des chaînes dans le support principal. Ces chaînes sont masquées dans les broussailles sous cette rampe et reliées à un système de poulies. Si jamais l'ennemi atteint cette rampe, il suffit de tirer sur les chaînes, les coins sauteront et la rampe s'effondrera.

— Simple, mais à condition d'avoir les dons techniques d'un Nain Sapeur, je crois, observa Ander en souriant. Bravo, nous avions besoin de vous, Browork.

— Il y a ici d'autres alliés dont vous aurez besoin aussi, intervint Allanon en posant une main sur l'épaule du prince et en désignant l'autre bout de la table.

Ander se tourna dans cette direction. Un Elfe, tout de cuir vêtu, s'avança et prêta le serment de fidélité.

— Dayn, mon prince, déclara ce dernier posément. Je suis un Cavalier du Ciel.

— Un Cavalier du Ciel ? s'exclama Ander, fort surpris. (Son père lui avait narré des histoires au sujet des Elfes qui s'étaient surnommés Elfes du Ciel, mais des histoires oubliées de presque tous, car aucun Cavalier du Ciel n'était venu à Arbolon depuis cent ans.) Combien êtes-vous ? s'enquit-il finalement.

— Cinq. Nous serions plus si nous ne redoutions pas que le Repli-de-l'Aile, notre terre, ne soit attaqué par les Démons. Cinq frères. Mon père s'appelle Herrol. (Il jeta un furtif regard à Allanon.) A une époque, le Druide et mon père étaient amis.

– Mais nous le sommes toujours, précisa Allanon.

Dayn approuva d'un signe de tête, puis regarda de nouveau Ander.

– Mon père serait venu si son Roc, Genewen, n'était pas utilisé par son petit-fils, qui suit un entraînement pour devenir lui aussi un Cavalier du Ciel. Mais nous pouvons vous être utiles. Par exemple, nous pouvons survoler toute l'étendue des cieux du Westland, si nécessaire, et vous signaler ainsi les mouvements des Démons. Espionner aussi leurs forces et leurs faiblesses. Voici du moins notre offre.

– Une offre que nous acceptons avec gratitude, Dayn, répondit Ander. Soyez les bienvenus.

Dayn s'inclina, puis se retira. Ander regarda Chios.

– Premier ministre, d'autres encore sont-ils venus nous soutenir ?

Celui-ci hocha lentement la tête.

– Non, mon prince. C'est tout.

– Alors, ceux-là suffiront.

Tous continuèrent ensuite à peaufiner les tactiques de défense. Le temps passa vite, la nuit avançait. La fatigue fit perdre à Ander le fil de ses pensées et au milieu d'une semi-rêverie, un bruit violent le fit sursauter. Les portes s'étaient ouvertes et un Gael bouleversé se précipita vers la table et tomba à genoux devant lui.

– Monseigneur, hoqueta-t-il, le visage rouge d'excitation. Monseigneur, le roi s'est réveillé.

Ander écarquilla les yeux, puis se leva d'un bond et se rua hors de la salle du Conseil.


Dans son sommeil, Eventine avait eu l'impression de flotter dans des ténèbres traversées de fils aussi fins que de la soie. Un par un, ces fils s'enroulaient autour de lui, épousant étroitement les formes de son corps. Au début, il baignait dans une chaleur agréable, comme un nouveau-né lové dans les bras de sa mère. Mais cette étreinte se resserrant, il finit par suffoquer. Il lutta avec acharnement, mais en vain, pour se libérer de ce cocon. Alors, il coula à pic dans les ténèbres, enfermé dans ce suaire, entre vie et trépas. Terrorisé, il se débattit avec violence pour briser cette prison de soie. Soudain, elle se déchira et vola en éclats.

Ses yeux s'ouvrirent. Une lumière dure et scintillante l'aveugla. Désorienté et confus, il lutta pour se repérer et se rappeler ce qu'il faisait. Peu à peu, le contour d'une pièce se profila devant ses yeux, il reconnut l'odeur des lampes à huile, le contact des draps de coton et des couvertures en laine qui l'enveloppaient. Alors, un flot très rapide d'images disparates traversa son esprit : celles de la bataille précédant le coup qui l'avait assommé.

Il s'agita sous ses couvertures, le corps baigné de sueur. Les lignes de la pièce devinrent brusquement nettes. Il était dans sa chambre du palais d'Arbolon et quelqu'un s'approchait.

— Monseigneur ? s'enquit Gael d'une voix que le roi trouva fort effrayée. (Le jeune visage de son garde se pencha vers lui.) Monseigneur, êtes-vous réveillé ?

— Que s'est-il passé ? murmura Eventine d'une voix pâteuse et à peine reconnaissable.

— Vous avez été blessé, monseigneur, dans le défilé de l'Halys. Vous avez reçu un coup ici. (L'Elfe désigna la tempe gauche du roi.) Et depuis, vous êtes resté dans le coma. On s'est tellement inquiétés à...

— Combien de temps, coupa le roi, ai-je dormi ?

Comme il posait la main sur sa tempe, une douleur fusa dans son cou.

— Sept jours, monseigneur.

— Sept jours !

— Je vais chercher votre fils, monseigneur, annonça Gael en reculant.

L'esprit du roi voltigea.

— Mon fils ?

— Le prince Ander, monseigneur. (Sur ce, Gael détala vers la porte.) Il est en réunion avec le Haut Conseil... Restez allongé...

Eventine vit son garde partir et la porte se refermer. Une fois seul, il tenta de se redresser, mais, trop faible, il dut se rallonger. Ander ? Gael avait-il bien dit Ander ? Où était donc Arion ? Le doute obscurcit l'esprit du roi, les questions se bousculèrent.

L'armée ? Où était-elle ? Avaient-ils perdu le Sarandanon ?

De nouveau, il voulut se redresser, mais la nausée
lui souleva le cœur et il s'effondra. Il se sentit soudain très vieux, comme si le nombre des années eût
été une maladie qui avait fini par le miner. Oh ! si
seulement il pouvait retrouver la vigueur de sa jeunesse juste le temps de se lever ! Une colère subite lui
donna un sursaut d'énergie et, réunissant toutes ses
forces, Eventine se redressa centimètre par centimètre sur son oreiller en haletant.

De l'autre côté de la chambre, Manx leva sa tête
grise. Le roi ouvrit la bouche pour appeler son vieux
chien-loup, mais soudain, les yeux de Manx croisèrent les siens, et la gorge du roi se noua. Il y avait de
la haine dans ces yeux : une haine si froide qu'Eventine ressentit comme la morsure d'une rafale de bliz-
zard. Il cligna des yeux, interdit, luttant contre le
sentiment de répulsion qui montait en lui. Manx ? A
quoi songeait-il donc ?

Le roi se força à promener son regard dans la chambre, cherchant coûte que coûte à se ressaisir, mais
pas moyen.

Je suis seul ! pensa-t-il soudain, et une peur irraisonnée l'envahit. Seul !

De nouveau, il regarda son chien. Ses yeux étaient
fixés sur lui, mais voilés à présent, dissimulant ce qui
avait été si clair un instant auparavant.

Pourquoi ne vient-il pas près de moi ? s'étonna le
roi. Pourquoi ? Mais qu'est-ce que tu penses là ? Voir
de la haine dans les yeux d'un animal qui t'est fidèle
depuis tant d'années ? Voir en Manx un ennemi dangereux ? Deviendrais-tu fou ?

Des bruits de voix retentirent dans le corridor.
Puis, la porte s'ouvrit et se referma sans bruit. Ander
s'approcha de son chevet. Le roi tint un instant son
fils dans ses bras, puis le sonda du regard.

— Dis-moi ce qui s'est passé, demanda-t-il d'une
voix douce.

Alors, il remarqua qu'une étincelle traversait les
yeux de son fils, et un soudain frisson le secoua. Il se
força à formuler la question qui montait à ses lèvres.

– Où est Arion ?

Ander ouvrit la bouche, mais regarda son vieux père sans pouvoir articuler un mot. Les traits d'Eventine se figèrent.

– Est-il mort ?

– Dans le Worl, répondit Ander avec un filet de voix.

Il chercha une parole de consolation mais abandonna, secouant lentement la tête. Des larmes montèrent aux yeux d'Eventine et il saisit le bras de son fils d'une main tremblante.

– Arion est mort ? répéta-t-il, comme si cela eût été un mensonge.

Ander fit oui de la tête, puis détourna les yeux.

– Kael Pindanon également.

Il y eut un moment de silence stupéfait. La main du roi retomba.

– Et le Sarandanon ?

– Perdu.

Le père et le fils se regardèrent longuement sans rien dire, comme s'ils avaient partagé quelque terrible secret indicible. Enfin, Ander prit son père dans ses bras et ils s'étreignirent. Quand, finalement, le roi prit la parole, ce fut d'une voix distante et blanche.

– Parle-moi d'Arion. Raconte-moi tout. Ne laisse rien dans l'ombre.

Une fois qu'Ander eut terminé, son père fixa d'un œil éteint la lampe à huile. Puis il reporta son regard sur son fils.

– Ander, je veux que tu retournes auprès du Haut Conseil. Fais ce qui doit être fait. (Et d'une voix brisée :) Va. Je me sens bien.

Ander eut un air hésitant.

– Je peux demander à Gael de venir.

– Non, pas maintenant. Je veux juste... (Le roi buta sur ses mots et s'agrippa au bras de son fils.) Je suis très fier de toi, Ander. Je sais à quel point il était difficile...

La gorge serrée, Ander opina. Il prit la main de son père entre les siennes.

– Gael restera dans le corridor, si jamais tu as besoin de lui.

Là-dessus, il se leva et se dirigea vers la porte. Il avait déjà une main sur la poignée, lorsque Eventine le rappela d'une voix étrangement anxieuse.

— Emmène Manx avec toi.

Ander regarda le vieux chien-loup, l'appela en sifflant et la porte se referma sur eux.

Seul, vraiment seul cette fois, le roi s'abandonna contre ses oreillers et laissa l'énormité de ces catastrophes l'emporter avec la force d'un ouragan. En moins de sept jours, la plus belle armée des Quatre Terres avait été repoussée comme du vulgaire bétail par des loups, repoussée de la Fracture, du Sarandanon jusqu'à sa cité où tout leur avenir allait se jouer. Arbolon connaîtrait une victoire ou une défaite définitives. Un accablant sentiment d'échec l'envahit. Il était le responsable de cette désastreuse déroute.

— Arion, murmura-t-il, songeant soudain à son aîné.

Alors, des larmes noyèrent ses yeux et le roi se mit à pleurer.

## 36

— Eretria ! s'exclama Wil d'un ton à la fois las et surpris. (Oubliant sa douleur, il se redressa sur un coude.) Mais, que fais-tu ici ?

— Je t'ai sauvé, semble-t-il.

Elle éclata de rire et dans ses yeux noirs brilla une lueur espiègle.

Un mouvement soudain attira le regard de Wil. Il découvrit au fond de la roulotte deux femmes qui, dans l'ombre, lavaient du linge dans un baquet. D'instinct, il porta la main à sa tête et sentit un bandage. Il se palpa avec prudence et grimaça de douleur.

— A ta place, j'éviterais de toucher à ça, dit Eretria en lui retirant sa main. Il n'y a que cette partie-là qui est propre chez toi.

– Et qu'as-tu fait d'Amberle ? demanda-t-il en promenant vite son regard à la ronde.

– Ta sœur ? lança-t-elle d'un ton railleur. Elle est en sécurité.

– Tu m'excuseras si j'en doute, répondit-il en commençant à se lever.

– Repos, Guérisseur. (Elle le força à se rallonger. Puis, plus bas, afin que les deux femmes ne l'entendent pas :) Crains-tu que je ne cherche vengeance à cause de ta décision inconsidérée de m'abandonner dans le Tirfing ? (Elle rit de nouveau en secouant ses boucles noires.) N'empêche que maintenant, tu changeras peut-être d'avis. Est-ce possible ?

– N'y compte pas... Alors, Amberle ?

– Si j'avais eu l'intention de te faire du mal – ou à ta sœur –, je vous aurais laissés tous les deux entre les mains de ces coupe-jarrets. La fille Elfe va bien. Je l'amènerai une fois que nous aurons parlé, toi et moi.

» Sortez ! intima-t-elle aux deux femmes.

Celles-ci disparurent par la porte au fond de la roulotte. Eretria se tourna vers Wil et l'examina, la tête penchée de côté.

– Eh bien, que vais-je faire de toi, maintenant, Wil Ohmsford ?

Il inspira un bon coup.

– Eretria, comment m'as-tu retrouvé ?

– Assez facilement, répondit-elle, un grand sourire aux lèvres. La rumeur de tes dons exceptionnels de Guérisseur a fait le tour de Grimpen Ward dans les dix minutes qu'il t'a fallu pour guérir cette grosse tenancière. T'imaginais-tu qu'un tel prodige passerait inaperçu ? D'après toi, pourquoi ces assassins se sont-ils intéressés à toi ?

– Tu étais donc au courant ?

– Guérisseur, tu n'es qu'un sot, dit-elle gentiment en lui caressant la joue. Les Bohémiens sont toujours les premiers à savoir ce qui se passe dans les endroits où ils s'arrêtent. Sinon, ils ne survivraient pas longtemps. Une fois la rumeur de cette guérison miraculeuse répandue, n'importe quel demi-cerveau aurait conclu qu'il y en aurait toujours un pour décider qu'avec un tel talent ce Guérisseur devait être cousu d'or. La cupidité et la boisson font bon ménage. Tu as de la chance d'être en vie.

— Sans doute, oui, fit Wil, l'air chagrin. J'aurais dû être un peu plus prudent.

— Un peu plus, en effet. Heureusement pour toi, j'ai compris de qui il s'agissait et j'ai convaincu Céphelo de me laisser te chercher. Sinon, tu aurais déjà été jeté en pâture aux chiens.

— Voilà une charmante perspective, grimaça Wil. (Il jeta un rapide coup d'œil à Eretria.) Céphelo sait que je suis ici ?

— Il le sait. (Ses yeux pétillèrent de malice.) Cela t'effraierait-il ?

— Disons que cela me préoccupe, admit Wil. Pourquoi me rendrait-il service, après ce qui s'est produit dans le Tirfing ?

La belle Bohémienne se pencha et posa les mains autour de son cou.

— Parce que sa fille est persuasive, Guérisseur, assez persuasive pour influencer parfois un homme aussi peu commode que Céphelo. (Elle haussa les épaules.) En outre, il a eu le temps de repenser à cette affaire. Je l'ai convaincu, je crois, que tu n'y étais pour rien, mais qu'au contraire tu avais sauvé la vie de toute sa Famille.

— Je ne lui fais pas confiance, observa Wil d'un air sceptique.

— Lui non plus ne te fait pas confiance. Mais ce soir, il te laissera en paix et d'ici demain, tes poursuivants se seront lassés de traquer des ombres et seront retournés se rafraîchir le gosier dans une taverne pour tramer un autre coup.

Eretria s'esquiva dans un tourbillon de soies bleues, puis revint avec une bassine d'eau fraîche et une serviette qu'elle posa au pied du lit.

— Guérisseur, tu dois te laver. Tu sens la sueur et la poussière... Déshabille-toi, je vais m'en charger.

— Je le ferai moi-même... Peux-tu me prêter quelques vêtements ?

Elle opina mais ne bougea pas. L'homme du Val rougit.

— Je préférerais le faire moi-même, si tu n'y vois pas d'inconvénient.

Un sourire éblouissant illumina son visage.

— Oh ! mais si !

— Toi, tu es vraiment incorrigible, fit-il en hochant la tête.

— Wil Ohmsford, tu es pour moi. Je te l'ai déjà dit.

Le sourire s'éteignit, laissant sur le visage d'Eretria un regard si sensuel, si ensorceleur que Wil en oublia tout. Comme elle se penchait vers lui, il se redressa vite. Malgré son vertige, il resta assis.

— Veux-tu m'apporter les vêtements ?

Les prunelles noires étincelèrent de colère, mais Eretria alla chercher des vêtements dans une commode.

— Prends ceux-là, fit-elle en les jetant sur le lit.

Puis, vite, elle plongea vers lui et l'embrassa à pleine bouche.

— Lave-toi donc et habille-toi.

Sur ce, elle renifla et sortit de la roulotte en reverrouillant la porte derrière elle. Wil sourit malgré lui. Cette belle Bohémienne ne le laisserait pas s'enfuir.

A peine avait-il fini d'endosser des vêtements de soie dans lesquels il se sentait un peu étrange qu'Eretria réapparut en compagnie d'Amberle. Elle aussi était vêtue de soies multicolores, et un bandeau retenait en arrière ses longs cheveux. Sa frimousse d'enfant brillait comme un sou neuf et elle avait l'air un tantinet surprise. Elle découvrit le bandage de Wil et une lueur d'inquiétude glissa dans ses yeux verts.

— Tu vas bien ? s'enquit-elle vivement.

— J'ai pris soin de lui, répondit Eretria... Toi, tu peux dormir ici, précisa-t-elle en désignant un deuxième lit. Mais surtout, ne sors pas de la roulotte cette nuit.

La belle lança à Wil un sourire complice, puis tourna les talons et repartit. Le loquet cliqueta à l'extérieur.

Wil et Amberle se réveillèrent à l'aube. Encore à moitié assoupi, Wil chercha dans sa tunique sa petite bourse et vérifia que les trois Pierres étaient toujours là.

Restons prudents, se dit-il.

Il était presque descendu de son lit quand Amberle se précipita à son côté et le força à se rallonger. Elle examina sa blessure et remit le bandage en place. Une fois qu'elle eut terminé, Wil l'embrassa vite sur la joue. La jeune Elfe rosit et un sourire radieux illumina son visage d'enfant.

Peu après, Eretria apparut dans un bruissement de soies blanches et diaphanes avec un plateau sur lequel étaient disposés du pain, un pot de lait et des fruits. Elle lança à Wil son sourire ensorceleur.

– Bien dormi, Wil Ohmsford ? (Elle posa le plateau sur ses cuisses et lui lança un clin d'œil.) Céphelo va venir te voir maintenant.

Là-dessus, elle ressortit sans avoir adressé la parole à Amberle. Wil la regarda en haussant les épaules d'un air désarmé. La fille des Elfes répondit par un sourire contraint.

Quelques minutes plus tard, Céphelo entrait dans la roulotte sans se donner la peine de frapper. Tout de noir vêtu, hormis sa cape vert sapin jetée sur les épaules, il retira en un geste élégant son chapeau à large bord planté un peu de guingois avec insolence sur sa tête. Un grand sourire barrait son visage basané.

– Ah ! voilà les petits Elfes, le Guérisseur et sa sœur. Nos chemins se croisent encore une fois. (Il s'inclina.) Toujours à la recherche de ton cheval, jeune homme ?

Wil sourit.

– Pas cette fois.

Le Bohémien baissa vers eux son long nez crochu.

– Non ? Alors, on a perdu sa route ? Arbolon, si j'ai bonne mémoire, se trouve au nord.

– Nous sommes allés à Arbolon et en sommes repartis, répliqua l'homme du Val en repoussant son plateau.

– Pour venir à Grimpen Ward ! ! !

– Apparemment.

– Apparemment, en effet... En ce qui me concerne, les affaires m'obligent parfois à me rendre en des lieux où je n'ai aucune envie d'aller. Mais toi, Guérisseur ? Qu'est-ce qui t'a amené à Grimpen Ward ? Sûrement pas la perspective d'appliquer ton art aux bandits qui vivent dans un village aussi minable.

Wil hésita avant de répondre. Il allait devoir faire preuve d'une grande prudence avec ce renard. A présent, il connaissait assez bien l'homme. Si jamais il découvrait une chose qu'il pouvait tourner à son avantage, il s'empresserait de le faire.

– Nous aussi, nous avons nos affaires, expliqua-t-il sans se compromettre.

Le Bohémien fit la moue.

– Guérisseur, tout indique que tu ne réussis guère. Sans moi, tu aurais eu la gorge tranchée.

Wil eut envie de rire. Vieux retors ! Il n'allait pas reconnaître le rôle d'Eretria.

– Nous te sommes encore une fois redevables.

Céphelo haussa les épaules.

– J'ai été trop prompt à te juger dans le Tirfing. Le souci pour mon peuple a étouffé mon bon sens. Je t'ai accusé alors que j'aurais dû te remercier pour ton aide. Cela m'a tracassé. Vous avoir sauvés apaise mon sentiment de culpabilité.

– Je suis ravi d'apprendre que tu le ressens ainsi. (Wil ne croyait pas à ce mea culpa.) Ma sœur et moi venons de traverser un moment difficile.

– Difficile ? (Céphelo eut soudain l'air intéressé.) Peut-être pourrais-je vous aider encore ? A condition que tu m'expliques exactement ce qui t'amène dans la contrée la plus dangereuse du pays...

Nous y voilà, se dit Wil. Du coin de l'œil, il entrevit le froncement de sourcils de mise en garde d'Amberle.

– J'aimerais en effet que tu puisses nous aider, répondit Wil du ton le plus sincère possible. Malheureusement, je crains que ce ne soit impossible. J'ai avant tout besoin de l'aide d'une personne connaissant bien l'histoire, les particularités, ainsi que les légendes de cette vallée.

Céphelo claqua des doigts.

– Ma foi, dans ce cas, je puis, qui sait, t'être de quelque utilité. J'ai déjà plusieurs fois traversé la Barbarie. (Il leva son long index.) Et je connais quelques-uns de ses secrets.

Peut-être que oui, peut-être que non, va savoir, songea Wil. Ce qu'il veut, c'est découvrir pourquoi nous sommes ici.

Amberle agrippa le bras de Wil, mais il l'ignora et garda les yeux fixés sur le Bohémien. Il comprit qu'il allait devoir lui fournir une explication plausible.

– Une maladie ravage la maison des Elessedils, les souverains des Elfes. (Il baissa le ton.) La petite-fille du roi est presque à l'agonie. Le remède dont elle a besoin est une racine qu'on ne trouve qu'ici, dans la Barbarie. Moi seul connais cette racine, ainsi que ma sœur. Nous sommes venus dans cette contrée sauvage pour la chercher, car si nous la rapportons à Arbolon, la récompense sera très grande.

Il sentit Amberle le relâcher. Il n'osait pas la regarder. Céphelo garda le silence pendant un certain temps avant de répondre.

– Et sais-tu où se trouve cette fameuse racine dans la Barbarie ?

– D'antiques livres de remèdes datant de l'Ancien Monde parlent de cette racine et du nom de la région où elle croît. Mais c'est un nom oublié depuis très longtemps et qui est effacé de toutes les cartes dont les races se servent aujourd'hui. Je doute qu'il évoque quelque chose pour toi.

Le Bohémien se pencha en avant.

– Dis-le-moi toujours.

– L'Imprenable, expliqua Wil en sondant le visage basané. Le nom est l'Imprenable.

Céphelo réfléchit, puis hocha la tête.

– En effet, tu avais raison, ce nom ne me dit rien. Toutefois... (Il se tut, se calant contre son dossier pour mieux se concentrer.) Il existe quelqu'un qui connaît peut-être ce nom, comme tous les anciens noms de cette vallée. Je pourrais te conduire auprès de lui, pourquoi pas... Ah ! mais ce pays est plein d'embûches, tu le sais. Le risque que je ferais courir à ma Famille et à moi-même si nous devions t'aider dans cette quête périlleuse serait énorme. (Il haussa les épaules en guise d'excuse.) En outre, j'ai d'autres engagements, d'autres contrées où me rendre, d'autres affaires dont je dois m'occuper. Le temps est précieux pour des gens comme nous. Tu peux sûrement le comprendre.

— En clair, que me dis-tu exactement ?

— Que sans moi, tu échoueras. Que tu as donc besoin de moi, et que je souhaite t'offrir mon aide. Seulement, la nature de l'aide que tu recherches ne peut être donnée sans... Ah, une récompense appropriée.

— Et quelle sera cette récompense, Céphelo ?

Les yeux du Bohémien se mirent à briller.

— Les Pierres que tu as sur toi. Celles qui ont le pouvoir.

— Elles te seraient inutiles, répondit Wil en secouant la tête.

— Vraiment ? Leur secret est-il si mystérieux ? (Les yeux de Céphelo s'étrécirent.) Ne me prends pas pour un nigaud. Tu n'es pas un simple Guérisseur. Ça je l'ai compris à la seconde où je t'ai rencontré. Pourtant, ce que tu es m'est égal. Seul, ce que tu as m'intéresse. Tu as le pouvoir des Pierres et je le veux.

— Leur magie est elfique. (Wil se força à garder son calme tout en priant de n'avoir pas perdu le contrôle de la situation.) Seul, celui qui a du sang elfe dans les veines peut manier ce pouvoir.

— Guérisseur, tu mens mal, rétorqua le Bohémien d'une voix mauvaise.

— Il dit la vérité, intervint brusquement Amberle, l'air apeuré. Sans les Pierres, il n'aurait pas tenté cette recherche. Vous n'avez pas le droit de lui demander de vous les donner.

— J'ai le droit de demander ce que je veux, aboya Céphelo. En tout cas, je ne vous crois ni l'un ni l'autre.

– Crois ce qui te chante, répondit Wil d'un ton ferme. Je ne te donnerai pas les Pierres.

Le jeune Wil et le rusé Bohémien se défièrent du regard ; le visage de ce dernier était dur et menaçant. Pourtant, il y avait aussi de la peur, alimentée par le souvenir aigu du feu déclenché par les Pierres. Avec un grand effort sur lui-même, il se força à sourire.

– Guérisseur, que me donneras-tu alors ? Attends-tu que je te rende ce service pour des prunes ? Attends-tu que je risque la vie des miens sans aucune sorte de récompense en échange ? Tu dois bien posséder une chose de valeur, et d'une valeur égale à ces Pierres que tu t'obstines à vouloir garder, hein ?

Wil chercha désespérément une solution, mais ce qu'il possédait ne valait rien. Juste à l'instant où il concluait qu'il était dans une impasse, Céphelo claqua des doigts.

– Guérisseur, je te propose un marché. Tu m'as dit que le roi des Elfes t'accorderait une forte récompense si tu lui rapportais cette racine rare. Soit ! Je ferai tout ce que je peux pour t'aider à trouver l'Imprenable. Je t'emmènerai auprès de celui qui sait peut-être où se trouve cet endroit. Cela, mais rien de plus. En échange, tu me donneras la moitié de cette récompense. La moitié. On est d'accord ?

Wil réfléchit un instant. Bien curieux marché, conclut-il. Les Bohémiens ne donnent jamais rien sans recevoir d'abord quelque chose. Ce Céphelo échapperait-il à la règle ?

– Tu prétends m'aider à découvrir l'emplacement de l'Imprenable... Mais tu ne viendras pas avec moi pour le trouver ?

Le Bohémien haussa les épaules.

– Je n'ai aucune envie de risquer ma peau sans nécessité. Trouver ce remède et le rapporter au roi des Elfes est ton problème. Mon rôle dans ce marché se bornera à te mettre sur la voie. (Temps de silence.) Mais n'imagine pas qu'une fois parti tu seras libéré de moi. Si tu essaies de me tromper, tu connaîtras le pire des sorts.

L'homme du Val fronça les sourcils.

– Et comment sauras-tu si j'ai réussi ou non, si tu ne m'accompagnes pas ?

Céphelo éclata d'un rire sonore.

– Guérisseur, je suis un Bohémien... Je le saurai ! Je saurai tout ce qui t'arrive. Crois-moi !

Il eut un sourire si rapace que Wil crut un instant que ces paroles avaient un double sens. Quelque chose clochait, il le sentait. Pourtant, il avait à tout prix besoin d'aide. Et si jamais ce filou lui fournissait cette aide, peut-être accéderait-il au Feu de Sang avant que les Démons ne retrouvent leur piste ?

– Es-tu d'accord ?

Wil fit non de la tête. Il voulait éprouver le Bohémien.

– La moitié, c'est trop. Je te donnerai un tiers.

– Un tiers ! (La colère assombrit le visage de Céphelo, mais il se détendit aussitôt.) Très bien... Je suis un homme raisonnable. Un tiers, donc.

Il a cédé trop facilement, songea Wil. Jetant un coup d'œil à Amberle, il lut la même méfiance dans ses yeux. Toutefois, elle ne fit aucun commentaire, le laissant décider.

– Allez, allez, petit Elfe ! insista Céphelo. On ne va pas passer toute la journée à tourner autour du pot.

– D'accord, acquiesça enfin l'homme du Val.

– Parfait ! (Le Bohémien se leva sur-le-champ.) Nous partirons dès que nous aurons terminé nos affaires ici.

Il sourit de toutes ses dents, baissa son grand couvre-chef sur les yeux et ressortit de la roulotte.

– Je ne lui fais pas confiance, murmura Amberle.

– Moi non plus, renchérit Wil.

Peu après, la roulotte s'ébranlait en cahotant. Leur voyage en Barbarie reprenait.

## 37

Assis dans son rocking-chair en rotin, un vieil homme contemplait en chantonnant la forêt qu'envahissaient les ténèbres. Loin à l'occident, au-delà du mur de verdure servant d'écrin à la clairière où il demeurait, au-delà de la vallée de la Barbarie et des pics qui l'encerclaient, le disque solaire disparaissait doucement à l'horizon. Le crépuscule était l'heure favorite du vieil homme ; la fraîcheur succédait enfin à la canicule, comme le ciel s'enflammait de pourpre et de mauve. Par les échancrures de la frondaison tourmentée, il entrevoyait de petits morceaux de ciel, ainsi que les premières étoiles et la lune. Libéré de l'humidité et de la touffeur du jour, l'air devenait enfin pur. Une légère brise nocturne murmurait dans les feuilles. Pendant ces brefs moments, la Barbarie perdait de sa sauvagerie, et on pouvait alors considérer ce pays comme un ami intime connu de longue date.

A cette heure-là, le vieil homme et la vallée étaient en profonde harmonie. Rares étaient ceux qui éprouvaient ce sentiment de paix, mais rares aussi étaient ceux qui avaient appris à connaître cette terre aussi bien que lui. Oh ! certes, c'était une région traîtresse, dure et pleine de périls, où l'on risquait sa peau à chaque instant. La mort rôdait à toute heure dans ces lieux, cruelle, brutale et inéluctable. Ici, chaque créature vivante était tour à tour le prédateur et la proie. Et le vieil homme avait vu le meilleur et le pire des deux catégories depuis soixante ans qu'il demeurait dans cette vallée.

Tambourinant sur les bras de son fauteuil, il se perdit dans une rêverie nostalgique. Rares étaient les hommes capables – comme lui – d'adopter cette terre soumise à une solitude écrasante et aux mystères profonds de la nature. Mais si sauvage fût-elle, cette terre de défi et de courage imposait le respect, car on n'y trouvait pas comme ailleurs des hommes agglutinés, bien en sécurité derrière des murs clos, plongés dans une torpeur stupide. Seulement, voici qu'à présent il était le dernier de ceux qui, jadis, s'étaient installés dans la vallée. Tous les autres étaient partis, enterrés quelque part au cœur de la jungle. Certes, il restait cette bande d'imbéciles entassés comme des clébards trouillards dans les baraques à moitié en ruine de Grimpen Ward, passant leur temps à se voler les uns les autres ou à dépouiller les sots s'aventurant dans leur repaire. La vallée ne leur appartiendrait jamais, même s'ils en avaient compris l'âme ou avaient souhaité la comprendre.

On l'appelait le Fou, car il vivait seul dans cette forêt hostile. Cette idée lui arracha un sourire matois.

Fou, peut-être, songea-t-il, mais pour rien au monde, je ne troquerais ma folie contre celle de ces dégénérés de Grimpen Ward.

— Drifter ! appela-t-il d'un ton bourru.

Le monstrueux chien noir allongé à ses pieds se réveilla et se leva en s'étirant. Ce molosse qui tenait à la fois du loup et de l'ours bâilla en ouvrant grande sa gueule redoutable.

— Hé ! toi ! grommela le vieil homme d'un ton affectueux.

Le chien posa son énorme tête sur les genoux de son maître pour qu'il lui gratte les oreilles.

Celui-ci s'exécuta. Quelque part, dans l'obscurité croissante, un hurlement retentit, bref et strident. Dans la forêt soudain figée, son écho s'éteignit lentement. Drifter leva vite la tête. Le vieil homme branla du chef. Une panthère des marais. Grande, avec ça. Quelque chose avait croisé son chemin et en avait payé la note.

Il laissa errer son regard, repérant les formes et les silhouettes familières qu'on devinait dans la pénombre. Il tournait le dos à sa cabane, petite mais solide, toute en rondins et bardeaux assemblés avec du mortier. Derrière se trouvaient une remise et un puits, l'enclos qui abritait sa mule, ainsi qu'un établi de charpentier. Il aimait tailler et sculpter le bois au point de consacrer presque toutes ses journées à donner aux bouts de bois ramassés dans la forêt des formes qu'il lui plaisait de regarder. Sans valeur pour personne, supposait-il, hormis pour lui. Mais ce vieillard ne se souciait de personne, et Drifter était son unique compagnon, sans compter tous ces vauriens de matous qui rôdaient pour trouver un endroit où dormir et quelques miettes à grappiller.

Le vieil homme s'étira et se leva. Le soleil était couché, et le firmament, piqueté d'étoiles. Il était temps de préparer à manger pour lui et son chien. Il regarda un instant la marmite posée sur un trépied, à cheval sur un petit feu de bois qui brûlait à quelques mètres devant son fauteuil. La soupe d'hier, excellente qui plus est. Assez peut-être pour ce soir encore.

Il s'approcha du feu en branlant du chef. C'était un homme petit et tassé. Son corps maigre comme un clou était vêtu d'une chemise et d'un short en loques. Une étoupe blanche couronnait son crâne dégarni qui coulait ensuite le long de sa mâchoire carrée jusqu'à une barbe pleine de sciure. Sa peau hâlée et toute plissée formait une carapace dure comme cuir, et sous les plis de ses lourdes paupières tombantes, on entrevoyait à peine ses yeux. Il avançait recroquevillé comme un individu encore ankylosé par le sommeil.

Il contempla sa marmite en se demandant ce qu'il pourrait ajouter pour améliorer la soupe. Soudain, il entendit des chevaux et le grincement d'un chariot, mais encore loin sur la piste qui serpentait jusqu'à sa cabane. Aux aguets, il scruta la nuit. Drifter se mit à gronder à son côté et il lui donna une taloche pour le faire taire. La caravane approchait, et il distingua bientôt un chapelet d'ombres qui se profilaient face à sa clairière. Un seul chariot tiré par des chevaux et une demi-douzaine de cavaliers dans son sillage. L'humeur du vieux solitaire s'aigrit dès qu'il vit ce chariot. Il le connaissait trop bien, il savait que des Bohémiens le conduisaient et qu'il appartenait à ce chenapan de Céphelo. Il cracha avec dégoût et songea sérieusement à lâcher Drifter sur eux.

La caravane s'arrêta à l'orée de la clairière. Céphelo descendit de cheval et s'avança. Arrivé devant le vieil homme, il retira son grand couvre-chef en un geste large et plein de panache.

– Enchanté de te voir, Hebel. Bonsoir à toi.

Le vieil homme renifla avec mépris.

– Céphelo, que veux-tu ?

Le Bohémien eut l'air choqué.

– Hebel, Hebel, est-ce ainsi que deux hommes qui se sont rendu de nombreux services se saluent ? Est-ce ainsi que deux compagnons ayant partagé les coups durs et les infortunes de la vie se saluent ? Bonsoir, donc.

Le Bohémien prit la main noueuse d'Hebel et la serra avec force. Ce dernier se laissa faire, sans résister ni répondre à cette poignée de main.

– Ah ! mais tu m'as l'air rayonnant de santé. Le grand air est bon pour les douleurs et les maux de l'âge, j'imagine.

– Les douleurs et les maux de l'âge, dis-tu ? (Hebel cracha encore et fronça le nez.) Céphelo, que vends-tu cette fois ? Un remède miracle contre la vieillesse ?

Céphelo jeta un regard en arrière vers ceux qui l'accompagnaient.

– Tu es désagréable, Hebel, très désagréable.

– Qu'est devenu le restant de ta clique ? s'enquit ce dernier en suivant son regard. Se sont-ils acoquinés avec un autre brigand ?

Cette fois, la colère assombrit le visage du Bohémien.

– Je les ai envoyés en tête. Ils suivent la route principale vers l'est et m'attendront dans le Tirfing. Mais une affaire de quelque importance m'amène ici. Pourrions-nous causer un peu ?

– Tu es ici, non ? Eh bien, cause tout ton soûl !

– Et partager ton feu ?

– Je n'ai pas assez à manger pour vous tous, fit Hebel en haussant les épaules, et même si j'avais assez, je ne vous offrirais rien. Mais peut-être que toi, tu as quelque chose, hein ?

Céphelo poussa un soupir exagéré.

– Oui. Ce soir, nous partagerons notre souper avec toi.

Il appela les autres cavaliers qui mirent pied à terre. Et la vieille femme qui conduisait la roulotte avec un jeune couple prit des provisions dans la voiture et s'approcha du feu, les bras chargés. Les deux jeunes gens hésitèrent, puis, au signe d'invite de Céphelo, s'approchèrent à leur tour. Une fille aux cheveux de jais les rejoignit.

Hebel regagna son fauteuil à bascule sans desserrer les lèvres. Un détail le chiffonnait à propos de ces deux jeunes. Ils ressemblaient à des Bohémiens mais pourtant ne paraissaient pas en être. Tous quatre s'installèrent sur l'herbe en demi-cercle autour de son fauteuil. La fille aux cheveux noirs se glissa suggestivement tout à côté du jeune homme et lui lança un clin d'œil provocateur.

— Ma fille, Eretria, annonça Céphelo en lui décochant un regard irrité. Ces deux-là sont des Elfes.

— Je ne suis pas aveugle, rétorqua sèchement Hebel qui comprenait à présent la raison de sa perplexité. Que font-ils avec toi ?

— Nous avons entrepris une quête, annonça le Bohémien.

Hebel se pencha brusquement en avant.

— Une quête ? Avec toi ? (Yeux plissés, il observa le jeune homme.) Tu me sembles intelligent, lança-t-il à l'adresse de ce dernier. Qu'est-ce qui t'a décidé à t'associer avec ce grand fripon ?

— Il a besoin d'un guide, répondit vivement Céphelo à la place de l'intéressé, pour voyager dans ce misérable pays. (Trop de hâte, conclut Hebel.) Mais pourquoi, Hebel, t'obstines-tu donc à vivre sur cette terre sauvage et abandonnée de tous... Un jour, je passerai ici pour ne trouver que tes os, vieil homme, et ce, parce que tu refuses de t'installer dans un coin plus sûr.

— Pour un homme comme moi, cette région est aussi sûre qu'une autre. Je la connais, je connais tout ce qui marche, respire et chasse sur cette terre, je sais quand garder mes distances et quand montrer les dents. Je ferai de plus vieux os que toi, Bohémien, tiens-le-toi pour dit. (Il se cala contre son dossier et jeta un coup d'œil à Drifter, qui vint se poster derrière lui.) Qu'attends-tu de moi ?

Céphelo haussa les épaules.

– Bavarder un peu, comme je te l'ai déjà dit.

Hebel éclata d'un rire rauque.

– Bavarder un peu ? Voyons, Céphelo... Que veux-tu ? Ne me fais pas perdre mon temps... Il ne m'en reste guère.

– Pour moi, rien. Pour ces jeunes Elfes, quelques bribes des connaissances emmagasinées dans ta vieille carcasse déplumée. J'ai fait un grand effort pour venir jusqu'ici, mais certaines causes méritent un...

Hebel en avait entendu assez.

– Qu'est-ce qui mijote sur le feu ? demanda-t-il, alléché par la bonne odeur qui s'échappait de la marmite.

– Comment le saurais-je ? répliqua Céphelo, irrité par l'apparent manque d'intérêt du vieux bonhomme.

– Du bœuf, à mon avis. Bœuf et légumes. (Hebel se frotta les mains d'un air gourmand.) Je crois qu'on devrait manger avant de causer. As-tu de ta fameuse bière ?

Ils dévorèrent le ragoût avec du pain dur, plus des fruits séchés et des noix, le tout arrosé de bière. Ils parlèrent à peine mais échangèrent maints regards qui renseignèrent Hebel bien davantage que toute explication sur la situation.

Les Elfes, conclut-il, sont là parce qu'ils n'ont pas le choix. Ils se méfient autant que moi de Céphelo et de sa bande. Céphelo est ici parce qu'il espère, bien sûr, en tirer quelque profit, qu'il gardera sous silence. Quant à sa fille, il y a anguille sous roche. Les regards qu'elle lance à l'Elfe sont clairs mais il y a autre chose.

Une fois le souper terminé, Hebel sortit une longue pipe qu'il bourra, puis il souffla de gros nuages de fumée dans la nuit. Céphelo fit une nouvelle tentative.

– Ce jeune Elfe et sa sœur ont besoin de ton aide. Ils ont déjà parcouru une longue route mais ne pourront faire un pas de plus sans toi. Je leur ai dit que, naturellement, tu t'empresserais de les aider.

Le vieil homme fit la moue. Il connaissait ce jeu.

– Je n'aime pas les Elfes. Ils se croient trop bien pour ce pays, pour des gens comme moi. (Il leva un sourcil.) Je n'aime pas les Bohémiens, non plus, comme tu le sais. Encore moins que les Elfes.

Eretria eut un sourire affecté.

– On dirait que vous n'aimez pas grand monde.

– Ferme-la ! aboya Céphelo, le visage noir de colère.

Eretria se tint coite, mais Hebel vit ses yeux lancer des éclairs.

Il gloussa.

– Jeune fille, je ne t'en veux pas. (Puis, s'adressant à Céphelo :) Que me donneras-tu si j'aide ces petits Elfes, Bohémien ? Un marché équitable, si tu veux savoir ce que je sais.

Céphelo s'enflamma.

– Hebel, n'abuse pas trop de ma patience.

– Ha ! Vas-tu me trancher la gorge ? Surveille ta langue ! Maintenant, parle... Que me donneras-tu ?

– Vêtements, couvertures, cuir, soie... Je m'en fiche, répondit le Bohémien avec un geste évasif.

– J'ai déjà tout ça, cracha Hebel.

Céphelo fit un immense effort pour se maîtriser.

– Alors, que veux-tu ? Annonce la couleur, vieille peau !

Drifter se mit à gronder de façon menaçante.

– Des couteaux. Une demi-douzaine de bonnes lames. Un fer de hache et des coins. Deux douzaines de flèches, en bois de frêne et empennées. Plus un silex.

L'air furibond, Céphelo opina.

– Marché conclu, voleur. Maintenant, donne-moi quelque chose en échange.

Le vieil homme haussa les épaules.

– Que veux-tu savoir ?

– Ce petit Elfe, commença Céphelo en pointant l'index sur Wil, est un Guérisseur. Il recherche une racine rare qui sert de remède. Ses livres de médecine affirment qu'on la trouve ici, en Barbarie, mais uniquement dans un endroit appelé l'Imprenable.

Il s'ensuivit un long silence au cours duquel le Bohémien et Hebel se regardèrent dans le blanc des yeux, tandis que les autres retenaient leur souffle.

— Alors ? s'enquit finalement Céphélo.

— Alors quoi ? rétorqua le vieux d'une voix cassante.

— L'Imprenable ? Où est-ce ?

Hebel eut un sourire rusé.

— Là où il a toujours été, je suppose. (Il vit la surprise s'afficher sur le visage de l'autre.) Bohémien, je connais ce nom. Un ancien nom oublié de tous, sauf de moi, je présume. Des sortes de tombes... Des catacombes creusées sous une montagne.

— C'est ça ! s'exclama Wil en se levant d'un bond. (Comme il s'aperçut que tous le regardaient, il se rassit.) Du moins, c'est la description qu'en donnent mes livres, ajouta-t-il piteusement.

— Vraiment ? (Hebel se carra dans son fauteuil en tirant sur sa pipe.) Parlent-ils aussi des Fosses, ces livres ?

Le jeune Elfe secoua la tête et regarda la fille qui fit aussi non de la tête. Céphélo, yeux plissés, se pencha brusquement en avant.

— Tu insinues, vieille branche, que l'Imprenable se trouve dans les Fosses ?

La tension contenue dans la voix du Bohémien n'échappa pas à Hebel. Ce gredin avait peur.

— Dans les Fosses, répondit Hebel en pouffant de rire. Continueras-tu à chercher l'Imprenable, Bohémien ?

— Et où trouve-t-on ces Fosses ? s'enquit le jeune Elfe.

— Au sud, à une journée de marche, répondit le vieil homme qui estimait qu'il était temps de mettre fin à cette folie. Profondes et noires, petit Elfe... Un abîme dans lequel tout ce qui sombre disparaît à jamais. La Mort, petit Elfe. Rien de ce qui entre dans les Fosses n'en ressort. Ceux qui vivent là veulent qu'il en soit ainsi.

— Je ne comprends pas.

Eretria grommela entre ses dents en jetant un rapide regard au jeune homme. Elle sait, comprit Hebel, qui reprit d'une voix réduite à un murmure :

– Les Sœurs Sorcières, petits Elfes. Morag et Mallenroh. Les Fosses leur appartiennent, ainsi qu'aux créatures créées par elles pour les servir... Des créatures qui relèvent du pouvoir de la sorcellerie.

– Mais l'Imprenable se trouve dans ces Fosses ? insista l'autre. Vous parliez d'une montagne...

– Le Pic de l'Aiguille... Un pic solitaire qui s'élève des Fosses comme un bras qu'on brandit de la tombe de la mort. Là se trouve l'Imprenable. (Le vieil homme haussa les épaules.) Jadis, du moins. Je ne suis plus descendu dans les Fosses depuis de très, très nombreuses années... Personne n'y va plus.

Le jeune homme opina lentement.

– Parlez-moi de ces Sœurs Sorcières.

Les yeux d'Hebel se rétrécirent.

– Morag et Mallenroh... Les dernières de leur espèce. Naguère, petit Elfe, il y en avait beaucoup. Mais à présent, elles ne sont plus que deux. Certains prétendent qu'elles étaient les servantes du Maître Sorcier et qu'elles se trouvaient là longtemps avant lui. Un pouvoir qui égale celui des Druides, dit-on aussi. (Il ouvrit les mains.) La vérité, il n'y a qu'elles qui la connaissent... Cherche-la si cela te chante. La perte d'un Elfe ne me fera ni chaud ni froid.

Hebel poussa un rire brusque et s'étrangla à moitié. Il avala une ou deux gorgées de bière. Puis, il pencha sa maigre carcasse en avant pour mieux retenir le regard de Wil.

– Deux sœurs, Morag et Mallenroh. Sœurs par le sang. Mais une grande haine les dresse l'une contre l'autre, une haine née d'une blessure très ancienne, réelle ou imaginaire, je ne saurais le dire, ni personne, je présume. En tout cas, elles se font la guerre dans les Fosses, petit Elfe. Morag tient l'est, Mallenroh, l'ouest ; chacune cherche à anéantir l'autre, à s'emparer du territoire et du pouvoir de sa sœur. Au centre des Fosses, juste entre les deux, s'élève le Pic de l'Aiguille et là, l'Imprenable...

– Y êtes-vous allé ?

– Moi ? Non. Les Fosses appartiennent aux Sœurs. La vallée me suffit. (Hebel se renversa contre son dossier.) Jadis, je n'ose me rappeler quand, c'est si loin, je chassais sur le pourtour des Fosses. Une folie, mais j'étais déjà assez malin pour connaître toute la terre que j'avais choisie comme patrie, et les histoires ne sont après tout que des histoires. Pendant des jours, j'ai chassé sans rencontrer âme qui vive. Puis une nuit, alors que je dormais, avec pour toute compagnie les braises de mon feu, elle s'est approchée... Mallenroh... grande, semblable à une créature surgie d'un songe, de longs cheveux gris où jouaient des reflets noirs comme la nuit, le visage de Dame la Mort. Elle est venue me voir, m'a déclaré qu'elle éprouvait le besoin de parler à un être de chair et de sang, un être comme moi. Elle m'a parlé tout le restant de la nuit, d'elle et de sa sœur, ainsi que de la guerre qu'elles se livraient depuis la nuit des temps pour s'emparer des Fosses.

Perdu dans ses souvenirs, Hebel enchaîna d'une voix lointaine et étrangement douce :

– Au matin, elle avait disparu. Je ne l'ai plus jamais revue, bien sûr, jamais. J'aurais pu croire que j'avais tout imaginé. Seulement, elle avait emporté une partie de moi-même avec elle... Un morceau de vie, diras-tu peut-être. (Hebel hocha la tête.) Ce qu'elle m'a raconté ne formait dans ma mémoire que des lambeaux épars de rêve. Mais je me souviens de ce qu'elle m'a dit de l'Imprenable, petit Elfe. Des catacombes sous le bras de l'Aiguille, a-t-elle précisé. Un lieu d'un autre âge où on s'adonnait jadis à quelque étrange magie noire. Un endroit si ancien que les Sœurs elles-mêmes ignorent la signification de ce nom. Elle m'a dit ça, Mallenroh. Oui, elle me l'a dit. De cela... je me souviens, du moins.

Alors, le vieil homme se tut et repensa à cette fameuse nuit. Malgré les années, il revoyait ce visage aussi vivement que ceux qui se trouvaient devant lui. Mallenroh ! Comme c'est bizarre, se dit-il, que je me souvienne si bien d'elle !

– Hebel, vos souvenirs sont suffisants.

Le vieil homme regarda l'Elfe d'un air surpris. Il comprit soudain à son regard ce que le jeune Elfe avait l'intention de faire.

Diable, il veut aller là-bas ! Il se pencha brusquement en avant.

– N'y va pas ! murmura-t-il en secouant lentement la tête. N'y va pas !

– Il le faut, répondit Wil avec un faible sourire, si Céphelo veut avoir sa récompense.

Le visage impénétrable, ce dernier ne dit rien. Eretria lui lança un regard aigu, puis se tourna vers Wil.

– Guérisseur, n'y va pas, implora-t-elle. Ecoute ce vieil homme. Les Fosses ne sont pas un endroit pour toi. Cherche ton remède ailleurs.

– On ne le trouve nulle part ailleurs. Eretria, n'insiste pas.

La Bohémienne se tendit et sur son visage hâlé défilèrent toutes sortes d'émotions violentes, qu'elle parvint pourtant à maîtriser. Elle se leva d'un bond et, campée devant Wil, le regarda froidement.

– Tu es un sot, déclara-t-elle.

Après quoi, elle s'éloigna d'un pas furieux.

Hebel observa la réaction du jeune homme. Il suivit Eretria des yeux, puis regarda la petite Elfe. Celle-ci ne réagissait pas. Ses insolites yeux verts perdus dans l'ombre des longs cheveux encadrant son visage enfantin abritaient une lueur songeuse.

– Cette racine est-elle si importante ? s'enquit-il d'un ton étonné, s'adressant aux deux jeunes Elfes. Ne peut-on la trouver ailleurs ?

– Laisse-les, intervint tout à coup Céphelo. C'est à eux de prendre cette décision, et ils l'ont prise.

Hebel fronça les sourcils.

– Tu es bien pressé de les envoyer à la mort, Bohémien ! Et cette récompense dont ce petit Elfe a parlé ?

Céphelo éclata de rire.

– Vieille noix, c'est la fortune qui distribue les récompenses selon ses caprices. Si on en perd une ici, on en reçoit une autre ailleurs. Le petit Elfe et sa sœur doivent faire ce qu'ils ont décidé. Nous n'avons aucun droit d'émettre un jugement.

— Nous devons y aller, murmura la jeune Elfe en regardant le vieil homme droit dans les yeux.

— Soit. (Céphelo se leva.) La discussion est close. Mais la soirée n'est pas terminée et il reste de la bière. Partagez-la avec moi, les amis... Hebel, tu vas entendre ce que ces imbéciles de Grimpen Ward ont encore inventé. Une folie que seuls des hommes comme toi et moi peuvent apprécier.

Céphelo appela brutalement la vieille femme qui s'empressa d'apporter un tonneau de bière. D'autres Bohémiens vinrent les rejoindre. Céphelo remplit tous les verres, puis, riant et plaisantant, très à l'aise, il se mit à narrer toutes sortes d'histoires abracadabrantes à propos d'endroits qu'il n'avait certainement jamais vus et de gens qu'il n'avait certainement jamais rencontrés. Hebel l'écouta avec méfiance. Céphelo avait trop vite proclamé qu'il se désintéressait de cette récompense et trop vite coupé court aux avertissements donnés à ces deux jeunes gens, car ce gredin savait aussi bien que lui que jamais personne ne revenait des Fosses.

Le vieil homme se berçait lentement dans son rocking-chair, une main sur la tête de son chien. Quelle mise en garde pourrait-il encore donner à ces Elfes ? Qu'ajouter qu'il n'ait déjà dit pour les décourager de cette folle entreprise ? Rien, peut-être. Le garçon avait l'air fermement convaincu de devoir se rendre dans ce lieu maudit.

Et s'il allait rencontrer Mallenroh ? Songeant que c'était possible, il se prit à l'envier.

Wil Ohmsford se leva et gagna le puits situé juste derrière la cabane d'Hebel. Epuisée par le voyage et ses péripéties, Amberle dormait près du feu, enveloppée dans des couvertures. Bien qu'il eût à peine touché à la bière, il éprouvait un engourdissement insolite. De l'eau froide lui ferait sans doute du bien, puis une bonne nuit de sommeil. A peine eut-il bu un verre d'eau qu'Eretria surgit de l'ombre.

— Guérisseur, je ne te comprends pas, déclara-t-elle de but en blanc.

Wil se jucha sur la margelle du puits. Il n'avait pas revu Eretria depuis qu'elle l'avait traité de sot devant tous les autres.

— Je me suis donné beaucoup de mal pour te sauver la vie à Grimpen Ward, poursuivit-elle. Il ne m'a pas été facile de persuader Céphelo de m'autoriser à t'aider... Pas facile du tout. J'aurais pu tout aussi bien laisser ces coupe-jarrets vous tuer, toi et celle que tu prétends être ta sœur. Et maintenant, en dépit de nos avertissements, tu t'obstines à vouloir descendre dans ces Fosses. Je veux savoir pourquoi. Céphelo entre-t-il en ligne de compte ? J'ignore quel marché tu as conclu avec lui, mais rien de ce qu'il a pu promettre — même s'il a l'intention de respecter sa promesse, ce dont je doute fort — ne vaut le risque que tu vas prendre.

— Céphelo n'a rien à voir avec ça ! répondit tranquillement Wil.

— S'il t'a menacé, je te défendrai, déclara avec force la belle Eretria. Je t'aiderai.

— Je le sais... Mais Céphelo n'a rien à voir avec ma décision.

— Alors, pourquoi ? Pourquoi dois-tu aller là-bas ?

L'homme du Val baissa les yeux.

— Le remède nécessaire pour...

— Ne me mens pas ! (Eretria sauta sur la margelle à côté de Wil, le visage noir de colère.) Céphelo croit peut-être cette histoire absurde de racines et de remèdes, mais il ne sait que décrypter les paroles, et non pas lire dans les yeux. Or, tu triches avec ta langue mais pas avec tes yeux. Cette fille n'est pas ta sœur. Elle est à ta charge. Elle représente une responsabilité que tu tiens avec ferveur à assumer. Ce ne sont ni des racines ni des remèdes que tu recherches, mais autre chose. Que cherches-tu donc dans ces Fosses ?

Wil leva la tête et regarda la Bohémienne un long moment sans répondre. Elle saisit sa main avec passion.

– Je ne te trahirai jamais... Jamais !

Il esquissa un pâle sourire.

– Eretria, c'est là peut-être la seule chose dont je sois certain... Je vais te faire une confidence... Un danger menace cette terre, toutes les terres, en fait. Et ce qui les protégera se trouve dans les Fosses. Amberle et moi avons été chargés de le trouver.

Les prunelles de la Bohémienne s'enflammèrent d'ardeur.

– Dans ce cas, laisse-moi aller avec toi. Emmène-moi, comme tu aurais déjà dû le faire.

Wil poussa un soupir.

– Comment le pourrais-je ? Tu viens juste de me traiter de sot pour vouloir à tout prix aller là-bas. A présent, il faudra que tu te traites aussi de sotte. Non... Ta place est avec ton peuple... Pour le moment, du moins. Il vaut mieux que tu continues vers l'est, loin du Westland et de ce qui risque d'en surgir.

– Guérisseur, je vais être vendue par ce diable qui se fait passer pour mon père le jour même où nous atteindrons les grandes cités du Southland ! (D'une voix dure, cassante :) Dois-je me considérer mieux lotie avec ce destin que toi avec celui que tu risques de trouver là-bas ? Emmène-moi avec toi !

– Eretria...

– Ecoute-moi ! Je connais ce pays mieux que toi, car les Bohémiens l'ont traversé plusieurs fois depuis le jour de ma naissance. Je sais peut-être des choses qui pourraient t'aider. En tout cas, je ne te serai pas une gêne. Je sais me débrouiller seule, mieux que cette fille Elfe. Guérisseur, je ne te demande rien de plus que ce que tu me demanderais toi, si tu étais à ma place. Tu dois accepter que je vienne avec toi !

– Eretria, même si j'étais d'accord, Céphelo ne te laisserait pas partir.

– Céphelo ne le saura que lorsqu'il sera trop tard pour me retenir. (D'une voix pressante et pleine de passion :) Prends-moi avec toi. Guérisseur, dis-moi oui !

Wil faillit presque accepter. Elle était si merveilleusement belle, assise là, à son côté, les yeux brillant d'espoir, et puis, le désarroi qui émanait de ses paroles l'émeuvait. Elle craignait Céphelo et ses projets à son endroit. Pourtant, elle ne le supplierait pas, il le savait, mais elle irait jusqu'à frôler cet abaissement, si cela pouvait le convaincre.

Seulement, les Fosses, c'était la Mort, avait expliqué le vieil homme. Personne n'en revenait. Il serait assez difficile comme cela de veiller sur Amberle. Et si jamais il acceptait qu'Eretria les accompagne, il se sentirait autant responsable d'elle que de la fille des Elfes, en dépit de ses déclarations sur sa débrouillardise. Il refusa lentement de la tête.

— Eretria, je ne peux pas... Je ne peux pas.

Ils restèrent un long moment silencieux. Elle le regardait d'un air à la fois incrédule et furieux. Espoir et enthousiasme s'éteignirent soudain dans ses prunelles noires. Lentement, elle se leva.

— Bien que je t'aie sauvé la vie, tu ne sauveras pas la mienne... Très bien. (Elle recula, des larmes ruisselant sur ses joues.) Par deux fois, tu m'as repoussée, Wil Ohmsford. Tu n'auras pas l'occasion de le faire une troisième fois.

Là-dessus, elle pirouetta et s'éloigna. Douze pas plus loin, elle s'arrêtait.

— Guérisseur, il viendra un temps, je te le promets, où tu regretteras amèrement d'avoir refusé si vite mon aide.

Cette fois, elle se perdit dans la nuit. Wil resta sur la margelle, souhaitant désespérément que tout fût autrement.

Enfin, il se leva. Il se sentit encore plus engourdi et alla s'écrouler pour dormir.

## 38

Une aube grise et morne se leva sur la Barbarie. Elle enveloppa la forêt d'ombres qui jetèrent sur la terre noire comme des gouttes de sang. Des nuages masquaient le ciel. Immobiles, ils pesaient sur la vallée. Une sorte de frémissement annonciateur d'un orage d'été courait dans l'air. Les Bohémiens quittèrent le camp du vieil homme comme ils étaient venus, telles des ombres troubles, mains levées en guise d'adieu à Hebel qui les regardait s'éloigner du seuil de sa cabane. Bientôt, il ne resta plus que la petite piste déserte, noire et défoncée, qui, au-delà de la crête des collines, allait se perdre dans les profondeurs de la vallée hostile.

La caravane rejoignit la route principale au milieu de la matinée et obliqua vers l'est. Avec la touffeur croissante, une brume se mit à monter du sol spongieux et des nuages de vapeur voguèrent entre les arbres. Assis à côté de la vieille femme, sur le siège extérieur de la roulotte, Wil et Amberle songeaient à ce qui les attendait. Ils n'avaient plus reparlé avec Hebel, Céphelo ayant tout fait, le matin, pour les tenir éloignés de lui. Qu'aurait-il pu leur expliquer encore ? Comme ils pensaient à cela, Céphelo fit rebrousser chemin à sa monture pour leur glisser quelques mots. Mais son sourire était contraint et ce qu'il leur dit sans intérêt. Plusieurs fois, il revint ainsi auprès d'eux au cours de la matinée, comme s'il avait cherché quelque chose. Les deux jeunes gens ne parvinrent pas à deviner ce qu'il voulait. Quant à Eretria, elle les ignora totalement. Ce revirement d'attitude laissa Amberle perplexe et culpabilisa Wil.

Presque avant midi, peu avant un carrefour, Céphelo fit stopper sa caravane. Dans le lointain, le tonnerre grondait lugubrement. Le vent se levait par rafales, malmenant les arbres et dispersant feuilles et poussière.

— Guérisseur, c'est ici que nos routes se séparent, annonça Céphelo en désignant le croisement. Toi, tu vas au sud par la piste la plus étroite. Ta route est simple. Tu n'as qu'à suivre ce chemin. Tu atteindras le bord des Fosses à la tombée de la nuit.

Wil ouvrit la bouche, mais Céphelo leva vivement une main.

— Avant que tu ne parles, je te conseille de ne pas me demander de t'accompagner. Ce n'était point notre marché et d'autres obligations m'attendent.

— Je voulais simplement te demander si tu pouvais nous laisser quelques vivres, répliqua froidement Wil.

Le Bohémien lança un signe de tête à la vieille femme qui se rendit à l'arrière de la roulotte. Wil constata que Céphelo se trémoussait sur sa selle. Quelque chose le tracassait.

— Comment te retrouverai-je pour te remettre ta récompense ? s'enquit soudain Wil.

— Ma récompense ? Ah, oui ! (L'aurait-il oubliée ?) Ma foi, comme je te l'ai déjà expliqué, quand tu seras payé, je le saurai. Et alors, Guérisseur, je te retrouverai.

Wil opina, puis descendit du chariot et aida Amberle à mettre pied à terre. Il lui jeta un rapide coup d'œil. Le comportement insolite du Bohémien la troublait tout autant que lui. Il se retourna vers Céphelo.

— Pourrais-tu nous donner un cheval ? Un qui...

— J'ai besoin de tous mes chevaux. A présent, il faut partir. Une tempête s'annonce.

La vieille femme réapparut et tendit une petite musette à Wil qui la glissa sur son épaule et la remercia.

— Bon voyage, Céphelo.

L'homme en noir opina.

— Et que le tien soit bref. Adieu, Guérisseur.

Wil prit Amberle par le bras et traversa le groupe de cavaliers pour gagner le carrefour. Eretria se tenait sur son cheval bai, ses boucles noires soulevées par les tourbillons du vent. Une fois parvenu à sa hauteur, il lui tendit la main.

— Au revoir, Eretria.

Celle-ci opina, l'air impassible et froid, mais toujours aussi belle. Sans un mot, elle alla rejoindre

Céphelo. Wil la suivit du regard, mais elle ne se retourna pas. Enfin, il obliqua sur le sentier menant aux Fosses. De la poussière vola dans ses yeux et il les protégea d'une main. Amberle et Wil s'éloignèrent côte à côte.

Hebel passa la matinée penché sur son établi à sculpter une panthère des marais. Tout en travaillant, il songeait aux événements de la veille au soir. Pourquoi diable ces jeunes Elfes ne l'avaient-ils point écouté ? Il leur avait pourtant fait clairement comprendre que descendre dans les Fosses, c'était aller à la mort. Etait-ce vraiment pour une simple racine médicinale qu'ils allaient violer le domaine des Sœurs Sorcières ?

Sans doute étaient-ils poussés par une autre raison ? Plus il y réfléchissait, plus il en était convaincu. Et puis, ce jeune-là était trop intelligent pour faire confiance à un brigand comme Céphelo. En outre, quelle racine pousserait au cœur d'une montagne où jamais aucun rai du soleil ne pénétrait ? Seulement, jadis, dans l'Imprenable, on avait pratiqué la magie, lui avait chuchoté Mallenroh. Les petits Elfes espéraient-ils retrouver cette science d'un autre âge, tombée dans les oubliettes de la mémoire depuis la nuit des temps ?

Soudain, le hurlement du vent se fit strident et le ciel noircit. Le vieil homme leva le nez.

Cette tempête sera terrible, songea-t-il vaguement. Encore un mauvais présage pour ces jeunes Elfes, car elle va les surprendre avant qu'ils n'aient atteint les Fosses.

Il hocha la tête. S'il était certain de parvenir à les faire changer d'avis, il irait les rejoindre. Mais ce serait peine perdue. Peu importait ce que ces entêtés recherchaient, plante ou magie, jamais ils ne reviendraient pour utiliser l'une ou l'autre.

A ses pieds, Drifter leva son grand museau pour flairer le vent. Tout à coup, il se mit à gronder, un grondement sourd, profond et hargneux. Hebel le regarda d'un air perplexe, puis, vite, promena son regard à la ronde. Des ombres s'allongeaient dans la clairière, mais rien ne bougeait.

Drifter gronda de nouveau et les poils de son échine se hérissèrent. Sur le qui-vive, Hebel scruta la forêt. Il entrevit quelque chose dissimulé dans la pénombre. Il alla chercher sa grande hache et, avec prudence, se dirigea vers la lisière de la clairière. Drifter grognait toujours.

Soudain, Hebel se figea. Pourquoi ? Il n'en savait rien. Il avait simplement senti un froid insolite le pénétrer. Un froid intense et à peine supportable. A ses pieds, Drifter s'était couché et gémissait, comme s'il avait été frappé et avait eu peur. Le vieil homme entrevit une chose qui bougeait, une ombre massive et encapuchonnée, mais une fraction de seconde seulement. Une peur terrible l'étreignit, contre laquelle il n'eut pas la force de lutter. Impuissant, il surveillait la forêt, paralysé par cette peur sans nom. Sa hache lui tomba des mains, inutile.

Puis, son effroi disparut aussi vite qu'il était venu. Le vent hurlait tout autour de lui et les premières gouttes de pluie frappèrent son visage tanné. Respirant à fond pour se détendre, il ramassa sa hache et recula lentement, Drifter à son côté, jusqu'à heurter son établi. Alors, il se retint à la nuque de son grand chien pour faire cesser les tremblements qui le secouaient comme une feuille. Avec une certitude glaçante, Hebel sut que jamais, au cours des soixante ans de lutte acharnée pour survivre aux périls de cette vallée, il n'avait frôlé d'aussi près la mort.

Wil et Amberle marchaient depuis une heure à peine quand la tempête s'abattit sur eux. Les premières grosses gouttes de pluie se faufilèrent à travers le dense feuillage des arbres puis se muèrent rapidement en cataractes. Le ciel déversait des trombes d'eau, et la forêt répercutait autour d'eux le fracas incessant du tonnerre. La petite piste déjà sombre devint à peine visible ; des rigoles se creusèrent à leurs pieds. En quelques instants, ils furent trempés jusqu'aux os. Ils avaient oublié leurs capes dans la roulotte, et les légers vêtements de soie des

Bohémiens leur collaient à la peau. Comme rien ne pouvait diminuer leur inconfort, ils poursuivirent leur chemin, la tête rentrée dans les épaules.

Ce déluge dura plusieurs heures, hormis quelques brèves accalmies n'éveillant en eux que de faux espoirs. Les yeux fixés sur le chemin inondé, pataugeant dans la boue, leurs bottes alourdies par la terre qui s'y plaquait, ils continuèrent toutefois à progresser tant bien que mal. Quand enfin la pluie diminua et que l'orage s'éloigna vers l'est, la brume réduisit encore leur champ de vision. A travers ce voile opaque, les arbres et les broussailles brillaient d'un éclat noir. Dans le silence soudain, l'eau s'égouttait des feuilles avec bruit. Le ciel restait sombre et chargé. A l'est, le tonnerre continuait de gronder, mais faiblement. La brume s'épaissit encore et ils durent ralentir.

Bientôt la piste commença à s'incliner. D'abord insensiblement, puis en une pente de plus en plus abrupte. Wil et Amberle glissaient et patinaient sur le sol boueux, scrutant, pleins d'espoir, la pénombre, mais n'apercevant que la trouée noire de la piste au milieu des fûts. Le silence se faisait de plus en plus profond.

Tout à coup, les arbres de la forêt s'écartèrent brutalement, comme si on avait retiré un voile de leurs yeux. Le chemin tomba à pic sous leurs pieds et une grande gueule noire s'ouvrit devant eux. L'homme du Val et la jeune Elfe s'arrêtèrent au milieu de la piste boueuse et contemplèrent cette trouée effrayante. Ils comprirent sur-le-champ qu'ils avaient trouvé les Fosses. Ils avaient l'impression d'être parvenus sur la rive d'un lac monstrueux, figé dans la mort et dont la végétation envahissante masquait les eaux. Au centre se dressait effectivement le Pic de l'Aiguille, pilier solitaire de roche nue et grêlée. Les Fosses étaient aussi lugubres qu'un caveau ouvert vous appelant dans le royaume des ombres.

Les deux jeunes voyageurs luttaient contre la

répulsion croissante qui les envahissait. Rien n'aurait pu être plus désolé.

— Nous devons descendre là, déclara enfin Wil d'une voix flanchante, tout son être se révoltant contre cette perspective.

— Je sais.

Wil chercha un passage. La piste semblait s'arrêter net mais en s'avançant, il découvrit qu'elle se divisait en deux branches qui allaient se perdre dans la plus totale obscurité en contrebas. Lequel de ces deux chemins prendre ? Il hésita, puis opta pour celui de gauche. Il tendit le bras à Amberle qui s'y accrocha fermement. Ouvrant la marche, il entama la descente, glissant à chaque pas sur la terre détrempée et faisant rouler des pierres. Appuyée lourdement contre lui, Amberle marchait sur ses traces.

Soudain, Wil perdit pied et entraîna Amberle dans sa chute. Elle trébucha sur la jambe de Wil, tomba tête la première et disparut dans le noir en poussant un cri aigu. Il se précipita à sa recherche, s'entaillant le visage aux broussailles drues qui lui barraient le passage. Jamais il ne l'aurait retrouvée sans l'éclat rouge des vêtements en soie qui se détachait dans l'obscurité. Un fourré l'avait arrêtée. Elle avait le souffle coupé et le visage maculé de boue. Comme il la touchait, ses yeux clignotèrent d'incertitude.

— Wil ?

Il la redressa et la prit dans ses bras.

— Ça va ? Tu es blessée ?

— Non, je ne crois pas. (Elle sourit.) Tu es sacrément maladroit, tu sais ?

Souriant de soulagement, il acquiesça.

— Lève-toi.

Il la prit par la taille et l'aida à se relever, mais à peine eut-elle posé le pied par terre qu'elle poussa un cri, se laissa choir et prit sa cheville à deux mains.

— Une foulure !

Wil palpa la cheville et vérifia l'état des os.

— Rien de cassé, juste une mauvaise entorse. (Il s'assit à son côté.) Repose-toi quelques instants. Je te soutiendrai dans la descente. Je te porterai s'il le faut.

— Wil, je suis navrée. J'aurais dû être plus prudente.

— Toi ? Mais c'est moi qui suis tombé. (Il sourit et, essayant d'avoir l'air enjoué :) Ma foi, peut-être l'une des deux Sœurs Sorcières viendra-t-elle à notre secours ?

— Ce n'est pas drôle. (Amberle jeta des regards apeurés autour d'elle.) Peut-être devrions-nous attendre le jour pour continuer la descente. Ma cheville sera peut-être rétablie. Et puis, je n'ai aucune envie de passer la nuit en bas.

— Moi non plus, répondit Wil en opinant. Tu as raison. Le jour se lèvera bien assez tôt.

L'homme du Val sourit.

— Crois-tu vraiment à cette histoire de sorcières qui vivent dans ce trou ?

Elle le regarda d'un air lugubre.

— Pas toi ?

Wil hésita, puis haussa les épaules.

— Je ne sais pas. Peut-être... Oui, sans doute. Plus grand-chose ne me paraît invraisemblable. (Puis, penchant le buste, il enlaça ses genoux.) Mais si ces sorcières existent, j'espère qu'elles auront peur des Pierres des Elfes. Seulement, si je dois les utiliser, nous aurons de graves ennuis. Mais en suis-je capable ?

— Bien sûr que tu en es capable ! Mais tu ne devrais pas les utiliser.

— Après mon échec dans le Pykon, tu es encore persuadée que je peux faire appel à leur pouvoir, pourtant tu me déconseilles de le faire, et moi, je pense que je devrais les utiliser mais en suis incapable. Bizarre, non ? (Il secoua la tête.) Et ni toi ni moi ne savons encore lequel des deux a raison. Nous voici presque parvenus dans l'Imprenable et je n'ai toujours pas découvert si...

Il se tut soudain, mesurant ce qu'il allait dire.

— Ma foi, ce n'est pas important, conclut-il en détournant les yeux. Mieux vaut ne jamais le découvrir. Mieux vaut les rendre à mon grand-père.

Après quoi, ils restèrent un moment silencieux. Presque sans réfléchir, Wil glissa la main sous sa tunique en soie et en retira la bourse aux Pierres. Il la tapota, l'esprit ailleurs, et allait la ranger quand il remarqua quelque chose d'insolite à leur contact. Sourcils froncés, il dénoua les cordonnets et fit rouler les Pierres dans sa paume ouverte. C'étaient trois vulgaires petits cailloux.

— Wil ! s'exclama Amberle, horrifiée.

L'homme du Val contemplait les Pierres, muet de saisissement.

— Céphelo, murmura-t-il enfin, presque pour lui-même. Céphelo ! Ce gredin m'a volé les Pierres, je ne sais comment. Cette nuit, sans doute, quand nous dormions. Le matin, à Grimpen Ward, elles y étaient encore. Je l'ai vérifié. (Il se leva en continuant de soliloquer.) Mais ce matin, comme un sot, j'ai oublié de le faire. J'étais si las hier soir, il a dû mettre une drogue dans ma bière pour s'assurer que je ne me réveillerais pas. Rien d'étonnant qu'il ait été si empressé de se débarrasser de nous. Rien d'étonnant qu'il ait pris à la légère l'avertissement d'Hebel au sujet des Fosses. Il serait ravi qu'on n'en revienne jamais. La récompense, il s'en moque. C'étaient les Pierres des Elfes qu'il voulait.

Le visage livide, Wil rebroussa chemin. Soudain, il se souvint d'Amberle. Vite, il revint sur ses pas et la mit debout en la soutenant dans ses bras et ils remontèrent jusqu'au sommet des Fosses. Toujours en soutenant Amberle, il gagna de hauts buissons à quelques mètres en retrait, se glissa sous cet abri sommaire et installa la jeune Elfe par terre.

— Je dois retourner chercher les Pierres des Elfes, déclara-t-il vivement. Si je te laisse ici, ça ira ?

— Wil, tu n'as pas besoin de ces Pierres.

Il secoua la tête avec vigueur.

— Si jamais nous sommes obligés de vérifier l'exactitude de cette théorie, je préfère le faire en possession des Pierres. Tu as entendu ce qu'Hebel a dit à propos des Fosses. Nous n'avons qu'elles pour nous protéger.

Le visage d'Amberle était blanc comme un linge.

— Céphelo te tuera.

— Peut-être. Peut-être aussi est-il déjà trop loin

pour que je puisse le rattraper. N'empêche, Amberle, je dois le tenter. Si je ne l'ai pas retrouvé à l'aube, je reviendrai, je te le promets. Avec ou sans les Pierres, je reviendrai auprès de toi et nous descendrons ensemble dans les Fosses.

Elle commença de prononcer un mot, puis s'arrêta court. Des larmes jaillirent de ses yeux. Elle leva une main pour lui caresser la joue.

— Wil, je tiens à toi, murmura-t-elle. Vraiment.

Il la regarda, ébahi.

— Amberle !

— Allez, va ! le pressa-t-elle d'une voix brisée. Céphelo aura fait halte pour la nuit, et tu pourras le rattraper, si tu te dépêches. Mais sois prudent... Ne perds pas ta vie pour rien. Reviens pour moi.

Elle lui donna un baiser.

— Pars !

Il la contempla encore un instant en gardant le silence, puis, sans jeter un regard en arrière, s'éloigna en courant.

39

Le jour même où Wil et Amberle découvrirent la disparition des Pierres des Elfes, les Démons attaquèrent Arbolon aux aurores. Une clameur stridente répercutée par les forêts du Westland creva le silence du matin. Les hordes jaillirent du couvert des bois à l'ouest et se jetèrent dans la Rill Song. Telle une immense nappe noire se répandant à la surface de l'eau, ils occupèrent tout le lit de la rivière. Grands ou petits, vifs ou lents, ils se bousculaient dans les eaux tumultueuses. Certains nageaient en lançant des ruades pour gagner la rive opposée. Les plus légers sautillaient ou rasaient la surface. Les plus grands avaient même pied, tant ils étaient immenses. Ils progressaient en luttant contre le courant, leurs longs museaux en l'air, disparaissant dans les remous pour resurgir aussitôt. Beaucoup utilisaient des embarcations frustes ou des radeaux qu'ils poussaient avec frénésie à l'aide d'une perche, se cramponnant à ceux qui passaient à leur portée, sombrant parfois avec ceux qui refusaient de les soutenir. La folie, née de la haine implacable pour cet ennemi qui les attendait à quelques centaines de mètres à peine, tenait ces Démons sous sa férule.

Toutefois, les Elfes ne cédèrent pas à la panique. Ils ne reculèrent pas devant le nombre, la taille et la férocité d'un adversaire à même de décourager les soldats les plus vaillants. Ils livraient leur ultime bataille. Les Elfes défendaient leur cité mère, le cœur de la terre qui leur appartenait depuis l'apparition des races. Ils avaient tout perdu à l'ouest de la Rill Song, mais ils ne lâcheraient pas Arbolon. Ils étaient déterminés à se battre et à mourir jusqu'au dernier, y compris femmes et enfants, plutôt que de se laisser chasser de leur patrie pour devenir des proscrits en des contrées étrangères, traqués comme des bestiaux par ces créatures du Mal.

Au sommet des remparts de l'Elfitch, Ander Elessedil suivait la progression de cette marée. Allanon se tenait à son côté. Ni l'un ni l'autre ne prononçaient un mot. Puis Ander leva les yeux. Un minuscule point apparut très haut dans les cieux pâles de l'aube. Il grossit rapidement, alors qu'il descendait en décrivant de larges cercles. C'était Dayn et son Roc, Danseur. Rasant la paroi du Carolan, il vint se poser sur la rampe ouverte derrière Ander et le Druide. Dayn descendit de sa monture et s'approcha vite du prince des Elfes.

— Combien ? s'enquit aussitôt ce dernier.

Dayn secoua la tête d'un air accablé.

— Les bois et le brouillard ne parviennent pas à tous les cacher. Ceux que vous voyez devant vous n'en représentent qu'une poignée.

Ander branla du chef. Tellement ! songea-t-il, tourmenté. Mais Allanon l'avait prévenu et il évita de regarder le Druide.

— Dayn, cherchent-ils à nous prendre de flanc ?

Le Cavalier du Ciel fit non de la tête.

— Ils foncent droit sur le Carolan... Tous. (Il jeta un

rapide regard aux Démons qui se démenaient dans les eaux de la Rill Song, puis s'éloigna.) Je vais laisser Danseur se reposer encore un peu. Ensuite, nous repartirons en reconnaissance. Bonne chance, mon prince.

Ander l'entendit à peine.

— Nous devons tenir ici, murmura-t-il presque pour lui-même.

Les affrontements avaient déjà commencé. Les longues flèches des Elfes sifflaient sur la rive ; les javelots piquaient dans la masse houleuse grouillant au sein des eaux. Mais ces traits ricochaient comme des brindilles inoffensives sur les écailles et sur le cuir de leur peau. Pourtant, certains firent mouche, et des hurlements de douleur dominaient les cris de guerre. Se tortillant, les blessés coulaient dans les remous, avalés par les hordes suivantes. Des flèches aux pointes enflammées s'enfonçaient dans les embarcations et les radeaux, mais le feu s'éteignait aussitôt, et les embarcations repartaient de l'avant en tournoyant. Malgré la grêle incessante lancée par les archers, les Démons progressaient. Toute la rive occidentale était noire de corps.

Tout à coup, un cri retentit au sommet du Carolan et des vivats éclatèrent. Un cavalier de grande taille, imposant, aux cheveux gris, s'avançait. Tous les Elfes se tournèrent vers lui, incrédules mais le cœur soudain joyeux. Ce cri se propagea comme une onde le long de l'Elfitch jusqu'aux premières lignes de défense près de la Rill Song et s'enfla en une clameur assourdissante d'allégresse.

— Eventine ! Eventine est avec nous !

En un rien de temps, les Elfes furent transformés. Un nouvel espoir, une nouvelle foi les animaient. Le roi qui les avait gouvernés depuis presque soixante ans, et pour beaucoup leur vie durant, allait les guider. Le roi qui avait vaincu l'armée du Maître Sorcier était de nouveau à leur côté. Blessé à l'Halys, tenu pour mort, il revenait. Avec Eventine pour les défendre, aucun Mal, si monstrueux fût-il, ne saurait les vaincre.

Eventine !

Pourtant, une chose n'était pas normale. Ander le comprit à l'instant même où son père descendit de sa monture et se tourna vers lui. Ce n'était pas l'ancien Eventine, comme son peuple le croyait. Il vit dans ses yeux combien le souverain était loin de ce qui se passait autour de lui. On eût dit qu'il s'était retiré en lui-même, non pas par peur ou par incertitude, car il savait dominer ces deux sentiments-là, mais à cause d'une profonde et permanente tristesse qui avait brisé son âme. Toutefois, il avait l'air assez solide. Détermination et volonté s'inscrivaient sur ses traits, et il accueillait ceux qui se pressaient vers lui avec les habituelles paroles d'encouragement. Mais ce n'était là qu'un masque et dans ses yeux se lisait la faille ouverte en lui par les pertes irrémédiables. Son fils le remarqua et s'aperçut qu'Allanon aussi l'avait vu. Seule l'enveloppe charnelle du roi était venue rejoindre son peuple. La mort de son fils aîné et celle de Pindanon étaient-elles cause de cette fêlure ? Ou la défaite de son armée ? La menace pesant sur sa cité ? Toutes ces tragédies à la fois, sans doute, plus une autre aussi. L'éventuelle ultime défaite, qui mènerait à l'anéantissement total des habitants des Quatre Terres. Plus qu'aucun autre Elfe, il s'en estimait responsable.

Masquant sa tristesse, Ander étreignit son père avec chaleur. Puis, il recula d'un pas et lui tendit le rameau de l'Ellcrys.

— Monseigneur, ceci vous appartient.

Eventine hésita une seconde et secoua lentement la tête.

— Non, Ander. Désormais, ce rameau te revient. Tu dois le porter pour moi.

Ander contempla son père sans prononcer un mot. Il découvrit alors dans son regard une chose qui lui avait échappé jusqu'à présent. Son père savait. Il savait qu'il ne se portait pas très bien, qu'il avait radicalement changé. La comédie qu'il jouait aux autres s'arrêtait devant son fils.

Ander reprit le rameau.

— Dans ce cas, reste à mon côté sur le rempart, demanda-t-il doucement.

Son père opina et tous deux montèrent sur le parapet.

A ce moment-là, les premières vagues de l'ennemi gagnèrent la rive orientale de la Rill Song. Poussant des cris sauvages, ils se ruèrent en foule sur les lances et les piques pointant de derrière le fortin des Elfes. En quelques secondes, les Démons surgirent des eaux tout le long de cette ligne défensive. Ils étripèrent et éventrèrent à coups de serres et de crocs les soldats qui leur barraient la route. Sur les flancs, Ehlron Tay et Kerrin, de la Garde Royale, encourageaient leurs hommes : « Tenez bon, résistez ! »

Mais finalement, ils durent céder du terrain. Submergés par le nombre, pris en étau, leurs rangs s'émiettèrent peu à peu. D'immenses Démons se précipitèrent par les brèches et brisèrent le fortin pour laisser passer ceux qui les suivaient. Les eaux de la Rill Song étaient rouges du sang des victimes, mais à chaque fois qu'un Démon tombait, trois autres le remplaçaient sur-le-champ en une ruée frénétique qu'aucune force inférieure à la leur ne pourrait espérer endiguer. Posté au sommet de la deuxième rampe de l'Elfitch, Ander lança l'ordre aux troupes amassées sur la rive de reculer. Vite, Elfes et Alliés abandonnèrent le fortin à moitié écroulé et se faufilèrent dans la forêt en suivant les chemins soigneusement mémorisés pour regagner la rampe. Presque avant que les Démons ne comprennent ce qui se passait, les grilles se refermèrent derrière les soldats.

Se ruant à travers la forêt jusqu'au pied du Carolan, les Démons se heurtèrent aux centaines de pièges et de trappes tendus et creusés par les Elfes. Mais le nombre de ceux qui émergeaient des eaux ne cessait de croître. Ils sautèrent par-dessus ceux qui étaient arrêtés, s'attaquèrent à la première rampe et reprirent l'offensive. Les Elfes durent reculer et presque avant que les deuxièmes grilles ne fussent refermées, les premières tombaient. Sans ralentir, les monstres escaladèrent, en se piétinant et en se chevauchant les uns les autres, la première rampe. Ils se répandirent sur les remparts. Pendant ce temps, maints d'entre eux parvinrent à grimper sur la paroi de la falaise en s'accrochant à la roche comme des insectes. Ce fut une cavalcade effrénée au milieu de cris voraces. Les Elfes étaient effarés. La rivière n'avait pas arrêté les Démons. Les défenses érigées sur la rive avaient été renversées en un rien de temps. A présent, le premier niveau de l'Elfitch était perdu, et même la paroi verticale du Carolan ne leur était pas un obstacle. Tout commençait à indiquer que rien ne stopperait ces monstres.

Serrées en avant, ils se jetaient de tout leur poids contre les grilles de la deuxième rampe. Piques et lances se fichaient dans la masse. Les grilles se mirent à trembler sur leurs gonds mais ne cédèrent point. Cris de douleur et d'agonie retentirent. Les Démons, grouillant comme des larves, se lançaient aveuglément à l'assaut des murs de la rampe. Alors, du plus épais de cette masse noire se détacha un groupe de Furies. Grises, petites et agiles, elles sautèrent au sommet des murs, leurs faces mi-femme mi-chat déformées par la haine. Lacérés par leurs griffes meurtrières, les Elfes reculèrent devant elles en hurlant de terreur. Mais Allanon fit crépiter de ses doigts le feu bleu qui éparpilla ces diablesses. Et les Elfes, ripostant, firent basculer des murs jusqu'à la dernière des Furies sur la marée noire en contrebas.

Le Druide et les Elessedils regagnèrent la troisième grille. De là, ils observèrent l'assaut de l'ennemi qui redoubla de vigueur. Toutefois, les Elfes parvinrent à lui tenir tête, les archers postés en contre-haut soutenant les lanciers et les piquiers. Mais de part et d'autre du pont, l'ennemi progressait sur la paroi abrupte de la falaise, lentement certes mais sûrement. Du sommet du Carolan, les Nains Sapeurs les décrochaient de la paroi en les bombardant de flèches et de grosses pierres.

Soudain, un Démon, véritable colosse couvert d'écailles, s'approcha des grilles de la deuxième rampe. Il se dressa sur ses pattes de derrière comme un humain, ouvrit sa gueule de saurien et, sifflant de rage, se jeta de tout son poids sur les grilles qui ployèrent. Les traits glissaient sur ses écailles sans le blesser. Tel un bélier, il heurta de nouveau les grilles. Celles-ci volèrent en éclats sur les défenseurs qui tombèrent sous l'impact et allèrent se réfugier derrière les troisièmes grilles ouvertes alors pour les laisser passer. Le saurien géant, suivi d'une foule de Démons, envahit la rampe.

Un instant, on crut que les Elfes n'auraient pas le temps de refermer les grilles avant le déferlement de ce raz de marée. Mais Stee Jans se dressa à l'entrée de la rampe, tenant à deux mains une lance immense. Flanqué de ses meilleurs soldats, de Kerrin, ainsi que de quelques hommes de la Garde Royale, il fonça sur l'ennemi. Se ramassant pour bondir, le saurien l'attaqua mais, sautant de côté, Stee Jans planta sa lance dans la gorge du monstre. Poussant un hideux sifflement étranglé, le Démon recula sur ses pattes, la tête traversée de part en part. Aussitôt, les soldats se retranchèrent derrière les grilles qui se refermèrent enfin. Le colosse se démena pour arracher la lance meurtrière. Bientôt, il expira et s'effondra sur la horde qui le suivait, l'entraînant dans sa chute par-dessus le mur jusque dans la forêt en contrebas.

Les Démons repartirent à l'offensive en grognant hargneusement. Mais l'élan était rompu. Eparpillés le long de la rampe, soudain désorientés, ils n'arrivèrent pas à se rassembler pour une nouvelle ruée. Les plus grands et les plus féroces d'entre eux avaient été tués. Ragaillardis par la prouesse des Libres et de la Garde Royale, les Elfes firent tomber sur eux une grêle de flèches et de javelots. Des centaines périrent, vite remplacés par de nouvelles hordes, mais à présent confuses, elles étaient vulnérables.

Ander vit sa chance. Il donna le signal de la contre-attaque. A l'ordre lancé par Kerrin, les grilles de la troisième rampe s'ouvrirent brutalement en grand et les Elfes chargèrent dans la masse noire, la repoussant jusqu'au-delà des grilles en miettes de la deuxième rampe, puis jusqu'au pied de la première. Mais renforcé par les milliers de Démons qui émergeaient encore de la Rill Song, l'ennemi se regroupa et riposta. Bientôt, les Elfes durent remonter sur le deuxième niveau. Vite, on renforça les troisièmes grilles de barres de fer et de grosses poutres en bois, et les Elfes restèrent là.

Les combats se poursuivirent avec une férocité inouïe sur l'Elfitch. Par deux fois, les Démons revinrent devant les troisièmes grilles. Par deux fois, ils furent repoussés. Des milliers périrent dans les deux camps ; le nombre des morts parmi les Démons dépassait celui des Elfes, comme ils se battaient avec une indifférence totale pour leur propre vie. Seulement, de nouvelles hordes venaient les remplacer, tandis que le nombre des Elfes diminuait inexorablement.

Tout à coup, sans que rien le laissât prévoir, les Démons abandonnèrent le combat. Ils redescendirent le long de la rampe, sans précipitation ni bousculade, mais lentement, à contrecœur. Rugissant et grognant de dépit, ils allèrent se perdre dans la forêt. Sur les parapets de l'Elfitch et derrière les grilles, les défenseurs harassés scrutèrent l'obscurité. Ils ne s'interrogèrent point sur la raison de cette insolite accalmie, trop heureux que leur cité, pour un jour encore du moins, fût sauvée.

Cette nuit-là, à peine deux heures après que les Démons se furent réfugiés dans les forêts au pied du Carolan, un messager entra dans la grande salle du Haut Conseil où Eventine et Ander s'étaient réunis avec leurs ministres. D'une voix vibrante d'excitation, celui-ci annonça qu'une armée de Trolls du Roc venait d'arriver du Kershalt. Le roi et son fils sortirent en toute hâte dans la cour d'honneur.

Des créatures massives, géantes, à la chair semblable à de l'écorce d'arbre, bardées de cuir et de fer, occupaient la cour, alignées en un ordre impeccable. Épées et lances étincelaient dans la lumière fuligineuse des torches, et une mer d'yeux profondément enfoncés fixait les visages ébahis des Elfes.

Leur commandant s'avança, un Troll impressionnant, une énorme hache d'armes à deux tranchants lui battant le dos. Après avoir jeté un rapide regard aux soldats accompagnant Eventine et son fils, il se campa devant ces derniers.

– Je suis Amantar, Maturen de cette armée, annonça-t-il dans le dialecte aux sonorités rudes des Trolls. Roi Eventine, voici une armée forte de quinze cents soldats venus soutenir les Elfes.

Eventine resta sans voix. Pensant que les North-landers avaient définitivement décidé de ne pas intervenir dans ce conflit, il avait oublié les Trolls. Les voir soudain ici quand tout indiquait que son peuple ne recevrait plus aucune aide...

Amantar remarqua la surprise du vieux souverain.

– Roi Eventine, vous devez savoir que votre demande d'aide a suscité beaucoup de réflexions, enchaîna-t-il de sa voix rauque. Jusqu'à présent, Trolls et Elfes se sont toujours affrontés. Nous étions ennemis. Cela ne peut s'oublier du jour au lendemain. Néanmoins, pour tout le monde, il vient un temps où il faut tirer un trait sur le passé. Ce temps-là est arrivé pour les Trolls et les Elfes. Nous connaissons les Démons. Nous avons déjà eu plusieurs escarmou-ches avec quelques-uns d'entre eux, y laissant des blessés et des morts. Les Trolls du Roc comprennent le danger que ces Démons représentent : un Mal aussi démesuré que le Maître Sorcier et ses Porteurs du Crâne. En conséquence, il apparaît que Elfes et Trolls doivent oublier leurs différends et lutter ensemble contre cet ennemi commun. Voilà pourquoi mes com-patriotes et moi-même sommes venus vous soutenir.

C'était là une déclaration éloquente. En un geste soigneusement mesuré, Amantar mit un genou en terre, le serment de fidélité des Trolls du Roc. Der-rière lui, ses soldats l'imitèrent.

Ander vit les yeux de son vieux père se remplir de larmes. Un instant, il était revenu du lieu où il s'était replié ; l'espoir et un orgueil farouche illuminaient son visage. Lentement, il posa une main sur son cœur, répondant au serment du Troll selon la coutume elfique. Amantar se redressa et les deux mains se scellèrent.

Ander eut envie de lancer un vivat.

Allanon longeait les étroites allées des Jardins de la Vie sous un ciel nocturne couvert de nuées à travers lesquelles la lune et les astres se faufilaient comme des êtres traqués. Tête baissée, bras croisés sous les plis de ses longues robes noires, il avançait sans faire le moindre bruit entre les magnifiques massifs de fleurs et les haies taillées à la perfection. La nuit était fraîche et embaumait. Mais le visage du Druide était creusé par l'inquiétude et une résolution amère. Cette nuit-là, en effet, il se rendait à une entrevue avec la mort.

Il gagna le pied de l'éminence autour de laquelle veillait la Garde Noire. Il leva une main impatiente et, sans qu'aucune le vît, il se glissa entre les sentinelles, aussi fugace qu'une pensée qui vous traverse l'esprit. Puis, à pas lents, il gravit la pente, les yeux toujours baissés, évitant jusqu'au dernier moment de regarder ce qu'il était venu voir.

Mais une fois parvenu au sommet, il releva la tête. Devant lui se tenait l'Ellcrys. Ses branches jadis gracieuses et fines étaient flétries et ployaient à la manière d'un squelette desséché. Elle avait perdu sa fragrance et ses éclatantes couleurs. L'Ellcrys, naguère si belle, n'était plus que l'ombre d'elle-même. Ses feuilles autrefois rouge sang étaient toutes tombées et racornies, comme autant de petits morceaux de parchemin froissés. L'arbre était nu, et il ne se détachait plus sur le firmament qu'un tronc dont l'écorce s'écaillait et des chicots de bois enchevêtrés.

Allanon eut froid. Une immense tristesse l'envahit. Il n'avait pas le pouvoir d'empêcher cette inexorable décrépitude, car même les Druides ne détenaient pas le pouvoir de la vie éternelle. La mort attend toute chose ; l'heure de l'Ellcrys avait sonné. Il caressa les branches malades, puis laissa choir sa main. Il ne voulait pas ressentir le chagrin de l'Ellcrys. Pourtant, son devoir lui imposait de prendre la mesure de son état, et il serra doucement les doigts autour du bois. Il les laissa un moment, pour tenter de lui redonner espoir et la soulager, pour faire passer le flux de son âme dans la sienne... Un jour encore, ou deux ; trois, peut-être. Alors elle mourrait.

Les yeux toujours fixés sur l'arbre périssant, il laissa mollement retomber les bras contre ses flancs. Il lui restait si peu de temps à vivre.

Amberle reviendrait-elle d'ici là ?

## 40

Wil Ohmsford courait follement à travers la forêt de la Barbarie, le long de la piste noire et cahoteuse qui traçait un tunnel à travers la pénombre et la brume. Des plantes grimpantes chargées de goutte-lettes et des branches errantes l'agrippaient à son passage. L'eau boueuse des ornières l'éclaboussait. Mais il ne s'apercevait de rien. Une foule d'émotions tourbillonnaient dans son esprit aux abois. Le déses-poir d'avoir perdu les Pierres des Elfes lui donnait des éblouissements. Il avançait en proie à des senti-ments contradictoires. Colère contre Céphelo, crainte pour la vie d'Amberle, émerveillement aussi devant sa déclaration inattendue.

*Je tiens à toi*, avait-elle avoué. *Je tiens à toi*. Comme c'était étrange de l'avoir entendue dire cela, elle qui, au départ, se méfiait de lui et lui avait clairement manifesté son ressentiment. Pour être franc, lui non plus n'avait guère apprécié tout d'abord cette fille des Elfes. Seulement, le long voyage depuis le village d'Havenstead, les multiples embûches affrontées et surmontées ensemble les avaient peu à peu rappro-chés l'un de l'autre. En un temps très bref, leurs vies s'étaient inextricablement liées. Qu'y avait-il d'éton-nant, au fond, qu'un tel lien éveille une forme d'affec-tion ? Les paroles de la jeune Elfe résonnaient sans fin dans son cerveau. Et toi ? se demanda-t-il soudain, qu'éprouves-tu pour elle ?

Wil trébucha et s'étala de tout son long dans la boue. Pestant contre sa maladresse, il se releva en essuyant ses vêtements du mieux possible et se remit à courir. Le temps s'écoulait trop vite ; il pourrait s'estimer heureux si seulement il parvenait à rejoindre la route principale avant l'arrivée de la nuit. Ensuite, seul dans une obscurité totale, il lui faudrait se frayer un chemin dans une contrée inconnue, avec, pour toute arme, un petit couteau de chasse.

Ah ! Wil Ohmsford, comme tu es malin ! se railla-t-il, pour t'être laissé ainsi facilement berner par cette canaille de Bohémien. Une vague de colère l'emporta. Et Allanon qui te croit le seul capable de protéger Amberle !

Déjà, des crampes ankylosaient ses muscles à force de courir sans répit. Un instant, il céda au désespoir, songeant à tout ce qu'Amberle et lui avaient enduré pour en arriver là ! Il avait tout perdu par imprudence. Et sept Chasseurs Elfes avaient donné leur vie pour qu'ils puissent parvenir en Barbarie. D'autres encore, innombrables, avaient déjà péri pour défendre le Westland contre les Démons, car l'Interdit s'était certainement écroulé à l'heure qu'il était. Tous ces morts pour arriver à cela ? Non. Impossible. Honte et détermination le raffermirent soudain. Il récupérerait les Pierres volées. Il retournerait auprès d'Amberle, la conduirait saine et sauve jusqu'à l'Imprenable, le Feu de Sang et la ramènerait à Arbolon. Vis-à-vis de lui-même et de tous, il ne pouvait pas faire moins !

Au même instant, une ombre se découpa sur le sentier devant lui, tel un spectre surgissant du néant. Grande, silencieuse, elle attendait qu'il approche. Wil s'arrêta net. Il eut si peur qu'il faillit détaler dans la forêt. Le souffle saccadé, il observa cette ombre et comprit soudain qu'il s'agissait d'un cheval et de son cavalier. Le cheval piaffa. Wil s'avança prudemment. Son inquiétude céda le pas à l'incrédulité, puis à l'ébahissement.

Eretria !

— Surpris, n'est-ce pas ?

Sa voix était froide et contenue.

— Très, admit-il.

— Je suis venue te sauver une dernière fois, Wil

Ohmsford. Et je crois que tu vas écouter ce que j'ai à te dire.

— Céphelo a les Pierres, fit ce dernier.

— Je le sais. Il a mis une drogue dans ton verre de bière, puis te les a subtilisées pendant que tu dormais.

— Et tu ne m'as pas averti ?

— T'avertir ? (Elle hocha la tête.) Guérisseur, je t'aurais volontiers averti. Je t'aurais volontiers aidé. Mais toi, tu ne voulais pas m'aider... T'en souviens-tu ? Tout ce que je te demandais, c'était de m'emmener avec toi. Si tu avais accepté, je t'aurais révélé les intentions de Céphelo au sujet de ton trésor et fait en sorte que tu le gardes. Mais tu m'as repoussée, Guérisseur. Tu m'as abandonnée. Tu te croyais capable de te débrouiller sans moi. Bien, ai-je décidé, voyons comment le Guérisseur réussit sans moi.

Elle le jaugea des pieds à la tête.

— Il ne semble pas que tu t'en sortes très bien.

L'esprit en effervescence, Wil opina. Ce n'était pas le moment de parler bêtement.

— Amberle est blessée. Elle est tombée et s'est foulé la cheville. Elle ne peut plus marcher. J'ai été obligé de la laisser à l'entrée des Fosses.

— Guérisseur, tu m'as l'air très doué pour abandonner les femmes en pleine détresse !

Wil maîtrisa sa colère.

— Peut-être les apparences portent-elles à le croire. Mais parfois, quand il faut aider autrui, on ne peut faire ce qu'on veut.

— C'est toi qui le dis ! Et tu es sincère, je suppose. Alors, comme ça, tu as abandonné cette fille ?

— Juste le temps de récupérer les Pierres.

— Sans moi, jamais tu ne les récupéreras.

— Je les récupérerai, avec ou sans toi.

— C'est ce que tu t'imagines ?

Wil posa une main sur le flanc du cheval de la Bohémienne.

— Eretria, es-tu venue pour m'aider ?

Elle le toisa encore un instant sans répondre, puis fit oui de la tête.

— Si, en échange, tu m'aides également. Cette fois,

il le faut, tu sais. (Comme il ne répondait pas, elle ajouta :) Un troc... Wil Ohmsford, je t'aiderai à reprendre tes Pierres à la condition que tu m'emmènes avec toi lorsque tu les auras.

— Et comment m'aideras-tu à les reprendre ? s'enquit-il d'un ton circonspect.

Elle lui adressa alors son merveilleux sourire qui lui coupait le souffle.

— Comment ? Mais voyons, Guérisseur, je suis enfant de Bohémiens et fille de chef... Achetée et payée. Il te les a volées. Je les lui volerai. Je connais cet art mieux que toi. Il nous suffit de retrouver Céphelo.

— Mais n'est-il pas en train de se demander où tu es passée ?

Elle fit non de la tête.

— Lorsque nous nous sommes séparés de toi, je l'ai prévenu que je voulais partir en tête pour rejoindre la caravane. Il a accepté, car nous autres, Bohémiens, connaissons par cœur les chemins de la Barbarie et à cheval, à la nuit tombée, je serais sortie de cette vallée. Comme tu le sais, Guérisseur, Céphelo tient à me garder intacte. Les marchandises endommagées se cèdent à bas prix... Bref, j'ai franchi un mile après l'Arête du Sifflet, puis emprunté une deuxième piste qui oblique au sud et rejoint rapidement celle-ci. Je pensais vous rattraper avant la tombée de la nuit, soit aux Fosses, soit en rebroussant chemin par cette piste au cas où tu aurais découvert la disparition des Pierres. Céphelo ne s'apercevra donc de ma ruse que lorsqu'il aura rejoint le gros de notre caravane. Le chariot le ralentit et ce ne sera pas avant demain, dans la journée. Ce soir, il dressera son camp sur la route conduisant hors de la vallée.

— Ainsi, conclut Wil, nous avons toute la nuit pour récupérer les Pierres.

— C'est amplement suffisant, mais pas si nous restons plantés ici à parler. En outre, tu ne voudrais pas laisser la fille Elfe seule près des Fosses trop longtemps, n'est-ce pas ?

L'évocation d'Amberle lui fit l'effet d'un coup de tonnerre.

— Non... Partons.

— Un instant ! (Eretria fit reculer sa monture.) Ta parole, d'abord. Une fois que je t'aurai aidé, tu m'aideras. Tu m'emmèneras avec toi et tu accepteras que je te suive jusqu'à ce que je sois sûre d'avoir mis une grande distance entre Céphelo et moi... Et c'est moi qui déciderai du moment où je partirai. Guérisseur, promets-le-moi !

Hormis s'emparer de son cheval, et encore, il doutait de pouvoir y parvenir, quel choix lui restait-il ?

— Très bien, je te le promets.

— Parfait, fit-elle en hochant la tête. Mais pour m'assurer que tu tiendras ta promesse, je garderai les Pierres jusqu'à ce que nous soyons sortis de cette vallée et à l'abri de ses dangers. Monte derrière moi !

Wil obtempéra sans se rebeller. Il était exclu qu'il lui laisse les Pierres, mais à quoi bon discuter ? Avant d'éperonner son cheval, elle se retourna vers lui :

— Tu ne mérites pas ce que je fais pour toi... Tu le sais ? Seulement, tu me plais. Et les chances que t'accorde ton destin me plaisent aussi... Surtout si je suis là pour t'aider. Passe tes bras autour de ma taille.

Wil hésita, puis fit ce qu'elle lui demandait. Eretria se renversa contre lui.

— Voilà qui est beaucoup mieux, murmura-t-elle d'un ton enjôleur. Je préfère ta docilité à l'arrogance que tu montres en présence de cette fille Elfe. Maintenant, serre-moi fort.

Poussant un hurlement soudain, elle enfonça ses bottes dans les flancs de sa monture. Surprise, la bête se cabra en hennissant, puis détala comme un trait sur le chemin. Penchés sur l'encolure, ils foncèrent au triple galop dans la quasi-obscurité. Guidant son cheval d'une main sûre, lui faisant éviter les souches d'arbres, ainsi que les petites ravines creusées par les pluies torrentielles, Eretria avait de véritables yeux de chat. Ils escaladèrent et gravirent les pentes boueuses l'une après l'autre. Se demandant si cette fille avait perdu la tête, Wil se cramponnait à sa taille. A cette cadence insensée, ils finiraient par tomber.

Mais, à son grand étonnement, ils restèrent en selle. Quelques secondes plus tard, Eretria, sans ralentir, fit sortir son cheval de la piste et traversa une étroite trouée entre les arbres entièrement dissimulée                                                              par de hautes broussailles. L'animal émergea sur une deuxième piste que Wil n'avait absolument pas remarquée lorsqu'il était passé par là, puis fila comme le vent dans la pénombre brumeuse. L'obscurité augmentait ; ils continuèrent à galoper à bride abattue, ralentissant à peine lorsqu'un obstacle se dressait sur leur route. Le soleil, perdu quelque part au-dessus de la forêt, descendait doucement vers la cime des montagnes encerclant la vallée. Les ombres s'épaississaient, l'air fraîchissait, mais Eretria ne ralentissait toujours pas.

Quand, enfin, elle retint brusquement son cheval, ils avaient regagné la route principale. Elle flatta les flancs couverts d'écume de sa bête et jeta un coup d'œil à Wil, un grand sourire espiègle aux lèvres.

— Je voulais simplement te démontrer que je pouvais conduire mon cheval dans n'importe quelles conditions. Je n'ai pas besoin que tu veilles sur moi.

L'homme du Val sentit son estomac se calmer.

— Eretria, tu as fait ta démonstration, mais pourquoi s'arrêter ici ?

— Pour observer le terrain, répliqua-t-elle. (Elle mit pied à terre et scruta la route.) C'est bizarre ! Il n'y a aucune trace du chariot.

— En es-tu certaine ? s'enquit Wil en descendant à son tour. (Il étudia la route et ne vit en effet aucune trace.) Peut-être la pluie a-t-elle effacé son passage ?

— Le chariot est trop lourd pour que l'empreinte des roues soit totalement effacée. Et puis, l'averse avait dû presque cesser, lorsqu'il est arrivé jusqu'ici. Guérisseur, je ne comprends pas.

Le crépuscule tombait. Wil jeta autour de lui des regards inquiets.

— Céphélo aurait-il fait halte pour attendre la fin de la tempête ?

– Peut-être, fit-elle, l'air dubitatif. On ferait mieux de revenir un peu en arrière. Monte.

Ils repartirent donc vers l'ouest, au pas cette fois, guettant sur la terre boueuse la moindre empreinte. Rien. Eretria poussa son cheval au petit trot. De minces rubans de brume émergeaient de la forêt, de part et d'autre de la route. Du plus épais des bois montaient les bruits de la nuit, comme les créatures de la vallée s'éveillaient pour aller chasser.

Puis, un nouveau bruit se fit entendre, faible au début et dont l'écho se prolongea en une longue plainte au milieu des autres sons plus brefs et aigus. Bientôt, il s'amplifia en un hurlement strident et irréel, comme si on eût torturé quelque supplicié jusqu'à la limite de son endurance.

Alarmé, Wil se cramponna à l'épaule d'Eretria.

– Qu'est-ce que c'est ?

– L'Arête du Sifflet... A deux pas. (Elle eut un sourire crispé.) Le vent y hurle parfois ainsi.

Le ululement devint plus âpre, plus dur. Bientôt, le terrain décrivit une montée qui les entraîna au-dessus de la brume ; les arbres, ici plus clairsemés, révélaient quelques pans de ciel indigo. Le cheval, soudain nerveux et rétif, hennissait et se cabrait. Eretria le calma. Ils chevauchèrent à un train plus lent jusqu'à la ligne de crête. Au-delà, la route s'enfonçait de nouveau tout droit dans l'obscurité.

Wil remarqua alors quelque chose d'insolite. Une ombre s'avançait vers eux, comme surgie de la nuit et du vent hurlant. Eretria la vit aussi et tira brusquement sur les rênes. L'ombre approcha encore. C'était un cheval, un grand rouan, sans cavalier ; ses rênes traînaient à terre. Il vint frotter son museau contre le cheval d'Eretria. Wil et la Bohémienne reconnurent aussitôt le cheval de Céphelo.

Eretria mit pied à terre et tendit les rênes à Wil. Sans prononcer un mot, elle examina le rouan, en fit le tour en lui caressant les flancs et l'encolure. La bête était indemne mais transpirait d'abondance. Le visage assombri par l'incertitude, elle regarda Wil.

– Il est arrivé quelque chose. Son cheval ne se serait pas égaré.

Wil opina, agité par un mauvais pressentiment.

Eretria se mit en selle sur le rouan et ramassa les rênes.

— Nous allons continuer encore un peu, annonça-t-elle d'une voix pleine de doute.

Ils chevauchèrent côte à côte sur la ligne de crête, le vent poussant sa plainte lancinante à travers les hauts rochers et les arbres. Dans le firmament, les astres apparurent et une pâle lueur perçait la nuit.

Soudain, autre chose encore se profila devant eux. Une deuxième ombre, celle-ci noire et trapue, figée sur la piste. L'œil inquiet, ils firent lentement avancer les chevaux. Peu à peu, cette ombre prit forme. C'était la roulotte de Céphelo, dont les teintes vives luisaient doucement sous le clair de lune. Leur inquiétude se mua en horreur. Les chevaux tirant la roulotte étaient tous morts, le corps disloqué, encore retenus par leurs harnais. D'autres gisaient non loin, ainsi que leurs cavaliers, jetés en vrac comme de vulgaires épouvantails. Le sang qui imbibait leurs vêtements de soie souillait la terre boueuse.

Vite, Wil promena son regard à la ronde, scrutant l'obscurité en quête du moindre signe de la créature ayant commis ce carnage. Rien ne bougeait. Il jeta un coup d'œil à Eretria. Le visage exsangue, toute raide sur sa monture, elle contemplait d'un œil fixe les cadavres déchiquetés. Elle laissa choir lentement les mains sur ses cuisses, les rênes glissèrent sur le sol. Wil alla les ramasser et les tendit à la jeune fille, glacée d'effroi. Comme elle ne remuait pas, il lui prit les mains, plaça les rênes des deux chevaux entre ses doigts et les replia de force. Toujours muette, elle baissa les yeux vers lui.

— Attends ici, lança-t-il.

Il s'approcha du chariot tout en observant les corps éventrés. Tous les Bohémiens étaient morts, même la vieille femme qui conduisait le chariot. Wil sentit ses cheveux se dresser sur sa tête. Il connaissait l'auteur de cet horrible massacre. Enfin, il découvrit le corps de Céphelo. Mort, lui aussi, étendu de tout son long, sa cape verte en lambeaux, les yeux figés en une expression de terreur indicible, à peine reconnaissable tant on s'était acharné sur lui.

Wil se pencha. Lentement, il palpa les vêtements de Céphelo, mais ne trouva pas les Pierres des Elfes. La peur lui nouait l'estomac. Il lui fallait à tout prix les retrouver. Alors, les mains de Céphelo attirèrent son regard. La droite, plantée dans la terre, trahissait une agonie atroce. La gauche était serrée en poing. Wil inspira un bon coup et, un par un, ouvrit les doigts rigides. Une lumière bleue scintilla entre eux, et un intense soulagement envahit l'homme du Val. Les Pierres s'étaient incrustées dans la paume de sa main. Céphelo avait essayé de les utiliser, comme il l'avait vu faire dans le Tirfing, mais elles n'avaient pas été sensibles au Bohémien, et il avait péri en les serrant de toutes ses forces dans son poing.

Wil les retira de la main du mort, les essuya sur sa tunique et les glissa dans leur bourse. Puis, il se redressa, écoutant les ululations aiguës du vent. Comme la puanteur de la mort montait à ses narines, le vertige l'emporta. Une seule créature pouvait être l'auteur de ces crimes. Il se souvint du massacre des Elfes dans le camp de Drey Wood et dans la forteresse du Pykon. Une seule créature. La Faucheuse ! Mais comment diantre avait-elle pu retrouver leur piste jusqu'en Barbarie ?

Se ressaisissant, il rejoignit vite Eretria. Elle était toujours sur le cheval de Céphelo et dans ses yeux brillait une peur vive.

— L'as-tu trouvé ? demanda-t-elle dans un souffle. Céphelo ?

Wil fit oui de la tête.

— Il est mort. Tous... J'ai repris les Pierres.

Elle paraissait ne pas l'avoir entendu.

— Guérisseur, qui peut avoir fait cela ? Un animal ? Les Sœurs Sorcières ou... ?

— Non. (Il secoua vite la tête.) Non, Eretria, je sais qui a commis ces meurtres. La créature du Tirfing nous a suivis, Amberle et moi, depuis Arbolon. J'ai cru que nous l'avions semée sur l'autre versant des Eperons Rocheux, mais elle nous a retrouvés, j'ignore comment.

— C'est un diable ? s'enquit-elle d'une voix tremblante.

— Une sorte particulière de diable. On l'appelle la Faucheuse. (Après un instant de réflexion, il ajouta :) Elle a dû croire que nous voyagions avec Céphelo. Peut-être la tempête l'a-t-elle troublée ? Elle l'a suivi et attaqué...

— Pauvre Céphelo, murmura Eretria. Il courait trop de lièvres à la fois. (Elle lança un regard aigu à Wil.) Guérisseur, cette créature sait à présent que tu n'allais pas à l'est avec Céphelo. Où ira-t-elle maintenant ?

L'homme du Val et la Bohémienne se regardèrent sans rien dire. Ils connaissaient tous deux la réponse.

Amberle, tapie sous les buissons, non loin des Fosses, écoutait tous les bruits de la nuit. L'obscurité s'étendait comme un linceul sur la Barbarie. Elle ne voyait rien et n'entendait que de petits animaux errant dans la nuit d'encre. Sachant que Wil ne reviendrait pas avant l'aube, elle essaya de dormir, mais le sommeil la fuyait. Sa cheville lui faisait mal, et trop de craintes l'agitaient. Alors, elle se fit le plus petite possible et resta immobile.

Aucun des animaux rôdant dans les parages ne s'approcha d'elle. Les Fosses elles-mêmes étaient plongées dans un silence si profond qu'elle l'entendait aussi clairement que les autres bruits nocturnes. Une fois ou deux, un oiseau passa devant son abri, le battement de ses ailes rompant un bref instant l'immobilité des lieux. Le temps passait, et elle commença de dodeliner de la tête, sombrant sans s'en rendre compte dans le sommeil.

Soudain, le froid la transperça. Elle se réveilla en sursaut et se frotta les bras avec vigueur. Ce courant glacial s'évanouit et la tiédeur de la nuit d'été revint. Inquiète, elle jeta des regards à la ronde. Rien ne bougeait dans le noir. Le silence était total. Elle inspira profondément et referma les yeux. Le froid revint. Cherchant son origine, elle ferma plus fort les yeux. Elle découvrit ainsi qu'il montait du tréfonds d'elle-même. Elle ne comprit pas. Un froid, un froid mordant, la grignotait peu à peu, l'engourdissant à la manière de... la mort qui arrive.

Cette fois, elle comprit aussitôt et rouvrit brusquement les yeux. C'était là un signal. On l'avertissait, elle ne savait comment, qu'on allait la tuer. N'importe qui d'autre à la place d'Amberle aurait pensé être le jouet d'une imagination exacerbée par la nuit et la solitude. Seulement, la fille des Elfes possédait une sensibilité sortant de l'ordinaire. Et elle avait déjà reçu pareils signaux. Ce n'était pas le moment de le prendre à la légère.

Hésitante, elle se pencha en avant. Quelque chose approchait, une chose monstrueuse, qui allait la détruire. Mais il lui était impossible de se cacher et impossible de lutter contre elle. Courir était donc l'unique solution.

Ignorant sa cheville douloureuse, elle s'extirpa de sous les buissons et, accroupie, sonda du regard la forêt obscure. La créature qui la traquait était très près, à présent. Elle sentait clairement sa présence. Songeant soudain à Wil, elle regretta amèrement qu'il ne fût pas là pour l'aider. Elle devrait sauver sa vie toute seule, et vite.

Elle n'avait qu'un endroit où se réfugier, un endroit où cette créature n'oserait peut-être pas la suivre... Les Fosses. Elle boitilla jusqu'au bord et contempla le trou noir sans fond. La peur l'étreignit. Ces Fosses l'effrayaient autant que ce qui la poursuivait. Portant son regard sur le Pic de l'Aiguille, elle rassembla son courage. C'était là-bas qu'elle devait aller, car c'était là que Wil la chercherait.

Elle s'engagea avec prudence sur le chemin pentu. Une nuit de poix l'enveloppa aussitôt. La faible lumière des étoiles et de la lune était occultée par les arbres. Déterminée, dents serrées, elle continua de descendre, le plus silencieusement possible. Seul, le faible crissement de ses bottes sur la terre et la roche trahissait sa présence. Plus bas, il régnait un silence absolu.

Enfin, elle atteignit le fond des Fosses. Elle s'adossa à un tronc d'arbre et frotta doucement sa cheville.

Elle avait terriblement enflé et son visage était baigné de sueur. Elle tendit l'oreille. Aucun bruit.

Peu importe, conclut-elle. La chose qui me traque est là-haut, quelque part. Je dois me dissimuler plus profond au cœur des Fosses.

Ses yeux s'habituaient à l'obscurité et bientôt elle devina la forme des arbres et des fourrés qui l'entouraient. Il était temps de se remettre en marche.

Sautillant à cloche-pied, elle marqua un temps d'arrêt à chaque arbre, l'oreille aux aguets. La douleur empirait, les palpitations dans sa cheville augmentaient au fil des secondes. Sa jambe valide s'ankylosait et elle avait des crampes. Amberle se fatiguait et finalement, elle fut obligée de s'arrêter.

Le souffle court, elle s'installa à côté d'un fourré et s'allongea sur la terre fraîche. Elle tenta de détecter de nouveau la source du signal. Au début, rien ne se produisit. Puis, le froid la saisit, aussi cuisant. Elle retint son souffle. La créature qui la poursuivait était, elle aussi, descendue dans les Fosses.

Boitant plus ou moins à l'aveuglette dans le noir, elle repartit. Tournait-elle en rond ? Elle s'empressa de repousser cette crainte. Elle tombait fréquemment et parfois, manquait défaillir, à cause de la brutalité de sa chute. Chaque fois, elle se redressait, haletante, et se forçait à repartir. Bientôt, elle perdit toute notion du temps. Le silence et l'obscurité s'amplifièrent encore.

Les tempes en feu, à bout de forces, elle ne parvint plus à faire un pas. Pleurant de rage, elle se mit à ramper, s'éraflant les mains et les genoux au bois mort et aux pierres qui jonchaient le sol. Alors, pour se donner du courage, elle songea à Wil et à la surprise mêlée de joie qui s'était peinte sur son visage lorsqu'elle lui avait déclaré qu'elle tenait à lui. Certes, elle n'aurait pas dû lui avouer ses sentiments, mais cela avait été plus fort qu'elle. Ah ! son regard émerveillé...

Elle s'effondra, en larmes.

— Wil ! murmura-t-elle, comme un charme à même de repousser le Mal qui la pourchassait.

Elle repartit, sentant que d'autres créatures marchaient dans la nuit, rapides et silencieuses. Inoffensives, celles-là, se dit-elle. Mais le monstre, où est-il, ce monstre ?

Amberle continua de ramper jusqu'à l'épuisement. Puis, elle resta immobile, prostrée. Ses yeux se fermèrent.

C'en est fait de moi, songea-t-elle, et la fille des Elfes attendit la mort. Une seconde plus tard, elle dormait à poings fermés.

Elle dormait encore lorsqu'une douzaine de mains noueuses aux doigts crochus la soulevèrent et l'emportèrent.


## 41


Le vent leur arrachant les tympans, l'homme du Val et la Bohémienne chevauchèrent jusqu'au pied de l'autre versant de l'Arête du Sifflet. Puis, penchés sur l'encolure, ils foncèrent dans la forêt en contrebas, leurs vêtements de soie claquant sur leurs corps. Bientôt, les arbres se refermèrent sur eux et le firmament disparut. Indifférents à leur propre vie, ils galopèrent presque sans rien voir, se fiant aux sabots sûrs des chevaux et à la chance.

A l'instant où Wil avait compris que la Faucheuse reviendrait sur ses pas pour retrouver le chemin qu'Amberle et lui avaient emprunté pour gagner les Fosses, il n'avait eu plus qu'une idée en tête : Amberle l'attendait au bout de ce chemin, seule, blessée et démunie. S'il n'arrivait pas avant le Démon, elle mourrait et ce serait entièrement de sa faute pour l'avoir laissée seule. L'image des corps mutilés des Bohémiens resurgit brusquement dans son esprit. Il ne songea plus à rien, hormis sauver Amberle. Sautant en selle, il avait fait pirouetter son cheval et l'avait lancé au galop.

Eretria l'avait suivi. Elle aurait pu quitter cette vallée. Céphelo n'étant plus, elle n'avait plus besoin de sa protection. Elle n'appartenait plus à personne. Elle était enfin libre. Elle aurait pu fuir l'impitoyable créature qui avait massacré tous les siens. Elle n'y songea pas une seconde. Eretria ne pensait qu'à Wil qui s'éloignait sans elle, la laissant encore une fois. L'orgueil et l'étrange attirance qu'exerçait sur elle ce Guérisseur attisèrent sa colère. Elle ne le laisserait pas lui tourner encore une fois le dos. Et sans hésiter, elle l'avait suivi.

Ainsi commença la folle chevauchée pour sauver la fille des Elfes. Wil galopait comme un possédé, indifférent à ce qui l'entourait. Il distinguait à peine les arbres noirs bordant le chemin. Il entendit derrière lui un fracas de sabots et comprit qu'Eretria le rejoignait. Il poussa un bref juron. N'avait-il pas assez de soucis comme cela ? Mais il n'avait pas le temps de s'occuper d'elle et il l'oublia, se concentrant sur la piste pour repérer le carrefour dans la nuit dense.

Malgré sa vigilance, il le dépassa. Si Eretria ne l'avait pas appelé, il aurait pu tout aussi bien continuer vers l'est, jusqu'aux montagnes. Tournant bride, il repartit en sens inverse. Mais cette fois, Eretria galopait en tête, sa monture lancée à fond de train. Elle lui cria de le suivre. Ebahi, il obtempéra.

Eclaboussés de boue, éraflés par les branches et la végétation, ils filèrent cap au sud et débouchèrent enfin hors de cette forêt à la lisière des Fosses, semblables à un abîme sans fond. Ils firent halte brutalement, sautèrent à terre et scrutèrent les alentours. Un silence profond et angoissant pesait sur les Fosses. Après une seconde d'hésitation, Wil se mit à chercher le fourré où il avait laissé Amberle. Il le retrouva presque aussitôt et s'y glissa. Personne ! Il céda à la panique. Il chercha quelque signe susceptible de lui apprendre ce qui s'était passé mais n'en trouva aucun. Sa terreur s'accrut encore. Où était Amberle ? Peut-être s'était-il trompé de fourré ? Il regarda autour de lui. Il n'y en avait pas d'autre semblable à celui-ci. Non, c'était bien là qu'il l'avait cachée.

— Où est-elle ? demanda Eretria qui s'était précipitée à son côté.

— Je ne sais pas, murmura-t-il, son fin visage couvert de sueur. Je ne la retrouve pas.

Enfin, il parvint non sans mal à museler sa terreur.

Réfléchis ! se dit-il. Ou bien elle a fui, ou bien la Faucheuse l'a eue. Si elle a fui, où ? Il regarda les Fosses. Là, décida-t-il sur-le-champ, jusqu'au Pic de l'Aiguille ou du moins, aussi près que possible. Mais si la Faucheuse l'a tuée ? Impossible, se rassura-t-il, il y aurait des traces de lutte. Or, il n'y en a aucune. Amberle lui aurait laissé un signe, se serait débattue. Et si elle avait fui, il était évident qu'elle n'allait pas laisser de traces.

Wil inspira profondément. Elle avait dû s'enfuir. Mais une pensée éclata alors comme un coup de tonnerre dans son esprit. Si, au lieu de la Faucheuse, une créature venue des Fosses l'avait découverte ? Il serra les dents de dépit. Comment le savoir ? Avec cette obscurité totale régnant dans le trou, impossible de détecter la moindre empreinte. Il allait devoir attendre que le jour se lève et il serait peut-être trop tard pour sauver Amberle ou...

... Utiliser les Pierres des Elfes.

Il avait déjà une main sous sa tunique quand Eretria le saisit brutalement par le bras. Il sursauta de surprise.

– Guérisseur ! chuchota-t-elle. Quelqu'un approche !

L'angoisse lui noua l'estomac et, figé, il suivit le regard de la Bohémienne vers la piste qui remontait au nord. Quelque chose avançait effectivement sur la terre défoncée. Une peur atroce submergea Wil. Il fouilla fébrilement dans sa tunique et en retira la bourse aux Pierres. Eretria sortit vite de sa botte une dague meurtrière. Ensemble, ils firent face à l'ombre qui approchait toujours.

– Calmez-vous !

Hebel !

Wil et Eretria échangèrent vite un regard. Et lentement, ils abaissèrent, l'un les Pierres, l'autre la dague. Eretria marmonna entre ses dents, puis alla chercher les chevaux qui s'étaient éloignés dans la forêt.

Hebel avançait sur la piste boueuse d'un pas mal assuré, Drifter sur ses talons. Il portait une musette dans le dos et, à son épaule, un grand arc et des flèches. S'appuyant sur un bâton noueux, il progressait à moitié courbé. Une fois devant eux, ils découvrirent qu'il était maculé de boue des pieds à la tête.

— Vous avez failli me renverser, vous savez ! observa-t-il d'une voix furibonde. Regardez-moi ! Si je ne m'étais pas écarté de la piste, vous m'auriez écrasé. Mais quelle mouche vous a piqués pour galoper de cette manière ? Il fait noir comme dans un four et vous foncez comme en plein jour. Pourquoi vous ne vous êtes pas arrêtés quand je vous ai appelés, nom d'un chien ?

— Euh !... parce qu'on ne vous a pas entendu, répondit Wil, affolé.

— C'est parce que vous ne savez pas écouter ! (Hebel n'était pas prêt à pardonner. Il se campa devant Wil.) Il m'a fallu toute la journée pour arriver jusqu'ici... Toute la journée ! Sans cheval, bien sûr ! Qu'est-ce qui vous tracasse tellement ? A ce train, vous auriez pu faire déjà l'aller-retour une demi-douzaine de fois depuis que nous parlons !

Eretria réapparut avec les chevaux.

— Mais qu'est-ce qu'elle fabrique ici ? Où est la petite Elfe ? Cette espèce de monstre ne l'a pas tuée, dites-moi ?

Wil sursauta.

— Vous connaissez la Faucheuse ?

— La Faucheuse ? Si c'est son nom, oui, je la connais. Elle est venue me rendre visite ce matin, juste après votre départ. Elle vous cherchait donc, si je comprends bien maintenant. Sur le moment, je n'en ai pas été certain. Je ne l'ai pas vraiment vue. Elle est passée à la vitesse de l'éclair. Mais je crois que si je l'avais vue de plus près, je serais un homme mort à l'heure qu'il est.

— C'est aussi mon avis, fit Wil. Céphelo et tous les autres Bohémiens sont morts ; elle les a attaqués à l'Arête du Sifflet.

Hebel opina sobrement.

— Céphelo était condamné à finir ainsi tôt ou tard. (Regardant Eretria :) Navré, jeune fille, mais c'est la vérité. (Puis, se tournant vers Wil :) Alors l'autre Elfe, où est-elle ?

– Je l'ignore. J'ai dû rebrousser chemin... (Il hésita.) Pour reprendre une chose que j'avais oubliée dans le chariot de Céphelo. Si je n'avais pas emprunté une autre route, je serais mort aussi. J'ai rencontré Eretria, ou plutôt, c'est elle qui m'a trouvé. Et après avoir découvert le sort de Céphelo, nous sommes revenus ici le plus vite possible. Mais à présent, Amberle est partie et j'ignore ce qui lui est arrivé. La Faucheuse est-elle passée ici ? Nous traque-t-elle encore ?

– Elle va et vient, expliqua Hebel. Drifter et moi l'avons pistée, pendant qu'elle vous cherchait. J'ai perdu sa trace au carrefour, car elle est partie vers l'est, en direction de l'Arête du Sifflet, tandis que nous, nous avons continué vers le sud. Mais sa piste réapparaît plus au sud. Ce monstre a dû couper à travers la jungle. Si elle est capable de cela, c'est qu'elle est extrêmement redoutable.

– Demande donc à Céphelo comme elle est redoutable, marmotta Eretria en scrutant les ombres de la forêt. Guérisseur, pouvons-nous quitter cet endroit maudit, maintenant ?

– Non, pas tant que je n'aurai pas retrouvé Amberle.

Hebel lui tapa le bras.

– Montre-moi donc où tu l'avais laissée.

Wil s'approcha du fourré, Eretria, Drifter et Hebel sur ses talons. Hebel se pencha, regarda à l'intérieur et appela son chien en sifflant. Il lui parla doucement, et le molosse flaira le fourré, les alentours, puis gagna sans hésiter le bord des Fosses.

– Il a senti son odeur. Si fait ! grommela le vieil homme avec fierté. (Drifter resta près des Fosses et émit un grognement sourd.) Petit Elfe, elle est descendue dans les Fosses. La Faucheuse aussi. Toujours à ses trousses, probablement. Voilà mon avis.

Comme Wil semblait vouloir y descendre tout de suite, Hebel le retint par le bras.

– Inutile de se précipiter, petit Elfe. Il s'agit des Fosses, n'oublie pas. En bas ne vivent que les Sœurs

Sorcières et leurs valets. Tous ceux qui osent s'y aventurer sont kidnappés... Je le sais. C'est Mallenroh qui me l'a dit, il y a soixante ans. (Il branla du chef.) Désormais, la fille et la bête qui la traque tiennent compagnie à l'une des Sœurs. C'est ça... Ou elles sont mortes.

Wil pâlit brusquement.

— Hebel, les Sœurs les tueraient-elles ?

Le vieil homme parut réfléchir.

— Oh ! pas la petite Elfe, je crois... Du moins, pas tout de suite. L'autre, oui. Mais ne t'imagine pas qu'elles n'en sont pas capables, petit Elfe !

— Je ne sais plus que penser, maintenant, observa Wil songeusement en contemplant le puits noir. Mais je sais une chose... Je vais descendre là-dedans et retrouver Amberle. Sur-le-champ.

Il voulut dire quelque chose à Eretria, mais celle-ci l'arrêta net.

— Guérisseur, ne gaspille pas ta salive, je t'accompagne, annonça-t-elle d'un ton n'admettant pas de réplique.

Wil jeta un coup d'œil à Hebel.

— Petit Elfe, je viens aussi, ajouta ce dernier.

— Mais tu viens d'expliquer que personne ne devait descendre là-dedans, avança Wil. Pourquoi donc es-tu ici ?

Le vieil homme haussa les épaules.

— Là où je suis n'a plus aucune espèce d'importance, petit, et depuis longtemps. Je suis un vieillard. J'ai fait dans cette vie tout ce que je voulais faire, j'ai vécu là où je voulais vivre, vu ce que je voulais voir. Je n'attends plus rien... Plus rien, excepté peut-être une seule chose. Savoir ce qu'il y a dans ces Fosses.

Il hocha la tête d'un air triste.

— J'y ai pensé régulièrement depuis soixante ans. Je me suis toujours dit qu'un jour je le découvrirais. C'est comme de penser, vois-tu, à un étang profond. On se demande toujours ce qui se trouve au fond. (Il caressa sa barbe.) Ma foi, un homme sain d'esprit ne perdrait pas son temps à des sottises pareilles et j'étais un homme sain d'esprit, lorsque j'étais plus jeune, contrairement à l'avis de certains. Mais à présent, je suis fatigué d'être raisonnable, fatigué de songer à descendre au lieu de le faire. Tu m'as décidé. Au début, j'ai cru pouvoir te convaincre de ne pas y aller. Mais j'ai vite compris que rien ne saurait te faire changer d'avis. Bah ! quelle importance ! me suis-je dit. Puis, lorsque la Faucheuse m'a donné un avant-goût de la mort, j'ai compris que c'était, à vrai dire, important. Aussi suis-je parti. J'ai décidé que nous devions visiter cet endroit ensemble.

— Espérons que nous découvrirons tous deux ce que nous y cherchons, observa Wil qui avait compris les sous-entendus du vieil homme.

— Peut-être serai-je en mesure de t'aider, qui sait ? La petite Elfe est descendue du côté de Mallenroh. (Un instant, les yeux d'Hebel se perdirent dans le vague, puis il jeta un regard aigu à Wil.) Drifter saura suivre sa piste. (Il sifflota.) Chien, conduis-nous en bas. Va, mon garçon !

Drifter disparut dans le noir. Eretria retira les selles et les brides des chevaux, et d'une claque violente, les envoya dans la forêt. Puis, elle rejoignit les deux hommes et, en file indienne, ils entamèrent la descente dans les Fosses.

— On n'aura pas à se fier longtemps à Drifter, expliqua Hebel d'un ton assuré. Mallenroh, elle, nous retrouvera bien assez vite.

Si c'est exact, se surprit à penser Wil, j'espère qu'elle aura aussi trouvé Amberle.


La jeune Elfe se réveilla dans la nuit noire de la forêt des Fosses. Un léger bercement, comme un tangage, lui fit rouvrir les yeux, et un instant, elle fut saisie de panique. Des mains noueuses la tenaient fermement par les bras et les jambes et s'enroulaient même autour de son cou et de sa tête. Des doigts durs comme du bois. Sa première réaction fut de se débattre mais elle se contrôla dans un effort suprême pour rester inerte. Sa seule chance était, en effet, de faire croire à ses ravisseurs qu'elle dormait pour en apprendre ainsi le plus possible à leur sujet.

Combien de temps avait-elle dormi ? Elle l'ignorait.

Des minutes, des heures, voire plus... En tout cas, ce n'était pas le Démon qui l'emmenait. Il l'aurait tuée. Le vieil homme avait expliqué que ces Fosses étaient le domaine exclusif des Sœurs Sorcières. Etait-ce l'une d'elles ?

Cette idée la rassura un peu et elle tenta de repérer le terrain alentour. Difficile. Les arbres masquaient toutes les étoiles et la lune. Sans les odeurs familières de la forêt, elle n'aurait même pas su qu'il y en avait une.

Le silence était total.

Non, pas tout à fait. Elle perçut une espèce de frottement évoquant le bruissement des feuilles dans la brise. Seulement, aucune brise ne soufflait, et ce son ne venait pas d'en haut mais de sous elle. Il émanait donc de son ravisseur.

Les minutes passaient. Amberle songea brièvement à Wil et se demanda ce qu'il aurait fait à sa place. Elle sourit malgré sa détresse. Comment deviner quel tour de force il aurait encore inventé ? Le reverrait-elle seulement un jour ?

Des crampes commencèrent à gagner ses muscles et elle feignit de s'étirer, comme dans le sommeil, pour adopter une position plus confortable. Les doigts suivirent son mouvement mais sans la lâcher. Bientôt, le bruit d'une eau vive se fit de plus en plus proche. L'odeur fraîche d'un ruisseau et de fleurs sauvages parvint à ses narines. On la portait à présent au-dessus d'un cours d'eau. Elle perçut un écho de pas sur du bois. Un pont. Puis, le bruit de l'eau s'affaiblit. Des grincements de métal, maintenant, un choc sourd. Quelque chose qui se referme... Une porte. Lourde. Des verrous et une barre en acier qu'on remet en place. L'air était toujours aussi frais, mais il s'y mêlait une odeur de pierre et de mortier. La peur la submergea de nouveau. Etait-elle dans une cour ? En tout cas, elle était certaine qu'on la transportait dans une prison, et si elle ne se libérait pas sur-le-champ, elle resterait à jamais prisonnière. Seulement, les mains la tenaient toujours aussi fermement. Jamais elle n'aurait la force de rompre ces étaux.

En outre, songea-t-elle, en proie au désespoir, où fuir ?

Nouveau grincement. Autre porte. Mais toujours la même nuit de poix. Puis, tout à coup, une lumière scintilla devant elle, sous une haute voûte. Aveuglée, Amberle cligna des yeux. On la transportait dans ce passage, puis jusqu'au sommet d'un escalier en colimaçon. La lumière passa derrière elle.

Elle sentit qu'on la déposait sur un épais matelas et les doigts rudes la lâchèrent. Elle se redressa sur un coude et, yeux plissés, regarda en direction de la lumière. Un instant, elle flotta devant elle, puis recula derrière un mur bardé de fer. Une porte grinça, la lumière disparut. Juste avant, Amberle eut le temps d'entr'apercevoir ses ravisseurs. Des silhouettes d'une maigreur stupéfiante. On les aurait dites faites d'un assemblage de bouts de bois.

Une fois qu'ils furent parvenus au fond des Fosses, Wil demanda une halte. Il faisait si noir qu'il devinait à peine sa main, même en la tenant sous ses yeux. Il ne discernait plus du tout ni Eretria ni Hebel. S'ils continuaient dans ces conditions, ils allaient être séparés et se perdre définitivement.

Hebel trouva une solution. Il siffla Drifter puis sortit une corde de sa musette. Il en noua une extrémité autour du cou du chien, et tous trois la passèrent ensuite autour de la taille. Ainsi encordés, ils ne se perdraient pas. Drifter repartit en tête, le museau à terre.

Ils progressaient comme des aveugles, trébuchant sans arrêt sur des racines et des arbres. Wil avait l'impression qu'ils marchaient depuis des heures déjà. Ils n'échangèrent pas un seul mot, trop conscients du fait que quelque part dans ce dédale inextricable errait la Faucheuse. Jamais Wil ne s'était senti aussi démuni... Il songeait constamment à Amberle. Il eut honte soudain d'avoir peur, alors qu'elle était seule, sans protection aucune, et par sa faute.

Néanmoins, ce sentiment le harcelait. Pour le dominer, il serrait de toutes ses forces dans son poing la bourse au pierres. Pourtant, tout au fond de lui, il demeurait convaincu qu'il avait perdu leur pouvoir et qu'elles ne sauraient le protéger. Un sentiment irraisonné, certes, mais qui le hantait, terrible et pernicieux. Le pouvoir des pierres n'était plus entre ses mains.

Il essayait encore de faire taire cette crainte quand, tout à coup, la corde devint molle. Il faillit trébucher sur Hebel qui s'était arrêté. Eretria le heurta, et tous trois, pressés les uns contre les autres, scrutèrent la nappe noire qui s'étendait devant eux.

— Drifter a trouvé quelque chose, chuchota le vieil homme.

Il s'avança près du chien qui flairait la terre. Wil et Eretria le rejoignirent. Hebel caressa Drifter pour le rassurer, palpa la terre, puis se redressa.

— Mallenroh, annonça-t-il doucement. Elle a emmené la fille.

— En es-tu certain ? s'enquit Wil.

— Bien sûr... La Faucheuse est ailleurs. Drifter ne la sent plus.

Wil ne comprenait pas comment Hebel pouvait être aussi affirmatif, surtout dans cette nuit d'encre, mais à quoi bon discuter ?

— Et à présent, que faisons-nous ? demanda-t-il d'un ton plein d'anxiété.

— On continue, pardi, grommela Hebel. Drifter... En route, mon garçon.

Et le chien repartit une fois de plus, suivi des trois humains. Bientôt, une pâle lumière filtra dans la forêt. Wil crut tout d'abord que c'était un mirage, le fruit de ses nerfs à vif, mais finalement, il comprit que la nuit touchait à sa fin. Arbres et fourrés prirent peu à peu forme autour de lui, comme les rais du levant se frayaient un chemin à travers la coupole verte de la végétation. Pour la première fois, il entrevit Drifter qui, museau à terre, cherchait le chemin.

Soudain, celui-ci leva la tête et s'arrêta. Surpris, tous trois l'imitèrent. Devant eux se tenait la plus étrange des créatures qu'ils eussent jamais vue. Un homme fait de morceaux de bois, des racines tordues entortillées à l'extrémité de ses bras et de ses jambes en guise de doigts et d'orteils. Mais ni visage ni tête. Il leur faisait face. Ou, du moins, le pensèrent-ils, car les racines étaient pointées vers eux. Sa maigre carcasse oscillait comme un jeune plant pris dans un tourbillon de vent. Puis il fit volte-face et disparut dans la forêt.

Hebel jeta un rapide regard à ses compagnons.

– Je vous l'avais dit... C'est l'œuvre de Mallenroh.

D'un geste, il les invita à le suivre. Ils se précipitèrent aux trousses de la singulière créature. En silence, tous trois et le chien zigzaguèrent entre les arbres. Au bout d'un certain temps, d'autres hommes-bois apparurent autour d'eux, toujours sans tête, noueux et silencieux, hormis l'espèce de raclement qu'ils produisaient en marchant. Bientôt, une douzaine de ces créatures les escortèrent.

– Je vous l'avais dit, répéta le vieil homme, le visage tendu.

Tout à coup, la forêt se clairsema. Devant eux se dressait une tour noire et solitaire dont la flèche du toit se perdait dans les arbres. Elle était juchée sur une petite butte ; aucune ouverture ne perçait la très vieille pierre de ses murs. Un ruisseau sinueux entourait la butte, l'isolant comme une île, puis allait se perdre dans la forêt, sur leur gauche. Une basse enceinte encerclait la tour. Un pont-levis était baissé devant eux, désert. Les chaînes fixées aux petites échauguettes qui le flanquaient traînaient sur le sol. Des chênes séculaires aux branches entrelacées servaient d'écrin à cette tour, plongeant l'île dans une ombre profonde.

L'homme-bois qu'ils avaient suivi se retourna vers eux, comme pour s'assurer qu'ils étaient toujours là. Il s'approcha du pont-levis. Sans hésiter, Hebel lui emboîta le pas, Drifter à son côté. Wil et Eretria, moins convaincus que le vieil homme de devoir entrer là, hésitèrent un instant. Cette tour, en effet, évoquait une formidable prison. En ressortiraient-ils vivants ? D'un autre côté, Wil avait l'intuition qu'Amberle s'y trouvait. Il jeta un furtif regard à Eretria, et ils se mirent en marche.

Ils longèrent la rive du ruisselet, derrière l'homme-bois et ses homologues. Leur guide s'engagea sur le pont-levis et disparut dans la tour. Regardant d'un air apeuré le noir donjon, nos trois voyageurs empruntèrent le pont.

Ils parvinrent sous la herse. L'homme-bois réapparut, et ils s'engagèrent à sa suite sous la voûte du passage. Derrière eux des grincements de chaînes retentirent. On relevait le pont.

Plus aucun retour en arrière n'était possible. En groupe serré, ils rejoignirent l'homme-bois qui les attendait dans une haute alcôve abritant deux énormes portes en bois cerclées de fer, dont une était ouverte. Leur guide insolite en franchit le seuil et disparut. Wil sortit de sous sa tunique la bourse aux Pierres.

Un instant, tous trois restèrent figés sur le seuil, scrutant avec appréhension la pénombre. Alors, la porte se referma derrière eux ; les lourds loquets cliquetèrent. Tout à coup, une lumière éclata dans un globe de verre. Blanche et douce, la substance qui brûlait n'était ni de l'huile ni de la poix. Elle ne produisait aucune flamme. Oscillant doucement dans cette incompréhensible lueur, des hommes-bois les encerclaient ; l'ombre de leurs silhouettes noueuses se détachait sur les murs.

Derrière eux, une femme surgit de la pénombre, enveloppée des pieds à la tête d'une cape noire, prolongée d'une longue traîne aux moirures bleutées.

– Mallenroh ! souffla Hebel.

Soudain, Wil sentit l'air devenir glacial.

42

Le deuxième jour de la bataille pour la défense d'Arbolon, Ander Elessedil se surpassa. Le sang coula. Ce fut un jour de souffrance, de mort mais aussi de prouesses. Toute la nuit, de nouvelles hordes de Démons avaient traversé la Rill Song et, pour la première fois, l'armée au complet se trouvait assemblée au pied de la falaise du Carolan, face à la rivière. Du nord jusqu'au sud, aussi loin que portait le regard, s'étendait une masse noire, effrayante et terrible. Vague après vague, hurlant de haine, déchaînés par la folie, ils attaquèrent la cité au point du jour, se ruant à l'assaut des murs de l'Elfitch et escaladant la paroi rocheuse sous une pluie de flèches.

Ander Elessedil se comporta comme le roi son père à l'époque où il refoulait les colossales armées du Maître Sorcier. Le doute qui le tenaillait depuis la défaite de l'Halys s'était enfin évanoui. Il croyait en lui et en la détermination de ses soldats. Il fut véritablement l'âme de ce moment historique. Les armées des quatre races, leurs bannières flottant au vent, l'entouraient. Ici, l'aigle de guerre aux ailes déployées au-dessus d'un grand chêne, les capes gris et pourpre des Libres et les chevaux noirs de l'Ancienne Garde. Là, le vert sapin des Nains Sapeurs, traversé par un méandre de la Rivière d'Argent, le marteau et les deux montagnes bleues des Trolls du Roc de Kershalt. Jamais auparavant ces bannières n'avaient été réunies. Pour la première fois, en effet, dans l'histoire des Quatre Terres, les races luttaient pour la même cause et défendaient le même bien. Trolls et Nains, Elfes et Hommes... Les quatre espèces du Nouveau Monde, galvanisées par le prince des Elfes, affrontaient, en ce jour exceptionnel, un Mal surgi des temps anciens.

Il était partout à la fois, tantôt à cheval, tantôt à pied, et toujours là où les combats étaient les plus acharnés. A chacune de ses apparitions, le cri de ralliement retentissait et les défenseurs redoublaient de vigueur. Toujours inférieures en nombre, toujours rudement harcelées, les armées soudées autour du prince des Elfes repoussèrent les assaillants. Ce jour-là, Ander Elessedil lutta avec une férocité presque surhumaine, à laquelle rien ne résistait. Comprenant vite que cet homme était le cœur de la défense des Elfes, les Démons cherchèrent systématiquement à l'abattre. Mais à chaque tentative, il parvint à briser le cercle de la fourmilière noire qui se refermait autour de lui.

Electrisés par la bravoure du prince, tous les soldats se comportèrent en héros. Eventine resta aux côtés de son fils et se battit avec vaillance, stimulant aussi le courage des Elfes. Allanon se trouvait également au milieu de la mêlée, ne cessant de lancer son feu bleu au plus épais des Démons enragés, dominant de sa haute stature les hommes en armure. A deux reprises, les Démons s'engouffrèrent à travers les troisièmes grilles et à deux reprises, les énormes Trolls, sous le commandement d'Amantar, parvinrent à les repousser. Stee Jans et les Libres lancèrent alors une contre-attaque si sauvage que les Démons furent dispersés sur la deuxième rampe qu'ils faillirent aussi perdre. Pendant ce temps, la cavalerie elfique et les Nains repoussaient l'ennemi qui mettait pied sur le Carolan, menaçant d'attaquer les flancs des défenseurs de l'Elfitch.

Mais ce fut Ander qui dirigea les combats, Ander qui ranima la flamme des soldats, lorsqu'elle paraissait sur le point de s'éteindre. Lorsque enfin l'obscurité de la nuit s'avança, les Démons furent contraints de se retirer une fois encore dans les forêts, au pied du plateau, glapissant de rage et de dépit. Arbolon avait tenu bon un deuxième jour. Ce fut le plus beau moment de la vie d'Ander Elessedil.

Pourtant la roue de la fortune se remit à tourner, et cette fois, au détriment des Elfes. Une fois la nuit tombée, l'ennemi reprit l'offensive. Les Démons éteignirent les torches allumées sur les premières rampes de l'Elfitch et s'approchèrent dangereusement des grilles de la troisième. Tandis qu'Elfes et Libres ripostaient du sommet des remparts, les massifs Trolls du Roc les bloquèrent. Mais la ruée était trop violente. Les grilles tremblèrent, fléchirent, puis volèrent en éclats. Griffes en avant, les Démons s'engouffrèrent dans cette brèche.

Quant aux Démons qui avaient escaladé la falaise, ils commençaient à prendre pied sur le plateau. Des douzaines de créatures noires se glissèrent entre les colonnes de cavaliers patrouillant le plateau et s'éparpillèrent à travers les rues de la cité. Parmi eux, plus d'une centaine convergèrent vers les Jardins de la Vie, sachant que là se trouvait celle qui les avait gardés prisonniers pendant des millénaires. Ils se heurtèrent aux soldats de la Garde Noire, déterminés à défendre jusqu'au bout l'antique arbre qui les avait préservés. Les Démons les attaquèrent avec furie mais s'empalèrent sur leurs piques.

A l'extrémité sud du Carolan, une autre bande de Démons parvint, malgré les pièges dressés par les Nains, à gagner le plateau par un escalier démantelé menant de la Rill Song au sommet de la falaise. Ils contournèrent les Jardins de la Vie et se faufilèrent à travers les nappes d'ombres situées au-delà des torches allumées tout autour des Jardins. Ils parvinrent ainsi à gagner eux aussi la cité. Une douzaine d'Elfes blessés qui retournaient chez eux furent massacrés sans merci. Davantage auraient péri sans l'intervention d'une patrouille de Nains Sapeurs chargée de surveiller le périmètre de la cité. Comprenant que les Démons s'étaient faufilés dans Arbolon, ils avaient suivi les cris des agonisants et étaient tombés sur les meurtriers. Une fois le combat terminé, il ne restait plus que trois Nains en vie, mais tous ces Démons étaient morts.

A l'aube, Arbolon n'était plus immédiatement menacé, mais la troisième rampe était perdue et la quatrième menacée. L'ennemi, infatigable, se regroupait au pied de la falaise. A l'aide d'un bélier fait d'un tronc d'arbre, ces possédés chargèrent les grilles qui se rompirent. Trolls et Elfes se soudèrent en un mur de lances et de piques contre lequel la masse noire vint s'écraser. Mais d'autres vagues déferlantes finirent par briser cette muraille meurtrière, contraignant les défenseurs à se retrancher sur la cinquième rampe.

Ce fut un moment désespéré. Quatre des sept niveaux de l'Elfitch étaient à présent tombés aux mains de l'ennemi. Flanqué d'Amantar et de Kerrin, entouré par la Garde Noire, Ander réunit ses troupes. Les Démons chargèrent. Alors que tout indiquait que cette rampe allait être perdue, Allanon apparut sur ses remparts, bras haut levés. Les flammes bleues fusèrent le long de la rampe, réduisant le bélier en cendres, et les Démons, dispersés par ce feu meurtrier, battirent en retraite.

Toute la matinée, les combats continuèrent à hauteur de cette cinquième rampe. A midi, elle tomba. Deux Ogres monstrueux se jetèrent contre les grilles. Une fois, puis deux. Bois et fer se brisèrent en mille morceaux. Les Ogres se ruèrent immédiatement sur la sixième, faisant tomber les défenseurs comme des fétus de paille. Une poignée de Trolls du Roc tenta en vain de les arrêter. Ils furent repoussés comme s'ils avaient été aussi légers que du papier. De nouveau, Ander Elessedil rassembla ses soldats et ensemble, ils ripostèrent. Mais les hordes déferlaient toujours.

Soudain le destrier du vieux roi s'effondra. Eventine fut jeté à terre. Les Démons le virent tomber. Glapissant de jubilation, ils se ruèrent vers lui. Epées taillant dans la masse, Stee Jans et ses hommes vinrent à son secours. Ebloui, en sang, mais vivant, Eventine recula en rampant. Vite, Kerrin lança l'ordre à ses soldats de le transporter hors du champ de bataille.

Les Libres tinrent encore un instant le terrain, mais finirent par être submergés, eux aussi. Les Ogres ouvraient le chemin en écrasant tous ceux qui se dressaient devant eux. Brandissant le rameau de l'Ellcrys, Ander bondit pour les arrêter tout en appelant ses soldats à la rescousse. Amantar et Stee Jans, engagés dans un combat incertain sur les murs de cette rampe, ne purent accourir. Durant un moment terrifiant, Ander resta quasiment seul face à ce raz de marée.

Mais un moment seulement. Du sommet de la sixième rampe, Allanon siffla Dayn et son immense oiseau, postés sur le bord de la falaise. Sans un mot, il arracha les rênes des mains du Cavalier du Ciel, enfourcha Danseur et piqua sur l'ennemi, ses robes gonflées comme des voiles par le vent. Le Roc poussa un seul cri strident, puis se laissa choir au milieu des Démons qui menaçaient Ander de leurs griffes et de leurs serres. Le feu bleu jaillit et les flammes envahirent toute la rampe. Au même instant, le Druide souleva Ander et remonta dans les airs avec Danseur. Les Elfes reculèrent à l'abri de cet incendie.

La rampe brûla encore quelques instants, puis les

flammes crachotèrent et s'éteignirent. Fous de rage, les Démons chargèrent aussitôt. Mais les Sapeurs, alertés, les attendaient de pied ferme. Les poulies grincèrent, les chaînes se tendirent à craquer. Le piège de Browork, soigneusement dissimulé, était prêt à fonctionner. Déjà, les supports craquaient et commençaient de se rompre, les chaînes se détachant comme des ressorts. La rampe céda, tomba, puis vola en éclats. Tous les Démons disparurent dans un épais nuage de gravats. Lorsque ce nuage se dissipa enfin, l'Elfitch, des grilles de la sixième rampe jusqu'à la quatrième, n'était plus qu'un immense amas de pierres cassées et de poutres disloquées. Sous ces gravats, était enterrée une foule de Démons aux corps déchiquetés. Les survivants se réfugièrent au pied de la falaise en esquivant les blocs et les débris qui tombaient en pluie, et disparurent finalement dans la forêt.

Ce jour-là, les Démons ne repartirent pas à l'assaut de la cité d'Arbolon.

Souffrant d'une nouvelle blessure à la tête et de multiples entailles bénignes, Eventine fut transporté dans son palais, à l'écart des combats. Le fidèle Gael prit soin de lui. Il nettoya et pansa ses plaies, puis aida le roi à s'allonger dans son lit. Dardan et Rhoe montant la garde dans le corridor, on laissa dormir le souverain.

Mais Eventine ne dormit point. Redressé sur ses oreillers de plume, il contemplait, inconsolable, les recoins obscurs de sa chambre. Le désespoir l'accablait. Malgré l'aide des Libres, des Nains, des Trolls du Roc, les Elfes avaient perdu la bataille. Toutes leurs défenses avaient cédé. Encore un jour, deux peut-être, et les sixième et septième grilles tomberaient à leur tour. Les Démons envahiraient le Carolan. Et ce serait la fin. Dépassés par le nombre, les Elfes et les alliés seraient anéantis, le Westland perdu, et son peuple éparpillé aux quatre vents.

Ce désastre imminent lui était une brûlure cuisante. Si les Démons remportaient la victoire, son règne s'achèverait sur un échec total. La gorge du vieux roi se noua. Si Arbolon tombait, entraînant le Westland dans sa chute, quelle épouvantable défaite ! la sienne ! Ses yeux bleu vif s'enflammèrent de colère. Tout perdre lamentablement après avoir vécu quatre-vingt-deux ans et régné plus d'un demi-siècle ! Tout perdre après avoir accompli tellement de choses ! Il songea à Arion, son fils aîné qui aurait dû poursuivre l'œuvre pour laquelle il s'était battu, puis à Kael Pindanon, son vieux et loyal compagnon d'armes. Il songea aux Elfes tombés en défendant le Sarandanon et Arbolon. Tellement de morts inutiles !

Eventine se glissa sous ses couvertures, ressassant les maigres choix qui lui restaient, les tactiques encore utilisables. Un désespoir indicible l'étreignit. Aucune ne saurait suffire.

Puis, il pensa tout à coup à Amberle. Il en fut tellement surpris qu'il se redressa de nouveau. Dans la confusion de ces derniers jours, il avait, à vrai dire, oublié sa petite-fille, la dernière des Elus, l'ultime espoir de son peuple, s'il fallait en croire Allanon.

Qu'est donc devenue Amberle ? songea-t-il tristement.

Le roi se rallongea, l'œil fixé sur la nuit qui s'épaississait entre l'échancrure des tentures. Allanon avait affirmé qu'elle était encore en vie, mais toujours loin, au cœur du Bas-Westland. Pourtant Eventine ne pensait pas que le Druide sût exactement la vérité. Cette idée ne fit qu'aviver sa détresse. Autant ne rien savoir, au fond. Mensonge, rectifia-t-il aussitôt. Il avait désespérément besoin de savoir si Amberle était encore en vie ou non. L'amertume l'emporta. Tout lui échappait : sa famille, son peuple, son pays, tout ce qu'il aimait, tout ce qui donnait un sens à son existence.

Le vieux roi ferma les yeux. Où était donc Amberle ? Il faut à tout prix que je le sache, se répétait-il obstinément. Je dois trouver un moyen de la contacter, de l'aider si elle a besoin d'aide. Je dois trouver le moyen de la ramener ici, près de moi. Eventine inspira profondément, inspira encore, puis, songeant toujours à sa petite-fille, il sombra dans le sommeil.

Il faisait nuit noire quand il rouvrit les yeux. L'esprit encore engourdi, les idées éparses, il ne savait ce qui l'avait réveillé. Un esprit sans doute ; oui, un cri. Il se redressa contre ses oreillers et scruta sa chambre obscure. Un rayon de lune blême filtrait à travers l'étoffe des tentures fermées, découpant faiblement l'embrasure des deux croisées verrouillées.

Eventine attendit, en proie à l'incertitude.

Bientôt, il perçut un autre bruit, un grognement étouffé, bref et surpris. Il venait du corridor où Rhoe et Dardan montaient la garde. Eventine tendit l'oreille. Mais il ne perçut plus que le silence, profond et sinistre. Alors, il glissa au bord de son lit et posa avec précaution un pied sur le sol.

La porte de sa chambre s'ouvrait lentement et la lumière des lampes à huile éclairant le corridor se déversait dans la pièce. Le roi se pétrifia. Le corps ramassé sur ses pattes, Manx apparut et tourna sa tête grisonnante vers son maître, assis sur le lit. Les yeux du chien-loup étincelaient comme ceux d'un chat et son museau noir était taché de sang. Néanmoins, ce furent ses pattes de devant qui surprirent le plus le roi. Toutes tordues, on eût dit que des griffes hideuses avaient poussé à ses extrémités. Eventine crut voir un Démon.

Manx passa de la lumière des lampes dans l'ombre, et Eventine cligna des yeux d'étonnement. Cette vision déformée de Manx n'était qu'un lambeau de rêve qui lui avait traversé l'esprit. Son vieux chien, en effet, s'approcha de lui en remuant amicalement la queue. Le roi poussa un soupir de soulagement.

— Manx, mon brave... commença-t-il.

Mais apercevant les traces rouges que le chien avait laissées dans son sillage, Eventine se tut brusquement.

En un éclair, l'énorme chien sauta à la gorge du roi, la gueule grande ouverte. Arrachant les couvertures du lit, Eventine les jeta sur Manx, les enroula autour de lui, et le cogna de toutes ses forces sur le bois du lit. Puis il bondit vers la porte ouverte qu'il claqua derrière lui. Le loquet se remit en place tout seul, d'un coup sec.

Que se passait-il donc ? Le corps ruisselant de sueur, saisi d'éblouissements, le roi recula et manqua trébucher sur le corps inanimé de Rhoe, gisant à une douzaine de mètres en retrait, la gorge tranchée. Manx ? Pourquoi Manx ferait... ? Le roi maîtrisa l'affolement qui le gagnait. Non, ce n'était pas Manx qui était entré dans sa chambre, mais une créature qui lui ressemblait. Hébété, il chercha Dardan du regard dans le corridor. Il le découvrit près de la porte d'entrée, le cœur transpercé d'une lance.

Soudain, la porte de sa chambre se rouvrit brutalement et une créature qui ressemblait à son chien mais qui n'était pas Manx bondit dans le corridor. Eventine courut frénétiquement jusqu'à la porte d'entrée. La poignée refusa de tourner. Le vieux roi se retourna et garda les yeux rivés sur le fauve qui s'approchait à pas lents, la gueule dégoulinante de sang. Une peur irraisonnée envahit Eventine, et il faillit céder complètement à la panique. Il était pris au piège dans sa propre demeure. Personne ne viendrait à son aide, personne ne répondrait à son appel. Il était totalement seul.

Le souffle semblable à une râpe, le monstre continuait d'approcher. Un Démon, pensa le roi, horrifié, un Démon glissé dans la peau de Manx ! Il se souvint soudain que lorsqu'il avait émergé du coma provoqué par sa blessure dans l'Halys, une idée absurde lui avait traversé l'esprit. Il avait cru voir de la haine dans les yeux de Manx. Une illusion, avait-il conclu à ce moment-là, mais il s'était lourdement trompé. Manx devait être mort depuis des jours, voire des semaines !

Tout à coup, l'affreuse vérité éclata dans son esprit. Au cours de toutes les réunions avec Allanon, tandis qu'ils pensaient forger leurs plans dans le plus grand secret, afin de protéger Amberle, Manx avait été présent... Ou plutôt le Démon qui lui ressemblait comme deux gouttes d'eau. Un Démon qui les avait espionnés dès le début. Songeant aux nombreuses fois où il avait caressé cette tête grise, le roi frissonna.

La gueule menaçante, le Démon, à moins de deux mètres à présent, continuait de progresser lentement sur ses pattes tordues et griffues. Soudain, une rage folle enflamma le roi. La rage d'avoir été trompé, de toutes les morts provoquées par cette ruse, d'être pris au piège, sans défense aucune, dans son propre palais.

Son corps se tendit comme la corde d'un arc. Il aperçut alors près du corps de Dardan la courte épée qui avait été l'arme favorite de son garde. Gardant les yeux rivés sur ceux du Démon, Eventine s'écarta imperceptiblement de la porte. Ah ! si seulement il parvenait à atteindre cette lame...

Le Démon sauta à la tête du roi. Il leva les bras pour se protéger, tomba à la renverse et flanqua des coups de pied pour se défendre. Crocs et griffes lui ouvrirent les avant-bras, mais accrochant le monstre sous le ventre, il l'envoya dinguer derrière lui. Vite, Eventine se redressa et s'empara de l'épée. Il se retourna aussitôt pour affronter son assaillant.

L'effarement se peignit sur le visage du roi. Emergeant du recoin obscur où il l'avait envoyé dinguer, le Démon rampait de nouveau vers lui. Mais tout en progressant vers lui, il changeait de forme. Ce n'était plus Manx, mais une créature noire et svelte, tout en muscles, le corps lisse et sans poils. Elle avançait sur quatre pattes se prolongeant de doigts griffus et dans sa gueule béante étincelaient des crocs formidablement acérés. Elle tourna autour du roi, se redressant de temps à autre sur ses pattes de derrière pour feinter à la manière d'un boxeur, sifflant de haine.

Un Caméléon, conclut le roi, submergé par une nouvelle vague de terreur qu'il parvint à maîtriser. Un Démon capable d'adopter toutes les apparences qu'il désire.

Le Caméléon bondit tout à coup sur le roi, lui entaillant l'épaule et un flanc avec ses griffes. Ce dernier, en sang, riposta d'un coup d'estoc mais trop tard... La bête s'était esquivée. De nouveau, elle tourna autour de lui, lentement, comme un chat surveille sa proie acculée. Le Démon bondit encore, feignant de l'attaquer à la poitrine, mais il se glissa sous l'épée qui trancha le vide et arracha les muscles de son mollet gauche. Une douleur atroce fusa le long de la jambe d'Eventine qui s'effondra à genoux, et ébloui, lutta pour se relever.

Devant lui, le Caméléon l'épiait, allongé de tout son long. Il se redressa sur ses pattes et recommença de tourner en rond autour de sa victime. Ruisselant de sang, le roi perdait ses forces, et aussi cette bataille. C'était la fin, s'il ne parvenait pas à trouver une riposte. Il tenta d'acculer la bête dans un angle, mais elle s'esquiva agilement. Elle était beaucoup trop rapide pour ce vieillard blessé. Eventine cessa de poursuivre le Démon. Il n'arriverait à rien de cette manière.

Il se contenta de l'observer tournant autour de lui, sifflant toujours.

Alors, dans une feinte désespérée, le roi sembla trébucher et tomba lourdement sur ses genoux. La douleur fut cuisante mais la ruse efficace. Pensant que son ennemi était à bout de résistance, le Caméléon bondit. Mais cette fois, Eventine l'attendait. Il plongea sa lame dans la poitrine du monstre ; os et muscles se déchirèrent. Hurlant de douleur, le Démon mordit et lacéra le roi, puis, d'une torsion, arracha la lame. De l'entaille jaillit un ichor rouge verdâtre immonde.

Blessés, à quatre pattes, ils espéraient tous deux un instant d'inattention de l'adversaire et se défiaient du regard. Une fois de plus, le Caméléon contourna le roi qui, réunissant ses dernières forces, pivota pour suivre ce mouvement. Mais il perdait énormément de sang et était au bord de l'épuisement. Une douleur insupportable brûlait tout son corps entaillé. Il savait qu'il ne tiendrait plus que quelques minutes.

Tout à coup, le Caméléon lui sauta à la gorge. Surpris, le roi ne parvint qu'à lever les bras tout en reculant. Et le Caméléon le plaqua au sol. Ses mâchoires se refermèrent sur l'avant-bras, ses griffes se plantèrent dans sa poitrine, et le roi hurla.

À ce moment-là la porte du corridor céda brusquement. Les verrous sautèrent, les gonds furent arrachés, et une troupe d'hommes armés se rua en criant dans le corridor. Eventine appela au secours, l'esprit voilé par la douleur et l'angoisse.

Le Caméléon se redressa en glapissant, exposant du même coup sa gorge. Eventine y planta son glaive. Le hurlement s'acheva dans un gargouillis. Comme le Caméléon tombait, maintes lames le transpercèrent.

Sous l'impact de ces coups, le Démon fut saisi de violentes convulsions, puis expira.

Eventine Elessedil se redressa et tangua sur ses jambes flageolantes, l'épée toujours au poing, ses yeux bleus durs et fixes. Il se retourna et aperçut Ander qui venait à son aide. Il fut alors envahi par un engourdissement. Le roi tomba tête la première et la nuit l'emporta.

<br>

## 43

Telle la Mort Maîtresse, plus grande encore qu'Allanon, l'apparition s'avança vers les trois humains, bruissante comme la soie, dans le silence profond de la tour. Elle avait de très longs cheveux gris où jouaient des reflets de jais. Elle était belle. Un visage à l'ovale parfait, aux traits finement ciselés, une peau si blanche qu'elle semblait presque éthérée. Une créature sans âge, venue de la nuit des temps, indifférente au passage du temps. Comme elle approchait, les hommes-bois reculèrent en produisant un faible cliquetis. Elle passa devant eux sans leur jeter le moindre regard, ses insolites yeux violets constamment fixés sur les trois intrus qui restaient cloués au sol. Elle tendit ses mains fines et délicates, courbant les doigts comme pour les attirer vers elle.

– Mallenroh ! souffla encore Hebel, d'une voix vibrante d'espérance.

Enfin, elle s'arrêta. Le visage dénué de toute expression, elle baissa les yeux vers le vieil homme. Puis, elle se tourna vers Eretria, et finalement vers

Wil. Ce dernier avait si froid qu'il tremblait comme une feuille.

– Je suis Mallenroh, annonça-t-elle d'une voix singulièrement douce et lointaine. Pourquoi êtes-vous venus ici ?

Les yeux rivés sur Mallenroh, aucun ne répondit. Elle attendit un instant, puis décrivit un geste de sa main pâle.

– Les Fosses sont un lieu interdit. Aucun humain n'y est admis. Les Fosses sont mon foyer, et je détiens en leur sein le pouvoir de vie ou de mort sur toutes les créatures vivantes. A ceux qui me plaisent, j'accorde la vie. A ceux qui me déplaisent, la mort. Il en a toujours été ainsi et il en sera toujours ainsi.

Elle les examina attentivement chacun à tour de rôle, ses yeux violets captant les leurs. Finalement, son regard se posa sur Hebel.

– Vieil homme, qui es-tu ? Pourquoi es-tu venu dans mon domaine ?

Hebel déglutit.

– Je suis venu pour... toi, je crois. (Il butait sur chaque mot.) Mallenroh, je t'ai apporté un présent.

– Montre-le-moi, intima-t-elle en tendant une main.

Hebel fit glisser la musette de son dos, en souleva le rabat et fouilla fébrilement à l'intérieur. Il en sortit une figurine en bois poli, sculptée dans un morceau de chêne. C'était Mallenroh, reproduite à la perfection. Elle saisit la figurine et l'observa en la faisant tourner entre ses doigts fins.

– Une belle chose, fit-elle.

– C'est toi, s'empressa de répondre Hebel.

Mallenroh le regarda. Wil n'aima pas ce qu'il découvrit dans ce regard. Le sourire qu'elle adressa à Hebel n'était qu'une esquisse glaciale de sourire.

– Je te connais, ajouta-t-elle en scrutant le visage tanné du vieil homme. Il y a longtemps, à l'entrée des Fosses, lorsque tu étais encore jeune. Une nuit, je t'ai donné...

– Je me suis souvenu, s'empressa de chuchoter Hebel en désignant la figurine. Je me suis souvenu... de toi.

Allongé aux pieds de son maître, Drifter bâilla.

Mais Hebel ne l'entendit pas, hypnotisé par l'étrange regard de Mallenroh. Elle secoua lentement sa chevelure grise.

– Un simple caprice, une sottise, murmura-t-elle.

Tenant toujours la statuette, elle alla se poster devant Eretria. Les yeux de la Bohémienne s'écarquillèrent d'effroi.

– Et toi, que m'as-tu apporté ? s'enquit Mallenroh de sa voix ensorceleuse.

Eretria resta coite. Elle jeta brièvement un regard éperdu à Wil, puis fixa de nouveau Mallenroh. Celle-ci fit passer sa main sous ses yeux en un geste à la fois apaisant et impérieux.

– Belle créature ! sourit la Sorcière. Est-ce toi que tu m'apportes ?

Un frisson secoua Eretria.

– Moi... Non. Je...

– Tiens-tu à celui-là ? s'enquit brusquement Mallenroh en pointant l'index sur Wil. Il en aime une autre, je crois. Une Elfe, peut-être ? Est-ce exact ?

Wil opina lentement. Ces yeux singuliers le tenaient captifs, lui aussi, et ces paroles, à la fois hardies et insinuantes, le transperçaient jusqu'au fond de son être.

– Est-ce lui qui détient l'objet magique ?

– L'objet magique ? balbutia Wil.

Elle enfouit ses mains sous ses robes de soie noire.

– Montre-le-moi !

A cette voix irrésistible, avant même de savoir ce qu'il faisait, Wil ouvrit le poing dans lequel il serrait la bourse aux Pierres.

– Montre-le-moi, répéta-t-elle.

Ce fut plus fort que lui, Wil vida le contenu de la bourse dans sa paume grande ouverte. Les Pierres étincelèrent et jetèrent des éclairs bleutés. Mallenroh inspira brusquement et leva une main vers ces joyaux.

– Des Pierres des Elfes ! souffla-t-elle. Bleues pour la Recherche. (Ses yeux violets retinrent ceux de l'homme du Val.) Seront-elles ton présent ?

Wil voulut répondre, mais le froid resserra son étau et aucun son ne monta à ses lèvres. Sa main se paralysa et il ne put la retirer. Les yeux de la Sorcière pénétrèrent au fond des siens. Et ce qu'il vit dans ce regard le terrifia. Elle cherchait à savoir quel sort elle pourrait lui réserver.

— Petit Bout ! appela Mallenroh en reculant.

De l'ombre émergea une toute petite créature, couverte de poils, qui ressemblait à un Gnome mais dont la face était aussi ridée que celle d'un vieillard. Trottinant jusqu'au côté de Mallenroh, il leva vers son visage froid des yeux anxieux.

— Oui, maîtresse. Petit Bout ne sert que toi.

— Il y a des présents.

La Sorcière se tut, une ombre de sourire aux lèvres.

Sans prononcer un mot, elle tendit la statuette en bois à son serviteur, puis revint se planter devant Hebel. Petit Bout la rejoignit et se tapit à ses pieds, dans les plis de sa robe.

— Vieil homme, commença-t-elle en penchant son visage tout près de celui d'Hebel, que désirerais-tu que je fasse de toi ?

Hebel parut redescendre sur terre. Il perdit son regard lointain et jeta un coup d'œil vif à Wil.

— De moi ? Je n'en sais rien.

Elle eut un sourire dur.

— Que je te garde dans les Fosses, peut-être ?

— Peu importe, répondit-il, sentant que de toute façon, elle ferait de lui ce qui lui plairait. Mais les petits Elfes, Mallenroh, aide-les. Tu pourrais...

— Les aider ? coupa-t-elle sèchement.

Le vieil homme opina.

— Si tu veux que je reste ici, je resterai. Je n'attends plus rien de la vie. Mais eux, laisse-les partir. Offre-leur l'aide dont ils ont besoin.

Elle rit doucement.

— Peut-être y a-t-il une chose que toi, tu peux faire pour les aider, vieil homme ?

— Mais j'ai fait tout ce que je pouvais...

— Peut-être que non. Si je t'expliquais comment tu pourrais encore les aider, tu serais prêt à le faire, n'est-ce pas ?

— Je n'en sais rien, répondit Hebel, l'air incertain.

— Bien sûr que tu le sais ! répliqua-t-elle de sa voix

suave. Regarde-moi ! (Hebel leva la tête.) Ce sont tes amis, et tu veux les aider, n'est-ce pas ?

Wil trépignait en son for intérieur. Quelque chose de très grave se tramait, mais il était incapable de parler pour avertir Hebel. Du coin de l'œil, il entrevit le visage terrorisé d'Eretria. Elle aussi avait senti le danger.

Hebel le sentait également, mais il percevait qu'il ne pouvait y échapper. Son regard rencontra celui de la Sorcière.

— En effet, je veux les aider.

— En ce cas, tu les aideras, vieil homme.

Elle caressa son visage. Hebel lut dans les yeux violets quel allait être son sort. Drifter se leva soudain, les babines retroussées sur ses crocs, mais Hebel le retint en l'empoignant par le col. L'heure n'était pas à la résistance. Mallenroh continua de caresser la joue barbue d'Hebel de ses doigts fins, et tout le corps du vieil homme se raidit soudain. Non ! voulut-il hurler. Mais trop tard. La cape de la Sorcière enveloppa Hebel et Drifter qui disparurent dans les plis. Mallenroh les tint encore un instant cachés, puis écarta les pans de sa cape. Elle était seule. Dans une main, elle tenait deux figurines sculptées, représentant à la perfection le vieil homme et son chien.

— De cette manière, tu les aideras mieux, déclara-t-elle avec un sourire glacial.

Elle tendit les figurines à Petit Bout, puis se tourna vers Eretria.

— Et maintenant, la belle, que vais-je faire de toi ? murmura-t-elle.

Elle leva une main et pointa l'index sur Eretria. Malgré elle, celle-ci s'agenouilla, tête inclinée. Les doigts de la Sorcière se replièrent, et les mains d'Eretria se tendirent vers elle en un geste de soumission totale. Des larmes ruisselaient sur ses joues. Mallenroh la considéra un moment sans rien dire, puis leva brusquement les yeux sur Wil.

— Voudrais-tu la voir se transformer aussi en statue de bois ? demanda-t-elle d'une voix qui le transperça comme une lame de couteau. Ou la fille Elfe, peut-être ? Tu sais, naturellement, que je l'ai.

Mallenroh n'attendit pas de réponse, sachant qu'il n'était pas en mesure de lui en fournir une. Elle fit un pas en avant et colla son visage presque contre celui de Wil.

– Je désire les Pierres des Elfes, et tu me les donneras. Tu me les donneras, petit Elfe, car je sais que si on te les prend de force, elles seront inutiles. (Ses yeux violets le transpercèrent.) Je détiendrai leur magie, comprends-tu ? Je connais leur valeur bien mieux que toi. Je suis plus ancienne que ce monde et les races qui l'habitent, plus ancienne que les Druides qui manipulaient, à Paranor, des forces depuis longtemps maîtrisées par ma sœur et par moi-même. Il en est de même avec ces Pierres. Bien que je ne sois pas une Elfe, il court dans mes veines du sang de cette race, car mon sang est composé de celui de toutes les races. Aussi puis-je commander à leur pouvoir. Pourtant, je ne puis rompre la loi qui permet à ce pouvoir de s'exercer. Les Pierres des Elfes doivent être offertes de plein gré. Et elles le seront.

Elle referma son poing sous le nez de Wil.

– J'ai une sœur, petit Elfe... Elle s'est attribué le nom de Morag. Depuis des siècles, nous demeurons dans ces Fosses sous le nom de Sœurs Sorcières. Nous sommes les dernières de notre espèce. Jadis, dans un temps reculé, elle m'a terriblement trompée, et je ne le lui ai jamais pardonné. Je me serais déjà débarrassée d'elle, si elle ne détenait pas des pouvoirs égaux aux miens, de sorte que ni elle ni moi ne pouvons jamais remporter la victoire. Aaah ! mais les Pierres des Elfes fournissent une magie que ma sœur ne possède pas, une magie qui me permettra de mettre fin à son existence... Morag... Odieuse Morag ! Comme il me sera doux de la voir me servir comme ces hommes-bois ! Comme il me sera doux de réduire au silence cette voix exécrée ! Oh ! j'attends depuis si longtemps le jour où je serai débarrassée de cette empoisonneuse, petit Elfe ! Depuis si longtemps !

Au fur et à mesure de son discours, sa voix s'était enflée et la pierre des murs la répercutait en longs échos qui allaient vibrer dans toute la tour. Le beau et froid visage recula, les mains redisparurent sous les robes.

Wil sentit la sueur couler le long de son corps.

— Les Pierres des Elfes seront donc ton présent, susurra-t-elle. En échange je t'accorderai la vie, ainsi que celle des femmes. Accepte mon offre. Souviens-toi du vieil homme. Pense à ce qu'il est devenu, avant de faire ton choix.

La Sorcière se tut lorsque la porte s'ouvrit. Plusieurs hommes-bois s'approchèrent d'elle en cliquetant. Elle se pencha vers eux, les écouta, puis se redressa en regardant froidement Wil.

— Tu as amené un Démon dans les Fosses ! s'écriat-elle. Un Démon... après tant d'années ! Il faut le retrouver et l'éliminer. Petit Bout... son cadeau !

La boule de poils s'approcha vite de Wil et lui arracha des mains la bourse en cuir. Après lui avoir jeté un rapide regard, il redisparut sous les robes de Mallenroh. Celle-ci leva une main et Wil fut saisi d'une grande faiblesse.

— N'oublie pas ce que tu as vu, petit Elfe, conseilla-t-elle d'une voix à présent lointaine. Je peux donner la vie comme la mort. Fais un choix avisé !

Là-dessus, elle ressortit de la salle. La vision de Wil se troubla, ses forces le quittaient. Eretria gisait sur le sol.

Puis, lui aussi sombra dans l'inconscience. Son dernier souvenir fut le contact de doigts en bois qui se refermaient avec fermeté tout autour de son corps.

## 44

— Wil !

Cet appel traversa comme un écho la gaze noire qui l'enveloppait. Il lui semblait venir de très loin pour le harceler. Il s'étira paresseusement mais eut l'impression d'être ligoté et écrasé par des poids. Au prix d'un grand effort sur lui-même, il s'arracha du pays des songes et remonta peu à peu à la surface.

– Wil, est-ce que ça va ?

Amberle ! Il cligna des yeux pour dissiper la brume qui obscurcissait son esprit.

– Wil !

Elle tenait sa tête sur ses genoux. Comme elle penchait son visage près du sien, ses longs cheveux châtains tombèrent en pluie autour de lui.

– Amberle ? s'enquit-il d'une voix empâtée, en se redressant.

Il la prit dans ses bras et la tint enlacée sans rien dire.

– Je croyais t'avoir perdue, parvint-il enfin à dire.

– Moi aussi. (Elle rit gentiment et passa les mains autour de son cou.) Tu as dormi pendant des heures.

L'homme du Val opina, le visage niché dans le creux de son épaule. Une forte odeur d'encens monta à ses narines, et il se rendit compte soudain que ce même parfum entêtant l'avait plongé dans le sommeil.

Doucement, il relâcha la fille des Elfes et promena son regard à la ronde. Ils étaient enfermés dans une cellule dépourvue de fenêtre et plongée dans le noir, hormis l'unique lumière qui brillait dans un globe de verre suspendu à une chaîne fixée au plafond ; encore une de ces singulières lumières se consumant sans huile ni poix et qui ne dégageait pas de fumée. L'un des murs était entièrement composé de barres de fer verticales, fixées au plafond et dans le sol. Une porte fermée par une énorme serrure y était ménagée. On avait déposé à même le sol un broc d'eau, une bassine en fer, des serviettes, des couvertures, ainsi que trois paillasses. Sur l'une d'elles était étendue Eretria. Sa respiration était profonde et régulière. Une ouverture grillagée, percée dans un autre mur, menait à une série de marches qui se perdaient dans le noir.

Amberle suivit le regard de Wil.

– Je crois qu'elle va bien... Elle dort, c'est tout. Mais impossible jusqu'à présent de vous réveiller ni l'un ni l'autre.

– Mallenroh ! murmura-t-il, comme il retrouvait la mémoire. T'a-t-elle fait du mal ?

Amberle fit non de la tête.

— Elle m'a adressé la parole. En fait, j'ignorais au début de qui j'étais la prisonnière. Les hommes-bois m'ont amenée ici, et j'ai commencé par dormir. Puis, elle est venue me voir, m'a appris que d'autres humains me recherchaient et qu'on les amènerait ici également. Après cela, elle est repartie. (Les yeux vert océan d'Amberle se posèrent sur Wil.) Elle m'a fait très peur, tu sais... Elle est belle mais si froide.

— C'est un monstre... Mais comment t'a-t-elle trouvée ?

Amberle pâlit.

— Une créature m'a poursuivie dans les Fosses. Je ne l'ai pas vue mais je la sentais... Une chose diabolique et qui me traquait... J'ai couru aussi longtemps que possible, puis ai continué à quatre pattes et finalement je me suis écroulée. Ce sont sans doute les hommes-bois qui m'ont trouvée et transportée jusqu'ici. Wil, était-ce Mallenroh que j'ai sentie ?

— Non. La Faucheuse !

Muette de saisissement, elle le regarda, puis détourna les yeux.

— Et maintenant, elle est dans les Fosses, n'est-ce pas ?

L'homme du Val opina.

— La Sorcière le sait, toutefois. Elle est partie à sa recherche. (Il eut un sombre sourire.) Peut-être se détruiront-elles l'une l'autre.

Amberle ne répondit pas à son sourire.

— Et comment as-tu fait pour me retrouver ?

Wil lui narra tout ce qui s'était passé depuis le moment où il l'avait laissée cachée sous un fourré. La rencontre avec Eretria, la mort des Bohémiens, Hebel et Drifter, leur descente dans les Fosses et la suite. Il lui expliqua enfin le sort infligé à Hebel par la Sorcière.

— Pauvre vieil homme, balbutia Amberle, les yeux soudain brillants de larmes. Il ne lui voulait aucun mal. Pourquoi cette cruauté ?

— Cette Sorcière se moque éperdument de nous tous. L'unique chose qui l'intéresse, ce sont les Pierres des Elfes. Amberle, elle les veut à tout prix.

Hebel a tout simplement servi d'exemple... Surtout pour moi.

— Mais tu ne vas quand même pas les lui donner, dis-moi ?

Il la regarda d'un air perplexe.

— Si cela nous permet de rester en vie, si. Nous devons sortir de cette tour.

La fille des Elfes hocha lentement la tête.

— Wil, à mon avis, elle ne nous laissera pas repartir, même si tu lui donnes ce qu'elle réclame. Surtout après ce qui est arrivé à Hebel.

L'homme du Val garda un instant le silence.

— Je sais... Mais peut-être pourrons-nous marchander ? Elle est prête à accepter n'importe quoi pour avoir ces Pierres magiques. (Il s'arrêta court.) Chut ! On vient.

Ils scrutèrent le corridor obscur à travers les barreaux de leur cellule. Ils perçurent un léger bruit de glissement sur les marches. Puis une minuscule silhouette se découpa à la frange de l'unique lumière. Petit Bout.

— Voilà de quoi grignoter, annonça-t-il joyeusement en tendant un plateau sur lequel étaient disposés des fruits et du pain.

Il glissa le plateau à travers les barreaux.

— Bon appétit, ajouta-t-il en s'apprêtant à repartir.

— Petit Bout ! cria Wil.

La créature toute poilue se retourna et le regarda d'un air aimable.

— Peux-tu rester un peu avec nous pour parler ?

La face ratatinée comme un raisin sec s'illumina d'un grand sourire.

— Petit Bout parler.

Wil jeta un rapide regard à Amberle.

— Ta cheville... Seras-tu capable de marcher ?

— Elle va beaucoup mieux.

Il lui prit la main et l'entraîna jusque devant le plateau. Sans prononcer un mot, ils s'installèrent par terre. Petit Bout s'assit sur la dernière marche et pencha la tête de côté. Wil se servit un morceau de pain, mordit dedans et le mastiqua d'un air appréciateur.

— Excellent, Petit Bout.

— Excellent, répéta la boule de poils.

Wil sourit.

— Petit Bout, depuis combien de temps demeures-tu ici ?

— Petit Bout est au service de la dame depuis très longtemps.

— Est-ce que la dame t'a fabriqué... comme les hommes-bois ?

Le Gnome éclata de rire.

— Les hommes-bois... Clac-clac ! Petit Bout sert la dame, mais pas construit en bois. (Ses yeux brillèrent.) Elfe, comme toi.

Wil fut très surpris.

— Mais tu es si petit... Et ce pelage ? (Il montra ses propres membres, puis ceux de Petit Bout.) C'est elle qui t'a fait ça ?

L'Elfe opina gaiement.

— Malin, qu'elle dit. Ça rend Petit Bout malin. Cabriole, saute et joue avec les hommes-bois. Malin. (Il regarda Eretria qui dormait toujours sur une paillasse.) Belle créature. La plus belle de toutes.

— Que sais-tu de Morag ? enchaîna Wil, ignorant la remarque de Petit Bout.

Une grimace vint accentuer les plis de son visage.

— Maléfique Morag. Très méchante. Elle vit dans les Fosses, depuis très longtemps, avec la dame. Sœurs. Morag à l'est, la dame à l'ouest. Hommes-bois pour les deux, mais Petit Bout pour la dame.

— Sortent-elles parfois des Fosses... Morag et la dame ?

Petit Bout secoua la tête d'un air solennel.

— Jamais.

— Pourquoi ?

— Pas de magie hors des Fosses, répondit-il avec un sourire rusé.

Wil apprenait là une chose qu'il n'avait pas soupçonnée. Le pouvoir des Sœurs Sorcières avait ses limites. Il ne s'exerçait pas au-delà de leur domaine. Cela expliquait pourquoi jamais personne ne les avait croisées ailleurs. Il entrevit une lueur d'espoir. Si seulement il trouvait le moyen de sortir de ce gouffre obscur...

– Pourquoi la dame hait-elle tellement Morag ? demanda Amberle.

Le petit être réfléchit un moment.

– Il y a longtemps. Un homme. Beau, disait la dame. Elle le voulait. Morag le voulait. Chacune a essayé de prendre l'homme. L'homme...

Il croisa les doigts, puis les écarta.

– Plus d'homme. Parti. (Il secoua la tête.) Morag a tué l'homme. Méchante Morag.

Méchante Mallenroh, oui ! songea Wil. En tout cas, les sentiments qu'éprouvaient les deux sœurs l'une envers l'autre étaient clairs.

– Petit Bout, es-tu déjà sorti de la tour ?

Un sourire fier éclaira le visage semblable à une vieille pomme.

– Petit Bout sert la dame.

Wil prit cette réponse comme une affirmation.

– Et au Pic de l'Aiguille ?

– Ah ! l'Imprenable, répondit aussitôt Petit Bout.

Il y eut un silence étonné. Amberle agrippa le bras de Wil et lui jeta un coup d'œil. Celui-ci, interloqué par cette réponse directe, restait sans voix. Se ressaisissant, il se pencha en avant et, avec un air de conspirateur, invita Petit Bout à s'approcher. Celui-ci obtempéra.

– Des tunnels et des tunnels qui tournent et qui tournent, dit Wil. Il est facile de se perdre dans ces tunnels.

– Pas pour Petit Bout, affirma celui-ci.

– Non ? s'étonna Wil. Et cette porte faite d'un verre incassable ?

La boule de poils réfléchit encore un instant, puis tapa des mains, tout excitée.

– Non, non, a seulement l'air incassable. Petit Bout connaît ce verre. Petit Bout sert la dame.

Wil tentait de décrypter cette énigme quand Petit Bout tendit le doigt.

– Regardez ! Belle créature, bonjour, bonjour !

Wil et Amberle se retournèrent. Eretria s'asseyait sur la paillasse, enfin réveillée. Les lourdes grappes de ses cheveux masquant son visage, elle se frottait la nuque. Lentement, elle releva la tête, voulut parler, mais remarquant que Wil portait vite un doigt à ses lèvres, elle ne dit rien. Puis, elle dédia son magnifique sourire à Petit Bout.

— Belle créature, bonjour, répéta celui-ci en levant une main quelque peu hésitante.

— Bonjour, répondit la Bohémienne d'un ton incertain. (Puis, au signe de tête encourageant de Wil, elle adressa encore un éblouissant sourire à son minuscule admirateur.) Bonjour, Petit Bout.

— Belle créature, parler avec toi, fit-il, oubliant complètement les deux autres humains.

Eretria se leva péniblement, les yeux encore pleins de sommeil, et alla s'asseoir à côté de ses compagnons. Elle balaya vite du regard l'escalier obscur.

— Guérisseur, à quoi joue-t-on ? murmura-t-elle du coin de la bouche.

La peur brillait dans ses prunelles noires mais sa voix était ferme.

— Obtenir des renseignements nous permettant de sortir d'ici, répondit Wil sans quitter Petit Bout des yeux.

Eretria approuva d'un signe de tête, puis fronça le nez.

— Et cette odeur, qu'est-ce que c'est ?

— De l'encens. Je n'en suis pas absolument certain, mais je crois qu'il agit comme une drogue lorsqu'on le respire et que c'est cela qui nous a rendus si faibles.

Eretria se retourna vers Petit Bout.

— Dis-moi, petit bonhomme, cette odeur, que fait-elle ?

Celui-ci réfléchit, puis haussa les épaules.

— Agréable odeur. Pas de souci.

— En effet, murmura la Bohémienne en regardant Wil. (Elle gratifia Petit Bout du plus merveilleux de ses sourires.) Peux-tu ouvrir la porte ?

Celui-ci répondit à son sourire.

— Belle créature, Petit Bout sert la dame. Toi, tu restes.

— La dame est-elle ici, dans la tour ?

— Elle cherche le Démon. Très méchant. Démon

casser tous ses hommes-bois. (Il fit une grimace.) La dame blessera Démon. (Puis, frottant deux doigts l'un contre l'autre :) Le fera partir. (S'animant :) Petit Bout peut te montrer statues en bois. Petit homme et chien. Dans la boîte, jolies choses comme toi.

Il pointa le doigt sur Eretria qui blêmit et secoua la tête.

— Non, Petit Bout. Parle-moi.

— Parler, acquiesça-t-il, enchanté.

Wil eut soudain une idée. Il agrippa les barreaux de leur cellule.

— Petit Bout, la dame, qu'a-t-elle fait des Pierres des Elfes ?

— Dans la boîte, en sécurité dans la boîte.

— Quelle boîte ? Où la dame garde-t-elle cette boîte ?

L'air ennuyé et les yeux toujours rivés sur Eretria, Petit Bout désigna le passage noir.

— Belle créature, parle ! supplia-t-il.

Wil regarda Amberle et haussa les épaules. Il n'obtiendrait rien d'autre de cette drôle de créature qui ne s'intéressait qu'à Eretria.

Celle-ci croisa les jambes et redressa le buste.

— Petit Bout, me montrerais-tu les jolies Pierres ? Pourrais-je les voir ?

Il jeta des regards furtifs à la ronde.

— Petit Bout sert la dame. Petit Bout fidèle. Mais montrer les statues à belle créature.

— Simplement parler, Petit Bout. Pourquoi dois-tu rester ici, dans les Fosses ? Pourquoi ne pas partir ?

— Petit Bout sert la dame. (Il répéta sa réponse favorite, mais d'un ton anxieux, cette fois-ci, et son visage se troubla.) Jamais quitter les Fosses. Pas possible.

Quelque part, en haut de la tour, une cloche tinta une seule fois. Petit Bout se leva comme un ressort.

— La dame appelle, expliqua-t-il en s'engageant dans l'escalier.

— Petit Bout ! cria Wil. La dame nous laissera-t-elle partir si je lui donne les Pierres des Elfes ?

— Partir ? répéta-t-il sans avoir l'air d'avoir compris.

– Oui, sortir des Fosses ?

Petit Bout fit vite non de la tête.

– Jamais partir. Jamais. Figurines en bois. (Il fit un signe d'adieu à Eretria.) Belle créature pour Petit Bout. Moi, prends bien soin des belles choses. Parler encore. Parler plus tard.

Sur ce, il détala dans l'escalier obscur. Muets de stupeur, les prisonniers le regardèrent partir. La cloche tinta une deuxième fois et son écho résonna longtemps dans le silence.

– Petit Bout se trompe peut-être, observa Wil qui, le premier, reprit la parole. Mallenroh tient à tout prix à avoir ces Pierres. Si j'accepte de les lui donner, je crois qu'elle nous rendra la liberté.

Ils se pelotonnèrent devant la porte, laissant errer leurs regards sur l'obscurité au-delà.

– Petit Bout ne se trompe pas, répliqua Amberle. Hebel nous avait prévenus que personne ne remontait des Fosses.

– L'Elfe a raison, approuva Eretria. Cette Sorcière ne nous laissera jamais repartir. Elle nous transformera tous en statuettes.

– Dans ce cas, tentons autre chose, conclut Wil en éprouvant la solidité des barreaux.

Eretria se leva en lorgnant avec méfiance l'obscurité.

– Guérisseur, j'ai un autre plan, annonça-t-elle à voix basse.

Elle fouilla dans sa botte droite, en écarta la peau intérieure et sortit une insolite barre de fer, fine et crochue au bout. Puis, de l'autre botte, elle exhiba une dague, la brandit et la reglissa vite dans sa cachette.

– Comment se fait-il que Mallenroh n'ait pas remarqué cela ? s'étonna Wil.

– Elle n'a pas cru bon de me faire fouiller. Elle ne pensait qu'à nous terroriser.

Eretria s'approcha de la porte et entreprit d'examiner le verrou.

– Mais que fais-tu ? s'enquit Wil.

– Je nous sors d'ici, déclara-t-elle en lorgnant attentivement le trou de la serrure.

» Un rossignol, expliqua-t-elle en désignant son outil. Tous les Bohémiens en ont un. Trop de citoyens mal avisés passent leur temps à essayer de nous mettre sous les verrous. Ils ne nous font pas confiance, je suppose.

Elle lança un clin d'œil à Amberle qui fronça les sourcils.

– Mais certains ont sans doute de bonnes raisons de se méfier de vous, avança la fille des Elfes.

– Sans doute. (Eretria retira la poussière qui obstruait le verrou.) Parfois, les gens se racontent des mensonges, n'est-ce pas, la sœur ?

– Attends un instant ! s'exclama Wil, ignorant cette algarade. Une fois que tu auras réussi à faire sauter ce verrou, que ferons-nous ?

La Bohémienne le regarda comme s'il était un idiot fini.

– Guérisseur, nous prenons nos jambes à notre cou et courons aussi vite et aussi loin que nous le pourrons.

– Impossible ! rétorqua Wil en hochant la tête. Nous devons rester ici.

– Rester ici ? s'écria-t-elle, interloquée.

– Pour un temps. (Wil jeta un regard à Amberle et prit sa décision.) Eretria, je crois que le moment est venu d'éclaircir quelques-uns de ces mensonges que tu as mentionnés. Écoute-moi attentivement.

Wil révéla alors la véritable identité d'Amberle et pourquoi ils étaient venus dans cette contrée sauvage. Il n'omit aucun détail afin qu'Eretria mesure bien l'importance de la quête du Feu de Sang pour la survie des races. En outre, s'il lui arrivait quoi que ce fût à lui, il voulait s'assurer qu'Eretria ferait tout pour conduire Amberle saine et sauve hors des Fosses.

Quand il se tut, la Bohémienne le regarda sans rien dire, puis se tourna vers Amberle.

– Fille Elfe, toute cette histoire est-elle vraie ? Je crois que désormais, je te fais davantage confiance qu'à Wil.

Celle-ci opina.

– Et tu es déterminée à rester dans ce lieu maudit jusqu'à ce que tu aies trouvé le Feu de Sang ?

Amberle opina une deuxième fois.

Eretria hocha la tête d'un air dubitatif.

– Est-ce que je peux voir cette fameuse semence ?

Amberle retira de sous sa tunique la semence soigneusement enveloppée dans un morceau d'étoffe blanche. Elle tendit la graine parfaite. Eretria la regarda longuement, puis tous ses doutes s'évaporèrent. Elle se tourna vers Wil.

– Guérisseur, j'irai là où tu iras. Si tu affirmes que nous devons rester ici, le sujet est clos. N'empêche que nous devons sortir de ce cachot.

– D'accord, approuva Wil. Ensuite, nous chercherons Petit Bout.

– Petit Bout ?

– On a besoin de lui. Il sait où Mallenroh a caché les Pierres et connaît tout de l'Imprenable, ses tunnels, ses secrets. Il connaît ces Fosses. S'il nous sert de guide, nous aurons une chance de réussir et de nous enfuir.

– Mais d'abord, nous devons partir d'ici. Surveille l'escalier. J'en aurai pour quelque temps.

Elle glissa son rossignol dans la serrure et commença à s'échiner sur le verrou.

Tandis qu'Eretria tournait son instrument dans la serrure, de faibles crissements retentirent dans le silence.

– Et si elle échoue, que feras-tu ? demanda Amberle.

– Elle n'échouera pas, répondit Wil, les yeux fixés sur l'escalier.

– Mais si elle échoue... ?

Wil fit non de la tête.

– Et puis, annonça posément la fille des Elfes, je ne veux pas que tu donnes à Mallenroh ces Pierres des Elfes.

– Nous avons déjà décidé de cela. Il faut que je te sorte d'ici.

– Une fois qu'elle aura ces Pierres, elle nous tuera.

– Non, si je m'y prends bien.

— Ecoute-moi donc ! s'écria-t-elle dans un élan de colère. Mallenroh méprise la vie humaine. Elle ne considère les humains qu'en fonction de la manière dont elle pourra en tirer profit. Hebel n'a pas compris cela lorsqu'il l'a rencontrée il y a soixante ans. Il n'a vu que sa beauté, l'aura magique dont elle se drape, les rêves glissés dans ses paroles, les impressions trompeuses que laisse son passage... Tout cela n'est que pures chimères. Il n'a pas vu le mal tapi derrière cette apparence... Sauf lorsque c'était trop tard.

— Je ne suis pas Hebel !

Elle inspira profondément.

— Non. Mais tout le souci que tu te donnes à mon endroit m'inquiète et je crains que la raison qui m'oblige à venir ici ne commence à obscurcir ton jugement. Wil, tu t'imagines être capable de surmonter tous les obstacles, si énormes soient-ils. J'envie ta détermination... C'est une qualité qui, malheureusement, me fait défaut.

Elle prit ses mains dans les siennes.

— Je veux juste te faire comprendre que je dépends de toi. Appelle cela comme tu veux. J'ai besoin de ta force, de ta conviction, de ta volonté. Mais rien de ce que tu ressens à mon égard ne doit déformer ton jugement. Sinon, c'en est fini de nous.

— Ma détermination, il faut que je la cultive. Et je ne suis pas d'accord avec toi lorsque tu prétends en manquer.

— Mais si, Wil. Allanon t'a choisi comme mon protecteur en connaissance de cause. Il savait, je crois, à quel point ta farouche détermination nous permettrait de rester en vie. Sans elle, Wil, nous serions déjà morts depuis longtemps. (Puis, elle reprit d'une voix à peine audible :) Mais tu te trompes lorsque tu affirmes que moi aussi, je possède la même qualité. C'est une erreur. J'ai toujours manqué de volonté.

— Je n'en crois rien.

— Wil, tu ne me connais pas aussi bien que tu le penses.

Il sonda le visage de la jeune Elfe.

— Que veux-tu dire par là ?

— Eh bien, il y a des choses en moi... (Elle se tut.) Voilà, je ne suis pas aussi forte que je voudrais l'être, pas assez courageuse, pas même aussi digne de confiance que toi.

— Amberle, tu as eu très peur. Cela ne signifie pas...

— Oh ! certes, j'ai eu très peur, et j'ai encore très peur et c'est ma peur qui est la cause de tous nos problèmes.

Eretria poussa un juron de colère et s'assit sur le sol, fixant d'un œil noir la serrure toujours bloquée. Elle jeta un coup d'œil sur Wil et se remit à la tâche.

— Amberle, qu'essaies-tu de m'expliquer ? demanda doucement Wil.

— Je suppose que j'essaie de réunir assez de courage pour t'avouer une chose que je ne suis pas parvenue à me décider à t'avouer depuis le début de ce périple. (Elle jeta un bref regard en arrière vers la cellule sombre.) Je suppose que je veux te le dire maintenant, car j'ignore si une autre occasion se présentera.

— Alors, parle, fit-il d'un ton encourageant.

Elle leva son visage d'enfant vers lui.

— Je suis partie d'Arbolon et j'ai fui mes responsabilités d'Elue, car j'ai commencé à être terrorisée par l'Ellcrys. Je ne supportais plus d'être près d'elle. Cela paraît absurde, je sais, mais écoute-moi, s'il te plaît. Je n'ai jamais parlé de cela à personne. J'en étais incapable.

Après un temps de silence, elle reprit :

— La vie m'est devenue difficile à partir du jour où elle m'a élue. Je connaissais le caractère exceptionnel de ce choix. Je savais que j'étais la première femme depuis cinq cents ans à accéder à cet honneur, la première femme, en fait, depuis la Guerre des Races. Pourtant, j'ai accepté cette responsabilité, bien que mon élection soulevât de nombreuses critiques, et certaines ouvertement. Seulement, j'étais la petite-fille d'Eventine Elessedil, et en ce sens, il n'était pas si étrange que son choix se fût porté sur moi, ai-je pensé. Et ma famille, mon grand-père surtout, était extrêmement fière.

» Mais j'ai vite découvert que ma position exceptionnelle ne se limitait pas au fait d'être une femme. Dès le premier jour de mon service, l'attitude de l'Ellcrys envers moi a été différente. Il est connu que hormis le jour de la sélection, l'Ellcrys ne s'adresse quasiment jamais aux Elus. Or, dès le premier jour, elle m'a parlé, pas une fois ni deux, mais tous les jours. Pas quelques mots, mais longuement et à dessein. Et toujours, lorsque j'étais seule. Elle m'indiquait quand venir et, bien sûr, j'obtempérais. Je me sentais alors suprêmement honorée. J'étais spéciale, plus que tous les autres Elus, et j'en tirais une grande fierté.

Elle secoua la tête à ces souvenirs.

– Au début, cela a été merveilleux. Elle m'expliquait des choses que personne d'autre ne savait sur la terre et la vie qui s'y développe, des secrets perdus depuis des siècles – perdus ou oubliés. Elle m'a parlé aussi des Grandes Guerres, de la naissance des Quatre Terres et de leurs peuples, de tout ce qui a été depuis le début du Nouveau Monde. Je ne comprenais pas tout. Mais une grande partie, toutefois. Je comprenais tout ce qu'elle me disait au sujet des êtres qui poussent, de la culture et des soins de la terre. C'était son présent. Un magnifique présent. Et ces discussions étaient magiques... Entendre toutes ces merveilles...

» C'était au début. Je commençais mon service ; toutes ces conversations étaient si nouvelles et si passionnantes que j'acceptais la situation sans la remettre en question. Mais bientôt, une chose désagréable se produisit. Cela va te paraître étrange, Wil, mais j'ai commencé à me perdre en elle. A perdre mon identité. Je n'étais plus *moi* mais un prolongement de l'Ellcrys. Je ne sais toujours pas si c'était intentionnel de sa part ou le simple résultat de cette relation privilégiée. A l'époque, j'ai cru que c'était intentionnel. J'avais de plus en plus peur de ce qui se passait en moi. Et j'en éprouvais de la colère aussi. Devais-je abandonner ma personnalité sous prétexte de satisfaire ses désirs ? J'avais l'impression d'être son jouet. J'étais utilisée. Cela n'était pas normal.

» Puis, les autres Elus commencèrent à noter un changement en moi, à soupçonner, je crois, qu'il y avait dans ma relation avec l'Ellcrys quelque chose de différent. Ils m'évitaient. Je sentais qu'ils me surveillaient aussi. Et moi, je continuais à me perdre en elle, un peu plus chaque jour. Alors, j'ai décidé de faire cesser cela. J'évitais l'Ellcrys, comme mes compagnons m'évitaient. Je refusais d'aller à elle, lorsqu'elle me le demandait. J'en envoyais un autre à ma place. Lorsqu'elle me demandait ce qui n'allait pas, je refusais de le lui expliquer. Elle m'effrayait. Et j'avais honte de moi. Toute cette situation me révoltait.

Amberle serra les lèvres.

– Finalement, j'ai décidé que le vrai problème venait du fait que je n'avais jamais eu l'intention de devenir une Elue. J'étais incapable, semblait-il, d'être à la hauteur de cette responsabilité, de comprendre ce qu'elle attendait de moi. Je n'étais pas en mesure d'accepter ce qu'elle faisait pour moi. Je réagissais mal. Aucun autre Elu n'aurait réagi comme moi. Mon élection avait tout bonnement été une erreur.

» Aussi, Wil, ai-je fui un mois après le début de mon service. J'ai prévenu ma mère et mon grand-père que je partais, qu'il m'était impossible de continuer à la servir encore. Je ne leur ai pas expliqué pourquoi. Echouer dans ma mission était assez grave en soi. Mais échouer parce qu'elle avait à mon égard des exigences que tout autre aurait été ravi de satisfaire... Non. Je pouvais à la rigueur admettre devant moi-même ce qui se passait entre l'Ellcrys et moi, mais il m'était impossible de le reconnaître devant n'importe qui d'autre. Toutefois, ma mère parut me comprendre. Mon grand-père, pas du tout. Nous échangeâmes des paroles très dures, qui laissèrent de l'amertume en nous deux. Je suis partie d'Arbolon, disgraciée à mes propres yeux, ainsi qu'aux yeux de ma famille et de mon peuple, déterminée à ne plus jamais revenir dans ma cité. J'ai fait le vœu elfique de me consacrer à des terres étrangères, d'élire une autre contrée comme foyer et d'y enseigner mes connaissances concernant la préservation de la terre et de sa vie. J'ai voyagé jusqu'à découvrir Havenstead, qui est devenue ma patrie.

Des larmes embuaient les yeux de la fille des Elfes.

– Seulement, j'avais tort. A présent, je puis l'affirmer... Je dois même l'affirmer. J'ai fui une responsabilité qui était mienne. J'ai fui à cause de mes peurs et de mes frustrations. J'ai déçu tout le monde et, au bout du compte, j'ai laissé les Elus, mes compagnons, périr sans moi.

– Tu te juges trop durement, avertit Wil.

– Vraiment ? (Un pli amer se forma sur ses lèvres.) Je crains plutôt de ne pas me juger assez durement. Si j'étais restée à Arbolon, peut-être l'Ellcrys m'aurait-elle parlé de sa mort. Elle me parlait. Les autres ne s'en rendaient même pas compte. Peut-être m'aurait-elle prévenue assez tôt pour qu'on retrouve le Feu de Sang et qu'on plante sa semence avant que l'Interdit ne s'effondre et que les Démons ne se libèrent. Wil, ne comprends-tu donc pas ? Si cela est vrai, j'ai sur la conscience la mort de milliers d'Elfes.

– Il est également possible, avança l'homme du Val, que même si tu étais restée à Arbolon, elle n'ait pas annoncé plus tôt ce danger. Alors, tu serais morte, toi aussi, et n'aurais plus été d'aucune utilité pour les Elfes encore en vie.

– Tu voudrais que je justifie mes actions en faisant appel après coup à la sagesse.

– Je voudrais que tu n'utilises pas ce principe pour élaborer des conclusions sur le passé. Peut-être a-t-elle voulu que les choses se passent ainsi ? Tu ne peux le savoir. (D'une voix soudain ferme :) Maintenant, écoute-moi bien. Suppose que l'Ellcrys ait choisi un autre de tes compagnons pour se confier à lui. Cet Elu aurait-il réagi autrement que toi ? Celui-là aurait-il été immunisé contre les émotions qui te bouleversèrent ? Je ne le pense pas, Amberle. Je te connais. Et sans doute mieux que quiconque, après toutes les épreuves que nous avons traversées ensemble. Tu possèdes une grande force de caractère, de la conviction, et en dépit de ce que tu affirmes, de la détermination.

Il la prit par le menton et lui releva la tête.

– Je ne connais personne – personne, Amberle ! – qui aurait enduré ce périple et tous ses périls mieux que toi. Je crois qu'il est temps que je te dise ce que tu m'as dit une fois avec tellement de gentillesse. Crois en toi. Cesse de douter. Cesse de rebâtir le passé. Aie foi en toi, Amberle, tu le mérites.

Elle pleurait en silence.

– Je tiens à toi.

– Moi aussi, je tiens à toi. (Il l'embrassa sur le front, sûr, à présent, de ses sentiments.) Beaucoup.

Elle posa la tête sur son épaule et il la tint dans ses bras. Lorsqu'elle le regarda de nouveau, plus aucune larme ne brillait dans ses yeux.

– Je veux que tu me promettes une chose, déclara-t-elle.

– D'accord.

– Je veux que tu me promettes de faire en sorte que je voie le terme de cette quête... Que je n'échoue pas, que je ne flanche pas, que je ne rate pas ce que je suis venue faire. Sois ma force et ma conscience. Promets-le-moi !

– Je te le promets, déclara-t-il en souriant affectueusement.

– J'ai encore très peur, tu sais, avoua-t-elle dans un murmure.

– Guérisseur !

Eretria s'était relevée. D'un bond, Wil et Amberle la rejoignirent. Les prunelles noires de la Bohémienne pétillaient de joie. Sans un mot, elle retira son rossignol de la serrure et le remit dans sa botte. Puis, lançant un clin d'œil à Wil, elle saisit les barres en fer et les tira. La porte tourna en silence sur ses gonds.

Wil lui adressa un sourire triomphant. A présent, auraient-ils la chance de trouver Petit Bout ?

## 45

Ils eurent cette chance-là. A peine engagés dans l'escalier obscur, ils entendirent un trottinement. Ils se plaquèrent contre la paroi. Bientôt, le visage parcheminé de Petit Bout s'ébaucha dans le passage obscur.

– Belle créature, bonjour, bonjour. Parler avec Petit Bout ?

Wil le saisit par la peau du cou. Petit Bout hoqueta de frayeur et se trémoussa comme un diable pour se libérer lorsque Wil le souleva de terre.

– Du calme ! murmura-t-il d'un ton âpre en le secouant comme une poupée de chiffon.

Les yeux du malheureux s'arrondirent.

– Non, non, partir pas possible.

– Silence ! (Wil continua à le secouer jusqu'à ce qu'il se taise.) Encore un mot, et je te tords le cou.

Petit Bout opina frénétiquement en se tortillant sous la poigne de Wil. Celui-ci se mit sur un genou et le déposa sur le sol sans le relâcher. Les yeux de sa victime avaient pris la taille de soucoupes.

– Maintenant, écoute-moi bien. Je veux reprendre les Pierres des Elfes, et tu vas me montrer où cette Sorcière les a cachées. Tu as compris ?

Petit Bout secoua avec vigueur sa caboche de vieux.

– Petit Bout sert la dame ! Pas possible partir !

– Dans une boîte, tu m'as dit... Montre-moi où se trouve la boîte ?

– Petit Bout sert la dame ! Petit Bout sert la dame ! répétait ce dernier, aux abois. Toi rester ! Rester !

Wil fut désarmé. Eretria vint alors coller son beau visage presque contre celui de la boule de poils. La dague jaillit de la boîte et elle plaqua la pointe sur sa gorge.

– Ecoute, espèce de minus, si tu ne nous conduis pas immédiatement, je te tranche le cou d'une oreille à l'autre ! Et tu ne serviras plus personne.

Petit Bout fit une horrible grimace.

— Ne fais pas mal à Petit Bout, belle créature ! Petit Bout t'aimer bien. Pas blesser Petit Bout.

— Où sont les Pierres des Elfes ? demanda-t-elle en enfonçant légèrement la pointe de la dague dans la chair.

Soudain, la cloche de la tour retentit. Une, deux, trois, quatre fois ! Le malheureux poussa un gémissement de frayeur et se débattit avec violence pour se libérer. Wil le secoua avec colère.

— Que se passe-t-il ? C'est quoi ?

Petit Bout cessa de se débattre.

— Morag arrive, pleurnicha-t-il.

— Il nous faudrait une corde ou autre chose pour lui ligoter les mains, fit Wil en jetant un rapide regard circulaire.

Eretria dénoua la longue écharpe qui lui ceignait la taille et attacha les mains de Petit Bout dans son dos. Wil saisit les deux extrémités de l'écharpe et les enroula autour d'une main.

— Ecoute-moi, Petit Bout ! (Il leva brusquement le menton de son prisonnier et le regarda droit dans les yeux.) Je veux que tu nous conduises là où la dame garde les Pierres. Si tu essaies de t'enfuir ou de lancer le moindre signal d'alerte, tu sais ce qui t'arrivera, hein ?

Il attendit que son captif opine.

— Alors, pas de sottises !

Petit Bout recommença à grommeler, mais Eretria le menaça de nouveau de sa lame. Il opina une deuxième fois, humblement.

— Brave Petit Bout. (Wil relâcha son menton.) En route !

Ils gravirent l'escalier en file indienne, Petit Bout en tête, tenu en laisse par Wil. Ils furent vite plongés dans une obscurité totale, puis une lumière scintilla devant eux, découpant vaguement la cage d'escalier. Un globe similaire à celui de leur cachot. D'autres apparurent bientôt. L'escalier continuait à serpenter dans la tour. De temps à autre, ils passaient devant des passages obscurs et déserts, des portes verrouillées. Le parfum de l'encens s'accentuait au fur et à mesure de leur ascension. A moitié abrutis, ils tentaient de ne pas l'aspirer. Comme les minutes s'écoulaient, Wil fut saisi de méfiance. Ce diablotin serait-il plus malin qu'il n'en avait l'air ?

Ils atteignirent enfin un palier et Petit Bout s'arrêta. Il désigna un corridor vaguement éclairé allant buter sur une porte massive bardée de fer. On percevait de faibles bruits de voix à travers le battant.

Wil se pencha vers son minuscule prisonnier.

— Petit Bout, c'est quoi ?

Une expression sournoise s'inscrivit sur le visage tout fripé. Des perles de sueur le couvraient.

— Morag, chuchota ce dernier. Très méchante, très méchante.

Wil se redressa.

— Morag ne nous intéresse pas. Où sont les Pierres ?

Il désigna une nouvelle fois la porte. Wil le regarda d'un air incertain. Disait-il seulement la vérité ? Alors, Eretria s'agenouilla à côté de lui et, sans montrer la dague, demanda d'une voix douce :

— Petit Bout, tu en es sûr ?

— Belle créature, pas mentir. Pas blesser Petit Bout.

— Mais je ne veux pas te blesser, assura-t-elle en le tenant sous le charme de son regard. Mais tu sers la dame, pas nous. Devons-nous te croire ?

— Petit Bout sert la dame, répéta-t-il d'une voix faiblissante. Petit Bout, pas mentir. Belles Pierres au fond du corridor, dans petite pièce en haut escalier, dans boîte avec belles fleurs, rouge et or.

Eretria le sonda encore du regard, puis se tournant vers Wil, opina et lui dit qu'elle le croyait sincère.

— Y a-t-il un autre moyen d'aller dans cette pièce ?

La boule de poils fit non de la tête.

— Une porte, une seule.

Wil fit signe aux deux femmes de le suivre. Sans bruit, il gagna la porte, tenant toujours son prisonnier en laisse.

Des voix perçantes et grinçantes de colère se faisaient entendre. Wil inspira à fond, puis lentement souleva le loquet et ouvrit un tout petit peu le battant. Il risqua un œil.

Il aperçut la vaste salle où Mallenroh était venue les voir. Plusieurs de ces insolites lumières sans fumée, qui pendaient du plafond comme des toiles d'araignée, l'éclairaient vaguement. Juste derrière la porte, un balcon s'évasait en deux séries de marches jumelles conduisant dans la salle proprement dite.

Là, des centaines d'hommes-bois, pressés les uns contre les autres, encerclaient deux personnes enveloppées de robes de gaze noire. Elles se faisaient face à moins de douze pas et poussaient des glapissements, comme des chattes miaulant à la lune.

Les Sœurs Sorcières, Morag et Mallenroh, ennemies acharnées dans un conflit vieux de plusieurs siècles et oublié de tous, excepté d'elles. Ces deux sœurs se ressemblaient comme des jumelles. Même chevelure grise et tissée de reflets noirs. Mêmes robes fluides et noires flottant sur leurs grands corps ; même teint d'une blancheur diaphane. On eût dit deux fantômes. Mais de formes exquises. Toutefois, leur beauté parfaite était quelque peu altérée par la haine qui déformait leurs traits et durcissaient leurs insolites yeux violets. Leurs glapissements cessèrent, et une joute verbale, dure et mordante, s'engagea.

— Mon pouvoir est aussi grand que le tien, sœur, et je ne crains que ce que tu crains aussi. Nous sommes deux rocs inamovibles, et ni l'une ni l'autre ne peut emporter la victoire. (Hochement de tête goguenard.) Mais, sœur, tu voudrais modifier cette situation. Tu voudrais t'armer d'une magie qui ne t'appartient pas. Et en agissant de la sorte, mettre fin à l'empire que nous exerçons ensemble, toi et moi, sur les Fosses.

» Pure sottise, sœur ! Tu ne peux avoir de secrets pour moi. J'ai su tout de suite ce que tu tramais. Je connais l'existence de ces Pierres.

— Tu ne sais rien, éructa l'autre. (Wil comprit qu'il s'agissait de Mallenroh.) Retourne chez toi, sœur, sinon tu le regretteras amèrement.

Morag éclata de rire.

— Calme-toi donc, nigaude. Tes menaces ne m'effraient point. Je ne repartirai que lorsque j'aurai ce que je suis venue chercher.

— Les Pierres des Elfes sont à moi ! rétorqua l'autre d'une voix cassante. Je les ai et je les garde. C'est un présent qui m'était destiné.

— Sœur, aucun présent ne sera tien si je ne le veux pas. Un pouvoir aussi puissant que celui procuré par ces Pierres doit appartenir à celle qui est la mieux placée pour s'en servir. Et celle-là, c'est moi.

— Tu n'es la mieux placée pour rien du tout, cracha Mallenroh. Je t'ai autorisée à partager ces Fosses avec moi simplement parce que tu es la dernière de mes sœurs, et j'éprouve aussi, je l'avoue, un peu de pitié pour une personne aussi laide et aussi inutile que toi. Réfléchis à cela, sœur. J'ai toujours eu ma part de belles choses, mais toi, hormis la compagnie de ces hommes-bois, des muets, tu n'as rien. (Puis, d'une voix sifflante, elle ajouta :) Souviens-toi de l'humain que tu as cherché à me ravir, ce bel homme qui m'appartenait, cet adonis que tu désirais follement. Sœur, t'en souviens-tu ? Pourquoi as-tu perdu ce bel objet ? Ton imprévoyance a provoqué sa mort.

Morag vit rouge.

— C'est toi, sœur, qui l'as tué !

— Moi ? s'esclaffa Mallenroh. Une caresse de tes mains et il se flétrissait de répulsion.

Les traits de Morag étaient pétrifiés par la rage.

— Donne-moi les Pierres des Elfes !

— Je ne te donnerai rien !

Tapi immobile derrière la porte massive, Wil sentit une main se poser sur son épaule et il sursauta. Eretria jeta un coup d'œil par l'entrebâillement.

— Recule, chuchota-t-il en se retournant vers la salle où se poursuivait la querelle.

Morag s'était campée devant sa sœur.

— Donne-moi les Pierres des Elfes. Tu dois me les donner !

— Vipère, regagne le trou d'où tu es sortie ! (Mallenroh eut un ricanement méprisant.) Retourne dans ton nid désert.

— Vampire ! tu te nourrissais du sang des tiens.

Mallenroh hurla.

— Hideuse créature ! Va-t'en !

Morag administra à sa sœur une gifle cinglante dont l'écho résonna dans le silence. Sous le choc, Mallenroh recula en tanguant. Les hommes-bois s'éloignèrent des deux protagonistes dans un concert de grincements.

Soudain, le rire de Mallenroh monta dans la salle, aigu et inattendu.

— Sœur, tu es pitoyable. Tu ne peux me faire aucun mal. Retourne dans ton antre obscur. Attends que je vienne te voir. Attends que je te donne la mort que tu mérites. Esclave, tu serais encore inutile.

Morag s'avança et frappa encore sa sœur, un coup rapide qui arracha un glapissement de rage à Mallenroh.

— Donne-moi les Pierres ! brailla Morag, mais avec cette fois une pointe de désespoir dans la voix. Je les aurai ! Je les aurai ! Donne-les-moi !

Elle bondit sur sa sœur et lui serra la gorge à deux mains. Son beau visage tordu par une rage folle, Mallenroh riposta. Les deux sorcières roulèrent sur le sol, se griffant comme des chattes furieuses. Mallenroh parvint enfin à se relever. Elle tendit une main. Aussitôt, une racine jaillissant de la dalle sous ses pieds s'enroula avec force autour du corps de sa sœur, qui se mit à frétiller comme un poisson hors de l'eau. S'allongeant toujours, cette racine souleva la sorcière jusqu'à hauteur des globes lumineux. Morag glapit. Un éclair étincela et un feu vert courut le long de la racine qui devint cendres. La sorcière tomba en chute libre, inanimée ; d'épais tourbillons de fumée se dégagèrent de son corps. Puis, flottant comme un spectre au-dessus de ce nuage fuligineux, Morag réapparut. Elle redescendit lentement et reposa le pied par terre.

Mallenroh glapit de dépit, et le feu vert jaillit, de ses mains cette fois, cernant sa sœur. Morag recula. Consumées toutes deux par ce feu, elles poussèrent des cris horribles. Cet incendie s'éteignit et, de nouveau, les deux sœurs s'affrontèrent, tournant lentement l'une autour de l'autre.

— Cette fois, je vais enfin être libérée de toi, murmura Mallenroh d'une voix vibrant d'une colère froide.

Elle bondit sur sa sœur, qui encaissa le choc et la repoussa. Le feu vert crépita. Poussant un hurlement strident et terrible, Mallenroh disparut dans un mur de fumée. Une seconde plus tard, elle émergeait un peu plus loin sur la droite. Elles continuèrent à se crêper le chignon dans un incroyable tourbillon de robes, le feu crépitant sans répit de leurs doigts. Des étincelles retombèrent en pluie sur les hommes-bois. Une douzaine prirent feu. Une tornade de flammes monta vers le plafond. Mains soudées, le corps raidi pour mieux réunir leurs forces, elles s'acharnaient l'une sur l'autre, glapissantes. Les flammes retombaient comme des fontaines aux quatre coins de la salle, réduisant en cendres d'autres hommes-bois qui tournoyaient dans ce piège. La chaleur dégagée par l'incendie devint si intense qu'elle atteignit Wil et les deux femmes, toujours cachés derrière la porte entrouverte.

Bientôt, la tour elle-même se mit à trembler. Au milieu de la fumée de plus en plus épaisse, des éclats de pierre et de bois tombaient en cascade. La tornade léchait à présent les grosses poutres en bois servant de support à la tour. Partout, des hommes-bois brûlaient, propageant l'incendie.

S'ils s'attardaient encore ici, ils allaient eux aussi être pris au piège, songea Wil en se levant brusquement. Pis, la tour menaçait de s'effondrer et de les enterrer vivants. Il fallait fuir. C'était dangereux, certes, mais moins que de rester sur place et de griller vifs.

Il poussa Petit Bout devant la porte.

— Où se trouve la pièce avec la boîte ?

Petit Bout gémissait et sanglotait. Wil le secoua méchamment.

— Montre-moi cette pièce !

Petit Bout pointa le doigt par l'ouverture de la porte. Loin sur la droite, presque à l'autre bout de la vaste salle, un étroit escalier en colimaçon menait à un palier où se trouvait une seule porte.

Wil jeta un rapide regard à Amberle. Sa cheville foulée la ralentirait.

– Tu tiendras le coup ?

Elle opina en silence. Il regarda alors Eretria qui opina aussi. Il inspira à fond.

– Allons-y !

Tenant sous le bras Petit Bout qui se démenait, il ouvrit grande la porte et partit en courant. Aussitôt, une rafale brûlante l'assomma comme un coup de massue, lui enflammant la gorge et roussissant son visage. Tête baissée, il dévala le petit escalier s'évasant en demi-cercle. Des hommes-bois se pressèrent autour de lui, mais il les repoussa, ouvrant le passage aux deux jeunes femmes. Zigzaguant entre les multiples feux, ils filèrent vers l'escalier.

Soudain, la tornade explosa, les plaquant tous au sol. Éblouis, ils se relevèrent sur leurs genoux, observant les deux sœurs qui se battaient avec une vigueur accrue. La nature de l'incendie se modifia : de vertes, les flammes devinrent jaunes et se mirent à crépiter avec bruit. Le feu surnaturel s'était mué en un véritable incendie. Les sœurs hurlèrent. Les flammes, montant le long de leurs corps sveltes, atteignirent leurs longues chevelures.

– Sœur ! cria l'une, dans un gémissement craintif.

Une atroce odeur de chair carbonisée emplit la salle. Les Sorcières furent englouties dans un mur de flammes avec une rapidité surprenante. Soudées l'une à l'autre dans une lutte sans merci, voilà que l'instant d'après, elles avaient disparu, consumées. Si chacune était immunisée contre le pouvoir de l'autre, elles étaient incapables de survivre à une réunion de leurs forces. Il ne restait d'elles qu'un amas informe de cendres et de chair noircie. Wil entendit Amberle pousser un hoquet d'horreur. Tous les hommes-bois s'effondrèrent comme des pantins désarticulés. Bras et jambes se détachèrent du tronc, doigts et orteils se ratatinèrent, et bientôt ils ne furent plus que des monceaux de bois mort. La magie qui les avait créés et tenus en vie cessait d'agir avec la mort des Sœurs Sorcières. Les seuls vivants, dans la salle, étaient les trois humains et Petit Bout.

Mais leur temps était compté. A moitié asphyxié, Wil se releva d'un bond. Repoussant violemment du pied le tas de bois, il s'élança dans les flammes sans lâcher Petit Bout et cria à Amberle et à Eretria de le suivre. Petit Bout pleurnichait en marmonnant, mais Wil ne lui prêta pas attention. Une fois parvenu sur le palier, il posa la main sur le loquet en priant pour qu'il s'ouvre. Oui ! Yeux larmoyants, gorge en feu, il pénétra dans la pièce.

C'était un véritable dédale d'étoffes de soie noires et de plantes vénéneuses se coulant le long des murs et s'enroulant en vrilles autour d'un treillis en fer. Wil scruta avec anxiété la pièce obscure et découvrit enfin ce qu'il cherchait. Au fond de la chambre, sur une table, perdu au milieu d'un fouillis de flacons d'encens et de parfums, se trouvait un coffret en bois aux riches sculptures alambiquées et dont le couvercle était orné de fleurs peintes, rouge et or. Il s'approcha en chancelant de cette table, vaguement conscient que les deux jeunes femmes entraient à leur tour. Il allait soulever le couvercle, lorsque la Bohémienne, poussant un cri vif, le repoussa brutalement.

— Guérisseur, combien de fois faudra-t-il que je te sauve ? hurla-t-elle pour dominer le rugissement du sinistre.

Elle saisit un tisonnier, s'approcha d'un côté de la table et souleva le couvercle avec le bout du tisonnier. Vite, elle frappa la barre sur le sol jusqu'à ce que l'animal qui s'y était enroulé expire.

Wil découvrit alors la vipère, et ses yeux s'écarquillèrent d'effroi.

— Il a essayé de t'avertir ! expliqua Eretria en désignant Petit Bout qui pleurait à chaudes larmes.

Wil était si ébranlé qu'il ne pouvait ni parler ni bouger. Une morsure de cette vipère...

Eretria poussa le coffret avec la pointe de sa dague pour le faire tomber par terre. Des multitudes de pierres précieuses et de bijoux s'en échappèrent. Et au milieu, la bourse de Wil. La Bohémienne la ramassa prestement, la garda un instant pour décider ce qu'elle allait en faire, puis la tendit à Wil. Il la prit sans rien dire, dénoua les cordonnets et regarda à l'intérieur.

Un petit sourire se dessina sur ses lèvres. Les Pierres des Elfes étaient de nouveau enfin en sa possession.

Une autre secousse ébranla la tour. Une grosse poutre de la grande salle céda et alla s'écraser sur le sol dans une pluie d'étincelles et de flammes. Wil glissa la bourse sous sa tunique et regagna la porte, suivi des autres. Ils devaient ressortir au plus vite de cet édifice.

Mais un soudain martèlement provenant d'une grande armoire les fit stopper. Un martèlement mêlé de cris étouffés et d'un grognement sourd de quelque animal. Wil jeta un rapide coup d'œil à Eretria. Vite, il courut à l'armoire et l'ouvrit. Une bête noire et massive sauta sur lui. Des cris retentirent dans la chambre envahie par la fumée, comme il essayait de se défaire de son adversaire. Mais une main l'écarta brutalement et un visage familier apparut.

— Hebel ! s'exclama Wil, interloqué.

— Ici, Drifter ! (Le vieil homme retint son chien avec fermeté.) Mais que se passe-t-il donc ? Et qu'est-ce que je faisais dans cette armoire, nom d'une hyène !

Wil se releva en chancelant.

— Hebel ! La sorcière... Mallenroh t'avait changé en statue de bois ! Tu ne t'en souviens pas ? (Il sourit de soulagement.) Nous qui te croyions mort ! Je ne comprends pas comment...

Amberle le prit par le bras.

— Wil, la mort de Mallenroh a entraîné celle de ses pouvoirs magiques. Voilà pourquoi les hommes-bois sont tombés en miettes. Le pouvoir qui les maintenait en « vie » a disparu. Il en a dû être de même pour Hebel et son chien.

Un nouveau nuage de fumée s'engouffra dans la pièce.

— Il faut partir ! cria Eretria d'une voix anxieuse.

Tenant toujours Petit Bout sous son bras, Wil regagna la porte.

– Aide Amberle, cria-t-il à Hebel par-dessus son épaule.

Mais une fois sur le palier, l'épouvante les fit s'arrêter. L'incendie avait gagné la salle entière. Toutes les poutres du plafond craquaient sinistrement et menaçaient de tomber. Les murs rougeoyaient sous la chaleur intenable. Comble de malchance, la porte d'entrée à double battant était close et barricadée. A pas hésitants, Wil s'engagea dans l'escalier, cherchant un passage entre les flammes et les rideaux de fumée.

Tout à coup, la porte d'entrée s'ouvrit dans un craquement, et ses deux battants allèrent rebondir contre les murs. Ebahis, ils s'arrêtèrent au pied de l'escalier. La lumière blafarde du jour se déversa par l'embrasure et Wil crut un instant voir une ombre avancer dans la salle. Etait-ce un tour de son imagination ?

Derrière lui, Drifter se mit à gronder.

La Faucheuse ! Wil avait complètement oublié ce monstre.

– Petit Bout ! cria-t-il frénétiquement en le secouant de toutes ses forces sous son nez. Comment sort-on d'ici ? Réponds-moi ! Montre-moi une autre issue !

– Petit Bout... dehors... par là ! fit-il en pointant un doigt tremblotant.

Wil aperçut en effet une porte, sur leur gauche, à vingt mètres peut-être, au-delà du brasier. Sans hésiter, il s'élança dans le mur de feu, en criant aux autres de le suivre. Il sentait presque le souffle de la Faucheuse passer sur ses épaules. Elle était là, dans cette salle.

Ils atteignirent la porte quasiment par miracle. Suffoquant et toussant avec violence, il tourna la poignée. Cette porte aussi s'ouvrit. Il fit passer les autres devant lui, sortit à son tour, referma la porte et remit solidement le loquet en place.

Trébuchant souvent, ils dévalèrent le plus rapidement possible un escalier en colimaçon qui les conduisit loin sous la tour. La faible lumière sans fumée l'éclairait. L'air humide et rance rafraîchissait leurs corps en feu. Une seule fois, Wil se retourna vers ses compagnons pour les prévenir que la maudite Faucheuse avait fini par les retrouver. Puis, ils continuèrent à fuir sans que personne prononçât un mot.

L'escalier les mena dans un passage, éclairé lui aussi, par quelques-uns de ces globes insolites. Il commençait par filer en ligne droite, puis disparaissait après un coude. Portant toujours Petit Bout qui gémissait à chacun de ses pas, Wil s'engagea dans ce tunnel, les trois autres sur ses talons. Eretria soutenait Amberle qui boitillait à cause de sa cheville douloureuse. Cette espèce de souterrain ne cessait de tourner, tantôt dans un sens, tantôt dans un autre, s'enfonçant toujours davantage dans les entrailles de la terre. Toutes sortes d'insectes détalaient à leur passage.

De temps à autre, Wil scrutait les ombres du regard, attentif au moindre mouvement, au moindre bruit. Les larmes lui brouillaient la vue, et il les essuya d'un geste rageur. Où était cette Faucheuse ? Il la sentait, tout près.

Le souterrain buta sur un deuxième escalier en colimaçon, obscur et désert, mais qui montait, celui-là. Pendant d'interminables minutes, ils en gravirent les marches, l'oreille aux aguets, l'œil fixé sur la courbe suivante qui les invitait presque d'un air taquin à poursuivre leur ascension. Hormis le bruit de leurs propres pas qui résonnaient étrangement dans l'épais silence régnant dans ces lieux, ils ne perçurent aucun son.

Enfin, une trappe les arrêta. Wil arracha d'un geste sec le cadenas qui la fermait et la souleva d'un coup d'épaule. Une lumière pâle pénétra dans l'escalier. La petite troupe et le chien émergèrent en hâte à l'air libre.

Ils étaient de nouveau dans les Fosses où stagnait une brume grisâtre. Derrière eux, le donjon de Mallenroh s'estompait dans un nuage de fumée qui montait droit vers le ciel et tourbillonnait autour de la tour en train de s'effondrer lentement sur elle-même.

La forêt qui les encerclait était déserte. La Faucheuse restait invisible.

46

Wil jeta autour de lui des regards perplexes. Mais la brume et la pénombre masquaient toutes choses, hormis le brasier qui emportait la tour de Mallenroh. Quelle direction prendre ? Wil n'en avait pas la moindre idée.

— Hebel, où se trouve le Pic de l'Aiguille ? demanda-t-il sur un ton précipité.

— Comment veux-tu que je le sache, petit Elfe ? répondit le vieil homme en hochant la tête. On ne voit rien.

Après un instant d'hésitation, Wil s'accroupit et extirpa Petit Bout de sous son bras. La tête enfouie dans ses mains, celui-ci était replié en une boule serrée. Wil eut beau essayer de le dérouler, pas moyen. Finalement, il le secoua avec rage en le tenant par les épaules.

— Petit Bout, écoute-moi ! Tu dois me parler. Petit Bout, regarde-moi !

La petite créature apeurée lorgna à contrecœur entre ses doigts. Tout son corps tremblait avec violence.

— Réponds-moi donc, espèce de demi-portion ! s'emporta Wil en le secouant comme un prunier. Réponds-moi !

— Petit Bout sert la dame ! s'exclama-t-il soudain. Petit Bout sert la dame ! sert la...

Wil le secoua si fort que ses dents se mirent à claquer.

— Arrête de dire ça ! La dame est morte, Petit Bout ! Morte ! Tu ne la sers plus !

Tout à coup, le malheureux se figea et écarta lentement les mains de sa figure de vieillard prématuré. Il éclata en sanglots.

– Pas faire mal à Petit Bout ! implorait-il entre deux violents hoquets. Petit Bout gentil !

Puis, toujours pleurant, il se laissa choir sur la terre, se replia de nouveau en boule et roula comme un animal blessé. Wil le regardait, complètement démuni.

– Bravo, Guérisseur ! (Poussant un soupir, Eretria s'approcha.) Tu le terrorises, alors qu'il est le seul à pouvoir nous sortir de ce pétrin. (Elle repoussa l'homme du Val.) Laisse-moi prendre les choses en main.

Wil alla rejoindre Amberle et tous deux regardèrent en silence la Bohémienne. Elle s'agenouilla à côté de la minuscule boule de poils, la prit dans ses bras et la berça comme un nouveau-né. Lui chuchotant des paroles douces, elle caressa tendrement sa petite tête toute poilue. Des minutes s'écoulèrent, et enfin Petit Bout cessa de pleurer. Il leva un peu la tête.

– Belle créature ?

– Tout va bien, Petit Bout.

– Belle créature prendre soin de Petit Bout ?

– Je prendrai soin de toi. (Elle jeta à Wil un regard sévère.) Personne ne te fera de mal.

– Pas blesser Petit Bout. (Cette fois, il leva franchement son visage parcheminé vers elle.) Promis ?

– Je te le promets, fit Eretria en lui lançant un sourire rassurant. Mais tu dois nous aider. Petit Bout, le feras-tu ? Nous aideras-tu ?

La petite créature acquiesça avec ardeur.

– Aider toi, belle créature. Petit Bout gentil.

– Petit Bout gentil, c'est vrai. (Puis, se penchant vers lui :) Nous devons faire vite. Le Démon... Celui qui nous a suivis dans les Fosses est toujours à nos trousses. S'il nous retrouve, il nous tuera tous, tu sais.

– Belle créature, pas laisser le Démon faire mal à Petit Bout ?

– Non, si nous nous dépêchons. (Elle lui caressa la joue.) Mais on doit trouver cette montagne... Guérisseur, comment s'appelle-t-elle, déjà ?

– Le Pic de l'Aiguille.

– Le Pic de l'Aiguille. Peux-tu nous conduire au Pic de l'Aiguille, Petit Bout ?

Ce dernier jeta à Wil un regard troublé, puis contempla un long moment la tour en flammes. Il reporta enfin son regard sur Eretria.

– Belle créature, je t'y emmènerai.

Eretria se releva et prit Petit Bout par la main.

– Ne t'inquiète plus maintenant. Je prendrai soin de toi, Petit Bout.

Comme elle passait devant Wil, Eretria lui lança un clin d'œil triomphal.

– Guérisseur, je t'avais bien dit que tu aurais besoin de moi !

La petite troupe s'éloigna dans la forêt obscure. Soutenant Amberle par la taille, Wil fermait la marche. Bientôt, la distance qui les séparait d'Eretria s'accrut dangereusement. Ils risquaient d'être séparés. Voulant accélérer le train, Amberle trébucha et tomba. Sans hésiter, Wil la souleva dans ses bras et continua de progresser en la portant. A son grand étonnement, la fille des Elfes ne résista pas, elle qui avait toujours mis un point d'honneur à refuser toute aide. La tête nichée dans le creux de ses épaules, les mains passées autour de son cou, elle se laissa porter. Ils n'échangèrent aucune parole.

Wil songea un instant à Amberle, mais vite, d'autres sujets accaparèrent son esprit. Il entreprit de forger un plan pour ressortir sains et saufs des Fosses et échapper à la Faucheuse. Certes, cette vallée était périlleuse, mais il redoutait surtout ce prédateur infatigable que rien ne semblait pouvoir arrêter et qui écartait tous les obstacles se dressant entre lui et la fragile femme-enfant qu'il tenait dans ses bras. Il doutait que les Pierres des Elfes, si jamais il parvenait à déclencher leur pouvoir, parvinssent à l'arrêter. Il fallait le fuir, le semer au plus vite.

A vrai dire, il pensait détenir la solution. C'était leur cinquième jour en Barbarie, le jour où Perk allait survoler cette contrée avec Genewen pour rentrer chez lui, dans le Repli-de-l'Aile. Lâchant d'une main Amberle, il palpa le sifflet en argent que le gamin lui avait donné pour appeler son oiseau. Il l'avait soigneusement gardé sous sa tunique. Certes, il avait promis à Amberle de ne faire appel à cet enfant que si leur situation était désespérée. Mais pouvait-elle l'être davantage ? S'ils devaient ressortir des Fosses, puis retraverser la Barbarie et ensuite tout le Bas-Westland pour regagner Arbolon, et le tout à pied, la Faucheuse aurait largement le temps de retrouver leur piste et de les tuer. Il serait insensé de penser autrement. Le seul moyen qu'il connaissait pour rentrer était Genewen.

Peut-être, se dit-il en tempérant son optimisme. Il leur fallait encore atteindre le Pic de l'Aiguille, trouver le Feu de Sang, y immerger la semence de l'Ellcrys, gagner le sommet de cette haute montagne... Et Genewen serait-elle en mesure de tous les transporter ? Tout cela, avant que la Faucheuse ne les rattrape ! Que de choses la chance devait leur accorder !

Un instant, il songea à Arbolon et aux Elfes. Un terrible conflit s'était sans doute déjà engagé entre ce peuple et les Démons. L'Interdit s'était certainement écroulé à l'heure qu'il était. Et l'Ellcrys ? Allanon avait-il trouvé le moyen de reculer sa mort ? Avait-il assez de pouvoir pour empêcher ces possédés du Mal de commettre des carnages ? Combien de temps restait-il avant que la renaissance de l'Ellcrys permette de les sauver ? A quoi bon se poser toutes ces questions, puisqu'il était incapable d'y fournir la moindre répondre ?

Le désespoir submergea Wil. Un désespoir effrayant, car trop brutal et absolu, comme s'il avait su que même s'ils parvenaient à atteindre le but, ce serait de toute façon trop tard... Et alors...

Wil Ohmsford se força à couper court à ces réflexions. Elles ne menaient qu'à la folie.

Le terrain commença de monter, doucement d'abord, puis la pente s'accentua tout à coup. Ils avaient entamé l'ascension du Pic de l'Aiguille. Une étroite sente serpentait dans la brume, au milieu de gros blocs de rochers. Progressivement, cette nappe se dissipa et ils laissèrent derrière eux le toit de la forêt. De larges pans de ciel grisâtre apparurent entre les trouées des arbres, et de faibles rais de soleil percèrent la pénombre. Lentement, avec prudence, ils poursuivirent leur ascension, entrevoyant en contrebas l'océan enchevêtré des Fosses.

Soudain, ils débouchèrent sur une falaise faisant face à la chaîne montagneuse qui encerclait la Barbarie. Une immense caverne s'ouvrait dans la paroi, comme une monstrueuse gueule noire. Petit Bout les conduisit jusqu'à l'entrée de cette caverne en zigzaguant entre les fourrés envahissant la falaise. Une fois parvenu devant cette entrée, il se retourna vers Eretria :

— Imprenable, belle créature... Là ! (Il désigna l'antre obscur.) Tunnels et tunnels qui tournent et qui tournent. Imprenable... Petit Bout gentil.

La Bohémienne le rassura d'un sourire et jeta un regard en arrière à Wil.

— Et maintenant ?

Wil s'avança et scruta en vain la caverne obscure. Il déposa Amberle à terre et se tourna vers leur guide. Ce dernier se précipita derrière Eretria et se cacha le visage dans les plis de son ample pantalon.

— Petit Bout ? appela gentiment Wil.

Mais celui-ci ne voulut rien entendre et Wil poussa un soupir. Il n'avait pas de temps à perdre pour l'amadouer.

— Eretria, interroge-le au sujet d'une porte faite dans un verre incassable.

La Bohémienne s'accroupit à hauteur de la minuscule créature.

— Petit Bout, tout va bien. Je ne laisserai personne te faire du mal. Petit Bout, regarde-moi ! (Ce dernier releva la tête et eut un sourire hésitant. Eretria lui caressa la joue.) Petit Bout, peux-tu nous montrer la porte en verre incassable ?

Il pencha la tête de côté.

— Jouer à un jeu, belle créature ? Jouer avec Petit Bout ?

Eretria ne sut que répondre. Elle jeta un rapide regard à Wil qui haussa les épaules et fit oui de la tête.

– Bien sûr, toi et moi, on peut jouer. (Elle sourit encore.) Peux-tu nous montrer cette porte ?

Le visage parcheminé se plissa de joie.

– Petit Bout peut montrer.

Il se leva d'un bond et détala dans la caverne, puis en ressortit, prit Eretria par la main et la tira en avant. Wil hocha la tête en signe de désespoir. Il se fiait à un fou ! Etait-ce le choc provoqué par la mort brutale de sa dame ou son long confinement dans les Fosses ? En tout cas, il prenait un très grand risque à suivre cette créature infantile. Il n'avait pourtant pas d'autre solution. Il regarda de nouveau la gueule béante de la caverne.

– Je n'aimerais vraiment pas me perdre là-dedans, marmonna Hebel.

Eretria paraissait du même avis.

– Petit Bout, on ne voit rien là-dedans. (Elle s'arrêta.) Nous devons d'abord nous fabriquer des torches.

Petit Bout se pétrifia.

– Belle créature, pas de torches. Pas de feu. Feu brûle... Feu détruit. Faire mal Petit Bout. Feu brûler la tour de la dame. La dame... Petit Bout sert la...

Il éclata soudain en sanglots, s'agrippant aux jambes d'Eretria.

– Pas faire mal Petit Bout.

– Non, non, assura-t-elle en le prenant dans ses bras. Personne ne te fera de mal. Mais on a besoin de lumière. On ne verra rien dans cette caverne sans lumière.

Il leva son visage ruisselant de larmes vers celle en qui il avait placé sa confiance.

– Lumière, belle créature ? Oh ! mais il y a lumière. Viens ! Lumière, par là.

Tout en marmonnant pour lui-même, il les conduisit jusqu'à l'entrée de la caverne. Il s'approcha d'une paroi et sortit d'une niche creusée dans la roche deux lampes insolites. Les brandissant devant lui, il fit jaillir à l'intérieur de la partie qui était en verre la même lumière brûlant sans fumée.

– Lumière, sourit Petit Bout en tendant les lampes d'un air ravi à Eretria.

Elle en garda une et donna l'autre à Wil. Ce dernier se tourna vers Hebel.

– Tu n'es pas obligé de nous accompagner, tu sais.

– Ne fais pas l'idiot, répliqua le vieil homme. Et si vous vous perdez dans ce four ? Vous aurez besoin de Drifter pour retrouver votre chemin, voyons ! Et puis, je veux voir ce mystérieux Imprenable.

Wil comprit qu'il ne parviendrait pas à le faire changer d'avis. Il lança un signe de tête à Eretria. Elle saisit la main de Petit Bout et, tenant la lampe devant elle, s'engagea dans la caverne. Wil reprit Amberle dans ses bras et leur emboîta le pas. Hebel et Drifter fermaient la marche.

Ils avançaient à pas prudents. Bientôt, leurs yeux s'accoutumant à l'obscurité, ils découvrirent que cette caverne était fort profonde. A son extrémité, une série d'ouvertures, constituées d'étroites fentes, se découpaient dans la roche. Toutes semblables.

Toutefois, Petit Bout en choisit une sans hésiter et se faufila à l'intérieur. Il les guida alors à travers un dédale de souterrains tournant sans cesse et partant en étoile dans toutes les directions. Ils perdirent tous vite le sens de l'orientation, excepté leur guide.

Un escalier qui descendait apparut devant eux. Le caractère des tunnels changea du tout au tout. Le plafond, le sol et les parois n'étaient plus l'œuvre de la nature mais faits de gros blocs de pierre, de toute évidence taillés à la main. Des coulures d'humidité couvraient les murs et le toit, et sur les marches couraient de minces filets d'eau. Ils perçurent des couinements agacés et des bruits de petites pattes griffues qui détalaient. Ils entrevirent fugacement des rats noirs au poil luisant.

Sans hésiter, Petit Bout s'engagea dans cet escalier qui décrivait sans fin des méandres aux angles bizarres et qui une fois ou deux s'aplanissait presque à l'horizontale. Tout autour d'eux, juste devant le faisceau des lampes, des rats continuaient de s'enfuir dans le noir en poussant de faibles cris désagréables qui leur donnaient le frisson. L'odeur de moisi et de pourriture devenait de plus en plus prononcée. Ils descendaient toujours vers le cœur de la montagne.

Ils parvinrent enfin dans une vaste salle dont la voûte était soutenue par de massives colonnes. Des bancs de pierre en piteux état étaient disposés en cercles de plus en plus larges autour d'une estrade basse et ronde. D'étranges inscriptions étaient gravées dans la pierre des murs et des colonnes. Des bannières tombant en poussière pendaient à des hampes en métal rouillé.

Jadis, se dit Wil, cet endroit a dû servir de salle de conseil, voire même de lieu secret où l'on célébrait des rites bizarres.

Petit Bout les entraîna derrière l'estrade. Dans le mur du fond était ouverte une porte impressionnante. Au-delà, une nouvelle série de marches descendait encore.

Petit Bout s'engagea sans hésiter dans l'escalier. L'inquiétude de Wil augmentait au fil des secondes. Ils s'enfonçaient toujours davantage dans les entrailles de la montagne, et seul cet énergumène savait où ils étaient. Si la Faucheuse les avait suivis...

L'escalier les mena dans un nouveau souterrain. Quelque part au-dessus de leurs têtes, Wil crut entendre un bruit d'eau, comme un ruisseau dévalant sur la roche. Tirant Eretria par la main, Petit Bout accéléra le pas, tout en jetant derrière lui de fréquents regards anxieux pour s'assurer qu'elle le suivait. Encore une caverne. Immense et naturelle, aux parois crevassées et hérissées d'aspérités. Des stalactites déchiquetées pendaient du plafond ; le sol était jonché de débris rocheux et creusé d'ornières. Dans le noir, au-delà du faisceau des lampes, résonnait un bruit d'eau vive.

Toujours marmonnant, Petit Bout leur fit traverser la caverne en évitant avec agilité de trébucher sur les éboulis. Au fond s'élevait un monceau de rochers qui paraissait être le résultat d'un glissement de terrain. Au milieu, l'eau tombait en cascade dans une piscine s'évasant en plusieurs ruisselets minuscules qui serpentaient au gré des obstacles et disparaissaient dans l'obscurité.

– Ici ! annonça joyeusement Petit Bout en désignant la chute d'eau.

Wil reposa Amberle à terre et regarda leur guide d'un air déconcerté.

– Ici... Porte faite dans un verre qui ne se casse pas. Jeu amusant pour Petit Bout.

– Wil, il parle de la cascade, déclara soudain Amberle. Regarde bien... Là où elle jaillit d'entre les rochers.

Wil leva les yeux et découvrit alors que l'eau formait, entre deux colonnes rocheuses, un mince et lisse rideau qui donnait l'illusion du verre. Il s'avança de quelques pas pour mieux observer les reflets lumineux que renvoyait cette nappe d'eau.

– Mais ce n'est pas du verre ! s'écria Eretria. Rien que de l'eau !

– L'Ellcrys pouvait-elle en garder un souvenir exact ? répliqua Amberle en continuant de s'adresser à Wil. Cela remonte à si loin dans le passé. Peut-être s'est-elle souvenue uniquement de ce à quoi ressemblait cette cascade... A une porte en verre incassable.

Eretria baissa les yeux vers Petit Bout.

– C'est la porte, dis-moi ? Tu en es sûr ?

Petit Bout s'empressa d'opiner.

– Jeu amusant, belle créature. Joue encore jeu amusant avec Petit Bout !

– Si c'est bien la porte, observa Wil en s'approchant de la cascade, derrière il doit y avoir une salle...

– Petit Bout peut montrer ! (Ce dernier dépassa Wil à toute allure en entraînant Eretria.) Belle créature, regarde, regarde ! Viens !

Il gagna la droite de la cascade.

– Regarde, belle créature ! dit-il en lâchant la main d'Eretria.

Aussitôt, il s'avança sous la chute d'eau et disparut pour réapparaître la seconde suivante, son pelage plaqué sur le corps, mais le visage rayonnant.

Et il repartit par le même chemin en entraînant cette fois Eretria.

Toute la petite troupe leur emboîta le pas. Ils avancèrent en glissant sur la roche et en se protégeant les yeux de leurs mains. Derrière la cascade était creusée une niche donnant sur un étroit souterrain. Ruisselants, ils suivirent leur guide dans ce passage et émergèrent dans une autre caverne de taille beaucoup plus réduite que la précédente, mais, à leur grande surprise, sèche et où il ne régnait aucune odeur de moisissure. Le sol montait par larges paliers. Wil inspira profondément. Si cette chute d'eau était bel et bien cette fameuse porte en verre incassable, la caverne abritait le Feu de Sang. Sans prononcer un mot, il gagna le fond de la caverne et revint sur ses pas. Plus aucun tunnel ni passage n'était creusé dans les parois. Il balaya la salle avec sa lampe.

Elle était vide.

A l'entrée de l'antre obscur menant au Pic de l'Aiguille, une ombre émergea des fourrés denses envahissant la falaise et disparut sans bruit aucun dans l'Imprenable. A son passage, la forêt s'était figée dans une immobilité absolue.

Un flot désordonné d'images affolantes déferla dans l'esprit de Wil. La fontaine du Feu de Sang n'était pas ici ! Tant de périls surmontés pour rien ! La fontaine aurait-elle disparu avec l'Ancien Monde ? Ou n'était-ce qu'une fiction, un vain espoir inventé de toutes pièces par l'Ellcrys dans son agonie, une magie disparue avec le pays des chimères ? En tout cas, si le Feu de Sang existait bel et bien, il se trouvait ailleurs en Barbarie, dans une autre caverne, et jamais ils ne le trouveraient. Le Feu de Sang était caché, hors de leur portée.

– Wil !

Un appel bref et pressant. Amberle s'était éloignée et tendait une main devant elle en tâtonnant, comme si elle eût été aveugle et eût cherché à se repérer.

– Wil, ici ! Le Feu de Sang est ici ! Je le sens !

Sa voix tremblait d'excitation. Tous les autres la regardèrent d'un air ébahi. Elle continua de s'avancer dans le noir, agitant ses doigts comme des antennes d'insecte.

Eretria se précipita au côté de Wil, sans lâcher Petit Bout.

– Guérisseur, qu'est-ce qu'elle... ?

Il leva vite la main pour lui intimer l'ordre de se taire et hocha lentement la tête d'un air perplexe, mais sans prononcer un mot. Ses yeux restaient fixés sur la fille des Elfes. Elle avait à présent gagné le centre de la caverne où se dressait le palier le plus élevé. Toujours boitant, elle se hissa dessus. A son extrémité se trouvait un gros rocher. Elle s'approcha encore et en caressa la surface rugueuse.

– Ici, souffla-t-elle.

Wil courut pour la rejoindre.

– Non, Wil, ne t'approche pas ! lança la fille des Elfes en se retournant vivement vers lui.

Wil obtempéra. Le ton d'Amberle l'avait forcé à s'arrêter. Un instant, ils se regardèrent sans rien dire. Dans les yeux verts de la jeune Elfe brillaient le désespoir et la peur. Son regard s'attarda encore sur lui, puis elle lui tourna le dos. Elle plaqua son corps frêle contre le rocher et le poussa de toutes ses forces. Le bloc roula en arrière, comme s'il avait été aussi léger qu'une plume.

Un feu blanc jaillit de la terre. Ses flammes étincelant comme de la glace, il monta jusqu'au plafond de la caverne. Sa blancheur devint aveuglante, mais aucune chaleur ne s'en dégageait. Puis, lentement, ce feu prit la couleur rouge du sang.

Sous le choc, Wil recula en titubant, sans même se rendre compte qu'Amberle avait disparu dans ce jet de feu.

Soudain, il entendit derrière lui Petit Bout qui hurlait de terreur.

– Brûler ! Petit Bout brûler ! glapissait-il d'une voix de plus en plus stridente. (Comme toute la caverne se mettait à rougeoyer, un rictus de panique tordit son visage de vieux.) La dame, la dame brûle ! Elle brûle ! Petit Bout sert... la dame... brûle !

L'infortuné perdit complètement la tête. S'arrachant à Eretria, il s'enfuit à toutes jambes hors de la caverne en poussant un interminable gémissement d'angoisse. Hebel voulut le retenir mais n'y parvint pas.

– Petit Bout, reviens ! cria Eretria. Petit Bout !

Mais c'était trop tard. Ils l'entendirent qui franchissait la cascade. Dans les reflets écarlates du Feu de Sang, Wil, Hebel et Eretria se regardèrent en silence.


## 47


Wil Ohmsford s'aperçut tout à coup qu'Amberle n'était plus là. Etaient-ce les ombres dansantes du Feu qui la masquaient ? Elle était sûrement encore sur le palier, au milieu de la caverne. Mais alors, pourquoi ne la voyait-il pas ?

A l'instant où il s'avança vers le Feu de Sang, un hurlement atroce déchira le silence.

– Petit Bout ! murmura Eretria, glacée d'effroi.

Elle voulut partir à son secours, mais Wil la retint par le bras et la repoussa vers la fontaine de flammes. Hebel recula avec eux, une main posée sur la nuque de Drifter qui s'était mis à gronder.

Ils perçurent un bruit. On traversait la cascade mais ce n'était pas Petit Bout. Quelqu'un d'autre... quelqu'un de beaucoup plus grand, Wil en était certain. Et si ce n'était pas leur guide, alors...

Les poils de Drifter se hérissèrent. Le molosse se ramassa sur ses pattes, grognant de plus belle.

Wil fit passer Eretria et Hebel derrière lui. Déjà, il avait sorti la bourse aux Pierres. Reculant presque jusqu'au Feu de Sang, les yeux fixés sur l'entrée de la caverne, il dénoua vite les cordonnets et saisit les Pierres des Elfes entre ses doigts tremblants.

Une ombre aussi silencieuse que la lune voguant dans le firmament franchit le seuil de la caverne.

La Faucheuse !

Elle se déplaçait comme un humain mais était d'une corpulence et d'une stature colossales. Une robe et un capuchon couleur de cendre humide la recouvraient entièrement. Comme elle s'avançait, la lumière du Feu l'éclaboussa de rouge.

Eretria poussa un sifflement de terreur. Entre les immenses griffes du Démon pendait le corps disloqué de Petit Bout.

En un éclair, la dague apparut dans la main de la Bohémienne. La Faucheuse se tourna vers elle, implacable. Un froid intense saisit Wil, plus intense encore que celui qu'il avait éprouvé devant Mallenroh. Ce monstre incarnait le Mal à l'état pur. Il songea soudain à tous ceux qu'il avait déjà tués : les sentinelles de Drey Wood, Crispin, Dilph et Katsin au Pykon, Céphelo et tous les siens à l'Arête du Sifflet. Et maintenant, son tour arrivait.

Il se mit à trembler comme une feuille. La peur indicible qui l'étreignait agissait en lui comme une créature maléfique. Il ne parvenait pas à détacher son regard du Démon, bien que son instinct de survie lui criât de le faire. Hebel recula d'un pas. Le grondement de Drifter se mua en un gémissement apeuré. Le visage d'Eretria était gris de terreur.

La Faucheuse s'avança d'un pas souple et silencieux. Wil se tendit. Il leva la main qui tenait les Pierres des Elfes. La Faucheuse s'arrêta et le capuchon sans visage se redressa légèrement. Ce n'était pas l'humain qui était la cause de son hésitation mais le Feu pourpre brûlant au-delà. Quelque chose dans ce Feu la troublait. Elle l'étudia attentivement. Il ne lui parut pas dangereux, à la réflexion. Il brûlait régulièrement, sans dégager ni fumée ni chaleur. La Faucheuse l'examina encore un instant, puis se remit en marche.

Au même instant, le cauchemar qui avait harcelé Wil dans son sommeil à Havenstead et dans la forteresse du Pykon lui revint brusquement en mémoire. Une créature le traquait par une nuit de brouillard, et il ne parvenait pas à lui échapper. Tous les sentiments qui l'avaient agité en dormant réaffluèrent, mais plus vifs et plus terrifiants encore. C'était donc la Faucheuse qui l'avait poursuivi dans ce cauchemar récurrent, le visage toujours masqué. Seulement, à présent, ce n'était plus une créature de songe mais un être réel. Et à présent aussi, il n'y avait aucune issue par où fuir, aucun réveil apportant le salut.

*Allanon ! aide-moi !*

Wil se replia en lui-même et perçut les paroles du Druide ballottées au sein d'un océan de peurs irraisonnées. Crois en toi ! Crois en toi ! Aie confiance. Je compte avant tout sur toi...

Il rassembla ces exhortations éparses. La main de nouveau ferme, il puisa dans ses ultimes forces pour appeler le pouvoir des Pierres. Il plongea en leur cœur et sentit son être descendre au travers des diverses strates de lumière bleue. Durant cette chute, sa vision se brouilla et la clarté écarlate du Feu s'atténua en une lueur grise. Il était près, maintenant, tout près. Il sentait l'énergie des Pierres. Pourtant rien ne se produisait.

Il céda à la panique et, submergé par la terreur, il faillit prendre ses jambes à son cou. Seul le fait qu'il n'existait aucune issue par où fuir le fit rester sur place. La barrière se dressait en lui, exactement comme lors de sa confrontation avec ce même Démon dans le Tirfing. Il en serait toujours ainsi car il n'était pas le véritable maître des Pierres, mais un pitoyable humain, un banal habitant du Val qui s'était imaginé être plus.

– Guérisseur ! cria Eretria désespérément.

Il refit une tentative et échoua encore. Pas moyen de déclencher le pouvoir des Pierres magiques. Il restait hors de sa portée. La sueur baigna son visage, et il serra les Pierres si violemment qu'elles lui entaillèrent la chair.

Soudain, Eretria recula, menaçant de sa dague le Démon pour attirer son attention. La Faucheuse tourna son capuchon vide vers la Bohémienne qui, à pas très lents, s'éloignait du Feu de Sang, en direction de l'entrée de la caverne. Wil comprit aussitôt la raison de ce manège. Lui donner du temps. Quelques précieuses secondes pour déclencher le feu bleu. Il voulut la prévenir qu'il ne parvenait plus à employer cette magie, mais sa langue resta paralysée. S'efforçant encore de renverser la barrière qui le séparait des Pierres, des larmes jaillirent au coin de ses yeux.

Elle va mourir, songea-t-il, aux abois. La Faucheuse va la tuer sous mes yeux, et moi je ne suis capable de rien !

D'un geste nonchalant, le Démon jeta de côté ce qui restait de Petit Bout. De sous ses robes émergèrent des serres meurtrières qui menacèrent la Bohémienne.

Eretria !

Ce qui se passa ensuite allait à jamais demeurer gravé dans la mémoire de Wil. Le temps se figea durant quelques secondes : passé et présent ne firent plus qu'un, et comme jadis son grand-père, Wil se retrouva face à lui-même, nu.

Il crut entendre la voix d'Amberle monter du Feu de Sang, calme, ferme et pleine d'espoir. Elle lui parla comme lors de leur fuite sur le Mermidon qui les emportait vers le sud, loin des horreurs vécues au cours de la nuit. Elle lui répéta qu'en dépit des apparences il n'avait pas perdu le pouvoir des Pierres des Elfes.

Seulement, il avait déjà échoué une fois. Et, de nouveau impuissant, il était là, serrant en vain les Pierres dans son poing. Si une rafale de vent n'avait pas provoqué l'effondrement du pont, la Faucheuse les aurait tués. Amberle voyait bien qu'à présent les Pierres restaient inertes. Alors, à quoi bon lui dire cela, l'encourager ?

Le soupir de la fille des Elfes revint comme une onde dans son esprit. Non, murmurait-elle. Tu essaies trop durement, et tu te coupes ainsi des Pierres. Tu dois d'abord en comprendre la nature, comprendre ce pouvoir que tu cherches à maîtriser. Souviens-toi qu'elles ne sont qu'un prolongement de celui qui les détient...

Sa voix s'éteignit, et celle d'Allanon la remplaça. Cœur, esprit et corps. Une Pierre pour chaque élément. Leur union donnera vie aux Pierres. Et c'est à toi de parvenir à les unir. Peut-être ma résistance intérieure est-elle plus intense que celle de mon grand-père ? Deux générations me séparent de Shea, mon sang humain me bloque.

Oui, oui ! s'écria Wil en son for intérieur. C'est mon

sang d'Homme qui résiste et m'éloigne de leur pouvoir.

Allanon se mit à rire. Un rire bas et railleur. Dans ce cas, pourquoi as-tu réussi une fois ?

La voix d'Allanon s'éteignit aussi, et Wil se retrouva seul.

Il découvrit alors le mensonge qu'il avait forgé et dans lequel il s'était complu depuis l'instant où, dans le Tirfing, il avait senti le flux magique – un flux effrayant qui l'avait traversé comme du feu liquide. Il avait laissé ce mensonge s'incruster en lui et s'était empressé de conclure que son sang d'Homme était la cause de son échec, en s'appuyant sur l'affirmation surprenante d'Allanon selon laquelle seul ce qu'il y avait d'Elfe en lui le rendrait maître des Pierres.

Il s'était totalement abusé lui-même ! Peut-être pas de son plein gré, peut-être sans le savoir. Néanmoins, le résultat était là. En se leurrant ainsi, il avait perdu son unique arme. Pourtant, Amberle avait presque mis le doigt sur la vérité lorsque, à deux reprises au cours de leur périple, elle l'avait prévenu qu'en déclenchant une fois leur pouvoir il avait en même temps modifié quelque chose en lui. Oui, mais quoi ? Il avait alors cru à un changement physique. Pourtant, il n'en avait rien noté dans son corps. Amberle lui avait suggéré que les Pierres affectaient sans doute l'esprit. Il s'était rebellé contre cette idée, puis s'était empressé de l'évacuer. Il ne pouvait pas passer son temps à s'interroger sur lui-même, à s'écouter, quand il devait préserver la vie d'Amberle ! Il avait commis là une grave erreur. Il aurait dû le comprendre dans le Tirfing, comme il le comprenait à présent. Déclencher leur feu avait altéré son esprit et tant qu'il ne saisirait pas la nature de cette altération, il échouerait.

Soudain, Wil eut un trait de lumière. Ce n'était pas le mélange de sang qui courait dans ses veines qui le bloquait, mais sa peur de la magie.

D'emblée, il avait refusé l'existence de cette peur-là, l'avait enfouie de façon à ne pas avoir à l'admettre. Et finalement, elle avait miné sa capacité d'utiliser les Pierres. Tant que cette peur se tapirait incognito au fond de lui, il ne parviendrait pas à unir son corps, son esprit et son cœur à leur pouvoir. Mais il avait préféré, par facilité, s'imaginer que son sang d'Homme, et non cette peur-là, le bloquait. Un mensonge parfait mais cause de son échec.

Jusqu'à présent. Wil plongea encore en lui-même, vite et délibérément, tendit son cœur, son esprit, son corps, sa volonté, sa pensée et sa force vers un seul but. Ce ne fut pas sans mal. La peur s'imposait, installée en lui à la manière d'une muraille, rognant sa volonté. Sa puissance fit un instant reculer Wil.

L'emploi des Pierres comportait un danger qu'il ne parvenait ni à voir ni à toucher, ni même à définir. Toutefois, il était réel. Il risquait d'endommager irréparablement son corps et son esprit. De les détruire. Mais, pis encore, de rester quand même en vie. Or, il est des choses plus atroces que la mort...

Il repoussa ces pensées. Il songea à son grand-père. Lorsque Shea avait utilisé le Glaive de Shannara, lui aussi avait couru un grand péril qu'il avait senti sans le comprendre.

Wil s'élança dans la clarté bleue des Pierres des Elfes, et devant lui, le mur de la peur vola en éclats. Son sang d'Homme cédait devant celui des Elfes, et le pouvoir des Pierres croissait en lui.

Passé et présent se scindèrent ; les secondes s'écoulèrent.

Eretria !

La Faucheuse bondit sans bruit vers la Bohémienne. Wil leva les Pierres magiques, et de ses mains jaillit un feu qui fusa droit sur le Démon. Celui-ci fut projeté contre la paroi.

Aucun bruit ne retentit sous l'impact. Un silence effrayant régna. L'instant d'après, le Démon, de nouveau debout, fonçait sur Wil. Le feu bleu crépita juste avant que les serres ne le déchirent, rejetant le Démon comme une poupée de chiffon. Toujours aucun bruit. Cette fois, Wil sentit le feu couler dans ses veines comme son propre sang, la même sensation que celle éprouvée dans le Tirfing. Ces Pierres avaient un effet sur lui... Un effet peu agréable.

Mais il n'avait pas le temps de s'appesantir sur ce

sujet. Un éclair sombre traversa la lueur du Feu de Sang. La Faucheuse chargeait encore. Le faisceau bleu éclata à l'extrémité de la main tendue de Wil, mais, sur ses gardes, le Démon l'évita et continua de s'avancer. Wil essaya encore de l'arrêter, en vain. Il recula en chancelant et appela désespérément le pouvoir magique des Pierres, mais sa concentration avait faibli et le feu bleu se clairsemait. Le franchissant d'un bond, le colosse se dressa devant lui. Juste à la dernière seconde, Wil parvint à rassembler le feu épars en un bouclier. Le Démon lui sauta à la gorge, le faisant dinguer sur le sol avec une violence extrême. Sa tête heurta bruyamment la pierre. Il crut qu'il allait sombrer. Les serres déchirèrent le rempart bleu, menaçant de l'éventrer. Luttant contre sa douleur et son éblouissement, Wil ranima le pouvoir des Pierres. La Faucheuse dépitée dut rebondir en arrière.

Toujours saisi de vertige, l'homme du Val se remit sur ses pieds. Des étoiles dansaient devant ses yeux et des élancements aigus traversaient tout son corps. Pourtant, il parvint à rester debout. Les choses ne se passaient pas comme il l'avait espéré. Il avait cru que le pire était derrière lui, qu'enfin il était maître d'une arme contre laquelle la Faucheuse n'était pas en mesure de se défendre, si puissante et dangereuse fût-elle. A présent, il en doutait.

Tout à coup, il repensa à Eretria. Où était-elle ? Le feu elfique se tortillait en lui comme une créature emprisonnée. L'espace d'une atroce seconde, il eut peur d'en avoir totalement perdu le contrôle. La Faucheuse surgit de l'ombre, silencieuse et vive, traversa d'un bond la clarté rouge du Feu et sauta sur Wil. Presque de leur propre chef, les flammes magiques rugirent entre les combattants en une explosion aveuglante qui projeta les deux adversaires hors du palier. Pris au dépourvu, Wil heurta la paroi ; le coude et les os de son bras libre craquèrent comme du bois sec. Une douleur fulgurante lui déchira le bras qui, vite, s'ankylosa.

Luttant contre la douleur et la nausée qui le suffoquaient, il appela Eretria. La Bohémienne se précipita à son côté, précédant d'un pas à peine la Faucheuse, qui bondit sur eux. Ébloui, Wil n'eut pas le réflexe assez rapide. Sans Drifter, cela aurait été la fin. Oublié de tous, le molosse s'arracha à la poigne de son maître et planta ses crocs dans les robes couleur de cendre. Un instant, tous deux disparurent dans l'ombre, à l'entrée de la caverne. Les grognements profonds de Drifter étaient terrifiants. Puis, se redressant de toute sa haute taille, la Faucheuse écarta le vaillant chien, comme s'il n'avait été qu'une mouche agaçante. Il décrivit un vol plané à travers la caverne et alla s'écraser contre la paroi rocheuse, puis s'effondra en poussant un bref gémissement de surprise.

Toutefois, ces quelques secondes de répit permirent à Wil de se ressaisir. Il releva aussitôt la main, faisant crépiter le feu bleu droit sur le monstre. De nouveau, il le contourna vivement et disparut derrière la colonne du Feu de Sang.

Balayant la caverne du regard, Wil attendit. Le Démon restait invisible. Il scruta frénétiquement la moindre ombre, sachant qu'il allait revenir. Recroquevillée à ses pieds, Eretria sanglotait, une main toujours cramponnée à la poignée de sa dague, son visage souillé de poussière et de sueur. Penché vers Drifter, Hebel lui chuchotait des paroles rassurantes. Les secondes s'égrenèrent. Rien ne bougeait.

Alors, Wil leva le nez. La Faucheuse s'était suspendue au plafond de la caverne. Il la vit juste à l'instant où elle piquait droit vers eux, ses amples robes gonflées par le souffle d'air. Très vite, Wil repoussa Eretria et brandit les Pierres. Tel un félin, le Démon atterrit devant eux en souplesse, gigantesque et silencieux. Eretria hurla, puis recula, horrifiée. Lentement, très lentement, le trou noir du capuchon s'élargit, pétrifiant Wil sous son regard vide. Cette noirceur béante et profonde le maintint cloué sur place.

Puis, la Faucheuse bondit. Wil se sentit avalé par le monstre. Le temps d'un éclair, l'avertissement d'Allanon retentit dans son esprit. Cherche le visage de la Faucheuse ! Plus rapide que la pensée, la magie entra en action. Il oublia tout, le monstre, sa terreur, sa douleur, tout hormis l'instinct de survie. Il hurla. Le feu jaillit. Il traversa de part en part le capuchon sans visage et le tint dans un étau formidable. Se démenant comme un forcené, le Démon chercha à se libérer. Wil croisa les mains avec force devant lui. De son corps brisé, une boule bleue s'élança droit sur le monstre et le projeta en l'air. La Faucheuse se trémoussait avec fureur. Alors il y eut une déflagration et les robes se transformèrent en une torche aveuglante.

Lorsque le brasier s'éteignit, il ne restait de la Faucheuse qu'un amas calciné d'étoffes noires et ratatinées, brûlant au cœur de l'épaisse paroi rocheuse.


## 48


Le Feu de Sang enveloppa Amberle dans ses bras en une étreinte aussi tendre que celle d'une mère. Les flammes montaient tout autour d'elle. Ce mur rouge la coupa du monde extérieur mais sans lui faire aucun mal. Au grand étonnement de la fille des Elfes, ce feu la consumait mais sans la faire souffrir, sans dégager ni fumée ni chaleur, ni même d'odeur. Il n'y avait que ce voile de gaze à la riche écarlate et la sensation de baigner dans une chose familière et réconfortante.

Bientôt, une sorte de langueur l'envahit ; la peur des jours précédents se perdit dans la brume. Cherchant à apercevoir ses compagnons, ainsi que la caverne abritant le Feu sacré, elle scruta attentivement les flammes, mais ne vit rien. Elle songea un instant à ressortir de ce Feu mais se ravisa vite. Elle sentait qu'elle devait rester là. Elle devait accomplir ce qu'elle était venue faire.

Ce que je suis venue faire, se répéta-t-elle en poussant un soupir. Quel long voyage ! Quelle terrible épreuve ! Mais à présent, tout était terminé. Elle avait découvert le Feu de Sang. Et d'une manière fort curieuse, songea-t-elle. Elle s'était retrouvée dans cette caverne noire et vide aussi découragée que ses compagnons quand soudain... soudain, elle avait senti la présence du... Feu. Elle hésitait à l'appeler ainsi mais ne trouvait pas de terme plus approprié. Cette sensation était similaire à celle qu'elle avait connue, cachée dans le fourré à proximité des Fosses, et qui l'avait avertie de l'arrivée de la Faucheuse. Une intuition venue du fond de son être, lui soufflant que le Feu de Sang se trouvait bel et bien dans cette caverne et qu'elle devait le découvrir. Elle s'était avancée à tâtons dans le noir, suivant aveuglément son instinct. Elle agissait sans comprendre ce qui la guidait, même lorsqu'elle avait prévenu Wil de ne pas l'approcher et qu'elle avait repoussé le rocher.

Cette idée la troublait fort. Elle ne comprenait toujours pas. Une chose l'avait contactée. Elle avait à tout prix besoin de savoir ce que c'était. Elle ferma les yeux et chercha.

Bientôt, la lumière se fit en elle.

Elle pensa d'abord que c'était le Feu lui-même qui l'avait attirée, puis elle changea d'avis. Ce n'était pas un être sentant, mais une force impersonnelle, froide, une source de vie dépourvue de pensée. Non, ce n'était pas le Feu lui-même. Alors, c'était la semence, ce petit brin de vie offert par l'Ellcrys. L'arbre était un être sentant, donc sa semence pouvait l'être aussi... Non, elle se trompait encore. La semence ne prendrait vie qu'une fois immergée dans les flammes du Feu sacré. La vie ne gisait en elle qu'à l'état latent. Ce n'était pas la semence.

Alors, si ce n'était ni le Feu ni la semence, que restait-il ?

Elle comprit alors, dans un éclair. Ces avertissements émanaient d'elle. C'était la seule réponse sensée. La surprise lui fit rouvrir les yeux ; vite, elle les referma.

Pourquoi ? se demanda-t-elle. Des souvenirs de l'étrange influence exercée sur elle par l'Ellcrys se bousculèrent dans son esprit. Son emprise était telle qu'Amberle avait eu l'impression de ne plus s'appartenir, d'être devenue un simple prolongement de l'arbre. Etait-ce l'Ellcrys qui avait provoqué ce phénomène en elle ? Avait-elle été transformée plus encore qu'elle ne l'avait pensé alors ?

Amberle eut très peur, comme chaque fois qu'elle pensait à l'arbre qui l'avait dépouillée de son moi. La fille des Elfes s'efforça de calmer ses craintes. A présent, elle n'avait plus aucune raison d'être effrayée. Tout cela était derrière elle. La quête du Feu de Sang s'achevait. Elle avait tenu son engagement. Il ne lui restait plus qu'à redonner vie à l'Ellcrys.

Elle glissa une main sous sa tunique et la referma sur la précieuse semence, à présent chaude et vivante, comme si elle eût deviné la fin de son état de latence. Elle allait ressortir sa main, quand, de nouveau, la peur lui serra le ventre, soudaine et violente. Elle hésita ; sa volonté flanchait. Ce rituel impliquait-il plus qu'elle ne le pensait ? Où était Wil ? Il avait promis de veiller sur elle. Où était-il ? Elle avait tellement besoin de lui !

Mais Wil ne viendrait pas. Il se trouvait au-delà de ce mur écarlate et ne pouvait la rejoindre. Elle devait effectuer cette tâche toute seule. C'était une responsabilité qu'elle avait acceptée. Le temps d'immerger la semence dans le Feu, et tout serait terminé. Elle avait affronté les périls du voyage dans cet unique but. Elle devait donc aller jusqu'au bout. Mais la peur ne la quittait pas, la minant comme une maladie dont elle ne comprenait pas l'origine. Pourquoi cette peur ?

La semence se mit à palpiter doucement dans sa main.

Même cette infime partie de l'arbre lui faisait peur. Ses souvenirs recommencèrent à l'agiter. Au début, il y avait eu de l'amour entre l'Ellcrys et elle. Pourquoi cet amour s'était-il mué en méfiance, en répulsion, presque ? Pourquoi cette impression de se perdre dans l'arbre ? Voilà que ces questions la harcelaient encore ! Quels droits l'Ellcrys avait-elle sur elle ? Quels droits... ?

La honte accabla soudain Amberle. A quoi bon s'interroger ? L'Ellcrys périssait, elle avait besoin d'aide et non de futiles récriminations. Le peuple des Elfes aussi avait besoin d'aide. Amberle rouvrit les yeux. Le feu pourpre la fit ciller. Elle perdait son temps à réfléchir. Il fallait agir.

Elle sursauta. Le Feu ! Pourquoi était-il sans effet sur la semence, bien que seule la mince étoffe de sa tunique l'en séparât ? Ne sentait-elle donc pas les flammes ? Quelle différence si elle la sortait ?

Encore des questions inutiles. De nouveau, la peur l'étreignit. Des larmes noyèrent ses yeux. Oh ! une autre aurait dû accomplir cette tâche. Elle n'était pas une Elue ! Elle n'était pas à la hauteur. Elle n'était pas...

Poussant un cri, elle arracha la semence de sous sa tunique et la tendit vers les flammes rouges. Un sentiment monta du tréfonds d'elle-même, terrible. Une foule d'images l'éblouirent, qui l'emportèrent dans une houle d'émotions si violentes qu'elle se sentit toute faible et tomba à genoux.

Lentement, Amberle ramena la semence contre son cœur, sentant la vie qui frissonnait en elle. Des larmes ruisselèrent sur les joues de la fille des Elfes.

C'était elle. C'était elle.

Elle comprenait enfin. Elle la tint encore un instant pressée contre son cœur, puis la jeta dans le Feu de Sang.

49

Pelotonnés contre la paroi de la caverne, Wil et Eretria virent s'éteindre la clarté rouge du Feu. Les flammes crachotèrent, puis ce fut l'obscurité. La caverne n'était plus éclairée que par la pâle lueur des deux lampes données par Petit Bout et maintenant abandonnées sur le sol.

Cette nuit soudaine leur fit cligner des yeux. Ils scrutèrent les ombres. Bientôt, leurs yeux s'accoutumèrent à l'obscurité et ils perçurent un mouvement sur le plus haut palier, là où le Feu de Sang avait brûlé. Sur ses gardes, Wil brandit les Pierres des Elfes. Une étincelle bleue en jaillit.

— Wil...

Un appel désespéré et presque imperceptible. Amberle ! Elle émergea de l'obscurité comme une enfant perdue. Ignorant la douleur qui le déchirait, l'homme du Val s'avança à sa rencontre, suivi d'Eretria. Ils la rejoignirent juste à l'instant où elle s'effondrait, et la retinrent.

— Wil... murmura-t-elle doucement en sanglotant.

Elle leva la tête vers lui, sa longue chevelure châtaine retombant en pluie sur ses épaules. Dans ses yeux brûlait la clarté écarlate du Feu de Sang.

— Damnation ! hoqueta Eretria en s'écartant d'un bond de la fille des Elfes.

Wil souleva Amberle dans ses bras. En dépit de la douleur cuisante, il la tint pressée contre lui. Elle était aussi légère qu'une plume, comme si tous ses os avaient fondu dans son corps et qu'elle se fût réduite à une coquille de chair. La tête enfouie dans son épaule, elle pleurait encore.

— Oh ! Wil ! je me suis trompée ! Je me suis trompée ! Cela n'a jamais été elle, mais moi, toujours moi.

Ses paroles se bousculaient sur ses lèvres en un flot saccadé. Wil lui caressa la joue.

— Tout va bien, Amberle, c'est fini.

De nouveau, elle leva vers lui ses yeux rouge sang, fixes et effrayants.

— Je n'avais rien compris. L'Ellcrys savait... tout, dès le début. Elle savait et elle a essayé... de me prévenir, de m'ouvrir les yeux. Mais j'avais beaucoup trop peur pour voir clair.

— Ne parle pas. (Il la serra très fort. Un soupçon subit et irraisonné s'immisça en lui et Wil eut peur à son tour. Ils devaient retourner à la lumière du jour le plus vite possible, sortir de ces catacombes.) Ramasse les lampes, lança-t-il à Eretria d'une voix impérieuse.

La Bohémienne obéit aussitôt. Elle alla chercher les lampes et revint à son côté.

— Guérisseur, les voilà !

— A présent, filons de ce...

Il s'arrêta court. La semence. L'Ellcrys. La fille des Elfes avait-elle... ?

– Amberle, chuchota-t-il gentiment, as-tu plongé la semence dans le Feu ? Amberle ?

– C'est... fait, répondit-elle dans un souffle.

Quel prix a-t-elle payé ? se demanda-t-il amèrement. Que lui est-il arrivé dans ce Feu... ? Non, ce n'était pas le moment de s'interroger. Ils devaient se dépêcher. Fuir ces lieux maléfiques, retourner à Arbolon. Là, Amberle se rétablirait et tout irait bien.

– Hebel ! cria-t-il.

– Ici, petit Elfe. (La voix du vieil homme était à la fois faible et dure. Il sortit de l'obscurité en portant son chien dans les bras.) Sa patte est cassée. Peut-être pire encore. (Il y avait des larmes dans ses yeux.) Je ne peux pas l'abandonner.

– Guérisseur ! (Eretria colla son beau visage presque contre celui de Wil.) Comment allons-nous retrouver notre chemin sans le chien ?

Il la regarda d'un air éberlué, comme s'il avait totalement oublié l'existence de celle qui lui avait plusieurs fois sauvé la vie. Elle rougit sous cet affront, furieuse qu'il ne pense qu'à la fille des Elfes.

– Les Pierres des Elfes, répondit-il impulsivement, sans se demander si elles les aideraient. Les Pierres nous montreront le chemin.

Il déplaça Amberle pour soulager un peu son bras et grimaça sous l'effet de la douleur.

– Tu n'es pas capable de la porter et d'utiliser en même temps ces Pierres. Passe-la-moi.

Il fit non de la tête, car il voulait garder Amberle dans ses bras.

– Ne sois pas aussi obstiné, insista-t-elle gentiment. (Elle serra les dents et, avec difficulté, elle ajouta :) Je sais ce que tu éprouves pour elle, Guérisseur, je le sais. Mais ce sera trop pour toi. S'il te plaît, accepte que je t'aide. Je la porterai.

Leurs yeux se trouvèrent. Wil vit les larmes qui brillaient sur les joues de la Bohémienne. Reconnaître cet amour la faisait souffrir. Lentement, Wil opina.

– Tu as raison. Je n'y parviendrai pas tout seul.

Il confia Amberle à Eretria qui la prit dans ses bras comme un nouveau-né fragile. La fille des Elfes laissa retomber sa tête sur l'épaule de la Bohémienne et s'endormit aussitôt.

Ils refranchirent la cascade et retraversèrent la grande caverne en prenant soin de ne pas trébucher sur les débris qui jonchaient le sol. Sang et sueur coulaient sur le corps de Wil et sa douleur devenait intenable. Lorsqu'ils arrivèrent dans le long souterrain remontant vers l'air libre, il ne parvenait quasiment plus à faire un pas. Pourtant, il fallait encore ressortir de l'Imprenable, monter au sommet du Pic de l'Aiguille avant le coucher du soleil pour être là lorsque Perk survolerait la Barbarie. S'ils manquaient le petit Cavalier du Ciel, ils étaient faits comme des rats. Jamais ils ne ressortiraient de cette vallée.

S'arrêtant en tanguant sur ses jambes flageolantes devant le dédale de souterrains, Wil fouilla dans la bourse où il gardait ses herbes et ses racines médicinales. Il en sortit une racine grenat, longue d'une douzaine de centimètres et enroulée étroitement sur elle-même. Il hésita un instant. S'il la mangeait, sa douleur cesserait aussitôt et il parviendrait à tenir le coup jusqu'à la cime du Pic de l'Aiguille. Seulement, cette racine avait d'autres effets. Elle le rendrait extrêmement somnolent. Pis encore, elle risquait de le rendre incohérent. Si elle agissait trop vite, avant qu'ils n'aient émergé des catacombes...

Eretria l'observait en silence. Il la regarda, ainsi que le frêle corps qu'elle portait. Puis, il mordit dans la racine et commença de mastiquer. Il devait prendre le risque.

Une fois engagé dans le dédale des souterrains, il leva la main tenant les Pierres et invoqua leur magie. Cette fois, elles répondirent vite. Une vague soudaine de chaleur l'envahit, puis, émanant de ses membres, explosa dans le noir. Elle fila dans le souterrain, comme un phare leur ouvrant le chemin. Ils lui emboîtèrent le pas, Wil en tête, maintenant en vie cette boule de lumière par la force de sa volonté, puis Eretria portant avec précaution la fille des Elfes toujours endormie, et enfin Hebel et son énorme chien. Les minutes s'écoulaient lentement.

Bientôt, la douleur diminua. Engourdi, ayant l'impression d'être une outre remplie d'air, Wil continuait de progresser. Le jus de la racine sapa rapidement ses forces, et il se sentit aussi fragile que de l'argile. Sa raison faiblit à son tour, et il ne se souvint que d'une chose : mettre un pied devant l'autre. Pendant tout ce temps, le pouvoir des Pierres remuait son sang, et ce faisant, il sentit qu'il changeait d'inexplicable manière. Il n'était plus le même, il le savait. Et il ne serait plus jamais le même. La magie brûlait en lui, laissant une cicatrice invisible mais indélébile. Désarmé, incapable de lutter contre cet effet, il n'opposa aucune résistance, se demandant quelles conséquences cela aurait sur sa vie.

A vrai dire, cela n'a aucune importance, se dit-il. Tout ce qui compte, c'est de ramener Amberle saine et sauve.

Quand ils émergèrent enfin à l'air libre, ils étaient tous les trois à bout de forces. La Bohémienne était épuisée d'avoir porté la fille des Elfes. Wil, à peine conscient, flottait dans l'hébétude artificielle provoquée par la racine. Son esprit divaguait, comme ballotté en tous sens dans un épais brouillard. Même le résistant Hebel était harassé. Déjà les ombres s'allongeaient. La nuit tombait. Loin à l'ouest, au-delà des Fosses, le disque solaire disparaissait lentement dans un ultime feu d'or.

Wil sentit ses espoirs s'envoler.

– Le soleil... Eretria !

Elle le rejoignit. Ensemble, ils déposèrent Amberle à terre, puis tombèrent d'épuisement sur leurs genoux. La fille des Elfes dormait toujours ; son souffle léger était le seul signe de vie qu'elle avait donné durant toute la traversée de l'Imprenable. Elle s'étira un peu, comme si elle allait s'éveiller, mais ses yeux restèrent clos.

– Eretria... prends ça, bredouilla Wil en fouillant sous sa tunique.

Ses paupières étaient lourdes et sa voix pâteuse. Sa

langue gonflée refusait de fonctionner. Redressant le buste avec difficulté, il sortit le petit sifflet en argent et le donna à la Bohémienne.

– Tiens... Siffle... Vite !

– Guérisseur, que... ?

Il lui saisit brusquement la main.

– Siffle ! hoqueta-t-il.

Au même instant, il s'écroula.

Trop tard, se dit-il. Trop tard. La nuit est tombée. Perk est reparti.

Wil sombrait dans l'inconscience. Encore quelques minutes, et il dormirait. La main toujours serrée sur les Pierres, il sentait leurs arêtes mordre sa paume. Encore quelques minutes. Et après, qu'est-ce qui les protégerait ?

Il regarda Eretria qui se leva et porta le sifflet à ses lèvres. Puis, elle tourna vers lui ses yeux noirs interrogateurs.

– Il n'y a pas de son !

– Siffle... encore !

Elle obtempéra et le regarda de nouveau, l'air toujours aussi perplexe.

– Regarde... ! fit-il en désignant le ciel.

Hebel avait allongé Drifter sur un lit d'herbe rase, et le gros chien lui léchait la main. Wil inspira à fond et contempla Amberle.

Comme elle est pâle ! songea-t-il. On dirait que toute vie s'est retirée de son corps.

Un grand désespoir l'étreignit. Il devait l'aider. Il ne pouvait la laisser dans cet état. Ah ! si seulement ils avaient été un tout petit peu plus rapides ! Si seulement il n'avait pas été ralenti par ses blessures !

Le jour touchait à sa fin. Des ombres couvraient le sommet de la montagne d'une lumière grise. Le couchant achevait sa course à l'ouest, ne projetant qu'un vague filet d'or chatoyant sur la crête des arbres.

Perk ! aide-nous ! implora-t-il en silence. Ne pars pas !

– Wil !

Il releva brusquement la tête. Amberle le regardait, ses yeux rouge sang fixés sur lui. Elle le prit par la main.

– Amberle... tout va bien, parvint-il à dire, la bouche sèche. Nous sommes... sauvés.

– Wil, écoute-moi, chuchota-t-elle, d'une voix claire à présent, et posée. (Il voulut parler mais elle lui ferma les lèvres de la main.) Non, ne dis rien. Ecoute-moi !

Il opina et se pencha vers elle, comme elle se glissait vers lui.

– Wil, je m'étais trompée à son sujet... Au sujet de l'Ellcrys. Elle n'a pas essayé de m'utiliser, de jouer avec moi. La peur... était simplement due à mon incapacité de comprendre ses intentions. Wil, elle essayait de m'ouvrir les yeux, de me faire comprendre pourquoi j'étais là, en quoi je différais des autres. Elle savait tout. Son temps était fini, et elle a vu...

Elle s'arrêta court et se mordit la lèvre pour endiguer le flot des émotions montant en elle. Des larmes roulèrent sur ses joues.

– Amberle...

Elle secoua vite la tête.

– Ecoute-moi ! J'ai fait un choix là-bas. C'est le mien, et personne à part moi n'en répondra. Comprends-tu ? Personne. J'ai fait ce choix, parce que mon devoir me le dictait, et pour toutes sortes de raisons aussi, des raisons qu'il m'est impossible... (Elle buta, secouant la tête.) Pour les Elus, Wil. Pour Crispin et Dilph ainsi que pour les autres Chasseurs Elfes. Pour les soldats de Drey Wood. Pour ce pauvre Petit Bout. Tous sont morts, Wil, et il m'était impossible d'accepter que cela soit pour rien. Tu vois, toi et moi devons... oublier que nous...

Mais ses pleurs l'arrêtèrent.

– Wil, j'ai besoin de toi. J'ai tellement besoin de toi.

La peur déferla en lui. Il la perdait. Il le sentait ; une intuition profonde l'en persuadait. Il lutta contre l'engourdissement qui l'écrasait.

Alors, Eretria les appela d'une voix tendue par l'excitation, bras levé. Ils regardèrent le ciel dans la direction qu'elle leur désignait. Loin à l'occident, à travers la gaze jaune du couchant, un immense oiseau doré piquait à vive allure vers le sommet du Pic de l'Aiguille.

— Perk ! murmura Wil. Perk !

Amberle l'entoura de ses bras et le serra fort.

Dans son demi-sommeil, Wil entendit le petit Cavalier du Ciel qui lui adressait la parole :

— Wil, c'est à cause de la fumée dégagée par cette tour en feu. Genewen et moi avons tourné en rond toute la journée. Je savais que vous étiez par ici. Je le savais. Même lorsque le crépuscule était presque tombé et qu'était venue pour moi l'heure de repartir, je ne me décidais pas à rentrer. Je savais que la demoiselle aurait besoin de moi. Wil, comme elle est pâle !

Wil sentit qu'on le hissait sur le dos de Genewen, puis Eretria entreprit de fixer les lanières du harnais autour de son corps.

— Amberle ! balbutia-t-il.

— Guérisseur, elle est ici, répondit tranquillement la Bohémienne. Nous sommes tous sauvés.

Dérivant dans l'inconscience, Wil se laissa aller contre elle.

— Petit Elfe ! (Rouvrant les yeux, il aperçut le visage buriné du vieil homme.) Au revoir, petit Elfe ! Je ne vais pas plus loin avec toi. La Barbarie est mon pays. J'ai mené mes recherches aussi loin que je l'ai osé. Et Drifter se rétablira. Eretria m'a aidé à poser une attelle sur sa patte ; il ira bien. C'est un coriace, ce chien-là.

Hebel se pencha.

— A toi et à la petite Elfe... je vous souhaite bonne chance.

Wil déglutit avec difficulté.

— Hebel... nous te sommes redevables.

— A moi ? (Le vieil homme rit gentiment.) Pas à moi, petit Elfe ! A la chance seulement !

Là-dessus, il s'éloigna. Amberle s'installa devant Wil sur l'immense oiseau. Perk vérifia que les liens et les harnais étaient correctement fixés. Puis, le garçonnet poussa un cri étrange et, dans une embardée soudaine, Genewen décolla. Ses grandes ailes déployées, elle monta lentement dans les cieux. La trouée noire des Fosses recula, les forêts de la Barbarie ne furent bientôt plus qu'une tache obscure, comme le Roc continuait de s'élever. Au loin se profilait la muraille des Eperons Rocheux.

Wil Ohmsford passa les bras autour de la taille d'Amberle. Un instant plus tard, il dormait.

## 50

La nuit enveloppait Arbolon. Dans les Jardins de la Vie déserts, Allanon gagna seul le sommet de l'éminence où se dressait l'Ellcrys. Ses robes repliées autour de son corps pour se protéger du froid, il tenait dans ses bras le précieux rameau couleur argent qu'elle lui avait remis. Il venait la voir pour la réconforter dans la mesure de ses moyens, lui apporter une compagnie. L'arbre, en effet, allait vivre ses dernières heures, le déchargeant du lourd fardeau qu'elle lui avait donné à porter de très nombreuses années auparavant.

Les yeux levés vers elle, il s'arrêta un moment.

Si quelqu'un arrivait maintenant, songea-t-il, il découvrirait un spectacle fort insolite. La silhouette noire et nue de l'arbre se découpant sur le firmament éclairé par la lune, un homme au visage impassible devant l'Ellcrys flétrie et perdue dans quelque rêverie personnelle.

Mais personne ne viendrait. Il avait donné l'ordre qu'on le laisse seul cette nuit avec l'Ellcrys, afin qu'il soit l'unique témoin de sa fin.

Il se remit en marche, répétant mentalement le nom de l'arbre. L'Ellcrys fit ployer ses branches vers lui, effrayée et pressante, et il chercha aussitôt à la consoler.

Ne désespère pas, murmura-t-il en lui-même. Cet après-midi, pendant que les combats atteignaient leur paroxysme, que les Elfes se surpassaient en bravoure pour repousser les Démons, il s'est produit une chose inattendue et qui devrait nous redonner de l'espoir. Loin, loin au sud, en Barbarie, celui qui a été chargé de protéger l'Elue a utilisé les Pierres des Elfes. Je l'ai su à l'instant même où il a déclenché leur pouvoir. J'ai établi le contact entre son esprit et le mien, rapidement, afin de ne pas alerter le Dagda Mor. Mais ce moment, si bref fût-il, a suffi. Douce Dame, le Feu de Sang a été retrouvé ! La renaissance est encore possible !

Ces pensées, vibrantes d'espérance, passaient du Druide à l'arbre. Toutefois, aucun courant ne vint en retour. Trop faible, au bord de l'inconscience, l'Ellcrys ne l'avait pas entendu ou compris. Il se rendit compte alors qu'elle n'avait conscience que de sa présence. Ce qu'il pouvait lui dire n'avait aucun sens pour elle. L'arbre était devenu sourd et aveugle à tout, engagé dans un combat désespéré pour ne pas perdre confiance, pour vivre encore et protéger ainsi le peuple des Elfes.

Une immense tristesse envahit le Druide. Il était venu trop tard.

Allanon garda le silence. Il ne pouvait plus rien faire pour l'Ellcrys ; seulement rester à son côté. Le temps s'écoulait avec une lenteur atroce. Par intermittence, les pensées éparses de l'arbre l'atteignaient, emplissant son propre esprit de points lumineux épars, certains perdus dans les souvenirs de ce que l'Ellcrys avait été, d'autres enveloppés des désirs et des rêves de ce qu'elle pourrait être encore, le tout marqué au sceau du désespoir et rendu incohérent par son agonie. Il accueillait ses pensées avec patience et lui faisait savoir qu'il était là, avec elle, l'entendait, l'écoutait. Il partagea avec elle l'étau de la mort qui se refermait sur elle. Il en sentait aussi la terrible froideur, car il lui parlait avec éloquence de sa propre mortalité.

— Tout doit périr un jour, comme l'Ellcrys à présent, lui chuchota-t-il. Même un Druide.

Allanon considérait ainsi le caractère inéluctable de sa propre disparition. Même s'il se plongeait dans un long sommeil pour repousser cette échéance, il allait malgré tout disparaître un jour. Aucun Druide ne lui succéderait. Qui alors préserverait les secrets gardés depuis le Premier Conseil de Paranor ? Qui détiendrait les pouvoirs magiques que lui seul maîtrisait ? Qui serait le gardien des races ?

Il leva son visage ténébreux. Reste-t-il encore assez de temps, se demanda-t-il soudain, pour trouver ce gardien-là ?

La nuit s'écoulait et, à l'orient, un blême filet de lumière perça l'obscurité. La vie recommença de frisonner dans les vastes forêts du Westland. Allanon sentit un changement dans son contact avec l'Ellcrys. Il la perdait. Il garda les yeux sur elle, tout en serrant avec force le rameau pour retenir la vie qui s'en allait. Le ciel s'éclairait peu à peu, et les images envoyées par l'arbre devenaient moins nombreuses. La souffrance qui l'avait harcelé diminua aussi. Progressivement, le détachement accrut la distance qui le séparait de l'Ellcrys. A l'est, le disque solaire surgissait de l'horizon. Les astres s'éteignirent.

Bientôt, Allanon ne reçut plus aucune image. Il se raidit. Le rameau dans ses mains était devenu froid. C'était fini.

Doucement, il posa le rameau au pied de l'Ellcrys, puis rebroussa chemin sans se retourner une seule fois.

Assis sans rien dire au chevet d'Eventine, Ander Elessedil contemplait son père. Meurtri et couvert de blessures, le corps frêle du vieillard disparaissait sous les bandages et les couvertures. Seul le faible mouvement de sa poitrine indiquait qu'il était encore en vie. Il dormait, mais d'un sommeil agité, le souffle creux, plongé dans la zone grise qui sépare la vie de la mort.

Un flot désordonné de sentiments envahit le prince des Elfes, comme des feuilles charriées par une bourrasque de vent.

Incapable de trouver le sommeil, le jeune aide, Gael, était retourné au palais, pensant y accomplir quelque tâche en vue du lendemain. Il avait trouvé les portes closes. Les sentinelles avaient disparu. Le roi dormait-il sans être gardé ? Il avait été prévenir Ander qui était aussitôt accouru. Il avait demandé aux sentinelles postées aux grilles de le suivre et, entendant les cris du vieux roi, il avait forcé les portes avec elles. Ils avaient assisté à la fin de la lutte sans merci entre son père et ce monstre... Le Démon qui s'était glissé dans le corps de Manx. Perdant beaucoup de sang, Eventine avait quand même repris connaissance un bref instant, lors de son transport jusque dans sa chambre. D'une voix brisée, il lui avait alors narré, à mots hachés, l'atrocité de ce combat et la trahison dont il avait été victime.

Comment avait-il pu survivre ? Où avait-il puisé cette force ? Il avait retrouvé son père baignant dans une mare de sang, le corps déchiqueté. Ander hocha la tête, perplexe.

Soudain, il s'agenouilla au côté du roi et saisit sa main molle. Il aurait pleuré, s'il avait eu encore des larmes.

Quel cruel destin pour un homme aussi remarquable ! Son fils aîné et son plus cher ami tués sur le champ de bataille ! Sa petite-fille tant aimée perdue ! Son pays envahi par un ennemi invincible ! Lui-même trahi par un animal en qui il avait mis toute sa confiance. Tout lui avait glissé d'entre les mains. Qu'est-ce qui saurait le maintenir en vie, après de telles souffrances ? La mort lui serait certainement un soulagement.

Ander serra tendrement la main de son père. Eventine Elessedil, roi des Elfes. Jamais un souverain de même valeur ne régnerait sur ce peuple. Il était le dernier. Et que resterait-il pour en garder la mémoire, hormis une terre anéantie et des Elfes poussés à l'exil ? Cet homme avait aimé le Westland et son peuple plus que sa propre vie. Allait-il être contraint de voir tout cela réduit à néant ? Quelle effroyable injustice !

Impulsivement, Ander embrassa son père sur le front. Puis, il se releva et s'éloigna. Par les croisées dont les tentures étaient fermées, il entrevit le ciel qui s'éclairait.

Je dois retrouver Allanon, songea-t-il tout à trac. Le Druide n'est pas au courant. Ensuite, il faudra retourner auprès des soldats. Oublier amertume et regrets. Je dois faire preuve d'une vaillance et d'une force égales à celles de mon père au cours de son ultime combat. Peu importent les épreuves qui m'attendent aujourd'hui, je dois être le digne fils du roi Eventine.

Ander ajusta rapidement son armure et quitta la chambre obscure.

Le prince des Elfes s'arrêta sur le seuil du palais pour contempler l'orient qui pâlissait. Des cernes noirs ombraient ses yeux, il avait le visage hagard et tiré. L'air frais de l'aube le fit frissonner, et il resserra sur lui sa lourde cape. Derrière lui, les croisées du palais étaient toutes illuminées. Des Chasseurs Elfes, la mine lugubre, arpentaient les corridors, comme des chiens de chasse.

— Inutile, maintenant, murmura-t-il pour lui-même.

L'esprit obscurci par le manque de sommeil, Ander gagna les grilles. Combien de temps avait-il somnolé avant que Gael vînt le prévenir ? Une heure ? Deux ? Fouillant sa mémoire, il ne vit que l'image de son père sanguinolent, ses yeux bleus fixés sur lui en un regard perçant et terrible.

Trahi ! criait ce regard. Trahi !

Il s'engagea dans la rue, au-delà des grilles, sans remarquer la silhouette géante qui émergeait de l'ombre du côté des destriers à l'attache.

— Prince Ander ?

Il sursauta et se retourna. La silhouette s'approcha en silence, la lumière naissante jouant sur sa cotte de mailles. C'était Stee Jans, le commandant des Libres.

Ander le salua d'un signe de tête las.

Le grand guerrier répondit de même, le visage impassible.

— Mauvaise nuit, m'a-t-on dit.

— Vous êtes donc déjà au courant ?

Stee Jans porta son regard vers le palais.

— Un Démon a pénétré dans la demeure du roi. Ses

gardes ont été assassinés et lui-même blessé pendant qu'il achevait ce monstre. Monseigneur, il est difficile de tenir secrètes ce genre de nouvelles.

— En effet, et ce n'était pas mon intention. (Ander soupira.) Ce Démon était un Caméléon qui avait pris l'apparence de Manx, le chien favori de mon père, depuis des années. Aucun d'entre nous ne sait depuis combien de temps il était ici, masqué, mais cette nuit, il a décidé que cette mascarade était terminée. Il a tué les sentinelles, puis verrouillé les portes derrière lui et a attaqué le roi. Un monstre, commandant... J'ai vu ce qu'il en restait. J'ignore comment mon père est parvenu...

Accablé par le désespoir, Ander s'arrêta court. Le Frontalier le regardait.

— Le roi vit donc encore ?

Ander opina lentement.

— Mais j'ignore ce qui le maintient en vie.

Le silence tomba entre les deux hommes. Ils contemplaient le palais et les soldats armés patrouillant les jardins toujours plongés dans la pénombre.

— Monseigneur, peut-être nous attend-il ? observa posément Stee Jans.

Leurs yeux se rencontrèrent.

— Que voulez-vous dire ?

— Que pour nous tous, le temps est compté.

Le prince inspira profondément.

— Combien de temps nous reste-t-il ?

— Aujourd'hui.

Le visage dur du guerrier resta sans expression, comme s'il n'avait parlé que de la pluie et du beau temps.

— Commandant, vous semblez résigné, observa Ander en se raidissant.

— Monseigneur, je suis un homme franc. Je vous l'ai déjà dit le jour où nous avons fait connaissance. Souhaiteriez-vous entendre autre chose que la vérité ?

— Non... Mais avons-nous une chance de tenir un peu plus longtemps ?

— Il reste toujours une chance, répondit le commandant en haussant les épaules. Mesurez-la comme vous mesureriez les chances de survie du roi, sans plus.

— J'accepte, commandant, répondit Ander en tendant la main. Les Elfes ont la bonne fortune de vous avoir, vous et vos soldats, à leurs côtés. J'aimerais trouver une meilleure façon de vous remercier.

L'Homme d'Acier saisit la main du prince.

— J'aimerais vous en offrir la possibilité. Bonne chance, prince Ander.

Stee Jans claqua des talons et repartit. Ander le suivit du regard, puis se remit en route.

Alors qu'il se préparait à regagner le Carolan à cheval, Allanon apparut sur Artaq. Ander attendit sans mot dire qu'il arrête sa monture devant lui.

— Je sais ce qui s'est passé, déclara d'emblée le Druide de sa voix grave. Je suis navré, Ander Elessedil.

Celui-ci acquiesça.

— Allanon, où est le rameau ?

— Parti. (Le Druide porta son regard sur le palais.) L'Ellcrys est morte.

Ander sentit ses forces l'abandonner.

— Alors, c'est la fin ? Sans l'Ellcrys et sa magie, nous sommes vaincus, n'est-ce pas ?

Les yeux d'Allanon étaient durs.

— Peut-être pas.

Ander le regarda d'un air incrédule, mais le Druide avait déjà tourné bride.

— Prince des Elfes, cria-t-il, je t'attendrai aux grilles des Jardins de la Vie. Rejoins-moi vite. Il nous reste un espoir.

Là-dessus, il éperonna l'étalon noir qui partit au galop.

## 51

Les Démons attaquèrent une heure après le lever du jour. Ils prirent d'assaut la falaise du Carolan et s'élancèrent par-dessus les monceaux de débris de l'Elfitch, menaçant la sixième rampe. Ni le pouvoir de l'Ellcrys ni l'Interdit et son anathème ne les freinaient plus, et ils repoussèrent sans aucune difficulté les flèches et les javelots tombant en pluie sur eux. En un instant, la falaise fut noire. Des grappins rudimentaires, forgés dans les armes prises aux Elfes, et d'épaisses lianes furent jetés au sommet des murs et des grilles. Les Démons entamèrent l'ascension à l'aide de ces cordes de fortune.

Les défenseurs les attendaient de pied ferme : Kerrin et la Garde Royale au sommet de la sixième rampe, à hauteur des grilles, Stee Jans et les Libres sur le mur de gauche, Amantar et les Trolls du Roc sur celui de droite. Les Elfes tranchaient ces cordes végétales ; les Démons retombaient en glapissant. Les longs arcs sifflaient sans répit. Mais les Démons progressaient, jetant de nouvelles grilles de fer et de nouvelles lianes. D'énormes poutres en bois, creusées de profondes encoches, en fait des troncs d'arbres entiers, furent posées en diagonale contre ces grilles pour faciliter l'escalade. Finalement, les Démons parvinrent à gagner les murs ; les Elfes et leurs alliés furent contraints de se battre au corps-à-corps. La mêlée fut effroyable.

De part et d'autre de l'Elfitch, l'ennemi se répandit sur la falaise, progressant avec détermination vers le sommet du Carolan. Là, ils se heurtèrent à la cavalerie elfique, à la Vieille Garde de la Légion, aux Nains Sapeurs et à quelques autres unités de l'armée des Elfes. Ehlron Tay se trouvait à leur tête. Conduisant une charge après l'autre contre la fourmilière qui menaçait d'envahir le plateau, il parvint à contenir l'adversaire. Mais les lignes des défenseurs étaient minces et la longueur du plateau fort grande. En outre, les bosquets qui le bordaient par intervalles masquaient l'avancée des Démons. Des groupes isolés finirent par ouvrir des brèches et les flancs des Elfes se dégarnirent dangereusement.

A ce moment-là, les Démons firent voler en éclats les verrous et les barres de fer fermant la sixième grille qui s'ouvrit en grand. Ils déferlèrent aussitôt par cette ouverture, piétinant sans merci leurs propres morts. Amantar tenait encore le mur droit, mais Stee Jans et ses Libres, qui tombaient comme des mouches, cédaient régulièrement du terrain. Au centre, Kerrin lança une contre-offensive. Les Chasseurs Elfes se ruèrent sur la masse hurlante, ralentissant l'assaut. Un instant, on crut que la Garde Royale allait reconquérir les grilles. Mais une bande de Furies déchaînées se lança alors dans le combat. Bondissant sur les murs, elles effectuèrent des ravages avec leurs serres et leurs crocs. Kerrin tomba, mort sur le coup. La contre-attaque piétina, puis ce furent le retrait et l'échec.

Les défenseurs se retranchèrent lentement sur la septième et dernière rampe en rangs serrés, afin de n'offrir aucun passage. Enfin, on referma les septièmes grilles, et les Démons se massèrent à leur pied.

A trois cents mètres à l'est de l'Elfitch, ou de ce qu'il en restait, Ander suivait le déroulement des combats. Ses espoirs fondaient comme neige au soleil. Derrière lui, les soldats de la Garde Noire encerclaient les Jardins de la Vie. Il jeta un rapide regard à Kobold, qui commandait ces troupes, puis à Allanon. En selle sur Artaq, le Druide se tenait à son côté. Le visage impénétrable, il suivait, lui aussi, le flux et le reflux de la bataille.

— Allanon, murmura finalement le prince, nous devons faire quelque chose.

Le Druide garda les yeux fixés droit devant lui.

— Pas encore... Attends.

Les Démons s'installaient tout autour du plateau, cherchant à prendre en tenaille les flancs des Elfes. Au sud, leurs rangs ne cessaient de grossir. Ils repoussaient les charges de la cavalerie qui essayait de les déloger. Au nord, les Nains tenaient encore le terrain. Browork, ralliant cavaliers et fantassins, frappait à intervalles réguliers, rejetant les Démons du plateau. Ehlron Tay, à la tête d'un régiment de cavalerie de réserve, fonça, lances obliques, dans la masse, sur le flanc sud. Ce fut une atroce mêlée, ponctuée de cris et de hurlements. Le combat fut si acharné que de loin, il était impossible de distinguer l'ennemi des alliés. Néanmoins, à l'issue de ce combat, les Elfes durent une nouvelle fois se replier. Le flanc gauche de la défense reculait vite à présent, et les Démons, glapissant de joie, se ruèrent en avant.

L'ennemi, qui rognait de plus en plus les deux ailes des défenseurs contraints de se rabattre vers le centre, progressait donc inexorablement. Bientôt, les Jardins de la Vie se réduisirent à un îlot isolé au milieu du champ de bataille. Ehlron Tay fut arraché de sa monture. Ses soldats l'emportèrent vivement loin des combats. Browork, souffrant d'une douzaine d'entailles, était encerclé. La Vieille Garde avait perdu un tiers de ses hommes. Deux des Cavaliers du Ciel étaient morts, et les trois autres encore en vie, dont Dayn, s'étaient réfugiés dans les Jardins de la Vie, au côté d'Allanon.

Au centre, les défenseurs avaient été repoussés jusqu'au tout sommet de l'Elfitch. Stee Jans se tenait avec ses soldats au milieu de cette ligne de défense, Elfes et Trolls postés de part et d'autre. Il était évident qu'ils ne tiendraient pas longtemps. Le guerrier au visage couturé comprit le danger de leur position. En contrebas, les Démons se massaient une fois de plus en vue d'un nouvel assaut. Et les deux ailes étaient repoussées vers eux. D'un instant à l'autre, tous risquaient d'être pris dans un étau dont aucun ne sortirait vivant. Ils devaient encore reculer, cette fois jusqu'aux Jardins de la Vie, pour reformer leurs rangs. La Garde Noire viendrait augmenter leurs forces. Mais pour cela, il fallait un peu de temps, et quelqu'un devait le leur fournir.

Sa crinière rouge volant au vent, le commandant des Libres arracha l'étendard rouge et gris de son régiment planté en terre et le ficha entre deux blocs de pierre de la rampe. C'était là que ses soldats attendraient l'ennemi. Il regroupa ses hommes en une étroite phalange au centre de la dernière rampe, puis lança l'ordre aux Elfes et aux Trolls de se replier. Le prince l'ayant nommé commandant en chef de toutes les armées, aucun d'eux ne discuta cet ordre. Vite, ils abandonnèrent l'Elfitch et rejoignirent les rangs de la Garde Noire qui encerclaient les Jardins. Les derniers soldats des Libres se retrouvaient seuls face à l'ennemi.

— Mais que fait-il ? s'exclama Ander, horrifié.

Le Druide ne répondit pas.

Alors, les hordes attaquèrent en hurlant de rage. Si incroyable que cela parût, les Libres repoussèrent la charge. Pendant ce temps, les Elfes s'échappèrent du nœud coulant qui avait menacé de tous les étrangler. De nouveau, les Démons se jetèrent en avant. De nouveau, ils furent repoussés. Seules deux douzaines de Frontaliers étaient encore debout. A leur tête se détachait l'imposant guerrier à la tignasse rouge. Le silence tomba parmi les soldats regroupés autour des Jardins. L'issue était claire.

A présent, tout le pourtour occidental du Carolan était accessible. Stee Jans arracha l'étendard rouge et gris, le brandit à bout de bras, et le cri de bataille des Libres éclata dans le silence funèbre.

Puis, lentement, délibérément, cette petite troupe commença de reculer vers les Jardins de la Vie. Pas un seul Frontalier ne céda à la panique. Pas un seul ne rompit le rang. Leur retraite était sans espoir. Le souffle d'Ander s'échappait de ses lèvres en un sifflement rauque. Browork, son visage meurtri, apparut à son côté.

— Frontaliers, c'est trop loin ! murmura-t-il presque pour lui-même.

— Cours ! bredouilla Ander. Stee Jans, cours !

Mais il était trop tard. Des hurlements retentirent comme un formidable coup de tonnerre, et toute l'armée des Démons se rua en avant.

Allanon se lança alors dans l'action. Un ordre bref à Dayn, et les rênes de Danseur se retrouvèrent dans ses mains. Une seconde plus tard, chevauchant le Roc géant, il s'élevait dans les cieux. Ander Elessedil et les soldats qui l'entouraient le suivirent du regard, interloqués. Allanon voguait déjà loin au-dessus des Jardins, ses robes noires gonflées comme des voiles, ses bras filiformes haut levés. Les Démons ralentirent brusquement sur le Carolan. Un effroyable coup de tonnerre éclata à travers la prairie, comme si la terre se fût soudain scindée sous la pression d'un formidable courroux. Le feu bleu crépitait des doigts d'Allanon. Décrivant un arc d'un bout à l'autre de la marée noire, une boule de feu balaya les premiers rangs des assaillants et les réduisit en cendres. Le mur de flammes qui s'éleva devant eux les arrêta et les sépara des Libres déjà encerclés. Hurlements et glapissements crevèrent les tympans.

Puis, un rugissement enthousiaste s'éleva dans les rangs des défenseurs. Un étroit passage venait de s'ouvrir dans le cercle de feu jusqu'aux Jardins de la Vie et à l'armée retranchée des Elfes. Les Frontaliers reculaient dans ce corridor, à toute allure, car la trappe risquait de se refermer d'un instant à l'autre. Autour d'eux, les Démons fulminaient, mais le feu les tenait en respect. Courez ! hurlait Ander en silence. Il reste une chance. Et les Frontaliers couraient. Une poignée de Furies, folles furieuses, franchit le rideau de flammes et les prit en chasse. Mais Allanon les aperçut. Il leva le poing. Le feu fusa sur ces espèces de félins qui furent happés dans une explosion étincelante. Une colonne bleue s'éleva dans les airs et les pulvérisa. Loin dans le ciel, Danseur poussa son cri de guerre.

A ce moment-là, Stee Jans et les derniers rescapés des Libres émergèrent du passage et regagnèrent sains et saufs les rangs des Elfes. Acclamations et vivats les accueillirent, et tous les étendards des Quatre Terres furent levés.

Le feu du Druide brûlait avec moins de vigueur. Néanmoins, les Démons n'osaient toujours pas le traverser. Les Furies avaient été trop facilement anéanties pour que l'un d'eux s'enhardisse à affronter seul le Druide. Grouillant derrière la muraille de flammes, ils poussaient leurs grognements hargneux à l'adresse de l'oiseau solitaire.

Le Druide les survola, l'œil aux aguets. Il savait ce qui allait se passer. En effet, il avait lancé un défi, et l'un des Démons allait le relever. Seul le Dagda Mor en avait la force et il se battrait, car il n'avait pas d'autre choix. Le Dagda Mor était en effet capable de sentir aussi bien que le Druide la magie des Pierres des Elfes entrer en action. Cette créature savait donc que Wil Ohmsford l'avait employée, que la quête du Feu de Sang avait réussi et que la chose tant redoutée risquait de se produire : l'Ellcrys allait renaître et l'Interdit serait du même coup restauré. Le Maître des Démons vivait un moment critique. Son Caméléon était mort. Sa Faucheuse avait suivi le même chemin. Son armée était en déroute. Sa survie dépendait de l'Ellcrys. L'arbre mère devait être détruit, la terre dans laquelle il avait pris racine arasée, afin que jamais rien ne pût de nouveau y pousser. Ensuite, il n'aurait plus qu'à traquer sans hâte la dernière des Elus pour lui reprendre la semence. Et plus jamais il ne redouterait un nouvel exil dans les ténèbres absolues. Mais rien de tout cela ne se produirait si lui-même était éliminé. Le Dagda Mor le savait ; il allait réagir en conséquence.

Un effrayant hurlement monta de la gorge de tous les Démons. Une ombre noire et massive surgit du pied du Carolan et monta dans les cieux clairs du matin. Allanon se retourna. Il découvrit une immonde chauve-souris à la peau lisse et dure comme cuir, au museau démesuré, grand ouvert sur des crocs étincelants, aux pattes crochues et armées de serres redoutables. Il avait entendu des rumeurs au sujet de ce genre de monstres. On prétendait qu'ils résidaient dans les montagnes du lointain Northland, mais jusqu'à présent, le Druide n'en avait jamais vu. La bête plana au-dessus des hordes de Démons, poussa un cri à la fois perçant et grinçant qui figea la fourmilière noire dans une immobilité silencieuse.

Allanon se tendit. Le Dagda Mor était assis à califourchon sur le cou recourbé de la chauve-souris. Le défi était relevé, comme il l'avait prévu.

Le Druide fit brusquement changer de cap à Danseur. Le monstre piquait sur lui. Dans une main, le

Dagda Mor serrait le Sceptre du Pouvoir qui commençait à rougeoyer. Allanon attendit en tenant fermement Danseur. La chauve-souris poussa un affreux cri grinçant. Le feu rouge fusa du Sceptre, mais un instant trop tard. Guidé par la main habile du Druide, Danseur fit une brusque embardée, puis obliqua vivement sur la gauche. La chauve-souris fonça sur lui, mais les serres ne l'atteignirent pas. Le feu du Démon alla exploser sur le Carolan. Danseur virevolta pour l'éviter. Comparé à la vivacité du Roc, le vol de la chauve-souris était lent et lourd. Comme elle s'élevait encore, le Druide fila sous son énorme corps et riposta. Son feu bleu brûla les ailes et le corps du monstre à plusieurs endroits. La chair se racornit et un long cri suraigu creva l'air.

La bête repartit pourtant à la charge. Le Dagda Mor abaissa le Sceptre. Le feu rouge trancha le ciel clair, enveloppant le Druide et le Roc. Pas moyen, cette fois, de s'écarter. Sans la moindre hésitation, Danseur s'éleva dans un battement d'ailes affolé, emmenant son cavalier au-dessus du feu, puis redescendit en décrivant un large cercle au-dessus du plateau. Des vivats montèrent des rangs des Elfes et des alliés massés autour des Jardins de la Vie.

Le Démon riposta une nouvelle fois. Le Sceptre crachait des rafales de faisceaux rouges. Danseur tournoyait, changeant sans cesse de direction, virevoltant si vite qu'aucun éclair ne l'atteignait. Et durant tout ce temps, Allanon ripostait ; son feu bleu lacérait le monstre dont le corps s'enflamma en plusieurs endroits, laissant dans son sillage des tourbillons de fumée.

Ce duel sans merci se poursuivit au-dessus de la terre balafrée du Carolan. Les deux adversaires tourbillonnaient, avançaient, reculaient en un cruel ballet. Pendant un certain temps, le combat fut indécis, aucun des deux ne parvenant à prendre le dessus. Si la chauve-souris était moins agile que Danseur et plus facile à atteindre, elle était d'une force surprenante et malgré ses multiples blessures, son énergie restait intacte. Quant à Danseur, les faisceaux rouges ne l'atteignaient jamais. Seulement, comme la lutte se prolongeait, le Roc commença de se fatiguer. Il ne s'était pas reposé depuis trois jours, survolant en permanence le champ de bataille. Maintenant, chaque fois qu'il se rapprochait de la chauve-souris, le feu du Démon le frôlait dangereusement. Ses esquives étaient moins lestes. Le silence se fit parmi les défenseurs. Une même pensée traversa tous les esprits. Tôt ou tard, Danseur allait flancher ou bien le Druide se méprendrait sur l'attaque du Démon.

Leurs craintes se vérifièrent quelques instants plus tard. Comme le Roc virait sur la gauche, le feu rouge croisa sa route, réduisant en miettes une aile de l'oiseau géant. Danseur tomba en vrille vers le plateau. Les Elfes poussèrent un cri d'horreur. De nouveau, le Sceptre s'enflamma et atteignit encore sa cible. La chauve-souris prit aussitôt en chasse le Roc disloqué. Comme elle piquait droit sur eux, Allanon brandit les poings vers elle. Le feu bleu fusa alors que la bête était sur le point de fondre sur eux. La déflagration arracha la tête du monstre, mais, emporté par son élan, il heurta le Roc de plein fouet. La collision fut effroyable. Soudés l'un à l'autre, le monstre et Danseur tombèrent à la verticale en un stupéfiant tourbillon et emportèrent leurs cavaliers dans une chute mortelle. Ils heurtèrent le sol dans un fracas atroce. Danseur fut secoué d'une violente convulsion, puis s'immobilisa. La chauve-souris ne donnait plus aucun signe de vie.

A cet instant fatal, tous crurent que la bataille était perdue. Danseur était mort. Allanon, brûlé, ne bougeait pas. Seul le Dagda Mor était indemne. Une de ses jambes avait été broyée sous la masse de sa monture, mais il parvint à la libérer et s'avança en rampant vers le Druide. Ce dernier frissonna et leva un peu la tête. Le Dagda Mor n'était plus qu'à trois mètres. La face tordue par la haine, il réunit ses forces. Dans ses mains, le Sceptre du Pouvoir recommença de briller.

– Allanon ! hurla Ander malgré lui.

Le silence total renvoya le cri en un écho sonore. Allanon l'entendit-il ? Le fait est qu'il se releva, sauta de côté, et évita de justesse l'éclair rouge qui atterrit derrière lui. Puis, il bondit si vite sur le Dagda Mor que celui-ci n'eut pas le temps de réutiliser son Sceptre. Le Druide l'empoigna à deux mains. Le Démon enflamma son arme et une douleur fulgurante déchira le corps du Druide. Il parvint malgré tout à riposter, et les faisceaux rouge et bleu s'enroulèrent l'un autour de l'autre. Leurs muscles tendus à craquer, avançant, reculant, le Druide et le Démon cherchaient chacun à arracher le Sceptre qu'ils tenaient tous deux.

Puisant alors dans ses ultimes réserves d'énergie, Allanon fit exploser le feu de ses mains dans un effort suprême. Le faisceau remonta le long du Sceptre, l'éteignit et transperça le corps du Démon. Les prunelles du Dagda Mor s'écarquillèrent, et il poussa un hurlement, un seul, aigu et atroce. Se redressant de toute sa haute taille, Allanon s'appuya de tout son poids sur le monstre au dos voûté qui lentement s'agenouilla. De nouveau, celui-ci hurla sa haine. Il lutta frénétiquement contre l'incendie qui l'engloutissait et tenta en vain de s'arracher à la poigne du Druide. Mais il ne parvenait pas à desserrer ses doigts du Sceptre. Soudain, une violente convulsion secoua le Dagda Mor ; son cri d'agonie s'acheva dans un gargouillement et ses yeux abominables devinrent vitreux.

Le Druide fit cracher son feu sur le monstre démuni dont le corps explosa et se réduisit en cendres.

Le silence tomba sur le Carolan. Tenant toujours le Sceptre à deux mains, Allanon contemplait sans mot dire l'arme qui n'était plus qu'un vulgaire morceau de bois carbonisé et fumant. Puis, il le brisa en deux et en jeta les morceaux par terre.

Enfin, il se retourna vers les Jardins de la Vie et siffla Artaq. L'étalon noir se détacha des rangs des Elfes. Allanon savait qu'il ne lui restait que quelques instants. Il avait épuisé toutes ses forces, et s'il était encore debout, c'était uniquement grâce à sa volonté. Devant lui, la muraille de flammes qui avait arrêté les

Démons s'éteignait. Déjà, ils se massaient à sa lisière, leurs yeux voraces fixés sur lui, attendant ce qui allait se passer. La disparition du Dagda Mor ne signifiait rien pour eux. Le Druide les défia du regard, un sourire persifleur aux lèvres. L'unique chose à présent qui les faisait hésiter était la peur qu'il éveillait en eux. Dès qu'elle aurait disparu, ils attaqueraient.

Artaq vint frotter son museau contre l'épaule d'Allanon et hennit doucement. Les yeux toujours rivés sur les Démons, Allanon recula d'un pas mal assuré et saisit les rênes. Puis, il se mit péniblement en selle, manquant défaillir sous l'effort. Enfin, il fit tourner bride à l'étalon et, sans aucune hâte, repartit vers l'armée des Elfes.

Il avançait à un rythme affreusement lent. Le trot l'aurait achevé. Les Jardins de la Vie lui semblaient inatteignables. Du coin de l'œil, il perçut un mouvement dans la masse noire des Démons. Les plus hardis tentaient déjà de franchir la barrière du feu mourant. D'autres les imitèrent. Allanon se retint à deux mains à la selle et ne se retourna pas.

Bientôt, se dit-il. Bientôt !

Tout à coup, la masse se rua en avant en poussant une clameur assourdissante. Il comprit sur-le-champ qu'il était encore trop loin des Jardins pour leur échapper, s'il continuait au pas. Il n'avait donc pas le choix. Il enfonça ses bottes dans les flancs d'Artaq qui fila ventre à terre. Le vertige emporta Allanon. Il sentit que ses mains lâchaient la selle. Il allait tomber. Non. Il réussit à garder son équilibre jusqu'à ce qu'Artaq franchît au galop les lignes des défenseurs qui tendaient leurs mains vers lui. L'étalon s'arrêta dans un fracas de sabots devant les grilles des Jardins de la Vie.

Même alors, Allanon ne tomba pas. Une volonté d'airain le maintenait sur Artaq. Le visage ruisselant de sueur, il se retourna vers le Carolan. Les hordes convergeaient vers les Jardins. Tout autour de son enceinte, les défenseurs se préparèrent pour l'affrontement.

Ils ont une chance à présent, songea le Druide. Au moins, je leur ai donné cela.

Soudain, des cris délirants retentirent autour de lui. Des mains se tendirent vers le ciel. Dayn, venu rejoindre Allanon, affichait un air incrédule.

– Genewen ! C'est Genewen !

Le Druide leva le nez. Loin au sud, presque effacé par l'éclat aveuglant du soleil à son zénith, un immense oiseau aux plumes d'or descendait vers Arbolon.

## 52

Glacé d'effroi, Wil Ohmsford regardait le Carolan. La boule étincelante du soleil lui faisait plisser les yeux. Sa fièvre brûlante n'était pas tombée. Il se sentait très faible et la tête légère. Le soleil de plomb asséchait aussitôt la sueur qui couvrait son corps. Portée en douceur par les courants du vent, Genewen avait survolé la terre verte et boisée du Westland, ailes déployées. Des liens de cuir retenaient Wil au Roc, et une attelle maintenait son bras fracturé. Devant lui, Perk, dont le petit corps souple épousait chaque mouvement de l'oiseau, guidait sa monture de la voix et de la main. Les bras d'Eretria enlaçaient Wil. Se tournant vers elle, il rencontra son regard. Un regard frappé de stupeur.

A présent, la cité d'Arbolon s'étendait juste au-dessous d'eux. L'Elfitch était en ruine, des cadavres innombrables jonchaient la terre, et maints incendies brûlaient sur le plateau. Cavaliers, piquiers, lanciers et archers entouraient les Jardins de la Vie, comme un mur de fer. Devant eux fourmillaient des milliers de corps noirs difformes, menaçant de les engloutir d'un instant à l'autre.

– Les Démons ! balbutia Wil d'une voix inaudible. Les Démons !

Soudain, il sentit qu'Amberle avait remué. Elle s'était vaguement redressée et lui adressait la parole.

Elle posa sa petite main sur l'épaule du Cavalier du Ciel qui opina.

Alors, Genewen entama la descente. Les Jardins de la Vie, entourés d'un océan de prairies carbonisées et de hordes noires déchaînées, ressemblaient à un îlot aussi fragile que serein, avec leurs magnifiques massifs de fleurs et leurs haies sculptées. Wil regardait les éclairs lancés par le fer des défenseurs qui luttaient contre l'ennemi. Déjà, certains s'étaient frayé un passage à travers leurs rangs et se répandaient dans les Jardins.

Au centre, sur la petite éminence, se dressait la dépouille de l'Ellcrys, comme abandonnée.

Soudain, Genewen poussa un cri perçant qui domina le fracas des armes. Tous les yeux se levèrent vers le Roc géant. Comme un météore, l'oiseau piqua.

— Un Cavalier du Ciel ! crièrent les Elfes aux abois, tout en fouillant en vain l'azur pour savoir s'il était seul.

Genewen se posa en douceur au pied de l'éminence. Ses grandes ailes se replièrent, et elle baissa vivement sa tête écarlate. Perk descendit de sa monture et détacha vite les harnais qui retenaient ses passagers. Amberle s'effondra sur ses genoux à peine après avoir posé le pied sur le sol.

Le vacarme de la bataille se rapprochait.

— Amberle ! cria Wil.

Elle se releva et le regarda. Un instant, ses terribles yeux rouges captèrent les siens. On eût dit qu'elle voulait parler. Mais sans un mot, elle tourna les talons et partit vers l'arbre.

— Amberle ! hurla-t-il, tout en s'acharnant sur les liens qui le retenaient.

Déséquilibrée, tanguant, Genewen poussa son cri aigu. Perk lutta pour stabiliser l'oiseau.

— Reste calme ! lança Eretria.

Mais Wil était sourd à tout conseil. Il ne voyait qu'une chose : Amberle s'éloignait. Il la perdait ; il sentait qu'il la perdait.

Effrayée par les mouvements trop violents de Wil, Genewen décolla. Tirant sur le harnais, Perk tenta en vain de la contrôler. Eretria sortit sa dague et vite, trancha les liens qui les retenaient. Ils tombèrent tête la première dans des buissons. Malgré la douleur cuisante, Wil se releva aussitôt. Eretria l'appela mais, sans l'écouter, il partit en chancelant vers Amberle. Déjà, elle avait franchi la moitié du chemin menant à l'Ellcrys.

Des hurlements retentirent autour d'eux. Brusquement, une douzaine de Démons s'élancèrent hors des haies d'arbustes vers Wil, mais ce dernier eut le temps de les voir. Il brandit le poing, et le feu bleu crépita. Les assaillants disparurent.

— Va-t'en ! cria-t-il à Perk. Envole-toi, Cavalier du Ciel.

D'autres Démons surgirent mais quelques sentinelles de la Garde Noire leur bloquèrent la voie. Pourtant, plusieurs franchirent ce barrage et se ruèrent sur Wil. De nouveau, le feu les tua. Au lieu d'obtempérer, Perk remonta sur son immense oiseau et se lança dans la bataille, repoussant les Démons les plus proches. Mais d'autres arrivaient encore.

Soudain, un cri strident monta au-dessus de cette mêlée, et se prolongea sans fin, comme pris dans les mailles de la chaleur accablante. Wil se retourna. Bras tendus vers l'Ellcrys, Amberle parvenait au sommet de la butte. A son contact, l'arbre se mit à miroiter, comme les eaux d'un ruisseau sous le soleil à son zénith, puis se désintégra en une pluie de poussière argentée qui retomba autour de la fille des Elfes comme de ténus flocons de neige. Alors, elle se retrouva seule, les bras toujours levés, son frêle corps tendu à se rompre.

Bientôt, elle commença de changer.

— Amberle ! hurla une dernière fois Wil, qui s'effondra de frayeur sur ses genoux.

Les vêtements de la fille des Elfes se déchirèrent en lambeaux, tombèrent de son corps ; sa forme humaine se dissolvait. Ses jambes s'allongèrent et des vrilles émergeant de ses pieds allèrent s'enfoncer dans la terre. Lentement, ses bras levés s'allongèrent aussi, puis s'étoilèrent.

— Oh, Wil ! balbutia Eretria en s'agenouillant à son côté.

Amberle avait disparu. A sa place se dressait l'Ell-crys, parfaite, son tronc d'argent pur et ses feuilles écarlates lançant leurs mille feux sous le soleil. Née une deuxième fois dans le monde des Elfes.

Des lamentations d'angoisse montèrent des hordes de Démons. L'Interdit était restauré. Tous reculèrent vers les falaises du Carolan en poussant leurs plaintes lugubres. Puis, ils filèrent en se bousculant tandis que les ténèbres se refermaient inexorablement sur eux. Toute fuite était impossible. Un par un, ils disparurent de la lumière du jour. Des centaines, puis des milliers. Tous s'évaporèrent. Les défenseurs, muets de stupeur, assistaient à cette désintégration. Il ne resta plus l'ombre d'un seul corps noir. Les Démons avaient-ils seulement existé ?

Dans les Jardins de la Vie, Wil Ohmsford pleurait.

53

Des Elfes vinrent chercher Wil quelques instants plus tard. Sur l'ordre d'Ander Elessedil, ils le trans-portèrent dans la cité. Trop choqué par la perte d'Amberle, tremblant de fièvre, il se laissa emmener sans résistance. On le porta dans une chambre du palais des Elessedils où on le coucha. Des guérisseurs elfiques le lavèrent, pansèrent ses blessures et bandè-rent son bras. Puis, ils lui donnèrent à boire une potion amère qui le rendit somnolent, l'enveloppèrent dans des draps de lin et des couvertures. Enfin, ils repartirent en refermant sans bruit la porte. Wil s'endormit presque sur-le-champ.

Au cours de son sommeil, il rêva qu'il errait dans des ténèbres profondes et impénétrables, irrémédia-blement perdu. Quelque part dans cette nuit d'encre, se trouvait Amberle, mais il ne parvenait pas à la rejoindre. Il l'appelait et n'obtint qu'une réponse faible et lointaine. Bientôt, il sentit une autre pré-sence, froide, maléfique, et étrangement familière pourtant. Une créature qu'il avait déjà croisée. Terrifié, il se mit à courir de plus en plus vite, se frayant un chemin à travers la toile noire du silence oppressant. La créature le poursuivait. Il la sentait, bien qu'elle se déplaçât sans bruit. Elle n'était qu'à un pas derrière lui. Tout à coup, il sentit ses doigts sur lui et il glapit de peur. Alors, les ténèbres se déchirèrent. Il se retrouva au centre d'un jardin magnifique et éclatant de couleurs. Le prédateur avait disparu. Une vague de soulagement l'emporta ; il était désormais hors de danger. Mais à la seconde suivante, le sol sous ses pieds se souleva, et il fut projeté dans les airs. Une houle noire déferlait vers les jardins qui allait le noyer. Cherchant frénétiquement Amberle, il se retourna : elle fuyait à travers le jardin, semblable à un spectre. Il ne la vit que le temps d'un éclair. Il eut beau l'appeler, elle ne répondit point. Elle avait disparu. La vague noire le submergea et il coula à pic...

Amberle !

Wil se réveilla en sursaut, le corps baigné de sueur. Une chandelle brûlait sur une petite table, posée contre le mur du fond. Des ombres zébraient la pièce. La nuit tombait sur la cité.

— Wil Ohmsford !

Il se tourna. Une grande silhouette, le visage perdu au fond d'un capuchon, était à son chevet.

Wil cligna lentement des yeux.

Allanon.

Soudain, tout lui revint en mémoire. L'amertume l'envahit, si forte qu'il en sentait le goût âcre. Quand enfin il parvint à parler, ce ne fut que d'une voix sifflante et sourde :

— Allanon, tu le savais ! Tu le savais depuis le début !

Il n'y eut pas de réponse. Des larmes lui brûlèrent les yeux. Il repensait rageusement à cette nuit à Storlock où il avait rencontré pour la première fois le Druide. Flick l'avait averti qu'on ne pouvait se fier à cet homme mystérieux. Il l'avait mis en garde. Allanon détenait beaucoup de secrets et les gardait tous scellés en lui.

Mais cela ! comment avait-il pu le taire !

– Pourquoi ne m'as-tu rien dit ? balbutia-t-il. Tu l'aurais pu, pourtant !

Il y eut un mouvement dans l'ombre du capuchon.

– Homme du Val, le savoir ne t'aurait pas aidé.

– Cela ne t'aurait pas aidé, toi ! Ne serait-ce pas plutôt la vérité ? Tu m'as utilisé ! Tu m'as laissé croire que si je protégeais Amberle des Démons, si je la ramenais saine et sauve à Arbolon, tout irait bien ensuite. Tu savais que je croyais cela et que je me trompais du tout au tout.

Le Druide garda le silence. Wil hocha la tête en signe d'incrédulité.

– N'aurais-tu pas pu la prévenir, elle, au moins ?

– Non, homme du Val. Elle ne m'aurait pas cru. Elle aurait refusé. Cela aurait été trop lui demander. Repense donc à qui s'est passé, lorsque je lui ai parlé à Havenstead. Elle refusait même de croire qu'elle était encore une Elue. Son élection avait été une erreur, insistait-elle, souviens-toi. Non, jamais elle ne m'aurait cru. Pas à ce moment-là. Elle avait besoin de temps pour découvrir et comprendre la vérité sur son destin. Je n'étais pas en mesure de la lui révéler. Il fallait qu'elle la découvre par elle-même.

– Des mots, Allanon ! rétorqua Wil d'une voix tremblante. Tu as tellement l'habitude d'en faire usage. Tu sais convaincre. Tu m'as convaincu une fois. Mais pas aujourd'hui. Je sais ce que tu as fait.

– Dans ce cas, tu sais aussi ce que je n'ai pas fait, répondit posément Allanon. (Il se pencha en avant :) La décision finale, c'est elle qui l'a prise, homme du Val. Pas moi. Je n'étais pas là pour la prendre. J'ai simplement veillé à ce que l'opportunité lui soit donnée de la prendre, rien de plus.

– Rien de plus, tu dis ? Tu as fait en sorte qu'elle prenne la décision que tu voulais qu'elle prenne. Pour moi, ce n'est pas rien.

– J'ai fait en sorte qu'elle comprenne quelles seraient les conséquences d'une pareille décision, quelle qu'elle fût. C'est un peu différent de ce que tu prétends.

– Les conséquences ! (Wil releva brusquement la tête, et son rire soudain se teinta d'ironie amère.)

Mais que sais-tu des conséquences, Allanon ? (Puis d'une voix brisée :) Sais-tu ce qu'elle représentait pour moi ? Le sais-tu ?

Des larmes roulèrent sur ses joues. Lentement, il reposa la tête sur l'oreiller, se sentant étrangement honteux, tout à coup. Son amertume s'envola, et il souffrit du vide qu'elle laissa. Gêné, il détourna les yeux, et tous deux s'enfermèrent dans le silence. L'unique chandelle brûlant dans la chambre jetait sur eux sa lueur douce.

Au bout d'un long moment, Wil regarda de nouveau le Druide.

— Ma foi, c'est fini, à présent. Elle est partie. (Il déglutit avec difficulté.) Voudrais-tu au moins m'expliquer pourquoi ?

Replié dans les ombres de ses robes noires, le Druide ne répondit pas tout de suite.

— Homme du Val, écoute-moi, commença-t-il enfin dans un murmure. C'est une créature merveilleuse... Cet arbre, l'Ellcrys. Un élément de magie vivant créé par le lien que la vie humaine tisse avec le feu terrestre. Elle a été créée avant les Grandes Guerres. Les sages elfiques l'ont conçue lorsque les Démons ont été enfin repoussés et qu'il leur fallait alors trouver le moyen de les empêcher de menacer de nouveau le pays des chimères. Les Elfes, tu t'en souviens, n'étaient pas un peuple violent. La préservation de la vie était leur unique but et leur unique tâche. Ils se refusaient à envisager l'annihilation de toute une espèce, même aussi dangereuse et destructrice que celle des Démons. Le bannissement de la terre leur paraissait la meilleure solution. Mais un bannissement tel que, des milliers d'années plus tard, ils soient encore soumis à sa loi. Aussi les sages ont-ils utilisé leurs pouvoirs magiques les plus puissants, ceux aussi qui imposent le plus grand sacrifice, le don volontaire de la vie. Ce fut grâce à ce don que l'Ellcrys a pu voir le jour et l'Interdit être instauré.

Le Druide se tut pendant un certain temps.

— Il te faut comprendre le mode de vie des Elfes, la nature du code qui gouverne ce mode de vie pour apprécier ce que l'Ellcrys représente exactement et pourquoi, en conséquence, Amberle a décidé de devenir cet arbre. Les Elfes pensent qu'ils ont une dette envers la terre, car celle-ci est la créatrice et la nourricière de toute vie. Ils pensent que, lorsqu'on prend une chose à la terre, on doit lui en donner une autre en retour. Cette croyance est un rite. Voilà pourquoi ils se consacrent à sa préservation. L'Ellcrys n'est que le prolongement de cette mission, l'incarnation de la croyance selon laquelle Elfes et terre sont inextricablement liés. Elle assure l'union entre la vie elfique et la terre, une union destinée à éradiquer un Mal ne cherchant qu'à détruire l'une et l'autre. Amberle avait fini par comprendre cela. Elle a compris que le seul moyen de sauver le Westland et son peuple était de se sacrifier. Elle a compris que la semence ne donnerait la vie que si elle faisait don de la sienne.

Allanon se tut de nouveau et se pencha en avant, couvrant de son ombre le visage de Wil.

– Tu as deviné sans doute que la première Ellcrys était aussi une femme. Ce n'est pas par hasard que nous parlons de l'arbre au féminin. L'Ellcrys doit toujours être une femme, car seule une femme peut procréer. Les sages avaient prévu cette nécessaire reproduction, tout en étant incapables de prévoir combien de fois elle devrait avoir lieu. Ils ont choisi une femme, qui, j'imagine, devait ressembler à Amberle et lui ont fait subir cette métamorphose. Puis, ils ont institué l'ordre des Elus pour veiller sur elle et pour qu'une fois l'heure venue elle puisse choisir celle qui lui succéderait. Pourquoi a-t-elle choisi des hommes et non des femmes pour la servir pendant des siècles ? Les histoires ne le précisent pas, et elle-même l'a sans doute oublié. Elle n'élit des femmes que lorsque le besoin s'en fait sentir. Peut-être les sages lui avaient-ils promis des jeunes gens pour la servir ? Peut-être l'avait-elle exigé ? Ou peut-être encore les Elfes acceptaient-ils plus facilement que ce fussent des hommes ? Je l'ignore.

» Le fait est que lorsqu'elle a choisi Amberle, l'Ellcrys devait soupçonner que sa mort était proche. Toutefois, elle ne pouvait le savoir avec certitude, puisqu'elle était la première à disparaître et que personne ne savait à quels signes reconnaître sa fin. A plusieurs reprises, au cours de son existence, elle a cru son heure venue. Voilà pourquoi de temps à autre, mais rarement, elle a élu une femme. La dernière le fut voilà cinq cents ans. Qu'est-ce qui l'a incitée à en élire une autre de nos jours ? Je l'ignore. Aussi ne me le demande pas. Au fond, cela n'a guère d'importance.

» L'élection d'Amberle a suscité une grande surprise parmi les Elfes. Mais la signification de ce choix leur a échappé. Ils n'ont pas compris qu'elle la considérait de ce fait comme celle qui lui succéderait éventuellement. Mais il y a plus encore. Elle considérait Amberle de la même manière qu'une mère son enfant à venir. Etrange, me diras-tu, mais réfléchis. Si l'arbre devait mourir, il produirait alors une semence, et cette semence et Amberle deviendraient une, un nouvel arbre né de l'ancien, en partie du moins. Le choix d'Amberle a été fait en sachant cela. L'Ellcrys a manifesté un sentiment semblable à celui d'une femme qui porte un enfant. La femme devenue l'Ellcrys avait naturellement changé sur le plan charnel mais sur le plan émotionnel, elle restait en grande partie une femme. Et elle se retrouvait en Amberle. Voilà pourquoi elles furent si proches au début.

Le Druide réfléchit un moment.

– Malheureusement, cette intimité fut une source de frictions. Quand je suis venu pour la première fois à Arbolon, réveillé par l'érosion de l'Interdit et la menace imminente de l'envahissement des Démons, je me suis rendu dans les Jardins de la Vie pour m'entretenir avec l'Ellcrys. Elle m'a expliqué qu'elle avait tenté de renforcer ses liens avec Amberle, car elle sentait que la maladie la minait. Elle avait compris que sa vie touchait à son terme. La semence qui avait déjà commencé à se développer en elle devait être donnée à Amberle. Dans son agonie, elle réagissait vis-à-vis de cette jeune fille avec le même instinct maternel. Elle voulait la préparer à son destin. Lui montrer la beauté, la grâce et la paix qui avaient illuminé sa vie. Elle voulait qu'Amberle fût capable d'apprécier ce que signifiait le fait de ne plus faire qu'un avec la terre, de voir son évolution au cours des siècles, de vivre ses changements. En bref, lui faire saisir un peu, je crois, ce qu'est la croissance, chose qu'une mère connaît.

Wil opina lentement. Il repensait au rêve qu'Amberle et lui avaient partagé après que le roi de la Rivière d'Argent les avait sauvés des Démons. Au cours de ce rêve, ils s'étaient cherchés. Lui dans un jardin d'une beauté époustouflante qui lui avait donné envie de pleurer. Elle dans le noir, l'appelant, alors qu'il était là et ne pouvait répondre. Ni l'un ni l'autre n'avaient compris que ce rêve était en fait une prophétie, que le roi de la Rivière d'Argent leur avait laissé entrevoir ce qui devait advenir.

— L'Ellcrys, reprit Allanon, était bien intentionnée, mais trop zélée. Elle a effrayé Amberle avec ses visions, son constant maternage et sa façon de la spolier ainsi de son identité. Celle-ci n'était pas encore prête pour la transition que l'Ellcrys était si impatiente qu'elle fît. Elle a eu peur et s'est rebellée, puis a quitté Arbolon. L'Ellcrys n'a pas compris. Elle n'a cessé d'attendre le retour de la fille des Elfes. Et lorsque sa maladie est devenue irréversible et que la semence a été formée, elle a appelé les Elus auprès d'elle.

— Mais pas Amberle ?

— Non, pas Amberle. Elle pensait qu'Amberle viendrait de son propre gré, vois-tu. Elle ne voulait pas l'obliger à venir, car auparavant elle n'avait obtenu ainsi que son éloignement. Elle était convaincue que, lorsque Amberle apprendrait qu'elle périssait, elle viendrait. Malheureusement, il lui restait moins de temps à vivre qu'elle ne l'imaginait. L'Interdit s'érodait et elle ne parvenait plus à le maintenir. Quelques Démons s'en sont échappés et ont assassiné les Elus... Tous, sauf Amberle. Quand je suis venu la voir, l'Ellcrys était désespérée. Elle m'a confié qu'il fallait à tout prix retrouver Amberle. Aussi suis-je parti à sa recherche.

Un regain d'amertume assombrit le visage de Wil.

– Donc, tu savais à Havenstead que l'Ellcrys considérait toujours Amberle comme son Elue ?

– Je le savais.

– Et tu savais aussi qu'elle donnerait à Amberle sa semence à porter ?

– Je t'épargnerai la peine de me poser encore des questions. Je savais tout. Les histoires des Druides consignées à Paranor m'ont révélé comment il avait été donné naissance à l'Ellcrys et comment il lui serait donné naissance une seconde fois.

Après un bref instant d'hésitation, Allanon ajouta :

– Homme du Val, comprends une chose. J'aimais cette fille aussi. Je ne voulais pas la tromper, si tu considères mes silences comme des tromperies. Seulement, il était nécessaire qu'Amberle découvre la vérité sur elle-même par ses propres moyens. Je lui ai indiqué un chemin, sans lui fournir la carte désignant ses détours et ses méandres. Ce choix, si nécessaire fût-il, devait être le sien. Ni toi, ni moi, ni personne n'était en droit de le faire à sa place.

Wil baissa les yeux.

– Peut-être. Mais peut-être aussi aurait-il mieux valu qu'elle sût dès le départ où ce chemin se terminait ? (Il hocha lentement la tête.) Bizarre ! Je pensais que connaître toute la vérité m'aiderait. Mais non. Cela ne m'aide pas du tout.

Il y eut un long silence. Puis, Wil releva les yeux sur le Druide.

– En tout cas, je n'ai pas le droit de te reprocher ce qui est arrivé. Tu as fait ton devoir. Je le sais. Je sais que c'était à Amberle de choisir sa destinée. Mais la perdre de cette façon... C'est trop dur.

– Homme du Val, je suis navré.

Le Druide voulut se lever, mais Wil demanda brusquement :

– Pourquoi m'as-tu réveillé ? Pour me dire cela ?

Le géant se redressa de toute sa taille, le visage dissimulé.

– Pour te dire cela et pour te dire adieu, Wil Ohmsford.

– Adieu ?

– Jusqu'à un autre jour.

– Mais... où vas-tu ?

Il n'y eut pas de réponse. Wil sentit que le sommeil l'emportait. Il lutta obstinément contre son engourdissement. Il avait encore tant de choses à dire. Allanon ne pouvait le laisser ainsi, disparaître dans la nuit de façon aussi imprévue qu'il était apparu, encapuchonné et emmitouflé dans sa cape, comme un voleur qui craint que le moindre regard à son visage ne le trahisse...

Un doute soudain lui vint à l'esprit. Il tendit la main et retint faiblement le Druide par ses robes.

– Allanon...

Le silence emplit la petite chambre.

– Allanon... Laisse-moi voir ton visage.

Il crut que le Druide ne l'avait pas entendu. Immobile, il le contemplait, toujours plongé dans l'ombre. Wil attendit. Puis, lentement, le Druide leva ses deux mains et releva son capuchon.

– Allanon ! murmura Wil.

De noirs, les yeux et la barbe du Druide étaient devenus gris. Il avait considérablement vieilli.

– Le prix que l'on paie pour faire appel aux pouvoirs de la magie, fit Allanon, un lent sourire railleur s'étirant sur ses lèvres exsangues. Cette fois, je crains de les avoir trop utilisés. Cela m'a épuisé plus que je ne le voulais. (Il haussa les épaules.) Un certain temps sur la terre est imparti à chacun de nous. Pas plus.

– Allanon, répéta Wil en pleurant sans bruit. Allanon, je suis navré... Ne pars pas tout de suite.

Allanon remit le capuchon en place et saisit la main de Wil.

– Il est temps que je parte. Nous avons besoin tous les deux de nous reposer. Wil Ohmsford, dors bien. Tâche de ne pas penser à moi en mal. Je crois qu'Amberle ne le ferait pas. Pense à une chose qui te réconfortera : tu es un Guérisseur et un Guérisseur se doit de préserver la vie. Et même si tu crois avoir perdu Amberle, souviens-toi que tu la trouveras toujours sur cette terre. Touche-la et elle sera avec toi.

Là-dessus, le Druide alla souffler la chandelle.

— Ne t'en va pas ! implora le jeune homme d'une voix endormie.

— Au revoir, Wil, fit la voix lointaine, comme étouffée par la brume. Dis à Flick qu'il avait raison à mon sujet. Cela lui fera plaisir.

— Allanon... bredouilla Wil, sombrant dans le pays des songes.

Aussi silencieux que les ombres de la nuit, Allanon parcourut les corridors à peine éclairés de la demeure des Elessedils. Les soldats de la Garde Royale s'écartèrent à son passage. Quelque chose dans le regard du Druide leur suggérait de le laisser passer.

Peu après, il entra dans la chambre du roi et referma la porte derrière lui. Quelques chandelles baignaient la pièce d'une lueur voilée et douce. Les fenêtres fermées et les tentures tirées la plongeaient dans un silence paisible. Sur un vaste lit, installé au fond de la chambre, reposait le roi. A son chevet, Ander somnolait sur une chaise à haut dossier.

Allanon gagna sans bruit le pied du lit. Le vieux roi dormait. Son souffle était creux et saccadé, son teint couleur de cire. La fin de sa vie était proche.

Sa mort marquera aussi la fin d'une ère, songea le Druide. Tous seront désormais partis, tous ceux qui se sont dressés contre le Maître des Ténèbres, tous ceux qui ont participé à la quête de l'insaisissable Glaive de Shannara. Tous, excepté les Ohmsford, Shea et Flick.

Un sourire à la fois lugubre et railleur s'étira sur ses lèvres.

Et moi-même, bien sûr. Il était encore là. Il serait toujours là.

Eventine frissonna sous les draps de lin.

Maintenant, songea Allanon.

Pour la première fois cette nuit-là, une ombre d'amertume voila son visage dur.

En silence, il recula dans un coin obscur de la chambre et attendit.

Ander Elessedil s'éveilla en sursaut. La vue encore brouillée par le sommeil, il promena son regard dans la chambre, sur le qui-vive, cherchant des fantômes qui ne s'y trouvaient pas. Un effrayant sentiment de solitude l'envahit. Trop nombreux étaient ceux qui auraient dû être ici et étaient absents : Arion, Pindanon, Crispin, Tay, Kerrin. Tous morts.

Ne ressentant plus rien, hormis la douleur de son corps, il s'effondra contre le haut dossier, écrasé par la fatigue. Combien de temps ai-je dormi ? Gael va sans doute arriver pour apporter de quoi manger et boire. Et ensemble, nous continuerons à veiller au chevet de mon père. A attendre.

Des souvenirs vinrent le hanter. Des images du passé, d'événements qui ne reviendraient jamais. Ils étaient doux-amers, ces souvenirs des temps heureux partagés, mais trop éphémères. Tout bien réfléchi, il aurait préféré que sa mémoire le laisse en paix, cette nuit-là.

Il songea soudain à l'affection qui avait uni Amberle et son grand-père, à l'intimité qu'ils avaient connue, perdue, puis retrouvée pour la reperdre aussitôt, et cette fois, définitivement. Il lui était difficile de comprendre la transformation par laquelle était passée Amberle. Il devait sans cesse se rappeler que ce n'était pas un rêve, mais bel et bien la réalité. Il voyait encore ce petit Cavalier du Ciel, Perk, lui narrer ce qui était arrivé à Amberle, son visage enfantin frappé de terreur, mais sur un ton très ferme, ému, afin qu'il ne mît pas ses paroles en doute.

Ses yeux se refermèrent. Rares étaient ceux qui connaissaient la vérité. Il ignorait s'il fallait ou non la divulguer.

— Ander !

Il se redressa comme un ressort. Les yeux bleus de son père étaient posés sur lui. Il en fut si surpris qu'un instant il ne put que le contempler sans rien dire.

— Ander... Que s'est-il passé ? s'enquit Eventine d'une voix ténue mais âpre.

Vite, son fils s'agenouilla à son côté.

— Tout est terminé, expliqua-t-il doucement. Nous avons remporté la victoire. Les Démons sont de nouveau enfermés dans l'Interdit. L'Ellcrys...

Mais il ne trouva pas les mots pour achever sa phrase. Le roi glissa une main faible hors des couvertures et saisit celle de son fils.

— Amberle ?

Ander inspira profondément. Des larmes lui montèrent aux yeux, mais il se força à regarder son père.

— Saine et sauve, murmura-t-il. Elle se repose en ce moment.

Il y eut un temps de silence. Une ombre de sourire effleura les lèvres du vieux roi. Puis, il referma les paupières. Un instant plus tard, il rendait l'âme.


Allanon resta plusieurs minutes encore, dissimulé dans l'ombre, avant de s'avancer.

— Ander ! appela-t-il doucement.

Le prince relâcha la main de son père et se leva.

— Allanon, il est... parti.

— Et te voilà roi... Sois le roi qu'il aurait voulu que tu sois.

Ander se retourna, cherchant du regard Allanon.

— Le savais-tu ? Depuis le Baen, je me suis demandé si tu savais tout ce que l'avenir réservait, que je deviendrais roi.

Le visage sombre du Druide se vida de toute expression et il parut se perdre en lui-même.

— Je n'aurais pu empêcher le déroulement des événements, répondit-il lentement. Je ne pouvais qu'essayer de te préparer à ce qui allait advenir.

— Donc, tu savais ?

Allanon opina.

— Je savais. Je suis un Druide.

Ander inspira de nouveau profondément.

— Allanon, j'agirai du mieux possible.

— Alors, tu agiras bien, Ander Elessedil.

Il observa le prince des Elfes qui retourna auprès du roi mort, le vit recouvrir son père, comme on le ferait pour un enfant endormi, et s'agenouiller encore à son chevet.

Allanon tourna les talons et se faufila sans bruit hors de la chambre, puis du palais, puis de la cité et puis enfin de la terre. Personne ne le vit.

A l'aube, une main secoua doucement Wil Ohms-ford pour le réveiller. Une lueur gris argent se faufilait à travers les rideaux tirés. Il cligna des yeux et découvrit Perk.

— Wil ? fit le petit Cavalier du Ciel, le visage grave.

— Bonjour, Perk.

— Comment te sens-tu ?

— Un peu mieux, je crois.

— C'est bien. (Perk esquissa un vague sourire.) J'étais très inquiet.

— Moi aussi, dit Wil en répondant à son sourire.

Le gamin se jucha sur le bord du lit.

— Je suis navré de te réveiller, mais je ne voulais pas repartir sans te dire au revoir.

— Tu pars ?

— J'aurais dû déjà repartir cette nuit, mais Genewen devait se reposer. Elle était très fatiguée après ce long voyage. Je dois partir, à présent. J'aurais dû être de retour depuis deux jours dans le Repli-de-l'Aile. On est sans doute parti à ma recherche... Mais ils comprendront mon retard, lorsque je leur expliquerai ce qui s'est passé. Ils ne se fâcheront pas.

— J'espère que non. J'en serais peiné pour toi.

— Oncle Dayn a dit qu'il leur expliquerait aussi ce qui s'est passé. Savais-tu que mon oncle Dayn était ici, Wil ? C'est mon grand-père qui l'a envoyé. Oncle Dayn dit que je me suis conduit comme un vrai Cavalier du Ciel. Il dit que Genewen et moi avons joué un rôle très important.

Wil se redressa sur ses oreillers.

— C'est vrai, Perk. Très important.

— Je ne pouvais pas vous abandonner en Barbarie. Je pensais que vous auriez besoin de moi.

— Nous avions, en effet, énormément besoin de toi.

— Et j'ai pensé que mon grand-père ne me tiendrait pas rigueur, si je lui désobéissais une fois.

— Je ne pense pas qu'il t'en tienne rigueur.

Perk baissa les yeux sur ses mains.

— Wil, je suis triste pour dame Amberle. Vraiment.

Wil opina.

– Je sais, Perk.

– Elle était ensorcelée, n'est-ce pas ? Et ce charme l'a transformée en arbre. (Il leva vite les yeux.) Mais c'est ce qu'elle voulait, aussi ? Se transformer en arbre pour que les Démons disparaissent. Les choses devaient se passer ainsi, n'est-ce pas ?

Wil déglutit avec difficulté.

– Oui.

– J'ai eu vraiment très peur, tu sais, ajouta calmement le petit Cavalier du Ciel. Je n'étais pas certain que tout doive se terminer ainsi. Ç'a été très brutal. Et elle ne m'en avait jamais parlé. Alors, j'ai eu très peur.

– Je ne pense pas qu'elle voulait te faire peur.

– Non, moi non plus.

– Elle a simplement manqué de temps pour t'expliquer.

Perk haussa les épaules.

– Oh ! je sais. Ç'a été si brutal.

Ils gardèrent le silence un moment, puis Perk se leva.

– Wil, je voulais juste te dire au revoir. Viendras-tu me rendre visite un jour ? Je pourrai aussi venir te voir... Mais une fois adulte, pas avant. Ma famille ne me laissera pas sortir du Westland.

– Je viendrai te voir, promit Wil. Bientôt !

Perk lui lança un vague salut de la main et gagna la porte. Une fois la main posée sur le loquet, il se retourna :

– Je l'aimais vraiment, Wil... Beaucoup, beaucoup.

– Je l'aimais aussi, Perk.

Le petit Cavalier du Ciel lui adressa un rapide sourire et disparut.

## 54

Tous ceux qui étaient venus aider les Elfes à Arbolon repartirent, tous sauf deux.

Les premiers à s'en aller furent les Cavaliers du Ciel, à l'aube du premier jour de règne d'Ander Elessedil. Trois des cinq encore en vie, plus le petit Perk. Ils s'envolèrent sans bruit, sans dire adieu à personne, hormis au nouveau souverain des Elfes, juste avant que le disque solaire ne surgisse au-dessus des forêts, à l'orient, leurs Rocs aux plumes d'or chassant les derniers lambeaux de la nuit.

A midi, ce fut au tour des Trolls du Roc, Amantar à leur tête, lances levées, aussi fiers et superbes qu'à leur arrivée. Le peuple s'était amassé le long des rues pour les acclamer. Pour la première fois depuis un millier d'années, Elfes et Trolls se séparaient en bons termes.

Les Nains s'attardèrent encore quelques jours à Arbolon, afin de mettre leurs vastes connaissances techniques au service des Elfes pour dresser les plans de reconstruction de l'Elfitch. Il fallait non seulement rebâtir toute la cinquième rampe démolie, mais renforcer l'ensemble de la structure. Ce genre de défi enchantait le redoutable Browork. Cela fait, il prit congé d'Ander et du peuple des Elfes en leur promettant qu'une autre compagnie de Nains Sapeurs – en meilleure forme que la sienne – viendrait leur apporter l'aide supplémentaire dont ils auraient besoin.

– Nous savons pouvoir toujours compter sur les Nains, déclara Ander en serrant la main rugueuse de Browork.

– Toujours, approuva le Nain bourru avec un signe de tête. Veillez à vous en souvenir lorsque nous aurons besoin de vous.

Finalement, les hommes de Callahorn – la poignée encore en vie de soldats des Libres et de la Vieille Garde – reprirent le chemin de leur cité du Southland. Des premiers, il en restait moins d'une douzaine, dont six qui ne combattraient plus jamais. Mais encore une fois, le grand guerrier aux cheveux rouges nommé Stee Jans avait survécu là où tant d'autres étaient tombés.

En début de matinée, juché sur son grand rouan bleu et suivi de ses hommes, il rejoignit le roi des Elfes qui surveillait les travaux de l'Elfitch. Dès qu'il les aperçut, Ander s'excusa auprès des techniciens et se précipita vers eux. Oubliant le protocole, il serra chaleureusement la main de l'Homme d'Acier.

— Vous êtes rétabli, commandant ? l'accueillit-il en souriant.

— Presque, monseigneur. Je suis venu vous remercier et vous dire au revoir. La Légion repart pour Callahorn.

Ander branla lentement du chef.

— Ce n'est pas à vous de me remercier. Mais à moi, au nom de mon peuple. Vos hommes nous ont été d'un secours inestimable. Et vous, Stee Jans... Que serions-nous devenus sans vous ?

Le Frontalier garda un moment le silence avant de répondre :

— Monseigneur, je crois que nous avons trouvé en cette terre et en son peuple une cause valable pour nous battre. Tout ce que nous donnons, nous le donnons de notre plein gré. Et vous n'avez pas perdu la bataille. C'est tout ce qui importe.

— Mais avec vous à notre côté, comment aurions-nous pu la perdre ? (Ander reprit sa main.) Qu'allez-vous faire, à présent ?

Stee Jans haussa les épaules.

— Le régiment des Libres n'existe plus. Peut-être le reformeront-ils. Mais ce n'est pas certain. Dans ce cas, j'espère trouver un poste de commandant. Je poserai ma candidature.

Ander approuva du chef.

— Demandez-le-moi, Stee Jans, demandez-le-moi, et ce poste est à vous. Je serais honoré, et mon peuple avec moi, de vous avoir dans mon armée. Vous êtes des nôtres... Vous y songerez ?

Le guerrier sourit et remonta en selle.

— Roi Ander Elessedil, j'y songe déjà. (Il salua avec

élégance.) Monseigneur, jusqu'à notre prochaine rencontre, force à vous et aux Elfes !

Là-dessus, il fit partir son rouan au trot, et sa cape grise volant au vent, traversa le Carolan. Le saluant de la main, Ander le suivit du regard.

Jusqu'à notre prochaine rencontre, Frontalier, répondit-il en son for intérieur.

Ainsi, tous étaient repartis, tous ceux venus défendre Arbolon, tous, sauf deux.

L'un était l'homme du Val, Wil Ohmsford.

Le soleil à son zénith enveloppait la cité d'une gaze étincelante. Wil s'approchait des grilles donnant dans les Jardins de la Vie. Il avançait d'un pas mesuré et régulier, sans marquer la moindre hésitation. Pourtant, une fois parvenu devant ces grilles, le doute le saisit. Irait-il plus loin ?

Une semaine s'était écoulée avant qu'il ne se rende dans ce lieu. Les trois premiers jours, il avait dormi presque sans interruption. Les deux jours suivants, il s'était contenté de se promener aux alentours du palais, submergé par un flot d'émotions violentes et hanté par le souvenir d'Amberle. Puis, pendant deux autres jours, il avait consciencieusement évité de faire ce qu'il était venu faire maintenant.

Il s'attarda un long moment à l'entrée des Jardins, contemplant les volutes d'argent et les incrustations en ivoire de l'arche des grilles. Les promeneurs qui entraient et sortaient regardaient d'un air intrigué cet homme planté là, immobile. Ils venaient pour la même raison que lui et se demandaient s'il était encore plus effrayé et gêné qu'eux-mêmes. Les sentinelles de la Garde Noire qui veillaient de part et d'autre des grilles, le regard lointain et le port roide, lui jetaient de temps à autre un furtif regard. Wil Ohmsford n'avançait toujours pas.

Toutefois, il savait qu'il devait la voir une dernière fois. Sinon, jamais plus il ne connaîtrait la paix.

Tout à coup, presque sans s'en rendre compte, il s'avança sur l'allée conduisant à l'arbre.

Il se sentit curieusement soulagé d'avoir fait ce pas. Et il retrouva un peu de son ancienne détermination, totalement perdue depuis la disparition d'Amberle, et ce en raison de l'immense culpabilité qu'il éprouvait envers elle. Culpabilité née non tant de son sentiment d'échec que de la prise de conscience de ses propres limites. On ne peut faire tout ce qu'on désire, lui avait dit une fois son oncle Flick. S'il avait été capable de sauver la fille des Elfes des griffes des Démons, il n'avait pu l'empêcher de devenir l'Ellcrys. Certes, lui éviter ce destin n'avait jamais été en son pouvoir, il le savait. C'était son choix, comme elle et Allanon le lui avaient expliqué. Ni la colère ni l'amertume ni le remords, si intenses fussent-ils, n'y changeraient rien ni lui donneraient la paix à laquelle il aspirait. Il devait se réconcilier d'une autre manière avec les événéments. Et il pensait savoir comment le faire. Cette visite à l'arbre en était le premier pas.

Soudain, elle apparut devant lui. L'Ellcrys se détachait sur le ciel azur de midi, son grand tronc d'argent pur scintillait dans la lumière dorée, et ses feuilles écarlates ondulaient. Dès l'instant où il posa son regard sur elle, sa beauté idéale lui fit monter les larmes aux yeux.

— Amberle... chuchota-t-il.

Des familles étaient assemblées au pied de la petite éminence sur laquelle elle se tenait. Les yeux levés vers elle, tous murmuraient d'un ton respectueux. Wil hésita, puis alla les rejoindre.

— Tu vois, elle n'est plus malade, disait une mère à sa fillette. Elle se porte bien, de nouveau.

Et sa terre et son peuple sont en sécurité, ajouta en silence Wil. Grâce à Amberle. Grâce à son sacrifice. Il inspira profondément, admirant toujours l'arbre. Même à Havenstead, lorsqu'elle avait vécu en proscrite, elle n'avait pas oublié le credo des Elfes : rendre à la terre qui vous a donné vie une partie de soi.

Finalement, la fille des Elfes, elle, avait tout donné.

Il eut un sourire triste. Mais elle n'avait pas tout perdu. Devenant l'Ellcrys, elle avait gagné un univers entier.

– Maman, continuera-t-elle à éloigner les Démons ? s'enquérait la fillette.

– Oui, très loin de nous, sourit la mère.

– Et de nous protéger toujours ?

– Et de nous protéger toujours.

La petite fille reporta vite son regard sur l'arbre.

– Qu'elle est belle ! s'extasia-t-elle d'une voix émerveillée.

Amberle.

Wil la regarda encore, puis tourna les talons et ressortit lentement des Jardins de la Vie.

Il venait juste de franchir les grilles, lorsqu'il entrevit Eretria. Elle se tenait sur un côté du chemin menant à la cité et tourna vite ses prunelles noires vers lui. Elle avait échangé ses soies vives pour la tenue ordinaire des Elfes. Mais cette femme n'aurait jamais l'air ordinaire. Elle était étonnamment belle, aussi belle que le jour où elle l'avait regardé pour la première fois. Ses longues grappes de cheveux noirs comme jais brillaient au soleil et, dès qu'elle le vit, un sourire illumina son visage hâlé.

Sans un mot, il alla la saluer, s'autorisant un petit sourire.

– Tu m'as l'air de nouveau un homme en pleine santé, observa-t-elle d'un ton léger.

Il acquiesça.

– Tu peux me demander n'importe quel prix. C'est toi qui m'as remis sur pied.

Ce compliment la fit rayonner. Chaque jour, en effet, c'était elle qui l'avait nourri, avait pansé ses blessures, apporté sa présence quand elle avait senti qu'il avait besoin de compagnie, le laissant seul quand il le désirait.

– On m'a dit que tu étais parti te promener. (Elle jeta un rapide regard aux Jardins.) Il ne fallait guère d'imagination pour deviner où tu irais. Aussi suis-je venue ici pour t'attendre. (Elle le couva du regard et son sourire se fit ensorceleur.) Tous les fantômes dorment-ils enfin, Guérisseur ?

Wil aperçut une lueur d'inquiétude dans ses yeux. Eretria comprenait mieux que quiconque ce que représentait pour lui la perte d'Amberle. Ils en avaient parlé durant ses jours de convalescence. Fantômes, ainsi avait-elle surnommé tous ces inutiles sentiments de culpabilité qui le harcelaient.

— Je crois qu'à présent ils se reposeront peut-être. Venir ici m'a aidé, et bientôt, sans doute...

Il se tut, haussa les épaules et sourit.

— Amberle pensait que chacun doit quelque chose à la terre en raison de la vie qu'elle nous donne. C'est là une croyance elfique, son héritage. Mon héritage aussi, me suggérait-elle, je crois. Vois-tu, elle me considérait davantage comme un Guérisseur que comme son protecteur. Et Guérisseur, j'aurais dû le devenir. Un Guérisseur donne quelque chose à la terre par l'intermédiaire des soins qu'il procure aux gens qui veillent sur elle. Tel sera mon présent, Eretria.

Elle acquiesça solennellement.

— Donc, tu retournes à présent à Storlock ?

— Chez moi, d'abord... A Shady Vale, ensuite à Storlock.

— Bientôt ?

— Oui, je pense. Maintenant, en fait. (Il se racla la gorge, gêné.) Savais-tu qu'Allanon m'a laissé l'étalon noir... Artaq ? Un cadeau. Il a peut-être senti que cela m'aiderait à surmonter la perte d'Amberle.

Eretria détourna les yeux.

— Je suppose... Pouvons-nous rentrer, à présent ?

Sans attendre sa réponse, elle s'éloigna sur le chemin. En proie à une grande confusion, il hésita, puis la rattrapa. Ils cheminèrent côte à côte sans parler.

— Et les Pierres des Elfes ? s'enquit-elle au bout de plusieurs minutes. As-tu décidé de les garder ?

Au plus fort de sa mélancolie, il lui avait déclaré qu'il voulait s'en débarrasser. La magie elfique avait opéré en lui un changement. De même qu'elle avait vieilli Allanon, elle l'avait profondément affecté, bien qu'il fût incapable de préciser de quelle façon. Pareil pouvoir l'effrayait encore. Pourtant, il était responsable de ces Pierres et ne pouvait les donner au premier venu.

– Je les garde... Mais plus jamais je ne les utiliserai. Plus jamais.

– En effet, dit-elle posément. Un Guérisseur ne saurait user de ces Pierres.

Ils continuèrent en silence. Wil sentait combien la certitude d'Eretria d'être de nouveau abandonnée par lui creusait entre eux une distance croissante. Bien sûr, elle désirait partir avec lui. Elle l'avait toujours voulu. Mais elle ne le lui demanderait pas... Pas cette fois, pas encore une fois. Son orgueil ne le lui permettait pas. Il continua de réfléchir à cela.

– Où iras-tu ? demanda-t-il, un moment plus tard.

Elle eut un haussement d'épaules désinvolte.

– Oh ! Je n'en sais rien. A Callahorn, peut-être. Les Bohémiennes vont où elles veulent, sont ce qu'elles veulent. (Temps de silence.) Peut-être viendrai-je te voir. On dirait que tu as besoin que quelqu'un s'occupe beaucoup de toi.

Et nous y voilà ! Elle l'avait dit d'un ton léger, presque moqueur, mais l'intention était claire. Je suis pour toi, avait-elle affirmé dans le Tirfing, la première nuit qu'il l'avait vue. Elle le répétait. Il regarda son beau visage brun, songeant fugacement à tous les risques qu'elle avait courus pour lui. S'il la laissait à présent, elle se retrouverait seule, sans famille, sans foyer, sans peuple. Quelle raison, au fond, avait-il à présent de refuser qu'elle l'accompagne ?

– Ce n'était qu'une idée, sans plus, ajouta-t-elle pour clore le sujet.

– Une belle idée... Mais j'étais en train de penser que peut-être, tu préférerais repartir avec moi maintenant.

Il avait dit cela presque sans se rendre compte qu'il avait pris sa décision. Il y eut un long, long silence et ils continuèrent de marcher, sans se regarder, presque comme si de rien n'était.

– Peut-être que oui, répondit-elle enfin. Si tu le veux...

– Je le veux.

Alors, il vit son sourire... Son éblouissant sourire qui l'ensorcelait. Elle s'arrêta et se tourna vers lui.

– Wil Ohmsford, il est rassurant de constater que tu as enfin retrouvé toute ta raison.

Elle lui prit la main et la serra fort.

Retournant à cheval vers la cité, l'esprit toujours accaparé par la reconstruction de l'Elfitch, Ander Elessedil aperçut l'homme du Val et la Bohémienne qui revenaient des Jardins de la Vie. Faisant ralentir sa monture, il observa les deux derniers visiteurs qui n'avaient pas encore quitté sa cité. Il les vit s'arrêter, puis la Bohémienne prendre la main de l'homme du Val.

Un lent sourire éclaira le visage du roi et il fit tourner bride à son cheval pour ne pas les déranger. On dirait que Wil Ohmsford aussi va repartir chez lui, à présent. Mais pas tout seul.

# Science-fiction

Depuis 1970, cette collection est leader du genre en France. Tous les grands de la S-F sont présents : Asimov, Van Vogt, Clarke, Dick, Vance, Simak mais également de jeunes auteurs qui seront les écrivains de premier plan de demain : Tim Powers, David Brin... Elle publie aussi des titres Fantasy (Conan, Gor...), genre en plein redéploiement aux États-Unis.

# Épouvante

Depuis Edgar Poe, il a toujours existé un genre littéraire qui cherche à susciter la peur, sinon la terreur, chez le lecteur. King et Koontz en sont aujourd'hui les plus épouvantables représentants. Nombre de ces livres ont connu un immense succès au cinéma.

| | |
|---|---|
| **ANDREWS Virginia C.** | *Ma douce Audrina* 1578/**4** |
| **BLATTY William P.** | *L'exorciste* 630/**4** |
| **CAMPBELL Ramsey** | *Le parasite* 2058/**4** |
| | *La lune affamée* 2390/**5** |
| | *Images anciennes* 2919/**5** Inédit |
| **CITRO Joseph A.** | *L'abomination du lac* 3382/**4** |
| **CLEGG Douglas** | *La danse du bouc* 3093/**6** Inédit |
| | *Gestation* 3333/**5** Inédit |
| **COLLINS Nancy A.** | *La volupté du sang* 3025/**4** Inédit |
| | *Appelle-moi Tempter* 3183/**4** Inédit |
| **COYNE John** | *Fury* 3245/**5** Inédit |
| **DEVON Gary** | *L'enfant du mal* 3128/**5** |
| **HERBERT James** | *Le Sombre* 2056/**4** Inédit |
| **HODGE Brian** | *La vie des ténèbres* 3437/**7** Inédit |
| **JAMES Peter** | *Possession* 2720/**5** Inédit |
| | *Rêves mortels* 3020/**6** Inédit |

| **KING Stephen** | |
|---|---|
| *Carrie* 835/**3** | **ÇA** 2892/**6** 2893/**6** & 2894/**6** |
| *Shining* 1197/**5** | (Egalement en coffret 3 vol. FJ 6904) |
| *Danse macabre* 1355/**4** | *Chantier* 2974/**6** |
| *Cujo* 1590/**4** | *La tour sombre :* |
| *Christine* 1866/**6** | *- Le pistolero* 2950/**3** |
| *Peur bleue* 1999/**3** | *- Les trois cartes* 3037/**7** |
| *Charlie* 2089/**5** | *- Terres perdues* 3243/**7** |
| *Simetierre* 2266/**6** | *Misery* 3112/**6** |
| *Différentes saisons* 2434/**7** | *Marche ou crève* 3203/**5** |
| *La peau sur les os* 2435/**7** | *Le Fléau (Édition intégrale)* 3311/**6** |
| *Brume - Paranoïa* 2578/**4** | 3312/**6** & 3313/**6** |
| *Brume - La Faucheuse* 2579/**4** | (Egalement en coffret 3 vol. FJ 6616) |
| *Running Man* 2694/**3** | **Les Tommyknockers** |
| | 3384/**4** 3385/**4** & 3386/**4** |
| | (Egalement en coffret 3 vol. FJ 6659) |

| | |
|---|---|
| **KOONTZ Dean R.** | *Spectres* 1963/**6** Inédit |
| | *L'antre du tonnerre* 1966/**3** Inédit |
| | *Le rideau de ténèbres* 2057/**4** Inédit |
| | *Le visage de la peur* 2166/**4** Inédit |
| | *L'heure des chauves-souris* 2263/**5** |
| | *Chasse à mort* 2877/**5** |
| | *Les étrangers* 3005/**8** |
| | *Les yeux foudroyés* 3072/**7** |
| | *Le temps paralysé* 3291/**6** |
| **LANSDALE Joe. R.** | *Le drive-in* 2951/**2** Inédit |
| | *Les enfants du rasoir* 3206/**4** Inédit |

## Épouvante

Photocomposition Assistance 44-Bouguenais
Achevé d'imprimer en Europe (France)
par Brodard et Taupin à La Flèche (Sarthe)
le 15 septembre 1993. 6758H-5
Dépôt légal sept. 1993. ISBN 2-277-23547-4

Éditions J'ai lu
27, rue Cassette, 75006 Paris
*Diffusion France et étranger : Flammarion*

3547